Melanie Metzenthin
Die Sündenheilerin

PIPER

Zu diesem Buch

Der Harz um 1230. Kurz nach Einbruch der Nacht erreicht der von Ochsen gezogene Wagen die Burg hoch über dem Fluss. Lena fröstelt, aber nicht nur der Kälte wegen. Das erste Mal seit Monaten hat sie das Kloster verlassen, das ihr nach einem Schicksalsschlag Zuflucht bot. Doch auf Wunsch der Äbtissin folgt sie der Bitte Dietmars von Birkenfeld, seiner Gemahlin zu helfen, die seit der Geburt ihres Sohnes von fallsuchtartigen Anfällen heimgesucht wird. Denn Lena besitzt eine besondere Gabe: Sie kann die seelischen Ursachen körperlicher Schmerzen erkennen und das Leid lindern. Am nächsten Tag erscheint auf Birkenfeld ein äußerst ansehnlicher Fremder aus Alexandria. Philip, der Sohn eines Kreuzritters und einer Orientalin, will zusammen mit seinem arabischen Freund Said die Heimat seines verstorbenen Vaters erkunden. Doch hinter den Burgmauern und in den Wäldern der Grafschaft geht Seltsames vor sich. Während die feinsinnige Lena herauszufinden versucht, was die Gräfin quält, deckt Philip finstere Machenschaften auf, die nicht nur sein Leben in Gefahr bringen …

Melanie Metzenthin wurde 1969 in Hamburg geboren, wo sie auch heute noch lebt. Als Fachärztin für Psychiatrie und Psychotherapie hat sie einen ganz besonderen Einblick in die Psyche ihrer Patienten, zu denen sowohl Traumatisierte als auch Straftäter gehören. Bei der Entwicklung der Figuren ihrer historischen Romane konnte sie auf ihre beruflichen Erfahrungen zurückgreifen.

Melanie Metzenthin

Die Sündenheilerin

Historischer Roman

PIPER
München Berlin Zürich

Mehr über unsere Autoren und Bücher:
www.piper.de

Von Melanie Metzenthin liegen im Piper Verlag vor:
Die Sündenheilerin
Die Reise der Sündenheilerin
Die Tochter der Sündenheilerin
Schicksalsstürme
Das Zeichen der Isis

Für meinen Vater,
der immer daran geglaubt hat

MIX
Papier aus verantwortungsvollen Quellen
FSC® C083411
FSC www.fsc.org

Originalausgabe
1. Auflage Juli 2011
5. Auflage Juni 2016

Umschlaggestaltung: Hauptmann & Kompanie Werbeagentur, Zürich,
unter Verwendung eines Fotos von Trevillion Images
Satz: Kösel Media GmbH, Krugzell
Gesetzt aus der Bembo
Druck und Bindung: CPI books GmbH, Leck
Printed in Germany ISBN 978-3-492-26454-9

Prolog

Regungslos verharrte der Reiter zwischen den Bäumen. Nur sein Pferd schnaubte und scharrte ungeduldig mit den Hufen. Von der nahen Straße trug der Wind den Klang zahlreicher Glöckchen herüber. Er hörte das fröhliche Gelächter, die Hochrufe auf das Brautpaar.

Dann sah er sie. Es war ein prächtiger Hochzeitszug, an der Spitze die Musikanten, dahinter hoch zu Ross die Frischvermählten. Der Bräutigam auf einem kräftigen Fuchs, seine junge Frau auf einem zierlichen Schimmel. Die Braut strahlte. Ihr helles Haar leuchtete, als würde die Sonne darin baden.

Er seufzte. Es hatte eine Zeit gegeben, da war er selbst auf solchen Festen willkommen gewesen. Er stellte sich vor, wie die Dienerschaft schon seit Tagen das Hochzeitsmahl vorbereitet haben mochte. Gebratene Kapaune, Fasane, vielleicht sogar ein ganzer Ochse, dazu Berge von Pasteten, frisches Brot und natürlich nur der beste Wein. Ohne dass er es wollte, stieg eine alte Sehnsucht in ihm auf.

Die Braut lachte. Ein fröhliches, unbeschwertes Lachen, das sich mit dem Klingeln der Glöckchen mischte. Sie war ein schönes Mädchen, so lebendig, so voller Kraft.

Für einen Moment spürte er tatsächlich so etwas wie Bedauern, doch sofort schüttelte er das lästige Gefühl ab. Ein Blick zur Seite verriet ihm, dass seine Männer bereit waren.

Soeben bogen die Musikanten in das kleine Waldstück ein. Sein Pferd warf unruhig den Kopf hoch.

»Jetzt!« Sein Schrei ging im Kampfgebrüll seiner Männer unter. Brutaler Abschaum, genau dafür schätzte er sie. Wild trieb er sein Pferd an, ritt einen halbwüchsigen Knaben nieder, hörte ihn schreien, als die Knochen knackten. Er galoppierte vorbei an kreischenden Frauen, die durch einen einzigen Schwerthieb für immer verstummten. Ringsum ließen seine Männer Äxte und Schwerter tanzen, warfen sich über die Ahnungslosen, erdrückten den Widerstand allein durch ihre bloße Übermacht.

Die junge Braut starrte ihn mit weit aufgerissenen Augen an. Ihr Gatte versuchte noch, das Schwert zu ziehen, doch er ließ ihm keine Zeit dazu. Ein einziger, gut gezielter Hieb trennte ihm den Kopf von den Schultern. Hellrotes Blut spritzte auf die Braut, durchnässte ihr Hochzeitsgewand, während sie sich hilflos an der Mähne ihres Pferdes festkrallte. Er hätte erwartet, dass sie schreien würde, doch sie blickte ihn immer noch fassungslos an, ganz so, als könne sie nicht glauben, was hier geschah. Hinter sich hörte er das Sirren eines Schwertes, das aus der Scheide gezogen wurde. Sofort fuhr er herum. Fing mühelos den Streich ab. Ah, Ritter Sigmund, der Vater der Braut. Das gute Leben hatte den gefürchteten Kämpen fett und träge gemacht. Kein Gegner für ihn. Er lachte.

Der Schimmel der Braut scheute. Die junge Frau wurde rücklings zu Boden geschleudert.

»Lauf!«, schrie der alte Ritter seiner Tochter zu. Es war sein letztes Wort.

Als er das blutige Schwert aus Sigmunds Leib zog, rappelte das Mädchen sich gerade auf, wäre fast über den Saum ihres Kleides gestolpert. Sie rannte tiefer in den Wald hinein. Ihr Brautkranz verfing sich an einem Gesträuch, rutschte ihr vom Kopf. Nicht dumm, die Kleine, hoffte wohl, er könne ihr dorthin nicht zu Pferde folgen. Zwei Galoppsprünge, dann hatte er sie erreicht, sprang aus dem Sattel und riss sie zu Boden. Sie starrte ihn mit weit aufgerissenen Augen an, doch noch immer schrie sie nicht. Das blutige Kleid klebte nass an ihrem Leib, betonte ihren wohlgeformten Körper. Er atmete tief durch. Er könnte sie nehmen und später töten. Einen Augenblick lang zögerte er. Nein, das würde nur Ärger geben, besser, er erledigte es sofort.

Mit aller Kraft stieß er ihr das Schwert in die Brust und zog es erst zurück, als er den Widerstand ihrer brechenden Rippen überwunden glaubte.

1. Kapitel

Er sieht mich an, als wäre ich eine Heilige. Lena strich mehrfach über den dunkelblauen Stoff ihrer Suckenie. Sie schämte sich für ihre feuchten Hände, die ihre Scheu zu verraten drohten. Niemals würde sie sich an die Ehrfurcht gewöhnen, mit der die Menschen außerhalb des Klosters sie betrachteten. Der Stoff wurde warm unter ihren Händen. Hör auf!, mahnte sie sich und ließ ihr Kleid los.

Der Mann vor ihr trug die einfache Bekleidung der Landarbeiter, der graue Kittel war vielfach geflickt, aber sauber. Gewiss hatte er erst kurz zuvor die Badestube aufgesucht. Er stand so aufrecht vor ihr, wie er es mit Hilfe seiner Krücke auf seinem verbliebenen linken Bein vermochte. Dabei bereitete ihm das Stehen sichtlich Mühe. Sie lächelte ihn freundlich an. »Sei mir willkommen, Ortwin vom Mühltal.« Seinen Namen hatte ihr Schwester Ludovika genannt, ehe sie den Mann in den Besucherraum des Klosters vorgelassen hatte.

»Ich danke Euch, ehrwürdige Schwester.« Er wagte kaum, ihr ins Gesicht zu sehen. Lenas Hände wurden wieder feucht. Sie war keine Schwester, auch wenn man ihre dunkle Kleidung leicht mit einem Ordenshabit verwechseln konnte.

»Setz dich bitte. Und sag mir, welches Leid führt dich hierher?« In ihrem Innersten hoffte sie, er möge kein Wunder von ihr erwarten.

Ortwin schob seine Krücke etwas umständlich nach vorn, sorgsam darauf bedacht, das Gleichgewicht zu halten, und ließ sich auf der schmalen Holzbank nieder. Sein Blick strahlte noch immer diese seltsame Mischung aus Hoffnung und Furcht aus. Es war ihm sichtlich unangenehm, dass er saß, während sie noch stand. Lena lächelte ihm aufmunternd zu, zog ihren kleinen Schemel heran und nahm ihm gegenüber Platz, anstatt, wie es unter den Schwestern üblich war, auf der Bankreihe an der anderen Seite des kahlen Besucherraumes.

Es dauerte eine Weile, ehe Ortwin den Mut fand, auf Lenas Frage zu antworten.

»Mir ist, als wäre das Bein noch da und würde mich von früh bis spät grausam zwacken.« Seine Stimme klang zaghaft, fast so, als hätte er Furcht, sie mit seinem Leid zu belästigen. Vorsichtig hob er den Oberschenkelstumpf an, den er sorgsam in einen umgeschlagenen Beinling gehüllt hatte. Doch es war nicht das Bein, dem Lenas Aufmerksamkeit galt. Sie blickte in sein Gesicht. Wind und Wetter hatten ihre Spuren hinterlassen, tiefe Furchen umgaben Ortwins Mund, machten ihn älter, als er wahrscheinlich war. Und doch zeigten sie, dass er früher oft gelacht hatte. Früher ... allzu lange konnte es nicht her sein, denn sein tiefdunkles Haar verriet, dass er noch keine dreißig war. Sie forschte in seinen Augen, suchte nach der Seelenflamme, jenem Funken, der die Menschen zum Strahlen brachte und ihre Einheit mit Gott bezeugte. Ortwins Flamme war fast verloschen, ein letztes Aufglimmen alter Glut.

»Beschreibe mir deinen Schmerz«, forderte sie ihn auf.

Er senkte die Lider, denn er war es nicht gewohnt, einer hochgestellten Dame unverwandt in die Augen zu sehen.

»Die Zehen brennen und treiben das Feuer in den Unterschenkel, obwohl da doch nichts mehr ist. Man könnt glauben, der Brand wär noch im Bein, dabei ist's schon drei Jahre her.«

»Und bislang vermochte nichts, die Pein zu lindern?«

Ortwin schüttelte den Kopf. »Der Bader sagte, der Schmerz würde vergehen, wenn die Wunde ausgeheilt ist.« Er seufzte. »Danach war's aber noch ärger.«

»Gott ist groß in seiner Gnade.« Sie beugte sich vor und legte die Hände behutsam auf den Beinstumpf des Mannes. Die breiten Narbenwülste ließen sich sogar durch den Stoff ertasten. Er zuckte kurz zurück, doch dann atmete er tief durch, als verschaffe ihm allein ihre Berührung Linderung. Sie hatte das schon oft erlebt. Je fester der Glaube eines Menschen, umso wirksamer die Hilfe.

»Lass die Erinnerung fahren, gib sie in Gottes Hand. Solange du in der Vergangenheit lebst, wird dein Bein schmerzen, als wäre es noch ein Teil deiner selbst.«

»Wie kann ich das?« Für einen Moment glaubte Lena das Glitzern von Tränen in seinen Augen zu erkennen. War es Trauer? Zorn? Oder gar beides?

»Kämpf nicht länger gegen die Beschwernis. Nimm sie an als Bürde, damit in dir das Werk Gottes offenbar werden kann.«

»Das Werk Gottes? In mir?« Der Zweifel in seiner Stimme war unüberhörbar, doch Lena ließ sich nicht beirren.

»Mildtätig sei der Mensch, duldsam in seinem Leid. Die Pflicht, Almosen zu geben, geht Hand in Hand mit dem Gebot, sein Schicksal anzunehmen. Sei anderen Leidenden ein Vorbild, hilf denen, die schwächer sind, und nimm die Güte derer an, die stärker sind. Nur dann wird sich an jedem Tag deines Lebens die Güte Gottes offenbaren. Dein Schmerz ist eine Mahnung, deine Bürde anzunehmen. Wenn du dieser Mahnung folgst, verliert der Schmerz seinen Sinn und wird vergehen.«

»Ist das wirklich wahr?« Ein leiser Hoffnungsfunke ließ seine Seelenflamme heller strahlen und vertrieb die ungeweinten Tränen aus seinen Augen.

»Es ist wahr«, bestätigte Lena. »Gott wird dir deinen Schmerz nehmen, wenn du lernst, dein Los als gegeben hinzunehmen.«

So wie er ihn mir nahm, fügte sie in Gedanken hinzu. Sie strich noch einige Male sanft über den Stumpf seines Beines, mehr, um ihm das Gefühl zu geben, sie tue etwas gegen sein Leid, als dass es tatsächlich einen heilenden Nutzen gehabt hätte. Seine Züge entspannten sich merklich.

»Gott wird dir dein Leiden nehmen, wenn du es ihm wohlgefällig als Opfer darbietest. Bring dem heiligen Fridolin von Säckingen eine Gabe in Form eines geschnitzten kleinen Beines dar, gefertigt von deinen eigenen Händen, und der Schmerz wird vergehen.«

Nachdem der Einbeinige fort war, lugte Lena aus der Tür des Besucherraumes. Schwester Ludovika schüttelte kaum merklich den Kopf. Für heute warteten keine Leidenden mehr. Lena wollte das kleine Gemach gerade verlassen, als die äußere Tür aufflog und eine stattliche Nonne mit der Gewalt eines Herbststurmes in den Vorraum rauschte. Ludovikas Schleier wehte, als die massige Schwester an ihr vorüberstürmte und geradewegs auf Lena zuhielt.

»Helena, die ehrwürdige Mutter wünscht dich umgehend zu sprechen.«

Lena lächelte. Das war Schwester Margarita, wie sie leibte und lebte, ihre geliebte Großtante, die selbst nach dreißig Jahren im Kloster jedem Marktweib im Feilschen überlegen war und sich nicht scheute, im Namen des Herrn mit Pferdemist nach Lausbuben zu werfen, die es wagten, im Klostergarten Äpfel zu stehlen.

»Was wünscht die Mutter Oberin von mir?«

»Wenn ich das wüsste.« Ratlos schlug Margarita die Hände zusammen.

»Wenn du es nicht weißt, verehrte Tante, so muss es in der Tat ein großes Geheimnis sein.«

Schwester Ludovika verbiss sich das Lachen.

»Komm, Kind, wir wollen die ehrwürdige Mutter Clara nicht warten lassen.« Die alte Nonne zerrte an Lenas Hand, ganz so, als fürchte sie, Lena könne ihr davonlaufen. Vermutlich ging es Margarita weniger um die ehrwürdige Mutter als um die eigene Neugier. Dazu passte ihr aufgeregter Wortschwall, während sie Lena durch die weiten Gänge des Klosters begleitete.

»Gewiss will sie von dir wissen, ob du dich endlich für ein dauerhaftes Leben in der Gemeinschaft entschieden hast. Es ist jetzt ein Jahr her.«

»Das glaube ich nicht. Sie würde keine Entscheidung fordern, die ich noch nicht zu treffen bereit bin.«

»Aber wie soll es dann mit dir weitergehen, Kind? Du kannst dich hier nicht für alle Zeiten vor der Welt verstecken.«

»Ich verstecke mich vor niemandem.«

»Und doch hast du das Kloster seit damals nicht mehr verlassen. Warum willst du kein Gelübde ablegen? Den Menschen könntest du genauso gut helfen, wenn du dem Orden beitrittst.«

Lena schwieg. Das Gespräch nahm eine Wendung, die ihr nicht behagte. Sie war dankbar, in Sankt Michaelis eine Zuflucht gefunden zu haben, aber tief im Innern widerstrebte es ihr, den Schleier zu nehmen. Sie hatte nie eine Berufung verspürt. Unter gewöhnlichen Umständen hätte sie niemals den Weg ins Kloster gefunden.

Schwester Margaritas Gedanken waren glücklicherweise längst in eine andere Richtung gewandert. »Möglicherweise braucht die ehrwürdige Mutter wieder deine Hilfe. Es heißt zwar, du hättest ihre Krankheit geheilt, aber wer weiß … Ob sich ein solches Leiden wirklich jemals ganz kurieren lässt?«

Lena war das anzügliche Augenrollen ihrer Großtante nicht entgangen. »Aber verehrte Tante, muss ich dich an die Worte des Herrn erinnern? Wer von euch ohne Sünde ist, der werfe den ersten Stein.«

»Habe ich je einen Stein geworfen?« Schwester Margarita hielt in ihrem schnellen Schritt inne und stemmte die Hände wie ein Marktweib in die breiten Hüften. »Nein, ich hatte stets das Wohl der Mutter Oberin im Sinn. Und sei ehrlich, Kind, hättest du ihr helfen können, wenn nicht an die Oberfläche gekommen wäre, was die Seele unserer ehrwürdigen Mutter bedrückte?«

Gegen ihren Willen musste Lena lächeln. Ihre Tante hatte eine ganz eigene Art, ihre Klatschsucht als Werkzeug Gottes darzustellen. Wirklich böse konnte ihr niemand sein, wenngleich Margarita zuweilen recht peinliche Einzelheiten aus dem Leben anderer preisgab.

Die Mutter Oberin erwartete Lena in ihren Räumlichkeiten. Es war nicht das erste Mal, dass Lena die Wohnung der Äbtissin betrat, aber sie war jedes Mal aufs Neue fasziniert, in welcher Weise die ehrwürdige Mutter das Gebot der Armut und Besitzlosigkeit auslegte. Den Boden bedeckten kostbare orientalische Teppiche, Geschenke ihres ältesten Bruders, der am vorletzten Kreuzzug teilgenommen hatte. Die Möbel aus poliertem Nussbaumholz waren fein gedrechselt, das Schreibpult der Oberin zeugte von großer Handwerkskunst. Doch vermutlich war all dies nichts gegen den Luxus, in dem die Äbtissin als Tochter eines Herzogs einst aufgewachsen war.

»Benedicte, ehrwürdige Mutter.« Lena verneigte sich leicht.

»Dominus, meine Tochter.« Die Äbtissin lächelte Lena gütig zu.

»Benedicte, ehrwürdige Mutter«, sagte auch Margarita.

»Dominus, meine Tochter«, wiederholte die Oberin, diesmal allerdings ohne zu lächeln. »Ich danke dir, Margarita. Du kannst uns jetzt allein lassen.«

Für einen Moment schien der Leib der Tante vor Trotz zu erbeben. Doch statt ein Wort des Widerspruchs zu verlieren, verneigte sie sich und verließ die Wohnung der Oberin. Nicht ohne Lena zuvor eindringlich anzusehen und stumm an ihre familiären Verpflichtungen zu gemahnen.

Die Äbtissin bot Lena auf einem der kostbaren Stühle einen Platz an, nicht anders als in den vielen Stunden, die sie hier verbracht hatte, um ihre heilkundige Gabe in den Dienst der ehrwürdigen Mutter zu stellen. Doch längst hatte die Äbtissin zu ihrer früheren Stärke zurückgefunden, mit der sie das Kloster so trefflich zu leiten verstand, und wenngleich Mutter Clara keine junge Frau mehr war, so strahlte sie doch eine alterslose Anmut aus. Nach wie vor schlank und beweglich, war jede ihrer Bewegungen von einer ganz eigenen Feinheit.

»Ich habe deinen Weg in den letzten Monaten mit Wohlgefallen verfolgt«, begann die Oberin. »Du stellst deine große Gabe in den Dienst der Menschen, und dein Ruf ist weit über die Mauern unseres Klosters hinausgedrungen.«

Warum sagte sie ihr das? Ob Tante Margarita vielleicht doch

recht hatte? Wünschte die ehrwürdige Mutter eine Entscheidung von ihr? Unsicher suchte Lena den Blick der Äbtissin. Doch in deren Augen lag keine unausgesprochene Forderung.

»Heute früh erreichte mich eine Botschaft von Graf Dietmar von Birkenfeld«, fuhr die Oberin fort.

»Graf von Birkenfeld?« Lena erinnerte sich an eine Burg dieses Namens, die etwa eine Tagesreise vom Kloster entfernt lag, in den rauen Wäldern am Ufer der wilden Bode. Räuberland nannten die Bauern jene Gegend.

Die ehrwürdige Mutter nickte. »Graf Dietmar hat von deiner seltenen Gabe gehört und bittet um deine Hilfe. Seine Gemahlin ist seit der Geburt ihres bislang einzigen Kindes vor vier Monaten leidend. Weder die besten Ärzte noch der Beistand eines Priesters vermochten ihr zu helfen. Deine Kunst ist seine letzte Hoffnung.«

»Welche Erkrankung hat die Gräfin denn befallen?« Dass Ärzte oft nicht weiterwussten, war für Lena nichts Neues, aber die Erwähnung des Priesters machte sie stutzig.

Die Äbtissin wiegte nachdenklich den Kopf. »So genau weiß es niemand. Die Ärzte behaupten, die Säfte ihres Körpers seien nach der Geburt des Kindes ins Ungleichgewicht geraten. Der Priester fürchtet, ihre Anfälle könnten ein Zeichen der Besessenheit sein.«

»Ein Dämon?« Lenas Augen weiteten sich. Vor der Schwarzen Kunst fürchtete sie sich, und Höllenwesen hatte sie nichts entgegenzusetzen. Ihre Kraft entsprang einer anderen Quelle.

Die ehrwürdige Mutter lächelte nachsichtig. »Ich glaube nicht an einen Teufel, der in den Körper der Gräfin gefahren ist. Ich vermute vielmehr die eigenen Dämonen, die in unserer Seele wachsen, wenn wir ihnen nicht stark genug entgegentreten. Das hast du mich gelehrt, Helena. Willst du diesmal vor deiner eigenen Kraft zurückschrecken?«

Die Gelassenheit der Äbtissin beschämte Lena.

»Nein, gewiss nicht. Ich werde mein Bestes versuchen.«

»Sehr gut. Der Graf hat einen Wagen und eine angemessene

Abordnung seiner Dienerschaft geschickt, damit du morgen früh aufbrechen kannst.«

»Aufbrechen? Ich soll das Kloster verlassen?« Eine eisige Faust griff nach Lenas Herzen. Das Kloster schenkte ihr Sicherheit, hier hatte sie endlich Frieden gefunden.

Die Äbtissin nickte. »Es ist der Gräfin derzeit nicht zuzumuten, sich den Unwägbarkeiten einer Reise auszusetzen. Du wirst dich ihrer auf Burg Birkenfeld annehmen.«

»Aber ...«, begann Lena, doch die Oberin ließ keinen Widerspruch zu.

»Schwester Ludovika wird dich begleiten.«

»Schwester Ludovika?« Nichts hätte Lena in noch größeres Erstaunen versetzen können als dieser Name. Sie mochte Ludovika sehr, doch die Nonne war erst sechzehn. Es war nicht üblich, so jungen Ordensfrauen eine Reise außerhalb des Klosters zu gewähren, zumal Lena selbst erst neunzehn war.

Die Äbtissin missdeutete Lenas Überraschung. »Ludovika ist die beste Wahl«, sagte sie. »Natürlich, sie ist noch sehr jung, hat aber bereits eine beachtliche Frömmigkeit und Unanfechtbarkeit bewiesen, die sie mehr als manch andere für eine Aufgabe außerhalb unserer Mauern befähigt. Ich habe niemals ein Mädchen kennengelernt, das mehr von seiner Berufung durchdrungen war.« Die ehrwürdige Mutter lächelte. »Zudem wird es für dich einfacher sein, wenn du dich auf ihre vertraute Stärke verlassen kannst.«

Lena nickte. Trotz der Gewissheit, eine Freundin zur Seite zu haben, rumorte es in ihren Eingeweiden. Die bevorstehende Reise erfüllte sie mit einer kaum fassbaren Angst. Auf einmal begriff sie, dass ihre Tante recht gehabt hatte. Sie versteckte sich in diesem Kloster, weil sie die Welt da draußen fürchtete.

»Die Mutter Oberin hat *was* gesagt?« Schwester Margarita starrte Lena mit weit aufgerissenen Augen an.

»Der Graf von Birkenfeld hat um meine Hilfe nachgesu...«

»Nein, nicht das«, unterbrach Margarita sie ungehalten. »Wieso soll ausgerechnet Ludovika dich begleiten? Dieses unreife Küken, das erst vor drei Monaten die Profess abgelegt hat?« Die alte Nonne schnaubte verächtlich. »Wie soll dieses Kind sich in der Welt zurechtfinden und dir eine Hilfe sein? Mich hätte die Mutter Oberin erwählen sollen, ich würde schon gut auf dich achtgeben.«

»Vielleicht ist es Ludovikas Verschwiegenheit, die unsere ehrwürdige Mutter Oberin schätzt.« Kaum waren ihr die Worte entschlüpft, hätte Lena sich für ihre unbedachte Äußerung ohrfeigen mögen. Schwester Margarita sog empört die Luft ein. »Da beginnt die Sünde schon. Kein Respekt mehr vor den Älteren.« Ohne ein weiteres Wort rauschte sie davon. Lena seufzte. Es hatte nicht in ihrer Absicht gelegen, ihre Tante zu kränken, aber manchmal ging die Zunge mit ihr durch. Es war nur tröstlich, dass Schwester Margarita nicht zu den Menschen gehörte, die lange grollten oder nachtragend waren.

Schwester Ludovika nahm die Neuigkeit mit erstaunlicher Gelassenheit auf. Nach den Anzeichen von Überraschung, Vorfreude oder gar Furcht suchte Lena vergebens. Ludovikas dunkelblaue Augen waren wie ein ruhender See, den seine eigene Tiefe vor den Unbilden aller Stürme bewahrte.

»Du wirst der Gräfin Frieden schenken«, sagte sie mit einer Bestimmtheit, die keinen Zweifel an Lenas Fähigkeiten zuließ. Manchmal hatte Lena das Gefühl, erst das Vertrauen der anderen bringe ihre Gabe zum Erblühen und Ludovikas Zuversicht sei der Nährboden, aus dem sie ihre Kraft zog. Ob das der wahre Grund war, warum die Äbtissin ausgerechnet die jüngste Ordensschwester zu ihrer Begleitung bestimmt hatte?

»Weshalb bist du dir so sicher?«

Ein leises Lächeln umspielte Ludovikas Lippen. »Weil Gott durch dich wirkt. Er hat dich geprüft und auserwählt.«

In dieser Nacht fand Lena kaum Schlaf. Unruhige Traumgebilde umschlangen sie, ohne erkennbare Gestalt anzunehmen. Mehrfach erwachte sie, das Laken schweißnass, doch nie vermochte sie zu sagen, welcher Alb sie in seinen Klauen gehalten hatte. Erst als das Zwielicht des nahenden Morgens seinen schwachen Schimmer in ihre Zelle warf und die Laudes ankündigte, fand sie zu ihrer inneren Ruhe zurück. Das kühle Wasser der Waschschüssel schwemmte den letzten Albdruck hinfort und gab ihr die Kraft zurück, für die sie bekannt war. Hastig warf sie die Suckenie über, flocht ihr langes dunkelblondes Haar zu einem dicken Zopf und verbarg es mit geübter Hand unter dem Gebände. Dann schloss sie sich den Schwestern zur Morgenandacht an.

Bereits eine Stunde später saß sie mit Ludovika in dem Gefährt, das der Graf ihnen geschickt hatte. Auf den ersten Blick ein einfacher Leiterwagen, dessen Sprossen mit Weidenzweigen verflochten waren. Über zwei hohen Gurtbögen spannte sich eine Wagendecke aus dünnem Rindsleder, die sowohl vor Sonne als auch vor Regen schützen sollte. Doch die hölzernen Bänke waren mit Hirschfellen bezogen, und darauf lagen weiche Kissen. Das Rascheln verriet die Daunenfüllung.

Zwei Mägde hatten sie mit einem schwankenden Knicks begrüßt und sich dann stumm im hinteren Teil vor Körben mit Brot und Krügen auf den Boden gesetzt. Als sollten sie ihnen aufwarten und gleichzeitig der Schicklichkeit Genüge tun. Draußen riefen Männer Befehle, Hufe schlugen aufs Pflaster, als sich das Tor öffnete. Die Leibwache. Der Graf war ein aufmerksamer Gastgeber. Trotzdem spürte Lena das Rütteln im ganzen Leib, als die Ochsen unter dem Gebrüll ihres Treibers den schweren Wagen anzogen. Dabei war der Hof des Klosters gut gepflastert. Wie mochte es erst auf den Landstraßen werden? Ein Blick zu Ludovika hinüber verriet ihr, dass die Schwester die Unannehmlichkeiten der Reise mit der ihr eigenen Ergebenheit hinnahm. Lena seufzte. Nicht zum ersten Mal beneidete sie Ludovika um ihre Demut. Spielerisch ließ sie die Finger über das Geflecht des Wagens gleiten und spähte aus einer der Öffnungen, die sich neben den Gurtbögen auftaten. Blankes Metall spiegelte die Sonne in den Wagen. Lena wandte den Kopf. Auch auf der anderen Seite ein Arm im Kettenhemd, ein Stückchen Satteldecke. Zu beiden Seiten des Wagens hatten sich die Waffenknechte auf ihre kräftigen Pferde geschwungen. Sie zählte vierzehn Reiter, ein stattliches Geleit. Ein Schauer lief ihr über den Rücken. Welche Gefahr fürchtete der Graf, dass er so viele Männer schickte?

Unwillkürlich musste sie wieder daran denken, wie man die Gegend nannte. Räuberland. Eine winzige Sorgenfalte grub sich in ihre Stirn. Ludovika bemerkte es nicht. Die junge Nonne schaute mit einem leisen Lächeln auf die vorüberziehende Landschaft, ganz so, als genieße sie es, die engen Klostermauern für eine Weile hinter sich zu lassen.

Zum ersten Mal in diesem Jahr lag ein Hauch von Frühling in der Luft. Bald wäre der April vorüber, das Osterfest lag bereits zwei Wochen zurück, doch erst langsam sprossen Knospen und Blätter dem Sommer entgegen. Das Singen der Vögel mischte sich mit dem Schnauben der Pferde und dem Rattern der Wagenräder. Wie gern hätte Lena sich ebenso vom Zauber des Frühlings verführen lassen wie Ludovika oder zumindest auf einem der Pferde gesessen, statt sich in dem rumpelnden Wagen durchschaukeln zu lassen. Aber nicht nur der Anstand hielt sie davon ab, dem Wunsch nachzugeben, sondern vor allem der Gedanke an die Welt, die dann so nahe gewesen wäre. Die Bäume, deren Äste sie streiften, die Männer, die aus dem Dickicht hervorbrechen konnten. Denk nicht mehr daran, wie man diese Wälder nennt!, mahnte sie sich immer wieder. Vergebens.

Die beiden Mägde waren anfangs noch sehr zurückhaltend, nur langsam fassten sie Mut für ein Schwätzchen. Gerda, die ältere, eine stämmige Matrone, erzählte von der jungen Gräfin Elise, der das Mitleid aller gehörte. Nach sieben kinderlosen Jahren hatte Gott sich endlich erbarmt, ihr ein Söhnchen zu schenken, doch zugleich sei die schwere Krankheit über sie gekommen.

»Welcher Art ist diese Erkrankung?«, fragte Lena, froh über die Ablenkung von den eigenen Gedanken.

Gerda seufzte. »Schauerlich ist's anzusehen. Sie stürzt zu Boden, windet sich unter tausend Qualen. Dazu stößt sie die erbarmungswürdigsten Schreie aus.« Sie bekreuzigte sich. »Und wenn es endlich vorüber ist, dann fällt sie in einen tiefen Schlaf, aus dem sie tagelang kaum erwacht.«

»Es ist der Teufel, der sie quält«, flüsterte Hanne und bekreuzigte sich ebenfalls.

»Ach, sei doch still!«, fuhr Gerda der jungen Magd über den Mund. »Herr Ewald sagt, der Teufel könne nicht in den Leib eines gottgefälligen Menschen fahren. Und der wird's besser wissen als du dummes Ding.«

»Aber Pater Leonhardt hat gesagt ...«

»Nichts hat er mehr gesagt, nachdem Herr Ewald bei ihm war.«

Hanne schwieg, doch ihr war deutlich anzusehen, dass sie weiter an den Satan im Leib der Gräfin glaubte.

»Wer ist Herr Ewald?«, fragte Lena.

»Der Hauskaplan von Birkenfeld. Er war schon der Beichtiger des seligen Herrn Grafen und besorgt nicht nur das Seelenheil. Er führt auch die Bücher des Herrn Dietmar.«

»Und er verehrt die Gräfin«, fügte Hanne flüsternd hinzu. »Man sagt, er habe dem alten Herrn Grafen zugeraten, die Frau Elise als Schwiegertochter ins Haus zu holen, obwohl der junge Herr Graf ...«

»Halt dein Schandmaul, du freches Mensch!«, schnitt Gerda ihr barsch das Wort ab. »Was willst du schon wissen? Als Herr Dietmar heiratete, hast du noch drunten im Dorf die Gänse gehütet.«

Hanne schob die Unterlippe vor, sagte aber kein Wort mehr.

Um die Mittagsstunde legten sie eine kurze Rast ein. Lena fühlte sich steif und ungelenk, die Füße waren ihr eingeschlafen und kribbelten, als sie aus dem Wagen kletterte. Ludovika sprang mit beneidenswerter Leichtigkeit hinterher. Ihr war noch immer nichts von der Mühsal der Reise anzumerken. Hanne und Gerda trugen auf, was sie in ihren Vorratskörben hatten. Köstliche Pasteten, weiches helles Brot und sogar Würste. Schwester Ludovika vergaß für einen Moment ihre übliche Mäßigung und langte kräftig zu. Sie lagerten auf einer breiten Lichtung inmitten des finsteren Waldes. Die Reiter stiegen ab, ließen die Pferde grasen und sich ebenfalls von Gerdas guten Gaben verwöhnen. Die Männer scherzten, die Mägde lachten, nur Lena hatte das Gefühl, ihr Magen sei wie zugeschnürt. Viel zu lange kaute sie auf einer der Pasteten herum, nur um nicht aufzufallen. Sie versuchte, sich einzureden, ihre Unruhe liege in der Erwartung begründet, die alle in sie setzten. Doch zugleich wusste sie, dass sie sich selbst belog. Es war der Wald, der sie ängstigte. Und die Aussicht auf die Bode machte es nicht besser. Hohlwege, am Fluss entlang, Stromschnellen und Felsen, die menschlichen wie tierischen Bestien Deckung boten.

Kurz nach Einbruch der Dunkelheit erreichten sie Burg Birkenfeld. Mit der Sonne war auch die Wärme verschwunden, doch nicht nur deshalb fröstelte Lena. Der schmale Burgweg führte unmittelbar an der Bode entlang. Ihr wildes Rauschen mischte sich mit dem Poltern der Räder. Mehr als einmal neigte der Wagen sich bedenklich, doch außer ihr schien es niemand zu bemerken. Was wäre, wenn die Räder aus der Spur gerieten? Würden sie in die Bode stürzen?

Die Zugochsen schnauften angestrengt, als sie den Wagen den steilen Hügel hinaufzogen. Da erst wagte Lena den Blick vom Fluss abzuwenden und sah zur Burg hinauf, die sich hoch über ihr erhob. Sie hatte sich Birkenfeld größer vorgestellt, dennoch löste der Anblick des Gebäudes ein eigenartiges Unbehagen aus. War es der Turm, der alles überragte? Waren es die hohen Mauern? Eigentlich gab es keinen Grund zur Furcht, im Gegenteil, die Festung bot ihr Schutz. Gleichwohl zogen sich ihre Eingeweide schmerzhaft zusammen.

Die Pferde trabten eilig durch das äußere Tor in den Vorhof, auch die Ochsen zogen noch einmal kräftig an. Lena wurde nach vorn geworfen und hätte fast das Gleichgewicht verloren. Diesmal war auch Ludovika zusammengeschreckt, nur die beiden Mägde blieben unbeeindruckt. Rasch ging es vorbei an den Unterkünften des Gesindes und den Wirtschaftsgebäuden. Aus einigen der Fachwerkhäuschen drang ein schwacher Lichtschein hervor, war aber nicht stark genug, um mehr als einen Schatten sichtbar zu machen. Erst als sie das innere Tor erreichten, wurde es heller; zu beiden Seiten des Durchlasses steckten brennende Fackeln in eisernen Wandhalterungen. Ob sie wohl jede Nacht brannten oder nur heute, da sie erwartet wurden? Die tanzenden Flammen zauberten seltsame Gestalten auf die rauen Mauersteine. Rotbärtige Teufelsfratzen. Hastig schüttelte Lena den Gedanken ab. Welch ein Unsinn. Was war nur los mit ihr?

Dies war keine Burg mit großem Palas, so wie sie es auf den feinen Buchmalereien gesehen hatte, die ihr Vater einst als kostbaren Schatz gehütet hatte. Das Herz der Festung bildete der viereckige große Wohnturm. Schlicht und finster ragte er in den Himmel, ohne jede Zier. Nur aus zwei Fenstern fiel Licht in den Hof herab. Ringsum gruppierten sich kleinere Nebengebäude aus Fachwerk, deren Zweck Lena in der Dunkelheit nur erahnen konnte. Die Hufe der Pferde und Ochsen klapperten über den gepflasterten Innenhof und verstummten schließlich. Sie waren am Ziel. Lenas Knie knackten wie trockenes Holz, als sie sich von der gepolsterten Bank erhob und aus dem Wagen kletterte, wenigstens waren ihr die Füße nicht wieder eingeschlafen. Als ersten Burgbewohner entdeckte sie einen alten Mann in einer seltsamen Kutte, die Lena keinem Orden zuordnen konnte. Aber sein freundliches, beinahe väterliches Lächeln milderte ihre Beklommenheit.

»Seid willkommen, Schwester. Ich bin Ewald, der Hauskaplan.«

»Ich danke Euch«, antwortete sie. »Doch verzeiht, der Titel Schwester steht mir nicht zu. Ich habe kein Gelübde abgelegt.«

»Nicht?« Er musterte sie erstaunt.

Heißes Blut stieg ihr in die Wangen, dabei gab es gar keinen Grund zu erröten.

Ludovika sprang ihr bei. »Benedicte, Herr Kaplan. Frau Helena zog sich ins Kloster zurück, um den Menschen mit ihrer großen Gabe zu helfen. Doch ihre Bescheidenheit verbietet ihr, viele Worte über sich selbst zu verlieren. Ich bin Schwester Ludovika.«

Selten hatte Lena Ludovika so forsch erlebt.

»Bescheidenheit ist eine Tugend, an der ich nicht rühren will. Ihr seid uns willkommen.« Herr Ewald geleitete sie zum großen Turm. Mit einem Seitenblick sah Lena, wie die beiden Mägde in der Dunkelheit verschwanden.

»Wir sind sehr froh, dass Ihr die Beschwerlichkeiten der Reise auf Euch genommen habt.« Der Kaplan zog einen brennenden Kienspan aus der Halterung neben dem Eingang zum Turm. »Euer Ruf ist Euch weit vorausgeeilt. Die Bauern verehren Euch wie eine Heilige.«

Wieder glühten Lenas Wangen. »Bitte sagt so etwas nicht.«

Ewald wandte sich um und betrachtete sie voller Wohlgefallen, woraufhin sie noch tiefer errötete. Dann lächelte er gütiger als der Beichtvater nach dem Mittagessen. »Verzeiht einem alten Narren, er wollte Euch nicht in Verlegenheit bringen.«

Der Kaplan führte Lena und Ludovika über eine schmale Stiege ins erste Stockwerk. Selbst im spärlichen Licht konnte Lena die Seile ausmachen, die notfalls gekappt werden konnten, um den Turm vor Angreifern zu sichern.

Angenehme Wärme schlug ihnen entgegen, als Ewald die Tür zum Prunkgemach des Grafen öffnete. Selten zuvor hatte Lena einen so schönen Kamin gesehen. Seine Einfassung war mit steinernen Ornamenten in Form von Blütenranken verziert, die kunstfertige Hände lebensnah bemalt hatten. Das Prasseln des

Feuers mischte sich mit dem Knacken der brennenden Scheite. Zum ersten Mal, seit sie Burg Birkenfeld erblickt hatte, fühlte sie so etwas wie Geborgenheit. Der Graf war nicht nur ein guter Gastgeber, sondern ein reicher noch dazu. Lüster an Wänden und Decken, in denen Kerzen brannten. Wachskerzen, keine billigen Talglichter. Am Fenster stand ein mächtiger Tisch aus dunklem Holz, unter dem ein großer Hund mit grauem Fell und Schlappohren schlief. Vor dem Kamin lag das Fell eines Braunbären, dem man den Kopf belassen hatte. Daneben standen zwei hohe Lehnstühle aus dunklem Holz, deren Sitzflächen mit Lammfellen belegt waren. Der eine war leer, vom anderen erhob sich bei ihrem Eintreten ein hochgewachsener Mann mit hellblonden Haaren, die sich im Nacken kringelten. Der allgemeinen Gepflogenheit entsprechend war er glatt rasiert.

»Willkommen auf Burg Birkenfeld, ehrwürdige Schwestern. Ich bin Graf Dietmar.«

Soeben wollte Lena das Missverständnis aufklären, doch der Kaplan kam ihr hilfreich zuvor. »Frau Helena ist keine Nonne, sie lebt nur in der Zurückgezogenheit des Klosters.«

Graf Dietmar sah sie forschend an. »*Frau* Helena? So seid Ihr verheiratet?«

Wie ungewöhnlich blau seine Augen waren! Sie atmete tief durch.

»Die ehrwürdige Mutter Oberin hat mich geschickt, da Ihr um Hilfe für Eure Gemahlin ersucht habt. Sagt, wie ich Euch dienlich sein kann, Herr Dietmar.«

Ein leises Lächeln umspielte seine Lippen. Er hatte ihr Ausweichen sehr wohl bemerkt, doch bewies er genügend Takt, es dabei zu belassen. Dann wurde er wieder ernst.

»Die Gräfin wird seit der Geburt unseres Sohnes von seltsamen Zuständen heimgesucht. Eure Kunst ist unsere letzte Hoffnung.« Er hielt kurz inne. »Ihr seid gewiss hungrig. Wir speisen in einer Stunde zu Abend, dann werdet Ihr auch mein Weib kennenlernen. Ewald, hättet Ihr die Güte, unseren Gästen ihre Räumlichkeiten zu zeigen?« Beinahe entschuldigend fügte er hinzu:

»Verzeiht, dass erst eine der Kammern hergerichtet ist. Ich ahnte nicht, dass Ihr in Begleitung kämt. Die Mägde werden sich sogleich darum kümmern.«

»Ihr müsst Euch keine Umstände machen. Schwester Ludovika und ich werden uns die Kammer teilen.«

»Es ist kein Umstand«, widersprach der Graf. »Von außen mag die Burg nicht groß erscheinen, doch an warmen Stuben herrscht kein Mangel.«

Er lächelte sie freundlich an, und plötzlich war ihr so, als kenne sie ihn schon seit Jahren. Irgendetwas in seinem Blick nahm ihr jede Angst, und zum ersten Mal, seit sie in der Frühe das Kloster verlassen hatte, kam ihr der Gedanke, dass es gut war, in die Welt zurückzukehren.

Die Gästestuben lagen hoch oben im Turm. Es waren schlichte Kammern, doch gab es neben einer bequemen Bettstatt mit besten Leinenlaken eine Kleidertruhe, einen Tisch und zwei Schemel aus Eichenholz. Auf dem Tisch standen eine Kanne aus Steingut und eine Waschschüssel. Den blank gescheuerten Boden bedeckten weiche Schaffelle, und unter dem Bett entdeckte Lena ein Nachtgeschirr. Über der Truhe hing ein schlichtes kleines Holzkreuz, der einzige Schmuck an den rauen Wänden, wenn man von den Kerzenhaltern absah.

Die hölzernen Fensterläden waren um diese Zeit schon verschlossen. Der Blick von hier oben musste beeindruckend sein – auf die Hügel, die grünen Frühlingswälder und die ungezähmte Bode. Auf einmal verspürte Lena eine wilde Vorfreude auf den nächsten Tag. Wie herrlich musste es sein, die aufgehende Sonne von hier oben zu begrüßen.

Schwester Ludovikas Stube unterschied sich in nichts von der ihrigen. Entgegen der Aussage des Grafen gab es für die Magd nicht viel zu tun. Sie erneuerte nur die Kerzen und zog frische Laken auf das Bett. Wieder fiel Lena auf, wie selbstverständlich hier mit teuren Wachskerzen umgegangen wurde.

Sie nutzte die Zeit bis zum Nachtmahl, um ihre wenigen Habseligkeiten in der Kleidertruhe zu verstauen. Unwillkürlich flogen ihre Gedanken zurück in jene Zeit, da sie helle Kleider getragen hatte, leuchtende Farben, vorwiegend Grün und Rot. In einer Zeit, als sie ihr Haar noch offen getragen hatte, stolz auf seine Fülle, die einzig vom Schapel gebändigt worden war. Damals hatte sie zahlreiche der kostbaren Haarreifen besessen.

Mit einem energischen Ruck klappte sie die Truhe zu, ganz so, als könne der harte Laut des aufschlagenden Holzes auch die Erinnerungen tilgen.

Zur gegebenen Zeit betraten sie gemeinsam das Prunkgemach. Ludovika gab sich ganz ergeben in der Rolle der frommen Schwester, dennoch entgingen Lena nicht die bewundernden Blicke, mit denen die junge Nonne die geschmückte Tafel bedachte. Ein bodenlanges Tischtuch aus weißem Leinen, darauf drapiert silberne Kerzenleuchter, Pokale und Schenkkannen aus Zinn. Fast fühlte Lena sich zurückversetzt in die Erzählungen, die ihr Vater so gern am abendlichen Kaminfeuer zum Besten gegeben hatte. Geschichten seiner Jugend, da er an fürstlichen Höfen bewirtet worden war.

Der Graf stand vor dem Kamin und starrte in die Flammen. Bei ihrem Eintreten wandte er sich um. Sein Lächeln trieb Lena zum wiederholten Male das Blut in die Wangen.

»Sind wir zu früh?« Sie sah ihn unsicher an.

Bevor er antworten konnte, öffnete sich die Tür abermals. Es war der Kaplan, an seiner Seite eine zierliche junge Frau von Anfang zwanzig. Ihre Züge waren rein und nahezu vollkommen, fast wie die der Madonna von Sankt Michaelis. Sie stützte sich auf den Arm des Kaplans, ganz so, als fürchte sie, ohne seinen Beistand keinen Schritt tun zu können. Trotz ihrer Jugend wirkte sie auf Lena wie eine Greisin, und das nicht nur deshalb, weil sie gebeugt ging, als laste die Mühsal eines längst verblühten Lebens auf ihr. Dabei war sie durchaus elegant gekleidet. Ihr Kleid, ein teurer fränkischer Surcot in hellem Grün, schmiegte sich eng um ihren schlanken Leib. Darunter schimmerten die Ärmel ihres Unterkleides weiß wie frischer Rahm hervor. Sie trug kein Gebände, sondern eine hellgrüne Haube, die von einem goldenen Netz überzogen und mit Goldborten verziert war.

Wie eine gebrochene Frühlingsblume, dachte Lena. Eine seltsame Anteilnahme ergriff Besitz von ihr, Mitleid, in das sich Neugier mischte. Was war dieser schönen Frau geschehen, die doch mit allem so überreich gesegnet schien?

Graf Dietmar trat seiner Frau entgegen, bot ihr sogleich seine Hand. Sie ließ den Arm des Kaplans los und ergriff die Rechte ihres Gatten. Wie eine Braut, die vom Vater in die Obhut des Bräutigams gegeben wird, schoss es Lena durch den Kopf. Doch die Art, wie Elise Dietmars Hand umschloss, war alles andere als zögernd. Ihre Finger verhakten sich fest in den seinen, lebhaft und voller Zuneigung. Für einen Augenblick erschien der Hauch eines Lächelns auf ihrem Gesicht, das ihr Gatte umso herzlicher erwiderte. Dann führte er Elise an die Tafel, wo sie ihren Platz an seiner Seite einnahm. Doch sie sprach kein Wort, schien Lena und Ludovika kaum wahrzunehmen, nicht einmal als Dietmar sie einander vorstellte. Es war, als lebte sie in einer anderen Welt, getrennt durch einen unsichtbaren Vorhang von der Wirklichkeit.

Die Speisenfolge stand dem Tafelschmuck in nichts nach. Zuerst Mandelmus mit Weißbrot, dann folgten gebratene Hühner, in Rosinen gesottener Hammel und in Wein eingelegte Feigen. Zum wiederholten Male fragte Lena sich, ob es in diesem Haus wohl immer so zuging oder nur heute, um ihre Ankunft zu würdigen. Mandeln und Feigen waren teure Delikatessen, die sie selbst nur äußerst selten gegessen hatte.

Ein lautes Klirren riss sie aus ihren Betrachtungen. Sofort flog ihr Blick zur Gräfin, die hilflos zitternd einen Pokal umgestoßen hatte. Ehe der Graf sie halten konnte, war sie zuckend zu Boden gesunken. Die Hände zu Fäusten verkrampft, schienen ihre Beine ein Eigenleben zu führen und richteten ihren Leib in einer merkwürdig verkrümmten Lage auf. Rücklings mit verdrehten Augen lag sie halb unter dem Tisch, die Kappe auf ihrem Kopf war verrutscht und gab den Blick auf ihre vollen goldbraunen Haare frei.

Dietmar war sofort bei ihr, versuchte sie zu halten, dabei riss er das Tischtuch halb herunter. Pokale und Schüsseln fielen zu Boden. Ein Krug Wein landete vor Ludovikas Füßen und hinterließ dunkle Flecken auf ihrem Habit. Lena sprang auf und wollte dem Grafen helfen, seine Frau zu halten. Da hörte sie die Schreie, von denen Gerda berichtet hatte, und plötzlich begriff sie, warum die alte Magd sich bekreuzigt hatte. Nie zuvor hatte sie so viel Qual in der Stimme eines Menschen gehört. Mit keinem anderen Laut hätte sie dieses Wehklagen vergleichen können. So mussten die gepeinigten Seelen in der Hölle brüllen.

Endlich gelang es Graf Dietmar, Elises wild schlagende Arme zu bändigen und sie an sich zu ziehen. In den Armen ihres Gatten verebbten ihre Schreie, und ihr Körper wurde ruhiger, bis sie plötzlich schlaff und reglos am Boden liegen blieb. Wie ein zartes, zerbrechliches Kind hob der Graf sie vorsichtig hoch. Er war blass geworden. Ohne jede Erklärung trug er sie aus dem Saal.

Lena wusste nicht, ob sie ihm folgen oder bleiben sollte. Ewald war ihr hilfloser Blick nicht entgangen.

»So ist es jedes Mal«, seufzte der Kaplan und wischte sich ungeschickt die Reste der eingelegten Feigen von der Kleidung. Er hatte am meisten abbekommen, als der Graf das Tischtuch heruntergerissen hatte.

»Das war schrecklich«, flüsterte Ludovika. »Die arme Frau. Wie oft ereilt sie dieses Schicksal?«

»Manchmal zweimal in der Woche, oft seltener. Aber es ist immer grausam, und Herr Dietmar leidet fast so sehr wie sie.«

Der Blick des Kaplans traf Lena bis ins Innerste. So viel Hoffnung lag darin. Es war der gleiche Blick, mit dem der einbeinige Ortwin sie bedacht hatte. Und alle anderen, die glaubten, sie könne Wunder vollbringen. Lenas Magen zog sich schmerzhafter als sonst zusammen. Nie zuvor hatte sie ein solches Leiden gesehen, geschweige denn gelindert. Die Worte der ehrwürdigen Mutter fielen ihr wieder ein. Ärzte und Priester waren hier gescheitert. Im Geiste hörte sie wieder die Stimme des Grafen. Ihre Kunst sei seine letzte Hoffnung.

Niemand bemerkte ihr stummes Gebet an die Mutter Gottes, in das sie ihr ganzes Vertrauen legte: *Unter deinen Schutz und Schirm fliehen wir, o heilige Gottesgebärerin.*

Da hörte sie Schwester Ludovikas Stimme, so voller Kraft und Zuversicht. »Frau Helena wird der Gräfin Frieden schenken. Gott wirkt durch sie.«

Der Stein in Lenas Magen wurde noch schwerer. Zum ersten Mal kam ihr Ludovikas Zuversicht wie eine Bürde vor.

Verschmähe nicht unser Gebet in unsern Nöten, sondern erlöse uns jederzeit von allen Gefahren, o du glorreiche und gebenedeite Jungfrau.

2. Kapitel

»Was für ein Land!« Said schüttelte sich. »Kalt und unfreundlich, voll von Menschen, die noch nie einen Rechtgläubigen gesehen haben. Ja, nicht einmal dich betrachten sie frei von Misstrauen, und dabei bist du doch zur Hälfte einer von ihnen. Und schmutzig ist es hier. Da glaubt man noch, sie seien sauber bei den vielen Badestuben. Aber was finden wir? Verschimmelte Zuber, an denen man sich Splitter in die edelsten Körperteile reißt.«

Philip lachte. »Du übertreibst wieder einmal maßlos.« Er kannte Saids Tiraden zur Genüge. Seit sie vor vier Monaten in Alexandria aufgebrochen waren, verging kaum ein Tag, an dem Said nicht irgendetwas zu beklagen hatte. Natürlich hatte der kleine Araber recht. Es war ein kaltes, unfreundliches Land, vor allem für einen Menschen, den eine Reise nie weiter als bis nach Sizilien geführt hatte. Nach und nach begriff Philip, warum sein Vater in Ägypten geblieben war. Wenn es nach ihm selbst gegangen wäre, hätte er Alexandria auch nie verlassen. Leider hatte das Schicksal es anders entschieden.

»Ich übertreibe?« Said beugte sich auf seinem Fuchs vor und starrte Philip unverwandt in die Augen. »Seit Tagen reiten wir durch diese finsteren Wälder, nur selten gewährt uns jemand außerhalb der Dörfer Gastfreundschaft. Und wenn, dann dürfen wir für alles den doppelten Preis bezahlen.«

»Ich meinte die Bäder. Ich habe gesehen, wie du der hübschen Bademagd nachgeschaut hast. Das sah nicht so aus, als seist du besonders gepeinigt.«

Said schnaufte. »Weil ich kaum glauben mochte, wie unsittlich sie sich gebärdete. Aber ich blieb standhaft. Im Gegensatz zu dir.«

»Was sollte ich tun? Ich konnte das schöne Kind doch nicht

enttäuschen.« Philip tätschelte seinem Rappen den Hals. »Vielleicht wäre deine Laune besser, wenn du nicht immer so standhaft wärst.«

Mit Blick zum Himmel hob Said beide Hände. »Davor sei Allah! Lose Frauenzimmer bringen einem Mann nur Unglück. Erst umgarnen sie dich, dann weben sie aus eben jenem Garn ihr Netz, und ehe du dich versiehst, zappelst du darin wie ein Fisch, der in der Sonne hilflos nach Luft schnappt.«

»Hast du mich schon einmal hilflos nach Luft schnappen sehen?«

»Nein«, gestand Said. »Aber ich sehe, wohin es uns geführt hat. In kalte, dunkle Wälder, denen jeder Hauch von Schönheit fehlt. Wo wachsen hier Zypressen oder Sykomoren? Wo ist die Wärme? Und was leben hier für Menschen! Groß und grobschlächtig, am ganzen Körper behaart wie wilde Affen.«

»Wahrscheinlich weil es hier so kalt ist.«

»Ich sehne den Tag herbei, da dir der Spott vergeht. O Allah, warum habe ich ihn nur hierher begleitet? Warum bin ich nicht in Alexandria geblieben, wo alles hell und schön ist, wo die Jungfrauen noch wissen, was sich geziemt, und alle, zumindest fast alle«, fügte er mit einem Seitenblick auf Philip hinzu, »dem rechten Glauben angehören.«

»Vermutlich weil ich dir jeden Monat an meiner Seite versilbere.«

Said fuhr herum. »Und jetzt beleidigst du mich auch noch, sprichst von Versilbern, als wäre ich ein Knecht, der dir nur um des Lohnes willen folgt? Von der Freundschaft, die uns seit Kindheit verbindet, sprichst du gar nicht mehr?«

»Ah, die Freundschaft, ja, du hast recht. Wie konnte ich überhaupt auf den Gedanken kommen, du nähmst auch nur einen Silberdenar aus meiner Hand entgegen. Ich danke dir, mein Freund.«

»Moment.« Auf einmal überschlug Saids Stimme sich. »Ich redete von der Freundschaft, die mich daran hindert, mehr als dieses kaum erwähnenswerte Almosen anzunehmen, das du mir ab und an auszahlst, um deiner christlichen Seele zum Heil zu verhelfen.«

»Wie überaus fürsorglich von dir.« Philip deutete eine spöttische Verbeugung an. »Aber sag, warum zahlst du mir dann kein Almosen? Gebietet der Koran nicht ebenso, der Armen zu gedenken?«

»Sehr richtig, aber seit wann bist du arm?«

»Wenn du so weitermachst, dauert es nicht mehr lange.«

Da schreckte sie ein gellender Schrei aus ihrem Geplänkel auf. Said zuckte so heftig zusammen, dass ihm fast der Turban vom Kopf gerutscht wäre. Philip riss sein Pferd herum. »Das kam von da vorn!« Er trieb seinen Rappen an, geradewegs in die Richtung des Gebrülls und Waffengeklirrs, in dem der erste Schrei verklungen war. Said folgte ihm. »Hältst du es wirklich für klug, wenn wir uns in fremde Händel einmischen? Du weißt doch, wie das ist. Am Ende sind wir diejenigen, denen man den Schädel einschlägt.«

»Dein Schädel ist doch gut gepolstert.« Philip warf Said einen amüsierten Blick zu. Wie oft hatte er vergeblich versucht, seinem Freund eine etwas unauffälligere Kleidung anzudienen, aber da war der kleine Araber sehr eigen. Um nichts in der Welt hätte er die Gewandung der Abendländer angelegt.

Obgleich der Lärm den Eindruck erweckte, der Überfall finde unmittelbar vor ihrer Nase statt, brauchten sie doch einige Zeit, bis sie den Hohlweg erreichten, an dem die Angreifer ihren Opfern aufgelauert hatten. Philip konnte gerade noch sehen, wie sich mehrere dunkle Gestalten auf zwei schwer beladene Wagen stürzten und die Zugochsen antrieben. Weitere Räuber griffen nach den ledigen Pferden. Ringsum lagen Tote, die meisten von ihnen trugen einen rot-weißen Waffenrock. Philip kannte das Wappen. Es gehörte den Halberstädtern.

Dann fiel sein Blick auf einen Reiter, der oberhalb des Hohlwegs auf einem Schimmel saß und den Räubern Befehle erteilte. Er musste zweimal hinschauen, um zu glauben, was er sah. Das war kein Jüngling. Das war eine Frau in Männerkleidung! Ihre vollen Brüste zeichneten sich deutlich unter dem grauen Stoff ab, und ihr langes Haar war rot wie Höllenfeuer. Sie trug sogar ein Schwert um die Hüfte. Für einen Moment trafen sich ihre Blicke. Dann wendete sie ihr Pferd und galoppierte davon. Fast hätte er aus einer schnellen Regung heraus seinen Rappen angetrieben und wäre ihr gefolgt, doch da hörte er Saids Stimme.

»Hier ist noch einer am Leben.« Der kleine Araber war vom Pferd gestiegen und beugte sich über einen der Halberstädter. Auch Philip sprang aus dem Sattel. Der Mann hatte einen Schwerthieb in die Seite erhalten, doch die Verletzung war nicht so tief, wie es zunächst den Anschein hatte. Erstaunen und Erschrecken lagen in seinen Augen; vor allem Saids Kleidung, der Turban und der Burnus, schienen ihn zu verunsichern. Als sein Blick jedoch auf das kleine goldene Kreuz fiel, das Philip um den Hals trug, entspannten sich seine Züge ein wenig.

»Keine Sorge, wir gehören nicht zu den Räubern«, sagte Philip. »Mein Freund ist in der Heilkunst erfahren, er wird Euch helfen.«

»Wer seid Ihr?« Die Stimme des Halberstädters klang erstaunlich kraftvoll. Wie die eines Mannes, der es gewohnt ist, Befehle zu erteilen. Er mochte um die dreißig sein, vermutlich der Anführer dieses Zuges.

»Mein Name ist Philip, mein Begleiter heißt Said al-Musawar. Wir kommen aus Ägypten.«

»Aus Ägypten? Dafür sprecht Ihr unsere Sprache aber gut.«

»Ihr solltet nicht so viel reden«, sagte Said. »Lasst mich lieber Eure Wunde versorgen.«

Der Mann musterte Said noch immer misstrauisch.

»Bei ihm seid Ihr in den besten Händen«, beruhigte Philip ihn. »Verratet Ihr mir auch Euren Namen?«

»Hartwig vom Thal.«

Plötzlich hörten sie ein Stöhnen. Am Rand des Hohlwegs regte sich noch jemand. Philip tauschte einen kurzen Blick mit Said. Beide hatten sie gesehen, dass dieser Verletzte nicht das Halberstädter Wappen trug.

»Bleib du hier, ich werde gehen.« Philip griff nach seinem Dolch im Waffengurt, ohne ihn aus der Scheide zu ziehen. In einem Land, in dem rothaarige Schönheiten in Männerkleidern Schwerter trugen, wollte er auf alles gefasst sein.

Als er den Mann erblickte, ließ er seine Waffe los. Der Räuber hatte versucht, sich aufzurichten, doch dann war er vor Schmerzen zurückgesunken, die Hände tief im Waldboden verkrallt.

Philip hatte schon manch schwere Wunde gesehen, geglaubt, ihn könne nichts mehr erschüttern, aber als er vor dem Sterbenden stand, fühlte er sich dennoch betroffen. Blutiges Gedärm quoll aus der Wunde, es roch nach Blut und Kot. Seine Nase war empfindlicher als seine Augen. Für einen Moment musste er gegen die aufsteigende Übelkeit ankämpfen.

»Im Namen des Barmherzigen«, flüsterte der Schwerverletzte. Er versuchte abermals hochzukommen, den Blick auf das kleine goldene Kreuz gerichtet, das um Philips Hals hing. Vergeblich. Hilflos stöhnend sank er zurück. Alles in Philip drängte danach, diesen Ort zu fliehen, weg von Blut und Gestank. Der Mann war ein Räuber und Meuchelmörder, es war nur gerecht, wenn er schon im Sterben einen Vorgeschmack auf die Qualen der Hölle bekam. Doch irgendetwas hielt ihn. War es der schmerzverzerrte Blick des Mannes? Die Qual, die sich in jedem Atemzug offenbarte und die Darmschlingen auf dem Waldboden zittern ließ?

»Bitte!«, flehte der Räuber. »Zeigt Erbarmen!« Er hustete. Blutiger Schaum lief ihm aus dem Mund. »Lasst mich … nicht ohne letzte … Beichte vor … den Richter treten.«

»Ich bin kein Priester.« Trotzdem trat Philip näher und ging neben dem Sterbenden in die Hocke. Der Räuber hörte ihn nicht, seine Lippen bewegten sich weiter, doch nur dann und wann wurden Laute daraus. Philip unterdrückte seinen Ekel und beugte sich tief hinunter. Was er hörte, war schlimmer als alles, was er sah und roch.

Erst als das letzte Wort des Räubers verklungen und dessen Seele in die Hölle gefahren war, wusste Philip, weshalb Gott seinen

Schritt hierhergelenkt hatte. Langsam erhob er sich, die Hände zu Fäusten geballt. Die Fingernägel gruben sich tief in seine Daumenballen, doch er bemerkte es kaum. Sein Mund wurde trocken. Welchen Grund hätte ein Mann an der Schwelle des Todes gehabt, sich mit einer letzten Sünde zu beflecken? Warum hätte er lügen sollen?

Vielleicht weil er es immer getan hat?, dachte Philip. Wie gern hätte er an eine Lüge geglaubt, doch tief in seiner Seele kannte er die Antwort.

Saids Stimme riss ihn aus seinen Gedanken. Er hatte gar nicht gehört, wie der kleine Araber näher gekommen war.

»Was ist mit dir? Du bist bleich, als hätte der Tod nicht ihn, sondern dich ereilt.«

»Nichts.« Philip atmete tief durch. Solange er sich nicht sicher war, würde er schweigen. Sogar Said gegenüber. »Wie geht es Hartwig vom Thal?«

»Allein wird er kaum fortkommen.«

»Was ist sein Ziel? Halberstadt?«

Said schüttelte den Kopf. »Er untersteht zwar Fürst Leopold von Halberstadt, doch weilt der Fürst derzeit auf seinem Jagdsitz, der Burg Königshof, die nur wenige Reitstunden von hier entfernt liegen soll.«

»Dann bringen wir ihn dorthin.«

Philip warf einen letzten Blick auf den Toten, dann schüttelte er sein Unbehagen ab und kehrte mit Said zurück zu den Pferden, wo Hartwig wartete.

»Gib mir deine Packtaschen!«, forderte er Said auf. »Dann hast du Platz, Hartwig bei dir aufsitzen zu lassen.«

Said löste die Gurte und reichte Philip die reich verzierten Lederbeutel, der sie hinter seiner eigenen Habe fest verzurrte.

Derweil schien Hartwig sich an die beiden Reisenden gewöhnt zu haben; das Misstrauen war gänzlich verschwunden.

»Was ist mit meinen Männern? Wollt Ihr sie der Wildnis überlassen?«

»Im Augenblick können wir gar nichts tun«, antwortete Philip, während er sein Pferd bestieg. »Gewiss wird Euer Fürst nach unserer Ankunft Männer schicken, die sie heimholen und einer würdigen Bestattung zukommen lassen.«

Said half Hartwig beim Aufsteigen, dann schwang er sich selbst in den Sattel.

Der Halberstädter wies ihnen den Weg. Trotz seiner Verletzung wirkte er recht munter, und so nutzte Philip die Gelegenheit, etwas mehr zu erfahren. Bereitwillig gab Hartwig Auskunft.

»Wir waren unterwegs, zwei Fuhren Eisenerz einzuholen und zur Verhüttung zu bringen. Es gibt hier sehr reiche Eisenerzminen, ein großer Teil davon gehört zum Besitz des Grafen von Birkenfeld. Fürst Leopold ist sein Lehnsherr, und zwischen beiden gibt es ein Abkommen, demzufolge Graf Dietmar seine Vasallenpflichten durch die Lieferung von Eisenerz abgilt. Bislang gab es auch nie Schwierigkeiten, aber seit einiger Zeit häufen sich die Überfälle auf die Lieferungen. Dies war schon der dritte Zug, der den Räubern in die Hände fiel.«

»Habt Ihr die rothaarige Frau gesehen, die den Räubern Befehle erteilte?«

Hartwig schüttelte den Kopf. »Ich sah nur die wilde Horde, die dafür bekannt ist, alles niederzumetzeln. Man sagt, ihr Hauptmann sei der Teufel selbst.« Hartwig atmete tief durch und griff nach seiner Wunde.

»Eine Frau?« Said horchte auf. »Bei den Räubern war ein Weib?«

Philip nickte. »Ganz eindeutig ein Weib, und was für eines. Feuriges Haar, ein Körper, wohlgeformt wie die Sünde. Nur die Kleidung war nicht passend. Sie gab sich wie ein Mann.«

»Was für ein Land!« Said seufzte. »In Alexandria hätte es das nicht gegeben, ein Weib, das sich wie ein Mann gebärdet und über Räuberbanden herrscht.«

Philip schwieg.

Said beäugte ihn misstrauisch. »Du hegst doch wohl nicht wieder die falschen Gedanken?«

»Was für Gedanken?«

Der kleine Araber machte ein pfiffiges Gesicht. »Ich sag nur Garn und Netz.«

»Jetzt übertreibst du aber.«

»Der Vater von Berenice hätte das sicher anders gesehen.«

»Noch ein Wort, und ich kürze dir deinen Lohn.«

Said hatte den Mund schon zum Widerspruch geöffnet, doch schloss er ihn sofort wieder.

Am frühen Nachmittag erreichten sie den Jagdsitz des Fürsten. Königshof war zwar nur eine kleine Burg, aber die Einfriedungen waren beachtlich. Hinter dicken Mauern verbargen sich Vor- und Wirtschaftshof, dahinter, in der inneren Ringmauer, lag der mächtige Palas. Von der Nordseite her war die Burg durch einen Steilhang nahezu uneinnehmbar. Zahlreiches Gesinde ging im Hof seiner Arbeit nach. Der Backofen war gut befeuert, der Duft frischen Brotes hing in der Luft. Philip knurrte der Magen. Zuletzt hatten Said und er in der Frühe eine karge Mahlzeit zu sich genommen.

Während sie in den Hof ritten, hielten die Menschen in ihrem Tagewerk inne und starrten ihnen hinterher. Vor allem Said wurde von allen Seiten begafft und bestaunt. Ob man sie überhaupt eingelassen hätte, wenn die Männer auf der Mauer nicht Hartwig in ihrer Begleitung gesehen hätten?

Als sie von den Pferden stiegen, hatte sich schon ein ganzer Ring aus Neugierigen um sie geschart. Said half Hartwig beim Absteigen, und erst da fiel den meisten Gaffern das Blut auf dessen Kleidung auf. Ein Mann der Burgwache löste sich aus der Menge.

»Was ist geschehen?«

»Ein Überfall«, antwortete Hartwig. »Sie haben alle niedergemetzelt. Die Erzfuhren sind verloren.«

Ein Aufschrei lief durch Menge. Eine junge Frau stürzte auf Hartwig zu, packte ihn so heftig bei den Oberarmen, dass er fast das Gleichgewicht verloren hätte.

»Was ist mit Gerhard?«

»Es tut mir leid.« Betroffen schüttelte Hartwig den Kopf. Das Gesicht der Frau wurde erst blass, dann verzerrten sich ihre Züge, als versuche sie mit aller Kraft die aufsteigenden Tränen zu unterdrücken. Langsam lösten sich ihre Hände von Hartwigs Armen, und sie trat einen Schritt zurück. Zwei andere Frauen nahmen sie tröstend in ihre Mitte und führten sie fort. Philip holte tief Luft. Er hatte die Wölbung ihres Leibes gesehen.

»Und wer seid Ihr?« Der Mann der Burgwache musterte Philip und Said misstrauisch.

»Lass gut sein, Thomas. Ohne die beiden wäre ich vielleicht schon tot. Es sind Reisende aus Ägypten. Herr Philip und sein Diener Said al-Mu…«

»Musawar«, sprang Said ihm hilfreich bei.

Thomas starrte auf das Kreuz um Philips Hals. »Ihr seid Christ?«

»In Ägypten leben viele Christen. Mein Vater war ein deutscher Ritter, meine Mutter gehört einer angesehenen ägyptischen Familie an. Ebenfalls Christen, falls Euch das beruhigt.«

»Und er?« Thomas warf einen abschätzigen Blick auf Said. »Er sieht aus wie ein Muselman.«

»Das mag schon sein. Doch ungeachtet seines Äußeren ist er mehr als mein Diener. Er ist mein Freund, und wer ihn verächtlich anschaut, beleidigt damit auch mich.« Philips Stimme war hart geworden. Unwillkürlich wich Thomas einen Schritt zurück. Doch Philip setzte nach. »Wir gehörten zum Gefolge von Kaiser Friedrich, als er vor drei Jahren den Kreuzzug mit einem Friedensvertrag mit dem Sultan von Kairo beendete. Wir weilten sogar in Sizilien, wo der Kaiser seinen Hof hält und die gelehrtesten Männer aus aller Welt versammelt, ganz ungeachtet ihres Glaubens.«

»Also seid Ihr auch Gelehrte?« Auf einmal klang Thomas' Stimme sehr viel weicher.

»Gewiss.«

»Und was führt Euch hierher?«

»Wir haben viel von dieser Gegend gehört, in der tapfere Männer leben, sich Burgen aneinanderreihen wie Perlen am Hals einer schönen Frau und die Wälder so dicht sind, dass man tagelang reiten kann, ohne einen Menschen zu treffen. In jedem Flecken dieser Welt gibt es Wunder, und sie zu schauen, sind wir aufgebrochen.«

Philip hörte das Raunen und Tuscheln des Gesindes hinter seinem Rücken. Sie waren beeindruckt.

Thomas hatte sich wohl entschieden, dass sie es wert waren, dem Fürsten höchstselbst vorgestellt zu werden, und so erhielten sie Einlass in den inneren Ring der Burg.

»Wie du es sagst, klingt es, als seien wir wichtige Leute«, raunte Said Philip auf Arabisch zu. »Dabei hast du in Sizilien doch nur die Geschäfte deines Großvaters abgewickelt.«

»Wir waren am Hof des Kaisers.«

»Ja, um die Pferde zu übergeben.«

»Muss ich mich für unsere Vollblutstuten schämen? Der Kaiser weiß schon, warum er bei meinem Großvater kauft.«

»Und wann waren wir im Gefolge des Kaisers in Kairo?«

»Vor drei Jahren.«

»Da waren wir in Kairo auf dem Pferdemarkt und mussten schleunigst verschwinden, weil du dich mit der Tochter eines Tuchhändlers eingelassen hattest.«

»Wenn du dich schon so genau erinnerst, solltest du noch wissen, dass wir im Gefolge des Kaisers untertauchten, damit ihre Brüder uns nicht fanden.«

Said seufzte. »Du bist und bleibst ein Pferdehändler.«

Philip grinste.

Fürst Leopold war ein Mann jenseits der vierzig, doch zeigte er noch immer die Kraft der Jugend. Nur die grauen Schläfen verrieten sein wahres Alter.

»Aus Ägypten stammt Ihr also?« Der Fürst hatte es sich nicht nehmen lassen, den beiden Besuchern einen Platz an seiner Tafel anzubieten. In seinen Augen las Philip aufrichtige Anteilnahme und Neugier.

»So ist es«, antwortete er und griff nach dem Becher Wein, den ihm eine Magd reichte.

»Und jetzt reist Ihr um der Gelehrsamkeit willen durch die Welt?«

»Nicht nur deshalb. Mein Vater stammte aus diesem Land. Er starb vor einem Jahr und wünschte, dass ich seine Heimat kennenlerne. Aber natürlich sind es auch unsere Studien, die uns vorantreiben. Mein Freund Said hat an der berühmten Madrasa Al-Azhar in Kairo die Heilkunst studiert.«

Fast im selben Moment trat Said ihm unterhalb des Tisches kräftig gegen das Schienbein. Philip funkelte ihn verärgert an. Warum musste der kleine Araber nur so ehrlich sein? Immerhin hatte Said den anatomischen Vorlesungen zwei Tage lang gelauscht, ehe sie Kairo Hals über Kopf verlassen mussten, weil der Tuchhändler hinter die Affäre seiner Tochter gekommen war.

Fürst Leopold bemerkte nichts von der Uneinigkeit seiner beiden Gäste. Gespannt lauschte er Philips weiteren Erzählungen vom reichen Alexandria, in dem sein Großvater Mikhail ein angesehener Geschäftsmann und berühmter Pferdezüchter war.

»Es ist uns nicht leichtgefallen, auf unsere edlen Rosse zu verzichten«, gestand Philip. »Doch wären sie für die Überquerung der Alpen kaum geeignet gewesen. Habt Ihr jemals ein arabisches Vollblut gesehen?«

Leopold schüttelte den Kopf. »Nur davon gehört.«

»Sie sind wundervoll«, bestätigte Said. »Man könnte sie besingen. Wer auf ihrem Rücken sitzt, glaubt, die Flügel der Engel trügen einen geradewegs ins Paradies.«

»Ein sehr poetischer Vergleich.« Gedankenverloren betrachtete Leopold seinen Weinpokal aus feinstem Silber, ganz so, als könne er die edlen Tiere in den feinen Ziselierungen erkennen. Philip nutzte die Gelegenheit, das Gespräch in eine andere Richtung zu lenken.

»Hartwig vom Thal berichtete, dies sei schon der dritte Überfall gewesen. Wie kommt es, dass eine Räuberbande sich auf Eisenerzfuhren stürzt?«, fragte er.

Der Fürst musterte Philip aufmerksam. »Ihr meint, weil ihnen die Wege zur Verhüttung fehlen?«

Philip nickte.

»So einfach ist das nicht«, antwortete Leopold. »Die Erzlieferungen kommen zum Teil von weit her, um gemeinsam verhüttet zu werden. Die Zeiten, da jede Mine eine eigene Eisenschmelze betrieb, sind längst vorbei. Vieles läuft über Zwischenhändler und Mittelsmänner. Manche kennt man seit Jahren, andere wechseln regelmäßig.«

»Und wenn sie im Auftrag von irgendwem handeln?«, beharrte Philip. »Es ist doch seltsam, dass diese Überfälle erst kürzlich begannen.«

»Die Überfälle selbst plagen uns schon lange. Und es geht nicht nur ums Erz, das ist nur die neueste Spielart. Vielleicht weil sich kaum noch Reisende durch die Wälder wagen und Händler oft große Umwege in Kauf nehmen, um Barbarossa nicht zu begegnen.«

»Barbarossa?« Bei der Nennung des berühmten Kaisers horchte Philip auf. Doch der war vierzig Jahre zuvor im Saleph ertrunken.

Leopold belächelte Philips Erstaunen. »Unser Barbarossa ist ein wahrer Teufel. Niemand weiß, woher er kommt, manche halten ihn für den Satan persönlich. Sein Bart ist so rot wie das Blut derer, die er erschlug. Seit mehr als fünf Jahren machen er und seine Bande die Wälder unsicher. Kein Verbrechen ist ihnen zu abscheulich, Mitleid kennen sie nicht. Vor gut einem Jahr hat seine Bande einen kompletten Hochzeitszug niedergemetzelt, das war nahe Quedlinburg. Sie haben nicht einmal die Kinder verschont, obwohl ihre Beute nur aus ein paar Pferden und blutigen Gewändern bestand.« Leopolds Hände ballten sich zu Fäusten, bis die Fingerknöchel weiß hervortraten. »Zwei Monate später traf es eine Gruppe von Händlern. Man fand nur noch ihre nackten Leichen, so grauenvoll entstellt, dass sie kaum noch zu erkennen waren. Kurz darauf fiel den Räubern die erste Eisenerzfuhre in die Hände.«

Für einen Moment herrschte Schweigen. Said senkte betreten den Blick. Philip atmete tief durch. Vor seinem inneren Auge sah er wieder die rothaarige Reiterin.

»Die Räuber, die ich sah, wurden von einer Frau angeführt.«

Er berichtete, was er gesehen hatte.

»Eine Frau in Männerkleidung?« Die Überraschung des Fürsten war echt. Philip nickte. »Ihr habt noch nie von ihr gehört?«

»Ich habe schon einiges gehört, selbst von Geistern, die in den Wäldern und Felsenhöhlen ihr Unwesen treiben und Sterbliche zum Tanze auffordern, aber noch nie von einer rothaarigen Räuberbraut.«

»In zwei Wochen ist Walpurgisnacht.« Ein Lächeln umspielte Philips Züge. »Vielleicht sehen wir sie dann ja tanzen, die rote Sünde.«

Said verdrehte nur die Augen.

Zur Gastlichkeit des Fürsten gehörte auch ein Nachtquartier.

»So gut sind wir lange nicht untergekommen. Was will man mehr als ein gutes Mahl und eine warme Stube?« Said streckte sich wohlig rekelnd auf seiner Bettstatt aus. »Willst du den Fensterladen nicht bald schließen? Die Kälte kriecht mir schon in die Glieder.«

Philip antwortete nicht. Er blickte aus dem Fenster des Turmzimmers. Kühle Nachtluft streichelte ihm über das Gesicht wie die zarten Finger einer Frau. Der Duft der Wälder mischte sich mit dem Geruch der Stallungen und Feuerstellen im Hof. Sein Blick schweifte über die Mauern der Burg hinweg, über die bewaldete Ebene bis hin zum Brocken, dem höchsten Berg der Gegend.

Im fahlen Licht des Mondes konnte er nicht viel erkennen, doch plötzlich war ihm, als würde im Wald der Schein eines Feuers aufleuchten. Ein Feuer, so lodernd wie das Haar der Räuberbraut. Warum verfolgte sie ihn nur bis in seine tiefsten Gedanken? War es sein alter Jagdinstinkt, der so lange verloren schien? Ein schwerer Atemzug entrang sich seiner Brust. An Leopolds Tafel hatte er erstmals seit langer Zeit wieder einen Abglanz dessen verspürt, was sein Leben früher ausgemacht hatte. Sehnsuchtsvoll dachte er an die Wärme seiner Heimat, das ungezwungene Lachen, die Leichtigkeit, mit der er das Leben dort genossen hatte. War es wirklich richtig gewesen, Alexandria zu verlassen? Doch zugleich wusste er, dass er niemals eine Wahl gehabt hatte. Die Zeit der Unbeschwertheit war längst vorbei. Leise schloss er den Fensterladen und ging zu Bett.

Am folgenden Morgen verließen sie Burg Königshof. Philip bemerkte Leopolds Enttäuschung. Vermutlich hätte der Fürst ihnen gern noch länger Gastfreundschaft gewährt, doch begnügte er sich damit, ihnen ein Empfehlungsschreiben auszuhändigen, damit sie auch auf anderen Burgen freundliche Aufnahme fänden.

Said war mindestens ebenso enttäuscht wie Fürst Leopold.

»Da haben wir endlich eine warme, angenehme Unterkunft gefunden, aber dich treibt es weiter. Warum können wir nicht noch ein paar Tage bleiben?«

»Das weißt du ganz genau.« Philip zurrte seine Packtaschen hinter dem Sattel seines Wallachs fest.

»Ach, weiß ich das?«

Die Bissigkeit in Saids Stimme war unüberhörbar. Philip ging nicht darauf ein. Wortlos führte er sein Pferd aus dem Stall. Said folgte widerwillig.

Im Hof begegneten sie ein letztes Mal dem Fürsten.

»Ihr wollt uns wirklich schon verlassen? Wir haben für heute einen Jagdritt geplant, Ihr wärt uns willkommen.«

»Ich danke Euch, aber es ist besser, wir brechen beizeiten auf, ehe es uns hier zu gut geht. Ihr wisst doch, mit Gästen ist es wie mit Fischen. Nach spätestens drei Tagen fangen sie an zu stinken.«

»Ihr seid wirklich um keine Antwort verlegen.« Leopold tätschelte den Hals von Philips Rappen. »Ich habe Euer Pferd schon bewundert. Zwar kein arabisches Vollblut, aber es macht auf mich den Eindruck eines gut ausgebildeten Schlachtrosses. Stark und wendig. Es könnte sicher stundenlang einen Mann in voller Rüstung tragen.«

»Ich habe einen guten Preis für ihn bezahlt«, sagte Philip. »Man sagte mir, der Wallach sei robust genug für unsere Reise.«

»Und doch trägt er Euch nicht auf Engelsflügeln ins Paradies.« Leopold lächelte. »Sagt, habt Ihr ihn je in einem Turnier geritten?«

»Wie kommt Ihr darauf, ich sei ein Ritter?«

»Ihr seid der Sohn eines Ritters, und die Art, wie Ihr Euer Schwert gürtet, spricht dafür. Ebenso das Kettenhemd in Eurem Reisegut.« Leopold klopfte gegen die größere von Philips Packtaschen. Ein verräterisches Rasseln bestätigte seine Worte. Der Fürst hatte nicht nur einen wachen Verstand, sondern auch scharfe Augen. Oder hatte er gar ihre Taschen untersuchen lassen, während er sie an seiner Tafel so freigebig bewirtet hatte? Philip unterdrückte die aufkommende Verärgerung.

»Ich danke Euch noch einmal für Eure Gastfreundschaft, mein Fürst.«

»Du hattest recht«, sagte Said, als sie Burg Königshof schon eine Weile hinter sich gelassen hatten. »Es war besser, nicht länger dort zu bleiben.«

Philip schwieg. Das Verständnis in Saids Stimme war schwerer zu ertragen als seine Nörgeleien.

»Was ist unser nächstes Ziel?« Said lenkte seinen Fuchs enger neben Philip. Vor ihnen lag dichter Wald, der nur selten von einer Lichtung unterbrochen wurde. Die Morgenluft war so kalt, dass ihr Atem als Wölkchen zum Himmel aufstieg.

»Die nächste Burg auf unserem Weg ist Birkenfeld.«

»Birkenfeld«, wiederholte Said. »Sagte Hartwig nicht, die Erzfuhren gehörten ursprünglich dem Grafen von Birkenfeld?«

»So sagte er. Als Lehensabgaben an Fürst Leopold.« Philip

lehnte sich im Sattel vor. »Weißt du, was ich mich die ganze Zeit frage? Wer von beiden wohl den Verlust zu tragen hat. Der Graf oder der Fürst.«

»Warum willst du das wissen?«

»Hattest du den Eindruck, Fürst Leopold leide sehr unter dem Verlust?«

»Wie soll ich das feststellen? Die Menschen tragen ihr Herz hier nicht auf der Zunge wie bei uns. Manchmal glaube ich fast, sie können gar keine Tränen vergießen. Nicht einmal das schwangere Weib, das Hartwig gestern so verzweifelt entgegenlief.«

»Und doch war ihr der Schmerz deutlich anzusehen. Auch als Fürst Leopold von den grausigen Überfällen auf den Hochzeitszug und die Händler sprach, waren seine Züge nicht kalt oder gleichgültig. Aber den Verlust des Erzes betrauerte er mit keinem Wort.«

»Hätte dein Vater über den Verlust von Reichtümern geklagt, wenn andere über Tote weinen?«

»Nein, das hätte er nicht«, gab Philip zu. »Vermutlich hast du recht, Said. Aus ihren Handlungen können wir nur schwer auf ihre Gefühle schließen.«

Der kleine Araber schmunzelte.

»Was ist so lustig?«

»Zum ersten Mal, seit wir Alexandria verlassen haben, gibst du zu, dass wir beide anders sind als die Menschen in diesem Land. Wir beide, nicht nur ich. Wir gehören beide in die helle, freundliche Welt Ägyptens, in der die Kälte uns nur in klaren Wüstennächten küsst, wie damals, als wir im Schatten der Pyramiden Schakale jagten. Du magst ein Christ sein, und dein Vater war ein deutscher Ritter, aber du bist trotz allem mehr ein Sohn der Wüste als ein Kind der dunklen Wälder.«

»Habe ich das je bestritten?«

»Nicht mit Worten, nur mit Taten. Wenn du schweigsam wie die Abendländer bist, in dich gekehrt und keinem einen Blick in deine Seele gönnst. Da ist es mir doch lieber, wenn du unsere

Taten in einem viel zu hellen Licht erstrahlen lässt, so wie du es gestern getan hast.«

»Ach, tatsächlich? Dafür war dein Tritt aber reichlich fest.«

»Ich fürchtete, deine Beredsamkeit würde davongaloppieren wie ein wilder Hengst, den wir nie mehr einfangen können. Und dann würden alle glauben, ich sei ein berühmter Hekim, während ich in Wahrheit niemandem helfen könnte.«

»Mach dich nicht kleiner, als du bist. Für mich bist du der größte Hekim, denn ohne dich würde ich längst nicht mehr leben.«

»Jetzt übertreibst du schon wieder.« Said seufzte.

Philip lachte. Auf einmal war die Schwere von ihm genommen, die ihn seit gestern Nacht umfangen gehalten hatte. War es nur das lieb gewonnene Wortgeplänkel mit Said, oder waren es die warmen Sonnenstrahlen, welche die kalte Morgenluft in diesem Augenblick endgültig vertrieben und einen Hauch von Sommer über das Land legten?

»Los, komm Said, lass uns sehen, wer als Erster dort vorn bei der Eiche ist!« Gleichzeitig drückte er seinem Pferd die Fersen in die Flanken und galoppierte davon.

»Nennst du das vielleicht ritterlich?«, hörte er Said hinter sich rufen.

»Du weißt doch, wie ich bin!«, rief er fröhlich zurück. Der frische Galopp tilgte die letzten trüben Gedanken aus seiner Seele.

3. Kapitel

Der Morgen war kühl und doch so strahlend, wie Lena ihn sich erträumt hatte. In aller Frühe hatte sie die Fensterläden geöffnet, um den jungen Tag zu begrüßen. Ein glutroter Sonnenball erhob sich über den Frühlingswäldern und schickte seine zarten Strahlen durch den Hochnebel. Vögel sangen das erste Lied der Liebe, und das Rauschen der Bode war selbst hier oben zu hören. Unter ihren bloßen Füßen spürte Lena die weichen Schafsfelle und das blanke Holz der Dielen. Auf einmal war ihr danach, wie früher über duftende Blumenwiesen zu laufen, barfüßig, mit offenem Haar. Wie seltsam es doch war, so viel Leben in sich zu spüren.

Ihre Freude hielt den ganzen Morgen an. Ohne an Ludovikas Tür zu klopfen, stieg sie den Turm hinab, um die erwachende Burg allein zu erkunden. Längst war jegliche Spur des gestrigen Unglücks im Prunksaal getilgt und die prächtige Tafel abgetragen. Im Kamin glomm noch die Glut der letzten Nacht, doch kein Mensch war weit und breit zu sehen.

Lena stieg weiter hinunter und betrat den Hof. Die Morgenluft prickelte angenehm auf ihrer Haut. Jetzt, im ersten Schein des Tages, konnte sie die Nebengebäude besser erkennen. Es waren kleine Fachwerkbauten; in einem lag die Küche, daneben gab es Stallungen und ein Brunnenhaus.

Das fröhliche Bellen eines Hundes ließ sie herumfahren. Es war der große graue mit den Schlappohren. Mit wildem Schwanzwedeln begrüßte er seinen Herrn, der soeben aus dem Stall trat. Nun erst erkannte Lena, wie groß das Tier tatsächlich war. Es reichte Dietmar bis zur Hüfte. Noch während der Graf den Hund streichelte, fand er Lenas Blick.

»Guten Morgen. Ihr seid früh auf den Beinen, Frau Helena.«

Wieder fiel ihr auf, wie blau seine Augen waren.

»Guten Morgen, Herr Dietmar.« Langsam trat sie näher. Der Hund hörte auf zu bellen und lief ihr schwanzwedelnd entgegen. Seine feuchte Nase suchte ihre Hand, als wolle er sie ebenfalls begrüßen. Sie strich ihm vorsichtig über den Kopf. Sein Fell war weich und fest zugleich.

»Hasso mag Euch.« Graf Dietmar war einen Schritt auf sie zugekommen. »Und Ihr mögt Hunde auch, wie es mir scheint.«

»Wenn sie so freundlich sind wie Hasso.« Sie streichelte das Tier jetzt etwas mutiger. »Wie geht es Eurem Weib?«

Das Lächeln schwand aus seinen Augen. »Sie schläft noch. So ist es danach immer. Vermutlich wird sie erst am späten Vormittag aufstehen.«

»Wird sie dann in der Lage sein, mit mir zu sprechen?«

Dietmar nickte. »Sie wird alles tun, um wieder gesund zu werden.«

»Das Leiden begann nach der Geburt des Kindes?«, fragte Lena weiter.

»Nicht gleich danach, erst einige Wochen später. Unmittelbar nach Rudolfs Geburt war uns noch, als liege auf allem, was wir taten, Gottes Segen. Doch dann wurde Elise erstmals von diesen Anfällen heimgesucht.« Seine Stimme war sehr leise geworden. »In letzter Zeit sind sie häufiger geworden, und es dauert länger, bis sie sich erholt.«

Dietmars Hand grub sich tief in das Fell seines Hundes. Hasso schien zu spüren, was in seinem Herrn vorging. Er hob den Kopf, schaute ihn an und winselte leise. Für einen Moment trafen sich die Blicke von Herrn und Hund, als wären sie im gleichen Schmerz vereint. Auf seltsame Weise kam Lena sich ausgeschlossen vor. Nie zuvor hatte sie eine solche Vertrautheit zwischen Mensch und Tier beobachtet, obwohl ihr Vater selbst Hunde gehalten hatte. Aber das waren Gefährten bei der Jagd gewesen, nicht im Leid.

Vom Wohnturm her näherte sich Herr Ewald. »Guten Morgen, Frau Helena«, grüßte er sie freundlich, um sich dann sofort dem Grafen zuzuwenden. »Herr Dietmar, ich muss dringend mit Euch sprechen.«

»Jetzt sofort?« Dietmar ließ seinen Hund unvermittelt los. Ewald nickte.

Graf Dietmar schenkte Lena einen letzten freundlichen Blick, dann begleitete er Ewald in eines der Wirtschaftsgebäude. Hasso lief ihnen nach, während Lena auf einmal das Gefühl hatte, der Morgen sei ohne das warme Lächeln des Grafen deutlich kälter geworden.

Gute drei Stunden später saß sie das erste Mal der Gräfin in deren Kemenate gegenüber. Elises Wohnung lag ein Stockwerk über dem Prunkgemach des Grafen. Der Kamin war nicht so groß und prächtig und die Glut seit der Nacht nicht wieder entfacht worden, doch durch das Fenster fielen warme Sonnenstrahlen. In der Nähe des Kamins stand ein großes Himmelbett, gegenüber dem Fenster ein zierlicher Tisch und eine prächtig beschnitzte Truhe. Lena suchte nach Spuren eines Säuglings, doch nichts deutete darauf hin, dass die Gräfin eine junge Mutter war. Es gab keine Wiege, nicht einmal eine zierliche Handarbeit, an der sie arbeitete.

An diesem Tag trug Elise ein dunkelrotes Kleid und eine gleichfarbige Haube, ähnlich gearbeitet wie jene, die sie am Abend zuvor aufgehabt hatte. Ungeachtet ihrer Schönheit wirkte Elise blass und in sich zusammengesunken wie eine welke Rose. Sie blickte Lena an, erwartungsvoll und gleichgültig zugleich. Nie zuvor hatte Lena so widersprüchliche Gefühle im Gesicht eines Menschen gelesen. Vergeblich suchte sie nach dem Lebensfunken in den Augen der Gräfin. War er verloschen? Nein, das konnte nicht sein, der göttliche Funke war in jedem lebenden Wesen vorhanden, auch wenn sie ihn nicht immer erkennen konnte.

Sie wartete, ob die Gräfin das Wort an sie richten würde, doch Elise sah sie nur schweigend an.

Lenas Mund wurde trocken. Sie schluckte einmal, dann beschloss sie, nicht länger zu zaudern.

»Was erwartet Ihr von mir, Frau Elise?«

»Nichts.« Die Stimme der Gräfin war kaum mehr als ein Flüstern. Mit jeder anderen Antwort hätte Lena gerechnet, aber nicht damit.

»Die meisten Menschen erhoffen sich Linderung ihrer Leiden.«

»Dann lindert es.« Herausfordernd hob Elise den Kopf. Ihre Seelenflamme war keineswegs verloschen. Fast wäre Lena zurückgezuckt. Ungefähr so musste es sich anfühlen, von einem Fehdehandschuh getroffen zu werden.

»Ich kann nichts lindern. Heilung gibt es nur durch Gott.«

»Deshalb erhoffe ich mir nichts von Euch.« Das Funkeln verschwand aus Elises Augen. Beinahe gelangweilt sah sie an Lena vorbei.

»Dann soll ich gehen?«

»Wenn Ihr wollt.«

»Wollt Ihr es?«, beharrte Lena.

»Es ist mir gleich. Bleibt oder geht, was macht es aus?«

Ohne dass sie etwas dagegen tun konnte, spürte Lena Ärger in sich aufsteigen. Gleichzeitig schämte sie sich für ihre Gefühle. Die Frau vor ihr hatte ein schreckliches Leiden, sie verdiente Mitleid, keinen Zorn.

»Wo ist Euer Sohn? Ich hätte geglaubt, seine Wiege hier zu sehen.«

»Er ist bei seiner Amme. Sie vermag besser für ihn zu sorgen als ich.«

»Ihr hattet keine Milch für ihn?«

Ausdruckslos starrte Elise aus dem Fenster, ihre Finger verhakten sich unruhig ineinander und lösten sich wieder.

»Bin ich vielleicht eine Katze, die ihren Wurf selbst säugt?«

»Ihr sprecht, als sei es ungehörig, ein Kind zu nähren. Dabei ist es doch gottgewollt, so wie die heilige Muttergottes ihren Sohn nährte.«

Elises Finger verschlangen und lösten sich in immer schnelleren Abständen. »Bitte, lasst mich jetzt allein, Frau Helena. Eure Fragen verwirren mich.«

Für einen kurzen Moment trafen sich die Blicke beider Frauen. Die Gräfin sah keineswegs verwirrt aus, es war vielmehr Verärgerung, die aus ihren Augen leuchtete.

Langsam erhob Lena sich. »Wie Ihr wünscht. Wenn Ihr mich braucht, wisst Ihr, wo Ihr mich findet.«

Die Gräfin schenkte ihr nicht einmal ein Nicken. Wieder starrte sie stumm zum Fenster hinaus, so als wäre sie schon allein in ihrer Stube.

Erst als Lena draußen vor der Tür stand, merkte sie, dass ihre Hände sich zu Fäusten geballt hatten. Wie sollte sie einer Frau helfen, die allem Anschein nach gar keine Hilfe annehmen wollte? Doch in ihren Ärger mischte sich auch Scham. War es richtig gewesen, so schnell aufzugeben? Die Gräfin war abweisend, gewiss. Aber sie war auch eine kranke Frau. Womöglich war ihr Verhalten Ausdruck ihres Leidens.

Lenas Fäuste lösten sich. Sie atmete tief durch, dann klopfte sie ein zweites Mal an die Tür der Gräfin.

Elise schaute überrascht auf, als sie Lena erkannte. Doch diesmal schimmerte kein Ärger in ihren Augen.

»Habt Ihr etwas vergessen, Frau Helena?«

»Das habe ich«, antwortete Lena. Das Herz pochte ihr bis zum Hals. »Erlaubt Ihr mir einzutreten?«

Die Gräfin nickte. Das Erstaunen milderte den Gram ihrer Züge auf wundersame Weise. Langsam trat Lena näher und setzte sich auf den Stuhl, von dem sie sich kurz zuvor erhoben hatte.

»Ihr sagtet, ob ich bleibe oder gehe, was mache es aus. Es macht etwas aus, und deshalb bleibe ich.«

»Ich bat Euch zu gehen.«

»Ihr batet mit dem Mund, nicht mit dem Herzen. Ich erkannte es erst, als ich bereits vor der Tür stand. Vergebt mir meine Unwissenheit.«

»Wie kommt Ihr darauf, mein Mund spreche anders als mein Herz?«

»Ist es nicht so?«, fragte Lena.

Wieder verschränkten sich die Finger der Gräfin unruhig ineinander, um sich dann sofort voneinander zu lösen. Lena musste sich bemühen, den Blick von Elises Händen abzuwenden und ihn stattdessen auf ihr Gesicht zu richten. Elise hatte schöne grüne Augen, doch in ihrer Tiefe wirkten sie seltsam leer. Das zornige Feuer von eben war nur noch ein schwaches Glimmen.

»Was wollt Ihr wissen?«

»Was wollt Ihr mir erzählen, Frau Elise?«

»Ist es wichtig, was ich zu berichten habe?«

»Gewiss. Es geht doch um Euer Heil.«

»Wollt Ihr von meinem Sohn hören?«

»Wenn Ihr von ihm sprechen wollt.«

Elises Finger verhakten sich immer schneller ineinander.

»Ich dachte, Ihr wolltet von ihm hören, weil Ihr nach ihm fragtet.«

Ihre Stimme war so leise geworden, dass Lena sich vorbeugen musste, um sie zu verstehen.

»Nein, Frau Elise, Ihr sollt nicht meine Fragen beantworten, denn ich bin nicht hier, um von Euch unterhalten zu werden. Ich bin hier, um für Euch da zu sein.«

Die Finger der Gräfin verschlangen sich immer noch unruhig ineinander.

»Dann sagt mir, was ich tun soll.«

»Was liegt Euch am meisten auf der Seele?«

Die Gräfin blickte geistesabwesend aus dem Fenster. »Ihr glaubt, dort draußen blühe der Frühling.« Sie seufzte leise. »Doch in Wahrheit ist es der Tod. Das Glück ist kurz und vergänglich wie die Apfelblüten, die vom Sturm gebrochen werden und niemals zur Frucht heranreifen. Nur das Leid währt ewig.«

Eine Gänsehaut kroch Lena über den Rücken. »Seid Ihr die Apfelblüte?«, fragte sie beinahe schüchtern.

Überrascht hob Elise den Kopf. »Nein.«

»Was seid Ihr dann? Die reife Frucht? Der starke Stamm?«

Der Blick der Gräfin wirkte verschleiert, doch er zeigte keine Spur von Tränen. »Ich bin das Möbelstück, das aus dem toten Holz geschreinert wurde.«

Ihre Hände lagen nun ganz still im Schoß.

Wann war das Glück verloren gegangen? Hatte Graf Dietmar nicht berichtet, kurz nach der Geburt des Kindes habe noch auf allem ein Segen gelegen?

»Und welch ein Möbelstück seid Ihr?«

»Was glaubt Ihr, Frau Helena?« Die Augen der Gräfin waren unergründlich.

»Auf jeden Fall ein kostbares.«

»So wie die Truhe dort hinten?«

»Prächtig genug wäre sie.«

Wieder herrschte Schweigen. Es war so still, dass sie das Rauschen des Waldes und der Bode hören konnten. Lenas Gefühl sagte ihr, dass sie die Gräfin jetzt nicht mit Fragen bedrängen durfte. Auch Elise schwieg, doch ihre Finger wurden wieder lebhafter. »Sie war ein Teil meiner Aussteuer«, sagte sie schließlich.

Langsam erhob Elise sich und ging auf die Truhe zu. Fast zärtlich strichen ihre Finger über die edlen Schnitzereien, springende Hirsche unter hohen Bäumen.

»Ich war fünfzehn, beinahe sechzehn, als ich die Herrin von Birkenfeld wurde. Ich hatte alles, was ich mir wünschte, Jugend, Gesundheit, einen stattlichen, fürsorglichen Gatten. Der Gatte allein ist mir geblieben, Jugend und Gesundheit sind dahin.«

Lena trat hinter die Gräfin. »Ihr seid noch immer jung, Frau Elise.«

»Mein Leben ist vorbei.« Sie sprach es so nüchtern aus, als hätte sie eine Bemerkung über das Wetter gemacht.

»Und doch sehe ich Euch lebendig vor mir. Welcher Teil von Euch ist gestorben?«

»Die Freude«, antwortete sie leise. »Und diesmal, Frau Helena, spricht mein Mund für mein Herz. Lasst mich jetzt allein, es war mehr, als ich für heute ertragen kann.«

Die Schwere ihrer Worte legte sich wie ein bleierner Mantel um Lenas Schultern. Fast war sie erleichtert, das Gemach der Gräfin verlassen zu können.

»Und, konntest du ihr helfen?« Schwester Ludovika sah Lena erwartungsvoll an. Gemeinsam saßen sie in Ludovikas Stube, wo Lena sich nach ihrer Begegnung mit Elise Stärkung erhoffte. Vor ihr stand ein Becher mit frischer Milch.

»Ich weiß es nicht.« Nachdenklich ergriff Lena den Becher. »Ich habe so etwas noch nie erlebt. Für gewöhnlich kann ich das Leid der Menschen fühlen, es macht mich betroffen, ich möchte ihnen helfen. Aber bei Elise …« Sie trank einen Schluck. »Oh, du hast Honig in die Milch gemischt? Wie aufmerksam.«

Ludovika nickte ungeduldig. »Was ist mit der Gräfin? Leidet sie nicht?«

»O doch, aber in all ihrem Schmerz liegt auch eine seltsame Härte, die mein Mitleid in Zorn verwandelt, und dann schäme ich mich dafür.«

»Du kannst auf eine Kranke zornig sein?« Überrascht zog Ludovika die Augenbrauen hoch. Lena nickte, dann erzählte sie von ihrem Gespräch mit Elise.

»Die Gräfin erinnert mich an einen Hund, der aus Angst beißt, nicht aus Bosheit, doch der Biss schmerzt genauso«, meinte die Schwester, als ihre Freundin geendet hatte. »Sie tut mir leid, ich werde für sie beten, auf dass sie deine Hilfe erkenne und annehme.«

»Dann bete auch gleich für mich, auf dass ich meine Geduld bewahre.«

»Ist es so schlimm?«

»Du weißt doch, mir fehlt deine Demut.«

Das Gespräch mit Ludovika hatte nicht die ersehnte Erleichterung gebracht. Irgendetwas war anders als gewöhnlich. Ludovikas Erklärungsversuche über Elises Verhalten erschienen Lena unzureichend. Wie hatte Graf Dietmar gesagt? Seine Gemahlin tue alles, um gesund zu werden? Woher rührte dann die Angriffslust, die immer wieder in ihren Augen aufflammte und nur durch die Gemütsschwere überdeckt wurde?

Lena brauchte dringend frische Luft, und so verließ sie den Turm. Die Sonne hatte ihre Bahn inzwischen fast vollendet und kündigte den nahenden Abend an. Draußen war das Gesinde noch immer mit dem Tagewerk beschäftigt. Lena verließ den inneren Hof und betrat die Vorburg. Bei Tageslicht konnte sie erkennen, was ihr in der Nacht zuvor verborgen geblieben war. Auf engstem Raum lebten Menschen wie in einem kleinen Dorf. Es gab sogar eine Schmiede, in der der Hammer auch jetzt noch auf dem Amboss tanzte. Neugierig trat sie näher und sah, wie der Schmied ein Eisen formte. Neben ihm hielt ein kleiner Knabe von vielleicht sieben Jahren einen großen Wallach am Zügel. Das braune Pferd ließ alles gleichmütig über sich ergehen.

Noch während sie zusah, wie das Eisen angepasst wurde, hörte sie hinter sich ein Bellen. Beim Umdrehen erkannte sie Hasso. Er lief ihr schwanzwedelnd entgegen. Hinter ihm klapperten die Hufe eines Pferdes. Es war Graf Dietmar, der soeben von einem Ritt zurückkehrte. Vor seinem Sattel hing quer ein Rehbock.

»Ihr hattet eine gute Jagd, Herr Dietmar?«

Er lächelte ihr zu und sprang vom Pferd. »Das kann man so sagen, Frau Helena.« Dann nahm er Bogen und Köcher von der Schulter und hängte sie an den Sattel, bevor ein herbeigeeilter Knecht das Pferd fortführte.

»Wie ist es Euch ergangen? Habt Ihr mit der Gräfin gesprochen?« Er musterte sie erwartungsvoll. Wie gern hätte sie ihm gesagt, es gehe seiner Gattin besser, doch alles, was sie zustande brachte, war ein stummes Nicken. Er deutete ihren Blick richtig.

»Ihr konntet ihr nicht helfen?«

»Alles braucht seine Zeit. Es ist, als liege ein tiefer Kummer auf ihrer Seele, für den sie keine Worte findet.«

»Ein Kummer«, wiederholte er. »So geht es uns wohl allen.« Er atmete tief durch. »Kommt, Frau Helena, lasst uns sehen, ob die Mägde für uns einen Becher Schlehenwein bereithalten.«

Er bot ihr ritterlich den Arm an. Einen Moment lang zögerte sie, ihn zu ergreifen, obgleich doch nichts dabei war. Dann überwand sie ihre Scheu und ließ sich von ihm in die innere Burg zurückführen. Hasso folgte ihnen. Zu Lenas Überraschung hielt Dietmar geradewegs auf das große Küchenhaus zu. In der Nähe des Herdfeuers standen eine Bank und ein einfacher Holztisch. Lena erkannte Gerda, die damit beschäftigt war, Hühner zu rupfen. Als Gerda den Grafen sah, sprang sie wortlos auf und stellte einen tönernen Krug und zwei Becher auf den Tisch. Er schenkte der Magd ein kurzes Lächeln, bevor er sich setzte. Auch Lena nahm Platz, während Gerda sich am anderen Ende der Küche wieder ihren Hühnern zuwandte.

»Ich hoffe, Ihr mögt Schlehenwein.« Er nahm den Krug und schenkte ihnen ein. Lena nickte stumm. Auf einmal war ihr, als bewege sie sich auf verbotenem Gebiet. Dabei wirkte alles so harmlos und unschuldig. Unter dem Tisch hatte Hasso ihre Füße zur Ruhestatt für seinen massigen Kopf auserkoren, und das Herdfeuer erfüllte die Küche mit angenehmer Wärme. Gerda summte eine alte Weise vor sich hin, während sie die Hühner im Takt dazu rupfte.

»Ihr reitet oft allein zur Jagd?« Lena ergriff den Becher, den Dietmar ihr reichte. Gern hätte sie eine geistreichere Frage gestellt, aber ihr fiel nichts ein.

Entweder sah er ihre Unsicherheit nicht, oder er war feinfühlig genug, sich nichts anmerken zu lassen.

»Nur an Tagen, an denen ich meine Gedanken ordnen muss. Ihr erinnert Euch, wie Herr Ewald heute Morgen zu mir kam?«

»Gewiss. Brachte er schlechte Nachrichten?«

»Das kann man wohl sagen.« Dietmar nahm einen kräftigen Schluck und knallte den Becher unerwartet heftig auf den Tisch.

»Eine meiner Eisenerzlieferungen an Fürst Leopold von Halberstadt fiel Räubern in die Hände.«

»Ein Überfall?« Lenas Augen weiteten sich.

»Schon der dritte innerhalb des letzten halben Jahres.« Ein

grimmiger Zug legte sich um Dietmars Mund. »Ich gäbe einiges darum, wenn ich wüsste, wer dahintersteckt.«

»Ihr meint, jemand will Euch schaden?«

»Klingt das so abwegig? Was sollten die Räuber mit dem Erz anfangen? Sie werden es kaum zur Verhüttung bringen.«

»So habt Ihr einen Verdacht?« Auf einmal war Lenas Befangenheit verschwunden.

»Nein. Es könnte auch sein, dass die Überfälle gar nicht mir gelten, sondern Fürst Leopold. Jedes Mal waren die Lieferungen schon an den Halberstädter übergeben, sodass er den Verlust zu tragen hat. Fragt sich nur, wie lange noch.« Dietmars Rechte ballte sich zur Faust, als wolle er die unbekannten Täter zerquetschen.

»Das klingt, als befürchtet Ihr, jemand wolle einen Keil zwischen Euch und Leopold treiben.«

»Weiß ich's?«, fragte Dietmar. »Seit Generationen stehen die Grafen von Birkenfeld treu zu Halberstadt. Mein Bruder starb für die Ehre des alten Fürsten. Mein Vater hat das nie verwunden, aber stets predigte er die Treue den Pflichten gegenüber, bis er selbst vor vier Jahren heimgerufen wurde. Daraufhin schloss ich einen Vertrag mit Fürst Leopold, um mich durch Eisenerzlieferungen von den Vasallenpflichten zu befreien.« Er leerte seinen Becher und füllte ihn neu. »Leopold ist anders als sein Vater. Der alte Herzog war kein Kostverächter und lud so manche Sünde auf sein Haupt. Deshalb schloss er sich aus Sorge um sein Seelenheil vor gut achtundzwanzig Jahren dem Kreuzzug unter Führung von Bonifatius von Montferrat an und erwartete von seinen Gefolgsleuten bedingungslose Treue.« Dietmar lachte bitter auf. »Manche munkelten, es sei ihm weniger ums Seelenheil als um die Reichtümer Jerusalems gegangen. Ich war damals noch ein kleiner Knabe von fünf Jahren, aber mein Bruder Otto war längst ein Ritter. Mit zweiundzwanzig Jahren war er in jedem Turnier ein gefürchteter Gegner. Ich erlebte einmal, wie er im Tjost einen nach dem anderen aus dem Sattel stieß. Unser Vater war so stolz auf ihn.« Ein tiefer Seufzer entrang sich Dietmars Brust. »Auf der Überfahrt nach Byzanz geriet die Flotte in einen Sturm. Otto ist irgendwo da draußen ertrunken.« Er drehte den Becher in der Hand und ließ die Blicke ziellos durch den Raum schweifen. Seine Augen wirkten müde. »Mein Vater war seither nicht mehr derselbe. Ich habe versucht, ihm den verlorenen Sohn zu ersetzen, habe später ebenso erfolgreich in Turnieren gekämpft, aber wer kann sich schon mit einer unsterblichen Legende messen? Jeder Sieg schmeckt schal, wenn man weiß, dass man nur die zweite Wahl ist.«

Lena fühlte sich an ihren Bräutigam erinnert, der sie ebenso bereitwillig in seiner Seele hatte lesen lassen. Wie sehr sie ihn doch vermisste.

»Ich wünschte, ich hätte die passenden Worte, um Euch Trost zu spenden.« Fast hätte sie ihre Hand mitfühlend auf die seine gelegt, doch gerade noch rechtzeitig besann sie sich der Schicklichkeit.

Dietmar wich ihrem Blick aus. Ob ihm ihre Anteilnahme unangenehm war?

»In jenen Tagen verloren viele Menschen, was ihnen teuer war«, sagte er, als hätte er weder ihre Worte gehört noch die kurze, verräterische Bewegung ihrer Rechten wahrgenommen. »Leopolds Vater erreichte Byzanz, doch verstarb er dort kurz darauf, ohne jemals das Heilige Land betreten zu haben. Seine Getreuen führten seine Gebeine heim, doch das dauerte fast zwei Jahre. Leopold war indes zum Mann geworden und trat das Erbe seines Vaters an.«

»Nahm er an dem Zug teil?«

»Nein, er war damals noch zu jung, er ist nur zehn Jahre älter als ich.«

Wie alt mochte Graf Dietmar wohl sein? Fünfunddreißig? Blut stieg Lena in die Wangen. Hastig trank sie noch einen Schluck. Hoffentlich glaubte er, es sei nur der Schlehenwein. Warum fühlte sie sich nur so von ihm angezogen? Er war verheiratet, sie war hier, um sein Weib zu heilen, sie durfte sich nichts von ihm erhoffen, und doch kam es ihr so vor, als sei

Dietmar ihr schon längst vertraut. War es seine Art, oder waren es seine leuchtend blauen Augen, die sie so sehr an ihren Bräutigam Martin erinnerten?

Die Tür wurde aufgerissen, im kalten Luftzug flackerte das Herdfeuer. Hanne stürzte in die Küche, die Wangen leicht gerötet. Vor Kälte oder gar vor Aufregung?

»Da draußen ist wer, der sieht aus, als wär er im Gefolge des Leibhaftigen gekommen!« Sie bekreuzigte sich.

Gerda hielt mit dem Rupfen inne und schüttelte missbilligend den Kopf. Lena sah das verdächtige Zucken um die Mundwinkel des Grafen, doch er blieb ernst.

»Der Leibhaftige ist hier?«, fragte er. »Das klingt nach einem ungewöhnlichen Gast. Weiß Herr Ewald schon davon?«

Erst jetzt gewahrte die junge Magd ihren Herrn. Die leichte Röte ihrer Wangen wurde unter Gerdas vorwurfsvollen Blicken fast so dunkel wie Burgunder.

Graf Dietmar lachte. Noch schneller, als sie hereingestürmt war, rannte Hanne wieder aus der Küche hinaus.

»Nun, dann wollen wir uns diesen seltsamen Gast doch einmal anschauen, oder was meint Ihr, Frau Helena?« Er zwinkerte Lena verschwörerisch zu und reichte ihr galant den Arm. Diesmal zögerte sie nicht, ihre Hand daraufzulegen.

Als sie den Innenhof betraten, sahen sie, dass es sich nicht um einen Ankömmling, sondern um deren zwei handelte. Die beiden Männer waren schon von den Pferden gestiegen und sprachen mit Ewald, der aufmerksam ein Pergament betrachtete.

Warum hatte Hanne sich nur so über den Anblick dieser Männer aufgeregt? Gewiss, der Kleinere von beiden war ein wenig seltsam gekleidet. Er trug eine Kopfbedeckung, die aussah, als hätte er sich mehrere weiße Stoffbahnen um das Haupt geschlungen. Auch wirkten seine hellbraunen Beinkleider recht sonderbar, denn die waren nicht eng anliegend, wie es sich geziemte, sondern aufgeplustert, weit und faltenreich. Um die Schultern wehte ihm ein grauer Mantel, dessen Schnitt sie noch nie gesehen hatte, aber er hatte nichts Erschreckendes an sich. Zwar war seine Haut dunkler als die eines sonnengebräunten Tagelöhners, und seine Augen wirkten fast schwarz, aber sie blickten eher fragend als stechend drein. Der Mann war noch jung, wohl Anfang zwanzig. Vielleicht war es sein seltsam gestutzter schwarzer Bart, der Hanne so verunsichert hatte. Ein schmaler Schnurbart und ein kleiner spitzer Kinnbart. Aber eigentlich war auch das kein Grund für das seltsame Gebaren der Magd.

Der zweite Mann, der gerade mit Ewald sprach und einen prachtvollen Rappen am Zügel hielt, war angemessen gekleidet, wenngleich Lena sich wunderte, warum seine Kleidung tiefschwarz war. Etwas hellere Farben hätten ihm gewiss gut gestanden und seinen Körper vorteilhaft zur Geltung gebracht. Doch selbst seine Stiefel waren aus schwarzem Leder gefertigt. Auch dieser Mann war von etwas dunklerer Hautfarbe als alle anderen in dieser Gegend, aber heller als sein Begleiter. Sein kurzes Haar war ebenso schwarz wie seine Kleidung und sein Gesicht glatt rasiert. Sie konnte beim besten Willen nichts an ihm entdecken, das an den Leibhaftigen erinnert hätte, er trug sogar ein kleines goldenes Kreuz um den Hals. Abgesehen von seiner fremdländischen Erscheinung war er ein ansehnliches Mannsbild. Sie schätzte ihn auf Mitte zwanzig.

Auf den Grafen schienen die beiden Ankömmlinge ebenso harmlos zu wirken. Sanft entzog er Lena seinen Arm und trat den beiden entgegen. Hasso bellte einmal kurz auf und suchte den Blick seines Herrn, dann folgte er ihm schwanzwedelnd.

»Gäste, Herr Ewald?«

Die beiden Männer wandten sich um. Lena bemerkte den forschenden Blick, mit dem der Schwarzgekleidete Dietmar abschätzte. Irgendetwas an diesem Blick verunsicherte sie, doch sie vermochte nicht zu sagen, was es war.

»So ist es, Herr Dietmar«, antwortete Ewald. »Philip Aegypticus und sein Diener Said al-Musawar« – er nickte in Richtung des seltsam gewandten Kleineren – »wurden uns als Gäste von

Fürst Leopold empfohlen.« Er reichte dem Grafen das Pergament. Der begutachtete nur kurz das Siegel und reichte es dem Kaplan zurück.

»Willkommen auf Burg Birkenfeld. Ihr nennt Euch Philip Aegypticus? So kommt Ihr aus Ägypten?«

Der Angesprochene nickte. »Ich danke Euch für das Willkommen, Herr Graf. Ja, Ägypten ist unsere Heimat.«

Neugierig trat Lena näher. Ägypten war ihr dank der biblischen Geschichte ein Begriff. Ein Ort, an dem Ungläubige lebten, die das Erbe Christi schmähten, wie die ehrwürdige Mutter Clara immer wieder beteuerte. Waren die Fremden am Ende gar Ungläubige? Hatte Hanne sich deshalb so erschrocken? Nein, dann hätte dieser Ägypter kein Kreuz getragen.

»Und was führt Euch in unser Land? Ihr seht mir nicht aus wie Handelsreisende.«

»Der Wunsch nach Wissen.« Philip lächelte Dietmar offen an. Es war ein gewinnendes Lächeln, das in seinen Augen begann, noch ehe es die Lippen beherrschte. Lena war sich sicher, dass der Ägypter ganz genau wusste, wie es auf andere wirkte, und es gezielt einsetzte. Verärgert stellte sie fest, dass sie selbst empfänglich für seine Ausstrahlung war.

»Wir haben die halbe Welt bereist, waren an Orten, an deren Vorhandensein man kaum glauben mag. Nur das Reich der untergehenden Sonne blieb uns bislang ein ferner Traum, und so sind wir aufgebrochen, es zu erkunden.«

Dietmar betrachtete das kleine Kreuz um Philips Hals. »Ihr seid Christ?«

Philip nickte.

»Und er?« Der Graf warf einen misstrauischen Blick auf Said, der betont gleichgültig dreinschaute.

»Ist das von Bedeutung?« Das Lächeln verschwand aus Philips Gesicht und wich einer eigenartigen Härte.

Nein, keine Härte, verbesserte Lena sich im Stillen. Eher Schmerz. Wie oft mag er diese Frage wohl schon auf seiner Reise gehört haben?

»Ich weiß immer gern, mit wem ich es zu tun habe«, gab Dietmar zurück. »Wie kommt es, dass ein Ungläubiger einem Christen folgt?«

Obgleich Lena Dietmars Neugier teilte, empfand sie dessen Frage auf einmal als ungehörig. War es der Blick in Philips Augen, der sie berührte? Einen Wimpernschlag lang hatte sie den Eindruck, er sei unter Dietmars Frage zurückgezuckt wie ein getretener Hund.

»Er ist mein Freund. Genügt Euch das?«

»Einer, für den Ihr Euch ohne Zögern schlagen würdet?« Dietmar sah Philip herausfordernd an. »Obwohl er ein Heide ist?«

Warum griff Dietmar den Fremden so an? War ihr irgendetwas entgangen?

»So ist es«, gab Philip kühl zurück. Es hätte Lena nicht gewundert, wenn er zur Bekräftigung seiner Worte sein Schwert gezogen hätte, doch dieser Kampf wurde allein mit Blicken ausgefochten.

Plötzlich lachte Dietmar. »Keine Sorge, das müsst Ihr nicht. Mir ist ein echter Heide lieber als ein scheinheiliger Christenmensch. Ihr seid uns in jedem Fall willkommen.« Er schlug Philip freundschaftlich auf die Schulter. »Herr Ewald, Ihr werdet gewiss noch ein Quartier für unsere Gäste finden, oder?«

Der Kaplan nickte. Philip tauschte einen kurzen Blick mit Said, dann folgten beide dem Kaplan. Lena blieb neben dem Grafen stehen.

»Nun, Frau Helena, was haltet Ihr von den beiden?«, fragte er, als die neuen Gäste außer Hörweite waren.

»Ich weiß es nicht. Was denkt Ihr?«

»Sie sind mehr als Herr und Diener. Die beiden kennen sich seit Jahren. Über den Heiden vermag ich nicht viel zu sagen, aber dieser Philip ist nicht zu unterschätzen. Sein Wallach macht einen guten Eindruck. Ich bin mir ziemlich sicher, dass es ein wohlausgebildetes Schlachtross ist. Und dann sein Schwert. Der Knauf lässt auf eine kostbare Waffe schließen. Wäre er kein Ägypter, wäre ich mir sicher, einen Ritter vor mir zu haben. So aber weiß ich nicht, wie ich ihn einzuschätzen habe.«

»Warum fragt Ihr ihn nicht?«

»Genau das werde ich heute Abend tun, Frau Helena.«

Schwester Ludovika nahm die Neuigkeiten anders als erwartet auf. Lena hatte gedacht, ihre Freundin sei neugierig auf die Reisenden, würde der abendlichen Runde ebenso wie sie selbst entgegenfiebern, doch stattdessen zeichnete sich ein Hauch von Entrüstung in den Zügen der Nonne ab.

»Ein Heide soll mit uns an der Tafel sitzen?«

»Was empört dich so?« Lena konnte sich ein Schmunzeln nicht verkneifen. »Immerhin schenkte ein Christ ihm seine Freundschaft. Vielleicht sucht der arme Heide noch nach dem rechten Weg.«

»Du hast recht, ich will kein Urteil fällen, ehe ich ihn sah.« Ludovika seufzte gottergeben. »Möglicherweise ist es uns bestimmt, ihn in Christi Arme zu führen.« Sie hob die Augen gen Himmel, als spräche sie ein stummes Gebet, dann bekreuzigte sie sich.

Fast glaubte Lena, in Ludovikas Miene so etwas wie heiligen Kampfesmut zu entdecken. Der Abend versprach aufregend zu werden.

Wie schon tags zuvor erschienen Lena und Ludovika etwas vor der Zeit im Prunkgemach. Bei ihrem Eintreten erhob Graf Dietmar sich von seinem Lehnstuhl und schenkte Lena ein Lächeln. Doch es war kein fröhliches Lächeln. Sie erkannte Wehmut darin. Sollte sie ihn fragen? Wäre sie allein gewesen, so hätte sie nicht gezögert, doch Ludovikas Gegenwart erfüllte sie mit einer eigentümlichen Scheu.

Ihre ungewisse Neugier hielt nicht lange an.

»Die Gräfin lässt sich entschuldigen. Nach dem gestrigen Anfall fühlt sie sich noch nicht stark genug, uns Gesellschaft zu leisten.«

Welch seltsame Frau Elise doch ist, dachte Lena. Zu gut erinnerte sie sich an den herausfordernden Blick der Gräfin, der so gar nichts von Schwäche gezeigt hatte. Aber zugleich mahnte sie sich, auch der anderen Seite zu gedenken, jener Frau, die sich selbst mit totem Holz verglichen hatte. Wie sollte sie diese beiden Hälften nur zueinanderführen und das Leid der Gräfin lindern? Gewiss, Heilung gab es nur durch Gott, es lag allein in seiner Macht, durch sie zu wirken, und doch hatte Lena das Gefühl, die Verantwortung liege allein bei ihr.

Das Klappen der schweren Eichentür riss sie aus ihren Betrachtungen. Soeben traten Philip und sein heidnischer Begleiter ein. Ludovika holte tief Luft. Ob sie wohl gleich mit einer Predigt beginnen würde? Oder war es eher der Anblick des Christen, welcher die Brust der jungen Nonne beben ließ? Nein, das konnte nicht sein, über derartige Gedanken musste eine geweihte Jungfrau erhaben sein. Obwohl, einen sündigen Gedanken war der Ägypter sicher wert. Er war noch immer überwiegend in Schwarz gekleidet, aber er hatte sein kurzes Obergewand gegen einen knielangen Bliaut eingetauscht, ebenso schwarz, doch waren dessen Säume mit roten Borten besetzt. Über seiner breiten Brust befand sich eine Stickerei aus rotem Garn, die seltsam verschlungene Ornamente darstellte. Ob sie wohl eine Bedeutung hatten? Vielleicht ein fremdländisches Wappen? Lena dachte an das Wappen ihrer eigenen Familie, einen springenden Hirsch. Ihr Vater hatte es stets voller Stolz auf dem Waffenrock getragen. Für einen Moment schweiften ihre Gedanken in die Vergangenheit, doch dann schenkte sie ihre Aufmerksamkeit wieder dem Ägypter.

Um die Hüften trug er einen rotbraunen Gürtel mit einer glänzenden Schnalle, die durch die Hände kunstfertiger Silberschmiede gegangen sein musste. In dem Gürtel selbst steckte ein seltsam geformter krummer Dolch in einer silbernen Scheide, ebenso reich verziert wie die Schnalle. Lena fragte sich, ob diese Waffe nur ein Schmuckstück war oder auch einen praktischen Nutzen erfüllte. Dabei ließ sie den Blick höher wandern. Der

Stoff des Bliauts schmiegte sich so eng um Philips Oberkörper, dass darunter die festen Muskeln zu erkennen waren. Noch während sie ihn musterte, bemerkte sie, wie auch er sie ansah. Ein Lächeln lag in seinen Augen, obgleich sein Mund ernst zu bleiben schien. Augen, leuchtend wie dunkler Bernstein. Sie senkte die Lider. Es war ungehörig, ihn allzu offensichtlich zu betrachten, erst recht, da jeder Blick sich lohnte und er es zu genießen schien. Hastig schüttelte sie ihre Unsicherheit ab und wandte sich stattdessen seinem Begleiter zu.

Im Gegensatz zu Philip hatte dieser nur den seltsamen Reisemantel abgelegt. Darunter kam ein langes sandfarbenes Kleidungsstück zum Vorschein, das ihm trotz des breiten Gliedergürtels so locker über den Leib fiel, dass Lena seine Statur nicht einmal erahnen konnte. Ähnlich verhielt es sich mit den aufgeplusterten Beinkleidern, die ihr schon im Hof aufgefallen waren. Auch trug er noch immer diesen seltsamen Kopfputz. Seine dunklen Augen schauten weiter fragend, aber die Offenheit war verschwunden. Im Hof hatte sie ihn für den harmlosen Begleiter seines Herrn gehalten, doch nun wirkte er auf sie wie ein Jagdhund, der ein fremdes Revier auskundschaftet. Im Feuer des Kamins blitzte die silberne Dolchscheide auf, die in seinem Gürtel steckte. Sie glich jener, die Philip trug, als sei sie ihr Zwilling. Ob es wohl etwas Besonderes damit auf sich hatte? Oder waren diese Waffen in Ägypten so alltäglich, dass sie dort ein jeder trug? Doch dazu erschienen sie Lena viel zu kostbar.

Noch während Lena in ihre Betrachtungen versunken war, ergriff der Ägypter das Wort.

»Ich möchte Euch und Eurem Weib« – dabei nickte er Lena zu – »noch einmal für die freundliche Aufnahme auf Burg Birkenfeld danken.«

Heißes Blut schoss Lena in die Wangen, doch nicht nur in die ihren. Auf einmal schien Graf Dietmars Kopf zu glühen. Nie hätte sie gedacht, dass ein Mann auf diese Weise erröten könnte. Schwester Ludovika starrte Lena an und schüttelte vorwurfsvoll den Kopf.

»Frau Helena ist ebenso zu Gast wie Ihr«, brachte Dietmar hastig hervor. »Gemeinsam mit der ehrwürdigen Schwester Ludovika kam sie gestern an, um meiner erkrankten Gemahlin beizustehen.«

»Verzeiht mir meine Unwissenheit.« Philips Worte klangen bescheiden, doch das Funkeln seiner Augen verriet, welche Schlüsse er für sich gezogen hatte. Glaubte er etwa, sie würde mit dem Grafen tändeln? Und dann zwinkerte er ihr auch noch zu! Lena wäre am liebsten im Erdboden versunken. Wie konnte dieser Mann sie nur so brüskieren? Am schlimmsten waren Ludovikas Blicke. Glaubte sie etwa den unausgesprochenen Worten eines Fremden?

Das Erscheinen des Kaplans erfüllte sie mit Erleichterung, denn Graf Dietmar nahm es zum Anlass, die Tafel zu eröffnen.

Auch an diesem Abend gab es wieder ein reichhaltiges Mahl, das andernorts wohl eher zu Festtagen aufgetragen worden wäre. Marinierte Fasane mit Blaukraut, knuspriges weißes Brot und hart gekochte Eier. Wie üblich sprach der Kaplan ein kurzes Tischgebet. Mit einer gewissen Genugtuung nahm Lena die Verunsicherung der beiden Ägypter wahr, wenngleich es dem Christen nicht schwerfiel, in den Wortlaut mit einzustimmen. Sein heidnischer Gefährte dagegen senkte nur den Blick. Lena konnte nicht umhin, ihn zu beobachten. Unter den Lidern schielte sie immer wieder zu ihm hinüber. Was mochte dieser Heide wohl denken? Lauschte er den Worten des Kaplans? Oder waren seine Gedanken bei seinem eigenen Gott? Seine Hände lagen unter dem Tisch, sie entdeckte keine Regung, die etwas über ihn verraten hätte. Da hob er den Kopf und sah sie an. Seine schwarzen Augen schienen sie festzunageln. Für einen Moment fühlte sie sich ertappt, doch sie hielt dem Blick stand. Versuchte, in seinen Augen zu lesen, wie sie es bei jenen tat, die Hilfe bei ihr suchten. Seine Seelenflamme strahlte hell und rein. Sie fand keine Finsternis oder Bosheit, aber auch keine Offenheit. Philips Zurückzucken kam ihr in den Sinn, der kurze, tief verletzte Blick, als Graf Dietmar ihn nach dem Glauben seines Gefährten gefragt hatte. Jetzt leuchtete dasselbe in den Augen des Heiden auf. Nein, sie wollte ihn nicht den Heiden nennen – er hatte doch einen Namen. Wie hatte er sich vorgestellt? Said al-Musawar. Auf einmal war alle Genugtuung aus ihrem Herzen getilgt, und eine seltsame Scham ergriff Besitz von ihr. Konnte sie ihn wegen seines Glaubens verurteilen?

Es war wie ein stummer Dialog, über den hinweg sie kaum das Ende des Tischgebetes wahrnahm.

Erst als eine Magd die Becher mit Wein füllte, löste Said sich von ihrem Blick und lehnte den köstlichen Trunk ab. Zwischen die Brauen des Grafen grub sich eine tiefe Falte, doch bevor er etwas sagen konnte, hatte Philip das Wort ergriffen.

»Ihr müsst es meinem Freund nachsehen, sein Glaube verbietet ihm den Genuss berauschender Getränke.«

»Welch ein trauriger Glaube, der einem solche Genüsse verbietet.« Graf Dietmar lachte und führte den Becher an die Lippen.

Saids Miene blieb unbewegt, doch auf Philips Gesicht zeichnete sich ein verschmitzter Zug ab. »Das ist Ansichtssache. Es ist noch gar nicht so lange her, da waren wir zu Gast bei einem vornehmen Scheik, der bekannt ist für seine edlen Rosse. Mein Großvater macht oft Geschäfte mit ihm, der Christ mit dem Muslim, weil beide sich einig sind in der Güte ihrer Stuten und Zuchthengste. Er hatte uns des Abends zu einem Festmahl eingeladen, eine große Ehre. Es gab Lamm und Hammel in den vorzüglichsten Zubereitungen. Der Duft hing über den Zelten des Lagers und wehte bis in die Wüste hinaus. Hinter den Zeltbahnen hörte man Frauen lachen, doch sie zeigten sich nicht. Einige Kinder spielten vor den Zelten und genossen die Freude der Erwachsenen. Dann eröffnete der Scheik das Gastmahl. Und ich wurde auf eine harte Probe gestellt.«

»Weshalb?« Der Graf sah Philip aufmerksam an. Lena hingegen bemerkte Saids stilles Schmunzeln.

»Es war ein Freitag.« Philip grinste. »Der Scheik fragte mich, warum ich nichts von dem Fleisch nähme. Da sprang Said mir bei und erklärte, dass Christen freitags kein Fleisch essen dürften. Und nun ratet, was der Scheik erwiderte.«

»Was erwiderte er?«, fragte der Kaplan.

»Was für ein trauriger Glaube«, antwortete Philip. »Am liebsten hätte er mich gleich zum Islam bekehrt, damit ich von dem Hammel hätte kosten können, aber ich lehnte dankend ab, denn auf Wein und Schinken zu verzichten, wäre mir noch schwerer gefallen.«

Für einen Moment stutzte Dietmar, dann brach er in lautes Gelächter aus, in das die Tischgesellschaft fröhlich einstimmte. Alle, außer Schwester Ludovika. Ihre blauen Augen funkelten Philip zornig an.

»Ihr setzt die heiligen Gebote mit heidnischem Aberglauben gleich?«

»Habe ich das getan, ehrwürdige Schwester?«

»Ihr treibt Spott mit der Unwissenheit der Heiden, nennt einen Heiden Euren Freund, aber doch seid Ihr ihm kein wahrer Freund!« Die Wangen der jungen Nonne waren gerötet. Selten hatte Lena sie so aufgebracht erlebt.

»Bin ich das nicht?«

»Nein, denn wenn Ihr sein Freund wärt, dann hättet Ihr ihn längst gelehrt, die Liebe Christi zu erfahren und dem heidnischen Götzendienst abzuschwören, auf dass seine Seele nicht für immer der Verdammnis anheimfalle.«

Philips Miene verhärtete sich. »Ihr seid eine gläubige Schwester, fromm und gottgefällig, Ludovika. Aber Ihr seid auch noch sehr jung, denn sonst wüsstet Ihr, dass Freundschaft sich nicht dadurch auszeichnet, dem anderen aufzuzwingen, was einem selbst richtig erscheint. Sagt, was wisst Ihr vom Glauben meines Freundes?«

»Er ist ein Heide«, beharrte Ludovika.

»Ein Heide ist jemand, der sich gottlosem Götzendienst verschreibt. Nichts von alledem tut Said. Er führt ein gottgefälliges Leben, doch nach den Geboten, die Gott den Menschen der Wüste gab. Sie trinken keinen Wein, und sie essen kein Schweinefleisch. Sie nennen Christus nicht den Sohn Gottes, sondern einen Propheten, aber jeder gläubige Muslim ehrt auch ihn, so wie er die alten Propheten Abraham und Moses ehrt. Doch als Letzter in der Reihe der Propheten steht Mohammed, dem nach dem Glauben meines Freundes ein Engel selbst die Weisheit des Korans überbrachte. Das ist das heilige Buch der Muslime«, fügte er nach einer kurzen Pause hinzu.

»Ihr sprecht, als wärt Ihr selbst ein Heide!«, brauste Ludovika auf. »Nichts anderes ist einer, der leugnet, dass Christus Gottes Sohn ist!«

»Habe ich es geleugnet?« Philips Blick nagelte die junge Nonne fest. »O nein, ich erklärte Euch vielmehr, wie andere Menschen denken. Ich sah wahre Heiden auf beiden Seiten. Menschen, die keinen Glauben haben, die morden und wüten wie die Tiere, sich aber doch hinter ihrer Religion verstecken. Ist es Gottes Wille, dass Menschen einander abschlachten, knöchelhoch durch Blut waten, nur weil sie nicht bereit sind, die Andersartigkeit zu achten? Ich habe manche Gräueltat gesehen, und ich sage Euch: Die christlichen Kreuzritter standen den Sarazenen an Grausamkeit in nichts nach.«

Ludovika war blass geworden. Ob aus Zorn oder Fassungslosigkeit, konnte Lena nicht erahnen.

»Genug davon!«, schritt Graf Dietmar ein. »In meinem Hause dulde ich nicht länger, dass die Erinnerung an die ruhmvollen Taten der Kreuzritter mit dem Wüten der Sarazenen verglichen wird. Mein Bruder war selbst ein Streiter Christi, der sein Leben für die heilige Sache gab.«

»Verzeiht mir.« Philip senkte betroffen den Blick. »Nichts läge mir ferner, als die Erinnerung an einen Euch nahestehenden Angehörigen zu schmähen. Es tut mir leid, wenn ich Euer Missfallen erregt habe.«

Lena schaute auf. Es leuchtete tatsächlich echte Betroffenheit in seinen Augen auf, kein Spott wie noch zu Beginn des Abends. Welche Saite hatten des Grafen Worte in ihm zum Klingen gebracht, dass er sofort nachgab, sich zurückzog und für einen kurzen Moment wieder an den getretenen Hund erinnerte?

»Ihr spracht für Euren Freund, das ehrt Euch«, entgegnete der Graf. »Aber gewiss könnt Ihr uns, weitgereist wie Ihr seid, mit unverfänglicheren Geschichten unterhalten.«

Diesmal lächelte nur Philips Mund. »Sicher, wir haben viel erlebt auf unseren Reisen, aber nichts ist wohl vergleichbar mit der Wüste, in der die Monumente ferner Zeiten stehen. Zeiten, in denen wahre Heiden über die Erde schritten, lange bevor der Herr geboren wurde. Nichts ist vergleichbar mit den Pyramiden, den Schatzkammern der alten Herren Ägyptens. Ihr wollt wissen, wie groß sie sind? Stellt Euch Burg Birkenfeld vor, in all ihrer Pracht. Stellt Euch Burg Birkenfeld auf ihrem Hügel vor, mit all ihren Befestigungen. Und nun stellt Euch ein Bauwerk vor, in dem diese Burg samt ihrem Hügel und allen Wehranlagen Platz fände. Dann seht Ihr die Pyramiden in all ihrer gewaltigen Schönheit vor Euch. Es heißt, sie seien angefüllt mit Schätzen, so unermesslich, dass eine ganze Flotte von Schiffen nicht ausreichen würde, das Gold fortzuschaffen. Doch niemand fand bislang den Weg in ihr Inneres, denn die alten Herren Ägyptens waren große Magier, die schreckliche Dämonen heraufbeschworen, um ihr Gold für alle Zeiten zu bewachen.«

An diesem Abend erfuhr Lena erstmals die Macht, die in Philips Worten lebte. Nie hatte sie einen Menschen kennengelernt, der so lebendige Bilder in ihre Seele zaubern konnte, sich blumiger und doch so treffender Ausdrücke bediente. Nicht nur sie hing an seinen Lippen, alle lauschten seinen Erzählungen von alten Zeiten, hörten von den vergeblichen Versuchen eines gierigen Sultans, die Schätze zu heben. Waren es Märchen oder wahre Geschichten? Selbst Ludovika konnte sich der Macht von Philips Worten nicht entziehen.

Nur eines fiel Lena auf. Bei all dem Leben, das Philip in seine Geschichten legte, blieben seine Augen kühl. Das Lächeln war verschwunden …

4. Kapitel

»Was für ein Land«, stöhnte Said, während er sich auf die Bettstatt fallen ließ. »Ein Land, in dem heilige Jungfrauen dich wie Furien angehen und du sie nicht mit einem Lächeln bändigen kannst.«

Philip warf seine Stiefel in die Ecke und zog den Bliaut über den Kopf.

»Ach, wen kümmern schon heilige Jungfrauen, die vor religiösem Eifer brennen? Wie gut, dass sie den Schleier nahm, da wird sie keinem Mann die Ruhe rauben.« Er setzte sich auf die Kante des Bettes. »Immerhin haben wir eine warme Stube, und gutes Essen gab es auch. Da solltest du doch zufrieden sein.«

»Und wie lange wollen wir bleiben?«

Philip ging nicht auf die Frage ein. Längst waren seine Gedanken weitergewandert. »Was hältst du von Graf Dietmar?«

»Was soll ich von ihm halten? Es scheint ihm ja recht gut zu gehen bei all dem Reichtum in seiner Burg. Hast du gesehen, dass es echte Wachskerzen sind?« Said deutete auf die Kerzenhalter in der Wand. Philip nickte. »Und auf den Böden liegt kein Stroh wie in den meisten Burgen hierzulande, sondern sie sind blank gescheuert wie ein Silberspiegel und mit Schaffellen ausgelegt.«

Philip fasste nach dem Saum seines Hemdes, das er unter dem Bliaut getragen hatte, um es ebenfalls auszuziehen, als ein durchdringender Schrei die Burg schier erzittern ließ. Sofort sprang er auf und griff, ohne nachzudenken, nach seinem Dolch. Said rief ihm irgendetwas hinterher, doch er rannte schon die Stufen hinunter, wo die Schreie immer gellender wurden, so als leide jemand Todesqualen.

Auf der Treppe stieß er fast mit einer jungen Frau zusammen. Helena, erinnerte er sich an ihren Namen. Auch sie schienen die

Schreie aufgeschreckt zu haben. Sie hatte sich ebenso wie er schon für die Nacht vorbereitet, ein schmaler Überwurf verbarg notdürftig ihr Unterkleid. Blonde Haare blitzten unter dem Stoff hervor, lang und glänzend wie Sonnenstrahlen. Ihr Blick erfasste seine Hand, die den Griff des Dolches fest umschloss. War es wirklich ein spöttisches Lächeln, oder bildete er es sich nur ein?

»Wir brauchen keinen Kämpen. Geht zurück ins Bett, Ihr könnt hier nicht helfen.«

Er ließ die Waffe sinken. »Sagt mir, was geschehen ist.«

»Die Gräfin ist erkrankt. Und nun lasst mich durch, damit ich ihr zu Hilfe eilen kann.«

Er trat beiseite. Im Vorübereilen berührten sich ihre Körper, sie schien es kaum wahrzunehmen, schon entschwand sie seinen Blicken, doch er hatte das Gefühl, ein Teil ihrer Wärme sei bei ihm geblieben. Er atmete tief durch, nahm die gellenden Schreie kaum mehr wahr, die noch immer die Burg erzittern ließen. Als er sich umwandte, stand Said hinter ihm.

»Was für ein Land.« Der Araber schüttelte ungläubig den Kopf.

Gemeinsam stiegen sie hinauf zu ihrer Kammer und verschlossen die Tür hinter sich. »Welche Krankheit mag solches Leid verursachen, dass die Schreie einem die Seele zerschneiden?«, fragte Philip den Freund.

Said antwortete nicht, betreten blickte er zu Boden. Sofort bereute Philip seine Frage. Es gab tausend Möglichkeiten, doch in den Augen seines Freundes stand die Einzige, deren er sich erinnerte. Auch Philips Gedanken schweiften zurück in jene Nacht, die sich unauslöschlich in beider Gedächtnis gebrannt hatte. Fünf Jahre war er alt gewesen, Schreie gellten durch die Nacht, rissen ihn aus dem Schlaf, trieben ihn zum Fenster. Eine Frau, blutend, wimmernd, einen kleinen Knaben an der Hand. Ihr hochschwangerer Leib durchbohrt von einem Schwert, doch sie lief weiter, stürzte, der kleine Junge an ihrer Hand sagte kein Wort, während ihr Mann, selbst schwer verletzt, mühsam versuchte, sie zu verteidigen. Die Stimme seiner Mutter, die den

Namen seines Vaters rief. Sein Vater, der furchtlos nach draußen stürmte, sich den Männern entgegenstellte, die der Frau und ihrem Sohn zu Leibe rückten. Der Seite an Seite mit ihrem verletzten Gatten kämpfte, ohne ihn zu kennen. Schreie, das Geräusch, als Metall auf Metall schlug, grässliches Kratzen über eine Rüstung, ein Stöhnen. Selbst blutend, brachte Philips Vater die sterbende Frau und ihre Familie in sein Haus. In dieser Nacht verlor Said seine Mutter, aber Philip fand einen Freund und Bruder.

Am nächsten Morgen fühlte er sich wie zerschlagen, konnte sich nicht mehr erinnern, ob die Schreie wirklich die ganze Nacht angehalten hatten oder ob es nur der Nachklang der alten Erinnerung war. Er warf einen Blick auf Said, der erstaunlich friedlich schlief. Leise, um den Freund nicht zu wecken, stand Philip auf und öffnete den hölzernen Fensterladen. Morgenluft strömte in die Kammer, kühl und frisch, belebte seine Seele, vertrieb die düsteren Bilder. Er griff nach einer seiner Reisetaschen, öffnete sie und zog ein schweres Buch heraus, der Einband aus dickem Leder mit Goldbeschlägen, die Seiten aus feinstem Pergament. Der größte Schatz, den er sein Eigen nannte. Er schlug die Seiten auf, suchte nach einer bestimmten Stelle, überflog die arabischen Schriftzeichen, die ihm seit seiner Kindheit vertraut waren. Manchmal fragte er sich, ob er wohl der einzige Christ war, der eine Abschrift dieses Buches besaß, des größten Hortes an Wissen, den die Sarazenen hüteten. Der Preis war hoch gewesen, nicht mit Gold zu begleichen, sondern mit Blut.

Mit einem lauten Knall schlug er das Buch zu. Keine bösen Erinnerungen mehr, nicht heute, an einem Tag, da die Sonne den Raureif von den Bäumen küsste.

»Glaubst du, du brauchst es?«

Er fuhr herum. Er hatte gar nicht bemerkt, dass Said aufgestanden war.

»Ich weiß nicht recht. Ich dachte, es könnte nicht schaden.« Langsam, fast liebkosend strichen Philips Finger über den ledernen Einband. »Ich werde ins Dorf reiten und sehen, was ich dort bekommen kann.«

»Sei ehrlich zu mir, Philip. Was verschweigst du mir?«

Das Bild des sterbenden Räubers flammte in Philips Gedächtnis auf. Hände, die sich schmerzverkrallt in dunkle Erde wühlen, Gedärm, das auf dem Waldboden zittert. Ein würgendes Gefühl stieg in Philips Hals auf. Er hatte noch nie Geheimnisse vor Said gehabt.

Ihre Blicke trafen sich. Eine kleine Ewigkeit verging, ehe er die Augen niederschlug.

»Ist es so schlimm?« Es lag kein Vorwurf in Saids Stimme, eher Mitgefühl.

Philip schluckte, dann straffte er den Rücken. »Schlimmer.«

»Manche Last trägt sich leichter, wenn man sie teilt.«

»Diese nicht«, widersprach Philip. »Vertrau mir einfach.«

»Vertraue ich dir nicht immer?« Der kleine Araber lächelte schief. Philip klopfte ihm einmal sacht auf die Schulter, dann griff er zu der großen Kanne und füllte Wasser in die Waschschüssel.

Neugierige Blicke folgten ihm, als er in den Stall ging und seinen Rappen holte, doch niemand sprach ihn an. Bereitwillig wurde ihm das Tor geöffnet, als er den Wächter nach dem Weg ins nächste Dorf fragte. Das sei Alvelingeroth, lautete die Antwort, zu Pferd werde er es schnell erreichen, wenn er die schmale Brücke über die Bode nehme und dann dem Hohlweg folge.

»Aber hütet Euch vor dem Geistertor«, mahnte der Wächter ihn.

»Geistertor?« Philip horchte auf. Der Mann grinste. »Hinter den Hügeln liegt der Eingang zu einer großen Höhle, doch kein Mensch, der bei Verstand ist, kommt in ihre Nähe.«

Machte der Mann sich über ihn lustig, oder handelte es sich um einen hiesigen Aberglauben?

»Keine Sorge, nach Geistern steht mir heute nicht der Sinn.«

Dann trieb er seinen Wallach an und ritt den steilen Hügel hinab, auf dem die kleine Burg thronte.

Die Brücke war kaum mehr als ein Steg, gerade breit genug, um mit viel Geschick einen Wagen hinüberzulenken. Er folgte der Richtung, die der Wächter ihm gewiesen hatte, bog in den Hohlweg ein, roch den scharfen Rauch der Meiler. Hier ganz in der Nähe befand sich eine der Erzminen, denen der Graf von Birkenfeld seinen Reichtum verdankte. Er begegnete sogar einigen Arbeitern, die einen Handkarren zogen, die Ladung unter einer schmutzigen Decke verborgen. Neugierig glotzten sie dem dunklen Fremden hinterher, er fühlte ihre Blicke kaum noch. Nicht zum ersten Mal fragte er sich, wie es seinem Vater anfangs wohl in Alexandria ergangen war, einem hochgewachsenen blonden Mann mit hellen Augen. Vermutlich hatte man ihm ebenso nachgestarrt, doch seit Philip denken konnte, war das nicht mehr geschehen. Vielleicht weil sich die Menschen an ihn gewöhnt hatten, vielleicht auch nur weil sie seine scharfe Zunge und sein noch schärferes Schwert gefürchtet hatten. Kein Gegner hatte seinen Vater werfen können. Keiner bis auf einen …

Philip drückte seinem Wallach die Fersen in die Flanken, um ihn zum schärferen Galopp anzutreiben. Keine alten Erinnerungen mehr, mahnte er sich.

Plötzlich tauchten vor ihm drei Reiter auf. An sich nichts Ungewöhnliches, doch die Art, wie sie nebeneinanderher ritten und dabei den Weg versperrten, beunruhigte ihn. Er ließ sein Pferd zurück in den Trab fallen. Seine Hand tastete unter dem Mantel nach dem Knauf des Schwertes.

Da hörte er einen durchdringenden Pfiff. Er zuckte zusammen und riss sein Pferd herum. Vier weitere Reiter galoppierten von oben in den Hohlweg herab und versperrten ihm den Rückweg. Unter ihnen die rothaarige Räuberbraut auf ihrem Schimmel.

Der Griff des Schwertes lag warm in seiner Hand. Sechs Gegner, sieben, wenn er die Frau dazuzählte. Es wäre ein aussichtsloser Kampf. Seine Finger lösten sich von der Waffe. Wenn er hier bestehen wollte, musste er mit anderen Mitteln streiten. Scheinbar gleichgültig ließ er die Rechte über den Hals seines Rappen gleiten, tätschelte das Pferd und zwang sich zu einem Lächeln, obgleich ihm der Anblick der Räuber die Kehle zuschnürte.

Die Rothaarige lenkte ihren Schimmel näher zu ihm heran. Er sah das Schwert an ihrer Seite. Ob sie es wohl zu führen verstand? Im Rücken fühlte er die Blicke der drei Männer, die ihm entgegengekommen waren.

»Was für eine hübsche Beute.« Sie lachte. »So etwas findet man nicht alle Tage.« Der Schimmel scharrte mit den Hufen und warf den Kopf hoch. »Aber dich sehe ich schon zum zweiten Mal.« Sie musterte ihn mit ihren katzengrünen Augen. Ein Vollblutweib, das wusste, was es wollte. Vielleicht war das seine Rettung.

»Dir gefällt, was du siehst?« Sein Lächeln wurde breiter. Sie war die Anführerin, was scherten ihn ihre Begleiter? Sie galt es zu erobern, dann war der Kampf gewonnen.

Sie lenkte ihren Schimmel um ihn herum, begutachtete ihn wie ein teures Ross auf dem Pferdemarkt. Er rührte sich nicht. War es eine zufällige Begegnung, oder hatte die Bande ihm aufgelauert? Aber woher hätte sie es wissen sollen? Die Männer, an denen er vorübergeritten war, die ihm nachgestarrt hatten? Ein unangenehmes Kribbeln zog durch seine Eingeweide. Er musste die rechte Hand regelrecht in der Mähne seines Rappen verkrallen, um nicht zum Schwert zu greifen.

»Du bist recht ansehnlich«, sagte die Frau, als sie ihre Umrundung beendet hatte. »Ich habe eine Schwäche für dunkle Männer.«

»Und was stellst du mit denen an, für die du eine Schwäche hast?«

»Das kommt darauf an. Was dich betrifft« – sie seufzte leise –, »dich muss ich leider töten.«

Eine eisige Faust schlug in seine Eingeweide. Für einen kurzen Moment verlor er die Gewalt über sein Lächeln, doch noch ehe sie es bemerkte, saß die Maske wieder fest. Jetzt keine Schwäche zeigen.

»Und warum musst du mich töten?« Hinter seinem Rücken hörte er Pferde schnauben, das Knarren des Sattelleders. Wenigstens fehlte das Sirren der Schwerter, die aus der Scheide gezogen wurden.

»Du hast ein bisschen zu viel gesehen.«

Die Eisenerzfuhren! Sollte er deshalb sterben? Sein Herz pochte. Sag irgendetwas, beschwor er sich im Stillen. Irgendetwas, das sie beeindruckt. Sie ist eine Frau. Du hast die Frauen immer betört.

»In der Tat«, gestand er. »Ich sah eine Göttin aus alter Zeit, deren Haar an das rote Gold der Wüste erinnert. Eine Göttin, die meine Seele allein mit ihren Blicken gefangen nahm.«

»Machst du dich lustig über mich?« Sie funkelte ihn zornig an. Ihre Hand glitt zum Schwert, schnell und zielsicher. Hinter seinem Rücken hörte er das gefürchtete Sirren. Die feinen Härchen in seinem Nacken sträubten sich, für einen Moment stockte ihm der Atem, doch sofort hatte er sich wieder in der Gewalt. Beschwichtigend hob er die Hände. »Nein, gewiss nicht. Es tut mir leid, wenn ich dich gekränkt habe. Warte, ich kann es noch viel besser.« Er hielt kurz inne, beobachtete mit Erleichterung ihre Verwirrung und fuhr fort. »Meine Augen trafen die deinen, funkelnde Smaragde am Himmel der Ewigkeit, Lotusblüten, die dahintreiben im Wasser der Unvergänglichkeit, ein Gesicht, umlodert vom Feuer der Leidenschaft.«

»Bist du noch ganz bei Trost? Glaubst du, dieser Unfug rettet dir das Leben?« Sie starrte ihn mit unbewegter Miene an. Er hielt ihrem Blick stand, versuchte in ihrem Gesicht zu lesen, spähte dabei immer wieder unauffällig zu ihrer Hand hinüber, die nach wie vor drohend um den Schwertknauf lag. Die drei Männer hinter ihr saßen regungslos auf ihren Pferden, aber er war sich sicher, dass sie ihre Waffen schneller ziehen würden, als er handeln konnte.

»Nun ja.« Er räusperte sich, um die Enge in der Kehle zu

vertreiben. »Ich dachte, vielleicht hörst du lieber ein paar nette Worte, anstatt mich umzubringen.«

Ihre Mundwinkel zuckten verräterisch. Zwei Wege führten zum Herzen einer Frau. Gegen Schmeicheleien unempfänglich, hatte sie offenbar zumindest Humor.

»Und warum sollte ich einen Mann, der dummes Zeug redet, ziehen lassen?«

»Ich gestehe, ich hoffte auf den alten Aberglauben, nach dem man in diesem Land Verrückte unbehelligt lässt.«

»Erst preist du meine Schönheit, und dann nennst du dich deshalb verrückt?« Ihre Augen leuchteten, er hoffte, ein Lächeln darin zu erkennen, war sich jedoch nicht sicher.

»Ob meiner Dreistigkeit, dass ich solch ungeschliffene Worte auszusprechen wagte. Zu meiner Entschuldigung bleibt mir nur zu sagen, dass sich der Liebreiz einer Frau unter Waffengewalt nur schwer besingen lässt.« Er warf einen raschen Blick über die Schulter auf die drei Männer hinter ihm, die ihre Waffen längst gezogen hatten.

»Du bist mir einer! Die Männer, die ich bisher tötete, winselten um Gnade oder warfen sich in aussichtslose Kämpfe, um ihre lächerliche Ehre zu retten.«

»Winseln hat so wenig Stil, und aussichtslose Kämpfe führe ich nicht.« Er beugte sich im Sattel vor und fing ihren Blick mit lächelnden Augen auf. »Obwohl, ich könnte dir natürlich auch etwas vorwinseln, wenn es mir nützlich wäre, um deine Gunst zu gewinnen.«

Da brach sie in schallendes Gelächter aus.

»Und warum sollte ich dich am Leben lassen?«

»Welche Rolle spielt es, was ich gesehen habe? Ich bin ein Fremder in diesem Land, dessen Wort nichts gilt. Nicht einmal dir, wenn ich hilflos stammelnd versuche, deine Schönheit zu preisen.«

Ihre Blicke wanderten über seinen Körper, prüfend, forschend, um dann wieder auf seinem Gesicht zu verweilen.

»Woher kommst du?«

»Aus Ägypten.«

»Das ist sehr weit. Warum hast du deine Heimat verlassen?«

»Es gab Schwierigkeiten, die es erforderlich machten, Ägypten für eine Weile den Rücken zu kehren.«

»Hast du jemanden erschlagen?« Sie grinste, meinte es vermutlich nicht einmal ernst, dennoch spürte er, wie ihm das Blut aus den Wangen wich. Ein spöttischer Zug umspielte ihre Lippen, als sie seine verräterische Blässe bemerkte. Er fühlte sich ausgeliefert, konnte seine Maske nicht länger aufrechterhalten. Das Bedürfnis, nach dem Schwert zu greifen, wurde übermächtig. Seine Hände kneteten die Zügel, um keine falsche Bewegung zu machen. Sie schien seine Furcht zu spüren, doch gleichzeitig verschwand alle Härte aus ihren Zügen. Auf einmal erinnerte sie ihn an die Frauen in Alexandria, die er mit nur einem Lächeln für sich gewinnen konnte, wenn er es darauf anlegte.

»Sag mir deinen Namen, schöner Fremder.«

»Philip«, antwortete er leise.

»Ich bin Thea.« Ihre Augen blitzten. »Die rote Thea. Sei mir willkommen, Philip aus Ägypten.« Sie reichte ihm die Hand. Er ergriff sie, ohne recht zu verstehen, was ihren Sinneswandel verursacht hatte. Glaubte sie, einen künftigen Kumpan vor sich zu haben? Einen davongelaufenen Strauchdieb und Mörder?

Ihr Händedruck war erstaunlich fest für eine Frau. Gewiss vermochte sie das Schwert zu führen, das ihr von der Hüfte hing.

Als ihre Hände sich voneinander lösten, zog sie einen bronzenen Anhänger hervor, den sie an einer Lederkordel unter ihrem Hemd trug. Es war eine Scheibe, auf der sich seltsame Symbole wanden, die er noch nie gesehen hatte.

»Nimm das. Niemand wird dir etwas antun, solange du dies bei dir trägst.«

Er griff nach dem Anhänger, in dem die Wärme ihres Körpers gefangen war. »Was erwartest du dafür?«

Sie beugte sich ihm entgegen. »Komm morgen wieder her, um die gleiche Stunde.« Ihre Stimme war kaum mehr als ein Flüstern. »Allein, so wie ich auch.«

»Wer wird da wohl wessen Beute sein?« Er schenkte ihr ein schiefes Lächeln.

»Nun, du die meine, was denn sonst, schöner Mann?« Lachend wendete sie ihr Pferd, und ohne dass es eines weiteren Wortes bedurft hätte, folgten ihr die sechs finsteren Gestalten.

Er atmete tief durch. Nie zuvor war er einem solchen Weib begegnet, gefährlich und reizvoll wie die Sünde. Seine Hand umschloss noch immer ihr Geschenk. Im Geiste hörte er Saids Warnung, doch zugleich wusste er, dass er ihrem Spiel folgen würde.

Mägde und Bauernburschen hoben neugierig die Köpfe, als er nach Alvelingeroth kam. Kein besonders großer Ort, aber er hatte schon kleinere Dörfer auf seiner Reise durchquert. Er hielt auf einen halbwüchsigen Burschen zu und fragte ihn, ob es einen Krämer gebe, bei dem er einige Bestellungen aufgeben könne. Der Junge starrte ihn mit großen Augen an. »Ja, edler Herr. Der alte Eusebius besorgt alles, was Ihr wünscht.« Er wies auf eine windschiefe kleine Kate. Philip bedankte sich und warf dem Knaben ein Kupferstück zu, was leuchtende Augen und wiederholte Verbeugungen zur Folge hatte. Dann lenkte er seinen Rappen in die entsprechende Richtung.

Der Herr des Hauses hatte ihn wohl schon durch das Fenster näher kommen sehen, denn plötzlich öffnete sich die Tür, und ein glatzköpfiger alter Mann in schmuddeligem Kittel trat ihm entgegen. Philip sprang aus dem Sattel und band den Wallach an einem kleinen Gesträuch fest.

Der Alte starrte ihn mit zusammengekniffenen Augen an, nicht feindselig, sondern eher so, als müsse er die Unschärfe seines Blickes ausgleichen.

Mit einem aufmunternden Lächeln ging Philip auf ihn zu. »Seid gegrüßt. Ihr seid Eusebius?«

Der Alte nickte nur.

»Man sagte mir, Ihr könntet alles Mögliche besorgen.«

Der Krämer brummelte etwas Unverständliches und bedeutete Philip, ihm in die Hütte zu folgen.

Ein seltsamer Geruch nach alten Pergamenten, Kräutern, Gewürzen und feuchter Wolle schlug ihm entgegen. Trotz geöffneter Fensterläden war es dunkel. Ob er hier tatsächlich fündig würde?

»Was begehrt der edle Herr?«

»Möglicherweise ist es nicht ganz einfach zu beschaffen.« Er zögerte. Vermutlich war es ohnehin zwecklos. »Habt Ihr Schwefel?«

»Ihr meint Sulfur?«

Philip stutzte. Woher kannte der Alte die lateinische Bezeichnung? »Ja, Sulfur«, bestätigte er.

»Es wird ein paar Tage dauern. Und es wird nicht billig.«

»Ich kann es bezahlen.« Philip öffnete seinen Beutel und ließ ein Silberstück hervorblitzen. »Könnt Ihr mir auch Salpeter beschaffen?«

»Zehn Tage«, brummte der Krämer. »Drei Silberdenare für sechzehn Lot Sulfur und die gleiche Menge Salpeter.«

»Bestellt mir die doppelte Menge Salpeter«, verlangte Philip. »Hier habt Ihr zwei Silberdenare als Anzahlung, den Rest gebe ich Euch nach Erhalt der Ware.«

»Wo finde ich Euch, falls die Lieferung früher eintrifft?«

»Ich bin ein Gast des Grafen von Birkenfeld.«

Der Alte nickte geistesabwesend und wandte sich wieder seinen Regalen zu. Einen Augenblick lang zögerte Philip noch, dann verließ er die Hütte.

»Das ist nicht dein Ernst!« Selten hatte Philip Said so aufgebracht erlebt. Beschwichtigend hob er die Hände.

»Denk doch einmal nach. Das ist die Gelegenheit, etwas Licht ins Dunkel zu bringen.«

»Welches Dunkel?« Saids Gesicht war gerötet, doch erkannte Philip darin nicht nur Zorn, sondern auch Sorge. »Du erzählst mir, wie du dich der rothaarigen Mörderin mit Müh und Not entwunden hast, und jetzt willst du freiwillig in ihre Arme zurückkehren? Welcher Grund könnte so gewichtig sein? Dein Hunger nach einem Mädchen wohl kaum, da würdest du unter den Mägden hier viel schneller fündig.«

»Glaubst du, ich hätte nur Tändelei im Sinn? Vertrau mir einfach.«

»Vertrauen«, schnaufte Said. »Ist dir schon einmal in den Sinn gekommen, dass Vertrauen ein gegenseitiges Geschäft ist?«

»Du weißt, dass ich niemandem mehr vertraue als dir, Said.«

»Und trotzdem erzählst du mir nicht alles.«

Philip atmete tief durch und legte dem Araber beide Hände auf die Schultern.

»Kennst du das Gefühl, wenn du einer Aussage gegenübergestellt wirst, die du nicht glauben willst? Ja, die so unfassbar ist, dass du sie am liebsten austilgen möchtest, es aber nicht vermagst? Weil dich tief in deinem Innern eine Stimme beschwört, an ihre Wahrheit zu glauben? Und dir zugleich den Mund verschließt, um es nicht auszusprechen und dadurch erst Wirklichkeit werden zu lassen? Said, du erinnerst dich an den sterbenden Räuber?«

»Du warst bleicher als der Tod«, flüsterte Said. »Was hat er dir an jenem Tag verraten?«

Philip schüttelte leicht den Kopf. »Ich will erst wissen, ob es wahr ist. Und das kann ich nur von ihr erfahren.«

»Sie ist ein Satansweib. Glaubst du, ihr ist zu trauen? Sie könnte dich genauso gut belügen.«

»Ich werde es erkennen, wenn es so weit ist. Lässt du die Sache bis dahin auf sich beruhen?«

Said legte seine Hände auf Philips Schultern und nickte.

Während der Araber sein Mittagsgebet verrichtete, durchstreifte Philip die Burg. Insgeheim beneidete er seinen Freund um dessen festen Glauben, auch wenn es nicht der seine war. Er selbst war manchmal voller Wut, weil Gott sein Flehen in der Stunde seiner größten Not nicht erhört hatte. Und voller Zweifel, ob dies die gerechte Strafe für seinen Stolz war.

Er blieb auf den Stufen stehen, die zum Wohnturm führten, betrachtete das Leben vor sich, die Mägde, die zwischen Küche und Brunnenhaus hin und her eilten. Dabei fing er den einen oder anderen begehrlichen Augenaufschlag ein. Er musste lächeln. Said hatte recht. Wenn er wollte, würde er hier recht schnell willfährige Gesellschaft finden. Obwohl ihm der Sinn zurzeit nicht danach stand, genoss er dennoch die Aufmerksamkeit der holden Weiblichkeit.

Aus den Augenwinkeln gewahrte er einen blauen Schatten, der sich auf den Turmstufen von oben herab näherte. Das Bild der letzten Nacht erschien vor seinem inneren Auge, die schöne junge Frau, deren blondes Haar keck unter dem Umhang hervorgeblitzt war. Ihr überlegener Gesichtsausdruck, als sie seine Hand am Dolch entdeckt hatte. Diesmal trug sie wieder die dunkelblaue Suckenie. Etwas zu schlicht für seinen Geschmack. Auch das strenge Gebände passte nicht so recht zu den Reizen, die er in der vergangenen Nacht hatte erahnen dürfen. Warum verbarg sie ihre Schönheit nur? Es hätte genügend schickliche Kleidung gegeben, die ihr Glanz verliehen hätte. Oder war es ein Ausdruck von Trauer? Alle nannten sie Frau Helena. War sie jung verwitwet?

Ihre Stimme schreckte ihn aus seinen Überlegungen.

»Hättet Ihr die Güte, mich vorbeizulassen?«

Er trat einen Schritt zur Seite. »Mir scheint, es wird zur Gewohnheit, dass ich Euch im Wege stehe.«

»Dann solltet Ihr diese lästige Unart schnellstens ablegen.«

»Ich werde mich bemühen, Frau Helena.« Er lächelte sie an, doch ihre Miene blieb ernst. Ihre Züge wirkten müde und zugleich verbittert. Hatte sie während der ganzen Nacht bei der Gräfin ausgeharrt? An welch grausamer Krankheit litt die Burgherrin überhaupt? Gern hätte er länger mit der jungen Frau geplaudert, doch sie ging an ihm vorüber, ohne ihn eines weiteren Wortes zu würdigen. Seine Blicke folgten ihr auf ihrem

Weg über den Hof bis zum Küchenhaus. Alles hier kam ihm auf einmal seltsam vor, und noch ehe er wusste, was er eigentlich tat, ging er ihr nach und trat leise durch die angelehnte Tür in die Küche. Eine der Mägde schöpfte aus einem Bottich Milch in einen kleinen Krug, den Helena in Händen hielt, die Lippen fest zusammengekniffen, als würde sie eine bittere Erkenntnis hinunterschlucken.

»Wollt Ihr auch Honig, Frau Helena?«, fragte die Magd.

Die Angesprochene nickte. Er erkannte den Versuch eines Lächelns, doch so recht gelang es ihr nicht. Leise schloss er die Tür hinter sich. Da erst wurden sich die beiden Frauen seiner Gegenwart bewusst. Die Augen der Magd leuchteten. Sie hatte ihm heute schon ein paarmal zugelächelt. »Habt Ihr einen Wunsch?«

Einen Wunsch? Wenn er nichts sagte, würde er wie ein Eindringling erscheinen.

»Ich hätte auch gern einen Krug Milch«, sagte er und versuchte seine Verlegenheit zu überspielen.

Die Magd nickte, füllte eine letzte Schöpfkelle in Helenas Krug und reichte ihr einen Topf mit Honig. Dann griff sie nach einer kleinen Kanne, um sie für Philip zu füllen. Helena schickte sich indes an, die Küche zu verlassen.

»Ihr hattet schwere Stunden?«, fragte er sie vorsichtig, als sie ihm entgegenkam.

»Nichts, das ich nicht zu tragen vermag«, kam es gleichmütig zurück. »Aber Ihr steht mir schon wieder im Weg.«

»Verzeiht. Ich übe mich noch darin, diese Unart abzulegen.«

Er hatte auf ein Lächeln gehofft, doch ihre Augen blieben ernst.

»Wenn ich Euch auf irgendeine Weise behilflich sein kann, Frau Helena … Mein Freund Said ist in der Heilkunst erfahren.«

»Ist er auch erfahren in Frauenleiden?«

War es Spott, der aus ihren Augen leuchtete? Ein gütiges Lächeln war es jedenfalls nicht.

»Soll ich ihn fragen?«

»Ich danke Euch für Euer freundliches Anerbieten, aber ich glaube kaum, dass er mir eine Hilfe wäre.«

»Vielleicht könnte er …«

»Ich danke Euch«, schnitt sie ihm das Wort ab. Kurz und knapp, als hätte sie in eine ungenießbare Frucht gebissen. Dann ließ sie ihn einfach stehen. Ohne ein Lächeln, und er fragte sich, was er wohl falsch gemacht hatte.

Er sah sie erst am Abend wieder, an der Tafel des Grafen. Ihre Augen wirkten immer noch müde, fast ein bisschen leer. Da war nichts mehr von dem Kampfgeist, den er in der Nacht auf der Stiege wahrgenommen hatte. Die Burgherrin hatte sich wie tags zuvor entschuldigen lassen. Es wunderte ihn nicht, doch zugleich war er enttäuscht. Zu gern hätte er gewusst, wie die Frau wohl aussah, deren verzweifelte Schreie ihn in der vergangenen Nacht bis ins Mark getroffen hatten.

Dafür war die junge Nonne umso lebhafter. Kaum dass der Kaplan das Tischgebet vollendet hatte, wandte sie sich an Said.

»Sagt, ist es wahr, dass Ihr Christus verehrt, wie es Herr Philip gestern behauptete?«

»So, wie er es gestern sagte«, bestätigte Said.

»Aber Ihr glaubt nicht daran, dass er Gottes Sohn ist?« Auf einmal bekam ihr Blick etwas Lauerndes. Für einen kurzen Moment überlegte Philip, ob er eingreifen und das Gespräch in eine andere Richtung lenken sollte, aber Said kam ihm zuvor.

»Es steht geschrieben, es zieme Allah nicht, sich einen Sohn zuzugesellen. Wenn er etwas beschließt, so spricht er nur ›Sei‹, und es ist.«

Ludovika schaute ihn verwirrt an. »So glaubt Ihr an die unbefleckte Empfängnis?«

Er nickte. »Miriam empfing ihren Sohn als reine, sündenfreie Jungfrau. So steht es geschrieben. Aber Allah ist nicht sein Vater.«

Ludovika holte tief Luft, doch ehe sie etwas entgegnen konnte, hatte der Graf sich schon Philip zugewandt. »Habt Ihr nicht noch ein weiteres Abenteuer, mit dem Ihr uns unterhalten könntet?« Jedem war klar, dass er keinen religiösen Disput an seiner Tafel wünschte.

Schwester Ludovika kniff die Lippen zusammen, als müsse sie eine giftige Antwort zurückhalten. Dafür stahl sich ein feines Lächeln auf Helenas Lippen, und fast hatte Philip den Eindruck, es gelte ihm.

»Wenn man so weit gereist ist wie wir, bleibt das nicht aus«, antwortete er auf die Frage des Grafen und erwiderte gleichzeitig Helenas Lächeln. Sofort senkte sie die Lider. Eine leichte Röte überzog ihre Wangen. Anscheinend war sie doch nicht so kühl und selbstbeherrscht, wie er befürchtet hatte.

»Die Märchenerzähler auf den Basaren würden vor Neid erblassen, wenn sie dir lauschen dürften«, seufzte Said, als sie sich sehr viel später in ihrer Kammer zur Ruhe begaben.

»Sag nicht, du hättest dich lieber mit unserer heiligen Jungfrau über Glaubensfragen gestritten.« Philip grinste. »Das ist gefährlicher, als sich mit roten Räuberbräuten einzulassen.«

»Immerhin hatte sie nicht die Absicht, mich umzubringen.«

»Wer weiß. Vielleicht hat der Graf nur eingegriffen, um Schwester Ludovikas persönlichen Kreuzzug zu verhindern. Hast du nicht das Feuer des Glaubens in ihren Augen lodern gesehen? Die gibt nicht eher auf, bis du bekehrt bist und deine Taufe mit einem Becher Wein und einem saftigen Spanferkel feierst.«

»Die Vorstellung bereitet dir wohl Spaß.«

»Mehr als manch anderes hier.« Doch dann wurde Philip wieder ernst. »Ich wüsste zu gern, welches Leiden die Gräfin quält. Magst du dich morgen ein wenig umhören, während ich der roten Räuberbraut aufwarte?«

»Ich kann es versuchen. Hast du einen Verdacht, was es sein könnte?«

Erleichtert nahm Philip zur Kenntnis, dass Said ihn nicht mehr von seinem Treffen mit Thea abzubringen versuchte.

»Nicht den geringsten.« Er schloss den hölzernen Fensterladen. Der Himmel war nicht mehr so klar wie in den Nächten zuvor. Es roch nach Regen.

Sein Gefühl hatte ihn nicht getrogen. Feiner Nieselregen tauchte das Land in ein fades Grau, als er seinen Rappen am folgenden Morgen aus dem Stall holte und dem Treffen mit der roten Thea entgegenritt. Er zog den Umhang fester um die Schultern und die Kapuze über den Kopf. Diesmal begegnete er keinem Menschen, bis er jene Stelle des Hohlweges erreichte, an dem er am Tag zuvor die Aufmerksamkeit der Räuber auf sich gezogen hatte.

Der Regen war unterdessen heftiger geworden, und so lenkte er sein Pferd unter eine große Eiche mit ausladenden Ästen. Ob sie wirklich käme? Trotz der dichten Baumkrone blieb er nicht vor dicken Regentropfen verschont. Sein Rappe schnaubte und schüttelte unwillig die feuchte Mähne. Wie lange sollte er warten? Vielleicht hatte sie sich doch nur einen Spaß mit ihm erlaubt?

Da zerriss ein scharfer Pfiff die Luft. Er wandte sich um und erkannte Thea auf ihrem Schimmel.

Lächelnd galoppierte sie ihm entgegen. Augenscheinlich kam sie tatsächlich ohne ihre Bande.

»Habe ich dich warten lassen, schöner Mann?«

»Nicht über Gebühr.«

»Ich musste mich erst vergewissern, dass du wirklich allein bist.«

»Ich wüsste niemanden, mit dem ich deine Gegenwart teilen möchte.« Er schenkte ihr sein verführerischstes Lächeln.

»Komm mit!« Sie wendete ihr Pferd und galoppierte den Hohlweg hinauf. Er folgte ihr. Nach wenigen Galoppsprüngen verließ Thea den vorgegebenen Pfad und trieb ihr Pferd die Böschung hinauf.

»Bleib dicht hinter mir, damit du den Weg nicht verfehlst.«

Sie durchquerten den dichten Wald, der kaum mehr als eine schmale Schneise freigab. Die Hufe der Pferde versanken zwischen dichten Farngewächsen, die aus dem Boden wucherten, und er musste aufpassen, dass ihm keine Zweige ins Gesicht schlugen. Der Regen hörte langsam auf, aber der Himmel blieb grau.

Schon bald erreichten sie ihr Ziel. Es war eine kleine Hütte inmitten einer Lichtung, wie sie von Köhlern oder Holzfällern bewohnt wurde. Thea ritt bis vor die Tür, dann sprang sie geschmeidig aus dem Sattel und band ihr Pferd an einem kleinen Pfosten an. Philip tat es ihr nach.

Sie öffnete die Tür und ließ ihn eintreten. Einen Moment lang hatte er vermutet, sie lebe hier, aber der muffige Geruch verriet ihm, dass dieses Haus schon lange leer stand, mindestens seit einem Winter.

»Es mag kein orientalischer Palast sein, aber es erfüllt seinen Zweck.« Sie musterte ihn mit leuchtenden Augen. Wie eine Löwin ihre Beute.

»So? Ich bin gespannt.«

»Holst du uns etwas Holz von draußen?« Sie wies auf die erloschene Feuerstelle. Er nickte und folgte ihrem Wunsch. Als er zurückkam, hatte sie am anderen Ende der Hütte ein weiches Lager aus Schaf- und Hirschfellen geschaffen. Vermutlich nutzte sie diese Hütte häufiger als Liebesnest.

Sorgsam schichtete er das Holz auf und entfachte das Feuer neu. Das Spiel der Leidenschaften kannte er zur Genüge, doch war stets er der Eroberer gewesen, noch nie hatte er sich einer Frau wie Thea gegenübergesehen. Eine reizvolle Abwechslung, der er sich gern ergeben würde.

Auf einmal spürte er sie in seinem Rücken, wie sie sich an ihn schmiegte und ihm die Hände um die Brust schlang. Ihr Atem glühte heiß in seinem Nacken.

»Dich zu töten, wäre wirklich eine Verschwendung«, flüsterte sie.

»Hattest du es denn tatsächlich vor?« Er wand sich aus ihrem Griff, drehte sich um und zog sie an sich, bis ihre Gesichter sich fast berührten. Sie roch nach Wald und Regen, aber da war noch ein anderer Duft, ein Hauch von Rosenöl. Woher mochte sie eine derart kostbare Essenz nur haben? Vermutlich war der Raub in dieser Gegend doch einträglicher als gedacht.

»Ja, das hatte ich.«

»Und warum hast du mich dann laufen lassen?«

»Du warst so bezaubernd in deiner Angst.« Sie grinste. »Glaubst du, ich hätte es nicht gesehen? Und doch warst du weder feige noch dumm. Du hast die einzige Möglichkeit wahrgenommen, und ich zolle tapferen Männern gern Respekt. Vor allem, wenn sie auch noch hübsch sind.«

Ihre Lippen waren weich und warm, ihre Hände strichen ihm gierig und doch zärtlich über den Leib, öffneten seine Kleidung mit einer Geschicklichkeit, die ihm verriet, dass sie nicht zum ersten Mal einen Mann auszog. Wie viele Männer hatte sie wohl schon in ihren Fängen gehabt? Ob jene wohl alle überlebt hatten? Bei dem Gedanken daran lächelte er. Was für eine Frau. Sie wusste genau, wie sie einen Mann zu ihrer willenlosen Beute machte. Eine Weile ließ er ihr die Führung, genoss das Spiel aus Macht und Unterwerfung, ehe er selbst die Herrschaft übernahm und auf jede ihrer Regungen achtete, um ihre geheimsten Sehnsüchte zu erfüllen. Mal fauchte sie wie eine Löwin, dann schnurrte sie wieder wie ein Kätzchen. Nie zuvor hatte er eine solche Frau besessen, wunderschön und stark zugleich, doch immer in Gefahr, von ihren Krallen zerrissen zu werden.

Als der wilde Rausch verflogen war, schmiegte sie sich eng an ihn, fast so, als genieße sie seine Stärke und seinen Schutz. Ihre Rechte glitt sanft über seinen bloßen Oberkörper und hielt an einer alten Narbe knapp über seinem Herzen inne.

»Du hast schon manchen Kampf bestanden, nicht wahr?« Ihre katzenhaften Augen funkelten ihn liebevoll an. Er legte seine Hand über die ihre.

»Eine jugendliche Dummheit, mehr nicht.«

Im Prasseln des Herdfeuers verloren sich seine Gedanken. Neunzehn Jahre war er alt gewesen. Der alte Kadir … Lange hatte er nicht mehr an ihn gedacht. Ein wunderlicher alter Mann, der völlig allein lebte und den viele einen Narren schalten. Doch er hatte ihn geliebt, fast so sehr wie seinen eigenen Großvater. Ein alter Mann, der wundersame Geschichten zu berichten wusste, von geheimen Wissenschaften sprach, für die ihn andere verlachten. Philip hatte ihn niemals belächelt, und vielleicht war das der Grund, warum Kadir ihm kurz vor seinem Tode etwas anvertraute. Das geheime Buch des Wissens, das niemals in die falschen Hände fallen sollte.

Er hatte nicht gewusst, dass Kadir einen Sohn hatte. Noch weniger ahnte er, dass dieser eine Sünde darin sah, wenn ein Muslim einem Christen vor seinem Tod ein Geschenk machte.

Er starrte in die Flammen und sah wieder die Schatten, die sich aus der dunklen Gasse näherten, hörte die Stimmen, die ihn einen Ungläubigen nannten und seinen Tod forderten. Das Sirren der Säbel. Metall, das auf Metall schlägt. Drei gegen einen. Seine Klinge, die zum ersten Mal einen Menschen tötet. Schreie, ein scharfer Schmerz in der Brust, der ihn zu Boden reißt. Ein bärtiges Gesicht über ihm, hassverzerrt, der erhobene Säbel bereit zum Todesstoß. Plötzlich sinkt die tödliche Waffe kraftlos nieder, Blut strömt aus dem Mund des Gegners. Hinter ihm steht Said, blass, die Klinge rot vom Blut des Feindes.

Für alle Ewigkeiten würde ihn die Narbe an den Tag erinnern, da er und sein bester Freund zum ersten Mal Menschenblut vergossen hatten.

»Erzähl mir davon.« Theas Stimme riss ihn aus seinen Gedanken.

»Von meiner Dummheit? Da gibt es nicht viel zu erzählen.« Er beugte sich über sie und verschloss ihre Lippen mit einem Kuss, der sie jede weitere Frage vergessen ließ.

5. Kapitel

Pochende Kopfschmerzen, ein Schädel, der schier zu platzen drohte. Mühsam rappelte Lena sich auf, stieg aus dem Bett und öffnete den Fensterladen. Der Himmel war grau verhangen, der Wind sprühte ihr leichten Nieselregen ins Gesicht. Sie atmete tief durch, hoffte, den stechenden Schmerz zu besiegen, der ihr die Augen aus den Höhlen drücken wollte. Übel war ihr, sie kämpfte dagegen an, wollte sich nicht übergeben und sehnte es doch als Erleichterung herbei, die niemals eintrat. Sie schüttete etwas Wasser in die Waschschüssel und besprengte sich die Stirn. Die Kühle tat ihr gut, doch das Pochen blieb. Ebenso das Unwohlsein.

Der gestrige Tag war grauenvoll gewesen. Sie hatte sich bemüht, Elise zu verstehen, ihr Kraft und Trost zu spenden, doch jedes Mal fegte die Gräfin ihre Anteilnahme hinfort. Warf ihr versteckt den Fehdehandschuh hin und zog sich zugleich in dumpfes Schweigen zurück. Niemals hatte Lena so etwas erlebt. Wollte die Frau keine Hilfe annehmen? Dann war ihr ein ungeheurer Verdacht gekommen. Konnte es sein, dass es gar kein Kind mehr gab? War der Säugling, von dem sie keine Spur fand, längst gestorben? War dies der Grund für das seltsame Verhalten?

Zum ersten Mal hatte sie zu fragen gewagt, ob sie das Kind wohl sehen dürfe. Elise hatte nur genickt.

Es war ein hübsches Kind, ein Knabe mit so strahlend blauen Augen wie der Vater, zarten blonden Haaren, die wie Seide schimmerten. Er lächelte Lena an, zeigte keine Furcht. Sie hatte ihn sofort ins Herz geschlossen und begriff weniger denn je, was in der Gräfin vorging. Nachdem sie die Kinderstube verlassen hatte, setzte sich der Schmerz in ihrer Stirn fest, erst leise, doch sie kannte die Anzeichen. Sie hatte das Pochen fast erwartet, nachdem der dumpfe Schmerz sie am Tag zuvor nicht mehr aus seinen Klauen gelassen hatte.

Woher sollte sie die Kraft nehmen, sich der Gräfin abermals zu stellen? Anstatt Elise Gesundheit zu bringen, hatte sie das Gefühl, selbst vergiftet zu werden.

Sie tauchte die Hände in die Schüssel und fuhr sich erneut mit kühlem Wasser über die Stirn.

Dann war da noch Ludovika, die ihr ständig in den Ohren lag wegen des Heiden, den sie unbedingt zum Heil führen wollte. Wie gut, dass Graf Dietmar ihre leidigen Versuche tags zuvor unterbunden hatte. In ihrem Elternhaus hatte Lena schon früh Bekanntschaft mit Andersgläubigen gemacht. Zwar waren es Juden gewesen, keine Muselmanen, aber ihr Vater hatte die gelehrten Männer ungeachtet ihres Glaubens stets mit Hochachtung behandelt. Sie erinnerte sich an Philips heftige Verteidigung seines Freundes. So ähnlich hätte auch ihr Vater sprechen können. Sie hatte es Ludovika nie gesagt, denn obgleich sie die junge Nonne schätzte, wusste sie um deren Unerbittlichkeit in Glaubensdingen. Ludovika war eine der wenigen, die gegen den Wunsch der Eltern den Weg ins Kloster gefunden hatte. Manchmal fragte Lena sich, ob dies Ludovikas Art war, ihre Eltern für ihre Sünden zu bestrafen. Ludovika war eine uneheliche Tochter des Grafen von Regenstein, doch auch als illegitime Grafentochter besaß sie einen entsprechenden Wert auf dem Heiratsmarkt, den ihr Vater nutzen wollte. Mit ihrer Frömmigkeit und dem Wunsch, ins Kloster einzutreten, hatte sie alle seine Pläne durchkreuzt. Ja, Ludovika wusste ihren Glauben sehr wohl als Waffe einzusetzen. Wäre sie als Mann geboren worden, wäre sie gewiss ein Kreuzfahrer geworden.

Lena atmete noch ein paarmal tief durch. Nur langsam wurde das Pochen hinter ihrer Stirn so erträglich, dass sie sich ankleiden konnte. Es half nichts, sie musste sich auch heute der Gräfin stellen. Stellen … dieses Wort hätte wohl eher einem Ritter angestanden. Seit wann musste man kämpfen, um jemandem zu helfen? Elises Verhalten stellte alles auf den Kopf.

Ob sie mich wohl als Feindin sieht?, fragte sich Lena. Als Eindringling in ihre Welt? Aber es war doch ihr Gatte, der mich nach Birkenfeld holte, um ihr Hilfe zu bringen. Langsam flocht sie ihr Haar zu einem dicken Zopf. Der feste Druck des Gebändes linderte das schmerzhafte Pulsieren ein wenig, dennoch fühlte sie sich wie ein angeschlagener Kämpfer, als sie erneut in die Schranken des Turniers mit der Gräfin trat.

Elise empfing sie mit ausdrucksloser Miene, das Gesicht dem Fenster zugewandt. Immerhin erwiderte sie Lenas Gruß mit einer leichten Kopfbewegung. Nicht huldvoll oder erhaben, sondern müde und erschöpft. Dennoch wirkten die Züge der Gräfin auf eine eigentümliche Weise wach und erfrischt und erinnerten Lena wieder an das Pochen in ihrem eigenen Schädel.

»Konntet Ihr in dieser Nacht besser schlafen?« Behutsam ließ Lena sich auf dem Stuhl der Gräfin gegenüber nieder.

»Was ist das Leben eigentlich wert?«, fragte Elise, statt auf Lenas Frage zu antworten. Im ersten Moment war Lena versucht, sofort vom Geschenk Gottes zu sprechen, doch inzwischen kannte sie Elise gut genug, um zu wissen, dass derartige Fragen der Gräfin nur dazu dienten, das Gespräch zu beginnen und zu lenken. Sie wollte gar keine Antworten.

»Wem ist das Leben eines Menschen etwas wert?«, fuhr Elise fort. »Was tätet Ihr, wenn ich jetzt aufstünde und ans Fenster träte, um mich vom Turm zu stürzen?«

Da war es wieder, dieses herausfordernde Blitzen, die Kampfansage, mit der Elise es jedes Mal schaffte, Lenas Gefühle in Aufruhr zu versetzen. Doch seit Lena deren Taktik durchschaut hatte, gelang es ihr auch diesmal, ruhig zu bleiben und eine Gelassenheit vorzutäuschen, die sie gar nicht besaß.

»Was sollte ich Euren Wünschen entsprechend denn tun?«

»Es geht nicht um meine Wünsche. Ich will wissen, was Ihr tätet.« Das Blitzen der Augen wurde noch mutwilliger. Lena hielt dem Blick stand.

»Ich würde versuchen, Euch vor der Todsünde zu bewahren. Niemand darf Gottes Geschenk fortwerfen.«

»Und was ist, wenn ein anderer es tut? Einem Menschen Gottes kostbarstes Geschenk raubt?«

»Ihr meint, wenn ein Mann einen anderen tötet?«

Elise nickte. »Was tätet Ihr, wenn Ihr zwei Männern im Kampf begegnen würdet, Leben um Leben?«

Fast unmerklich mischte sich das Sirren eines Schwertes in das Pochen in Lenas Schädel. Ihr Mund wurde trocken, die Übelkeit kehrte zurück. Nicht jetzt. Heilige Jungfrau, lass mich nicht in ihrer Gegenwart verwundbar werden!, betete sie im Stillen.

»Ihr findet keine Antwort, Frau Helena?«

»Welche Antwort erwartet Ihr? Dass ich versuchen würde, mich zwischen kämpfende Ritter zu werfen?«

»Das wäre heldenmütig, aber damit würdet Ihr selbst Gottes wertvollstes Geschenk fortwerfen, nicht wahr?«

»Worauf wollt Ihr hinaus, Frau Elise?«

Ein böses Lächeln umspielte die Lippen der Gräfin. »Ihr enttäuscht mich. Ich hätte erwartet, Ihr könntet es in meiner Seele lesen. Das sagt man Euch doch nach, oder?«

»Ich weiß nicht, was man mir nachsagt, aber in Euren Worten spüre ich Verbitterung und Hass. Wem gilt dieser Hass?«

»Hass nennt Ihr das?« Elise schüttelte lächelnd den Kopf. »Ihr habt wahrlich keine Ahnung, was Hass ist. Das hatte ich auch nicht, bis zu dem Tag, da Martin starb.«

Martin! Ein scharfer Schmerz durchfuhr Lenas Brust. »Welcher Martin?«

Ihr war gar nicht bewusst geworden, dass sie den Gedanken laut ausgesprochen hatte, aber schon hörte sie die Gräfin antworten. »Martin Raitbach.«

Die alte Wunde brannte, raubte Lena den Atem. In ihrem Kopf brodelte es, als wolle er zerspringen. Vor ihren Augen tanzten Schatten und zuckten Blitze.

Es polterte laut, und sie fuhr zusammen. Beim Aufspringen hatte sie den Stuhl umgestoßen. Einen Wimpernschlag lang verschwand die Überlegenheit aus Elises Augen. Erschrocken starrte sie Lena an, doch die hatte keine Kraft mehr für den Kampf. Ohne jedes Abschiedswort verließ sie Elises Stube und hastete zur Treppe, um in ihrer eignen Kammer Zuflucht zu finden.

Fast blind von den tanzenden Funken, die der Schmerz ihr in die Augen trieb, taumelte sie der Stiege entgegen und wäre um ein Haar mit jemandem zusammengestoßen. Es war der Araber, der ihr im letzten Moment auswich.

»Frau Helena«, sprach er sie an. Es war das erste Mal, dass sie ihren Namen aus seinem Munde hörte. »Braucht Ihr Hilfe?«

Sie tastete nach der Wand, fühlte, wie ihr die Knie weich wurden. Das Kleid klebte ihr feucht am Leib. Wie damals, feucht von Blut. Martins Blut. Wieder hörte sie ihres Vaters Stimme. *Lauf!* Sein letztes Wort. Der rotbärtige Teufel, der keine Gnade kannte.

Plötzlich fühlte sie sich aufgefangen, von einer Kraft, die sie dem schmächtigen Araber gar nicht zugetraut hatte.

»Was ist Euch widerfahren?«

Seine leisen Worte holten sie in die Gegenwart zurück. Sie atmete tief durch.

»Mir geht es schon wieder gut, ich danke Euch.«

Er hielt sie noch immer fest, ganz so, als fürchte er, sie werde in sich zusammensinken, wenn er sie losließ. Und sie war sich nicht einmal sicher, ob es nicht auch so wäre.

»Was geht hier vor? Lasst sie sofort los!« Wie eine Furie stürmte Schwester Ludovika die Treppe herunter.

»Es ist nichts«, stöhnte Lena. »Er hat mich vor einem Sturz bewahrt.« Vorsichtig befreite sie sich aus Saids Griff, der sich sofort zurückzog, die Blicke misstrauisch auf Ludovika gerichtet.

Ludovika bekreuzigte sich. »Du siehst aus, als seist du dem Tod begegnet.«

»Das bin ich wiederholt«, flüsterte Lena. »Bring mich auf meine Stube!«

Ludovika nickte und warf Said noch einen missbilligenden Blick zu, ehe sie sich bei Lena unterhakte. Fast schämte Lena sich für das Verhalten der Nonne. Ob sie sich wohl genauso gebärdet hätte, wenn Graf Dietmar an Saids Stelle gewesen wäre?

»Ich danke Euch für Eure Hilfe, Said al-Musawar«, sagte Lena. Erleichtert nahm sie wahr, wie sich seine Miene bei der Nennung seines vollständigen Namens aufhellte und die Härte verschwand, die Ludovikas harsche Worte auf seinem Gesicht hinterlassen hatten.

»Wenn ich Euch irgendwie dienlich sein kann …«

»Das werdet Ihr kaum können!«, fuhr Ludovika ihm über den Mund. »Wir brauchen keinen heidnischen Zauber.«

»Du bist ungerecht«, tadelte Lena, als der Araber außer Hörweite war. »Er hat sich nicht unschicklich verhalten, im Gegenteil.«

»Er ist ein Heide.« Mit einem verächtlichen Schnauben öffnete Ludovika die Tür zu Lenas Stube. »Ein Heide, der es wagte, dich zu berühren.«

»Hätte er einfach zusehen sollen, wie ich gestürzt wäre?«

Ludovika schlug die Tür zu. Das Knallen des Holzes trieb Lena erneut Funken in die Augen.

»Muss das so laut sein?« Ungeschickt versuchte sie, die Suckenie abzulegen. »Hilfst du mir, Ludovika?«

»Wirst du mir jetzt sagen, was geschehen ist?«, fragte die junge Nonne, während sie Lenas Aufforderung nachkam.

Lena streifte das Untergewand ab. Eine handbreite Narbe zog sich unter ihrer linken Brust entlang. Seit einem Jahr hatte sie nicht mehr geglüht, war nur noch ein weißes Mal auf heller Haut gewesen, doch jetzt war sie heiß, gerötet und pochte im Gleichtakt mit Lenas Schläfen. Sie hatte es befürchtet. Leise seufzend ordnete sie ihr Unterkleid wieder und ließ sich erschöpft auf ihrer Bettstatt nieder.

Ludovika war blass geworden. »Ich dachte, Gott hat den Schmerz für alle Zeiten von dir genommen.«

Lena antwortete nicht. In ihrem Geist hörte sie wieder das Klingeln der Glöckchen, sah Martins Gesicht, das ihr liebevoll zulächelte, ehe der Sturm aus Blut und Tod über sie hereinbrach.

Sie allein war davongekommen, verdankte ihr Leben einem unsauberen Schwertstreich des rotbärtigen Teufels, der ihr zwei Rippen gebrochen, aber ihr Herz verfehlt hatte. Die Angst hatte sie verstummen lassen, ihr jeden Schmerzenslaut geraubt. Ihr Kleid, noch feucht vom Blut des toten Gatten, hatte wie ein Panzer über ihr gelegen, als sein Blut sich mit ihrem gemischt hatte. In ihrer Furcht hatte sie sich tot gestellt. Doch nie würde sie die Augen des Mörders vergessen. Augen, in denen eine blutrote Flamme gelodert hatte. Damals, in ihrer Todesangst, hatte sie die Seelenflamme zum ersten Mal gesehen, das helle Leuchten, den Lebensfunken, der jedem Menschen eigen war. Der Mörder hatte keinen zweiten Blick an sie verschwendet, fernab des eigentlichen Überfalles im dichten Unterholz, in dem sie vergeblich versucht hatte, ihm zu entkommen.

Später hatte sie gelernt, die Flammen zu deuten. Das strahlende Gelb derer, die mit sich und der Welt im Reinen waren. Bei manchen, den Heißblütigen und Aufbrausenden, mischte sich bisweilen ein leichter roter Stich in den Lebensfunken. Dann gab es noch jene, deren Flamme bunte Funken sprühte. Sie waren selten, oftmals mit künstlerischen Gaben gesegnet. Und natürlich kannte sie das dünne bläuliche Glimmen der erstickten Flammen jener, die ihre Lebenskraft verloren hatten. Aber nie wieder hatte sie eine blutrote Flamme gesehen, Augen, aus denen schon die Hölle hervorleuchtete.

Plötzlich wurde sie sich wieder Ludovikas Gegenwart bewusst. »Die Gräfin sagt, sie habe keine Ahnung gehabt, was Hass sei, bis zu jenem Tag, da Martin Raitbach starb.« Sie hörte ihre eigenen Worte kaum, so wenig gehorchte ihr die Stimme.

»Die Gräfin kannte Martin?« Eine schmale Furche bildete sich zwischen Ludovikas Brauen.

»Ich weiß es nicht«, sagte Lena. Ihre Narbe glühte und schmerzte wie in den ersten Tagen, als pflegende Hände sie dem Tod entrissen und ins Leben zurückgeholt hatten. »O Ludovika, ich habe keine Kraft mehr. Die Gräfin ist wie ein Dämon, der mich aussaugt. Diese Mischung aus Bösartigkeit und Verzweiflung ist unerträglich. Sie verhindert Mitgefühl ebenso wie Hass. Sie macht mich hilflos, ohnmächtig, wehrlos. Und dann schlägt sie ihre Krallen in mein Herz wie eine tollwütige Katze.«

»Du hast bislang nie von Bösartigkeit gesprochen. Was hat sie dir angetan?«

Lena atmete tief durch. Ihre Schläfen pochten noch immer, aber das Brennen in der Brust ließ langsam nach.

»Es lässt sich nicht in Worte fassen. Frau Elise vermittelt mir mit ihrem Körper andere Botschaften als mit dem Mund. Einmal scheint ihr Körper zu lügen, dann wieder ihr Mund. Einmal schreit alles in ihr nach Hilfe, dann wieder ist sie hart wie ein Fels, der jede Freundlichkeit und jede Fürsorge zermalmt. Als säße ein böser Geist in ihr, der alles Gute tilgt. Und ich erkenne ihre Seelenflamme kaum. Ja, ich bin mir nicht einmal sicher, ob sie eine hat.«

»Du glaubst, sie ist besessen?« Ludovikas Pupillen weiteten sich.

Lena verbarg das Gesicht in den Händen. »Wie kann ich das wissen? Ich kenne mich nicht aus mit dunklen Mächten. Aber wie soll ich mir ihre beiden Seiten sonst erklären? Die hilflose Kranke, die nichts als Mitleid verdient, im Wechsel mit der bösartigen Hexe, die alles tut, um mich zu verletzen.«

Ludovika setzte sich neben Lena aufs Bett und legte ihr den Arm um die Schultern.

»Du bist dir sicher, dass sie Martins Namen nannte, um dich zu treffen? Weiß sie, dass du seine Witwe bist?«

Lena schwieg. Sie war zu keinem klaren Gedanken fähig.

»Erinnere dich, Lena! Schwester Margarita und die ehrwürdige Mutter schirmten dich nach dem Überfall von allem ab, um dir Frieden zu geben. Sie wollten verhindern, dass die mitleidigen und neugierigen Blicke dich verfolgten.«

Ludovika hatte recht. In den Erinnerungen der Menschen war nur von dem grausamen Überfall die Rede. Ein ganzer Hochzeitszug, niedergemetzelt vom schrecklichsten aller Räuber. Barbarossa. Welch ein Hohn, dass er ausgerechnet den Namen des großen Kaisers angenommen hatte. Ein tiefer Seufzer entrang sich Lenas Brust. Nur wenige wussten von ihrem Überleben. Zuerst hatte sie sich dagegen gewehrt, hatte es als ungerecht empfunden, vor der Welt als tot zu gelten, doch irgendwann hatte sie begriffen, dass ihr nur auf diese Weise Frieden zuteil werden konnte. Die Menschen mussten vergessen, damit sie nicht Tag für Tag durch gedankenlose Worte und falsches Mitleid an den Schrecken erinnert wurde. Sie hatte es anfangs sogar im Kloster gespürt. Manch eine Schwester hatte sich heimlich an dem wohligen Grusel entzückt, der Lenas Schicksal umgab. Natürlich stets unter dem Deckmantel tiefster Anteilnahme. Um wie vieles schlimmer mochte es wohl draußen zugehen?

Schwester Margarita hatte dafür gesorgt, dass Lenas Erbteil erhalten blieb, doch das väterliche Gut war im Namen des Klosters verpachtet worden, auch wenn die Einkünfte Lena zukamen. Die lebenslustige Braut von Martin Raitbach war an jenem Tag gestorben.

»Du meinst, sie kann es gar nicht wissen?«

Ludovika nickte. »Sie kann es nicht wissen, aber womöglich hütet sie ein Geheimnis in ihrem Herzen, das sie so sehr peinigt, dass sie andere quälen muss, um es zu ertragen. Denk an das unglückliche Gesicht des Grafen, als er sie an unserem ersten Abend an sich drückte. Wie sagte der Kaplan? Es quält Graf Dietmar fast mehr als Frau Elise.«

Nachdenklich musterte Lena ihre Freundin. »Meinst du, es ist so ähnlich wie bei unserer ehrwürdigen Mutter Clara? Ein düsteres Geheimnis der Vergangenheit, das dem Körper die Gesundheit raubt?«

»Vielleicht ist es so, doch das Leiden ist ein ganz anderes«, sagte Ludovika und stand auf, um einen Becher Milch einzuschenken. »Die ehrwürdige Mutter war stets bereit, deine Hilfe anzunehmen.« Sie reichte Lena den Becher.

Lena nippte an der Milch, frisch und dennoch angenehm kühl. Genau richtig. Mutter Claras Krankheit ... Sie erinnerte sich an die heftigen Erstickungsanfälle der Äbtissin. Die Heilkundigen hatten sie mit einer Schwächung der Lungen erklärt, obgleich es keinen Anhalt dafür gab. Nur Lena hatte die fast erstickte blaue Seelenflamme gesehen und erkannt, dass die Oberin einen tiefen Kummer mit sich herumtrug, der ihr die Luft zum Atmen raubte. Erst durch die Aussöhnung mit ihrer Vergangenheit fand die Äbtissin Heilung. Doch Mutter Clara war stets offen und ehrlich gewesen, obwohl es schmerzhafte und demütigende Erinnerungen gewesen waren.

»Du hast recht, Ludovika, es lässt sich nicht vergleichen. Die Gräfin weist meine Hilfe stets zurück. Entweder mit Worten, mit Gesten oder mit Taten. Ich habe mich schon oft gefragt, ob sie vielleicht gar nicht geheilt werden will.«

»Dann frag sie einfach.« Ludovikas Antwort überraschte Lena.

»Das würde sie als Angriff werten. Ich hätte nichts gewonnen.«

»Was willst du denn gewinnen? Deinen Zweikampf mit Elise? Sie gegen ihren Willen heilen?«

»Du glaubst also auch, dass sie nicht geheilt werden will?«

»Ich weiß es nicht, ich kenne sie nicht so gut wie du. Aber vielleicht ist es an der Zeit, die Verhältnisse klarzustellen. Sie will doch etwas von dir. Nicht du von ihr.«

»Wenn das so einfach wäre ...«, seufzte Lena. »Manchmal glaube ich, Elise und ich sind die Einzigen, die gar nichts wollen, sondern sich nur dem Willen anderer unterordnen.«

»Dann sag es ihr.« Ein Lächeln umspielte Ludovikas Züge. »Aber nicht heute und nicht morgen. Du bist erschöpft, gönn dir Ruhe. Ich werde unterdessen versuchen, mir einen Eindruck von der Gräfin zu verschaffen.«

Der beißende Kopfschmerz war erst am frühen Nachmittag erträglich geworden. Lena hatte sich hingelegt und versucht, etwas zu schlafen, doch die ersehnte Ruhe blieb aus. Elises unbedachte Worte hatten die alte Wunde in Lenas Herzen aufgerissen. Jedes Mal, wenn sie die Augen schloss, sah sie den rotbärtigen Teufel vor sich, spürte das Blut ihres Gatten auf der Haut.

Schmerzensreiche Jungfrau voller Gnaden, lass die Bilder nicht zurückkehren. Nimm mir nicht den Frieden meiner Seele. Wie soll ich der Gräfin Hilfe bringen, wenn meine Seele voller Schmerz und Zorn ist?

Sie stand auf und trat ans Fenster. Der Regen hatte aufgehört, und das Himmelsgrau riss nach und nach auf. Dünne Sonnenstrahlen fielen in den Burghof und spiegelten sich in den Pfützen.

Scharfe, fremdartige Worte ließen sie zusammenzucken. Sie drangen aus dem Fenster unter ihrer Kammer zu ihr herauf. Lena beugte sich hinaus und versuchte etwas zu erkennen. Vergeblich. Die Stimme gehörte Said, aber bislang hatte sie ihn noch nie in seiner Muttersprache reden hören. Er schien verärgert. Dann entgegnete Philip etwas. Leiser, ruhiger. Vermutlich sollten seine Worte der Beschwichtigung dienen, doch er wurde sofort von Said unterbrochen. Stritten sie sich? Der Klang der unbekannten Sprache war härter und kehliger, als sie es gewohnt war. Zu gern hätte sie verstanden, was den Araber so aus der Fassung brachte. Zugleich war es faszinierend, den beiden zu lauschen, obwohl sie nichts verstand. Die fremde Sprache veränderte die vertrauten Stimmen auf seltsame Weise. Da erst wurde ihr bewusst, dass beide bislang ohne jeden Akzent Deutsch gesprochen hatten. Wie konnte das sein? Gewiss, wer viel auf Reisen war, beherrschte die eine oder andere Sprache, aber immer blieb etwas vom Klang der ursprünglichen Muttersprache. Ein untrügliches Zeichen der Herkunft, hatte ihr Vater sie einst gelehrt. Was hatte Philip doch gleich über seine Abstammung gesagt? Er sei der Sohn eines deutschen Ritters. Das mochte erklären, warum er die Sprache fehlerlos beherrschte, doch nicht, warum auch Said es tat. Daraus ließ sich nur eines folgern: Sie mussten sich seit ihrer frühesten Kindheit kennen, waren vermutlich zusammen aufgewachsen. Und es besagte noch etwas. Philips Vater stammte aus dieser Gegend, denn sein Sohn sprach die hiesige Mundart. Schon ein paar Tagesreisen weiter entfernt redeten die Leute anders, Lena wusste es genau, ihr Vater hatte früher oft

Gäste und Handelsreisende bewirtet, und manche von ihnen hatte sie nur mit Mühe verstanden.

Ein anderer Gedanke kam ihr. Wenn beide gemeinsam aufgewachsen waren, weshalb war Said dann nicht längst Christ? Stammte Philip tatsächlich aus einem gottesfürchtigen Haus, wenn man einem heidnischen Kind erlaubte, in seinem Irrglauben zu verharren? Was trieb die beiden wirklich hierher? Philip wusste seine Worte wohl zu setzen, war ein begnadeter Erzähler. Bedeutete das nicht auch, dass er ebenso gut zu lügen vermochte? Von Anfang an hatte sie das Gefühl gehabt, er trage eine Maske. Warum versteckte er sich? Und wovor?

Die Stimmen waren leiser geworden, anscheinend hatten die beiden ihren Zwist beigelegt, doch das Misstrauen hatte seinen Stachel längst in Lenas Herz gesenkt.

An diesem Abend blieb Lena der Tafel fern. Eine Magd brachte ihr etwas von den Speisen in die Kammer und erkundigte sich schüchtern nach ihrem Befinden. Lena antwortete ausweichend und nahm den Korb an der Tür entgegen. Auf einer dicken Brotscheibe lag ein saftiges Bratenstück vom Rehbock, den der Graf am Tag zuvor erlegt hatte. Beim Gedanken an ihren Gastgeber überfiel sie ein schlechtes Gewissen. Er erhoffte sich so viel von ihr, doch sie konnte seiner Frau nicht die vorbehaltlose Zuwendung schenken, die eine Kranke erwarten durfte. War Elise schon immer so schwierig gewesen, oder hatte sie erst das Leid so geformt?

Trotz des verführerischen Bratenduftes fehlte Lena der Appetit. Mühsam zwang sie sich zum Kauen und Schlucken, einzig um den Bedürfnissen des Körpers zu genügen. Es war die richtige Entscheidung, der Tafel an diesem Abend fernzubleiben.

Die folgende Nacht war grauenvoll. Lena hatte keine Gewalt mehr über die Erinnerungen, denen sie sich nie mehr hatte ausliefern wollen. Immer wieder hörte sie in ihren Träumen die Schreie der Sterbenden, das grässlich schmatzende Geräusch, als die Klinge des roten Teufels ihres Vaters Leib durchbohrte. Sah Martins Kopf mit leeren Augen vor sich im Staub liegen, Blut sickerte aus dem Halsstumpf. Spürte den Schmerz des Schwertes in der eignen Brust, das Brechen der Rippen. Wachte auf, bedeckt von Martins Blut. Nein, es war bloß ihr eigener Schweiß.

Sie betete zur Heiligen Jungfrau, versuchte vergeblich Ruhe zu finden. Als sie das zweite Mal aus entsetzlichen Albträumen aufgeschreckt war, fürchtete sie den Schlaf. Draußen herrschte noch Finsternis, hinter den Wolken war silbriges Mondlicht zu erahnen. Dennoch wusste sie, dass die Nacht für sie vorüber war. So stand sie auf, wusch sich den Schweiß vom Leib und kleidete sich an. Dann verließ sie ihre Kammer.

Auf der Stiege war es finster, mit dem kleinen Handlicht erkannte sie mit Mühe die Stufen. Es gab nur einen Zufluchtsort, an dem sie sich um diese Stunde sicher fühlte. Die kleine Kapelle, in der sie schon am Morgen zuvor mit Ludovika gebetet hatte. Ein unscheinbares kleines Heiligtum gleich hinter dem Brunnenhaus. Es war ein schlichter Gebetsraum, der auf den ersten Blick so gar nichts von dem Reichtum ausstrahlte, der überall in der Burg herrschte. Über dem winzigen Altar hing ein hölzernes Kruzifix. Der leidende Christus war allerdings sehr lebensnah gestaltet und mit ausdrucksvollen Farben bemalt. Sogar die Blutstropfen unterhalb der Dornenkrone waren zu erkennen. In einer kleinen Nische neben dem Altar stand eine ellengroße Marienstatue, die das Jesuskind im Arm hielt. Sie war ebenso fein geschnitzt und kunstvoll bemalt, eingehüllt in einen blauen Mantel, die Züge ihres Gesichtes mild und lieblich, die Augen barmherzig auf den Betrachter gerichtet. Über ihrem Haupt ein Heiligenschein, mit Blattgold verziert.

Kalte Nachtluft pfiff durch die Ritzen, und ein scharfer Wind rüttelte unbarmherzig an der Tür der ungeheizten Kapelle. Ungeachtet dessen entzündete Lena eine Kerze vor dem Bildnis der Jungfrau mit dem Kind. Obgleich sie sich tief ins Gebet versenkte, spürte sie schon bald, wie ihr die Kälte in den Leib kroch, zuerst in die Zehen, dann in die Knie, die auf den harten Boden drückten und ihr schmerzhaft jede Unebenheit der kalten Steinquader bewusst machten. Sie zitterte, wiederholte immer wieder das Ave Maria, das ihr stets ein Trost gewesen war, selbst in den dunkelsten Tagen, bevor Gott ihr die Gnade ihrer Heilgabe geschenkt hatte und sie so ihren Schmerz überwinden konnte.

Ave Maria, gratia plena,
Dominus tecum.

Warum kehrte der Schmerz jetzt zurück? Verlor sie ihre Gabe? Oder war es die Strafe dafür, dass sie der Gräfin gegenüber Zorn empfand?

Benedicta tu in mulieribus,
et benedictus fructus ventris tui, Iesus.

Warum war sie nur so wütend auf sie? An welchen Wunden rührte Elise?

Sancta Maria, Mater Dei,
ora pro nobis peccatoribus.

War es ihre fehlende Demut? Ihr verfluchter Stolz, der Anerkennung erwartete, die sie von Elise niemals erhalten würde?

Nunc et in hora mortis nostrae.

Je länger sie betete, umso weiter entrückten ihre Gedanken, wurden leichter, bis sie sich auflösten und die Worte des Gebetes zu Formeln wurden, die sie aufsagte, um etwas zu haben, das sie in der Wirklichkeit festhielt. Sie spürte die Kälte nicht mehr, obgleich ihre Füße und Hände längst taub waren. Alles, was danach kam, war das friedliche, ruhige Nichts, in dem es keinen Schmerz mehr gab.

»Frau Helena!« Aus weiter Ferne dröhnte die Stimme des Kaplans an ihr Ohr. Er hatte ihren Oberkörper leicht angehoben. Mühsam öffnete sie die Augen. Die ersten Strahlen des jungen Tages fielen in die kleine Kapelle und hinterließen einen Hauch von Wärme auf ihrem Gesicht.

»Gott sei Dank, Ihr lebt! Ihr seid völlig ausgekühlt. Was trieb

Euch nur mitten in der Nacht aus der warmen Stube in die kalte Kapelle? Ihr hättet Euch den Tod holen können.«

»Ist nicht jede Stunde recht zum Beten?« Sie wunderte sich, wie rau ihre Stimme klang. Ihre Zähne schlugen heftig aufeinander. Irgendwann musste sie in der letzten Nacht in eine gnädige Ohnmacht gesunken sein. »Die Heilige Jungfrau hätte nicht zugelassen, dass mir in ihrem Haus etwas geschieht.«

»Sie mag über Eure Seele wachen, doch dürft Ihr den Körper nicht vernachlässigen. Könnt Ihr aufstehen?«

Ihre Zehen waren noch immer taub, kribbelten aber auch schon schmerzhaft. Sie klammerte sich am Arm des Kaplans fest, der sie vorsichtig hochzog. Eine eigentümliche Schwere lastete in ihren Beinen. Fast so wie in den Tagen nach dem Überfall, als sie erstmals wieder versucht hatte aufzustehen. Warum ließ Gott sie das alles noch einmal durchleben?

»Die Mägde werden Euch ein warmes Bad bereiten. Versprecht mir, künftig nicht mehr so leichtsinnig zu sein, selbst wenn es Eurer frommen Seele schwerfallen mag.«

Sie nickte stumm. Zum Widerspruch fehlte ihr die Kraft. Mit ungelenken Schritten verließ sie an Ewalds Arm das kleine Heiligtum. Auf dem Weg zurück zum Turm sah sie einen dunklen Schatten, der im Pferdestall verschwand.

Ewald war ihrem Blick gefolgt. »Ein seltsamer Mensch, dieser Ägypter«, bemerkte er. »Seit drei Tagen ist er hier, doch jeden Morgen reitet er in aller Frühe fort und kehrt erst nachmittags zurück.«

»Sagt, Herr Ewald, habt Ihr ihn jemals beten sehen?«

»Natürlich. Jeden Abend bei Tisch.«

»War er schon einmal in der Kapelle?«

Nachdenklich runzelte der Kaplan die Stirn. »Nicht dass ich wüsste. Warum fragt Ihr?«

»Glaubt Ihr, er ist ein guter Sohn der Kirche?«

Sie hatten den Turm erreicht. Ewald öffnete die Tür, doch er zögerte einzutreten.

»Warum sollte ich daran zweifeln, Frau Helena?«

»Das sollt Ihr nicht. Ich war nur neugierig auf Eure Einschätzung. Ihr nanntet ihn einen seltsamen Menschen.«

»Das ist er in der Tat.«

Lena beobachtete, wie ihr eigenes Misstrauen Besitz von dem Geistlichen ergriff. Er geleitete sie in ihre Kammer hinauf und schickte kurz darauf zwei Mägde, die einen großen Zuber trugen und ihn anschließend mit heißem Wasser füllten. Die Frauen mussten viele Male den Turm hinaufsteigen, bis die Wanne für das Bad gefüllt war. Es war Lena peinlich, derartige Umstände zu verursachen, doch sie wagte keinen Widerspruch gegen die Anordnung des Kaplans, und den Mägden schien es nicht so viel auszumachen, wie sie befürchtet hatte.

Das Wasser war nicht mehr heiß, als sie in die Wanne stieg, aber angenehm warm. Langsam ließ das Brennen in den erwachenden Zehen nach, auch ihre kalten Hände wurden geschmeidiger. Stundenlang hätte sie so in der Wärme ruhen mögen. Erst als das Wasser langsam auskühlte, verließ sie den Zuber, trocknete sich sorgsam ab und kleidete sich an.

Während die Mägde damit beschäftigt waren, die Wanne auszuschöpfen und fortzuräumen, besuchte Lena Ludovika in deren Stube. Die junge Nonne hatte noch nichts von Lenas nächtlichem Ausflug in die kalte Kapelle erfahren, und Lena hielt es für besser, ihr vorerst nichts davon zu erzählen. Ludovika würde ihr nur ähnliche Vorwürfe wie der Kaplan machen. Lieber ließ sie sich von der Freundin von der gestrigen Tafel berichten.

»Die Gräfin war zum ersten Mal seit unserer Ankunft zugegen«, erzählte Ludovika freimütig. »Sie wirkte frisch und lebendig, lachte sogar über die Scherze des Ägypters. Wer es nicht besser wüsste, würde glauben, du hättest sie schon geheilt.«

Sie zehrt von meiner Kraft, durchzuckte es Lena. Ist es doch ein Dämon, der in ihrer Seele haust?

Doch sie hütete sich, den Gedanken auszusprechen, denn sie fürchtete, Ludovikas religiösen Eifer zu wecken. Seit der Ägypter und sein arabischer Freund Burg Birkenfeld betreten hatten, hatte Lena Seiten in Ludovikas Wesen entdeckt, die ihr bis dahin fremd gewesen waren, ja, die sie sogar mit Angst erfüllten.

»Obwohl«, fuhr Ludovika fort, »fast erschien sie mir ein bisschen zu lebendig. Vor allem missfiel es mir, wie sie den Ägypter ansah.«

Lena horchte auf. »Wie sah sie ihn denn an?«

»Ein bisschen zu wohlgefällig.« Ludovikas Lippen waren schmal geworden. »Der Mann ist mir nicht geheuer. Er nennt einen Heiden seinen Freund, verteidigt ihn glühender als seinen eigenen Glauben und zieht die Blicke der Mägde auf sich, als sei er die Versuchung des Leibhaftigen persönlich. Und jetzt schaut ihn selbst die Gräfin mit der gleichen Bewunderung an. Herr Dietmar täte gut daran, die beiden Fremden von der Burg zu jagen.«

Jetzt bedauerte Lena es, nicht selbst Zeugin dieses Zusammentreffens geworden zu sein. Und zugleich fragte sie sich, wo eine fromme Schwester wie Ludovika gelernt hatte, unkeusche Blicke zu deuten.

»Hat der Graf sich etwas anmerken lassen?«

Ludovika schüttelte den Kopf. »Er war viel zu glücklich über die gute Stimmung seiner Frau und hat eine Schwäche für die Erzählkunst des Ägypters. Es stimmt, die Rede tropft ihm wie süßer Honig von den Lippen, niemand kann sich ihr entziehen. Nur glaube ich nicht, dass Gott ihm diese Gabe verliehen hat.« Die junge Nonne bekreuzigte sich.

Lenas Mund wurde trocken. Ludovika sprach ihre geheimsten Ängste aus, doch tat sie es offen und ohne jedes Schamgefühl. In Lenas Elternhaus wäre das nicht vorgekommen. Ihr Vater hätte ihr verboten, nur auf Vermutungen hin ein Urteil zu fällen. Worte seien Waffen, hatte er sie einst gelehrt, die, einmal losgelassen, mehr Unheil als scharfe Schwerter bringen könnten. Ein Schwert könne man senken, doch die Verleumdung hinterlasse immer einen Stachel, ob man widerrufe oder nicht. Wie ein vergifteter Pfeil.

»Du hältst ihn für gottlos?«

»Nicht nur das. Ich halte ihn auch für gefährlich. Ist es nicht seltsam, dass er täglich in aller Frühe davonreitet und erst abends zurückkehrt? Ich glaube kaum, dass er sich in diesen Stunden frommen Werken widmet. In der Kapelle habe ich ihn jedenfalls noch nie gesehen.«

»Vielleicht sollten wir ihn fragen, ehe wir uns falschen Vermutungen hingeben.«

»Und du glaubst, er wird uns die Wahrheit sagen?« Ludovika schnaufte verächtlich. »Wahrscheinlich tischt er uns ein rührendes Märchen auf.«

»Was hat er getan, deinen Zorn so sehr herauszufordern?« Warum hatte sie plötzlich das Bedürfnis, den Ägypter zu verteidigen, obwohl sie ihm doch selbst misstraute? Vermutlich weil ihr Vater es getan hätte. Wie sehr sie ihn doch vermisste! Und wie gern hätte sie gewusst, was er von den beiden Fremden gehalten hätte.

»Er ist nicht besser als der Heide, vielleicht sogar schlimmer, denn er spielt uns etwas vor. Ich wüsste zu gern, wo er sich tagsüber herumtreibt. Und vor allem, mit wem. Für einen Fremden, der die Gegend kaum kennt, ist er allzu häufig unterwegs, findest du nicht?«

Lena zuckte zusammen. Genau das hatte sie auch gedacht. Vielleicht war doch etwas an Ludovikas Verdächtigungen. Doch sie schwieg. Sie wollte keine vergifteten Pfeile mit ihrer Freundin teilen.

»Du bist blass, Lena. Ist dir nicht gut?«

Erleichtert fing sie Ludovikas besorgten Blick auf. Ein guter Vorwand, sich zurückzuziehen, ehe ihr Worte entschlüpften, die sie später bedauern würde.

Auch an diesem Tag blieb Lena der Gräfin fern. Zu sehr kämpfte sie mit ihren eigenen Erinnerungen. Sie wollte nicht wie ein waidwundes Reh vor Elise treten und sich von ihr wie von einer böse lächelnden Jägerin den Gnadenstoß versetzen lassen.

Man ließ sie in Ruhe, doch am frühen Nachmittag klopfte es

zaghaft an ihrer Tür. Vermutlich Ludovika. Rasch ordnete sie ihr Gebände und öffnete die Tür.

»Entschuldigt die Störung, Frau Helena.« Vor ihr stand Graf Dietmar.

Heißes Blut schoss ihr ins Gesicht. Wollte er selbst nach dem Rechten sehen, weil sie ihrer Aufgabe nicht nachkam? Das Herz schlug ihr bis zum Hals.

»Herr Ewald teilte mir mit, dass Ihr Euch nicht wohl befindet, und da hielt ich es für meine Pflicht, selbst nach Euch zu sehen.«

Ihre Hände wurden feucht. Damit hatte sie nicht gerechnet. Sollte sie ihn in ihre Kammer bitten oder ihm nur kurz für seine Sorge danken und ihn fortschicken? Aber er war der Hausherr. Durfte sie ihn so einfach an der Tür abweisen? Und wollte sie das überhaupt?

»Ich …« Wie er sie ansah … so vertraut und fremd zugleich.

»Es geht mir schon besser, danke.« Sie strich ihr Kleid glatt und rieb sich dabei die Hände trocken. Er tat zwei Schritte nach vorn, sie mehrere zurück. Das schien er als Aufforderung zu sehen, ganz einzutreten, doch folgte er ihr nur langsam, als sei er selbst unsicher. Sie wich weiter zurück, bis sie das Fenstersims im Rücken spürte. Er blieb in der Mitte des Raumes stehen, die Tür war noch immer geöffnet.

»Verzeiht mein Eindringen, doch mir scheint, Ihr habt Sorgen. Manchmal hilft es, sie zu teilen.«

Ihr Atem ging rascher. Was sollte sie bloß sagen? »Ich hörte, Eurem Weib geht es besser.« Immerhin brachte sie die Worte ohne Stocken hervor.

»Sie war bei Tisch, doch was sie bot, war nur ein kleiner Abglanz ihres früheren Wesens.«

»Wie war ihr früheres Wesen?« Noch ein Satz, der ihr flüssig über die Lippen kam. Ihr klopfendes Herz beruhigte sich langsam.

Zögernd trat er neben sie. Sein Blick schweifte hinaus über das Bodetal. »Seht Ihr den Fluss unter uns, Frau Helena?«

Sie nickte.

»So war sie. Lebendig, ein bisschen wild, so wie die Stromschnelle da vorn, aber geradlinig und verlässlich. Wie das klare Wasser, das allen Unrat davonträgt, weich und fließend, dabei stark genug, um Berge auszuhöhlen.«

»Sie sagte mir, sie habe das Hassen gelernt«, sagte Lena leise.

»Haben wir das nicht alle irgendwann?« Dietmar musterte sie unverwandt. Seine Seelenflamme leuchtete so schwach, dass sie ihre Farbe kaum erkennen konnte.

»Das mag schon sein. Doch manche Ereignisse verändern das Leben eines Menschen für immer.«

»Wem sagt Ihr das.« Er stützte die Hände auf das Fenstersims und folgte dem Verlauf des Flusses mit seinen Blicken. »Ich habe mich stets bemüht, jedes Übel von Elise fernzuhalten. Ich wollte, dass sie glücklich ist. Aber ich war wohl zu schwach dazu.«

»Auch Ihr hättet seinen Tod nicht verhindern können.« Es war kaum mehr als ein lauter Gedanke, doch Dietmar hatte die Worte gehört.

»Wessen Tod?«

Lena schluckte. »Martins Tod.«

Bei der Nennung dieses Namens fuhr der Graf herum. »Sie sprach von Martin? Sagte sie Euch, wer er war?«

Lenas Augen füllten sich mit Tränen. »Das musste sie nicht. Er war mein Mann.«

»Euer Mann?« Aus seinem Erstaunen war Bestürzung geworden.

Sie nickte, unfähig zu antworten. Mühsam versuchte sie, die Tränen hinunterzuschlucken. Nicht weinen, nicht vor ihm! Vergeblich. Ohne ein weiteres Wort nahm Dietmar sie in die Arme, drückte sie an sich, nicht leidenschaftlich, sondern tröstend, wie ein Bruder. Ihre Tränen sickerten in den Stoff seines Hemdes. Seine Hand strich ihr warm über den Rücken.

»Weiß Elise es?«

»Nein.« Lena schüttelte den Kopf.

»Hat sie sonst noch etwas gesagt? Über Martin?«

Seine eben noch zärtlich streichelnde Hand verharrte mitten in der Bewegung.

»Nichts. Ich konnte nicht länger bei ihr bleiben, als sie diesen Namen nannte.«

»Ich verstehe.« Er ließ sie los.

Hastig wischte sich Lena die letzten Tränen aus den Augenwinkeln. »Woher kanntet Ihr Martin?«

»Der alte Peter Raitbach war ein Handelsgenosse meines Vaters.«

Sie erinnerte sich nur undeutlich an Martins Vater, der lange vor ihrer Hochzeit verstorben war. Ein angesehener Kaufmann, viel auf Reisen.

»Ich glaube, es ist besser, wenn ich gehe, Frau Helena. Ich möchte nicht, dass es Gerede gibt.«

Sie nickte schwach.

Erst als Dietmar die Tür von außen hinter sich geschlossen hatte, ordneten sich ihre Gedanken wieder, die soeben noch vor Trauer wie gelähmt gewesen waren. Wenn Martin lediglich der Sohn eines Handelspartners des alten Grafen gewesen war, warum behauptete Elise dann, sie habe den Hass erst durch seinen Tod kennengelernt? Gewiss, sein Ende war furchtbar gewesen, nie zuvor war ein derart grausiges Verbrechen in dieser Gegend geschehen. Aber reichte das Schicksal eines entfernten Bekannten aus, um solchen Hass zu erzeugen? Wäre der Graf von Birkenfeld ein enger Freund gewesen, so hätte man ihn zur Hochzeit eingeladen. Doch Martin hatte nie von ihm gesprochen.

Elise, was verbirgst du wohl vor mir?, dachte Lena.

Ein Klopfen riss sie aus ihren Überlegungen. Fast ungehalten öffnete sie die Tür. Die junge Magd Hanne stand vor ihr, in der Hand ein Kästchen aus dünnem Birkenholz.

»Herr Philip lässt Euch dies schicken.«

»Was soll das?«

»Eine kleine Aufmerksamkeit, er hörte, es gehe Euch nicht

gut.« Sie kicherte albern und schüttelte das Kästchen. »Ich glaube, es sind getrocknete Früchte.«

Lena glaubte, sich verhört zu haben. Wie kam der Ägypter dazu, ihr etwas zu schicken? Und dann auch noch durch Hanne? Schon die wenigen Tage auf Burg Birkenfeld hatten ihr gezeigt, dass Schwester Margarita im Vergleich zu Hanne eine verschwiegene Seele war. Schandmaul war eine noch viel zu harmlose Bezeichnung für die einfältige Magd, der jegliches Taktgefühl fehlte.

»Bring es ihm zurück! Ich lege keinen Wert auf seine Aufmerksamkeiten.«

»Aber Frau Helena …«

Ohne ein weiteres Wort schlug sie Hanne die Tür vor der Nase zu. Es gab Wichtigeres, als sich über die dreiste Magd zu ärgern.

Gott hatte sie in den letzten Tagen nicht grundlos durch die Hölle ihrer Erinnerungen geschickt. Er wollte ihr ein Zeichen geben, sie musste es nur noch zu deuten lernen.

Auf einmal war die verlorene Kraft wieder da. Lena straffte sich innerlich, bereit, sich allem zu stellen, was auch kommen mochte, denn ab sofort ging es nicht mehr allein um Elises Heilung. Es galt, ihr Geheimnis zu ergründen.

6. Kapitel

»Wie lange soll das noch so weitergehen?«

»Was meinst du?« Ohne Said anzusehen, goss Philip Wasser aus der großen Kanne in die Waschschüssel. Das sanfte Morgenrot kündigte einen herrlichen Tag an. Nicht so grau und diesig wie die beiden, die hinter ihm lagen. Ein idealer Morgen für einen Ausritt und ein weiteres, höchst angenehmes Beisammensein mit der roten Thea. Bei dem Gedanken daran lächelte er versonnen vor sich hin. Was für ein Weib, ganz anders als sämtliche Frauen, die er zuvor gekannt hatte. Für gewöhnlich wünschten Frauen sich eine angenehme Unterhaltung und eine einfallsreiche Werbung. Thea hielt das für Zeitverschwendung. Sie fiel noch immer wie eine ausgehungerte Löwin über ihn her und zeigte nur wenig Neigung zu gepflegter Konversation. Immerhin wurde sie etwas offener, beantwortete schon harmlose Fragen, wenn sie bekommen hatte, was sie wollte. Nichts Wichtiges, wohlgemerkt, aber immerhin ein Anfang.

»Du weißt schon.« Irgendetwas klapperte und raschelte. Ein schmatzendes Geräusch, dann ein Schlucken. »Deine neueste Eroberung.«

Philip wandte sich um. »Was isst du da eigentlich?«

In Saids Hand entdeckte er ein Kästchen. Er erkannte es sofort, hatte er es doch am Tag zuvor einer der Mägde übergeben, um es Frau Helena als Präsent zukommen zu lassen. Ein simpler Versuch, die Gunst der verschlossenen Heilerin zu gewinnen.

»Das siehst du doch. Magst du auch eine süße Frucht?« Völlig unbeeindruckt hielt Said ihm das Kästchen hin, als sei es das Selbstverständlichste der Welt.

»Woher hast du das?«

»Hat die mit der Stupsnase hier abgegeben. Du weißt schon, die immer so albern kichert, als sei sie blöde.« Said verdrehte die

Augen. »Frau Helena lege keinen Wert auf deine Aufmerksamkeiten.«

»Und deshalb stopfst du dich jetzt damit voll?« Mit einem Seufzer steckte Philip sich eine der honigsüßen Früchte in den Mund, bevor Said die Schachtel allein leerte.

Nachdem er der Gräfin am vorgestrigen Abend erstmals an der Tafel ihres Gatten begegnet war, wusste er überhaupt nicht mehr, woran er war. So sah keine Kranke aus. Ihm gegenüber hatte eine strahlende junge Frau gesessen, die ihm durchaus auffordernde Blicke zuwarf. Dass Frau Helena ausgerechnet an diesem Tag der Tafel ferngeblieben war, hatte ihn zutiefst verwirrt. Er erinnerte sich an ihre müden Augen. Er hätte wissen müssen, dass sie seine Gabe zurückweisen würde.

»Wäre doch schade, wenn sie umkämen.« Said grinste. »Die sind nicht übel. Wo hast du sie her?«

»Du stellst Fragen. Woher wohl?«

»Von deinem Räuberliebchen?« Schon wieder Saids anzügliches Lächeln. »Füttert sie dich neuerdings mit Leckereien?«

»Nein, aus dem Dorf.«

»Und wie lange willst du Thea noch mit deiner Gegenwart erfreuen?«

»Bis sie mir gesagt hat, was ich wissen will.« Mit einem hastigen Griff kam Philip Said im Kampf um die letzte Frucht zuvor und schob sie triumphierend in den Mund.

»Dann solltest du sie vielleicht einmal fragen.«

»Hast du es eilig, Said? Wir haben hier doch nichts auszustehen. Ist der Graf etwa kein vollkommener Gastgeber?«

»Wer weiß, wie lange er das noch bleibt, wenn du so ungeniert auf die feurigen Blicke seiner Gattin antwortest.«

»Was habe ich denn getan? Ich war doch nur höflich.«

»Ach ja?« Said warf pathetisch den Kopf in den Nacken und hob anbetungswürdig die Hände. »Edle Frau, selbst die Rosen im Garten des Sultans würden aus Neid über Eure vollkommene Schönheit die Köpfe hängen lassen.« Dann wurde er wieder ernst. »Das geht weit über schlichte Höflichkeit hinaus.«

Philips Miene verfinsterte sich. Er hasste es, wenn Said ihn nachäffte. Vor allem wenn er sich selbst dabei ertappt fühlte.

»Frauen hören so etwas gern«, versuchte er sich zu rechtfertigen.

»Ihre Ehemänner weniger.«

»Der Graf hat gelacht.«

»Was blieb ihm auch anderes übrig?« Said schüttelte den Kopf. »Manchmal frage ich mich, ob dein Verstand sich verabschiedet, sobald du eine hübsche Frau siehst.«

Philip lag eine bittere Antwort auf der Zunge, doch er schluckte sie hinunter und wandte sich wieder der Waschschüssel zu. Das kühle Wasser half ihm, seine Gedanken zu ordnen. War er wirklich zu weit gegangen? Er hatte die Gräfin mit Hochachtung behandelt, sich zu keinerlei Anzüglichkeiten hinreißen lassen, abgesehen von diesem einen Kompliment. Ach was, Said übertrieb wie immer. Wer die Schönheit einer Frau pries, lobte doch zugleich den Geschmack des Ehemannes. Deshalb hatte der Graf gelacht, nicht aus Verlegenheit.

Ohne ein weiteres Wort zog er Hemd und Bliaut über, wand sich den Gürtel um die Hüfte und griff nach seinem Mantel.

»Falls du ins Dorf kommst …«, rief Said ihm hinterher.

»Ja?« Philip verharrte kurz an der Tür.

»Bring doch noch so ein Kästchen mit. Die waren wirklich gut.« Said grinste ihn breit an.

Mittlerweile schaute ihm niemand mehr nach, wenn er morgens die Burg verließ und davonritt. Man hatte sich an seine Ausflüge gewöhnt.

Die kleine Holzfällerhütte war leer. Thea ließ ihn gern etwas warten, aber er war sich sicher, dass sie ihn längst aus dem Dickicht heraus beobachtete, denn sie kam jedes Mal, nachdem er gerade das Feuer in der Herdstelle entzündet hatte. Sorgsam schichtete er die Holzscheite auf und entfachte den Zunder. Zum wiederholten Male fragte er sich, was sie wohl von ihm dachte. War er in ihren Augen ein reiner Zeitvertreib? Oder genoss sie die Macht, die sie über ihn zu haben glaubte? Sie blieb ihm ein Mysterium.

Behutsam blies er in die Glut, um sie weiter anzufachen. Er hörte schon den Hufschlag ihres Pferdes. Ein angenehmes, vorfreudiges Kribbeln durchströmte ihn. Gleich würde sie die Tür öffnen. Er wäre auch zu ihr gekommen, wenn es kein Geheimnis gegeben hätte. Endlich das befreiende Klappen der Tür. Er wandte sich um, betrachtete sie mit einem Lächeln, wie sie vor ihm stand, ihr rotes Höllenhaar lang und offen, die einfache Männerkleidung, die ihren Leib verführerischer verhüllte, als es das kostbarste Gewand vermocht hätte. Etwas zu hastig sprang er auf und riss sie in die Arme. Sie hatte nur darauf gewartet. Kein Wort der Begrüßung fiel, ihre Lippen waren mit Angenehmerem beschäftigt, vereinten sich mit den seinen, zärtlich und gierig zugleich. Da war sie wieder, die wilde Löwin, die sich ihre Beute nahm. Und er war nur zu gern die Beute.

»Weißt du, was ich an dir schätze?«, flüsterte sie, nachdem er ihr alles gegeben hatte, was er vermochte.

»Sag es mir.« Seine Hände spielten mit ihrer Löwenmähne, glitten durch die weichen Strähnen, auf denen stets ein Hauch von Rosenöl haftete.

»Du weißt, wann du zu reden und wann du zu schweigen hast.«

Wenn Said das gehört hätte … Fast wäre Philip in schallendes Gelächter ausgebrochen.

»Genau wie du. Dabei wüsste ich so gern mehr von dir, meine wilde Löwin.« Es hatte ihr gefallen, als er ihr im Liebesrausch diesen Namen gegeben hatte, und auch jetzt leuchteten ihre Augen.

»Du weißt doch schon genug.« Sie schmiegte sich enger an ihn, warm und weich.

»Wenn du es sagst.« Er küsste ihr Haar. »Deine Mutter muss eine ausgesprochen schöne Frau sein, dass sie eine solche Tochter hat.«

Plötzlich verhärtete sich ihr Leib, und sie stieß ihn zurück. »Meine Mutter hat nichts mit mir gemein.«

Ihre heftige Antwort überraschte ihn.

»Verzeih, ich wollte keine unangenehmen Erinnerungen wecken.«

Sein schneller Rückzug schien sie zu beruhigen. Sanft ließ sie die Hände über seine Brust gleiten.

»Du konntest es nicht wissen«, sagte sie leise. »Meine Mutter hat sich nie genommen, was sie wollte. Vielleicht vom Augenblick meiner Zeugung abgesehen.«

Er sah die Verbitterung in ihren Augen. Möglicherweise war sie jetzt bereit, sich ihm zu offenbaren, wenn er nur geschickt genug fragte.

»Was hat sie getan, dich so zu erzürnen?«

»Was sie getan hat?« Thea stieß ein scharfes, freudloses Lachen aus. »Sie hat sich lieber in ein Kloster zurückgezogen, anstatt mit meinem Vater zu fliehen. Weil sie nicht den Mut hatte, sein Leben zu teilen.«

»In ein Kloster?«

»O ja, meine Mutter ist die ehrwürdige Schwester Clara, Äbtissin von Sankt Michaelis.« Zornig warf Thea ihr langes Haar zurück. Dennoch erschien sie ihm auf einmal seltsam verletzlich in ihrer entzückenden Nacktheit. »Mein Vater war in den Augen ihrer Familie kein standesgemäßer Umgang. Vermutlich gefiel es ihren Eltern nicht, wie er seinen Lebensunterhalt bestritt, doch war es durchaus ehrenhaft für einen Ritter.«

Welches Fass hatte er da nur angestochen, als er ihre Mutter erwähnte? Auf keinen Fall wollte er ihre Beredsamkeit versiegen lassen.

»Was tat dein Vater?«

Sie sagte kein Wort. Schon befürchtete er, sie habe es sich anders überlegt. Doch dann sah er, wie sie gegen ihre aufsteigenden Tränen ankämpfte. Mühsam unterdrückte er den Impuls, sie tröstend in die Arme zu nehmen. Hätte er das getan, hätte sie sich nur allzu gern von seinem Körper ablenken lassen.

»Er verdiente seinen Lebensunterhalt mit Turnieren.«

Philip nickte. Sein Vater hatte ihm von solchen Rittern erzählt, die von Turnier zu Turnier zogen und durch ihr Geschick zu einigem Wohlstand gelangten, denn immer fielen Pferd und Rüstung dem Sieger zu. Oft waren es Zweitgeborene ohne ausreichenden Erbanspruch, die sich auf diese Weise durchs Leben schlugen, dabei jedoch frei und ungebunden blieben. Allerdings war ihr Ruf nicht der beste. Böse Zungen setzten sie mit Raubrittern gleich.

»Meine Mutter begegnete ihm bei einem Turnier, das ihr Vater zu Ehren der Schwertleite seines jüngsten Sohnes ausrichten ließ. Mein Vater war der Stärkste von allen, kein Gegner konnte ihm widerstehen, nicht einmal die Söhne des Herzogs. Er hat mir oft davon erzählt. Meine Mutter verliebte sich sofort in ihn, doch ihr Vater war dagegen. Die Tochter eines Herzogs konnte unmöglich einen fahrenden Ritter ohne eigenes Gut zum Gatten nehmen. Er verbot ihnen jede weitere Zusammenkunft.« Theas Augen schimmerten feucht, doch es war ihr gelungen, die verräterischen Tränen fortzublinzeln. »Vermutlich war dies das einzige Mal, dass meine Mutter ungehorsam war. Sie floh mit meinem Vater, in der Hoffnung, ihr Vater werde einer Ehe zustimmen, wenn sie erst schwanger wäre, um jede Schande von der Familie abzuwenden.«

Wieder schwieg Thea, die Hände zu Fäusten geballt und den Kopf gesenkt.

»Aber ihr Vater stimmte nicht zu«, sagte Philip, in der Hoffnung, sie möge weitererzählen.

»Nein, das tat er nicht. Er ließ sie bis zu meiner Geburt auf der Burg festhalten und anschließend in ein Kloster bringen.« Theas Augen blitzten voller Hass. »Aber damit nicht genug. Mein hochwohlgeborener Großvater hatte nichts Besseres zu tun, als meinen Vater einer Meintat zu beschuldigen. Man erklärte ihn für ehrlos, raubte ihm die Ritterwürde und stieß ihn in den Dreck, auf dass er sich niemals wieder erheben möge. Mich übergab man in seine Hände, um ihn weiter zu demütigen und sich zugleich des Bastards zu entledigen. Ich war ja nur ein Mädchen, ein Kind der Schande. Unter Hohngelächter trieben der Herzog und seine Söhne ihn in die Wälder – waffenlos, nur mit einem Hemd bekleidet und mit einem nackten Säugling auf den Armen. Vielleicht hofften sie, er werde mich töten oder aussetzen, vielleicht war es ihnen auch gleichgültig, und sie genossen nur den Anblick des zutiefst gedemütigten Gegners. Doch mein Vater ließ sich nicht in den Staub treten. Was ihm blieb, war seine Stärke. Er schwor ihnen Rache. Sie würden noch von ihm hören. Von ihm und dem Kind, das sie verachteten. Eine Tochter aus seinem Blut sei mehr wert als alle ihre Söhne.«

»Du hast das rote Haar von deinem Vater geerbt, nicht wahr? Er wurde zu Barbarossa, dem gefürchteten Räuber.«

Sie nickte. »Inzwischen zittern alle vor ihm, die ihn einst verlachten. Meine Mutter aber blieb in ihrem Kloster, anstatt zu ihm zu fliehen. Ich war vier, als er versuchte, sie zu uns zu holen. Ich wartete bei den Männern, während Vater über die Klostermauer stieg. Ich hatte mich so darauf gefreut, endlich meine Mutter zu sehen, von der er mir so viel erzählt hatte. In meinen Träumen war sie der reinste Engel, der von nun an nur für mich da wäre. Doch dann kehrte er zurück, allein. Sie hatte sich geweigert, ihm zu folgen. Von diesem Tag an war mein Vater ein anderer. Er hörte auf, Geschichten zu erzählen, und am Feuer lachte er nur noch, wenn reichlich Bier geflossen war. Es war, als hätte sie ihm die Lebensfreude gestohlen. Und das kann ich ihr nicht verzeihen. Er verlor alles, dennoch behielt er mich bei sich. Trotz aller Entbehrungen zog er mich auf, lehrte mich alles, was er auch einen Sohn gelehrt hätte. Aber meine eigene Mutter zog die Behaglichkeit des Klosters dem freien Leben an der Seite des Mannes, der sie liebte, und ihres Kindes vor. Kann ich etwas anderes als Verachtung für sie empfinden?«

Philip schwieg. Was sollte er auch sagen? Thea hatte nie etwas anderes als Mord und Raub kennengelernt. Es war ihre Welt. Wie sollte sie ahnen, dass ihre Mutter alles gewagt hatte, ja, sogar ihre Ehre geopfert hatte für den Versuch, ein gesellschaftlich anerkanntes Leben an der Seite ihres Geliebten zu führen? Dass sie ihm nicht auf den Pfad der Gesetzlosigkeit gefolgt war, konnte Philip ihr nicht verdenken.

»Du sagst nichts?« Auf einmal war der feurige Glanz in Theas Augen erloschen.

Da erst zog er sie tröstend an sich, so wie er es schon viel früher hätte tun sollen.

»Du liebst deinen Vater sehr, nicht wahr?« Zu seinem Erstaunen blieb sie stumm. Hatte er schon wieder etwas Falsches gesagt? Oder brauchte sie Zeit für eine Erwiderung?

»Ich schulde ihm Dankbarkeit und Respekt.«

Eine seltsame Antwort, wenn er daran dachte, wie heftig sie ihn eben noch verteidigt hatte.

»Keine Liebe?«

»Liebe ist etwas für Schwächlinge.« Sie wand sich aus seinen Armen, stand auf und griff nach ihrer Kleidung. Er schaute zu, wie sie sich anzog, anmutig die Beinlinge über ihre schlanken Schenkel streifte, sie an der Bruche festnestelte, den Bliaut überstreifte und sich den Schwertgurt um die Hüften schlang.

»Los, zieh dich auch an, ich will dir etwas zeigen.« Sie hielt ihm seine Kleider hin.

»Was denn?« Vermutlich bot er keinen so schönen Anblick wie sie, als er in seine Beinlinge schlüpfte. Trotzdem sah sie ihm lächelnd zu. Sie wartete, bis er seine Gürtelschnalle geschlossen und das Schwert gerichtet hatte.

»Komm mit.« Dann verließ sie die Hütte, ging vorbei an den Pferden, die friedlich grasten, bis zu dem kleinen Feld hinter dem Haus, das längst nicht mehr bestellt wurde. Dort zog sie ihr Schwert.

Er erstarrte.

»Was soll das?«

»Hast du etwa Angst?« Sie lachte. »Ich will dir nur beweisen, was mein Vater mich lehrte und warum eine Tochter aus seinem Blut mehr wert ist als alle Söhne seiner Feinde.«

Philip rührte sich nicht. Die Sache gefiel ihm nicht.

»Nun zieh schon dein Schwert!«

»Wozu? Ich glaube es dir unbesehen.«

»Du weigerst dich, weil ich eine Frau bin?« Sie funkelte ihn zornig an.

Er hob abwehrend die Hände. »Nicht wegen deines Geschlechtes. Ich ziehe meine Waffe nur gegen meine Feinde.«

»Was für ein Unsinn. Wie willst du deine Fertigkeiten erhalten, wenn du keine Übungskämpfe führst?«

»Keine scharfen Schwerter. Schon gar nicht ungeschützt.«

»Warum nicht? Hast du Angst, mich zu verletzen? Das wird nicht geschehen. Ich weiß mich gut zu wehren.«

Er schüttelte den Kopf und wandte sich ab.

»Du wagst es, mir den Rücken zuzukehren?« Sie riss ihn an der Schulter herum. Ihre Kraft überraschte ihn. Das waren nicht die Hände, die er kannte. Dieser Griff war hart wie der eines Mannes.

»Wehr dich, oder ich schlitze dir dein hübsches Gesicht auf.« Wutfunken sprühten aus ihren Augen. Plötzlich war ihm, als stünde eine Fremde vor ihm. Das war nicht seine Thea. Das war die Tochter von Barbarossa, dem Mörder. Der Mund wurde ihm trocken. Ihr Zorn war echt, ebenso wie ihre Drohung. Nun gut, wenn sie es unbedingt wollte. Langsam zog er seine Klinge. Sie nickte zufrieden, dann griff sie ihn an.

Er hatte eigentlich die Absicht, ihr einen schnellen Sieg zu schenken, damit sie Ruhe gab. Doch als er ihre wütenden Schwertstreiche spürte, die ihm einiges an Geschick abverlangten, wusste er, dass sie einen richtigen Kampf wünschte, einen echten Sieg oder eine gerechte Niederlage. Alles andere würde sie ihm nie verzeihen. Dennoch begnügte er sich damit, ihre Hiebe abzuwehren, ging nie aus der Deckung in den Angriff über. Ob sie es wohl bemerkte?

Barbarossa hatte seine Tochter trefflich ausgebildet. Mancher Edelknappe wäre gewiss froh gewesen, ihre Fertigkeiten zu besitzen.

Eine ihrer schnellen Finten gab ihm die Gelegenheit, den

Griff des Schwertes loszulassen. In hohem Bogen flog seine Waffe durch die Luft und landete einige Fuß weiter im Gras. Thea lachte, ihre Wangen waren gerötet.

»Nun, weiß ich zu kämpfen?«

»Ich beuge mich der Siegerin.«

»Eigentlich sollte ich dir die Kehle durchschneiden.« Ungeachtet ihrer harten Worte lächelte sie ihn an.

»Warum?«

»Weil du mir den Sieg geschenkt hast.« Sie hob sein Schwert auf und reichte es ihm. »Glaubst du, ich hätte es nicht bemerkt?«

Er hob anerkennend die Brauen. Auf diese Fähigkeit wäre sogar mancher Ritter neidisch gewesen.

»Ich habe mich deiner Schönheit unterworfen mit Leib und Seele, wie könnte ich da das Schwert gegen dich erheben? Du hast mich doch längst besiegt.«

»Ach du.« Sie stieß ihm den Ellenbogen in die Seite. »Musst du immer so geschwollen reden?«

»Ich dachte, es gefällt dir.«

»Du kannst mit deinem Mund doch so viel geschickter sein.« Sie schlang ihm die Arme um den Nacken. »Oder mit deiner Zunge.« Ihr Lachen war ebenso herausfordernd wie die leicht geöffneten Lippen.

Er zog sie an sich. Doch noch während er sie küsste, fragte er sich, ob es richtig war, so mit ihren Gefühlen zu spielen, und eine eigentümliche Scham beschlich sein Herz.

»Hast du jemals daran gedacht, ein anderes Leben zu führen?«, flüsterte er, nachdem er sich vorsichtig von ihr gelöst hatte.

Sie funkelte ihn zornig an. »Was soll die Frage?«

»Nichts, ich dachte nur …«

»Hör auf damit!« Sie stieß die Worte zwischen den Zähnen hervor. »Du weißt, was ich von dir will. Du bist recht anstellig auf dem Liebeslager und weißt dein Schwert zu führen. Aber ich bestimme, was du wann zu tun hast. Ist dir das klar?«

Er schwieg und sah ihr unverwandt in die Augen.

»Ist dir das klar?«, wiederholte sie mit Nachdruck. Ihr finsterer Blick verhieß nichts Gutes. Sie verlangte seine sofortige Unterwerfung. Was würde wohl geschehen, wenn er es nicht täte? Würde sie erneut ihr Schwert ziehen? Oder hielten sich gar Männer in der Nähe versteckt?

»Was ist, wenn ich Nein sage?«

»Das wagst du nicht!« Sie stieß ihn zurück. Ihre Hand glitt zum Schwert, zielsicher, wie er es von ihr gewohnt war. Er hörte kaum das Sirren, so schnell hatte sie ihre Waffe gezogen.

Philip lachte. »Was soll das, Thea? Willst du mich umbringen?«

»Treib es nicht zu weit!« Ihr Schwert zielte auf seine Brust. Einen Augenblick lang überlegte er, wie er aus ihrer Reichweite hechten und seine eigene Waffe ziehen könnte, doch sogleich verwarf er den Gedanken wieder. Er wollte Thea nicht verletzen.

Langsam hob er die Hände.

»Ich habe es verstanden. Du kannst die Waffe senken.«

Sie schaute ihn misstrauisch an, doch dann zuckten ihre Mundwinkel.

»Du bist ein Schelm.« Lachend steckte sie ihr Schwert ein. »Du wolltest nur wissen, ob ich es ernst meine.«

»Was willst du wirklich von mir, Thea? Es geht dir doch nicht allein um unser Beisammensein, oder?«

»Das weiß ich noch nicht. Ich muss erst wissen, ob ich dir vertrauen kann.«

»Wie soll ich dir meine Ergebenheit beweisen?«

»Ich werde dir noch die Gelegenheit dazu geben.«

Sie trat zu ihrem Pferd, ohne ihn weiter zu beachten. Erst als sie im Sattel saß, lenkte sie ihre Stute noch einmal auf ihn zu.

»Ich erwarte dich morgen um die gleiche Zeit, schöner Mann. Wirst du da sein, oder habe ich dich heute verschreckt?«

»Nicht genug, um mich von dir fernzuhalten.«

Als sie ihr Pferd antrieb und im Wald verschwand, erwog er kurz, ihr zu folgen und das Lager der Räuber ausfindig zu machen. Nein, sie würde es bemerken, und damit wäre alles verloren. Er ging zu seinem Rappen und schwang sich erleichtert in den Sattel. Nicht er spielte mit ihren Gefühlen, sondern sie mit ihm, zumindest glaubte sie das. Und doch blieb die Scham. Sie mochte eine Räuberin sein, unberechenbar und wild, doch es war nicht ihr Verschulden. Sie kannte es nicht anders. Von allen Verbrechen, die Barbarossa auf sein Haupt geladen hatte, erschien Philip dies am schwersten.

Die Sonne stand noch hoch am Himmel, als er nach Birkenfeld zurückkehrte. Er hatte seinen Rappen zu einem scharfen Galopp getrieben, aber jetzt lahmte er. Sofort hielt Philip an und stieg ab. Das Eisen der linken Hinterhand hatte sich gelockert. Nichts Schlimmes, der Hufschmied würde es rasch beheben, aber zur Sicherheit führte er das Tier den Rest des Weges am Zügel.

»Was ist Euch geschehen?«, rief ihm der Torwächter entgegen.

»Nur ein lockeres Eisen.«

Man öffnete ihm das Tor, und Philip führte seinen Wallach geradewegs zur Schmiede.

Er musste nicht lange warten. Mattes der Schmied kümmerte sich sogleich darum. Der Rappe schnaubte und warf unwillig den Kopf hoch, als der Schmied den Huf anhob. Philip hielt ihn kurz am Zügel und strich ihm beruhigend über die Nüstern.

»Euer Pferd hat Feuer im Leib«, sagte Mattes, während er das lockere Eisen vollends löste.

»Ich bin ganz zufrieden mit ihm.«

»Das glaube ich gern. Ich habe selten ein besseres Pferd gesehen. Nicht einmal der Fuchs von Herrn Dietmar könnte mit Eurem Rappen mithalten.«

Mit geübtem Blick begutachtete der Schmied das alte Eisen. »Er müsste ohnehin bald neu beschlagen werden. Soll ich es gleich erledigen?«

Philip nickte. Das letzte Mal hatten Said und er die Pferde in Italien beschlagen lassen.

Mattes war ein Meister seines Faches, schnell und sicher entfernte er die alten Eisen, ließ sich nicht vom unwirschen Wiehern und Schnauben des Rappen schrecken und passte rasch die neuen an. Immer wieder tanzte der Hammer auf dem Amboss, loderte das Schmiedefeuer auf, während Philip seinen Wallach beruhigte. In Italien hatte ein unvorsichtiger Lehrjunge schmerzhafte Bekanntschaft mit den Hufen gemacht.

Mattes passierte nichts dergleichen. Mit der Erfahrung vieler Jahre erledigte er die Arbeit. Als er fertig war, wollte er einen der jungen Burschen rufen, das Pferd in den Stall zu bringen, doch Philip lehnte ab. Der Rappe war noch immer unruhig, er wollte ihn lieber selbst versorgen.

Im Stall des Grafen standen etliche edle Rosse, auch einige weniger edle, die für schwere Arbeit taugten. Philip band seinen Wallach neben Saids Pferd an und sattelte ihn ab. Dabei fiel sein Blick auf den Fuchs, den Mattes erwähnt hatte. In der Tat ein schönes Pferd, er war sich nicht einmal sicher, ob der Schmied recht hatte. War sein Wallach wirklich besser? Mattes hatte ihn neugierig gemacht. Noch ehe er begriff, was er tat, war er zum Pferd des Grafen getreten und ließ die Hände über dessen Hals und Kruppe gleiten.

»Braves Tier«, flüsterte er und tätschelte ihm den Hals. Das Pferd schnaubte und rieb den Kopf an Philips Schulter. Mattes hatte maßlos übertrieben. Dieser Fuchs war mindestens ebenso wertvoll wie sein Rappe. Obwohl, die Hufe hatte er noch nicht besehen.

Dietmars Fuchs war friedvoller als der Rappe. Gleichmütig ließ er es über sich ergehen, als Philip ihm am Bein hinunterstrich, und hob sogar selbst den Huf an. Dabei fiel Philips Blick auf etwas Glänzendes, das neben der Vorderhand des Tieres im Stroh lag. Er ließ den Huf los und hob es auf. Eine kleine Bronzescheibe mit seltsamen Zeichen, die er nicht zu deuten wusste. Theas Gabe! Hastig griff er unter sein Hemd. Hatte er sie verloren? Nein, er trug sie noch bei sich.

Die beiden Scheiben glichen einander wie Zwillinge. Theas Worte kamen ihm in den Sinn. Niemand würde ihm etwas antun, wenn er dieses Zeichen bei sich trüge. Wer stand außer ihm noch unter dem Schutz der Räuber? Der Graf? Es war sein

Pferd. Andererseits – würde der Graf seinen Fuchs selbst in den Stall bringen? War es vielleicht einer der Stallburschen?

Vor dem Stall waren Schritte zu hören. Schnell steckte Philip die Bronzescheibe ein und kehrte zu seinem Pferd zurück.

Ein junger Bursche brachte zwei Eimer voll Hafer. Ohne Philip zu beachten, füllte er die Krippen. Eine Weile beobachtete Philip den Jungen, achtete darauf, ob er wohl nach etwas suchte, doch der Bursche ging einfach nur seiner Arbeit nach und verschwand dann wieder.

»Was für ein Land.« Nachdenklich drehte Said die kleine Bronzescheibe zwischen den Fingern. »Wen hast du in Verdacht, Philip? Etwa den Grafen? Vielleicht hat die rote Thea auch an ihm einen Narren gefressen.«

»Du meinst, es sei gar kein Erkennungszeichen der Räuberbande, sondern nur ein Liebespfand ihrer Anführerin?«

»Weiß ich's?« Said zuckte mit den Schultern und gab Philip die Scheibe zurück. »Was hast du vor?«

»Ich werde es Graf Dietmar zurückgeben.«

»Hältst du das nicht für hochgefährlich?«

»Er hat doch keine Ahnung, dass ich um die Herkunft des Amulettes weiß. Ich habe es im Stall gefunden, als ich seinen Fuchs bewunderte.«

»Und dann?«

»Dann werde ich ja hören, was er dazu sagt, und daraus meine Schlüsse ziehen.«

»Wann willst du es ihm geben?«

Philip lachte. »Warum nicht gleich? Um diese Zeit findet man ihn oft im Küchenhaus bei einem Becher Schlehenwein.«

»Ich weiß nicht recht. Irgendetwas gefällt mir nicht daran.«

»Du bist eine alte Unke. Was soll denn schon geschehen?«

Said schüttelte den Kopf. »Ich kann es nicht sagen, aber mir wäre wohler, du würdest noch eine Nacht darüber schlafen.«

»Das ist nicht möglich. Wenn ich glaubhaft bleiben will, muss ich sofort handeln, noch ehe er die Scheibe vermisst.«

»Wenn sie überhaupt ihm gehört«, warf Said ein.

Hände, die sich schmerzverzerrt in die Erde krallen, Gedärm, das auf dem Waldboden zittert. Mit einer energischen Kopfbewegung schüttelte Philip die Erinnerung ab. Er musste unvoreingenommen bleiben.

»Glaub mir, ich weiß, was ich tue.« Mit einer schnellen Bewegung ließ er das verdächtige Schmuckstück in seinem Beutel verschwinden.

Der Duft von gebratenem Fleisch und frischem Brot schlug Philip schon entgegen, ehe er die Tür zum Küchenhaus geöffnet hatte. Das Herdfeuer erfüllte den Raum mit angenehmer Wärme. Wieder einmal wurde ihm bewusst, wie kalt der Frühling war, eine Jahreszeit, die es in Ägypten nicht gab.

Graf Dietmar saß tatsächlich am Tisch, vor sich einen Krug mit Schlehenwein und eine Platte mit Pasteten.

»Seid gegrüßt, Herr Dietmar. Ich hoffte, Euch hier zu finden.«

»So?«

Der Graf erwiderte Philips Lächeln und lud ihn mit einer Handbewegung ein, neben ihm Platz zu nehmen. Philip zog einen der Schemel heran. Ein weiterer Wink des Grafen, und eine der Mägde brachte einen zweiten Becher. Graf Dietmar schenkte Philip selbst ein.

»Was kann ich für Euch tun?«

Philip kostete einen Schluck. Genau richtig, nicht zu sauer, nicht zu süß.

»Nichts, ich hoffte, etwas für Euch zu tun.« Er zog die Bronzescheibe hervor. »Das fand ich heute im Stall, als ich Euer Pferd bewunderte. Es lag neben seiner Vorderhand.«

Die Augen des Grafen verengten sich, doch war Philip sich nicht sicher, ob es Erkennen oder Erstaunen war.

»Darf ich es einmal sehen?« Er streckte die Hand aus.

Philip reichte ihm die Bronzescheibe.

»Ein außergewöhnliches Stück.« Der Graf begutachtete den

Anhänger, als sähe er ihn zum ersten Mal. »Und Ihr sagt, Ihr hättet es bei meinem Pferd gefunden?«

»So ist es. Deshalb dachte ich, Ihr hättet es vielleicht verloren.«

Ein dünnes Lächeln kräuselte Dietmars Lippen. »Das sind heidnische Zeichen, die Spirale ist ein uraltes Symbol. Kein Christenmensch würde sich damit schmücken.«

»So gehört es nicht Euch?«

Dietmar legte die Scheibe auf den Tisch. »Bedient Euch, Ihr habt gewiss Hunger nach Eurem Ausritt.«

Hunger nach Antworten, nicht nach Pasteten, dachte Philip. Doch das konnte er schlecht sagen, also griff er zu. Wollte der Graf ihm ausweichen, oder wusste er tatsächlich nichts?

»Ich habe solche Zeichen in der Tat noch nie gesehen. Aber Ihr kennt die Bedeutung?«

Dietmar schüttelte lächelnd den Kopf. »Keineswegs. Aber ich weiß, dass es in dieser Gegend noch Menschen gibt, die sich nie ganz vom Aberglauben lösen konnten. Alte Weihefeste, seltsame Bräuche, bei denen angeblich Unzucht getrieben wird.« Er lachte. »Sagt, Herr Philip, was ich Euch schon längst fragen wollte: Euer Vater stammte doch aus dieser Gegend, oder?«

»Wie kommt Ihr darauf?« Das Gespräch nahm eine Wendung, die Philip nicht behagte.

»Was treibt einen weit gereisten Mann wie Euch sonst an einen Ort wie diesen? Sagt mir nicht, es seien Eure Studien. Hier gibt es nichts als Wälder und zugige Burgen.«

»Eure Burg ist alles andere als zugig. Selten sah ich eine derart üppige Hofhaltung. Nicht einmal in Italien.«

»Ja, ich versuche, das Leben einigermaßen erträglich zu gestalten.« Dietmar trank einen Schluck Wein. »Woher, sagtet Ihr doch gleich, stammte Euer Vater?«

Philip biss in die Pastete. »Köstlich. Ihr seid zu beneiden.«

Der Graf lachte vor sich hin. Fast kam es Philip so vor, als verspotte er ihn. Wie hatte der Mann es nur geschafft, den Spieß so rasch umzudrehen?

»Um meine Mägde oder um die guten Pasteten?« Dietmar

schob sich den letzten Bissen in den Mund, kaute und spülte mit dem Rest Schlehenwein nach. Dann erhob er sich. »Entschuldigt mich, Herr Philip. Ich habe noch zu tun, aber wir können unsere Unterhaltung gern später fortsetzen.« Dabei steckte er das bronzene Amulett wie absichtslos ein. Auf dem Weg zur Tür wandte er sich noch einmal um. »Ihr sprecht die hiesige Mundart, als wärt Ihr hier geboren. Vor achtundzwanzig Jahren brachen einige Ritter unter Führung von Bonifatius von Montferrat zum Kreuzzug auf. War Euer Vater einer von ihnen?«

Philips Gesicht wurde heiß, das Blut pochte ihm in den Schläfen.

»Meine Familiengeschichte scheint Euch ja sehr zu beschäftigen.«

»Neun Ritter kehrten nicht zurück, drei davon stammten aus dieser Gegend. Zwei Regensteiner und mein Bruder Otto.«

»Es tut mir leid um Euren Bruder.«

»Otto war ein Ehrenmann, im Gegensatz zu den Regensteinern. Die sind bekannt dafür, zu lügen, zu betrügen und überall ihre Bastarde zu verstreuen.«

»Das scheint ja eine bemerkenswerte Familie zu sein. Leider hatte ich noch nicht das Vergnügen, sie kennenzulernen.«

Dietmar lächelte nur und verließ die Küche.

7. Kapitel

Das Grau der vergangenen Tage lag hinter Lena. Seit sie den Entschluss gefasst hatte, Elises Geheimnis zu lüften, erschien ihr die Welt wieder heller. Morgenluft strömte in die Kammer. Lena atmete tief ein, ertappte sich dabei, wie sie eine alte Spielmannsweise summte. Zum ersten Mal freute sie sich auf ihr Zusammentreffen mit der Gräfin. Drei Tage lang war sie Elise ferngeblieben, hatte die Hölle ihrer Erinnerungen durchschritten und hinter sich gelassen. Vor ihr lag das Leben. Von draußen drang das Rauschen der Bode in ihre Stube. Wie der Fluss sei Elise gewesen. Graf Dietmars Worte berührten sie noch immer tief, sein Schmerz erweckte mehr Mitleid in ihr als Elises Leid.

Sie fand die Gräfin wie üblich in ihrer Kemenate, doch schien Elise überrascht, Lena zu sehen.

»Ihr?«, fragte sie mit weit aufgerissenen Augen.

»Es tut mir leid, dass ich Euch in den vergangenen Tagen nicht zur Seite stehen konnte.« Lena setzte sich auf den Stuhl der Gräfin gegenüber. Sie sah die Hände der Gräfin, deren Finger sich unruhig ineinander verschlangen und wieder lösten. So wie beim allerersten Mal.

Sie hat Angst, dachte Lena. Einfach nur Angst. Wovor?

Die Gräfin schluckte, einmal, zweimal, dann räusperte sie sich.

»Mein Gatte erzählte mir, wer Ihr wirklich seid.« Nie zuvor hatte Elises Stimme so rau geklungen. »Ihr seid Martins Witwe.«

Lena hielt dem Blick der Gräfin stand, bis Elise die Lider senkte.

»Ist das für Euch von Bedeutung, Frau Elise?«

Unter einem Peitschenschlag hätte die Gräfin nicht heftiger zusammenzucken können.

»Wie könnt Ihr fragen? Natürlich ist es das.«

»Warum?«

Elises Finger verknoteten sich in immer kürzeren Abständen ineinander, ihre Lider flatterten.

»Ich habe Euch unrecht getan«, flüsterte sie. »Verzeiht mir, wenn Ihr könnt, Frau Helena.«

Weshalb bat die Gräfin sie um Vergebung? Für all die Kämpfe, die sie ausgefochten hatten? Oder weil sie Martins Namen genannt hatte?

»Ich habe Euch nichts zu verzeihen, Frau Elise. Ich kam, Euch zu helfen.«

Ein lauter Aufschrei, und Elise sank zu Boden. Lena sprang auf, wollte sie halten, doch es war gar kein Anfall. Die Gräfin war auf die Knie gefallen. »Gütiger Herr im Himmel, welche Strafe willst du noch auf mein Haupt herabrufen?« Sie schlug sich gegen die Brust und hätte ihr Gewand zerrissen, wenn Lena ihr nicht die Hände festgehalten hätte.

»Was ist mit Euch, Frau Elise?«

Der Blick der Gräfin war wirr und seelenlos, als hätte sie den Verstand verloren. Ihre Lippen formten Worte, die Lena nicht verstehen, nur erraten konnte. Ein stummes Gebet, fernab der Wirklichkeit. Elises Atem ging immer rascher, sie keuchte. Noch immer hielt Lena die Handgelenke fest umklammert, spürte das Zucken, das Elises Leib durchlief. Sofort warf sie sich über die kranke Frau, um sie zu halten, fühlte die bösen Kräfte, die Elises Körper schüttelten. Doch zugleich bemerkte sie, wie Elise sich beruhigte, fast so, als nehme Lenas Nähe ihr etwas von dem Schmerz. Kein Schrei drang über ihre Lippen, und nach wenigen Augenblicken war alles vorbei. Lena vernahm einen tiefen Seufzer, als die Gräfin sich entspannte.

»Verzeiht mir«, flüsterte sie noch einmal. Vorsichtig löste Lena ihren festen Griff.

»Ich habe Euch nichts zu verzeihen.« Sie versuchte Elise hochzuziehen, doch diese verharrte auf den Knien.

»Ihr sprächet anders, wenn Ihr die Wahrheit wüsstet.«

»Die Wahrheit?«

Elise verbarg das Gesicht in den Händen.

»Geht, Frau Helena, ich bitte Euch. Geht.« Der Leib der Gräfin zuckte erneut, doch es war kein Anfall, nur ein heftiger Weinkrampf.

»Nein«, sagte Lena leise, sank selbst auf die Knie und legte der Gräfin die Hände auf die Schultern. »Ich bleibe bei Euch.«

Elises Schluchzen wurde immer heftiger, verzweifelter. Trotz aller Stärke spürte Lena, wie das fremde Leid ihr selbst die Tränen in die Augen trieb. Sie blinzelte. Keine Schwäche, nicht jetzt. Die Tränen verschwanden, die Stärke blieb.

Irgendwann beruhigte Elise sich. Erstaunen lag in ihrem Blick, als sie Lena ebenfalls auf Knien sah.

»Ihr solltet Birkenfeld verlassen«, flüsterte sie. »Ihr werdet mich hassen.«

»Wiegt Eure Schuld so schwer?«

Elise senkte den Kopf. Kein Wort verließ ihre Lippen. Lena wartete geduldig. Auf dem Fenstersims ließ sich ein Rotkehlchen nieder, doch kaum schaute Lena zu dem kleinen Vogel, da flog er schon davon wie ein Gedanke, den man nicht halten kann. Die Gräfin schwieg noch immer.

»Woher kanntet Ihr Martin?«, versuchte Lena das Schweigen zu brechen. Elise begann zu zittern.

»Ihr wart seine Braut, Frau Helena. Ihr müsstet es doch wissen.«

»Was müsste ich wissen?«

»Wer er war.«

Irgendetwas in Elises Blick hatte sich verändert. Noch immer waren Verzweiflung und Scham zu erkennen, aber dahinter entdeckte Lena Verärgerung. Sie beschloss, nicht darüber hinwegzugehen.

»Was ärgert Euch, Frau Elise?«

»Wisst Ihr es wirklich nicht? Hat er es Euch nie erzählt?«

Lena schüttelte den Kopf. Wovon sprach die Gräfin bloß?

Elise atmete tief durch. »Martin war der Bruder meines Gatten.«

Sein Bruder? Wie hatte Lena nur glauben können, nichts könne sie mehr erschüttern? Und warum hatte er es ihr nie gesagt?

»Sein Halbbruder, um genau zu sein«, fuhr Elise fort. Ihre Stimme hatte sich gefestigt. »Seine Mutter war die Geliebte des alten Grafen, und er sorgte auch dafür, dass der alte Raitbach sie heiratete, nachdem sie schwanger geworden war.« Elise lachte bitter auf. »So sind die Männer. Ehre und Treue gelten ihnen nichts, sie lachen darüber. Wir Frauen sind anders.«

Martins blaue Augen! Die Erkenntnis raubte Lena fast den Atem. Deshalb war Graf Dietmar ihr so vertraut vorgekommen. Wie hatte sie das Offensichtliche nur so lange übersehen können? Die Art, wie Dietmar sprach, wie er sie in seine Seele hatte blicken lassen. Es waren nicht nur die leuchtenden Augen. Auch der Bogen des Mundes, das Lächeln. Genau wie Martin. Ihre Gedanken rasten. Martin hatte geschwiegen, seine Herkunft verborgen. Warum? Aber nicht nur er. Auch Graf Dietmar war ihren Fragen ausgewichen, hatte behauptet, Martin sei der Sohn eines Geschäftsfreundes seines Vaters gewesen. Warum hatte er ihr nicht die Wahrheit gesagt? Um ihr Andenken an Martin zu wahren, als er merkte, dass sie es nicht wusste? Oder weil es keine Bedeutung mehr hatte? Martin war tot.

Ihr Blick fiel auf Elise, die noch immer in sich zusammengesunken vor ihr kniete.

»Ihr sagtet, Ihr hättet das Hassen gelernt, als Martin Raitbach starb. Warum?« Lenas Worte waren schärfer als beabsichtigt. Die Gräfin schrak zusammen. Sie suchte Lenas Blick, hilflos, verstört, voller Angst, doch sie sagte kein Wort.

»Wann habt Ihr Martin kennengelernt? Er selbst sprach nie von Euch oder Graf Dietmar. Warum nicht?«

»Bitte geht!«, flüsterte Elise. Ihre Hände krallten sich in den Stoff ihres Rockes, zerknüllten ihn.

»Nein. Ich werde erst gehen, wenn Ihr mir geantwortet habt.« Noch während sie sprach, erschrak Lena vor sich selbst. Dies war keine Hilfe, dies war ein Verhör. Es ging ihr nicht mehr um das

Wohl der Gräfin, sondern um Antworten. Eine Mischung aus Scham und Genugtuung erfüllte sie. Unablässig kämpften die Gefühle in ihrer Brust, bis die Härte siegte. Lange genug war sie schwach gewesen, hatte sich von Elise quälen lassen. Es war nur gerecht, wenn Elise spürte, wie sich das anfühlte.

»Ich kann es Euch nicht sagen!« Elises Ausruf ging in einem Flüstern unter, ganz so, als fehle ihr plötzlich die Luft zum Atemholen.

Die Luft zum Atmen! Was, wenn es wie bei Mutter Clara war?

Lenas Gedanken flogen zurück zur ehrwürdigen Mutter, die jahrelang unter schwerer Luftnot gelitten hatte. Plötzlich ergab alles einen Sinn, doch war es so ungeheuerlich, dass sie es kaum glauben mochte.

Was, wenn es sich bei Elise ähnlich verhielt wie bei Schwester Clara? Eine Mutterschaft, gefolgt auf eine Sünde? Die ehrwürdige Mutter Clara hatte jedoch nicht unter der Mutterschaft gelitten, sondern darunter, dass man ihr das Kind fortgenommen und sie in ein Kloster gesteckt hatte. Und darunter, dass sie sich vier Jahre später geweigert hatte, dem Vater des Kindes zu folgen, der ein ruchloses Leben führte. Schwester Clara hatte keine weiteren Einzelheiten preisgegeben, aber ihre Schuldgefühle hatten ihr seither die Luft zum Atmen geraubt.

Die Gräfin wollte ihr Kind nicht bei sich haben. Weil es sie an ihre Sünde erinnerte? An welche Sünde? War der Graf etwa nicht der Vater? Sie hatte das Kind gesehen, es sah ihm so ähnlich, hatte seine blauen Augen, sein blondes Haar.

Martins Augen. Martins Haar. Nein, ich muss mich irren, dachte Lena. Es kann nicht sein, das hätte er nie getan.

»Ihr meint, ich würde Euch hassen, wenn ich die Wahrheit wüsste. Von welcher Wahrheit spracht Ihr?«, fuhr Lena Elise an. Die Gräfin sank noch weiter in sich zusammen, ließ den zerknüllten Rock los und verbarg das Gesicht abermals in den Händen.

»Sagt es mir endlich!«, schrie Lena. »Wenn Ihr Euer Geheimnis wirklich wahren wolltet, so hättet Ihr Euch nicht in Andeutungen ergangen! Ihr wollt es doch loswerden, weil die Schuld Euch bedrückt.«

Von Elise kam kein Wort. Da verlor Lena endgültig die Beherrschung. Mochten Worte auch vergiftete Pfeile sein, die man nie mehr zurücknehmen konnte, in diesem Moment war ihr alles gleich. Sie musste Gewissheit haben.

»Lautet die Wahrheit, dass der kleine Rudolf nicht der Sohn Eures Gatten ist, sondern der von Martin?«

Die Gräfin starrte Lena aus weit aufgerissenen Augen an. »Wie könnt Ihr so etwas nur sagen?«

»Ist es wahr?«, beharrte Lena.

Plötzlich sprang Elise auf. »Geht, ich bitte Euch, geht sofort! Verlasst mich, verlasst Birkenfeld! Ihr müsst gehen.«

Lena stand auf. Sie hatte Feindseligkeit erwartet, doch alles, was sie sah, war Angst. Mehr Angst, als ein Mensch ertragen konnte. Plötzlich schämte sie sich. Sie war zu weit gegangen. Nein, es konnte nicht wahr sein. Martin hätte das nie getan. Martin hatte sie geliebt. Wie hatte sie sich nur zu so etwas hinreißen lassen können?

»Ich werde für heute gehen, Frau Elise. Weil Ihr es wünscht. Aber ich werde Birkenfeld nicht verlassen. Ihr braucht mich noch.«

»Ihr ahnt nicht, worauf Ihr Euch einlasst. Bitte, hört auf mich und geht! Reist morgen ab. Ich flehe Euch an.« Die Gräfin griff nach Lenas Händen, zaghaft und fest zugleich. Ihr Blick durchbohrte Lena voller Panik.

»Ihr habt Sorge, ich könnte Euch verraten? Ich werde mit niemandem darüber sprechen, was Ihr mir anvertraut.«

»Ich habe kein Geheimnis. Hütet Euch, Gerüchte über mein Kind in die Welt zu setzen! Ihr ahnt nicht, welche Folgen das hätte. Weniger für mich, vielmehr für Euch.«

Die Worte hätten eine Drohung sein können, doch die Verzweiflung, mit der sie ausgestoßen wurden, verriet eine andere Sprache. Elise hatte Angst.

»Ich habe nicht die Absicht, Euer Kind zum Bastard zu erklären. Ich will Euch helfen, aber das kann ich nur, wenn Ihr offen zu mir sprecht.«

»Ich will Eure Hilfe nicht länger. Sie ist ohnehin wertlos. Geht, Frau Helena!« Diesmal war die Schärfe wieder da, allerdings war sie nur vorgeschoben. Dahinter loderte nach wie vor die Furcht.

Wortlos verließ Lena die Stube der Gräfin. Sie brauchte frische Luft und Ruhe, ihre Gedanken zu ordnen. War sie auf der falschen Spur? Wie gern hätte sie die Frage bejaht, doch dazu war Elises Verhalten zu auffällig. Aber passte es zu Martin? Hätte er sich mit Elise eingelassen? Und wenn ja, warum? Gewiss, Elise war eine schöne Frau, gleichwohl, es gab manch hübsche Magd in den Badehäusern, mit denen ein Mann sich ungefährlicher vergnügen konnte. Hatte er Elise geliebt? Hatte er deshalb nie von seiner Abkunft gesprochen?

Ob Vater wusste, wer Martin wirklich war?, fragte sich Lena. Ihr Vater hatte Martin in sein Haus gebracht. Es war ihm recht gewesen, dass Lena Gefallen an ihm gefunden hatte. Die Ehe war recht schnell angebahnt worden, auch Martin war ihr gegenüber stets liebevoll und fürsorglich gewesen, nachsichtig ihren Kapriolen gegenüber, die so gar nicht schicklich waren, die aber schon ihr Vater geduldet, ja sogar heimlich gefördert hatte. Wenn sie bei Tischgesprächen das letzte Wort behielt und ihre Zunge nicht im Zaum halten konnte. Ihr Vater hatte jedes Mal gelacht. Genau wie Martin.

»Sei froh um deine willensstarke Braut«, hatte ihr Vater ihm immer wieder gesagt. »Sie wird dir den Rücken stärken.« Und Martin hatte ihm zugestimmt und Lena sein unwiderstehliches Lächeln geschenkt. Eine vermittelte Ehe, in der sich beide Seiten derart viel Zuneigung entgegenbrachten, war ein Glücksfall. Sie hatte Martin geliebt und war sich sicher gewesen, dass auch er sie geliebt hatte.

Einmal hatte sie ihn jedoch dabei ertappt, wie er mit einer Magd geschäkert hatte. Es war nichts weiter passiert, doch es hatte sie wie ein Pfeil getroffen. Ihrer Mutter war es nicht entgangen. »Nimm es nicht so schwer«, hatte sie gesagt. »Einen Mann kann erst die Ehe zähmen. Alles, was davor geschieht, ist nur ein Zeitvertreib. Es hat keine Bedeutung.«

»Aber wie kann er mich lieben, wenn er mit einer anderen scherzt?«

»Kennst du nicht den Unterschied zwischen Liebe und Begehren?«, hatte ihre Mutter sie gefragt. »Einen leckeren Apfelkuchen begehrst du, aber würdest du sagen, du liebst ihn? So ist es mit den Männern und den losen Frauenzimmern.«

Lena hatte gelacht, auch wenn die Worte sie nicht richtig getröstet hatten. Zum ersten Mal hatte sich ein kleiner Stachel festgehakt, und sie hatte begriffen, dass es keine reine, unbefleckte Liebe gab. Doch hatte es nichts daran geändert, dass sie Martin liebte. Trotz des Vergleichs mit dem Apfelkuchen. Wenn er erst ihr gehörte, würde sie ihn schon so sättigen, dass er keinen Blick mehr für andere hätte, hatte sie sich geschworen.

Das alles war lange her und erschien ihr wie ein fremdes Leben. Seit dem Überfall war sie nur noch ein Schatten ihrer selbst gewesen. Die Heilerin von Sankt Michaelis, die immer gütig, sanft und freundlich war. Die alte Wildheit schien gestorben zu sein, als Barbarossas Schwert sie durchbohrt hatte.

Nein, sie ist nicht gestorben, sie ist noch da, dachte Lena trotzig. Es wurde Zeit, vollständig ins Leben zurückzukehren, sich nicht länger zu verstecken. Niemals mehr. Nicht vor Elise und nicht vor der Welt.

Der Himmel war strahlend blau, als sie in den Burghof trat. An solchen Tagen war ihr Vater oft zur Jagd geritten. Umso erstaunter war sie, als sie ganz in der Nähe des Küchenhauses Philip entdeckte. Für gewöhnlich ritt der Ägypter schon früh am Morgen davon und kehrte erst am späten Nachmittag zurück, ganz gleich, wie trüb das Wetter war. Und jetzt, beim schönsten Sonnenschein, lehnte er an der Wand und starrte vor sich hin. Eine grüblerische Falte stand zwischen seinen Brauen, ganz so, als denke er über etwas Unangenehmes nach.

»Oh, Herr Philip, übt Ihr Euch gerade darin, einmal nicht im Weg zu stehen?« Im nächsten Augenblick hätte sie sich auf die Lippen beißen mögen. Es war ungebührlich, aber sie konnte nicht anders. Fast wie damals, vor Martins Tod, als ihre spitze Zunge gefürchtet war. Ach was, mochte es auch unschicklich sein, es fühlte sich gut an, nach all den trüben Gedanken.

Er hob den Blick. Die Stirnfalte glättete sich, und ein Lächeln blitzte in seinen Augen auf.

»Vermisst Ihr es etwa?«

»Nein, Ihr macht Euch ganz gut als lebendes Standbild an der Mauer.«

Er deutete eine leichte Verbeugung an. »Stets zu Diensten.«

»Aber ich muss Euch bitten, mir künftig keine Präsente mehr zu schicken. Das ziemt sich nicht.«

»Verzeiht. Dort, wo ich herkomme, ist es nicht unüblich, einer edlen Dame durch Geschenke zu huldigen.«

»Und mit welcher Absicht?«

Philip lachte leise. »Um ihr zu gefallen.«

»Ihr gefallt doch schon genügend Frauen, da bedarf es meiner Gunst doch gar nicht mehr.«

»Wenn Ihr das sagt.«

»Das sage ich.« Lena wollte sich abwenden, doch da hörte sie ihn weitersprechen. »Auf ein Wort, Frau Helena. Würdet Ihr mir eine Frage beantworten? Eine ganz harmlose, unverfängliche?«

»Ihr könnt unverfängliche Fragen stellen?«

Er senkte den Blick. »In Ägypten sehr wohl, doch hier scheinen andere Sitten zu herrschen. Sagt, Frau Helena, ist es in diesem Lande unerwünscht, Frauen schöne Worte zu sagen? In aller Höflichkeit, versteht sich.«

»Schöne Worte? Was meint Ihr damit?«

Philip räusperte sich. »Said wies mich darauf hin, es sei ungehörig, wie ich die Gräfin an der Tafel ihres Gatten ansprach. Ihr seid eine Frau, Ihr könnt mir die Frage gewiss beantworten. Würde es Euch kränken, wenn ich Euch sagte, Eure Schönheit sei so vollkommen, dass selbst die Rosen im Garten des Sultans ihre Köpfe hängen ließen?«

»Das habt Ihr der Gräfin gesagt?« Ohne es zu wollen, brach Lena in Gelächter aus.

»Was ist daran so lustig?«

»Ist es in Eurer Heimat üblich, Frauen mit Blumen zu vergleichen? Blumen verwelken schnell, wenn man sie pflückt.«

»Also wärt Ihr lieber ein unvergänglicher Edelstein?« Seine Augen strahlten, seine Seelenflamme sprühte bunte Funken. Warum war ihr das nicht früher aufgefallen?

»Edelsteine sind kalt und gefühllos«, erwiderte sie und ging auf sein Spiel ein. »Warum lasst Ihr Euch nichts Besseres einfallen, Herr Philip?«

»Und was wäre besser? Schöneres und Kostbareres als Blumen und Geschmeide hat die Welt nicht zu bieten.«

Auf einmal war alle Schwere wie verflogen, die alte Lena zurückgekehrt. Etwas zu vorlaut, nicht immer taktvoll, wie ihre Mutter oft getadelt hatte. Nun, auch Mutter war tot. Niedergemetzelt an jenem Tag, da sie alle verloren hatte, die ihr teuer waren. Hastig schüttelte sie den Gedanken ab. Lieber ein unschickliches Wortgeplänkel mit dem Ägypter, als zurück in die Dunkelheit zu fallen.

»Warum vergleicht Ihr eine Frau nicht mit einem Kirschbaum? In seiner Blüte ist er schöner als jede Rose, sein Duft ist betörend und verführerisch. In seiner Reife nährt er die Menschen und Tiere. Sein Stamm ist stark, seine Äste bieten Vögeln ein Zuhause. Und wenn er eines Tages stirbt, so werden kostbare Möbel und Truhen aus seinem Holz geschnitzt, die die Ewigkeit überdauern.«

»Ein Kirschbaum«, wiederholte er. »Wäre er nicht sehr einsam, der starke Baum in all seiner Kraft und Blüte?«

»Im Garten meines Vaters wuchsen zwei Kirschbäume, die einander so nahe standen, dass sich ihre Äste berührten.«

»Und stehen sie noch dort?«

»Ich denke schon. Ich war lange nicht mehr auf Gut Eversbrück.« Sie senkte den Blick. Es fiel ihr zunehmend schwer, die alten Bilder in ihrem Herzen zu verschließen. Der Ägypter sah sie noch immer an, es kam ihr fast so vor, als wolle er in ihren Gedanken lesen.

»Sagt, Herr Philip, darf auch ich Euch eine Frage stellen?«

Er nickte.

»Mein Vater hatte oft Gäste aus fremden Gegenden. Viele verstand ich nur mit Mühe. Doch Ihr sprecht den hiesigen Dialekt, als wärt Ihr in der Nähe geboren. Genau wie Euer Freund. Wie kann das sein, wenn Ihr noch nie hier wart?«

»Ihr seid schon die Zweite, die mich das heute fragt.«

»Da seht Ihr, wie auffällig es ist.«

Er nickte. »Das habe ich nicht bedacht. Was wollt Ihr wissen?«

»Nichts weiter. Ich habe nur meine eigenen Schlüsse gezogen. Euer Vater stammte aus diesem Landstrich, nicht wahr?«

Philip lachte leise. »So muss es wohl gewesen sein.«

»Aber Ihr sprecht nicht gern von ihm. Habt Ihr Euch im Zwist von ihm losgesagt?«

Er schüttelte den Kopf. »Ich habe ihn geliebt. Er starb vor einem Jahr. Es war sein letzter Wunsch, dass ich seine Heimat kennenlerne.«

»Das sagtet Ihr schon. Und doch wirkt Ihr so verschlossen, als sei es eine Sünde, von Eurem Vater zu sprechen. Warum nennt Ihr niemals seinen Namen?«

»Wozu? Glaubt Ihr, Ihr würdet ihn kennen?« Auf einmal wurde seine Stimme hart, und der Glanz in seinen Augen erstarb.

»Wie sollte ich? Ich war nur neugierig, weil Euer Freund trotz seiner fremdländischen Herkunft ebenso sicher in meiner Muttersprache ist. Würde Euch das im umgekehrten Fall nicht verwundern?«

Seine Züge entspannten sich. »Said und ich kennen uns seit unserer Kindheit«, entgegnete er leise. »Er war drei, ich war fünf, als uns das Schicksal zusammenführte. Betrunkene Ritter hatten seine Familie überfallen. Sogenannte Christen.« Er stieß das Wort aus wie einen Fluch. »Meinem Vater war es einerlei. Er sah nur die Hunde, die sich nicht scheuten, einer hochschwangeren Frau ein Schwert in den Leib zu rammen, ganz gleich, welchen Glauben sie hatte. Er brachte sie unter Lebensgefahr ins Haus meines Großvaters, in dem wir lebten.« Philip atmete tief durch, ehe er weitersprach. »Saids Mutter starb in jener Nacht, sein Vater wurde schwer verletzt, aber er überlebte. Meinem Großvater war es immer gleichgültig, welche Religion ein Mensch hatte. Für ihn zählte nur der Mensch, nicht sein Glaube. Und so blieben Said und sein Vater bei uns. Bis heute. Said ist mir wie ein Bruder. Als Kinder machten wir uns einen Spaß daraus, untereinander immer nur in der Sprache meines Vaters zu reden, die niemand außer uns verstand. Das ist alles.«

»Aber er blieb seinem Glauben treu?«

»Natürlich. Glaubt Ihr, mein Großvater hätte von ihm und seinem Vater verlangt, den Glauben der Mörder anzunehmen?«

»Euren Glauben«, verbesserte Lena.

»Ihr habt ja keine Ahnung, wie es in Alexandria zugeht. Der Sultan von Kairo herrscht über die Stadt. Die Christen sind in der Minderzahl. Mein Großvater Mikhail hat einen guten Ruf und ist ein angesehener Mann. Aber das ist er nur deshalb, weil er die Gegebenheiten hinnimmt. Und mir war es schon immer gleichgültig, zu welchem Gott jemand betet, sofern er ein aufrechter Mensch ist. Wenn Gott wirklich barmherzig ist, dann misst er die Menschen an ihren Taten und nicht an ihrem Bekenntnis.«

Lena starrte Philip mit großen Augen an. Nie zuvor hatte sie jemanden derart sprechen hören. Seine Worte waren gottlos und doch von einer eigenartigen Wahrheit. Sie dachte an ihren Vater. Was hätte er wohl gesagt? Hätte er Philip zugestimmt oder seine Worte widerlegt? Sie wusste es nicht.

»Habe ich Euch erschreckt?« Ein flüchtiges Lächeln huschte über seine Lippen. »Vermutlich habe ich wieder einmal die falschen Worte gewählt.«

»Nein, das habt Ihr nicht. Ich … ich weiß nur nicht so recht …«

»Ob Schwester Ludovika mich dafür nicht in die Hölle verdammen würde?« Da war es wieder, das bunte Blitzen in seinen Augen.

»Was Schwester Ludovika sagt, ist nicht von Bedeutung. Ihr seid ein seltsamer Mensch, Herr Philip. Ich weiß nicht, was ich von Euch zu halten habe.«

»So wenig, wie ich weiß, was ich von Euch denken soll, Frau Helena.«

»Das wisst Ihr nicht?«

Er schüttelte den Kopf. »Ihr seid ein Rätsel. Ihr lebt in einem Kloster, seid als Heilkundige bekannt, doch Ihr seid keine Schwester. Ihr tragt den Titel Frau. Ich habe mich lange gefragt, ob Ihr wohl jung verwitwet seid.«

»Jetzt werden Eure Fragen aber recht persönlich.« Sie atmete tief ein und aus.

»Persönlicher als die, die Ihr mir gestellt habt?«

Sie senkte die Lider. »Ihr habt recht. Es tut mir leid, wenn ich aufdringlich war.«

»Das wart Ihr nicht. Ich hätte ja nicht zu antworten brauchen. Und auch Ihr müsst nicht antworten.«

Sie schluckte. Alles in ihr sträubte sich dagegen, die alten Bilder erneut zu beschreiben, doch zugleich fühlte sie sich auf unerklärliche Weise verpflichtet. Er hatte ihr von schweren Erinnerungen erzählt, ihr offen geantwortet.

»Ihr seid nicht von hier, Ihr werdet die Geschichte nicht kennen«, sagte sie leise. »Mein Gatte und meine Familie kamen vor fast einem Jahr ums Leben, als unser Hochzeitszug nach der Trauung zum Gut Eversbrück zog. Barbarossas Männer fielen über uns her wie die Wölfe. Ich habe als Einzige überlebt, weil sie mich für tot hielten.«

Nun war es heraus. Sie wandte sich ab, wollte nichts mehr hören, doch da fühlte sie seine Hand sacht auf ihrem Arm.

»Das war *Euer* Hochzeitszug?«

Sie hörte die Betroffenheit in seiner Stimme und wandte sich zu ihm um. Seine Hand berührte noch immer ihren Arm.

»Ich habe davon gehört, Frau Helena.« Er schluckte. »Bevor wir nach Birkenfeld kamen, waren wir zu Gast bei Fürst Leopold. Er erzählte uns von Barbarossas Schandtaten.«

Für einen Moment hatte sie das Gefühl, ihren eigenen Schmerz in seinen Augen zu lesen. Es war kein falsches Mitleid, kein wohliger Grusel, wie sie es so oft erlebt hatte. Seine eben noch sprühende Seelenflamme war nur noch ein schwaches blaues Glimmen.

Er weiß, was in mir vorgeht, dachte sie. Er kennt die Dunkelheit, als hätte er sie selbst durchschritten. Die Erkenntnis raubte ihr fast den Atem. Wie falsch hatte sie diesen Mann doch eingeschätzt.

»Es ist vorbei, lasst uns nicht mehr davon sprechen«, sagte sie.

Er nickte und ließ sie los, doch seine Blicke hielten sie gefangen, verhinderten, dass sie sich abwendete und ging. Augen, warm wie dunkler Tannenhonig. Fremdartig und doch vertraut.

Sie wartete, dass er etwas sagte, aber er musterte sie schweigend. Zu gern hätte sie gewusst, was er dachte. Waren seine Gedanken noch bei ihr, oder schweiften sie zurück zu seinem eigenen Leid, über das er nicht sprach? Das er hinter einer lebenslustigen Maske verbarg, so gut, dass es fast niemandem auffiel?

Das Schweigen wurde unerträglich.

»Ihr seid nicht nur deshalb hierhergekommen, um Eures Vaters Heimat kennenzulernen«, brach sie die Stille.

»Wie kommt Ihr darauf?«

»Es steht in Euren Augen.«

Für einen winzigen Moment senkte er die Lider, doch sofort hatte er sich wieder gefasst und hielt ihrem Blick stand.

»Und was könnt Ihr dort noch lesen?« Da war es wieder, das bunte Blitzen. Nicht ganz so hell wie zu Beginn ihrer Unterhaltung, aber doch voller Kraft. Ein bemerkenswerter Mann. Eine weniger feinfühlige Beobachterin hätte seine kurze Unsicherheit wohl nicht bemerkt.

»Ich glaube, es wäre Euch nicht recht, wenn ich darüber spräche.«

»Keine falsche Bescheidenheit, Frau Helena. Ich bin neugierig. Was glaubt Ihr über mich zu wissen?«

Lena ließ sich Zeit, bevor sie antwortete. Betrachtete seine Miene, suchte nach Unsicherheiten, vergeblich. Wollte er sie prüfen? Oder war es für ihn nur ein Spiel?

»Ihr habt zwei Gesichter. Das eine, das Ihr nur zu gern zeigt. Ein Mann, der sich in der Welt zu behaupten weiß, wortgewandt, vermutlich ein geschickter Krieger, wenn nicht gar ein Ritter, gebildet, sich seines Wertes stets bewusst. Aber dahinter liegt etwas anderes verborgen. Ihr tragt einen tiefen Kummer mit Euch herum. So tief und schwer, dass er alles erdrücken könnte, was Euch auszeichnet.«

»Frau Helena, Ihr könnt einem wirklich Angst machen.« Er lachte, aber es klang nicht wie sonst. Sie hatte seinen wundesten Punkt getroffen.

»Ihr wolltet es von mir hören.«

»Ich hatte nicht geglaubt, dass Ihr tatsächlich in den Seelen der Menschen lesen könnt.«

»Wollt Ihr über Euren Kummer sprechen?«

Er schüttelte den Kopf. »Ich habe gelernt, dass Worte alles nur noch schlimmer machen.« Das Leuchten seiner Augen war erloschen. »Ich danke Euch, Frau Helena. Wir sehen uns heute gewiss noch an der Tafel des Grafen.«

Bevor sie auch nur nicken konnte, war er an ihr vorbeigegangen. Sie sah ihm verwundert nach. War er tatsächlich vor ihr geflohen?

Am Abend traf sie ihn zum gemeinsamen Mahl. Dafür hatte Elise sich diesmal entschuldigen lassen. Nach allem, was heute früh geschehen war, hatte Lena nichts anderes erwartet, doch zugleich wurde ihr bewusst, dass sie und Elise seit der Ankunft der Reisenden aus dem Morgenland niemals gemeinsam an der Tafel erschienen waren. Und noch etwas anderes war auffällig. Der Graf bemühte sich, ein großherziger Gastgeber zu sein, doch seine Offenheit war verschwunden. Immer wieder schweifte sein Blick zu Philip hinüber, forschend, fast misstrauisch. Der Ägypter wich dem Blick des Grafen aus, redete nicht so viel wie gewöhnlich, sondern widmete sich den Speisen auf seinem Teller. Was mochte zwischen den beiden Männern vorgefallen sein?

Lena wandte den Kopf zu Said hinüber. Der Araber bemühte sich um eine gleichmütige Miene, dennoch bemerkte Lena die besorgten Blicke, die er Philip zuwarf. Daneben saß Ludovika, die Lippen aufeinandergepresst, als müsse sie giftige Worte zurückhalten. Der Einzige, an dem die angespannte Atmosphäre unbemerkt vorüberging, war der Kaplan. Vermutlich weil er sich mehr mit den gebratenen Hühnern als mit seinen Tischgenossen beschäftigte.

Als die Tafel aufgehoben wurde, war Lena froh. Etwas zu hastig sprang sie auf. Nur fort von dieser Schwere, die nicht fassbar, aber doch so drückend war!

»Frau Helena?« Die Stimme des Grafen hielt sie auf.

»Ja, Herr Dietmar?« Während sie sich umwandte, spürte sie, wie ihre Hände feucht wurden.

»Bleibt Ihr noch auf ein Wort?«

Martins Lächeln.

»Wie Ihr wünscht, Herr Dietmar.«

Aus den Augenwinkeln nahm sie Philips Gesicht wahr. Er war ebenfalls stehen geblieben. Zwischen seinen Brauen die Furche, die seinem Gesicht jenen grüblerischen Ausdruck verlieh. Seine Hand zuckte. Wollte er ihr ein Zeichen geben?

Graf Dietmar hatte es nicht bemerkt. Unbeirrt führte er Lena in die Nähe des Kamins, wo niemand seine leisen Worte hören konnte. Philip stand noch immer neben der Tür und bedachte sie mit einem Blick, den sie nicht zu deuten wusste. War es Sorge? Misstrauen? Erst als Said ihn an der Schulter berührte, nickte er und folgte seinem Freund aus dem Saal hinaus.

Die letzten Schritte waren verhallt, nur das Knacken der Holzscheite im Kaminfeuer durchbrach die Stille.

»Frau Helena, Ihr seid eine kluge Frau und eine gute Menschenkennerin. Deshalb bitte ich Euch um einen Rat.«

»Was für einen Rat?« Sie strich ihre Suckenie glatt.

»Sagt mir, was Ihr von diesem Philip haltet.« Lena hörte das leichte Beben in seiner Stimme. War er beunruhigt? Oder war es Zorn?

»Ist etwas zwischen Euch vorgefallen, Herr Dietmar?«

Er schüttelte den Kopf. »Nichts von Bedeutung, doch ich habe den Eindruck, der Mann verschweigt mir etwas, das ich wissen sollte.«

»Mögt Ihr mir davon erzählen?«

Dietmar lächelte, doch diesmal ohne Wärme. »Ich möchte nur Eure Einschätzung hören, Frau Helena. Glaubt Ihr, dass er ein aufrechter Mensch ist?«

»Er gab mir keinen Grund, daran zu zweifeln.« Sie vergrub die Hände im weichen Stoff ihres Kleides. Welchen Groll hatte Philip auf sich gezogen? Hatte er deshalb einen so ernsten Eindruck gemacht, als sie ihn heute Mittag angesprochen hatte?

»So?« Dietmar starrte in den Kamin, als hoffe er, im Prasseln des Feuers Antworten zu finden. »Nun, ich glaube, er ist ein Regensteiner Bastard. Und er ist nicht ohne Grund hier.«

»Ein Regensteiner? Wie kommt Ihr darauf?«

»Weil es zu allem passt, was man über die Regensteiner sagt. Und zu der Geschichte, die er uns erzählt hat. Der Sohn eines Ritters und einer Ägypterin. Er spricht den Dialekt unserer Gegend, fast so, als wäre er hier geboren. Ich weiß, dass es eine geheime Übereinkunft gab, ehe Bonifatius von Montferrat die Führung des vorletzten Kreuzzuges übernahm. Das ursprüngliche Ziel lag nicht in der Befreiung des Heiligen Landes, sondern in der Plünderung Ägyptens. Jenes geheime Abkommen stammte von französischen Rittern, aber die Regensteiner mischten dabei kräftig mit. Zwei Brüder des jetzigen Grafen von Regenstein sind niemals zurückgekehrt. Es heißt, sie seien gefallen. Aber sind sie wirklich tot? Warum hätten sie zurückkehren sollen, wenn sie in Ägypten Glück und Reichtum gefunden hätten?«

»Dann glaubt Ihr, Philip sei der Neffe des Grafen von Regenstein?«

Dietmar nickte. »Ihr wisst doch, was man über die Regensteiner munkelt, nicht wahr, Frau Helena?«

Lena musste an Ludovika denken. Der Nonne hätte dieses Gespräch gewiss nicht gefallen, sie war die Tochter des Grafen von Regenstein. Ob Dietmar es wusste? Vermutlich nicht. Wen kümmerte schon die Abkunft einer gewöhnlichen Nonne?

»Ich weiß nicht recht«, wich sie aus.

»Die Regensteiner sprechen mit Silberzungen, doch ihre Worte sind vergiftet. Sie betören die Frauen, hinterlassen überall ihre Bastarde und nehmen es mit den Eigentumsrechten anderer nicht sehr ernst.«

»Aber was hat das mit Euch zu tun?«

»Die Regensteiner haben von jeher ein Auge auf Birkenfeld geworfen. Das Lehen ist begehrt wegen der reichen Eisenerzminen. Es ist doch seltsam, dass ein Reisender aus Ägypten zielstrebig mit einem Empfehlungsschreiben von Fürst Leopold ausgerechnet Birkenfeld aufsucht, nicht wahr? Eine unbedeutende kleine Burg, die über genauso unbedeutende Dörfer und drei Eisenerzminen wacht.« Dietmar atmete scharf ein und aus. »Und ist es nicht seltsam, dass er sich so beharrlich weigert, den Namen seines Vaters zu nennen?«

»Tut er das?«, fragte Lena, obwohl sie genau wusste, dass Dietmar recht hatte.

»Ich habe es heute wiederholt versucht. Er weicht jeder Frage aus. Tut das ein Ehrenmann?«

»Vielleicht hat er seine Gründe? Er könnte Euch, wenn Euer Verdacht stimmt, doch vielmehr eine Lüge über den Namen seines Vaters auftischen. Spricht es nicht für ihn, dass er lieber schweigt?«

»Ihr sucht in jedem nur das Gute. Das ehrt Euch, Frau Helena. Doch solltet Ihr vorsichtig sein. Wenn der Ägypter der Mann ist, für den ich ihn halte, kann es gefährlich werden, sobald er seine Maske fallen lässt.«

Seine Maske! Hatte sie nicht selbst vermutet, dass er eine Maske trug? Die des lebenslustigen, weltgewandten Reisenden? Sie hatte dahinter einen tiefen Kummer vermutet, und das tat sie noch immer. Aber was wäre, wenn dieser Kummer nur darin bestand, ein doppeltes Spiel treiben zu müssen? Nein, irgendetwas in ihr weigerte sich, das zu glauben.

»Gäbe es keine andere Erklärung?«, wagte sie zu widersprechen. »Ihr glaubt, die Regensteiner hätten überlebt und Ägypten erreicht. Mir fällt noch ein anderer Ritter aus dieser Gegend ein, von dem Ihr mir erzähltet.«

Dietmar fuhr herum. »Wagt nicht einmal, das auszusprechen! Mein Bruder Otto ist seit Jahrzehnten tot. Er ertrank bei der Überfahrt nach Byzanz. Mein Vater erhielt die Kunde aus sicherer Quelle. Das Schiff geriet in einen Sturm, mitten auf dem Meer. Nur wenige Männer konnten von einer Dromone gerettet werden, die meisten ertranken. Einer der Überlebenden berichtete von Ottos Tod. Zudem, Frau Helena, war mein Bruder ein Ehrenmann. Glaubt Ihr, er hätte seinen trauernden Vater jahrelang im Glauben gelassen, er sei tot? Um sich in Ägypten mit Huren zu vergnügen und Bastarde zu zeugen? Er wäre zurückgekehrt, um jeden Preis!«

Angesichts dieses heftigen Ausbruchs wich Lena drei Schritte zurück.

»Vergebt mir, meine Worte waren unbedacht.«

»Verzeiht Ihr Eurerseits meinen kurzen Zorn, Frau Helena! Es sind alte Erinnerungen, an denen ich nicht gern rühre. Ich wollte Euch nicht verletzen.« Er berührte sie sanft an der Schulter. Lena atmete tief durch. Er ist nicht Martin. Er ist nicht Martin. Er ist Elises Mann, er gehört einer anderen.

»Habt Ihr Philip gesagt, wofür Ihr ihn haltet?«

»Ich habe es angedeutet. Er wird es schon verstanden haben.« Seine Augen funkelten. Ein feiner roter Schein hatte sich in das satte Gelb seiner Seelenflamme gemischt. Zum ersten Mal sah sie den eisenharten Kämpfer, der sich hinter dem fürsorglichen Gastgeber verbarg.

Als sie aus dem Saal auf die dunkle Stiege trat, bemerkte sie einen Schatten. Es war Philip, und er schien auf sie gewartet zu haben.

»Gewährt Ihr mir einen kurzen Augenblick Eurer Zeit?«, sprach er sie an.

»Was wünscht Ihr?«

Er holte tief Luft, so als falle es ihm schwer, sofort zur Sache zu kommen.

»Hört mir gut zu, Frau Helena. Ihr habt mir heute Mittag einiges von Eurer Geschichte erzählt. Ihr habt Schweres durchlitten und wollt den Menschen helfen. Das ehrt Euch sehr, dafür bewundere ich Euch. Dennoch wollte ich Euch darum bitten, Birkenfeld zu verlassen. Je früher, desto besser.«

»Wie kommt Ihr darauf, ein solches Ansinnen an mich zu stellen?« Die Worte des Grafen hallten in ihr nach.

»Ihr seid hier nicht sicher. Kehrt zusammen mit Schwester Ludovika in Euer Kloster zurück.«

Also doch, der Graf hatte recht. Lenas Mund wurde trocken.

»Ihr sprecht in Rätseln. Weshalb bin ich hier nicht sicher?«

»Ich kann es Euch nicht näher erläutern, noch nicht. Bitte hört auf mich, und verlasst Burg Birkenfeld morgen früh.«

»Das ist unmöglich. Ich habe meine Pflichten. Die Gräfin braucht mich.«

Er schaute sie eindringlich an, doch sie blieb unerschütterlich.

»Verzeiht, dass ich Euch belästigt habe.« Er wandte sich um und ging.

Erst als ihn das Dunkel verschluckt hatte, begriff Lena, dass in seinen Augen ein Ausdruck der Sorge gestanden hatte. Irgendetwas in ihr warnte sie, mit niemandem sonst über diese Begegnung zu sprechen.

Der folgende Morgen ließ die Welt wieder heller erstrahlen. Lena unterdrückte jedes ungute Gefühl. Sie brauchte ihre ganze Kraft, um sich erneut Elise zuwenden zu können.

Wie mochte die Gräfin sie wohl empfangen? Noch immer voller Angst oder wieder in ihrer anmaßenden Art?

Keine ihrer Erwartungen wurde erfüllt. Elise zeigte weder Furcht noch Überheblichkeit. Fast ausdruckslos saß sie auf ihrem Stuhl. So ähnlich wie am ersten Tag, als sie Lena am Arm des Kaplans begegnet war. Bevor sie mit erstaunlicher Kraft nach der Hand ihres Gemahls gegriffen hatte.

»Ihr seid noch da?«, fragte Elise, ohne den Kopf zu heben. »Ich hatte Euch geraten, Birkenfeld zu verlassen.«

Warum wollen alle, dass ich dieser Burg den Rücken kehre?, dachte Lena. Droht mir hier wirklich Gefahr? Oder fürchtet man mich?

»Und ich hatte Euch gesagt, dass ich bleiben werde, solange Ihr mich braucht.«

»Glaubt Ihr, es wäre eine Hilfe, wenn Ihr mir unterstellt, mein Kind sei ein Bastard?«

»Ich habe oft erlebt, wie Schuldgefühle den Menschen die Gesundheit rauben. Euer Leiden begann nach Rudolfs Geburt. Ihr habt genügend Andeutungen gemacht, die mir diesen Verdacht nahelegen. Wie es auch sei, Frau Elise, ich trage Euch nichts nach, ganz gleich, wie die Wahrheit aussieht.«

»Ihr glaubt, Ihr könnt mir Absolution erteilen?« Elise funkelte Lena herausfordernd an. Zu ihrem Erstaunen stellte Lena fest, dass sie die kämpferische Elise vermisst hatte.

»Nein, das kann nur ein Priester. Und auch der vermag es nur, wenn Ihr Euch selbst vergebt.«

»Woher nehmt Ihr nur Eure Selbstgefälligkeit?«

»Ich bin froh, dass Ihr wieder ganz die Alte seid, Frau Elise. Ich sehe Euch lieber wettern und zürnen, anstatt auf Knien winseln. Das steht Euch nicht.«

»Ihr seht mich lieber …« Die Gräfin sog empört die Luft ein. »Was fällt Euch ein?«

Lena lächelte. »Nichts, Frau Elise. Aber ich glaube, es ist wenig hilfreich, wenn wir uns bekämpfen. Ebenso wie es Euch keine Linderung bringt, wenn Ihr Euch selbst kasteit. Martin ist tot, und ich trage Euch nichts nach, was auch immer geschehen sein mag.«

Auf einmal wurde Elise ganz ruhig.

»Ich habe Euch unterschätzt, Helena. Ihr seid stärker, als ich dachte. Stärker auch als ich.«

»Glaubt Ihr mir, wenn ich Euch verspreche, dass alles, was Ihr mir anvertraut, für immer in meinem Herzen verschlossen bleibt?«

Elise atmete schwer. »Und ein Bekenntnis der Wahrheit soll mich von meinem Leiden erlösen?«

»Nein, nicht das Bekenntnis, sondern die Vergebung, die nicht nur bei Gott liegt, sondern die Ihr Euch auch selbst gewähren müsst.«

Die Gräfin senkte das Haupt. »Ihr habt recht. Ich lud die Sünde auf mich, derer Ihr mich beschuldigt habt. Martin ist der Vater meines Sohnes.«

Jetzt war es heraus. Auch wenn Lena es immer geahnt hatte, so war es doch etwas anderes, es aus Elises Mund zu hören. Sie atmete tief durch. Nur keine Schwäche zeigen.

»Aber Euer Gatte glaubt, Rudolf sei von seinem Blut?«, fragte sie, als wäre nichts gewesen.

»Mein Gatte?« Elise brach in schallendes Gelächter aus. »O ja, sein geheiligtes Blut, das auf Ewigkeiten fortleben muss. Rudolf hat sogar die blauen Augen, die für alle Grafen von Birkenfeld so bezeichnend sind.« Sie lachte immer schriller.

Eine Gänsehaut kroch Lena über den Rücken. Hatte sie sich so geirrt? Empfand Elise keine Schuld und Scham? Nein, das konnte nicht sein, nicht nachdem sie beobachtet hatte, wie Elise tags zuvor gelitten hatte. Sie wollte etwas sagen, doch das Gelächter der Gräfin wollte nicht verstummen. Es wurde zu einer Waffe, der Lena nichts entgegenzusetzen hatte.

Sie hörte Elises Lachen noch, als sie deren Stube schon längst verlassen hatte.

8. Kapitel

»Er hält dich für einen Regensteiner Bastard?« Said starrte Philip fassungslos an. »Wie kommt er darauf?«

Philip griff nach seinen Stiefeln, die er am Abend zuvor in eine Ecke geworfen hatte.

»Es ist ihm aufgefallen, dass wir den Dialekt der hiesigen Gegend sprechen. Und nicht nur ihm. Auch Frau Helena sprach mich darauf an.« Mit einem grimmigen Gesichtsausdruck zog Philip den ersten Stiefel an.

»Vielleicht ist es an der Zeit, mit dem Versteckspiel aufzuhören«, schlug Said vor. »Was hast du schon zu verlieren?«

»Eine ganze Menge.« Philip zerrte den zweiten Stiefel über den Fuß. »Ich hätte nicht gedacht, dass es so schwer wäre.«

»Das liegt daran, dass du zu enge Stiefel trägst.«

»Ich rede nicht von meinem Schuhwerk«, schnaufte Philip und zog den Stiefelschaft glatt. »Außerdem sind sie nicht zu eng.«

»Ach ja, ich vergaß, du machst in letzter Zeit aus allem ein Geheimnis. Was kann so gewichtig sein, dass du mir nicht mehr vertraust?«

»Hör mir zu, Said. Was tätest du, wenn du dir nicht sicher wärst, ob das, was du gehört hast, wahr ist oder den Lügengespinsten eines sterbenden Räubers entspringt? Wenn er mir die Wahrheit gesagt hat, wird es einen Mann ins Verderben reißen, der es nicht besser verdient. Aber wenn er gelogen hat, wird es einen Unschuldigen vernichten. Und deshalb werde ich nicht darüber sprechen, bis ich weiß, wo die Wahrheit liegt.«

»Es betrifft den Grafen? Verschweigst du ihm deshalb, wer du wirklich bist?«

»Du siehst, Said, ich muss dir gar nicht alles verraten. Du weißt schon so genug.« Er klopfte seinem Freund auf die Schulter.

»Und wieso glaubst du, dass die rote Thea dir die Wahrheit sagen wird?«

»Sie wird sie mir nicht sagen, sondern zeigen.« Philip grinste. »Ich habe sie bald so weit, dass sie mich in ihre Räuberbande einführt. Und dann werde ich sehen, mit wem Barbarossa tatsächlich Geschäfte macht.«

Die Holzfällerhütte war leer, doch an der Außenwand waren frische Holzscheite aufgeschichtet. Zum ersten Mal fragte sich Philip, wer das Brennholz wohl schlug. Vermutlich nicht der Holzfäller, der diese Hütte einst bewohnt hatte, denn es waren zahlreiche grüne Triebe dabei, noch feucht und nicht sonderlich brauchbar. Philip suchte sich die trockensten Scheite aus, reinigte die Feuerstelle von alter Asche und entfachte die Glut neu. Wie lange ließ Thea ihn wohl warten? Bis der Rauch aufstieg und ihr zeigte, dass er gekommen war?

Das erste Scheit zerfiel bereits zu Asche, doch Thea war noch immer nicht erschienen. Gehörte das zu ihrer Art, ihm seinen Platz zuzuweisen? Ein treuer Hund, der geduldig auf die Herrin zu warten hatte? Lange würde er nicht mehr warten. Und wenn ihr etwas zugestoßen war? Gerade wollte er die Hütte verlassen und nach ihr Ausschau halten, als er den Hufschlag eines Pferdes hörte. Er öffnete die Tür.

»Habe ich dich warten lassen?« Thea strahlte ihn an und sprang aus dem Sattel. Ihre Wangen waren gerötet, das Haar hing ihr schweißnass ins Gesicht, und an ihrem Bliaut klebte Blut.

»Nun schau nicht so erschrocken drein, es ist nicht mein Blut.« Sie lachte über seine besorgte Miene. Dabei schüttelte sie ihr Höllenhaar und fuhr sich mit den Fingern durch die lockigen Strähnen. Eine Frau wie die Sünde, die sich ihres Wertes wohl bewusst war.

»Was ist geschehen?«

»Nichts, das dich beunruhigen müsste. Du weißt doch, welches Handwerk ich ausübe.« Sie klopfte ihrem Schimmel auf den Hals und band ihn dann neben Philips Wallach fest.

»Du kommst geradewegs von einem Überfall zu mir?« Missmutig verschränkte Philip die Arme vor der Brust.

»Ich nehme alles, was ich kriegen kann. Erst die Beute und dann dich, schöner Mann.«

»Und was hast du erbeutet?«

»Nun gehab dich doch nicht so grimmig!« Ihre Arme schlangen sich um seinen Nacken, liebevoll und fordernd zugleich. Dabei drängte sie ihn zurück in die Hütte. Philip gab nach, aber irgendetwas hatte sich verändert.

In den Tagen zuvor hatte allein ihr Anblick genügt, sein Blut in Wallung zu bringen, die Art, wie sie sich bewegte, wie sie ihr Haar schüttelte. Jetzt schmiegte sie sich eng an ihn, er spürte ihre Wärme, ihren geschmeidigen Leib, roch ihren Duft, diese Mischung aus Wald und Rosenöl auf erhitzter Haut, doch die erwartete Erregung blieb aus. Behutsam befreite er sich aus ihrer Umarmung und trat einen Schritt zurück.

»Was ist mit dir?« Ein Anflug von Ärger huschte über ihr Gesicht. Oder war es nur Erstaunen?

Was sollte er ihr antworten? Dass ihn die Vorstellung dessen abstieß, was sie vor Kurzem getan hatte? Das fremde Blut an ihrer Kleidung? Aber war das überhaupt der Grund?

»Ich weiß es nicht«, sagte er leise.

»Nun, dann muss ich dich wohl auf andere Gedanken bringen.« Sie wollte ihn erneut in die Arme schließen, doch er umfasste ihre Handgelenke.

»Nein, Thea.«

»Warum bist du gekommen, wenn du hier den Mönch spielst?«

»Keine Sorge, ich will keine Bibelstunden mit dir abhalten.«

»Dann zier dich nicht so.« Sie riss sich los und griff fordernd nach seinem Gürtel. Ehe sie die Schnalle lösen konnte, hielt er ihre Hände abermals fest.

»Ich will mit dir reden.«

»Wenn ich jemanden zum Reden brauche, lasse ich mir einen Barden oder Pfaffen kommen.«

Er gab sie frei. »Das mag schon sein, Thea, aber ich bin nicht dein Eigentum, mit dem du nach Belieben verfahren kannst. Wenn ich sage, dass ich mit dir reden will, dann steht es dir frei, es zu tun oder zu gehen.«

»Was fällt dir ein? Jeder andere Mann wäre froh, wenn ich ihm meine Gunst schenken würde!«

»Du hast selbst gesagt, ich sei nicht wie andere Männer.« Er kannte die Macht seines Lächelns, und auch diesmal verfehlte es seine Wirkung nicht. Auf einmal wurde Thea ganz sanft.

»Worüber willst du reden?«

»Komm!«, flüsterte er und zog sie ganz in die Hütte hinein, zu ihrem Liebeslager. Sie hatte noch nicht aufgegeben. Zärtlich und bestimmt zugleich drückte sie ihn in die weichen Felle. Wieder wanderten ihre Hände zu seinem Gürtel, und diesmal ließ er sie gewähren. »Welche Pläne hast du?«, fragte er, während sie die Schnalle öffnete. »Deine Andeutungen gestern haben mich nicht zufriedengestellt.«

Sie schob die Hände unter seine Kleidung, verharrte kurz unterhalb seines Nabels, so als könne sie sich nicht entscheiden, in welche Richtung ihre Finger wandern sollten.

»Ich glaube, du könntest der Richtige sein.«

»Der Richtige wofür?« Philip atmete schwer. Theas Finger wussten genau, was sie taten, als sie ihm wie ein kühler Windhauch über die warme Haut strichen. Auf einmal war die Erregung wieder da. Er sah ihr triumphierendes Lächeln. Fast kam es ihm vor, als wolle sie ihn strafen, denn nun wandte sie sich von seiner Männlichkeit ab und schob stattdessen sein Hemd nach oben. Mit den Lippen fuhr sie an seiner Haut entlang, ihre Zunge spielte mit seinen Brustwarzen und verharrte an der alten Narbe.

»Nun, ist das nicht viel besser, als einfach nur zu reden?« Sie lachte. »Ich habe noch keinen Mann getroffen, der würdiger wäre als du, Philip. Du sollst das Erbe meines Vaters antreten.«

Ein heißer Schauer durchzuckte ihn. Das Erbe ihres Vaters. Glaubte sie wirklich, er sei ein Mörder und Halsabschneider? Oder bereit, einer zu werden? Und weshalb sein Erbe? Lebte Barbarossa nicht mehr? Steckte sie allein hinter all den grausamen Überfällen?

Bei diesem Gedanken kühlte seine Leidenschaft ab, als hätte Thea ihn mit kaltem Wasser übergossen. Sein Verstand war dankbar, die Selbstbeherrschung zurückgewonnen zu haben. Sein Körper indes zog sich schmerzhaft zusammen, einer Erlösung nachtrauernd, die ihm nicht gewährt worden war.

Thea sah es. »Habe ich dich erschreckt?« Zärtlich küsste sie seine Halsbeuge und ließ ihre Lippen weiter bis zum Ohrläppchen wandern, während ihre Hand erneut sein Glied umfasste.

Philip stöhnte. Thea kannte ihn gut, sie wusste, worauf sein Körper ansprach und wann sie gewonnen hatte. Nun gut, dann würde er ihr eben später Fragen stellen. Wenn sein Kopf wieder klarer war.

Mit einem Ruck packte er sie, drehte sie auf den Rücken und schob sich über sie. Ihr Lachen perlte durch den Raum. »Endlich, mein schöner Mann!«

Noch ehe er ihr die Kleider vom Leib streifen konnte, hatte sie selbst die Nesteln gelöst, nur allzu bereit, ihn zu empfangen, ihn zu verschlingen, gierig wie eine Löwin. Und obwohl er den Takt vorgab, ihr seinen Rhythmus aufzwang, hatte er das Gefühl, benutzt zu werden, ein Sklave seines Körpers, den Thea so vortrefflich zu beherrschen gelernt hatte. Sie umklammerte ihn, zwang ihn, in ihr zu bleiben, bis er nicht mehr konnte. Sein Körper hatte Erleichterung erfahren, aber tief in seiner Seele fühlte er sich beschmutzt und gedemütigt. Sie zwang ihm ab, was sie wollte, und er konnte sich nicht dagegen wehren, selbst wenn er es versuchte. Hatte Said das gemeint, als er ihn vor dem Garn und dem Netz gewarnt hatte?

»Was ist mit dir?«, flüsterte Thea, während sie sich eng an ihn schmiegte, so wie stets nach dem Liebesakt.

»Nichts«, log er und ließ seine Hand durch ihr Haar gleiten.

Nur nichts anmerken lassen. Zeig ihr nicht, wie groß die Niederlage ist!, beschwor er sich im Stillen.

»Was bedeutet es, das Erbe deines Vaters anzutreten? Ist er nicht mehr am Leben?«

»Doch, er erfreut sich bester Gesundheit. Und noch ist er jedem Gegner überlegen. Aber seine Kraft schwindet.« Theas Finger glitten erneut über seinen Brustkorb. »Irgendwann ist es für den Leitwolf an der Zeit abzutreten.«

»Und was sagt dein Vater dazu?«

»Manche Leitwölfe wollen nicht wahrhaben, dass ihre Zeit abgelaufen ist.«

Er sah das Feuer in ihren Augen. Das war keine Leidenschaft, keine Zuneigung. Darin lag nur Berechnung.

»Du willst deinen Vater entmachten? Einen Mann, dem du Respekt schuldest, wie du mir neulich erzähltest?«

Ein grünes Holzscheit knackte laut im Kamin.

»Es gibt viele Formen von Respekt«, entgegnete Thea ungerührt. »Noch ist Barbarossa eine Legende. Der Herr der Wälder, der jeden das Fürchten lehrt. Wir sollten ihm helfen, eine Legende zu bleiben, solange er unbesiegt ist.«

»Und wie kommst du darauf, dass ausgerechnet ich der Richtige wäre?«

Sie streichelte ihm über das Gesicht.

»Du gefällst mir. Niemals bin ich einem Mann wie dir begegnet. Und glaub mir, ich kannte viele. Zudem weißt du dein Schwert zu führen wie kein Zweiter weit und breit. Und du bist ein Fremder in diesem Land. Es ist deine einzige Möglichkeit, ein Leben zu führen, das dir Achtung einbringt.«

»Als Gesetzloser? Welche Achtung hätte ich da schon zu erwarten?«

»Was hast du sonst vom Leben zu erhoffen? Denkst du, Graf Dietmar wird dich noch lange auf Burg Birkenfeld beherbergen? Er wird deiner bald überdrüssig sein. Wohin dann? Wie lange willst du den Menschen den gelehrten Reisenden vorspielen, Philip?«

»Wie kommst du darauf, dass ich den Menschen etwas vorspiele? Und woher weißt du, dass ich auf Burg Birkenfeld zu Gast bin?« Er hatte es ihr nie erzählt.

»Glaubst du wirklich, ich hätte keine Erkundigungen über dich eingezogen? Der edle Philip Aegypticus, der mit seinem Diener Said und einem Empfehlungsschreiben von Fürst Leopold nach Birkenfeld kam.« Sie musterte ihn spöttisch, fast mitleidig. »Du hast es geschickt eingefädelt, aber wenn du nicht zufällig Zeuge unseres Überfalls geworden wärst, hättest du kaum Aufnahme bei Leopold gefunden. Und ohne dessen Empfehlung hätte Dietmar euch nie aufgenommen.«

»Das klingt, als würdest du den Grafen gut kennen.« Philip bemühte sich, seiner Stimme einen möglichst beiläufigen Klang zu verleihen.

»O ja.« Sie grinste zweideutig.

»Nun sag mir aber nicht, er sei dein Liebhaber.«

»Dietmar?« Thea lachte schallend. »Ja, er ist ein ansehnlicher Mann, leider kann totes Holz keine grünen Triebe zum Sprießen bringen.«

Philip stutzte. »Du meinst, er kann die Ehe nicht vollziehen?«

»Er war einmal ein rechter Hengst, vor dem kein Weib sicher war. Und er hatte durchaus etwas zu bieten. Bis zu dem Tag, da ihm ein hässlicher Unfall widerfuhr.«

Thea brach erneut in Gelächter aus.

»Ein Unfall?«

»Manche behaupten, er sei unglücklich vom Pferd gestürzt. Andere meinen, eines der Weiber, die er beglückt habe, sei nicht so erfreut gewesen und habe etwas Böses mit seiner Männlichkeit angestellt. Kurz darauf hat er Elise geheiratet, und alle haben sich gefragt, ob er die Ehe wohl vollziehen könne.«

»Immerhin hat er einen Sohn«, warf Philip ein.

»Elise hat einen Sohn«, verbesserte Thea.

»Du meinst, sie hat ihren Gatten betrogen?«

Ihr eben noch so geschmeidiger Leib erstarrte. »Ich muss gehen.«

»Jetzt?« Am liebsten hätte er Thea festgehalten, doch sie wand sich aus seinen Armen und griff nach ihrer Kleidung.

»Wer schert sich schon um Graf Dietmar und seine Frau?«, sagte sie, während sie sich anzog. »Mein Angebot kennst du. Sag mir morgen, wie du dich entschieden hast.«

»Welche Meinung hat dein Vater dazu?«

»Er braucht es vorerst nicht zu erfahren. Ich sage dir Bescheid, wann der rechte Zeitpunkt gekommen ist, ihn herauszufordern.«

»Ich soll ihn herausfordern? Gar auf Leben und Tod?«

»Wenn es sein muss.« Ungerührt zog Thea ihren Bliaut über. Philip sprang auf und packte sie bei den Schultern. »Thea, er ist dein Vater! Wie kannst du so etwas tun?«

»Zeugt es nicht von Respekt, dass ich den Besten gesucht habe, der seinen Platz einnehmen soll?« Sie riss sich los und verließ die Hütte, fahrig, ohne die geschmeidige Sicherheit, die sie sonst auszeichnete. Hastig schlüpfte Philip in seine Kleider und lief ihr nach. Thea war schon bei ihrem Pferd und schwang sich in den Sattel. Er sah noch, wie sie in den Wald galoppierte. Ohne zu überlegen, band Philip seinen Wallach los und folgte ihr. Zunächst hatte er sie nur einholen und zur Rede stellen wollen, doch während er ihr folgte, reifte ein anderer Plan in ihm. Wenn sie ihn nicht bemerkte, würde sie ihn zum Lager der Räuber führen. Und so, wie sie vor seinen Fragen geflohen war, war sie mit ihren Gedanken gewiss anderswo. Zudem, was sollte ihm schon geschehen? Wenn sie ihn entdeckte, fände er gewiss eine passende Ausrede. Sie wollte ihn zum Gefährten, sie würde ihm die wilde Leidenschaft glauben.

Es war nicht leicht, Thea auf der Spur zu bleiben, doch immer wieder fand Philip verräterische Zeichen, abgeknickte Farne und zerbrochene Zweige, die ihm den Weg wiesen. Als er den Rauch mehrerer Feuer roch, zügelte er sein Pferd und stieg ab. Er führte den Rappen tiefer in den Wald hinein und band ihn hinter einem dichten Strauchwerk fest, wo vermutlich kein Reiter vorüberkam und ihn sofort sah. Dann schlich er dem Rauchgeruch nach.

Zunächst hörte er nur die Laute des Waldes, den Wind, der durch die Wipfel rauschte, das Singen der Vögel. Irgendwo raschelte ein kleines Tier durch das Unterholz. Ein roter Blitz schoss an Philips Kopf vorbei. Er zuckte zusammen, aber es war nur ein vorwitziges Eichhörnchen. Je weiter er ging, umso stärker mischte sich der Rauchgeruch mit dem Duft von gebratenem Fleisch, und die Laute änderten sich. Anfangs nur ein Murmeln, konnte er schon bald verschiedene Stimmen unterscheiden, ohne die Worte zu verstehen.

Vorsichtig huschte er im Schatten der Bäume vorwärts. Ob das Lager wohl gesichert war? Oder hausten die Räuber einfach so im Wald? Das konnte er sich nicht vorstellen.

Sein Gefühl trog ihn nicht. Je deutlicher er die Stimmen hörte und sogar das eine oder andere Wort verstand, meist kurze, barsche Rufe, die sich aufs Essen bezogen, umso mehr lichtete sich der Wald. Es war keine natürliche Lichtung. Überall befanden sich Baumstümpfe. Manche waren schon halb verfault und von Moos überzogen, andere hatte man erst vor Kurzem gefällt.

Vor ihm erhob sich ein mächtiger Palisadenwall aus rohen Baumstämmen, jeder Einzelne maß mehr als drei Mannshöhen. Das schwere Tor hatte beim Öffnen und Schließen tiefe Riefen in den Waldboden gekratzt. Er schätzte die Waldfestung beinahe so groß wie Burg Birkenfeld samt Vorburg ein, doch er konnte sie nicht ganz überblicken. Im Hintergrund schmiegte sich das Räubernest an einen Felsen, der die Rückseite der Festung bildete. Über dem Tor entdeckte er einen Mann, der von einer Plattform aus die Gegend überwachte. Der Wächter schien seine Aufgabe nicht sonderlich ernst zu nehmen, er lehnte träumend mit halb geschlossenen Augen an der groben Holzbrüstung. Unbemerkt schlich Philip in Richtung des Felsens. Vielleicht gelang es ihm, von dort oben aus einen Blick ins Lager zu werfen.

War die Ebene vor dem großen Tor von jeglichem Grün befreit, so wucherte das Unterholz dicht am Felsen so üppig wie in der Wildnis ringsum. Niemand hatte sich die Mühe gemacht, hier zu roden. Die Büsche und Brombeerhecken schützten den Fels besser als der verschlafene Wächter am Tor. Mühsam quälte Philip sich durch das Gestrüpp, achtete darauf, seine Kleidung nicht zu zerreißen oder sich allzu sehr von den Dornen zerkratzen zu lassen, bis seine Hand endlich den kühlen Stein des Felsens berührte. Moos wuchs auf den überstehenden Kanten, zum Glück war der Regen der vergangenen Tage längst getrocknet, sodass Philip beim Aufstieg ausreichenden Halt fand. Bäuchlings schob er sich vorwärts, um einen ersten Blick in Barbarossas Lager zu werfen.

Was er sah, übertraf alles, was er erwartet hatte. Dies war kein einfaches Lager wilder Männer, es war ein ganzes Dorf. Er zählte siebzehn kleine Hütten, darunter sogar eine Schmiede, vor der ein Pferd zum Beschlagen stand. In der Mitte des Dorfes brannten mehrere Feuer, an denen Wildschweine und Rehe am Spieß gebraten wurden. Zu seinem Erstaunen sah Philip auch einige Frauen. Nicht so wild und schön wie Thea, sondern einfach gekleidete Landweiber, die meisten nicht mehr ganz jung, stämmige Matronen, die sich um das Essen kümmerten.

Unmittelbar unter sich entdeckte er eine weitere Hütte, die eng an die Felswand gebaut war. Sie war größer als alle anderen und das Dach mit Schindeln gedeckt. Vermutlich Barbarossas Haus.

Tatsächlich, denn soeben erkannte er Theas roten Schopf, wie sie aus der Hütte unter ihm heraustrat, mit festen Schritten, die Hand am Schwertknauf. Irgendetwas hatte sie verärgert.

»Alwin!«, brüllte sie. Ein stämmiger Mann mit einem Brustkorb wie ein Braunbär erhob sich von einer der Feuerstellen.

»Was schreist du hier so rum?« Er musterte sie von oben bis unten. Ihr Zorn schien ihn zu belustigen, war er doch doppelt so breit wie sie und zwei Köpfe größer.

»Ich hatte dir verboten, das Mädchen anzurühren!«

Er lachte. »Was willst du? Du warst doch selbst nur hinter deinem schwarzen Hengst her. Außerdem sollte sie froh sein, sie starb nicht als Jungfrau.« Er lachte dreckig.

»Ich hatte dir einen Befehl gegeben!«

»Dein Vater befiehlt hier, nicht sein kleines Mädchen. Und wenn ich ein Weib will, dann nehm ich's mir. Und wenn ich ihr danach die Kehle aufschlitze, dann tu ich das.« Alwin spuckte vor Thea aus. Der Speichel hatte den Boden noch nicht berührt, da hielt Thea ihr Schwert schon in der Hand.

»Was zum Teuf…« Sein Satz blieb unvollendet. Mit einem bösen Lächeln zog Thea ihre blutige Klinge zurück.

Der Hüne sank in die Knie, beide Hände auf den Bauch gepresst.

»Niemand missachtet meine Befehle!«, brüllte sie und schlug ihm den Kopf ab.

Auf einmal war es ganz still geworden. Alle starrten auf den Toten. Hinter Thea tauchte ein Schatten auf, ein ebenso feuriger Haarschopf, doch er gehörte einem wahren Riesen, gegen den selbst der tote Alwin nur durchschnittlich groß wirkte.

»Was fällt dir ein?«, herrschte er Thea an. »Er war ein guter Mann.«

»Er hat meinen Befehl missachtet. Dafür gibt es keine Entschuldigung.«

»Du hast ihm die Beute überlassen, weil du dich gleich nach dem Überfall herumgetrieben hast. Wenn er das Mädchen wollte, warum nicht?«

»Ich hatte es ihm verboten! Es geht nicht nur um das Mädchen, es geht darum, dass er sich weigerte, mir zu gehorchen.«

Statt einer Antwort schlug Barbarossa seiner Tochter ins Gesicht.

»Hier entscheidet nur einer! Hast du das verstanden?«

Theas Augen funkelten zornig, als sie sich das Blut von der aufgeplatzten Lippe wischte.

»Hast du das verstanden?«, brüllte Barbarossa. Thea schwieg. Als er sie zum zweiten Mal ohrfeigte, taumelte sie nach hinten.

»Ja, Vater!«, zischte sie.

»Gut«, donnerte Barbarossa. »Und ihr anderen merkt euch: Der Nächste, der es wagt, die Befehle meiner Tochter zu missachten, dem schlag ich höchstpersönlich den Kopf ab!«

Philips Hände krampften sich um den kalten Fels, an dem er sich abstützte. Er hatte in seinem Leben einiges gesehen, schon manchen Kampf ausgefochten. Aber selten einen so gut gezielten Hieb gesehen wie den, mit dem Thea Alwin den Kopf abgeschlagen hatte. Zielsicher wie ein jahrelang geübter Henker. Gewiss, es hatte keinen Unschuldigen getroffen, dieser Mörder hatte es nicht besser verdient. Dennoch erschreckte Philip Theas Kaltblütigkeit, ihre Art, ein Leben auszulöschen, voller Genugtuung, ohne irgendeinen Zweifel. Wie oft mochte sie ihr Schwert schon auf diese Weise geführt haben?

Häufiger als er, da war er sich sicher. Dreimal hatte er in seinem Leben einen Menschen getötet. Nein, eigentlich viermal ...

Seine Hände ballten sich zu Fäusten. Etwas zu heftig, denn unter seinen Fingern löste sich ein winziger Stein und sprang auf das Schindeldach unter ihm. Sofort drückte Philip sich noch dichter an den Fels. Sein Herz pochte, denn er hatte den Blick des rotbärtigen Riesen gesehen, der sofort den Kopf in Richtung des Geräusches gewandt hatte.

»Was war das?«, fragte er Thea.

»Vermutlich der Wind«, fauchte sie. Sie hatte ihm die Demütigung noch nicht verziehen. Barbarossa brummte irgendetwas, dann hörte Philip, wie seine Schritte sich entfernten. Vorsichtig schob er sich zurück und atmete erst auf, als er den Abstieg hinter sich gebracht und wohlbehalten bei seinem Rappen angelangt war.

Für einen Moment überlegte er, ob er sofort nach Burg Birkenfeld zurückkehren sollte, doch dann entschloss er sich, noch einmal nach Alvelingeroth zu reiten. Möglicherweise war seine Bestellung schon beim alten Eusebius eingegangen, obwohl die zehn Tage noch nicht verstrichen waren.

Zweimal hatte er Alvelingeroth bislang besucht, stets waren die Menschen in dem verschlafenen Nest still ihrem Tagewerk nachgegangen. An diesem Tag war es anders. Lange bevor er das Dorf erreichte, hörte er schon aufgebrachte Stimmen, und unverständliche Wortfetzen drangen ihm ans Ohr. Frauen schrien und greinten wie die Klageweiber in Ägypten. Doch es konnte sich um keinen Beerdigungszug handeln. Hier ehrte man die Toten durch andächtige Gebete, nicht durch lautes Wehklagen. Jedenfalls hatte sein Vater es ihm so erzählt.

Philip zügelte sein Pferd und ritt langsam näher. Auf dem Dorfplatz hatte sich eine aufgebrachte Menge versammelt.

»Mörderpack!«, rief eine Frau und stieß die Fäuste in die Luft. »Man sollte es endlich ausräuchern!«

»Das arme Kind!«, schrie eine zweite, bekreuzigte sich und sank auf die Knie. Da erst sah Philip den Leiterwagen, den die Dörfler bis dahin noch mit ihren Körpern verdeckt hatten. Auf dem Wagen lagen vier Tote. Sie alle waren nackt, mit aufgeschlitzten Kehlen und ausgeblutet wie geschlachtetes Vieh. Darunter ein junges Mädchen, kaum älter als ein Kind. Einer der Männer warf seinen Mantel über den geschändeten Leib. Dessen Farben kamen Philip bekannt vor. Dann wandte der Mann ihm das Gesicht zu, und er erkannte Graf Dietmar. Die Miene des Grafen war verhärtet, der Blick starr auf die Toten gerichtet. Sein Mantel bedeckte nur die Blöße des geschundenen Mädchens. Die schreckensstarren, leeren Augen des Kindes schienen das Grauen für alle Ewigkeiten widerzuspiegeln.

Alwins Opfer, durchzuckte es Philip. Thea hatte ihn gerichtet, doch sie hätte es verhindern können, wenn sie nicht zu ihm gekommen wäre. Oder wenn er sie fortgeschickt hätte, standhafter geblieben wäre, das Blut an ihrer Kleidung ernster genommen hätte. Schuldbewusst knetete er die Zügel seines Pferdes.

»Sagt uns, was Ihr tun wollt, Herr Graf.« Ein weißhaariger Mann war neben Dietmar getreten. Vermutlich der Dorfälteste.

Dietmar legte ihm die Hand auf die Schulter. »Gott wird die

Mörder in seinem Reich richten, doch in meinem werde ich dafür sorgen, dass sie für ihre Schandtaten bestraft werden.«

»Aber wann?« Eine stattliche Matrone trat vor, die Hände in die breiten Hüften gestemmt. »In den letzten Monaten wurde es immer schlimmer. Sie kommen dem Dorf näher und näher. Zuerst war es bei Quedlinburg, dann die Eisenerzfuhren, und jetzt ist schon die Straße nach Halberstadt nicht mehr sicher. Was hat dieses arme Kind getan, dass es ein solches Schicksal verdiente? Und diese braven Männer?«

Zustimmendes Gemurmel. Ein Mann, der wohl gerade von der Feldarbeit herbeigerannt war, wirbelte seine Heugabel durch die Luft. »Wir sehen nicht länger tatenlos zu! Ich bin bereit, mich dem Mörderpack zu stellen. Die werden schon sehen, dass wir zu kämpfen wissen. Und wenn ich sie mit der Mistforke und dem Dreschflegel erschlagen muss!«

»Sehr richtig«, hallte es aus der Menge zurück. Drei weitere Männer traten vor und hoben ihre Hacken und Äxte.

»Ich schätze euren Mut!«, rief Graf Dietmar. »Doch denkt daran, das Schelmenpack wird von dem rotbärtigen Teufel angeführt, der sich erdreistet, den Namen Barbarossas zu schänden. Mögt ihr auch noch so mutig und tapfer sein, allein wird euch nur das Schicksal dieser bedauernswerten Opfer zuteil. Ich werde das Räuberlager mit meinen Waffenknechten aufspüren und die Bande ausräuchern. Ihr habt mein Wort darauf.«

Zustimmendes Gejohle. Doch in die Zustimmung mischte sich noch etwas anderes. Ein Zischen und Tuscheln. Zunächst glaubte Philip, jemand sei mit dem Versprechen des Grafen unzufrieden, doch dann sah er, dass einige Menschen auf ihn aufmerksam geworden waren.

»Kennst du den …« Ein Mann stieß seinen Nachbarn an und deutete auf Philip.

»Ganz in Schwarz …«, raunte irgendwer, den Philip nicht sehen konnte. »… der Leibhaftige …«

Immer mehr Menschen starrten ihn an. Diesmal war es mehr als das übliche Misstrauen, dem er aufgrund seines fremdländischen Äußeren schon so oft begegnet war. Das Blut der unschuldigen Opfer auf dem Leiterwagen schrie nach Rache. Ein kalter Schauer rieselte Philip über den Rücken, und er zog die Zügel fester. Sein Pferd schnaubte und warf den Kopf hoch.

»… Höllenross …« Wieder tuschelten die Menschen, steckten die Köpfe zusammen. Der Mistforkenschwinger hatte die Hand fest um den Holzstiel gekrampft und hielt die Heugabel wie einen Speer.

Philips Mund wurde trocken. Einmal hatte er erlebt, was geschehen war, als eine Menschenmenge sich in eine wilde Meute verwandelt hatte, ein gewissenloses Raubtier ohne Verstand, das sich erst zufriedengab, als sein Opfer zerrissen worden war. Damals war es ein alter Mann gewesen, Philip wusste nicht einmal, was man ihm vorgeworfen hatte. Acht war er damals gewesen, hatte mit Said in den Gassen Alexandrias gespielt. Neugierig durch das Geschrei, waren sie näher gekommen, um schließlich fortzulaufen, als sie sahen, was geschah. Sie hatten nicht mehr darüber gesprochen, doch das Bild hatte ihn niemals losgelassen. Es waren dieselben Augen. Statt mit sanften Liedern ein Kind zu wiegen, wurden Frauen zu wilden Bestien und scheuten sich nicht, einen Menschen zu zerfleischen, wenn sie gottgefällige Rache zu üben glaubten. Männer, die alle Besonnenheit verloren und zu Schlächtern wurden, nicht besser als die Räuber, die sie vernichten wollten.

Das Raunen wurde lauter.

»Das ist einer der Mörder!«, schrie eine Frau. »Wenn einer ganz in Schwarz wie der Leibhaftige daherkommt …«

Ein Mann rannte auf Philip zu, versuchte, sein Bein zu packen und ihn vom Pferd zu zerren. Ein kurzer Tritt genügte, sich des Angreifers zu erwehren. Da erhob sich ein Geheul unter dem Pöbel, der Mann mit der Mistforke schickte sich an, seine Waffe zu schleudern. Philips Rechte glitt zum Schwert, während er sein Pferd herumriss. Aber die Menge hatte sich längst um ihn geschlossen. Er saß in der Falle. Wenn er sich wehrte, mochte er einige von ihnen töten, doch am Schluss würde es ihm nicht anders ergehen als dem alten Mann in den Gassen Alexandrias, damals, vor siebzehn Jahren.

»Hört auf mit dem Unfug!« Die Stimme des Grafen hallte scharf und befehlsgewohnt über den Dorfplatz. »Dieser Mann ist ein Reisender aus Ägypten und mein Gast. Wer ihn angreift, der greift auch mich an. Ich verbürge mich dafür, dass er nichts mit den Räubern gemein hat.«

Schlagartig verstummte die Meute. Philip atmete auf, seine Hand löste sich vom Schwertknauf. Die Menschen wichen zurück, bildeten eine Gasse für Dietmar, als er auf Philip zutrat.

»Sagt, Herr Philip, habt Ihr vielleicht auf Eurem Ausritt etwas Auffälliges bemerkt? Etwas, das uns helfen könnte, die Mörder zu fassen?«

Es wäre eine Unhöflichkeit gewesen, im Sattel zu bleiben, während der Graf vor ihm stand, also stieg Philip ab, obwohl er sich im Sattel sicherer gefühlt hätte. Die unmittelbar drohende Gefahr schien gebannt, doch das Misstrauen loderte trotz Dietmars Worten weiter in den Augen der Dorfbewohner.

»Was könnte Euch von Nutzen sein?«, fragte Philip und merkte, noch während er sprach, dass er Zeit gewinnen wollte. Zeit, um nachzudenken. Beim Anblick des toten Mädchens kehrten seine Schuldgefühle zurück. Hätte er es verhindern können, wenn er sich nicht seiner Leidenschaft ergeben hätte? Er wusste, wo sich das Lager der Räuber befand. Wenn man vor dem Morgengrauen mit einer kampferprobten Schar von hinten über den Felsen zugriff, war es ein Leichtes, sie zu überrumpeln. Dennoch zögerte er. Er kannte die fremden Gesichter nicht, die sich um die Toten versammelt hatten. Vielleicht stand der eine oder andere selbst mit den Räubern im Bund. Besser, er behielt sein Wissen für sich.

»Alles«, sagte Graf Dietmar. »Jeder kleine Hinweis könnte uns helfen, das Versteck der Wegelagerer zu finden.«

Philip atmete tief durch. Er musste ruhig bleiben, seine Schuldgefühle tief in der Brust verschließen. Auch wenn dort kaum noch Platz war, bei allem, was seine Seele seit einem Jahr belastete. Vielleicht wäre es besser gewesen, wenn die Menge ihn zerrissen hätte. Dann hätte er sich dem alten Schmerz nie mehr stellen müssen.

»Wo fand der Überfall statt?«

»An der Straße nach Halberstadt.« Dietmar ließ die Blicke wieder über das tote Mädchen wandern. »Sie war erst dreizehn.«

»Ich habe nichts bemerkt«, entgegnete Philip. Erst dreizehn. Auf einmal wünschte er, er selbst hätte Theas Schwert geführt, als sie Alwin den Kopf abschlug.

Graf Dietmar nickte schwach, dann winkte er einen kleinen Jungen herbei, der bis dahin seinen Fuchs gehalten hatte.

»Ich werde die Mörder finden und richten. Ich weiß, was ich den Menschen schuldig bin, die unter meinem Schutz stehen.« Dann stieg er in den Sattel und galoppierte davon.

Philip sah ihm nach. Hatte er Graf Dietmar die ganze Zeit falsch eingeschätzt?

Nachdem der Graf fort war, zerstreute die Menge sich langsam. Die hasserfüllte Glut war einer tiefen Trauer gewichen. Drei Männer schoben den Wagen mit den Toten zum Kirchhof, damit sie auf ihre letzte Ruhe vorbereitet werden konnten.

Niemand achtete mehr auf Philip, und so verließ er den Dorfplatz und suchte Eusebius' Hütte auf.

Der Alte hatte sich nicht den Schaulustigen angeschlossen, sondern sortierte verschiedene Tiegel und Töpfe in seine Regale.

»Ah, Ihr«, nuschelte er, als er Philip erkannte. »Gut, dass Ihr kommt. Ich habe Eure Waren schon gestern erhalten.«

»Schwefel und Salpeter?«

Eusebius nickte. »Wartet einen Moment.« Er bückte sich und zog aus dem untersten Regal etwas hervor. »Hier haben wir es ja. Sechzehn Lot Sulfur und zweiunddreißig Lot Salpeter.«

Die Qualität der Ware war ausgezeichnet. Philip bezahlte den vereinbarten Preis und machte sich auf den Rückweg nach Birkenfeld. Er sehnte sich danach, mit Said zu reden, ihn endlich ins Vertrauen zu ziehen, so wie er es früher stets getan hatte.

Ohne sich noch einmal umzusehen, trieb er seinen Wallach

zum scharfen Galopp an. Er hoffte, der schnelle Ritt werde ihn von seinen drückenden Gedanken ablenken, doch die Gefühle der Schuld blieben. In welche Schlangengrube war er da nur hineingeraten? Wie hatte er glauben können, die wilde Thea zu bezwingen? Wann hatte er die Herrschaft über dieses tödliche Spiel verloren? Hatte er sie je besessen?

Der Hohlweg, an dem ihn die Räuber damals gestellt hatten, flog an ihm vorüber. Er hätte es wohl nicht einmal bemerkt, wenn sich ihm nicht wieder ein Reiter in den Weg gestellt hätte.

»Ihr reitet schnell, Herr Philip. Hat Euch die Meute Angst gemacht?«

Es war Graf Dietmar.

Philip zügelte sein Pferd.

»Ich danke Euch für Euer Einschreiten, Herr Dietmar.«

»Das solltet Ihr auch. Ich glaube nicht, dass die Leute Gnade gekannt hätten.« Ein verächtliches Lächeln huschte über Dietmars Züge. »Ich habe mich für Euch verbürgt, Herr Philip. Ihr seid mir etwas schuldig.«

»Was wollt Ihr?«

»Die Wahrheit. Warum seid Ihr hier?«

»Das sagte ich Euch bereits. Ich wollte die Heimat meines Vaters kennenlernen.«

»Und warum weigert Ihr Euch dann so beharrlich, seinen Namen zu nennen?«

»Warum wollt Ihr ihn so beharrlich erfahren?«

Dietmar beugte sich im Sattel vor. »Ich will wissen, woran ich bin. Ihr wisst, was ich glaube.«

Philip nickte. »Ihr denkt, einer der beiden Regensteiner Grafensöhne habe überlebt und sei mein Vater. Dem ist aber nicht so.«

»Dann gibt es nur noch zwei Möglichkeiten.« Dietmar lenkte sein Pferd dicht vor Philips Reittier. In seinen Augen glomm ein gefährlicher Funke.

»Ich nehme an, Ihr werdet sie mir nennen, Herr Dietmar.«

Dietmar nickte. »Die eine Möglichkeit ist völlig ausgeschlossen. Mein Bruder Otto ist seit Jahren tot. Er hätte seine Familie niemals im Stich gelassen, um sich in Alexandria mit Huren zu vergnügen und Bastarde zu zeugen. Er war ein Ehrenmann.«

»Und die andere?« Philip hielt dem Blick des Grafen stand.

»Ihr habt gelogen. Euer Vater mag von hier gekommen sein, aber er war kein Ritter, sondern stammte aus dem Geleitzug. Vielleicht ein Trossknecht, das würde zu Eurem Pferdeverstand passen.«

»Warum macht Ihr Euch dann Sorgen? Welchen Schaden sollte der Sohn eines Pferdeknechtes schon anrichten?« Philip lächelte. Solange der Graf ihn nicht mehr für einen Regensteiner hielt, war ihm alles recht. »Wenn es so wäre, wie Ihr sagt, dann sollte Euch doch vielmehr daran gelegen sein, einen guten Mann zu Eurem Verbündeten zu machen.«

»Dann ist es also wahr? Ihr seid gar nicht von edlem Geblüt?«

»Beruhigt Euch diese Vorstellung?«

»Ich weiß nicht, ob ich daran glauben kann. Ihr tragt ein kostbares Schwert, und Ihr könnt gewiss damit umgehen. Das lernt kein einfacher Knecht.«

»Man lernt so allerlei, wenn man häufig auf Reisen ist. Manches davon könnte auch für Euch von Vorteil sein. Nicht jeder Schriftverkehr ist für die Augen eines Pfaffen bestimmt.«

»Was soll das heißen?« Da war es wieder, dieses gefährliche Funkeln in Dietmars Blick. Für einen Moment glaubte Philip sogar, ein leichtes Zucken der gräflichen Hand wahrzunehmen, als wolle sie zum Schwert fahren.

Philip setzte sein gewinnendes Lächeln auf. »Herr Ewald führt Euch die Bücher. Das ist nicht ungewöhnlich, schließlich ist er ein gelehrter Mann. Aber es wäre besser, manches selbst zu lesen.«

Dietmar stutzte. »Ich verstehe Euch nicht recht.«

»Nein? Nun, dann muss ich deutlicher werden. Ich weiß, dass Ihr nicht lesen könnt.«

Dietmar wollte aufbrausen, doch Philip hob beschwichtigend

die Hände. »Ich habe es gesehen, als Ihr das Empfehlungsschreiben von Fürst Leopold verkehrt herum gehalten und nur auf das Siegel geachtet habt. Ihr könntet jemanden gebrauchen, der erfahrener ist als Euer Hauskaplan. Zumindest in manchen Belangen.« Philip hielt kurz inne, um zu sehen, wie seine Worte auf den Grafen wirkten. Tatsächlich, das Funkeln war einer gewissen Nachdenklichkeit gewichen. »Ich kann sowohl lateinische als auch arabische Buchstaben lesen«, fuhr Philip fort.

»Soll das heißen, Ihr bietet mir Eure Dienste an?«

»Wenn Ihr sie wollt.«

»Ihr seid ein Fuchs. Ich soll Euch Einblick in meine Geschäfte gewähren, ohne zu wissen, wer Ihr seid? Ihr könnt mir viel erzählen.«

»O ja, aufs Erzählen verstehe ich mich.« Philip grinste.

»Nun, wenn Ihr für mich tätig werden wollt, müsste ich mehr von Euch wissen. Warum habt Ihr Alexandria ausgerechnet jetzt verlassen? Warum nicht schon früher?«

»Ich hatte ein paar ... nun, nennen wir es Schwierigkeiten, die es erforderlich machten, für eine Weile zu verschwinden.«

»Schwierigkeiten welcher Art?« Auf einmal war die Anspannung aus Dietmars Zügen vollständig gewichen. Fast schon vergnüglich lenkte er seinen Fuchs neben Philips Rappen.

»Darüber spreche ich nicht gern.«

»Das ist mir schon aufgefallen. Ihr redet viel, aber kaum etwas davon betrifft Eure Person.«

Es war an der Zeit, das Gespräch in eine andere Richtung zu lenken.

»Wie wollt Ihr die Räuber zur Strecke bringen, Herr Dietmar?«

»Das lasst meine Sorge sein. Ich weiß, was ich den Dorfbewohnern schuldig bin. Wenn Ihr etwas wisst, dann solltet Ihr es mir sagen.«

Da war es wieder, das gefährliche Funkeln, und auf einmal fragte Philip sich, ob er den Grafen wohl genauso falsch einschätzte wie dieser ihn selbst.

9. Kapitel

»Ihr seid beharrlich.« Elise funkelte Lena aus ihren grünen Augen an, den Kopf leicht schief gelegt wie eine Katze. War das tatsächlich anerkennend gemeint? Für einen Moment zögerte Lena, ihren Platz gegenüber der Gräfin einzunehmen. Was war geschehen? Vorsichtig ließ Lena sich auf dem Stuhl nieder. Es hätte sie nicht gewundert, wenn sich ein Nadelkissen unter dem Lammfellpolster verborgen hätte. Doch es war alles in Ordnung.

»Glaubt Ihr wirklich, dass Ihr mit Eurer Ausdauer ans Ziel kommt, Frau Helena?« Zum ersten Mal erkannte Lena Elises Seelenflamme, einen hellen gelben Schein, viel heller als alle Seelenflammen, die sie bis dahin gesehen hatte.

»Was glaubt Ihr, Frau Elise?« Die plötzliche Wandlung der Gräfin verunsicherte sie. Wie von selbst rieben ihre Handflächen über den dunkelblauen Stoff des Kleides.

Statt zu antworten, erhob Elise sich und ging zum Fenster. Ihr Schritt war erstaunlich schwungvoll. Ganz anders als in den Tagen zuvor. Als wäre sie eine geheimnisvolle Zwillingsschwester, der jeder Arg fehlte.

Der Stoff wurde warm unter Lenas Händen. Eine dumme Angewohnheit! Hastig verschränkte sie die Hände hinter dem Rücken. Nur keine Unsicherheit zeigen.

»Kommt her!«, forderte Elise sie auf. »Ist das nicht ein wundervoller Tag?« Die Gräfin beugte sich aus dem Fenster zur Bode hinunter. Zögernd kam Lena näher.

Elise lächelte noch immer. »Seht Ihr die Felsen dort, auf der anderen Seite des Flusses? Die genauso hoch aufragen wie der Hügel, auf dem Birkenfeld steht?« Sie trat einen Schritt zur Seite, damit Lena neben ihr am Fenster Platz fand.

Was plante die Gräfin? Diese Freundlichkeit, dieses banale

Geplauder, das konnte nicht echt sein. Wann würde sie versuchen, ihr den nächsten Hieb zu versetzen?

»Man sagt, dort öffne sich das Tor zur Hölle. Das Geistertor«, fuhr Elise fort. »Habt Ihr schon davon gehört?«

»Es gibt überall solche Plätze, die die Menschen meiden. Warum zeigt Ihr mir Euren verbotenen Ort?«

Die Gräfin stützte die Ellbogen auf das Fenstersims und den Kopf in die Hände. Ein zärtlicher, träumerischer Ausdruck legte sich über ihr Gesicht.

»Als ich das erste Mal den Fuß in diese Burg setzte, erzählte mir ein alter Waffenknecht die Legende vom Geistertor. Es ist der Eingang zu einer finsteren Höhle. Angeblich sei niemals jemand ans Licht zurückgekehrt, der es gewagt hatte, sie zu betreten.« Elise lachte leise. »Vermutlich wollte er mich nur erschrecken. Das junge Ding, das sich anmaßte, Herrin über Burg Birkenfeld zu sein. Leider war ich nicht schreckhaft genug.«

»Ihr seid in der Höhle gewesen?« Lena war ehrlich überrascht. So viel Mut hätte sie der zierlichen Gräfin nicht zugetraut.

»Einmal war ich kurz davor, stand schon am Eingang. Der Felsüberhang bildet ein kleines Portal. Doch dann sah ich den Schlund, der ins Innere des Berges führt. So finster, dass er selbst das Licht der Fackel verschluckte. Da verließ mich der Mut, und ich kehrte auf die Burg zurück.«

»Sagt nicht, Ihr wärt allein gewesen?«

»Doch, das war ich. Früher bin ich oft allein ausgeritten.«

Lena zog die Augenbrauen hoch. Das widersprach aller Schicklichkeit. Zudem war es gefährlich.

»Jetzt zieht Ihr ein Gesicht wie Herr Ewald.« Elise lachte. Auf einmal wirkte sie viel jünger, ganz so, als sei alle Schwere von ihr genommen. Und Lena fragte sich, ob sie diese Elise wohl gemocht hätte, das lebenslustige Mädchen, das sich nicht scheute, allein durch die Wälder zu reiten, bis in den verbotensten Winkel, den man in dieser Gegend kannte.

»Ja, Herr Ewald mochte es gar nicht, wenn ich meinen Kopf durchsetzte. Hatte er doch gehofft, ich sei die Richtige, um meinem Gatten Zügel anzulegen.« Das Feuer in Elises Augen strahlte jetzt so hell, dass Lena sich gar nicht mehr anstrengen musste, um es zu erkennen. Wie konnte eine Frau zwei so völlig verschiedene Gesichter haben?

»Warum solltet Ihr ihn zügeln?«

»Er war wild und ungestüm und keiner Tändelei abgeneigt. Jedenfalls vor seinem Unfall.« Elises Blick schweifte in die Ferne. »Das geschah schon vor unserer Eheschließung. Er war immer ein kühner Reiter gewesen, er liebte Turniere, vor allem aber hoffte er, durch seine Erfolge die uneingeschränkte Liebe seines Vaters zu erringen.«

»Doch die galt seinem älteren Bruder Otto, nicht wahr?« Lenas Gedanken kehrten zurück zu jenem Abend, da Dietmar ihr seine Seele geöffnet hatte.

»Er hat Euch davon erzählt?«

Lena nickte. Noch immer wunderte sie sich über die plötzliche Redseligkeit der Gräfin. Unwillkürlich betrachtete sie deren Hände, doch die lagen völlig ruhig im Schoß.

»Ja, so war es«, fuhr Elise fort. »Obwohl Otto seit Jahren tot war, nahm er das Herz des alten Grafen so vollständig ein, dass niemand sonst Platz darin fand. Und so wandelte sich Dietmars Bewunderung für den Bruder, die er schon als kleiner Knabe empfunden hatte, in tiefe Verbitterung. Wie sollte er gegen einen strahlenden toten Held bestehen? Da er die Liebe des Vaters ohnehin nicht gewinnen konnte, ergab er sich anderen Leidenschaften, wurde zügellos und wild. Eines Tages galoppierte er betrunken mit einer Horde Gleichgesinnter den Berg hinunter. Sein Pferd stolperte, und er stürzte in die Bode, gar nicht weit von hier entfernt. Die Strömung riss ihn mit sich fort. An den Felsen im Fluss zog er sich etliche Wunden und Knochenbrüche zu und wäre fast ertrunken. Drei Tage und drei Nächte lang rang er mit dem Tode, doch er überlebte. Noch während seiner Genesung beschloss sein Vater, dass er heiraten müsse, um die Erblinie zu erhalten. Herr Ewald kannte meine Familie und schlug mich als Braut vor. Ich war nicht abgeneigt, hatte ich Dietmar doch einige Zeit zuvor bei einem Turnier gesehen. Er war ein strahlender Ritter, der junge Mädchen zum Träumen brachte. Und seine Ausschweifungen … Nun, ich war mir sicher, dass die Ehe ihn verändern würde.« Elise lachte leise. »Ich war sehr unerfahren, vermutlich ist jede Braut so. Oder war es bei Euch anders, Frau Helena?«

Lena dachte an ihre Mutter und den Vergleich mit dem Apfelkuchen. »Vermutlich nicht, Frau Elise. Aber wie ging es mit Euch weiter? Erfüllten sich Eure Träume?«

»In gewisser Weise schon. Aber ein Teil blieb unerfüllt.«

Die beiden Frauen tauschten einen Blick. Noch immer suchte Lena nach Zeichen einer Gefahr, aber sie fand nichts dergleichen. Diese Elise schien eine völlig andere Frau zu sein als jene, die ihr in den vergangenen Tagen das Leben so schwer gemacht hatte.

»Lasst uns in den Hof hinabgehen. Hinter der Kapelle gibt es einen kleinen Blumengarten. Habt Ihr ihn schon gesehen?«

Lena schüttelte den Kopf.

»Dann kommt. Es lohnt sich.«

Mit den federnden Schritten einer Tänzerin sprang Elise die Stufen des Turms hinunter. Während Lena ihr folgte, dachte sie an die Worte des Grafen. Wie der Fluss sei Elise einst gewesen. Wild und schön. Etwas von dieser Kraft lebte noch in ihr, und Lena schöpfte Hoffnung. War es die Tatsache, dass Elise sich ihrer größten Sünde gestellt hatte?

Der Blumengarten lag versteckt hinter einer alten Mauer nahe der Kapelle. Herr Ewald streckte den Kopf aus dem kleinen Heiligtum und lächelte, als er Elise so lebendig sah. Ob er wohl an das ungestüme Mädchen dachte, das sie einst gewesen war?

Lena hatte keine genaue Vorstellung, was sie hier erwartete. Umso überraschter war sie, als sie den Garten betrat. Er war nur klein, aber so geschickt angelegt, dass er einen Eindruck vom Garten Eden zu vermitteln schien. An der Mauer wuchsen Heckenrosen, deren Knospen sich gerade öffneten. Der Garten selbst schien ohne jede Ordnung Blumen hervorzubringen, Rosen und Lilien, zahllose Gänseblümchen und Löwenzahn.

Elise ließ sich auf einer steinernen Bank nieder, die im Schatten der Heckenrosen stand und von der aus sie sowohl den Garten als auch den schmalen Durchlass in der Mauer im Blick hatte.

»Setzt Euch zu mir, Frau Helena!«

Der Stein war kühl, aber nicht unangenehm. Der süße Duft der Heckenrosen weckte vertraute Erinnerungen. Der letzte Frühling auf Gut Eversbrück. Schon Tage vor der Hochzeitsfeier hatte die Dienerschaft mit dem Schlachtfest begonnen, gebraten, gebacken, gekocht. Oft genug war Lena vor dem Trubel davongelaufen, hatte sich in der Nähe der alten Kirschbäume im Gras ausgestreckt und von Martin geträumt. So lange, bis ihre Mutter nach ihr suchte und sie aufgebracht zur Ordnung rief. Es zieme sich nicht für eine junge Braut, barfüßig über die Wiesen zu laufen und wie ein Kind im Gras zu liegen. Sie müsse sich ihrer Würde bewusst sein. Noch während sie daran dachte, sah sie, wie Elise ihre Schuhe abstreifte und die nackten Füße im Gras vor der Bank ruhen ließ.

»Habt Ihr keine Furcht, dass jemand kommt?«

»Wer sollte schon kommen?« Elise lachte. »Und selbst dann wäre der Anblick bloßer Füße doch nichts Außergewöhnliches. Denkt nur an die Mägde.«

»Ihr überrascht mich.«

»Vielleicht werde ich Euch noch mehr überraschen.«

Ein rotbrauner Schmetterling flatterte dicht an Lenas Kopf vorbei, bevor er sich auf einer Rose niederließ.

»Dann fangt an. Ich habe eine Schwäche für Überraschungen.«

»Ihr wolltet wissen, ob sich meine Träume erfüllt haben. Anfangs schon. Wir hatten das prachtvollste Hochzeitsfest, das man sich denken kann, und alle meinten, wir seien füreinander geschaffen. Dietmars Vater leerte seinen Becher an jenem Abend häufiger als gewöhnlich, um auf unsere reiche Nachkommenschaft anzustoßen. Damals verstand ich nicht, warum einige der Gäste grinsten. Ich dachte, sie hätten schon etwas zu viel getrunken. Doch dann sah ich Dietmars Blicke. Ein gezogenes Schwert hätte nicht schärfer sein können. Es gab ein Geheimnis, von dem ich noch nichts ahnte. Ich fragte ihn, wer diese Männer seien, und er erklärte mir, es seien der Graf von Regenstein und sein jüngster Bruder Ulf. Die Regensteiner hätten von jeher ein Auge auf Burg Birkenfeld geworfen. Ihr müsst wissen, Birkenfeld ist ein Erblehen, und wenn ein Graf von Birkenfeld ohne Nachkommen verstirbt, wird es neu vergeben. Die nächsten Anwärter sind die Regensteiner, und der Graf von Regenstein hätte die Burg gern im Besitz seines jüngsten Bruders gesehen.«

»Warum sollte es ausgerechnet an den jüngsten fallen?«

»Die beiden älteren Brüder sind tot. Sie kamen auf dem gleichen Kreuzzug ums Leben wie der Bruder meines Gatten.«

Dietmars Worte im Prunksaal. Der Verdacht, den er gegen Philip gehegt hatte.

»Hätten die Regensteiner denn eine Möglichkeit, sich des Lehens zu bemächtigen?«

Elise nickte. »Wenn Dietmar keine Nachkommen hätte, würde es ihnen über kurz oder lang zufallen.«

»Aber doch erst nach seinem Tod, oder?«

»Ihr wisst selbst, wie schnell das Leben vorüber sein kann. Vor vier Jahren starb Dietmars Vater. Einen Monat später entging Dietmar nur knapp einem Mordanschlag.«

Lenas Mund wurde trocken. Die Gelassenheit, mit der die Gräfin sprach, erschreckte sie mehr als der Inhalt ihrer Worte. Überhaupt schien sie jede Scheu verloren zu haben. Warum plauderte sie plötzlich Familiengeheimnisse so freimütig aus, wie andere Frauen Stickmuster austauschten? Eigentlich sollte ich mich freuen, aber irgendetwas ist seltsam, dachte Lena. Sosehr sie auch darüber nachgrübelte, sie fand keine Erklärung für die neue Offenheit der Gräfin.

»Wer war es?«

Elise zuckte mit den Schultern. War es ihr gleichgültig? »Er war allein auf der Jagd, so wie er es oft zu tun pflegt. Von irgendwoher traf ihn ein Pfeil in die Schulter. Es könnte ein Unfall gewesen sein, ein unvorsichtiger Wilderer, der sich danach aus dem Staub machte. Aber es könnte ebenso gut ein gezielter Anschlag gewesen sein. Dietmar glaubt bis heute, dass es die Regensteiner waren.«

Elise zog die Haube vom Kopf und öffnete ihr Haar. Die seidigen goldbraunen Strähnen flossen ihr bis über die Hüfte und verliehen ihr etwas Mädchenhaftes. Das Verhalten der Gräfin erstaunte Lena immer mehr. Was, wenn der Kaplan plötzlich auftauchte und Elise mit offenem Haar entdeckte? Es schickte sich nicht für eine verheiratete Frau, ihr Haar offen wie eine Jungfer zu tragen. Oder war es Männern verboten, diesen Garten zu betreten?

»Ich wollte Euch ja von meiner Hochzeit erzählen. Nun, an jenem Abend verstand ich noch nicht, warum die Regensteiner so grinsten. Ich begriff auch nicht, warum die Mägde tuschelten, als wir uns ins Brautgemach zurückzogen. Dietmar war ein zärtlicher Mann, aber er war nicht in der Lage, die Ehe zu vollziehen. Das begriff ich jedoch erst sehr viel später. Ich dachte wirklich, die Liebkosungen, die wir austauschten, seien alles, was zum Vollzug der Ehe gehöre.« Ein wehmütiges Lächeln huschte über Elises Züge. »Durch seinen Unfall im Jahr zuvor hatte er seine Manneskraft eingebüßt. Es gab schon lange derartige Gerüchte, vor allem weil er sich seitdem von den Mägden fernhielt. Aber es durfte nichts nach außen dringen, die Regensteiner hätten es sofort zu ihrem Vorteil genutzt. Und so wurde unsere Ehe beschlossen. Niemand konnte einem verheirateten Mann Übles nachsagen, wenn er sich einzig seiner Frau zuwandte. Zudem glaubte Dietmars Vater damals noch, es handle sich nur um einen vorübergehenden Zustand der Zeugungsunfähigkeit.«

Gebannt beobachtete Lena, wie Elise ihr Haar neu flocht. Geschickt, mit ruhigen, flinken Händen.

»Ihr erzählt heute sehr freimütig. Warum?«

»Warum nicht? Ihr habt mir doch versichert, dass alles, was ich

Euch anvertraue, bei Euch bleibt. Oder seid Ihr nicht mehr bereit, zu Eurem Wort zu stehen?« Elise schaute Lena beinahe treuherzig an. Wie ein Kind, das keine Ahnung von den Gefahren der Welt hat. Ihr Misstrauen war vollständig verschwunden. Nie zuvor war Lena einem Menschen begegnet, dessen Verhalten sich so schnell ins völlige Gegenteil verkehrt hatte. Und doch spürte sie Elises Aufrichtigkeit, und der ganze Zorn, den sie der Gräfin gegenüber verspürt hatte, war verflogen. Elises plötzliche Offenheit, ihre Art, sich über die Zwänge ihres Standes hinwegzusetzen, rangen Lena nicht nur Anerkennung ab. Sie empfand immer mehr Zuneigung für die junge Frau.

»Aber der Zustand Eures Gatten blieb dauerhaft, nicht wahr?«

Elise nickte. »So ist es. Nach dem Tod seines Vaters und dem Anschlag auf sein Leben fühlte er sich nicht mehr sicher. Er brauchte einen Erben.«

»Das allein hätte ihn doch nicht vor weiteren Mordanschlägen bewahrt.«

»Dietmar dachte anders. Man wagte sich erst an ihn heran, nachdem sein Vater tot war. Wenn er einen Sohn oder auch nur eine Tochter hätte, der man das Lehen später als Mitgift übertragen könnte, wäre er sicherer, denn dann läge auch meiner Familie viel daran, das Erbe zu erhalten. Wenn er jedoch stürbe, bevor ich ein Kind hätte, würde mir ein Witwenanteil ausgezahlt, und ich könnte mich in ein Kloster oder auf die Burg meiner Eltern zurückziehen.«

»Hatte er keine Angst, man könnte auch das Kind ermorden?«

»Das weiß ich nicht. Dietmar war so verzweifelt, dass er seine ganze Hoffnung in einen Erben setzte.«

Ein Rascheln in der Hecke schreckte Lena auf.

»Was war das?«

»Vermutlich ein Vogel.« Gelassen nestelte die Gräfin ihren Zopf zusammen und setzte die Haube wieder auf. »In der Hecke brüten oft Amseln.«

Sie fühlte sich in ihrem Garten vollkommen sicher.

»Wie habt Ihr Martin kennengelernt?«, fragte Lena. Hatte

Elise sich nur des Ehebruchs schuldig gemacht, um ihren Gatten zu schützen? Um ihm das zu geben, was er selbst nicht vermochte?

»Das ist eine lange Geschichte.« Die Gräfin schlüpfte wieder in ihre Schuhe. »Und ich weiß nicht, ob Ihr sie wirklich erfahren wollt.«

»Ich würde nicht fragen, wenn ich sie nicht hören wollte.«

»Nun gut.« Elise atmete tief durch. »Ich hatte mich schon damit abgefunden, niemals ein Kind zu empfangen, aber Dietmar ersehnte sich einen Erben. Einen Erben von seinem Blut, obgleich er ihn niemals würde zeugen können. Und so besann er sich auf einen alten Fehltritt seines Vaters.« Elise kicherte. Lena stutzte. Das passte überhaupt nicht zu Elise. So benahmen sich kleine Mädchen oder dumme Mägde wie Hanne. Hatte die Gräfin etwa getrunken? Aber dann hätte sie nach Wein riechen müssen. Unauffällig schnupperte Lena in Elises Richtung. Nichts, kein verdächtiger Hauch.

»Bringt Euch das aus der Fassung, Frau Helena? Erschüttert Euch der Gedanke an einen gräflichen Fehltritt?« Aus dem Kichern wurde ein albernes Gackern.

»Ich … bitte erzählt doch weiter, Frau Elise.«

»Wusstet Ihr, dass alle Männer aus dem Blut derer von Birkenfeld strahlend blaue Augen haben? Augen wie Dietmar. Augen wie Martin. Wunderschöne Augen.« Sie warf den Kopf in den Nacken und lachte. »Obwohl, dieser Ägypter hat auch schöne Augen. Wie dunkler Bernstein, findet Ihr nicht?« Wieder dieses Kichern.

Lena schluckte. »Ihr wolltet von Martin erzählen.«

»Ach ja, von Martin.« Elises sehnsuchtsvolles Seufzen versetzte Lena einen Stich. Was hatte Martin bloß an ihr gefunden? Gewiss, sie war sehr hübsch, aber war sie auch hübsch genug, um ihr unangenehmes Wesen zu verdecken?

»Wusstet Ihr, dass sich auch Männer auf die Kunst von Huren verstehen, wenn der Preis nur hoch genug ist?« Sie gluckste vor Belustigung.

»Was wollt Ihr damit sagen, Frau Elise?«

»Nun, mein Gatte hat ihn gekauft, damit er sich als Zuchthengst verdingt.«

»Das ist nicht wahr!« Lena sprang auf. Niemals hätte Martin sich derartig herabwürdigen lassen. Eine Liebelei, eine kurze, heiße Leidenschaft, ja, das mochte sein. Aber niemals hätte er sich kaufen lassen!

Elise lachte. »Nun beruhigt Euch wieder, Frau Helena. Es ist wahr. Die reichen Eisenerzvorkommen haben ihn gelockt.«

»Das glaube ich Euch nicht!«

»Ich habe Euch gewarnt. Ich wusste, dass Ihr der Wahrheit nicht gewachsen seid.«

Heißes Blut pulste durch Lenas Schläfen, es pochte und hämmerte. Nein, ich bin allem gewachsen, jeder dieser Bosheiten, bestärkte sie sich im Stillen.

Sie atmete tief durch, dann ließ sie sich wieder neben der Gräfin nieder.

»Gut, dann erzählt mir Eure Geschichte. Martin hat sich also kaufen lassen.« Langsam ließ das Pochen in ihrem Schädel nach. Du wirst mich nie mehr verletzen, Elise, nie mehr, schwor sie sich. Und wenn, dann werde ich es dir nicht zeigen.

»Vielleicht tröstet es Euch, dass er betrunken war, Frau Helena.«

Lena vergrub die Finger im Stoff ihrer Suckenie, zerknüllte den Stoff, als ihre Fäuste sich ballten.

Bleib ruhig. Lass sie. Sie ist krank. Lass sie reden, beschwor sie sich.

»Betrunken und völlig ahnungslos.« Elise kicherte. Es klang nicht bösartig, sondern nur töricht und unreif.

»Ich glaube, Martin hatte gar keine Ahnung, wer sein leiblicher Vater war«, fuhr Elise fort. Ihre Stimme hatte sich gefestigt, wieder diesen seltsam unbeteiligten Plauderton angenommen, so als spräche sie nicht von sich selbst.

»Erst als Dietmar sich ihm als Halbbruder offenbarte und ihm versprach, ihm ein angemessenes Geschenk zu seiner Hochzeit zu machen. Es muss kurz nach Eurer Verlobung gewesen sein.«

»Wenn es so war, warum wartete Euer Gatte so lange? Warum trat er nicht schon viel früher auf Martin zu?«

Elise senkte den Blick. »Möglicherweise versöhnt es Euch mit Martin, dass er ein Ehrenmann war. Hätte er geahnt, was Dietmar plante, hätte er sich von Burg Birkenfeld ferngehalten. Doch so war er völlig arglos.«

Lena schwieg. Ihre Kehle war wie zugeschnürt, und sie brachte kein Wort hervor. Wenigstens gelang es ihr, eine gleichmütige Miene aufzusetzen.

»Es war ein geschickter Zug von Dietmar«, fuhr Elise fort. »Sich dem jüngeren Bastardbruder zu erkennen zu geben, ihn auf seine Burg einzuladen und ihm einen Anteil an den Eisenerzminen als Hochzeitsgeschenk zu versprechen. Ich saß zwischen ihnen, als Dietmar Martin immer wieder Wein nachschenkte. Fast tat Martin mir leid. Er hatte so etwas jungenhaft Unschuldiges, etwas, das Dietmar schon seit Jahren fehlte. Dieser Blick, der an nichts Arges glauben mag.«

Elise senkte die Augenlider und atmete tief durch. »Irgendwann hatte der Wein seinen Zweck erfüllt. Dietmar selbst drängte Martin in mein Bett. Ich wusste, worum es ging, dennoch hatte ich Angst. In all den Jahren unserer Ehe war ich Dietmar treu geblieben, noch immer eine Jungfrau, auch wenn es niemand ahnte. Nun, Martin war trotz seiner Trunkenheit ein zärtlicher Liebhaber. Zu meiner eigenen Verwunderung verlor ich in seiner Gegenwart sehr bald alle Scheu. Und zugleich lernte ich ein Begehren kennen, das ich bis dahin niemals erfahren hatte.« Elise seufzte. »Ich weiß nicht, was mit uns geschah, aber von jenem Augenblick an waren wir einander verfallen, und Martin ging es längst nicht mehr um die Eisenerzminen. Er suchte mich häufig auf. Auch als sich schon eine Schwangerschaft ankündigte. Mein Gatte ließ ihn anfangs gewähren, doch nachdem ich schwanger war, wurde er immer ungehaltener, wollte Martin nicht mehr auf der Burg sehen. Der Zuchthengst hatte seine

Aufgabe erfüllt. Dietmar hoffte, Martin werde sich nach seiner Hochzeit um sein Weib kümmern und nicht mehr an mich denken.«

»Und Ihr?«, presste Lena mühsam hervor. »Was erhofftet Ihr Euch?«

Elise schlüpfte wieder aus ihren Schuhen und ließ die bloßen Füße im Gras ruhen. »Zunächst glaubte ich, meine Wünsche hätten sich mit der Geburt des Kindes erfüllt. Doch noch ehe Rudolf geboren wurde, starb Martin. Und ich begriff, was ich wirklich ersehne. Einen Mann, der ein wirklicher Mann ist. Einer, der mich lieben kann, wie Martin es tat.« Auf einmal wirkte ihr Gesicht ganz verändert. Zum ersten Mal entdeckte Lena echte Traurigkeit in Elises Augen. Nicht die niedergestimmte Härte, auch nicht die tiefe Gleichgültigkeit oder die Bosheit, nicht das alberne Kichern. Nein, wahre, aufrichtige Trauer.

»Hätte er doch darauf verzichtet«, murmelte Elise. »Mich niemals die Sterne schauen lassen, damit sie dann für immer verlöschen. Ich habe Dietmar geliebt, ich war glücklich. Nie habe ich ihn als unvollkommen erlebt. Bis er mich dazu zwang, seine Unvollkommenheit in den Armen eines anderen zu erleben! Nur weil er ein Kind wollte.«

»Ein Kind, das Ihr Euch nicht wünschtet?«

Elise schluckte. »So ist es nicht. Ich wünschte ihn mir so sehr, meinen Sohn. Aber wenn ich ihn jetzt sehe, dann sehe ich nur Martin, und der Schmerz zerreißt mich.« Eine einzelne Träne rollte ihr über die Wange. Eine einzelne, kein Meer von Tränen, und doch berührte sie Lena tiefer als alles andere. Plötzlich brannten ihre eigenen Augen, mühsam versuchte sie, die aufsteigenden Tränen fortzublinzeln. Ich werde nicht gemeinsam mit dir um meinen Gatten weinen, dachte sie trotzig und versuchte, hart zu bleiben.

Es war geschehen, Martin hatte gefehlt, hatte eine andere ihr vorgezogen, aus welchen Gründen auch immer. Am schlimmsten aber war die Ungewissheit, wie er sich nach der Hochzeit entschieden hätte. Hätte er Elise vergessen, oder wäre sie dazu verdammt gewesen, sich stets mit einer Nebenbuhlerin messen zu müssen? Wie wenig hatte sie Martin doch gekannt. Wäre sie wirklich glücklich mit ihm geworden? Zum ersten Mal mischte sich Bitterkeit in die Erinnerung an Martin. Hatte sie ihn jemals geliebt, oder war es nur das Bild, das sie von ihm hatte? Auch das würde sie nie erfahren. Der rotbärtige Teufel hatte ihr viel mehr als ihre Familie genommen. Sein Schwert hatte nicht nur ihre Brust durchbohrt, sondern auch ihre Seele.

Der Abend brachte neue Überraschungen. Es begann damit, dass zum ersten Mal seit Lenas Ankunft alle Gäste und die Burgherrin gemeinsam an der Tafel saßen. Elise lachte und war so fröhlich wie schon während des Vormittags im Blumengarten. Eine völlig andere Frau. Herr Ewald lächelte Lena wohlwollend zu, und auch Ludovika strahlte ihre Freundin an. Ein Hauch von Genugtuung zeigte sich in der Miene der jungen Nonne. Sie hatte es ja immer gesagt, Lena werde der Gräfin Frieden schenken. Dennoch konnte Lena sich eines unguten Gefühls nicht erwehren. Elises Fröhlichkeit war echt, doch kam sie nicht aus der Quelle, aus der Gott die Freude schenkte. Noch immer fühlte Lena sich an einen Betrunkenen erinnert, der närrisch lacht und herumalbert, ohne jeden Sinn und Verstand. Ob sie Elise unrecht tat? Täuschte ihr Gefühl sie? Ihr Blick streifte Graf Dietmar. Die nächste Überraschung. Die Schärfe war aus seinen Zügen geschwunden, während er mit Philip sprach. Hätte sie es nicht besser gewusst, wäre der Eindruck entstanden, die beiden seien beste Freunde. Was war geschehen? Wie hatte der Ägypter das Misstrauen des Grafen zu zerstreuen vermocht?

Während alle anderen Scherzworte austauschten und sogar Ludovika aus vollstem Herzen lachte, fing Lena Saids Blick auf. Er war ebenso verwirrt wie sie. Zwei Ausgeschlossene, die nicht mehr begriffen, was ringsum geschah. Nun, vielleicht gehörte auch der Kaplan dazu, aber der schenkte seine Aufmerksamkeit lieber dem marinierten Geflügel als seinen Tischgenossen.

»Mögt Ihr uns mit einer weiteren Geschichte unterhalten, Herr Philip?« Graf Dietmars Frage riss Lena aus ihren Betrachtungen.

Der Angesprochene nickte lächelnd.

Nur sein Mund lächelt, nicht seine Augen, dachte Lena.

Warum war sie nur so erleichtert über diese Erkenntnis?

»Sehr gern, Herr Dietmar. Ihr wisst doch, das Erzählen ist meine Leidenschaft.« Er hielt kurz inne und wandte sich an die Runde. »Vielleicht sollte ich deshalb heute auch von der Leidenschaft erzählen, eine leidenschaftliche Geschichte aus längst vergangenen Tagen, in denen die Liebe das höchste ...«

Ein lauter Aufschrei unterbrach Philips Rede. Ein Poltern und Klirren. Lena fuhr herum. Elise! Hilflos zuckend lag sie am Boden, das Tischtuch halb heruntergerissen, inmitten von kostbarem Zinngeschirr. Dietmar war aufgesprungen, hielt seine Gattin so wie beim allerersten Mal, als Lena Zeugin geworden war. Auch Philip war aufgesprungen, doch er verharrte in der Bewegung, unschlüssig, was zu tun sei. Der Graf presste seine Frau an sich, bis sie in seinen Armen zur Ruhe kam, stumm, mit geschlossenen Augen. War sie bewusstlos?

»Kann ich Euch irgendwie ...«, setzte Lena an, doch der Blick des Grafen brachte sie zum Verstummen. In seinen Augen brannte eine rote Flamme. Blutrot wie in den Augen des rotbärtigen Teufels, bevor er ihr das Schwert in die Brust gerammt hatte.

»Ist das Eure ganze Kunst, Frau Helena?«, schrie er. »Ich habe Euch meine Frau anvertraut, damit Ihr sie heilt, nicht damit Ihr es Euch hier wohlergehen lasst!« Lena zuckte zurück, unfähig, etwas zu ihrer Verteidigung hervorzubringen. Sie bemerkte kaum Ludovikas Hand, die sich beruhigend auf ihren Arm legte.

»Heilung gibt es nur durch Gott!« Die Stimme der Nonne hallte klar und fest durch den Saal. »Und Ihr solltet Euch mäßigen, Herr Dietmar. Das Leid Eurer Frau wird nicht geringer, wenn Ihr jenen zürnt, die Euch nur helfen wollen.«

Die blutrote Flamme in Dietmars Augen verlosch augenblicklich. Zurück blieb ein schwaches blaues Glimmen.

»Verzeiht, Frau Helena, ich ließ mich aus Sorge hinreißen.« Er nickte Lena kurz zu, dann trug er seine Frau, die noch immer schlaff in seinen Armen lag, aus dem Saal.

»Seht es ihm nach«, bat der Kaplan leise. »Das Leid seiner Gemahlin hat ihn übermannt. Er wollte Euch nicht kränken.«

Lena nickte. So musste es wohl sein.

Als sie sich umwandte, entdeckte sie einen Ausdruck von Sorge und Mitgefühl in Philips Zügen, der offenbar ihr galt. Doch kaum bemerkte er, dass sie in seinem Gesicht zu lesen versuchte, setzte er sofort wieder seine undurchdringliche Maske auf. Was hätte sie darum gegeben, das Geheimnis zu lüften, das ihn umgab.

10. Kapitel

»Es reicht!« Wütend verschränkte Said die Arme vor der Brust. »Was soll das Versteckspiel? Warum eröffnest du Dietmar nicht endlich, dass du sein Neffe bist?«

Philip atmete tief durch und ließ sich auf die Bettstatt fallen.

»Ich habe meine Gründe.«

»Dann nenn sie mir in Allahs Namen! Wir hatten nie Geheimnisse voreinander.«

»Du hast recht, Said. Und du sollst alles erfahren. Auf der Stelle. Auch wenn ich es immer noch nicht glauben mag.«

Sofort glättete sich Saids verärgerte Miene. Er setzte sich neben Philip aufs Bett und sah ihn erwartungsvoll an.

»Es ist schwer, anzufangen.« Philip schluckte den Kloß im Hals hinunter. Viel zu lange hatte er die Worte zurückgehalten, die ihm in der Seele brannten. »Du erinnerst dich an den sterbenden Räuber. Er wollte mir unbedingt seine Sünden beichten, ehe er vor den Allmächtigen trat.« Der Kloß im Hals war einem Kratzen gewichen, das ihn zum Räuspern zwang. »Die Räuber handeln nicht auf eigene Faust, es gibt einen Auftraggeber. Und der Sterbende behauptete, das sei der Graf von Birkenfeld. Es ging nicht nur um das Eisenerz. Angeblich ist Dietmar schon seit vielen Jahren mit den Räubern im Bunde und entledigt sich auf diese Weise missliebiger Personen. Grässliche Überfälle und Morde, die sie in seinem Auftrag begehen.« Philip hielt kurz inne. »Er erzählte auch etwas von dem Überfall auf den Hochzeitszug. Damals verstand ich es nicht, und ich verstehe auch heute noch nicht so recht, was es damit auf sich hatte. Aber seit ich weiß, dass Helena die Braut war, mache ich mir Sorgen. Ich durchschaue einfach nicht, was hier vorgeht. Ist Dietmar wirklich ein Verbrecher? Oder gibt es jemanden, der ihm Übles will?

Der nur behauptet, es geschehe in seinem Auftrag? Und die einfachen Räuber wissen es nicht besser?«

Er bemerkte kaum, wie Said ihm die Hand auf die Schulter legte.

»Es tut mir leid«, sagte der Araber. »Du hast gehofft, etwas von dem zu finden, was du verloren hast, und nun stellt sich heraus, dass der Mann, der deinem Vater so ähnlich sieht, ein Verbrecher ist.«

»Ob er ein Verbrecher ist, kann ich noch nicht sagen. Ich glaube es erst, wenn ich untrügliche Beweise habe. Das ist der Grund, warum ich mich immer wieder mit Thea treffe, auch wenn es besser wäre, mich von ihr fernzuhalten.«

Der starre Ring um seine Brust hatte sich gelockert. All das, was er seit Tagen still mit sich herumtrug, drängte nach draußen. An diesem Abend erfuhr Said alles, was Philip gesehen und erlebt hatte, selbst die peinlichen Einzelheiten jener Macht, die Thea über seinen Körper gewonnen hatte.

Said hörte stumm zu. Er sagte erst etwas, als Philip geendet hatte. »Du willst es nicht wahrhaben, weil er deinem Vater so ähnlich sieht. Aber es spricht vieles dafür, dass der Räuber die Wahrheit sagte. Und ich kenne sogar einen Grund für den Überfall auf den Hochzeitszug.«

»Du kennst einen Grund?« Mit allem hätte Philip gerechnet, nur nicht damit, dass sein Freund ihm Fragen beantworten konnte, die ihn am meisten quälten.

Said nickte. »Während du dich regelmäßig mit deiner Räuberbraut vergnügtest, erkundete ich die Burg. Ich lauschte sogar an der Tür der Gräfin, wenn die Heilerin bei ihr war, aber ich konnte kaum etwas verstehen. Bis mir gestern ein Zufall zu Hilfe kam. Sie stand mit Frau Helena am Fenster, und von dort drang ihre Stimme zu unserem Fenster herauf. Ich hörte, wie sie vorschlug, den Blumengarten aufzusuchen. Kennst du den Blumengarten?«

Philip schüttelte den Kopf. Warum kam Said nicht endlich zum Wesentlichen?

»Er liegt unmittelbar hinter der Kapelle, von drei Mauern umgeben«, fuhr Said fort. »Außer der Gräfin ist dort selten jemand anzutreffen. Ich war oft dort, habe sogar meine Gebete ungestört unter freiem Himmel verrichtet. Der Garten ist von dichten Hecken umgeben, und so kam ich der Gräfin zuvor und versteckte mich an geeigneter Stelle.« Said grinste verschmitzt. »Es lohnte sich. Du glaubst nicht, was ich erfuhr. Der tote Bräutigam war Dietmars jüngerer Bastardbruder. Und die Regensteiner spielen auch eine Rolle.«

»Die Regensteiner!«, zischte Philip und ballte unwillkürlich die Fäuste. Dass der Graf ihn für einen Regensteiner Bastard gehalten hatte, war die schlimmste Unterstellung gewesen. Er selbst war niemals einem Mann aus dieser Sippe begegnet, aber er wusste, was sie seinem Vater angetan hatten.

»Soll ich es dir erzählen, oder willst du dich wieder über alte Geschichten ereifern?«

»Nein.« Philips Fäuste lösten sich. »Erzähl.«

Und so erfuhr er aus Saids Mund die Geschichte von Elises Kind und den Umständen seiner Zeugung.

»Damit ergibt alles einen Sinn«, schloss Said seine Erzählung. »Dietmar kann keine Nachkommen zeugen. Er versprach seinem Bastardbruder alles Mögliche, um ihn dann am Tag seiner Hochzeit ermorden zu lassen. Er hat einen Sohn, der ihm sogar ähnlich sieht, aber sämtliche Mitwisser sind tot, und es gibt auch niemanden mehr, der auf die Anteile an den Eisenerzminen bestehen könnte.«

»Nur Frau Helena«, sagte Philip leise. »Sie könnte Martins Erbe beanspruchen, und außerdem kennt sie inzwischen das Geheimnis des Grafensohnes.« Ein kalter Schauer rieselte ihm den Rücken hinunter. Die Heilerin war in größerer Gefahr, als er geglaubt hatte.

Und sie war völlig arglos.

»Was gedenkst du zu tun?«, fragte Said.

»Was jeder anständige Mann täte. Ich werde sie warnen.« Philip stand auf und wollte zur Tür, doch Said hielt ihn am Arm fest.

»Um diese Stunde solltest du sie nicht mehr stören. Warte bis morgen, sonst könnten deine Absichten einen wenig ehrbaren Eindruck erwecken.«

Unwillig schüttelte Philip Saids Hand ab. »Sie wird es verstehen.«

»Sie wird dir nicht glauben«, widersprach der Araber. »Oder bist du bereit, ihr zu erzählen, wer du wirklich bist?«

Philip hielt in der Bewegung inne. »Meine Herkunft spielt keine Rolle.«

»Doch«, beharrte Said. »Ist der Verdacht, du seist ein Regensteiner, schon ausgeräumt? Du hast doch erlebt, wie achtungsvoll Frau Helena dem Grafen entgegentritt. Wenn du willst, dass sie dir vertraut, musst du dich ihr offenbaren.«

»Das kommt nicht infrage.«

»Sie wird dir nicht glauben, wenn du dich in Geheimnisse hüllst. Erst recht nicht, wenn du den Hausherrn in ein übles Licht rückst.«

»Dann wird sie mir auch nicht glauben, dass ich Ottos Sohn bin.«

»Zeig ihr deines Vaters Siegelring mit dem Familienwappen.«

Philip lachte bitter auf. »Und wenn Dietmar es erfährt? Ich glaube kaum, dass er mit uns gnädiger verfahren wird als mit seinem Halbbruder. Er weiß, dass Burg und Titel mir zustünden.«

»Aber du willst das Erbe doch gar nicht antreten.«

»Nein«, bestätigte Philip. »Aber Dietmar wird mir nicht glauben. Außerdem würde er Fragen stellen. Nach meinem Vater …« Er brach ab. Ein staubiger Geschmack hatte sich auf seine Zunge gelegt. *Wüstensand …*

Er schluckte, wollte ihn loswerden, doch die Erinnerungen waren schneller. Das Schnauben der Pferde, das sich mit dem Klirren der Kettenhemden und dem Knarren des Sattelleders mischt. Donnernde Hufe, die alle in dichte Staubwolken hüllen. Das Gewicht der Lanze. Der Geruch von Pferden, Leder und geöltem Eisen. Männer johlen, lachen, feuern ihn an. Ein Ruck geht durch seinen Rappen. Die Lanze splittert, ein grauenvoller Schrei …

»Philip?« Der kleine Araber berührte ihn sacht an der Hand.

Langsam hob Philip den Kopf, suchte den Blick des Freundes. Erkannte dessen Sorge.

»Es ist alles in Ordnung«, versuchte er ihn zu beruhigen.

»Mach mir nichts vor, Philip. Die Schatten jagen dich häufiger, als du zugibst.«

Niemand kannte ihn so gut wie Said.

»Nicht so häufig wie früher.«

»Lass nicht zu, dass sie dich in die Finsternis zurückziehen.« Jetzt lag mehr als nur Sorge in Saids Gesicht. Fast schon Schmerz.

Philip zwang sich zu einem Lächeln. »Ich verspreche es dir.« Er klopfte Said kurz auf die Schulter, atmete tief durch und ging zur Tür.

»Willst du Frau Helena wirklich noch um diese Stunde einen Besuch abstatten?«

»Ich könnte heute Nacht nicht ruhig schlafen, wenn ich sie nicht gewarnt hätte. Ganz gleich, ob sie mir glaubt oder nicht.«

»Vielleicht kann sie dir helfen.«

Philip blieb stehen, den Türknauf schon in der Hand. »Was meinst du damit?«

»Es heißt doch, sie vertreibe die Schatten, die auf den Seelen der Menschen liegen. Warum nicht auch deine?«

Philip schluckte. »Das liegt in niemandes Macht. Ich werde für immer mit dem leben müssen, was ich getan habe.« Bevor Said ihm antworten konnte, hatte er die Tür von außen geschlossen. Niemals wäre er auf den Gedanken gekommen, sich einem Fremden anzuvertrauen. Schlimm genug, dass es jeder in Alexandria wusste. Er hatte alle Spielarten menschlicher Anteilnahme erlebt, angefangen beim Mitleid bis hin zur Häme. Eines war so schlimm wie das andere. Nichts vermochte seine Schuld und seinen Schmerz zu lindern.

Frau Helena hatte sich schon zur Ruhe begeben. Er hätte auf Said hören sollen, denn plötzlich kam es ihm unangemessen vor, zu so fortgeschrittener Stunde bei ihr anzuklopfen. Doch nun war es zu spät. Schneller als erwartet, öffnete sie die Tür. Vielleicht weil sie glaubte, jemand brauche ihre Hilfe?

»Ihr, Herr Philip?« Unter dem hastig übergeworfenen Umhang leuchteten ihre blonden Strähnen keck hervor. Wie in der ersten Nacht, als die Schreie der Gräfin die Burg erschüttert hatten.

»Was wollt Ihr von mir?«

»Verzeiht die Störung zu dieser ungebührlichen Zeit. Erlaubt Ihr mir, einzutreten?«

Er wartete ihre Antwort gar nicht ab, sondern drängte sich sofort in die Kammer.

»Was fällt Euch ein?« Ihre Augen blitzten. Wenn Thea ihn so mit Blicken durchbohrt hätte, wäre er mehr als einen Schritt zurückgewichen, bei Frau Helena indes musste er mit keiner plötzlichen Schwertattacke rechnen.

»Vergebt mir, es ist wirklich wichtig, sonst hätte ich es niemals gewagt.«

»Dann sprecht und geht danach.«

Er schloss die Tür. Sie zuckte zusammen. Befürchtete sie, er werde ihr etwas antun?

»Hört mir gut zu, Frau Helena. Ich riet Euch vor einigen Tagen, Burg Birkenfeld möglichst bald zu verlassen. Ihr habt meiner Warnung nicht entsprochen, ich verstehe das. Ich bin nur ein Fremder, Ihr wisst nicht, was Ihr von mir zu halten habt. Aber heute muss ich Euch erneut bitten, Birkenfeld zu verlassen. Am besten gleich morgen früh bei Sonnenaufgang.«

»Weshalb sollte ich meine Meinung ändern, Herr Philip?« Die Art, wie sie seinen Namen betonte, gab ihm das Gefühl, wie ein Sünder vor Gericht zu stehen. Er räusperte sich. Gewöhnlich fiel es ihm nicht schwer, in Gegenwart einer Frau die rechten Worte zu finden. Doch in diesem Augenblick fühlte er sich hilfloser als an jenem Tag, da Thea ihn mit ihren Räubern gestellt hatte.

»Ich fürchte, ich weiß, wer hinter dem Überfall auf Euren Hochzeitszug vor einem Jahr steckt.«

Die zornige Röte wich aus ihren Wangen. Er wartete auf ihre Frage, doch sie maß ihn nur mit einem seltsamen Blick, weich und hart zugleich, dem er am liebsten ausgewichen wäre. Versuchte sie, in seinem Gesicht zu lesen? Besaß sie wirklich besondere Fähigkeiten? Nun gut, wenn es so war, dann wollte er ihr standhalten, sie sollte erkennen, dass er nur ihr Wohl im Sinn hatte.

»Warum kommt Ihr zu so später Stunde, um es mir zu sagen?«

»Weil …« Er schluckte. Verdammt, wie sollte er es ihr erklären, ohne unglaubwürdig zu erscheinen? Er hätte auf Said hören sollen. Wenigstens schaute sie ihn nicht mehr so an, als fürchte sie, er werde gleich über sie herfallen. Allerdings verriet ihr strenger Blick, dass sie ihm keine viel ehrbareren Motive unterstellte.

»Weil ich erst heute Abend alle Zusammenhänge erfuhr. Und ich hätte keine Ruhe gefunden, ohne Euch gewarnt zu haben.«

Sie musterte ihn immer noch mit diesem seltsam strengen Blick. Ohne ihr auszuweichen, fuhr er fort. »Auf dem Weg nach Birkenfeld verriet mir ein sterbender Räuber, dass Barbarossas Bande nicht auf eigene Faust handelt. Es gibt einen Auftraggeber. Er steckt sowohl hinter den Überfällen auf die Eisenerzfuhren als auch auf Euren Hochzeitszug.«

»Und heute habt Ihr den Namen dieses Mannes erfahren?« Ihre Stimme klang erstaunlich ruhig.

»Nein. Heute habe ich erfahren, dass der Mann, dessen Namen mir der Räuber nannte, tatsächlich allen Grund hatte, die Taten zu begehen.«

Ihre Miene war noch immer unbewegt. Wie die eines Ritters, der sich während der Verhandlungen mit dem Gegner nichts anmerken lässt.

»Wer?«

Er atmete tief durch, bekämpfte erfolgreich den Drang, ihrem durchdringenden Blick auszuweichen.

»Denkt nach, Frau Helena. Wer hätte einen Vorteil von den Überfällen auf die Eisenerzfuhren?«

»Sagt Ihr es mir.« War das wirklich Trotz in ihrer Stimme? Hatte sie sofort die richtigen Schlüsse gezogen, wollte es aber nicht glauben? Oder deutete er zu viel in ihre Worte hinein?

»Graf Dietmar gilt seine Vasallenpflichten gegenüber Fürst Leopold mit Eisenerzlieferungen ab«, erklärte er. »Die Fuhren wurden immer erst überfallen, nachdem sie den Halberstädtern übergeben worden waren. Die Räuber haben kaum die Möglichkeit, das Erz zu verhütten. Wenn sie aber in Dietmars Auftrag handeln, kann er sie für die Überfälle entlohnen und das Erz ein zweites Mal verkaufen. Beide Seiten machen ein Geschäft, und dass der Graf dem Wohlleben nicht abgeneigt ist, wird jedem hier deutlich.« Philip wies auf die teuren Wachskerzen in den Wandhalterungen.

»Ihr erhebt schwere Anschuldigungen gegen den Grafen.« Jetzt war sie es, die die Lider senkte.

»Ja, und ich bin noch nicht fertig damit. Herr Dietmar steckte auch hinter dem Überfall auf Euren Hochzeitszug.«

»Das glaube ich Euch nicht!« Ihre Hände krallten sich so heftig in den Stoff ihres Umhangs, dass er verrutschte und ihm einen kurzen Blick auf ihr helles Nachtgewand gewährte. Endlich brach ihre überlegene Fassade. Sofort fühlte er sich besser, war nicht länger der Delinquent, der seiner Richterin Rede und Antwort zu stehen hatte.

»Ihr kennt den Grund, Frau Helena.«

»Was wollt Ihr damit sagen?«

»Nun, wie viel Ehre ist von einem Mann zu erwarten, der seiner eigenen Gattin den Halbbruder ins Bett schickt, damit er ihr einen Sohn zeuge?«

»Was … was sagt Ihr da?« Sie taumelte einen Schritt zurück. Hätte er sich behutsamer ausdrücken sollen? Hoffentlich fiel sie nicht in Ohnmacht. Sollte er ihr seine Hand reichen? Nein, lieber nicht, sie hätte das nur falsch verstanden. Doch da hatte sie sich schon wieder gefasst.

»Aus welcher Quelle schöpft Ihr Euer Wissen, Herr Philip?«
Musste sie seinen Namen schon wieder so betonen, als wäre er ein Schwerverbrecher?

»Das tut nichts zur Sache. Wichtig ist das, was ich weiß. Euer Gatte ist der Vater von Elises Kind, und zum Lohn dafür hatte Graf Dietmar ihm eine Beteiligung an den Eisenerzvorkommen versprochen. Doch es war sicherer und billiger, ihn am Tag seiner Hochzeit hinmetzeln zu lassen. Nur Ihr seid davongekommen. Ihr kennt das Geheimnis. Glaubt Ihr wirklich, Ihr seid noch sicher auf Burg Birkenfeld?«

»Ihr behauptet, Graf Dietmar sei ein Dieb und Mörder, der über Räuberbanden herrscht und mir nach dem Leben trachtet? Ist das wieder eines Eurer Märchen, Herr Philip?«

»Könntet Ihr bitte damit aufhören, meinen Namen so auszusprechen, als wäre er eine Krankheit?«, entfuhr es ihm.

»Nun, was Ihr mir hier erzählt, klingt wahrlich nicht gesund«, biss sie zurück.

»Ihr glaubt mir nicht?« Verdammt, warum fing er an, mit ihr zu streiten? Er wollte sie doch nur warnen.

»Ich weiß, dass Ihr eine blühende Phantasie habt. Aber diese Geschichte ist wahrhaft ungeheuerlich.«

»Ach, und wie nennt Ihr es, wenn ein Mann, der die Ehe nicht vollziehen kann, einen Stellvertreter zum Erbenzeugen sucht?«

»Er war verzweifelt. Aber das ist kein Verbrechen. Ganz im Gegensatz dazu, ein falsches Zeugnis abzulegen.«

»Hört mich an, Frau Helena. Ich will nicht mit Euch streiten. Ich wollte Euch warnen. Verlasst Burg Birkenfeld. Hier seid Ihr nicht mehr sicher.«

»Bin ich hier nicht mehr sicher, oder passe ich nicht in Eure Pläne, Herr Philip?« Diesmal würzte sie die verhasste Betonung zusätzlich mit einem überheblichen Lächeln.

»Warum wollt Ihr mir nicht glauben? Es geht mir wirklich nur um Eure Sicherheit.«

»Weiß ich denn, ob Ihr die Wahrheit sagt? Ob Ihr Euch das nicht alles nur ausgedacht habt? Eine Geschichte, die Euch gut in den Kram passt, um dem Grafen zu schaden? Ebenso gut könntet Ihr zu seinen Gegnern gehören, die schon lange nach seinem Besitz gieren.«

Philip atmete tief durch. Said hätte Wahrsager werden sollen. Für einen Moment kämpfte er mit sich. Sollte er ihr die Wahrheit über seine Herkunft verraten? Ihr wirklich vertrauen?

»Ich glaube, es wäre besser, Ihr geht jetzt, Herr Philip.«

Wenigstens hatte sie seinen Namen diesmal ohne Häme ausgesprochen.

»Ich werde gehen. Aber ich werde wiederkommen, sobald ich untrügliche Beweise für meine Anschuldigungen habe. Ich bitte Euch nur zu Eurem eigenen Schutz, das Gespräch vertraulich zu behandeln.«

»Glaubt Ihr wirklich, ich würde den Grafen mit derartigem Unsinn belasten? Nun, vermutlich sind die Frauen in Eurer Heimat dumme Klatschbasen, denen man jeden Bären aufbinden kann.«

Sie öffnete die Tür und winkte ihn nach draußen.

Er zögerte kurz. »Welche Beweise wünscht Ihr, Frau Helena? Ich werde sie beschaffen.«

Plötzlich wurden ihre Züge ganz weich.

»Warum seid Ihr so erpicht darauf, mich von der Schuld unseres Gastgebers zu überzeugen?«

»Glaubt mir, es wäre mir lieber, er wäre unschuldig. Ihr ahnt nicht, wie viel lieber. Aber wir dürfen uns der Wahrheit nicht verschließen. Ihr habt genug verloren, ich will nicht, dass Ihr auch noch Euer Leben verliert.«

Sie senkte den Blick. »Ich danke Euch für Eure Warnung, doch ich kann ihr nicht entsprechen. Ich habe hier eine Aufgabe. Die Gräfin braucht mich.«

»Ihr glaubt mir nicht.«

»Ich weiß nicht, was ich glauben soll. Ihr seid ein seltsamer Mann. Ich habe noch nie eine so widersprüchliche Seelenflamme in den Augen eines Menschen gesehen wie in den Euren. Mal leuchtet sie stark und hell, sprüht Funken und quillt über vor

Lebendigkeit, nur um kurz darauf fast zu verlöschen. Ihr seid kein Lügner, aber Ihr seid nicht mit Euch selbst im Reinen, und so weiß ich nicht, ob ich Eurem Urteil trauen kann.«

Er schluckte. Diese Frau war gefährlicher als Thea. Wie man einem Schwert auswich, das wusste er. Aber wie sollte er sich vor einem Menschen schützen, der in die Tiefe seiner Seele blickte?

»Gute Nacht, Frau Helena«, flüsterte er, ehe er aus ihrer Gegenwart floh.

Das Splittern einer Lanze, ein grauenvoller Schrei. Sein Vater liegt am Boden, greift sich stöhnend ans Visier. Er reißt sein Pferd herum, springt aus dem Sattel und sinkt neben dem Vater in die Knie. Seine Hände zittern, als er ihm den Helm abnimmt. Alles ist voller Blut. Ein Lanzensplitter hat das rechte Auge durchbohrt. Er will die Blutung stillen, weiß nicht, wie er es anstellen soll. Die klare Flüssigkeit des Augapfels mischt sich mit dem warmen Blut, rinnt ihm zwischen den Fingern hindurch …

Ein heftiges Rütteln holte ihn zurück in die Wirklichkeit. Sofort war er hellwach, blickte in Saids sorgenvolles Gesicht.

»Seit Italien hast du nicht mehr im Schlaf geschrien.«

Philip antwortete nicht. Durch die Ritzen der Fensterläden stahlen sich die ersten Finger der Morgenröte. Er stand auf und öffnete das Fenster. An Schlaf war nicht mehr zu denken.

Said war dicht hinter ihn getreten.

»War es wieder der alte Traum?«

Philip nickte. »Du musst dir keine Sorgen machen, Said. Ich habe dir versprochen, dass die Schatten mich nie mehr in die Finsternis reißen werden. Und ich werde mein Wort halten.«

»Nun, dann … Dein Wort hast du noch nie gebrochen.« Das Lächeln des Arabers wirkte gequält. Stumm verfluchte Philip seine eigene Schwäche. Genügte es nicht, wenn er selbst litt? Warum musste er den Freund belasten?

»Geh wieder zu Bett, Said. Du hast noch Zeit bis zum Morgengebet.«

»Und du?«

»Ich treffe einige Vorbereitungen. Ich will Thea dazu bringen, mich ihrem Vater vorzustellen, und ich will nicht mit leeren Händen erscheinen.« Er griff nach seiner Satteltasche, in der er Schwefel und Salpeter verstaut hatte. War es wirklich erst am Tag zuvor gewesen, dass er in Alvelingeroth beinahe von der aufgebrachten Menge zerrissen worden wäre?

Während Said sich wieder zur Ruhe begab, holte Philip einen kleinen Steinmörser und einen zinnernen Messbecher aus seinem Reisegut und schob den Tisch vors Fenster, damit die ersten Sonnenstrahlen ihm genügend Licht spendeten.

Auf sieben Teile Salpeter kamen zwei Teile Schwefel und ein Teil Holzkohle. Er erinnerte sich an die Tage mit Kadir, als der Alte ihm erstmals die Macht des schwarzen Pulvers gezeigt hatte. Nichts beeindruckte die Menschen mehr als ein lauter Krach, der Geruch nach Feuer und Schwefel sowie die Macht, Dinge durch den Raum fliegen zu lassen. Seinen letzten Vorrat hatte er jenseits der Alpen verbraucht, als eine dahergelaufene Bande von Wegelagerern ihnen die Pferde hatte stehlen wollen. Im ehrlichen Kampf wären Said und er hoffnungslos unterlegen gewesen, aber als er den kleinen Beutel ins Lagerfeuer geworfen hatte, waren sie davongestürzt, als wäre der Leibhaftige erschienen, um sie in die Hölle zu holen. Was hatten Said und er gelacht! Warum sollte er Barbarossa nicht auch vormachen, er sei mit dem Teufel im Bunde? Möglicherweise würde der Räuber ihm dann nicht nur seine bisherigen Vermutungen bestätigen, sondern weitere Geheimnisse anvertrauen.

Vielleicht auch die notwendigen Beweise liefern, damit Frau Helena ihm endlich glaubte.

Und dann? Wenn du alles weißt?, fragte er sich. Was willst du dann tun? Graf Dietmar bei Fürst Leopold anzeigen? Gar den Regensteinern deines Vaters Erbe überlassen? Nach allem, was sie deiner Familie angetan haben?

Fragen, auf die er keine Antwort fand.

11. Kapitel

Die Nacht war viel zu rasch vorüber. Lena hatte kaum Ruhe gefunden. Immer wieder dachte sie über Philips Worte nach. Alles in ihr wehrte sich, die ungeheuerliche Beschuldigung zu glauben, doch sie konnte nicht umhin, die Logik seiner Folgerungen anzuerkennen.

Wenn er ihr überhaupt die Wahrheit gesagt hatte. Aber was wäre, wenn des Grafen Vermutung stimmte? Wenn Philips Vater ein Regensteiner war? Wäre es nicht die niederträchtigste Art, Dietmars Schwäche auszunutzen, um ihm seinen Besitz zu nehmen? Ihn aufs Übelste zu verleumden und sie selbst zur Anklägerin zu machen? Was sollte sie der Mutter Oberin erzählen, wenn sie Hals über Kopf Burg Birkenfeld verließ? Dass sie den Räubergeschichten eines Fremden mehr Vertrauen schenkte als dem Grafen von Birkenfeld?

Womöglich steckten gar die Regensteiner hinter den Überfällen auf die Eisenerzlieferungen. Lena atmete tief durch. Sollte sie mit Ludovika sprechen? Sie war eine Regensteinerin. Noch dazu eine, die sich nicht gescheut hatte, mit ihrem Vater zu brechen, um ins Kloster zu gehen. Natürlich durfte sie ihr nichts von ihrem Gespräch mit Philip erzählen, aber es würde gewiss nicht schaden, sie zu ihrem Vater zu befragen.

Lenas Gedanken kehrten zurück zu Philip. Die Sorge in seinen Augen war echt gewesen, dessen war sie sich sicher. Aber warum verschwieg er so hartnäckig seine Herkunft? Ein Regensteiner hätte allen Grund dazu gehabt. Welche Möglichkeiten gab es noch? Hatte Dietmars Bruder vielleicht doch überlebt? Konnte Philip gar sein Sohn sein? Der Graf hatte sich heftig gegen diese Vermutung gewehrt. Und es klang auch nicht sehr wahrscheinlich. Warum sollte der älteste Sohn des alten Grafen die Familie in dem Glauben lassen, er sei tot?

Es sei denn, er hätte Schande auf sein Haupt geladen. Eine Sünde, die so schwer wog, dass er lieber für alle, die ihn kannten, tot sein wollte. Ihr Vater hatte sie gelehrt, dass die Ehre alles sei, ein Leben ohne Ehre sei für einen Ritter nicht erträglich, der Tod sei besser.

Je länger Lena sich ihren Betrachtungen hingab, umso denkbarer erschien ihr diese Möglichkeit. Sie hätte auch erklärt, warum Philip so beharrlich schwieg. Aber nicht, warum er nach Birkenfeld gekommen war. Sie seufzte. Der Mann blieb ihr ein Mysterium. Konnte seine Erzählung wahr sein?

Und Graf Dietmar, der ihr voller Verzweiflung sein Herz ausgeschüttet hatte? Konnte dieser Mann mit Mördern paktieren? Gewiss, er hatte sein Weib zum Ehebruch gedrängt, ihr den Buhlen selbst ans Bett geführt, doch er war verzweifelt gewesen.

Zu ihrem Erstaunen stellte sie fest, dass sie viel eher bereit war, Dietmar zu verzeihen, als Martin. Martin hatte keinen Grund gehabt, sich kaufen zu lassen. Der alte Raitbach hatte ihm ein erkleckliches Vermögen hinterlassen, und sie selbst hätte eine gute Mitgift mit in die Ehe gebracht.

Es brachte nichts, sich länger diesen Grübeleien hinzugeben. Sie musste dringend mit Ludovika sprechen.

Die Nonne war nicht in ihrer Kammer. Lena fand sie betend in der kleinen Kapelle. Sie kniete neben ihr nieder und schloss sich dem Morgengebet an.

»Ich muss mit dir sprechen«, flüsterte sie, nachdem das letzte Amen verklungen war.

Ludovika nickte stumm, bekreuzigte sich noch einmal und erhob sich.

Lena wollte in den Blumengarten hinter der Kapelle gehen, doch Ludovika schüttelte entschieden den Kopf. »Nicht dort.«

»Warum nicht?«

»Da treibt sich der Heide herum und geht seinen grässlichen Gebräuchen nach. Hanne hat ihn vorgestern gesehen. Er kauerte auf einem kleinen Teppich und vollführte magische Beschwörungen. Wer weiß, welches Unheil er auf die Burg herabgerufen hat.«

»Ach, Ludovika, du wirst doch nicht auf Hannes Geschwätz hören!«

»Ich habe ihn auch gesehen, vor einigen Tagen. Die Tür zu seiner Kammer stand einen Spaltbreit offen, als ich die Stiege hinunterging. Ich hörte ein seltsames Murmeln und linste hinein. Er kniete auf einem kleinen Teppich, so wie Frauen, die den Boden scheuern. Da habe ich noch gedacht, er macht sauber.«

Ludovika zog ein so empörtes Gesicht, dass Lena laut lachen musste.

»Wusstest du nicht, dass die Muselmanen auf diese Art beten?«, fragte sie die Nonne. »Mein Vater hat mir davon erzählt. Es ist nicht gefährlicher, als wenn wir zu Gott beten.«

»Du vergleichst uns mit diesen Ungläubigen?« Ludovika schnaubte verächtlich.

»Nein, ich wollte dir nur versichern, dass er nichts Böses im Schilde führt. Ludovika, du vertraust doch meiner Gabe. In Saids Augen entdeckte ich keine Spur von Falschheit. Seine Seelenflamme leuchtet so hell und rein wie die eines Kindes.«

Ludovika nuschelte irgendetwas, dann straffte sie sich. »Was wolltest du mit mir besprechen?«, fragte sie dann.

»Nicht hier. Nur dort, wo uns keiner hört.«

»Du machst es aber sehr geheimnisvoll.«

Lena antwortete nicht. Erst als sie mit Ludovika in ihrer Kammer war, brach sie ihr Schweigen.

»Ich brauche deinen Rat, Ludovika.« Sie schob der Freundin einen Becher kühle Milch hinüber und schenkte sich selbst ein.

»Wusstest du, dass dein Vater seit Langem ein Auge auf Burg Birkenfeld geworfen hat? Er hätte sie gern als Lehen für seinen jüngsten Bruder.«

»Ich habe davon gehört, aber es hat mich nicht gekümmert. Du kennst meine Berufung.«

»Wie weit ginge dein Vater, um an sein Ziel zu kommen?«

Ludovika trank einen Schluck Milch und wischte sich anschließend mit dem Handrücken über die Lippen.

»Warum fragst du?« In ihren Augen funkelte es verdächtig.

»Ich muss es wissen, um der Gräfin helfen zu können«, wich Lena aus.

Ludovika senkte die Lider. »Hat sie dir erzählt, was mein Vater dem Grafen angeboten hat?«

»Dein Vater hat dem Grafen ein Angebot gemacht?« Anscheinend wussten alle mehr über Graf Dietmar und seine Verhältnisse als sie selbst.

Ludovika nickte. »Er wollte mich mit ihm verheiraten.«

Fast wäre Lena der Becher aus der Hand gefallen.

»Er wollte … Warum hast du mir das nicht schon früher erzählt? Und weshalb tut er so, als hätte er dich nie zuvor gesehen?«

»Wir sind uns nie begegnet. Er weiß nicht, wer ich bin, und ich mochte nicht an die alten Geschichten erinnert werden. Ich gehöre Gott und wollte mich nicht für die Heiratspläne meines Vaters missbrauchen lassen. Ist es von Bedeutung, an wen er mich verkaufen wollte?«

»Wir sind hier auf Dietmars Burg! Du hättest es mir sagen müssen.«

»Wozu? Graf Dietmar hat wie ein Ehrenmann gehandelt und das anstößige Angebot abgelehnt. Ich habe ihn dafür bewundert. Wer weiß, ob mein Vater mich nicht doch zur Ehe gezwungen hätte, wenn Dietmar darauf eingegangen wäre.«

Ein anstößiges Angebot? Ludovika war sechzehn, der Graf seit sieben Jahren verheiratet. Hatte man ihm Ludovika schon als Kind versprochen?

»Wann hat er dem Grafen deine Hand angeboten?«

»Vor gut vier Jahren, kurz nach dem Tod des alten Grafen. Mein Vater schlug Dietmar vor, sich von seinem unfruchtbaren Weib zu trennen und lieber eine seiner Töchter zur Rechten zu nehmen. Er nannte es ein Friedensbündnis. Da meine ehelich anerkannten Schwestern längst verheiratet waren, blieb nur ich übrig. Meine Mutter redete es mir schön, ich könne Gräfin werden, ich solle dem Schicksal danken. Aber für mich gab es keinen Grund, irgendwem dafür zu danken, einer anderen Frau das Heim zu nehmen, weil Gott sie prüfte. Für mich gab es ohnehin immer nur die eine Wahl.«

Ludovika hob den Blick nach oben und bekreuzigte sich.

Vor vier Jahren also. War nicht zu jener Zeit der Mordanschlag auf Dietmar verübt worden, von dem Elise ihr erzählt hatte? Was wäre wohl geschehen, wenn er sein Weib tatsächlich verstoßen und stattdessen Ludovika geheiratet hätte? Mit ihr an seiner Seite und ohne rechtmäßigen Erben wäre das Lehen nach seinem Tod umgehend an die Regensteiner gefallen. Womöglich wäre diese Ehe sein Todesurteil gewesen.

Jetzt denke ich schon so wie Philip, schalt sich Lena im Stillen. Nur dass er die Schuld nicht bei den Regensteinern, sondern beim Grafen sucht.

»Verzeih mir, Ludovika, dass ich dich zwang, alte Erinnerungen heraufzubeschwören. Du hast recht gehandelt, wir wollen nicht mehr daran denken, und ich glaube, es ist gut, dass Dietmar nicht ahnt, wer du bist.«

Ludovika nickte dankbar und trank noch einen Schluck Milch. »Wirst du dich heute wieder um Frau Elise kümmern?«

Daran hatte Lena nach den Ereignissen der letzten Nacht überhaupt noch nicht gedacht, aber das seltsame Verhalten der Gräfin und ihr gestriger Anfall warfen weitere Fragen auf.

»Gewiss werde ich das, doch Elise wird nach ihrem letzten Anfall nicht vor Mittag aufstehen. Und bis dahin wollte ich Herrn Ewald aufsuchen.«

»Das ist ein guter Gedanke«, sagte Ludovika. »Eine Beichte reinigt die Seele und gibt dir Kraft für die kommenden Stunden.«

An eine Beichte hatte Lena am allerwenigsten gedacht, aber Ludovikas Vermutung ersparte ihr lästige Erklärungen.

Der Kaplan saß im Küchenhaus, wo er sich von Gerda mit allerlei Köstlichkeiten den Morgen verschönern ließ.

»Guten Morgen, Frau Helena«, begrüßte er sie. »Nehmt doch Platz, Ihr habt gewiss Hunger.«

Genau darauf hatte sie gehofft. Eine zwanglose Plauderei, um ein paar neue Stücke ins Mosaik einzupassen.

Auf dem Tisch stand nicht nur frische Milch, sondern auch ein Krug mit Schlehenwein. Der Kaplan hatte also die gleiche Schwäche wie der Hausherr. Daneben lagen ein Laib duftenden Brotes, das wohl gerade erst aus dem Ofen gezogen worden war, würziger Käse und eine angeschnittene Wurst.

»Bedient Euch, Frau Helena. Gutes Essen hält Leib und Seele zusammen.« Er brach ein Stück von dem Brot ab und reichte es ihr.

»Ich danke Euch, Herr Ewald.« Das Brot schmeckte so köstlich, wie sein Duft es verheißen hatte.

»Sagt, Herr Ewald«, fragte sie, nachdem sie den Bissen hinuntergeschluckt hatte, »Ihr seid doch schon lange auf Burg Birkenfeld, nicht wahr?«

»Das kann man wohl sagen, Kind. Ich kannte den alten Herrn Grafen schon, als er in Dietmars Alter war. Ein prächtiger Mann, stolz und unbeirrbar. Der Otto war genauso.«

»Herr Dietmars Bruder?« Lena brach sich ein weiteres Stück Brot ab.

Ewald nickte. »Otto hatte alles, was einen Ritter auszeichnete. Einen gesunden, starken Körper, eine schnelle Auffassungsgabe und ein beinahe schon unheimliches Geschick im Umgang mit Pferden und Waffen. Dazu kam ein liebenswerter Charakter, der die Frauen betörte. Ihr hättet ihn erleben sollen, wenn er das Tischgespräch bestritt. Alle hingen an seinen Lippen, lauschten seinen Worten.«

»War er ein so guter Erzähler wie Herr Philip?«

Der Kaplan trank einen Schluck Schlehenwein.

»Nun, da Ihr es sagt, Frau Helena – ja, er war ihm durchaus ebenbürtig. Wisst Ihr, was seltsam ist? Am ersten Abend erinnerte der Ägypter mich sogar an Otto. Die Art, wie er seine Zuhörer verzauberte, dieses scherzhafte Blitzen in den Augen.«

»Herr Dietmar erzählte mir, Otto sei auf der Überfahrt nach Byzanz ertrunken. Es muss ein schwerer Verlust gewesen sein.«

»Das war es.« Ewald seufzte schwer. »Der alte Herr Graf hatte sich so viel von seinem Erstgeborenen versprochen. Es war schon alles vorbereitet. Wenn Otto ruhmbedeckt aus dem Heiligen Land zurückgekehrt wäre, hätte er die Tochter des Herzogs von Sachsen zum Weib bekommen. Durch diese einflussreiche Verbindung wäre der alte Streit mit den Regensteinern bedeutungslos geworden.«

»Was war der Anlass für den Streit?«

»Keine große Sache, nur unangenehm.« Herr Ewald trank noch einen Schluck Wein. »Es ging von Anfang an um die Eisenerzminen. Ursprünglich war Birkenfeld nur eine kleine Wehrburg zum Schutz der Minen, ganz ohne Titel und Ländereien, aber nachdem Heinrich der Löwe Halberstadt erobert hatte, wurden die Grafschaften neu geordnet. Die Regensteiner machten sich große Hoffnungen auf eine Erweiterung ihres Einflussbereiches, aber ihre Machtgier und Skrupellosigkeit waren berüchtigt, und so erhielt der alte Otto, Dietmars Großvater, Besitz und Grafentitel. Das haben ihm die Regensteiner nie verziehen. Seither lassen sie nichts unversucht, ihre Hand doch noch auf Birkenfeld zu legen. Am schlimmsten ist Ulf, der jüngste Regensteiner. Ein Gernegroß, der sich rühmt, die sicherste Lanze zu führen, und auf Turnieren glänzt, aber sonst zu kaum etwas zu gebrauchen ist.« Ewald machte eine abfällige Handbewegung. »Einmal hat Herr Dietmar sich mit ihm gemessen. Nicht im Tjost, sondern im Buhurt. Dietmars Mannschaft gewann, aber Ulf behauptete, es sei nicht mit rechten Dingen zugegangen. Seither hatten die beiden keine weitere Begegnung mehr.«

Lena erinnerte sich an die Turniere, denen sie beigewohnt hatte. Im Tjost war das Geschick sofort zu erkennen, wenn der Unterlegene aus dem Sattel gehoben wurde. Aber im Buhurt, wenn sich eine Horde von Rittern mit stumpfen Streitkolben, Sandsäcken und Schilden attackierte, konnte man nicht viel erkennen. Gewiss, es gab einige Künstler, die ihr Pferd meisterhaft beherrschten und sich stets ins beste Licht zu setzen wussten, aber sie hatte diesem Getümmel nie viel abgewinnen können.

»Hätte Dietmar ihn im Tjost besiegt?«

»Vermutlich«, antwortete Ewald. »Er ist ein guter Streiter, wenn auch nicht ganz so talentiert, wie Otto es war. Niemand führte die Lanze so sicher wie Dietmars Bruder. Es war eine Lust, ihm zuzusehen, denn sein Arm wurde niemals müde. Zwischen zwei Gegnern pflegte er die Damen mit Galanterien zu unterhalten. Alle Herzen flogen ihm zu.«

»Ihr habt ihn sehr gern gehabt, nicht wahr?«

Der alte Mann nickte. »Sein Tod hinterließ eine große Lücke. Herr Dietmar bemühte sich nach Kräften, sie auszufüllen, aber er ist anders als sein Bruder.«

»Anders?« Lena hatte es sich wesentlich schwieriger vorgestellt, den Kaplan zum Erzählen zu bewegen. Anscheinend sprach er gern von den alten Tagen und war froh, eine geduldige Zuhörerin gefunden zu haben.

»Nun, Otto war ein Kämpfer durch und durch. Ein Ritter, über den man Legenden verbreitet hätte, wäre ihm ein längeres Leben beschieden gewesen. Dietmar ist weniger Kämpfer, er ist mehr Stratege. Das ist oft von Vorteil, vor allem wenn er seinen Pflichten den Dorfbewohnern gegenüber nachkommt.«

»So meint Ihr, er kommt seinen Aufgaben verantwortungsvoller nach, als es Otto getan hätte?«

»Das will ich nicht gesagt haben. Er macht es eben anders.« Ewald schenkte sich einen weiteren Becher Schlehenwein ein. »Er ist den Bauern ein guter Herr.«

Warum klang es nur so, als wolle er mit dieser Bemerkung etwas entschuldigen?

Auf einmal schien es ihr geraten, das Gespräch in eine andere Richtung zu lenken.

»Ihr kennt auch Frau Elise schon sehr lange, nicht wahr? Sie erzählte mir, Ihr hättet die Ehe vermittelt.«

»Wohl wahr.« Er seufzte. »Sie war die Richtige für Dietmar, eine Person mit einem eigenen Kopf, wenngleich manchmal etwas zu beschwingt. Ich bete täglich, dass Ihr Elises Leiden heilen könnt. Es ist schaurig anzusehen, wie sehr sie sich verändert hat.«

»Hat sie sich tatsächlich erst nach der Geburt des Kindes so gewandelt?«

»Nun, sie war schon etwas sonderbar, während sie Rudolf unterm Herzen trug, doch darauf gab ich nicht viel. Frauen in anderen Umständen wird manche Tollheit vergeben, und Elise hatte viel zu lange vergeblich auf ein Kind gehofft. Einmal fand der Graf sie schlafwandelnd hoch oben auf dem Turm, gut vier Monate vor ihrer Niederkunft. Hätte er sie nicht festgehalten, wäre sie womöglich in den Tod gestürzt, ohne es zu merken. Sie war auch launisch, einmal traurig, dann wieder ungewöhnlich übermütig. Sogar für sie waren diese raschen Stimmungswechsel bemerkenswert.«

»Was meint Ihr damit?«

»Nun, so ist das wohl bei schwangeren Frauen, oder?«

»Es klang, als hätte Frau Elise schon früher unter Stimmungsschwankungen gelitten.«

»Das mag schon sein, sie war noch sehr jung, als sie Herrin von Birkenfeld wurde. Eine große Verantwortung für ein noch nicht sechzehnjähriges Mädchen. Aber sie erfüllte stets ihre Pflichten und war Dietmar eine treue Gattin.«

Bis auf die ehelichen Pflichten, die er nicht erfüllen konnte, dachte Lena. Irgendetwas hatte sich verändert. Über Otto hatte Ewald sehr freimütig berichtet, doch kaum hatte sie Elise erwähnt, erschien es ihr, als weiche er ihr aus.

Der Kaplan leerte den Becher und erhob sich.

»Verzeiht mir, Frau Helena, die Pflicht ruft. Ihr wart mir eine angenehme Unterhaltung.« Er neigte leicht das Haupt, wandte sich um und ging.

Lena leerte ihren Becher Milch und ließ dabei den Blick durch die Küche wandern. Gerda summte ein munteres Liedchen und schlug mehrere Eier in einen großen Topf. Vermutlich bereitete sie den Teig für ihre köstlichen Pasteten vor. Die Magd hob nicht einmal den Kopf, als Lena die Küche verließ.

Es war noch immer früh am Morgen, Elise war gewiss noch nicht aufgestanden. Sollte sie dennoch an ihre Tür klopfen, um nach ihr zu schauen? Oder doch lieber noch ein wenig an der frischen Luft bleiben und die warmen Sonnenstrahlen genießen? Vielleicht im Blumengarten?

»Guten Morgen, Frau Helena«, sagte eine Stimme hinter ihr, und sie fuhr herum. Es war der Araber. Er schien sie abgepasst zu haben. Was mochte er wollen?

»Guten Morgen, Said al-Musawar.« Warum wurden ihre Hände nur wieder feucht?

»Erlaubt Ihr mir ein kurzes Gespräch?«, fragte er. Er sah ihr offen in die Augen. Seine Seelenflamme war rein und klar. Dennoch war sie misstrauisch.

»Wollt Ihr mir etwa auch raten, Birkenfeld zu verlassen?«

»Ich empfehle es Euch, doch das ist nicht mein Anliegen. Ich brauche Euren Rat.«

»Sprecht.«

»Was ist die Seelenflamme?«

Mit jeder Frage hätte sie gerechnet, mit jeder, außer dieser.

»Wie kommt Ihr darauf?«

»Philip erzählte mir, was Ihr gestern Nacht zu ihm gesagt habt. Was ist mit seiner Seele nicht in Ordnung?«

»Ich weiß nichts von seiner Seele. Ich sah nur den Lebensfunken in seinen Augen, und der ist sonderbar. Meist strahlt er hell und leuchtend, so bunt, wie ich es bislang nur bei wenigen Menschen wahrnahm. Aber manchmal verlischt er wie bei einem Sterbenden, dem niemand mehr helfen kann.«

»Dann ist die Seelenflamme der Lebensfunke?«, fragte Said. »Und Ihr habt die Gabe, ihn zu sehen?«

Lena nickte. »Ich kann ihn sehen, aber nicht immer. Manchmal kostet es mich viel Kraft, bei anderen fällt es mir leicht. Meist spüre ich, was dem Menschen fehlt, dessen Seelenflamme nur noch ein schwaches Glimmen ist, und wenn es Gott gefällt, kann ich das Feuer neu entfachen und den Lebensmut zurückgeben.«

»Was denkt Ihr über Philip?«

»Er hatte eine starke Seelenflamme, strahlend, bunt und voller Leben. Manchmal erkenne ich es noch in seinen Augen. Doch dann muss er einen großen Schmerz erfahren haben. Seither kämpft er gegen ihr Verlöschen.«

»Könnt Ihr ihm helfen, die Finsternis zu besiegen?«

Seine Hände rieben über den Stoff seines Umhangs. Er hat die gleiche dumme Angewohnheit wie ich, dachte Lena. Vermutlich ist es ihm nicht leichtgefallen, mich um Hilfe zu bitten.

»Wenn Ihr mir sagt, was ihm widerfahren ist, vielleicht.«

»Das kann ich nicht.« Seine Hände hörten auf zu reiben und krallten sich in den Stoff.

»Ihr wisst es nicht?«, fragte sie.

Er senkte den Blick. »Doch. Aber er empfände es als Verrat.«

»Selbst dann, wenn Ihr ihm damit helfen könntet?«

»Selbst dann«, bestätigte Said. »Gibt es keine andere Möglichkeit, Frau Helena?«

»Er selbst müsste es mir sagen.«

»Das wird er nicht tun.«

»Ich kann niemandem gegen seinen Willen helfen, so gern ich es auch täte.«

»Das hatte ich befürchtet«, murmelte er. »Ich danke Euch trotzdem, Frau Helena.«

Die Gräfin stand am Fenster und blickte über das Bodetal, als Lena ihre Kemenate betrat.

»Guten Morgen, Frau Elise«, grüßte sie, wenngleich die Mittagsstunde längst heraufgezogen war.

»Kommt zu mir!«, forderte die Gräfin Lena auf, ohne den Gruß zu erwidern oder sich gar umzudrehen. Ihre Stimme klang nicht mehr so lebendig wie am Tag zuvor, aber auch nicht so abweisend wie früher.

»Sagt mir, was Ihr seht, Frau Helena.« Sie trat einen Schritt zur Seite, um Lena Platz am Fenster zu machen.

Was wollte die Gräfin hören? Gewiss keine Beschreibung der Landschaft. Ein kleiner Vogel flatterte vom Sims des oberen Fensters auf.

»Den Frühling«, antwortete Lena und schaute dem Vogel nach. War es ein Rotkehlchen?

»Ich hätte eine tiefsinnigere Antwort von Euch erwartet.« Elise seufzte. »Seht Ihr nicht den Tod, der überall lauert?«

Da war sie wieder, die alte Schwermut. Ein Schauer rieselte Lena über den Rücken.

»Wo seht Ihr den Tod, Frau Elise?«

»In allem, was da blüht und grünt. Es lebt nur, um alsbald zu sterben.«

Erst jetzt wandte sie sich zu Lena um. Ihre Augen waren tief und unergründlich. Das gestern noch so heftig lodernde Feuer war verloschen.

»Ihr seid voller Hingabe, Frau Helena«, fuhr sie fort. »Ihr habt aus Eurem Leid eine Tugend gemacht, Ihr helft anderen. Aber es gibt Menschen, denen nicht mehr zu helfen ist.«

»Menschen wie Euch?«, fragte Lena.

Elise nickte. »Die Freude ist längst in mir gestorben.«

»Das sagtet Ihr schon einmal, doch gestern kamt Ihr mir sehr lebendig vor.«

»Das ist der Fluch, mit dem Gott meine Familie seit Generationen straft. Der Fluch, der mich nach Birkenfeld führte.«

»Mögt Ihr mir von dem Fluch erzählen?«

»Wozu sollte das gut sein? Ich glaube nicht, dass Ihr mir helfen könnt.«

»Und ich glaube nicht, dass Ihr wirklich Hilfe wollt«, entfuhr es Lena. »Ihr tut alles, um in Eurem Leid zu verharren.«

»Meint Ihr?« Es lag kein Widerspruch in Elises Stimme, eher ein Eingeständnis.

»Warum wollt Ihr leiden, Frau Elise? Welche Schuld wollt Ihr abtragen? Die Sünde, in der Ihr Rudolf empfingt? Martins Tod?«

»Ich bin nicht schuld an Martins Tod!« Elises Augen blitzten. »Führte ich das Schwert, das ihn tötete? Rief ich Gottes Strafgericht auf ihn herab?«

Lena unterdrückte den Wunsch, die Gräfin zu beschwichtigen. Heftige Gefühle waren besser als diese todessehnsüchtige Schwermut.

»Was ist es dann?«, fragte sie.

»Was wisst Ihr schon von meinem Schmerz? Euer Leid ist rein und edel, Ihr seid Euch des Mitleids aller sicher. Ihr seid ein Opfer, niemand würde Euch zürnen. Ihr dürft trauern. Was bleibt mir?«

»Ihr habt einen Sohn von Martin.«

»Und Ihr glaubt, das mindere den Schmerz?« Elise lachte bit ter auf. »Im Gegenteil, das macht alles nur noch schlimmer. Aber das werdet Ihr wohl nie verstehen.«

»Ihr wollt gar nicht, dass ich es verstehe. Ihr wollt weiter leiden, um andere zu strafen.«

»Ich kann Eure Selbstgerechtigkeit nicht länger ertragen. Ihr seid nicht besser als all die anderen Heilkundigen, die Gott und der Welt die Schuld geben, wenn ihre Fähigkeiten versagen.« Die Flamme in Elises Augen wurde kräftiger. Das war es also, was die Gräfin brauchte.

Leidenschaftliche Gefühle, ganz gleich, ob Liebe oder Zorn. Mit Martins Tod war ihre Leidenschaft gestorben, vielleicht auch die Liebe, und ihrem Gatten war es nicht gelungen, die Lücke zu füllen.

»Ist es wirklich meine Selbstgerechtigkeit? Oder fühlt Ihr Euch nicht vielmehr ertappt? Warum solltet Ihr sonst so zornig werden?«

»Ach, was wisst Ihr schon!«, schrie Elise. »Wenn ich Euch sage, dass es für mich keine Hoffnung gibt, dann gibt es keine. Dietmar wusste es. Er hätte Euch auch nie geholt, wenn Herr Ewald nicht darauf bestanden hätte.«

»Es war nicht der Wunsch Eures Mannes?«

Lena erinnerte sich an den Moment ihrer ersten Begegnung, Elise an der Hand des Kaplans, hilflos, aber doch voller Zuneigung zu ihrem Gatten.

»Nein. Herr Ewald hatte von Euch gehört und schlug es ihm vor. Dietmar zögerte lange, bis er zustimmte, Euch rufen zu lassen.«

»Warum?«

»Fragt ihn doch«, kam es gleichmütig zurück.

»Ich möchte es aus Eurem Munde hören.«

»Weil er weiß, dass mein Leiden Gottes gerechte Strafe für unsere Sünden ist.«

»Gott ist barmherzig. Er vergibt den reuigen Sündern.«

»Wer sagt denn, dass ich irgendetwas bereue?« Elise funkelte Lena herausfordernd an. Noch vor zwei Tagen wäre Lena vor diesem unerwarteten Gefühlsumschwung zurückgewichen, doch nach dem gestrigen Tag konnte er sie nicht mehr erschüttern. Plötzlich kannte sie die Antwort. Die schwankenden Stimmungen waren ein Teil des Leidens. Elises Seelenflamme kämpfte um das rechte Maß, sie fand es nicht mehr.

Lena dachte an Philip. Auch bei ihm hatte sie die Schwankungen bemerkt, doch sie waren ganz anderer Art. Ein Mann, der einen tiefen Schmerz in sich trug, den er verzweifelt zu unterdrücken versuchte.

War das Elises Geheimnis? Konnte sie ihren Schmerz nicht mehr beherrschen? Ergriff er Besitz von ihrem Körper, wenn er zu groß wurde? Wie gestern Abend? Philip hatte angesetzt, von einer Geschichte voller Leidenschaft zu berichten, einer großen Liebe. Elises Anfall war fast zeitgleich aufgetreten.

»Ihr bereut wirklich nichts?«, fragte Lena, noch während ihr die Überlegungen durch den Kopf wirbelten. »Ich erinnere mich sehr gut an Eure Verzweiflung vor einigen Tagen.«

Elise hob das Kinn und schaute auf Lena herab.

»Ich bereue nicht, Martin geliebt zu haben.«

»Wenn das in Euren Augen keine Sünde war, warum sprecht

Ihr dann von Euren Sünden, für die Gott Euch straft und für die es keine Vergebung geben kann?«

Die eben noch funkensprühende Flamme verlosch.

»Geht, Frau Helena, ich bitte Euch.« Elises Stimme war leise geworden, fast ängstlich.

»Was ist Euer wahres Geheimnis?«, beharrte Lena. »Eure Liebe zu Martin? Euer gemeinsamer Sohn?«

Die Finger der Gräfin verschlangen sich unruhig ineinander.

»Es wäre besser, wenn Ihr einseht, dass Euer Bemühen in meinem Fall vergebens ist«, sagte sie. »Ihr könntet nach Sankt Michaelis zurückkehren und Eure Gabe in die Dienste würdigerer Bedürftiger stellen. Ich bin Eurer Hilfe nicht wert.«

»Ihr seid meiner Hilfe wert, Frau Elise. Und ich glaube auch, dass ich den Grund für Euer Leiden kenne.«

Die Gräfin wurde blass. »Den Grund?«

Lena nickte. »Ihr habt das rechte Maß über Eure Leidenschaften verloren. Ihr erlebt die Trauer ebenso im Übermaß wie die Freude, und daran verbrennt Ihr innerlich. Ich glaube, die Anfälle, die Euch quälen, sind ein Zeichen dafür, dass der Körper um ein Gleichmaß kämpft, welches die Seele ihm nicht mehr gewähren kann.«

Atmete Elise tatsächlich auf, während sich ihre Wangen röteten? Aber es war keine Erleichterung, wie sie eine Erkenntnis nach langem Ringen um Wissen schenkt. Es war vielmehr das Aufatmen eines Sünders, der noch einmal mit einer Lüge davongekommen ist.

»Ihr glaubt, es gebe einen anderen Grund?«, deutete Lena das Mienenspiel der Gräfin.

»Das, was Ihr mir sagt, ist nichts Neues für mich.« Elise senkte den Blick. »Die Leidenschaften waren in meiner Familie schon immer sehr ungleich verteilt. Wir waren in allem maßlos, in der Freude wie in der Trauer, schon mein Großvater, mein Vater, mein ältester Bruder und auch ich. Auf Zeiten, da uns alles gelang und wir wie auf einer Wolke des Glücks ritten, folgten Tage der Dunkelheit. Mein Bruder schloss sich jedes Mal in seiner Kammer ein und gab sich Bußübungen hin, wenn ihn die Dunkelheit ergriff. Doch bei ihm dauerte es immer nur wenige Tage. Meist überwogen die Zeiten des sich überschlagenden Glücks, die ihn in einen unbesiegbaren Ritter verwandelten. Bei mir ist das anders. Die Dunkelheit vertreibt die Freude stets sehr schnell. Das ist der wahre Grund, warum Herr Ewald mich als Frau für Dietmar empfahl. Ich war wegen meiner Abstammung eine begehrte Partie, ich hatte an meinen guten Tagen auch die rechte Kraft, alle Aufgaben zu bewältigen, die mir gestellt wurden. Und an den dunklen Tagen ... nun, auch Dietmar hatte mit der Dunkelheit zu kämpfen, seit seinem Unfall. Ein Mann, der nicht in der Lage war, die Ehe zu vollziehen, konnte auf keine Frau hoffen, die gänzlich ohne Makel war. Ich hingegen durfte froh sein, einen fürsorglichen Mann zu bekommen, der bereit war, mich zu nehmen, wie ich war. Und großzügig ist er. Er hat mir bislang fast jeden Wunsch erfüllt.«

Lena ließ die Worte der Gräfin in ihren Gedanken nachklingen.

»Er hat Euch bislang fast jeden Wunsch erfüllt?«, fragte sie nach. »Welchen erfüllte er Euch nicht?«

Elise hob den Blick. »Wie kommt Ihr darauf, er habe mir irgendetwas verwehrt?«

»Ihr sagtet, *fast* jeden Wunsch. Das heißt, es gibt etwas, das er Euch nicht gewährte.«

»Das war so dahergesagt.« Elises Finger verschlangen und lösten sich in immer schnelleren Abständen.

Lena griff nach Elises Händen und hielt sie fest.

»Nein, das war es nicht. Welchen Wunsch hat er Euch versagt?«

Brüsk entzog die Gräfin Lena die Hände. »Vielleicht die eine oder andere Narretei, ich weiß es nicht mehr. Und nun geht bitte, Frau Helena. Ich bin erschöpft.«

Lena hatte den Mund schon zum Widerspruch geöffnet, doch Elise kam ihr zuvor.

»Geht, Frau Helena.« Die Stimme der Gräfin war hart und

unmissverständlich. Für heute war der Quell ihrer Offenheit versiegt.

Doch zugleich wusste Lena, dass des Rätsels Lösung vermutlich in dem einzigen Wunsch lag, den Dietmar seiner Gattin nicht erfüllt hatte …

12. Kapitel

»Du willst meinem Vater vorgestellt werden? Bist du närrisch?« Thea versetzte Philip mit der flachen Hand einen Stoß gegen die Brust, der ihn fast zu einem Ausfallschritt nach hinten gezwungen hätte. Er packte ihr Handgelenk und zog sie an sich.

»Du hast gehört, was ich will, und du wirst es für mich tun, meine Löwin.«

»Eigentlich wollte ich dir ganz andere Dienste erweisen, mein schöner Mann.« Wie jedes Mal, wenn er sie seine Löwin nannte, wurde sie anschmiegsam und lüstern zugleich. Philip lächelte still in sich hinein. Nicht nur Thea hatte gelernt, ihn zu beherrschen. Sie war ebenso eine Gefangene ihrer Begierden.

Thea versuchte, ihm die linke Hand unter die Kleidung zu schieben und ihn in die Holzfällerhütte zu drängen, doch er wich keinen Schritt zurück und hielt ihre Hand fest.

»Nicht jetzt, dafür ist später noch Zeit. Ich will deinen Vater sehen.«

»Wozu?« Sie versuchte sich loszuwinden, doch er gab sie nicht frei.

»Weil es bessere Möglichkeiten gibt, einen Leitwolf abzusetzen, als ihn zum Kampf zu fordern. Er selbst soll seinen Nachfolger bestimmen.«

»Du kennst meinen Vater nicht. Er tritt für niemanden ab.«

»Für mich schon. Warte, ich zeige dir etwas.«

Er ließ sie los und ging hinter die Hütte. Sie folgte ihm, unwillig und neugierig zugleich. Schon vor Theas Ankunft hatte er eine kleine Feuerstelle aufgeschichtet. Er zog sein Zündzeug hervor und entfachte das Feuer.

»Warum tust du das?«, fragte Thea.

»Das wirst du gleich sehen.« Er zog einen winzigen Stoffbeutel hervor, kaum größer als eine Fingerkuppe. Für seine Zwecke reichte diese Menge des kostbaren Pulvers.

»Stell dich hinter mich!«, forderte er sie auf.

»Was …«

»Tu, was ich dir sage.«

Sie blitzte ihn unwillig an, doch sie gehorchte. Erst als er sie in seinem Rücken spürte, warf er das Säckchen ins Feuer. Ein Knall, eine Stichflamme. Thea zuckte zusammen. Die Hitze strich ihm über das Gesicht, und ein schwefeliger Geruch verbreitete sich in der Luft. Er wandte sich zu Thea um. Ihre Augen waren vor Schreck geweitet. Keine Spur mehr von Trotz.

»Man erzählt über deinen Vater, er sei der Teufel selbst.« Philip grinste. »Was würde man wohl über mich sagen, wenn man wüsste, über welche Mächte ich herrsche?«

Sie schluckte und war kreidebleich geworden.

»Du … du bist doch nicht etwa … der Leibhaftige?«

»Was glaubst du wohl, meine Löwin?«

Alle Wildheit war aus ihren Zügen verschwunden, der Schrecken hatte ihr für einen Augenblick die Unschuld zurückgegeben, die sie als Barbarossas Tochter viel zu früh verloren hatte. Plötzlich empfand er wieder Scham. Das Gefühl, mit ihr zu spielen, sie zu benutzen, auch wenn sie glaubte, mit ihm dasselbe zu tun. Doch im Gegensatz zu ihm wusste Thea es nicht besser, sie hatte niemals eine Wahl gehabt. Sanft nahm er sie in die Arme.

»Keine Sorge«, flüsterte er. »Ich bin nicht der Leibhaftige. Ich habe nur einige höchst brauchbare Wissenschaften des Orients studiert. Und dieses Wissen ist mein größter Schatz. Ein Schatz, den sich dein Vater zunutze machen sollte. Wirst du mich zu ihm bringen?«

Sie schluckte abermals, dann schüttelte sie den Kopf.

»Ich darf dich nicht in unser Lager bringen, mein Vater würde dich töten, wenn du das Versteck kennst. Aber ich lasse ihn herkommen.«

»Dann tu das.«

»Jetzt?« Sie schlang ihm die Arme um den Nacken. »Dafür wäre doch später immer noch Zeit.«

Er nahm ihre Hände von seinem Hals. »Nein, ich will ihn so bald wie möglich kennenlernen.«

Er hätte ein trotziges Blitzen erwartet, doch Theas Gesicht war noch immer von der eigentümlichen Sanftheit erfüllt, die der Schrecken hinterlassen hatte. Viel zu schnell gab sie nach, nickte und ging zu ihrem Schimmel.

Die Sonne stand schon hoch am Himmel, als Philip den Hufschlag mehrerer Pferde hörte. Thea hatte Wort gehalten, doch ihr Vater war nicht allein gekommen. In seiner Begleitung befanden sich drei weitere Männer. Die Schwertgurte wirkten an den Bauernkitteln seltsam fehl am Platz. Fürchtete Barbarossa eine Falle?

Philip blieb ruhig in der Tür stehen und schaute zu, wie Barbarossa von seinem Pferd stieg. Ein edler Goldfuchs. Wem mochte das Tier wohl vorher gehört haben? Gewiss einem Ritter, kräftig und wendig, wie es war. Aber auch dem Räuberhauptmann selbst war noch etwas vom Abglanz des einstigen Ritters anzusehen, obwohl der dunkelblaue Waffenrock zahlreiche Flecken aufwies.

»Du!«, donnerte die Stimme des Räuberhauptmanns zu ihm herüber.

»Ich?«, fragte Philip zurück.

»Was fällt dir ein, mich wie einen Botenjungen zu dir zu bestellen?«

Philip trat einen Schritt vor.

»Deine Tochter meinte, du würdest mich töten, wenn sie mich zu dir brächte. Ich hänge nun einmal am Leben.«

»Wer sagt dir, dass ich dich hier am Leben lasse?« Barbarossa kam geradewegs auf ihn zu und schaute von oben auf ihn herab. Er war einen Kopf größer, doch Philip ließ sich nicht einschüchtern. Wenn er sich die Achtung des Räuberhauptmanns verdienen wollte, musste er selbstbewusst auftreten.

»Deine Tochter hat dir gewiss erzählt, dass ich über Fähigkeiten verfüge, die du brauchen kannst.«

Barbarossa schnaubte und blies Philip seinen fauligen Atem ins Gesicht.

»Ich habe nicht viel übrig für die Liebhaber meiner Tochter. Sie lässt sich viel zu leicht von einem glatten Gesicht blenden. Und deines ist mir viel zu glatt.«

Der Gestank war unerträglich. Es kostete Philip einige Überwindung, den Kopf nicht wegzudrehen.

»Hätte ich das gewusst, hätte ich mich in den letzten Tagen nicht rasiert.« Philip deutete eine spöttische Verbeugung an. Barbarossas Faust schnellte vor, doch Philip war flinker, und die Attacke des Räubers ging ins Leere.

»Wollen wir uns schlagen oder lieber über ein Abkommen reden?«

»Du bist sehr dreist.«

»Ich kann es mir erlauben.«

»Vergiss nicht, eine Handbewegung von mir reicht, dich in die Hölle zu schicken.«

»So eine wie die eben?«

Thea sog hörbar die Luft ein und warf Philip einen warnenden Blick zu.

»Entweder bist du sehr mutig oder sehr dumm«, knurrte Barbarossa. »Ich hoffe für dich, dass du tatsächlich die Macht des Höllenfeuers beschwören kannst. Zeig es mir! Dann lass ich dich vielleicht am Leben.«

Philip drängte sich an dem massigen Räuberhauptmann vorbei und näherte sich der Feuerstelle hinter der Hütte. Das Feuer glomm nur noch schwach. Er entfachte die Glut neu, bis eine starke gelbe Flamme aufloderte. Dann zog er ein weiteres winziges Säckchen hervor, gerade ausreichend für seine Vorstellung. Diesmal stellte Thea sich ohne Aufforderung hinter ihn, allerdings weniger um Schutz zu suchen, sondern um ihre Hände unauffällig unter seine Kleidung zu schieben. Er seufzte. Was für ein Weib. Dann warf er das Säckchen ins Feuer.

Der Knall und die Stichflamme ließen Barbarossa kaum zusammenzucken, vielleicht hatte Thea ihm schon gesagt, was ihn erwartete, aber seine Begleiter schrien auf und wichen entsetzt zurück. Einer der Räuber sank sogar in die Knie, bekreuzigte sich und murmelte ein Gebet.

»Steh auf, du Memme!« Barbarossa riss den Mann am Kragen hoch und verpasste ihm einen Tritt. Dann richtete er sich vor Philip auf. »Du bist mit dem Teufel im Bunde!«

»Dann hätten wir ja denselben Herrn.« Philip zog Thea nach vorn in seine Arme, ehe ihre Finger sich an Körperstellen zu schaffen machen konnten, die ihm allzu rasch die Selbstbeherrschung geraubt hätten.

»Habe ich dir nicht gesagt, dass er etwas ganz Besonderes ist, Vater?« Thea strahlte ihren Vater an und schmiegte sich dabei in Philips Arme.

Der alte Räuber runzelte die Stirn. Missfiel ihm die offen zur Schau getragene Leidenschaft seiner Tochter? Oder fürchtete er um seinen Ruf, wenn er auf einen Mann traf, der offenbar ein wirksameres Bündnis mit dem Höllenfürsten geschlossen hatte?

»Nun, habe ich immer noch ein zu glattes Gesicht für deinen Geschmack?«, fragte Philip. »Oder könntest du einen wie mich gebrauchen?«

»Natürlich kann er dich gebrauchen«, schnurrte Thea. »So ist es doch, Vater?«

Barbarossas Miene blieb unbewegt.

»Vielleicht«, sagte er.

»Dann nehmen wir ihn mit in unser Lager?« Theas Stimme klang wie die eines Kindes, das um ein Geschenk bettelt.

»Ist das dein Wunsch?« Ein Hauch von väterlicher Zuneigung lag in Barbarossas Stimme, die Philip dem Räuber niemals zugetraut hätte. Seine Gedanken schweiften zurück. Fünf Jahre war es her, dass sein eigener Vater ihm dieselbe Frage gestellt hatte.

»Ist das dein Wunsch?« Er nickt. Er besitzt schon drei Vollblüter, kann zudem auf jedes Pferd im Gestüt seines Großvaters zurückgreifen, doch noch fehlt ihm ein Ross, das ihn sicher durch jeden Kampf trägt,

ihm in jedem Turnier den Sieg bringt. Sein Vater winkt den Pferdehändler näher heran. Der hält den jungen Rappen am kurzen Zügel. Ein gutes Pferd, temperamentvoll, stark und wendig. Der Händler nennt den Preis. Eine stolze Summe. Sein Vater schlägt ein. »Er gehört dir, Philip.«

Theas Stimme riss ihn zurück in die Gegenwart.

»Ja, Vater.«

Barbarossa nickte. »Von mir aus. Aber nur mit verbundenen Augen. Ich traue ihm nicht.«

»Ein vorsichtiger Anführer ist ein Anführer, den man achten muss.« Philip grinste. »Du wirst schon lernen, mir zu vertrauen.«

»Wenn ich dir nicht vorher für dein loses Mundwerk den Hals umdrehe.«

Thea führte Philips Rappen heran und befestigte dessen Zügel am Sattel ihres Schimmels. Einer der Räuber verband Philip die Augen.

»Eine Bewegung in Richtung der Augenbinde, und du bist tot«, hörte er Barbarossa sagen. Er nickte nur, dann stieg er in den Sattel.

Sie nahmen ihm die Augenbinde erst wieder ab, als sich das große Tor in der Räuberfeste hinter ihnen geschlossen hatte. Schon einige Zeit zuvor hatte Philip die Rufe und das stete Murmeln gehört, das ihm bereits beim ersten Mal das Räuberlager angekündigt hatte. Auch heute stieg ihm der Geruch von gebratenem Fleisch und brennendem Kiefernholz in die Nase.

Als Erstes sah er Theas Gesicht.

»Willkommen in unserer Festung.« Sie legte die Arme um ihn und küsste ihn mit wilder Leidenschaft, ungeachtet der zahlreichen neugierigen Blicke. Er erwiderte ihren Kuss, musste sich jedoch eingestehen, dass der Bratenduft ganz andere Bedürfnisse in ihm weckte. Seit er in aller Herrgottsfrühe aufgestanden war, hatte er noch nichts gegessen.

Ausgerechnet Barbarossa kam ihm zu Hilfe.

»Ein Mann sollte es nicht nur mit den Frauen verstehen. Ein echter Mann muss saufen können – und fressen wie ein

Wolf.« Er reichte Philip einen großen Bierkrug und eine gewaltige Wildschweinkeule. Thea runzelte die Stirn, sagte aber nichts weiter, als Philip sich zu ihrem Vater ans größte Feuer setzte.

Barbarossa fraß nicht wie ein Wolf, sondern wie ein Schwein. Fett triefte ihm in den Bart und wurde vom Bier herausgewaschen, das ihm beim Trinken aus den Mundwinkeln lief. Jetzt wusste Philip auch, woher die Flecken auf Barbarossas Waffenrock rührten. Angewidert wandte er sich ab und ließ den Blick durch das Lager schweifen.

Zwischen den zahlreichen Hütten gab es vier große Feuer, an denen Wildschweine und ein Hirsch gebraten wurden. Überall standen Bierfässer, aus denen sich die Räuber großzügig bedienten. Manch einer schüttete sogar einen Krug über dem Fleisch aus, sodass es zischend in die heiße Glut tropfte.

Einige Frauen saßen zwischen den Männern, überwiegend alte Weiber, aber auch ein paar jüngere Mädchen, die meisten barfüßig und in groben Kitteln. Vermutlich Bauernmägde, die davongelaufen waren, um es sich bei den Räubern gut gehen zu lassen. Keine von ihnen konnte es an Schönheit mit Thea aufnehmen. Trotz der Frauen sah er keine Kinder. Die jüngsten Mitglieder der Räuberbande waren Halbwüchsige, die sich in harmlosen Raufereien übten.

Die Räuberfeste war ein Dorf für sich, mit Schmiede, festen Hütten und Menschen, die neben dem Raub auch anderen Handwerken nachzugehen schienen. Ein alter Mann saß am Rand und flocht einen Korb. Er war der Einzige, der sich um diese Stunde nicht ums Essen scherte.

Thea hatte sich ebenfalls einen Bierkrug und ein großes Stück vom Wildschwein geholt. Doch anders als ihr Vater trank sie in kleinen Schlucken, und die Art, wie sie das Fleisch mit den Zähnen vom Knochen riss, hatte etwas Sinnliches. Je mehr er seinen leiblichen Hunger stillte, umso mehr wuchs sein Appetit auf sie, den sie mit ihren feurigen Blicken schürte. Vergeblich versuchte er, die Lust zu unterdrücken. Es gab Wichtigeres zu tun, seine

Zeit war kostbar, doch sein Verlangen wurde immer größer, und das starke Bier raubte ihm die letzte Selbstbeherrschung.

Als sie aufstand, erhob er sich und folgte ihr wie von selbst in die größte Hütte. Hinter sich hörte er Barbarossa lachen und die Räuber grölen, aber all das war ihm gleichgültig. Er wollte nur Thea, er musste sie haben, um danach wieder Herr über seinen Verstand zu werden.

Und zum wiederholten Male fragte er sich, wie Said es nur schaffte, sich stets zu beherrschen und allen Versuchungen aus dem Wege zu gehen.

Er hatte keine große Vorstellung vom Innern der Hütte gehabt, in die Thea ihn gelockt hatte, doch als er sie betrat, siegte sein Erstaunen erst einmal über seine Lust. Der Eingangsbereich war geschmückt wie ein königlicher Thronsaal. Ein dunkler, reich beschnitzter Lehnstuhl, dessen Armlehnen in Löwenköpfen endeten, zog den Blick auf sich. Vor dem Thron lag ein Teppich mit orientalischen Mustern. Philip wollte lieber nicht darüber nachdenken, wie diese Wertgegenstände ihren Weg in Barbarossas Lager gefunden hatten. Doch am meisten erstaunte ihn der Wandteppich hinter dem Räuberthron. Er zeigte das Wappen der Welfen, einen Löwen.

Thea griff nach seiner Hand. »Komm.«

»Warum führt dein Vater das Wappen der Welfen?«

»Er ist ein Enkel von Heinrich dem Löwen«, antwortete sie. »Aus einer Bastardlinie, aber ein Welfe.«

»Ein Welfe?« Er erinnerte sich an Theas Erzählung, die unglückliche Liebe der Herzogstochter, der sie entsprang.

»Aus welcher Familie stammte deine Mutter, dass man es wagte, sich mit einem Welfenspross anzulegen?«

»Musst du jetzt von meiner Mutter anfangen?« Sie schob den Wandteppich beiseite. Dahinter befand sich der Zugang zu einer Höhle. Das also war der Grund, warum man diese Hütte unmittelbar an den Felsen gebaut hatte.

»Ich wüsste es nur gern.«

»Sie war die Tochter des Herzogs von Sachsen.«

Also aus dem Haus der Askanier. Kein Wunder, dass der Herzog gegen die Verbindung seiner Tochter mit einem mittellosen Welfenbastard gewesen war.

Thea nahm einen Kienspan und zündete mehrere Lampen an, die an Wandhalterungen im Felsgestein befestigt waren. In einer der hinteren Kammern stand ein Himmelbett, das einer Gräfin angemessen gewesen wäre.

»Dies ist mein Reich«, sagte Thea und ließ sich aufs Bett fallen. Dann schlüpfte sie aus ihren Stiefeln und löste die Nesteln ihrer Beinlinge.

»Das Räuberleben hat durchaus seine Reize«, stellte Philip fest. Thea zog ihn an sich.

»Wirst du bei mir bleiben?« Da war er wieder, dieser kindlich unschuldige Blick, den er heute zum ersten Mal in ihren Augen gelesen hatte. Auf einmal war ihm die Lust vergangen. Es war die wilde, kämpferische Thea, die seine Leidenschaft entfachte. Die hemmungslose Räuberin, die ihm erlaubte, sie ohne schlechtes Gewissen zu nehmen, weil sie ihn genauso rücksichtslos begehrte.

Und jetzt schaute sie ihn an, als erwarte sie einen Schwur ewiger Liebe von ihm. Das kleine Mädchen, dem das Schicksal das Geschenk der Liebe stets vorenthalten hatte.

»Wer weiß schon, wohin uns das Leben führt?«, antwortete er ausweichend.

Sie lachte und schob sich über ihn. »Ich könnte meinen Vater bitten, dich für alle Ewigkeiten hier an die Wand zu schmieden. Dann müsstest du dir keine Gedanken machen, ob du mir jemals wieder entfliehen kannst.«

»Du pflegst deine Liebhaber also in Ketten zu legen?«

»Mit dir täte ich es, wenn ich dich anders nicht halten könnte. Ich habe noch nie einen Mann so sehr gewollt wie dich.«

»Und wenn ich es nicht wert bin?«

»Ich entscheide, was du wert bist, mein schöner Mann. Und dich will ich nie mehr missen.«

Er hatte viele Frauen gehabt, doch niemals hatte er einer von ihnen Liebe vorgespielt. Es war immer nur um die Leidenschaft des Körpers gegangen. Gelangweilte Ehefrauen, die sich nach einer prickelnden Abwechslung sehnten. Unglücklich verheiratete Geschöpfe, deren grobe Ehemänner ihnen keine Befriedigung schenken konnten. Die selbstbewusste Berenice, die nicht als Jungfrau in die Ehe mit einem verhassten, dreißig Jahre älteren Mann gehen wollte. Die losen Frauen in den Badestuben, die ihn nicht nur als Liebhaber willkommen hießen, sondern auch seine reichlichen Trinkgelder schätzten. Harmlose Spielereien. Er war niemand, der Herzen brach. Sollte ausgerechnet die starke Thea die Erste sein?

Thea bemerkte die Veränderung, die in ihm vorging.

»Was ist mir dir?«

Er umfasste ihr Gesicht, zog es nahe an sich heran.

»Ich will dir nichts vorspielen, Thea. Ich … ich bin kein Mann für die große Liebe. Ich suche mir mein Vergnügen, wo ich es finde. Mehr ist da nicht.«

»Dann bist du doch wie ich.« Sie lachte. »Und ich glaube, wir beide werden noch viel Vergnügen aneinander finden.«

»Und wenn ich es bei einer anderen fände?«

»Dann schneide ich ihr die Kehle durch. Ich teile dich mit keiner anderen.«

Theas Augen funkelten, gefährlich und erregend zugleich. Nein, dieser Frau konnte niemand das Herz brechen. Sie nahm sich, was sie wollte, und er würde es ihr geben. Zumindest hier und jetzt.

»Hat sie dich fertiggemacht?« Barbarossa lachte und reichte Philip einen weiteren Krug Bier. Die Augen des Räubers waren gerötet, vermutlich hatte er in der Zeit, die Philip mit Thea verbracht hatte, ununterbrochen getrunken.

»Was sagst du?« Philip wandte sich zu Thea um. »Hast du mich fertiggemacht?«

»Das will ich hoffen.« Sie versetzte ihm einen Stoß mit dem

Ellbogen und nahm ihrem Vater den Bierkrug aus der Hand, um ihn in einem Zug zu leeren.

»Das ist meine Tochter. Sie nimmt sich, was sie will.« Er schlug Philip so heftig auf die Schulter, dass dessen Bier überschwappte. Noch während Philip den Schaum abtrank, wurde das große Tor geöffnet, und fünf Männer preschten in die Räuberburg. Sie alle waren wie Bauern gekleidet, auch wenn der Anführer sich wie ein Ritter geben wollte, denn er trug ein zerrissenes altes Kettenhemd. Sein Gesicht war von einem wirren schwarzen Bart zugewuchert.

»Hinnerk, endlich!«, brüllte Barbarossa. »Hast du Beute gemacht?«

Der Schwarzbart galoppierte bis unmittelbar vor seinen Hauptmann und sprang vom Pferd.

»Die Krämerseelen sind gerannt, aber wir haben sie alle erwischt.« Er griff in seinen Beutel. »Hier, Thea, das ist für dich. Du magst doch Rosenöl.« Er reichte ihr einen zierlichen Glasflakon. Sie steckte das teure Geschenk wortlos ein.

»Was ist? Hast du heute keine zärtliche Geste für mich übrig?«

»Das habe ich schon lange nicht mehr«, fauchte sie.

»Du hast einen Rivalen, Hinnerk.« Barbarossa zeigte grinsend auf Philip. »Ich glaube, er führt die Lanze ausdauernder als du.«

»Die Lanze …« Es dauerte einen Wimpernschlag lang, bis Hinnerk begriff. »Keiner rührt meine Braut an!«, brüllte er und zog sein Schwert.

»Ich bin nicht deine Braut.« Auch Thea hatte ihre Waffe gezogen.

»Ach, dann ist er also *deine* Braut, die du verteidigst, Thea?«

Hinnerk zog den Rotz hoch und spie ihn vor Philips Füße. »Ein glattes Gesicht wie ein Mädchen hat er ja.«

Philip reichte seinen Bierkrug einem der Männer und zog sein Schwert. »Thea ist deine Anführerin. Du hast ihr Respekt zu zollen, und den werde ich dich lehren.«

»Oh, er redet geschniegelt. Spielt wohl feiner Herr, was?«

Schon hatte sich ringsum ein Kreis Neugieriger gebildet. Sogar der Alte mit dem halb fertigen Korb war herbeigehumpelt.

Noch stand Thea mit gezogener Waffe zwischen ihnen. Sie warf Philip einen kurzen Blick zu, dann trat sie beiseite.

»Na los, feiner Herr, komm doch!«, brüllte Hinnerk. Dann stürmte er auf Philip los, das Schwert viel zu hoch erhoben, als wäre es eine Axt. Ein Bauernlümmel, der sich als Ritter versuchen wollte. Philip lachte. Es kostete ihn keine Mühe, der ersten Attacke des Räubers durch einen einfachen Seitenschritt auszuweichen. Hinnerk stürmte wie ein wilder Stier an ihm vorüber und wäre fast in die Menge hinter Philip gerannt.

»He, dort ist dein Gegner!« Ein Mann stieß ihn zurück. Für einen Moment sah es so aus, als wolle Hinnerk sich auf die Zuschauer stürzen.

»Dein Schwert ist kein Dreschflegel!«, rief Philip. »Du musst es nicht so herumschleudern, sonst tust du dir noch weh.«

Die Räuber johlten, er hörte Theas helles Lachen und schenkte ihr eine kurze galante Verbeugung. Hinnerk brüllte wie ein angestochener Eber und stürzte sich erneut auf Philip. Diesmal schlug Eisen hart auf Eisen, Funken sprühten. Hinnerk keuchte, versuchte erneut einen viel zu hohen Angriff und vernachlässigte seine Deckung. Für das Abschlachten von harmlosen Reisenden, von Frauen und Kindern mochte es reichen, aber kaum für einen echten Gegner, der in der Schwertkunst bewandert war.

»Du solltest es lieber mit einer Keule versuchen«, schlug Philip vor. Hinnerk brüllte und grunzte, als hätte er die Sprache verloren.

»Schau, so geht das.« Ein schneller Angriff aus der Deckung heraus, und Philip gab Hinnerk einen echten Grund zum Schreien. Sein Schwert hatte den rechten Unterarm des Räubers aufgeschlitzt. Noch eine schnelle Drehbewegung, und Hinnerks Waffe lag am Boden. Rasch trat Philip mit dem Fuß auf das Schwert und setzte Hinnerk seine Waffe an die Kehle.

»Wenn du mir noch einmal vor die Füße rotzt oder es an Achtung fehlen lässt, stirbst du. Und jetzt verschwinde.«

Hinnerk biss die Zähne zusammen und presste die linke Hand auf die Wunde am rechten Arm. Dann wandte er sich wortlos um und verschwand.

»Ich habe dich falsch eingeschätzt.« Barbarossa schlug Philip anerkennend auf die Schulter, während er sich seinen Bierkrug zurückgeben ließ. »Du verstehst zu kämpfen. Ich hätte nicht gedacht, dass du Hinnerk so schnell auf seinen Platz verweist.«

»Du hättest ihn töten sollen«, sagte Thea.

Philip trank einen Schluck Bier.

»Wozu? Dein Vater scheint viel von ihm zu halten. Warum sollte ich seine besten Leute töten?«

Barbarossa lachte. »Siehst du, Thea? So denken wir Männer. Du bist zu ungestüm. Du musst nicht gleich jedem den Kopf abschlagen, der dir widerspricht.«

»Tut sie das?«

»Manchmal«, gestand Barbarossa. »Also pass auf, dass du ihren Zorn nicht erregst. Du wärst nicht der Erste.«

Thea warf ihrem Vater einen bösen Blick zu und schlenderte ans andere Ende des Lagers, wo sich mehrere Frauen um ein Feuer versammelt hatten.

Philip schaute ihr nach.

»Du könntest tatsächlich der Richtige für sie ein«, sagte Barbarossa nachdenklich. »Thea braucht einen Mann, der sie mit seiner Leidenschaft zähmt. Nichts ist so gefährlich wie eine Frau, die wie ein Mann kämpfen kann.«

»Warum hast du es ihr dann beigebracht?«

»Eine Tochter aus meinem Blut ist mehr wert als die Söhne aus dem Blut des Herzogs von Sachsen.«

»Du hättest noch einen Sohn zeugen können. Frauen gibt es doch genug.«

Barbarossa schüttelte den Kopf. »Nicht mit diesen Weibern hier.«

»Warum nicht?«

»Geh hin und schau es dir an. Sie beten die Hegedisen an, Gundula ist unsere oberste Hagezussa. Heidnischer Aberglaube, aber die Bauern treibt es zu uns. Und wer weiß, vielleicht beherrscht Gundula ja tatsächlich den einen oder anderen Zauber.«

»Hegedisen?« Philip hatte das Wort noch nie gehört.

»Waldgeister.« Barbarossa spie das Wort verächtlich aus. »Thea ist ganz vernarrt in Gundulas Weissagungen.«

»Wenn es dir nicht gefällt, warum lässt du die Frauen dann gewähren?«

»Schau dir Gundula an, dann wirst du's wissen.« Barbarossa stürzte sein Bier hinunter. »Thea wird sich freuen, wenn du dich ihrer Ziehmutter vorstellst.«

Der Aberglaube der Frauen war ihm einerlei, er wollte wissen, ob Barbarossa tatsächlich im Auftrag von Graf Dietmar handelte. Aber vielleicht wäre es von Vorteil, mehr über die Räuberbande zu erfahren. Und wenn Gundula wirklich eine mächtige Frau war, konnte es nicht schaden, sie kennenzulernen.

Thea freute sich tatsächlich, als er zu den Frauen ans Feuer kam. Mit einem strahlenden Lächeln trat sie beiseite, und er reihte sich in den Kreis ein. Erst da entdeckte Philip, dass das Feuer nicht der Mittelpunkt der allgemeinen Aufmerksamkeit war, sondern ein flacher runder Stein, etwa so groß wie der Boden eines Fasses. In den Stein waren Spiralmuster eingeritzt, vermutlich schon vor langer Zeit, denn Erde und Moos hatten die Muster dunkel gefärbt. Unwillkürlich griff er nach dem bronzenen Anhänger unter seinem Hemd, den Thea ihm geschenkt hatte. Das Schmuckstück zeigte die gleichen Muster wie der alte Stein.

»Ist er derjenige, auf den deine Wahl gefallen ist?« Eine stattliche Matrone schaute Thea fragend an.

»Ja«, antwortete Thea. »Ich habe mich für ihn entschieden. Wirst du uns die Zukunft weisen, Gundula?«

Philip wurde der Hals eng. Das klang ja fast so, als wolle Thea ihn für alle Zeiten an sich binden.

»Was hat das zu bedeuten?«, fragte er.

»Nichts Schlimmes.« Thea ergriff seine Hand. »Gundula kann in die Zukunft schauen. Und ich will wissen, ob unser Weg derselbe ist.«

»Und wenn er nicht derselbe ist?« Philip bemühte sich um ein Grinsen, doch irgendwie gelang es ihm nicht so recht.

»Dann können wir dich immer noch den Hegedisen opfern.« Thea lachte, und sofort stimmten die anderen Frauen mit ein. Vielleicht hätte er doch lieber noch ein Bier mit Barbarossa trinken sollen.

»Schau mir in die Augen!«, forderte Gundula ihn auf. Es war ein seltsamer Blick, er erinnerte ihn an Helena. Sie hatte genauso versucht, in seinem Gesicht zu lesen, ihm von der Seelenflamme erzählt. Beherrschte Gundula die gleiche Kunst? Am liebsten hätte er die Lider gesenkt, doch hier durfte er sich keine Schwäche erlauben.

»In dir brennt ein starkes Feuer«, erklärte die alte Hagezussa. »Du vereinst zwei Welten in deiner Brust, doch musst du dich bald für eine entscheiden, sonst wird es dich zerreißen.«

»Für welche?« Er wusste selbst nicht, warum er der Frau diese Frage stellte, eigentlich hatte er sich vorgenommen, den seltsamen Ritus unbeeindruckt über sich ergehen zu lassen.

»Gib mir deine rechte Hand!«

Er tat es. Die Hagezussa hielt seine Hand über den Stein.

»Die alten Götter werden uns Antworten geben. Freya und Wodan sind meine Zeugen.«

Also war diese Frau eine echte Heidin, ganz so, wie Barbarossa es gesagt hatte. Ein Schauer lief Philip über den Rücken, aber er zuckte nicht zurück, als Gundula ihr Messer zog und ihm einen kleinen Schnitt am Handgelenk zufügte, gerade tief genug, damit einige Tropfen seines Blutes auf den heiligen Stein tropften und sich in den Rillen der Spirale ausbreiteten.

»Thea, gib auch du mir deine Hand!«, verlangte die Hagezussa.

Thea zögerte nicht, ihr zu gehorchen.

»Wir wollen sehen, ob eure Blutlinien zusammenfinden.«

Gundula schnitt auch in Theas Arm und ließ deren Blut von der anderen Seite auf den Stein tropfen.

Alle starrten gebannt auf den heiligen Stein und beobachteten, wie Theas und Philips Blut von entgegengesetzten Seiten durch die Spirallinien aufeinander zurann. Kurz vor dem Mittelpunkt der Spirale blieb Philips Blutlinie stehen. Theas Blut lief schneller, erreichte das Zentrum, doch kurz bevor es sich mit dem von Philip mischen konnte, versagte auch seine Kraft.

»Was sagen die Götter?« Theas Stimme klang ungeduldig, ja, sogar ein wenig verärgert.

»Du wirst bekommen, was du dir wünschst, Thea. Aber nicht dort, wo du glaubst. Und nicht an seiner Seite.«

Für einen Wimpernschlag sah es aus, als wolle Thea aufbrausen, doch Gundula hob warnend die Hände. »Du wirst finden, was du suchst, wenn du den Ursprung durchschreitest. Der Tag wird kommen, an dem du das Erbe des Löwen antrittst, aber es wird anders aussehen, als du es dir jemals erträumt hast.«

Gundula wandte sich an Philip. »Du wirst an ihrer Seite kämpfen, wenn sie findet, was ihr bestimmt ist, aber du wirst nicht bei ihr bleiben.«

»Was ist dann mein Schicksal?« Die Kraft der Hagezussa nahm Philip wider Erwarten gefangen.

»Du wirst ein ewiger Wanderer bleiben, wenn du dich nicht mit deiner Vergangenheit aussöhnst. Was auch immer du getan hast, ein mächtiger Geist hält schützend die Hand über dich. Weise ihn nicht länger zurück.«

Gundulas Blicke durchbohrten Philip, als könne sie in seiner Seele lesen. Kannte sie alle Qualen, den Schmerz, den er durchlitten hatte? Nein, so viel Macht besaß kein Mensch. Nicht einmal eine alte Priesterin längst vergessener heidnischer Götter.

Thea hatte sich hinter ihn geschoben und schlang ihm die Arme um die Brust.

»Welchen Schmerz trägst du mit dir herum?«, flüsterte sie. Es war das erste Mal, dass sie ihn voll aufrichtiger Teilnahme nach seiner Vergangenheit fragte.

Er schwieg. Es gab keine Worte, es hatte niemals Worte gegeben, und er würde niemals Worte finden, das Geschehene zu benennen. Niemals. Stumm befreite er sich aus Theas Umarmung und kehrte zu Barbarossas Feuer zurück.

»Philip!«, rief Thea ihm nach. Hatte sie ihn jemals zuvor bei seinem Namen gerufen? Er konnte sich nicht erinnern.

Er wandte sich nicht um, sondern holte sich einen neuen Krug Bier und setzte sich zu Barbarossa. Der Räuberhauptmann war bester Laune und schon reichlich angetrunken.

»Nun, haben die Weiber dich aus den Klauen gelassen?«

»Gundula ist eine bemerkenswerte Frau.«

»Ja, bemerkenswert und unheimlich.« Der Räuber rieb sich den Bierschaum von den Lippen in den Bart. »Du hättest sie vor zwanzig Jahren sehen müssen. Ein feuriges Weib, aber eine Ausgestoßene, weil sie die alten Götter anbetet. Und trotzdem rannten die Bauern zu ihr, um sich im Wald von ihr weissagen zu lassen. Die Menschen sind verrückt.«

»Das klingt, als seist du einmal in sie vernarrt gewesen.«

»Das bin ich immer noch.« Barbarossa lachte dröhnend. »Glaubst du, sonst ließe ich ihr so viel durchgehen?«

»Ja, manchmal verdrehen einem die Frauen den Kopf. So wie Thea mir. Aber ich denke, jetzt wäre es an der Zeit, über ernste Angelegenheiten zu sprechen. Du hast gesehen, was ich vermag. Du hast selbst gesagt, ich sei der Richtige, der Thea zähmt. Und was deine Männer angeht, ich habe keinen gesehen, mit dem ich nicht fertig würde.«

»Das stimmt«, gab Barbarossa zu. »Du führst das Schwert wie ein Ritter, und dein Pferd ist ausgezeichnet. Du bist keiner von den Bauernlümmeln und Strauchdieben, die sich mir für gewöhnlich anschließen. Was treibt dich zu uns?«

»Du warst selbst ein Ritter«, sagte Philip. »Du weißt, wie wechselhaft das Leben einem Mann mitspielen kann.«

»Was ist dir widerfahren?«

»Ich rede nicht gern darüber.«

»Wenn du dich mir anschließen willst, verlange ich Offenheit. Jeder hier hat seinen Grund, für mich zu kämpfen. Also?«

Philip zögerte. Welche Lüge käme ihm am leichtesten über die Lippen?

»Behältst du es für dich? Ich möchte nicht, dass Thea davon erfährt.«

»Eine Weibergeschichte?« Der alte Räuber lachte. »Das hätte ich mir denken können.«

»Kann man so sagen. Es hat einen einflussreichen Mann das Leben gekostet.«

»Ein eifersüchtiger Ehemann?«

Philip nickte. Das war ja einfacher, als er gedacht hatte.

»In Alexandria wäre ich des Todes gewesen, also habe ich mir überlegt, die Heimat meines Vaters kennenzulernen.«

»Und hast dich auf Birkenfeld eingenistet. Kein schlechter Plan. Dietmar weiß zu leben.«

»Nur leider ist er mir nicht wirklich wohlgesinnt. Er glaubt, ich sei ein Regensteiner Bastard.« Philip nippte an seinem Bier. Er durfte nicht mehr allzu viel trinken, wenn er bei klarem Verstand bleiben wollte. »Scheint wohl irgendeine Schrulle von ihm zu sein.«

»Man kann es ihm nicht verdenken, die Regensteiner haben seiner Familie übel mitgespielt.«

»Das klingt, als würdest du ihn gut kennen.«

Ein Halbwüchsiger kam am Feuer vorbei.

»He du, bring mir noch ein Bier!«, rief Barbarossa dem Jungen zu und reichte ihm den leeren Krug. Der Knabe nickte verschüchtert und stob davon. »Ja, ich kenne ihn gut. Sehr gut sogar.«

»Ein Räuberhauptmann kennt einen Grafen?«, fragte Philip. Endlich nahm das Gespräch die Wendung, auf die er so lange hingearbeitet hatte.

»Er ist nicht als Graf geboren und ich nicht als Räuber.«

Der Junge kehrte mit dem Bierkrug zurück. Barbarossa nahm einen kräftigen Schluck und wischte sich den Schaum aus den Mundwinkeln. »Dietmar hatte einen älteren Bruder.«

»Ich habe von ihm gehört.«

»Otto war ein Teufelskerl. Einer der besten Freunde, die ich jemals hatte.« Ein versonnener Zug längst verblasster Erinnerungen legte sich über Barbarossas Miene. »Er hat sogar das Feld geräumt, damit ich um Theas Mutter werben konnte.«

Fast hätte Philip sich an seinem Bier verschluckt. Sein Vater war ein Freund dieses Halsabschneiders gewesen? Das konnte doch nicht sein.

»Wie das?«

»Es sollte eine Ehe zwischen Otto und der schönen Clara, der Tochter des Herzogs von Sachsen, angebahnt werden. Der alte Birkenfeld war ganz versessen auf ein Bündnis mit den Askaniern. Keine Ahnung, wie er den hochnäsigen Herzog dazu brachte, seine Tochter einem Grafensohn zu versprechen, nachdem sich doch Prinzen um sie gerissen hätten. Otto wusste, dass Clara und ich uns liebten, und so schloss er sich dem Kreuzzug unter Bonifatius von Montferrat an, um mir die Gelegenheit zu geben, um Clara zu werben.«

»Thea erzählte mir eine andere Geschichte. Clara hätte sich bei einem Turnier in dich verliebt.«

»Thea weiß nicht alles«, gab Barbarossa trocken zurück. »Ich habe vier Jahre lang versucht, auf ehrbare Weise Claras Hand zu gewinnen. Beim Turnier versuchten Clara und ich das letzte Mal, ihren Vater umzustimmen. Zu der Zeit war die Kunde von Ottos Tod schon bis zu uns gedrungen. Clara wäre frei von jeglicher Verpflichtung gewesen, aber ich war dem Herzog nicht gut genug. Nun, ich will dich nicht mit alten Geschichten langweilen, jedenfalls kenne ich Dietmar schon, seit er ein Knabe war.«

»Ist er auch so ein Teufelskerl wie sein älterer Bruder?«

»Dietmar?« Barbarossa lachte. »Ein hinterhältiger Ränkeschmied ist er, der andere die Drecksarbeit verrichten lässt. Nein, Dietmar hat nicht das Mindeste mit seinem Bruder gemein. Aber mir ist es recht.«

»Du lässt die Eisenerzfuhren in seinem Auftrag rauben, nicht wahr?«

»Wer behauptet das?«

Philip zog ein verschlagenes Gesicht. »Bei meiner Ankunft hier wurde ich Zeuge, wie deine Leute eine Eisenerzfuhre überfielen. Einer deiner Männer hatte wohl Angst vor dem Fegefeuer und beichtete mir im Sterben alle seine Sünden. Und die des Grafen noch dazu.«

»Ja, die meisten hier sind feiger Abschaum. Aber sie tun, was ich ihnen befehle.«

»Kein schlechter Gedanke, sich mit dem Grafen einzulassen. Aber was ist, wenn es ihm in den Sinn kommt, das Bündnis eines Tages zu beenden und selbst als großer Held dazustehen, der deine Bande auslöscht?«

»Das wird er nicht tun. Ich weiß genug, um ihn auf den Richtblock zu bringen. Wusstest du, dass er seinen eigenen Halbbruder niedermetzeln ließ?«

Barbarossa stürzte sein Bier hinunter und schickte den Jungen nach einem frischen. Der wievielte Krug mochte es wohl sein?

»Das hat er getan?« Philip gab sich erstaunt.

»O ja, das heißt, er hat mir den Auftrag für den Überfall erteilt. Es war ein prächtiger Hochzeitszug. Die Braut war hübsch, hat mir fast leidgetan, sie abzustechen. Aber wenn ich sie mir genommen hätte, hätte es nur Ärger gegeben. Es durfte niemand überleben.«

»Warum?«

»Weil Dietmar es so wollte.«

»Und du gehorchst ihm aufs Wort?«

»Wenn er anständig zahlt, bekommt er, was er will«, gab der Räuberhauptmann gleichmütig zurück. »Obwohl, vor ein paar Tagen war er bei mir und hat sich bitterlich beklagt, weil das Mädchen überlebt hat.«

»Welches Mädchen?«

»Na, die Braut. Ich habe mich wohl doch ein bisschen von ihrer Schönheit blenden lassen.« Er grinste schmierig. »Vielleicht kennst du sie sogar. Dietmar war so einfältig, sie als Heilerin für seine Gattin nach Birkenfeld zu holen. Er hatte keine Ahnung, wer sie war. Und sie ahnt nicht, wer er ist und was er getan hat. Sie scheint ihn geradezu anzuhimmeln. Nun, das macht es einfacher, sie unauffällig zu beseitigen.«

Eine eiskalte Faust drosch in Philips Magen. Nur nichts anmerken lassen.

»Warum will er sie töten, wenn sie nichts weiß?«

Barbarossa zuckte die Schultern. »Nur Tote schweigen zuverlässig. Keine Ahnung, was er befürchtet. Ich habe ihn zu Gundula geschickt, damit sie ihm ein passendes Gift braut. Sie kennt sich damit aus. Eine schleichende Krankheit, die dem Mädchen die Lebenskraft raubt, und niemand schöpft jemals Verdacht.«

»Hat er das Gift schon angewandt?«

»Woher soll ich das wissen? Ein gutes Gift braucht seine Zeit. Keine Ahnung, ob Gundula es ihm schon geschickt hat.«

Verdammt, Helena war in größerer Gefahr, als er gedacht hatte. Warum hatte sie nur nicht auf ihn gehört? Sie hätte schon wieder in Sankt Michaelis sein können. Obwohl, wenn sie plötzlich aufgebrochen wäre, hätte sie das Kloster dann jemals erreicht? Vermutlich hätte Dietmar Barbarossa sofort beauftragt, sie zu töten. Vielleicht war es doch gut, dass sie nicht auf ihn gehört hatte. Es gab nur eine Möglichkeit. Er musste sie selbst aus der Burg schaffen, wenn er ihr Leben retten wollte. Aber würde sie ihm folgen?

»Was bist du so schweigsam?«, fragte Barbarossa. »Liegt dir etwas an der Kleinen?«

Waren ihm seine Gedanken so deutlich anzusehen?

»Ich halte es für eine Verschwendung. Du hast selbst gesagt, wie hübsch sie ist. Hübsch genug, dir den Sinn so sehr zu verwirren, dass dein Schwerthieb seine tödliche Kraft einbüßte. Ich wüsste Besseres mit ihr anzufangen, als sie zu ermorden.«

»Das lass Thea nicht hören.«

Philip zwang sich zu einem Grinsen. »Thea nimmt sich doch auch, was sie will. Dann wird sie lernen müssen, dass ich vom gleichen Schlag bin. Andererseits, was geht es mich an? Wenn

Graf Dietmar meint, er müsse sie beseitigen, bin ich der Letzte, der sich einmischt. Auch wenn es eine Verschwendung ist.«

»Du bist abgebrühter, als ich dachte. Und dabei hast du ein Gesicht, als könntest du kein Wässerchen trüben.«

»Mein Freund Said pflegt zu sagen, ich bin und bleibe ein Pferdehändler. Nun sag, Barbarossa, welchen Platz kannst du mir in deiner Bande anbieten?«

»Das wird sich zeigen. Du willst Thea?«

»Zumindest will sie mich.« Philip grinste.

»Ich werde dir deinen Platz zuweisen, wenn du das erste Mal an meiner Seite Blut vergossen hast.«

»Was ist mit meinem Freund Said, der noch auf Burg Birkenfeld weilt?«

»Vertraust du ihm?«

»Er ist mir wie ein Bruder.«

»Bring ihn zu mir, ich bin um jeden guten Kämpen froh.«

»Dann wäre es jetzt an der Zeit für mich, nach Birkenfeld zurückzukehren, um alles vorzubereiten.«

Barbarossa nickte. »Meine Männer werden dich zur Holzfällerhütte zurückbringen. Mit verbundenen Augen.«

»Du traust mir nicht?«

»Nicht, bis du an meiner Seite jemandem die Kehle aufgeschlitzt hast.«

»Ihr habt hier seltsame Bräuche, um die Zuverlässigkeit eines Mannes zu erproben.«

»Nicht nur die eines Mannes. Auch unsere Weiber müssen Blut vergießen. Thea konnte schon mit sechs Jahren einem Mann sauber die Kehle durchschneiden.«

»Du hast sie schon als Kind im Morden unterrichtet?« Für einen Moment konnte Philip seinen Abscheu nicht mehr verbergen.

Barbarossa lachte, er hielt es wohl für Entsetzen. »Thea ist meine gefährlichste Waffe. Sie kann kämpfen wie ein Mann, aber sie kann auch anschmiegsam sein wie ein Kätzchen, ehe sie ihre Beute tötet.«

Unwillkürlich suchte Philips Blick nach Thea. Sie stand noch immer bei Gundula am heiligen Stein.

Barbarossas gefährlichste Waffe … Auf einmal verstand er, warum sie den alten Leitwolf endlich absetzen wollte. Was mochte die Hagezussa wohl gemeint haben, als sie Thea versprach, sie werde finden, was sie begehre? Geborgenheit und Liebe? Oder ging es doch nur um Macht? Er hatte gedacht, alles über Frauen zu wissen. Über Thea wusste er gar nichts.

13. Kapitel

»Verzeiht meine Verspätung, Herr Dietmar.«
Überrascht blickte Lena auf. Philip stürzte in den Saal, an dem schon alle an der Tafel saßen. Abgehetzt und verschwitzt, so als hätte er den frischen Bliaut in aller Eile übergeworfen, um nicht in staubigen Kleidern zu erscheinen. Der Graf nickte nur, und Philip nahm an Lenas Seite Platz. Das wunderte sie, denn für gewöhnlich saß er am anderen Ende der Tafel. Vielleicht war ihm seine Verspätung so unangenehm, dass er sich auf dem nächstbesten Sitz niederließ.

Graf Dietmar gab sich ausgesprochen liebenswürdig, obwohl die Gräfin sich wieder hatte entschuldigen lassen. Vermutlich bedauerte er sein Verhalten am Tag zuvor.

»Ihr solltet von dem Wein kosten, Frau Helena.« Er reichte ihr selbst den Pokal, den die Magd soeben gefüllt hatte. Lena war bereit, auf die Versöhnungsgeste einzugehen.

Ein plötzlicher Stoß. Der Pokal schwappte über und spritzte sie von oben bis unten nass.

»Oh, verzeiht!« Philip starrte sie mit großen Augen an, in der Hand ein Stück Brot, nach dem er eben ungeschickt über den Tisch gelangt hatte. »Das wollte ich wirklich nicht. Wie kann ich das nur wiedergutmachen?«

Bildete sie es sich ein, oder roch er nach Bier?

»Lasst gut sein«, sagte sie und erhob sich. »Es ist wohl besser, wenn ich die Flecken sofort entferne.«

»Bitte vergebt mir meine Ungeschicklichkeit.« Philip sprang auf. »Darf ich Euch wenigstens die Tür aufhalten?«

Er hastete an ihr vorbei. Und er roch ganz zweifelsfrei nach Bier.

Sie wandte sich zur Tafel um. Der Kaplan hatte nur kurz den Kopf gehoben und sich wieder seinem Mahl gewidmet. Ludovika runzelte die Stirn, aber ihr böser Blick war nichts gegen die Verärgerung in den Augen des Grafen. Und Said schaute seinem Freund hinterher, als hätte der den Verstand verloren.

Philip hielt ihr wie angekündigt die Tür auf, doch er kehrte nicht in den Saal zurück, sondern schloss die Tür von außen.

»Ich muss dringend mit Euch sprechen, Frau Helena.« Nichts deutete mehr darauf hin, dass es ihm unangenehm war, sie in diese Lage gebracht zu haben.

»Habt Ihr das etwa absichtlich getan?« Was maßte dieser Mann sich an?

Er senkte kurz die Lider, deutete ein Nicken an.

»Ihr schwebt in großer Gefahr. Sie ist noch größer, als ich gestern glaubte. Man trachtet Euch nach dem Leben.«

Seine Stimme klang ernst, nicht wie die eines Narren. Dennoch konnte sie kaum glauben, was sie hörte.

»Seid Ihr Euch sicher, dass Ihr nicht einen Krug Bier zu viel getrunken habt?«

»Ich bin mir sehr sicher, Frau Helena. Und es ist auch keine Zeit mehr für Geplänkel. Ich weiß aus sicherer Quelle, dass Graf Dietmar Euch zu vergiften beabsichtigt. Ein langsam wirkendes Gift, das eine schwere Krankheit vortäuschen soll.«

Lena holte tief Luft. Alles in ihr schrie danach, Philip einen Lügner zu nennen, doch zugleich erkannte sie die Sorge in seinen Augen. Wenn er ein falsches Zeugnis ablegte, dann nicht bewusst.

»Nennt mir Eure Quelle«, forderte sie ihn auf.

Schritte hallten durch das Stiegenhaus. Zwei Mägde trugen den nächsten Gang herbei.

»Nicht hier, wo jeder lauschen kann«, flüsterte Philip. »Lasst uns nach oben gehen.«

In ihren Eingeweiden rumorte es. Irgendetwas fühlte sich falsch an, doch sie wusste nicht, was es war. Seine Stimme klang so ernst und aufrichtig, dass sie trotz seiner Bierfahne nicht anders konnte, als ihn anzuhören. So nickte sie und folgte ihm die Treppe hinauf.

Er betrat hinter ihr die Kammer, hielt sich aber schicklich in der Nähe der Tür auf.

»Nun, sprecht. Warum will man mich vergiften, und wer hat es Euch verraten?«

»Gestern teilte ich Euch mit, was ich bislang erfahren hatte. Graf Dietmar ist mit Barbarossas Bande im Bund. Seit heute weiß ich mit letzter Sicherheit, dass es stimmt. Graf Dietmar kennt den Räuberhauptmann schon seit Jahren. Barbarossa übte nicht immer das Räuberhandwerk aus, einst war er ein Ritter und ein Freund von Dietmars Bruder.«

Warum senkte er dabei den Blick, als sei ihm gerade diese Einzelheit unangenehm? Vielleicht weil Otto tatsächlich sein Vater war? Sie beschloss, ihn auf die Probe zu stellen.

»Und warum kehrte Otto nicht zurück nach Birkenfeld, sondern schickte lieber Euch, seinen Sohn?«

Philip wurde blass. Nur für einen Wimpernschlag, doch das reichte ihr.

»Ihr seid Dietmars Neffe, gebt es zu.«

Er schwieg.

»Ihr verlangt, dass ich Euch vertraue, Euch wüste Geschichten glaube. Dann seid auch ehrlich zu mir.«

»Frau Helena, Ihr müsst von Birkenfeld verschwinden, noch heute Nacht. Said und ich werden Euch nach Sankt Michaelis zurückbringen.«

»Was ist mit Ludovika?« Warum stellte sie ihm diese Frage? Das klang ja so, als sei sie schon bereit, auf seinen absurden Vorschlag einzugehen.

»Werdet Ihr mit mir kommen?«

»Wenn Ihr mir die Wahrheit sagt, vielleicht. Die ganze Wahrheit. Und wenn ich Euch glaube. Sonst nicht. Bedenkt, Ihr seid ein Fremder, ich weiß nichts von Euch. Ihr fordert, dass ich mich Euch vollends ausliefere.«

»Die ganze Wahrheit.« Er seufzte. »Schwört Ihr mir, alles, was ich Euch erzähle, für Euch zu behalten? Schwört Ihr es mir bei allem, was Euch heilig ist?«

Also war auch er bereit, sich ihr auszuliefern. Sofort fühlte sie sich besser.

»Ich schwöre es Euch bei der Heiligen Jungfrau.«

Es dauerte eine Weile, bis er etwas sagte. Nie zuvor hatte sie ihn so um Worte ringen sehen, ihn, den begnadeten Erzähler.

»Es ist wahr«, begann er. »Mein Vater war Otto von Birkenfeld. Er starb im letzten Jahr. Es war sein letzter Wunsch, dass ich seine Heimat kennenlerne, und so sind Said und ich aufgebrochen.«

Lena schaute in seine Augen. Bei der Erwähnung seines Vaters erstarb Philips kräftige Seelenflamme zu einem schwachen Glimmen. Was mochte geschehen sein, dass der Tod seines Vaters ihn so sehr aus dem Gleichgewicht geworfen hatte? Das war keine gewöhnliche Trauer.

Philip wich ihrem Blick aus, als sei es ihm unangenehm, wenn sie in seinen Augen las.

»Warum habt Ihr Euch nicht gleich zu erkennen gegeben?«

»Könnt Ihr Euch das nicht denken? Ich erfuhr auf dem Weg hierher von Dietmars vermeintlichen Schurkenstücken. Ich wollte mir erst selbst einen Eindruck von ihm verschaffen. Stets hoffte ich, man habe mich belogen, doch alles ergab einen Sinn. Ihr habt Euch gewiss gefragt, wo ich die Tage verbracht habe, nicht wahr?«

Sie nickte.

»Nun, ich hatte das Pech, bei meinem ersten Ausritt ins nahe gelegene Dorf genau jenen Räubern in die Arme zu laufen, die kurz zuvor die Eisenerzfuhren überfallen hatten.« Er hielt inne, als müsse er sich die folgenden Worte genau überlegen.

»Glücklicherweise führte die Tochter des Räuberhauptmanns die Kerle an, und so gelang es mir, sie davon zu überzeugen, mich nicht zu töten.«

»Ihr habt sie von Euren anderen Fähigkeiten überzeugt?« Lena konnte sich ein anzügliches Grinsen nicht verkneifen.

Philip räusperte sich. »So kann man sagen. Im Nachhinein betrachtet, erwies es sich als vorteilhaft, denn dadurch bekam ich Einblicke in das Gefüge der Räuberbande.«

»Bislang dachte ich immer, nur Frauen würden ihre Reize nutzen, um von Männern zu bekommen, was sie wollen.«

»Lernt man so etwas im Kloster?« Seine Augen blitzten.

Sie senkte den Blick. »Ich habe mich erst nach dem Tod meines Bräutigams dorthin zurückgezogen. Bitte sprecht weiter. Was habt Ihr erfahren?«

»Viele aufschlussreiche Einzelheiten, von denen ich lieber nie Kenntnis erhalten hätte. Heute früh gelang es mir, die rote Thea davon zu überzeugen, mich ihrem Vater vorzustellen. Und nachdem ich den einen oder anderen Humpen Bier mit Barbarossa geleert hatte, wurde er sehr redselig. Graf Dietmar ist der Schurke, den ich von Anfang an in ihm sah. Er kam vor ein paar Tagen ins Räuberlager, um sich ein Gift brauen zu lassen, das Euch langsam töten soll. Barbarossa wusste nicht, ob Dietmar es schon angewendet hat. Deshalb war ich so darauf bedacht, Euch möglichst schnell die Tafel zu verleiden.«

»Ihr glaubt, der Wein sei mit Gift versetzt gewesen?«

Philip hob die Schultern. »Ich weiß es nicht, aber die Art, wie der Graf Euch den Trunk anbot, machte mich stutzig.«

»Warum sollte Dietmar mich töten? Selbst wenn alles stimmt, was Ihr sagt – welche Gefahr bedeute ich für ihn?«

»Ihr wisst zu viel, Frau Helena. Ihr kennt nicht nur die tiefsten Geheimnisse dieser Familie, Ihr seid noch dazu die Witwe von Martin Raitbach. Euer Wissen in den falschen Händen könnte Dietmar vernichten. Und dieses Wagnis will er nicht eingehen.«

Alles, was er sagte, war von bestechender Logik.

»Was schlagt Ihr vor?«

»Said und ich werden Euch noch heute Nacht nach Sankt Michaelis zurückbringen. Jeder weitere Tag auf dieser Burg birgt Gefahr für Euer Leben. Zudem befürchte ich, dass, sollte der Giftmord fehlschlagen, Graf Dietmar die Räuberbande bei Eurer

Rückkehr ins Kloster auf Euch hetzen wird. Barbarossa tut alles, was der Graf verlangt, sofern es seinem Geldbeutel einträglich ist.«

»Was ist mit Ludovika?«

Philip schüttelte den Kopf. »Sie ist nicht in Gefahr, es geht hier nur um Euch.«

»Aber …«

Der Ägypter hob abwehrend die Hände.

»Hört mich an, Frau Helena, ich habe es mir auf dem Rückweg vom Räuberlager gut überlegt, ich …«

»Ihr kennt das Versteck?«, unterbrach sie ihn. »Dann könnte man die Bande doch ausheben.«

»Das wird auch geschehen, aber nicht in dieser Nacht. Dazu brauche ich zuverlässige Männer, und die finde ich in diesem Umfeld kaum.«

Lena nickte. »Ihr habt recht. Verzeiht, dass ich Euch unterbrach.«

»Es gibt nur einen Weg, Euch möglichst sicher von hier fortzubringen, ohne dass Dietmar Barbarossas Bande auf Euch hetzen kann. Aber dazu muss Schwester Ludovika hierbleiben.«

Lena setzte zum Widerspruch an, doch Philip ließ sie nicht zu Wort kommen.

»Es muss so aussehen, als hätte ich Euch entführt. Ludovika wird es sofort glauben, und dem Grafen wird eine vermeintliche Zeugin meiner Schurkentat teuer sein. Sie gibt ihm die Möglichkeit, uns durch seine Männer verfolgen zu lassen, ohne dass er auf die Räuberbande zurückgreifen muss.«

»Aber worin liegt der Vorteil?«

Philip lächelte. »Ganz einfach, Graf Dietmar wird erfahren, dass ich im Lager von Barbarossa war. Der Räuberhauptmann wird glauben, ich hätte Euch aus reinem Eigennutz geraubt, vielleicht hofft er sogar, ich würde Euch zu ihm bringen, wenn ich Euer überdrüssig bin. Er wird sich heraushalten und uns nicht nachsetzen. Damit haben wir die Zahl unserer Verfolger verringert. Zudem wird Dietmar vermuten, ich würde Euch in Barbarossas Lager bringen. Wie sollte er auch auf den Gedanken kommen, unser Ziel könnte Kloster Sankt Michaelis sein?«

Lenas Hände rieben über den Stoff ihrer Suckenie, verharrten bei den nassen Weinflecken.

Philips Blicke folgten ihren Händen.

»Ihr habt noch immer Angst, ich hätte Euch belogen?«

»Ich … ich weiß nicht recht«, antwortete sie. »Es klingt alles so logisch, aber …«

»Ihr befürchtet, ich könnte Euch tatsächlich rauben, schänden und später den Räubern ausliefern?«

Sie senkte den Blick. Es war ihr unangenehm, dass er ihre geheimsten Befürchtungen so offen aussprach.

»Helena, seht mich an!«

Sie hob den Kopf.

In seiner Hand hielt er einen Siegelring.

»Erkennt Ihr das Wappen?« Er reichte ihr den Ring. Drei Bäume waren in den roten Stein eingeschnitten. Das Zeichen der Grafen von Birkenfeld.

»Der Ring gehörte meinem Vater, dem rechtmäßigen Erben von Burg und Grafentitel.«

Noch während sie das Schmuckstück in der Hand hielt, kniete er vor ihr nieder wie ein Ritter, der den Lehnseid ablegt.

»Frau Helena, ich schwöre Euch bei allem, was mir heilig ist, dass ich Euch wohlbehalten nach Sankt Michaelis zurückbringen werde.«

Ein Schauer lief ihr über den Rücken.

»Bitte, steht auf, Herr Philip!«

»Erst wenn Ihr mir versprecht, mit mir zu kommen.«

Sie reichte ihm den Ring zurück und nickte.

Er erhob sich.

»Packt nur das Notwendigste zusammen, ich werde unterdessen Vorbereitungen treffen, damit wir die Burg möglichst unauffällig verlassen können. Ich hole Euch, wenn es so weit ist.«

Lena schlug das Herz bis zum Hals, als sie die weinbefleckte Suckenie gegen ein sauberes Kleid tauschte und einige Kleidungsstücke für die Flucht zusammenraffte. Ihre Gedanken rasten. Die Furcht war noch nicht vollends gebannt, allerdings hatte sie keine Angst mehr, Philip könne ein falsches Spiel mit ihr treiben. Er war bereit, ein großes Risiko für sie einzugehen. Ihre Gedanken kehrten zu Elise zurück. Sie musste die Gräfin verlassen, ohne ihr wirklich geholfen zu haben. Dabei war sie des Rätsels Lösung so nahe gewesen. Ob Elise wohl wusste, dass ihr Gatte den Mord an Martin und seinem Hochzeitszug befohlen hatte?

Es klopfte an der Tür. Philip stand vor ihr, in seinen schwarzen Reisemantel gehüllt.

»Seid Ihr bereit?«

Sie nickte, griff nach ihrem Bündel und warf sich den Umhang über. Philip nahm ihre Hand. Eigentlich eine unschickliche Vertraulichkeit, doch unter den gegebenen Umständen eine beruhigende Geste. Auf leisen Sohlen stiegen sie die Stufen hinab bis in den Hof. Von dort aus ging es durch eine kleine Seitenpforte, die Lena bis dahin noch nie bemerkt hatte, in die Vorburg. Dort wartete Said mit den Pferden.

»Schnell«, flüsterte der Araber. »Ich weiß nicht, wie lange das Tor noch unbewacht ist.« Er nahm Lena das Bündel aus der Hand und verzurrte es bei seiner eigenen Habe.

Philip half Lena in den Sattel seines Rappen und schwang sich hinter ihr aufs Pferd.

»Wo ist der Wachtposten?«, flüsterte Lena.

»Vermutlich schläft er.« Philip grinste.

Die Hufe der Pferde klapperten erschreckend laut durch die Nacht. Said führte seinen Fuchs und öffnete das kleine Manntor neben der Zugbrücke. Philip legte den linken Arm um Lenas Taille, nicht verführerisch, sondern fest und beschützend.

»Haltet Euch gut vorn am Sattel fest«, raunte er ihr zu. Ein Ruck ging durch das Pferd, als es fast aus dem Stand heraus angaloppierte. Wollte Philip tatsächlich bei Dunkelheit den Hügel hinunterpreschen? Hatte sie sich einem Wahnsinnigen anvertraut?

»Könnt Ihr überhaupt etwas sehen?« Der Wind wehte ihre Worte davon.

»Habt keine Angst«, flüsterte er. »Wenn ich bei Euch bin, geschieht Euch nichts.«

Außer dass wir uns den Hals brechen, dachte sie und schloss die Augen.

Sie öffnete sie erst wieder, als sie das Klappern der Hufe auf der schmalen Brücke über die Bode hörte. Da erst bemerkte sie, dass es nicht vollständig finster war. Im Mondlicht waren schemenhafte Umrisse zu erkennen, Büsche und Strauchwerk, die in der Dunkelheit ein eigenes Leben führten, sich im Wind bewegten, als wären es Dämonen. Worauf hatte sie sich da bloß eingelassen?

Eine Zeit lang hörte sie nur den Hufschlag und das Schnauben der Pferde, spürte Philips Wärme im Rücken, der sie sicher hielt und ihr ein Gefühl von Geborgenheit vermittelte, das so gar nicht zu ihrer ernsten Lage passen wollte.

Doch dann mischten sich entfernte Rufe in die Stille.

»Sie sind schneller, als ich erwartet hätte«, zischte Philip.

»Verfolgt man uns?«, fragte sie.

»Ja.«

Lena wandte vorsichtig den Kopf und entdeckte Lichter, die sich unaufhaltsam näherten.

»Mit den Fackeln kommen sie rascher und sicherer vorwärts als wir.« Said hatte seinen Fuchs neben Philips Rappen gelenkt. »Wir müssen uns irgendwo verstecken, bis sie die Suche aufgeben.«

»Siehst du das Felsgestein dort vorn?« Philip wies auf eine dunkle Anhöhe. »Dort soll es eine Höhle geben, die von den Einheimischen gemieden wird.«

»Warum?«, fragte Said.

»Sie glauben, es gebe dort Geister.«

»Ihr wollt doch nicht etwa zum Geistertor?« Lena erstarrte.

»Keine Sorge, Geister sind mir im Allgemeinen wohlgesinnt.« Philip lachte leise und lenkte seinen Rappen geradewegs auf den gefürchteten Höllenschlund zu.

Kurz bevor sie den Eingang zur Höhle erreichten, mussten sie absteigen und die Pferde auf dem letzten Stück führen. Der Pfad war unwegsam und steinig, einmal scheute Saids Fuchs, ließ sich jedoch schnell wieder beruhigen und gehorsam durch den schmalen Zugang ins Innere des Berges führen. Philips Rappe nahm es gleichmütiger hin, obwohl die Felswände seine Flanken fast berührten. Said entzündete einen Kienspan. Das dünne Glimmen durchbrach die Dunkelheit.

»Bring die Pferde in die Ecke dort hinten!«, befahl Philip. »Ich verstecke mich in der Nähe des Eingangs. Falls sie sich wirklich in die Höhle hereinwagen, können sie nur einzeln durchkommen, und dann werde ich leicht mit ihnen fertig.«

»Und ich?«, fragte Lena.

»Ihr bleibt nahe bei mir.« Er griff erneut nach ihrer Hand. »Nun, habt Ihr schon Geister gesehen?«

»Ihr solltet keinen Spott damit treiben«, mahnte sie.

»Dort hinten geht es immer tiefer in den Berg hinein«, sagte Said und beleuchtete eine schmale Öffnung im Fels. »Dies scheint nur der Vorraum zu sein.«

»Umso besser, dann fühlen die Geister sich nicht allzu sehr gestört.« Philip lachte. Konnte diesen Mann gar nichts aus der Ruhe bringen? Lautlos stimmte Lena ein Gebet an.

Unter deinen Schutz und Schirm fliehen wir, o heilige Gottesgebärerin.

Beim Schrei einer Eule zuckte sie zusammen.

»Nur ein Uhu«, beruhigte Philip sie. Als hätte sie das nicht selbst gewusst.

Das Schnauben eines Pferdes. Philip ließ ihre Hand los und zog sein Schwert. Sie drückte sich an die Höhlenwand und hielt die Luft an.

Schritte. Keuchende Atemstöße. Irgendwer hustete unmittelbar vor dem Eingang zur Höhle.

»Du glaubst wirklich, dass sie hier sind?« Die raue Stimme kam Lena bekannt vor. War das nicht Albrecht, der erste Waffenknecht des Grafen?

»Dann schau doch nach!« Diese Stimme kannte sie nicht.

Aus dem Hintergrund hörten sie Gemurmel und Raunen. Wie viele Verfolger mochte der Graf ihnen in aller Eile nachgesandt haben?

»Hinter dem Geistertor?« Albrecht wirkte verunsichert.

Der zweite Mann lachte spöttisch. »Na, irgendwas musst du doch wagen. Du weißt, was der Graf verlangt hat.«

»Von mir aus kannst du das Weib haben. Ich geh da nicht rein.«

»Feigling. Dann tu ich es eben! Und wenn ich mit ihr fertig bin, kannst du dem Ägypter die Kehle durchschneiden.«

Die Schritte kamen näher.

Said schlich zu Philip und reichte ihm einen winzigen Gegenstand, den Lena nicht genau erkennen konnte. War es ein Beutelchen?

»Habt keine Angst, was auch immer Ihr hört und seht«, raunte Philip ihr zu. Dann warf er das Säckchen mit ausgestrecktem Arm vor den Höhleneingang und ließ sich den Kienspan geben.

Ein Donnerschlag zerriss die Luft, und ein kurzer Blitz erhellte die Nacht. Lena zuckte zusammen, hätte fast geschrien, doch der Schreck raubte ihr die Stimme. Es roch nach Rauch und Schwefel, als hätten sich die Pforten der Hölle geöffnet.

Lena bekreuzigte sich.

Erlöse uns jederzeit von allen Gefahren, o du glorreiche und gebenedeite Jungfrau.

Philip trat durch den Rauch aus der Höhle hinaus, die Kapuze seines schwarzen Umhangs tief ins Gesicht gezogen.

»Willkommen in meinem Reich! Ich habe schon lange auf Euch gewartet.« Seine Stimme klang seltsam fremd, die Laute hörten sich viel kehliger als gewöhnlich an.

»Der Leibhaftige!«, gellte es durch die Nacht. »Gott beschütze uns!«

Hastig gemurmelte Gebete. Irgendwo lösten sich Steine, etwas rutschte den Abhang hinunter. Rennende Füße. Weitere Steine lockerten sich und rollten den Hügel hinab. Irgendwer schrie schmerzerfüllt auf.

»Wir sehen uns wieder!« Philip stieß ein schauriges Gelächter aus, das Lena die Gänsehaut über den Rücken trieb, ehe er in die Höhle zurückkam.

»Was war das?« Sie bekreuzigte sich noch einmal.

»Ein bisschen Geisterspuk und Mummenschanz. Habt keine Furcht, Frau Helena.«

»Sie hielten Euch für den Leibhaftigen.«

»Diese Strolche sahen nur, was sie sehen wollten. Angst ist eine wirksamere Waffe als das Schwert.«

»Aber wie … wie habt Ihr diesen Höllenlärm verursacht?«

»Wenn man bestimmte Substanzen in einem vorherbestimmten Verhältnis mischt und sie entzündet, entsteht diese eindrucksvolle Wirkung. Selbst im Orient ist die Zusammensetzung ein streng gehütetes Geheimnis, und ich bin mir nicht einmal sicher, ob es außer mir noch einen Christen gibt, der die Kraft des schwarzen Pulvers kennt.«

»Also keine Höllenmacht?«

»Nur die vorschriftsmäßige Anwendung einer exakten Wissenschaft.«

Lena zog sich den Umgang fester um die Schultern.

»Wie viele Masken tragt Ihr eigentlich, Herr Philip?«

»Was meint Ihr damit?«

»Nun, ich gewann nicht den Eindruck, als hättet Ihr Euch heute zum ersten Mal für etwas ausgegeben, das Ihr gar nicht seid. Während andere Männer voller Stolz zu ihrem Namen stehen, webt Ihr Geheimnisse um Eure Person.«

»Ihr wisst inzwischen, wer mein Vater war.«

»Ja, wer Euer Vater war. Aber ich weiß noch immer nichts über Euch. Warum seid Ihr wirklich hierhergekommen? Um das Erbe anzutreten, das Euer Vater einst verschmähte?«

Philip schüttelte den Kopf. »Mir liegt weder etwas an Burg

Birkenfeld, noch wollte ich jemals Graf werden. Ich kam in dieses Land, weil mein Vater wünschte, dass ich seine alte Heimat kennenlerne.«

»Wenn ihm das so wichtig war, warum hat er seine Familie dann in dem Glauben gelassen, er sei tot?«

Philip antwortete nicht, sondern ging etwas tiefer in die Höhle hinein.

»Ist das der Gang, den du meintest, Said?«

Der Araber nickte.

»Das will ich mir einmal näher anschauen. Gib mir das Seil!«

Said trat zu seinem Pferd und zog ein langes Seil aus einer der Satteltaschen.

»Was soll das werden?«, fragte Lena.

»Ich möchte sehen, wohin dieser Weg führt. Wenn ich schon bei Geistern zu Besuch bin, will ich nicht versäumen, ihnen meine Aufwartung zu machen.«

»Ihr seid leichtsinnig. Ihr wolltet mich nach Sankt Michaelis bringen.«

»Das werde ich auch tun, Ihr müsst Euch nur eine kleine Weile gedulden.«

Philip knotete sich das Seil um den Leib und befestigte das andere Ende an einem Felsvorsprung. Dann ließ er sich von Said einen neuen brennenden Kienspan geben und kletterte in das düstere Loch hinab.

»Warum tut er das?«, fragte Lena Said.

»Das ist seine Art, das Leben zu spüren«, antwortete der Araber.

»Was meint Ihr damit?«

Said zögerte kurz. Lena glaubte schon, er werde nichts mehr sagen, dann antwortete er doch.

»Was denkt Ihr, Frau Helena? Kann ein Mensch ohne Glauben leben?«

»Sagt nicht, Philip hat den Glauben an Gott verloren.«

Said senkte den Blick, als habe er schon zu viel verraten.

Aus dem Loch, in dem Philip verschwunden war, hörten sie

ein Scharren, dann straffte sich das Seil. Kurz darauf erschienen Philips Kopf und die Hand mit dem Licht.

»Das ist einfach unglaublich. Ich habe noch niemals etwas so Wunderbares gesehen.« Er reichte Said den Kienspan und hievte sich aus dem Loch hervor.

»Was gibt es dort unten?«, fragte Said.

»Frag nicht, schau es dir einfach an.«

Der Araber machte nicht den Eindruck, als sei er begierig darauf, wie Philip in das unbekannte Dunkel hinabzusteigen.

»Was ist mit Euch, Frau Helena? Habt Ihr mehr Mut als mein Freund?«

Trotz des Halbdunkels sah Lena, wie Said die Augen verdrehte.

»Ihr erwartet, dass ich mich dort hinunterbegebe?«, fragte sie.

»Keine Sorge, ich begleite Euch. Was ist? Wollt Ihr es sehen?«

Um nichts in der Welt wollte sie in den tiefen Abgrund der Geisterhöhle steigen, zugleich aber hielt sie etwas. Es war der Glanz in seinen Augen. Seine Seelenflamme strahlte hell und kräftig. Gab es dort unten wirklich etwas, das dieses Wagnis lohnte?

»Gut, Herr Philip. Reicht mir das Seil!«

Sein Gesicht verriet, dass er kaum mit einer Zustimmung gerechnet hatte. Sie lächelte ihn triumphierend an, als sie sich das Tauende um die Hüften schlang.

»Wollt Ihr mich noch führen?«

Er nickte und wandte sich an seinen Freund. »Gib mir eine von den großen Fackeln. Dort unten kann jedes Licht von Nutzen sein.«

Said reichte seinem Freund die Fackel, dann kletterte Philip voran. Lena tastete noch einmal nach dem Seil um ihre Hüften und bekreuzigte sich.

Die brennende Fackel spendete ausreichend Licht. Sie konnte Philip vor sich sehen, erkannte, dass der Gang nicht so lang und dunkel war, wie sie befürchtet hatte. Dahinter öffnete sich eine riesige Höhle, so groß, dass der Schein der Fackel nicht ausreichte, ihr Ende zu beleuchten. Von den Decken hingen bizarre Steingebilde herab, die im Feuerschein wie Edelsteine glänzten. Versteinerte Dämonen? Nein, es waren nur Tropfsteine, riesig wie Bäume.

Philip reichte ihr die Hand, als sie aus dem Gang in die Höhle rutschte.

»Ist das nicht wundervoll?« Er bewegte die Fackel hin und her, Schatten tanzten an den Tropfsteinen. »Ich habe schon so manche Höhle gesehen, aber noch nie eine solche.«

»Das ist alles, was Euch so in Verzückung versetzt?«

»Was sonst, wenn nicht dieser Anblick? Kein Wunder, dass die einfältigen Bauern glauben, hier würden Geister leben. Habt Ihr jemals so riesige Tropfsteine gesehen?«

»Ich habe Höhlen bislang gemieden.«

»Warum seid Ihr mir dann so bereitwillig gefolgt?« Er lächelte sie an.

»Weil ich sehen wollte, was Eure Seelenflamme zum Strahlen brachte.«

»Und nun seid Ihr enttäuscht?«

Sie schüttelte den Kopf. »Nur verwundert.«

»Ich habe viel gesehen«, sagte er. »Zahlreiche Wunder, die meisten von Menschenhand erschaffen. Aber nichts bewegt mich so sehr wie Orte, an denen nie zuvor ein Mensch war, die ihre Schönheit einzig der Allmacht der Schöpfung verdanken.«

Hatte Said das gemeint? Musste Philip sich immer wieder selbst der Herrlichkeit Gottes versichern, um seinen Glauben nicht zu verlieren?

»Dann erblickt Ihr hier also die Schönheit Gottes?«

Er nickte. »Niemand könnte eine prächtigere Kathedrale erbauen. Seht die Gebilde an den Decken! Mit etwas Phantasie kann man sie für himmlische Boten halten. Und die steinerne Säule dort hinten, erinnert sie nicht an einen betenden Mann?«

Er schwenkte die Fackel in die entsprechenden Richtungen, bis die Steine zum Leben zu erwachen schienen.

»Ihr begebt Euch in Gefahr, um Gott zu spüren?«

»Befinden wir uns hier etwa in Gefahr? Was sollte uns geschehen?«

»Die Höhle hat gewiss nicht umsonst einen schlechten Ruf.«

»Menschen sehen, was sie sehen wollen«, wiederholte er seine Worte von zuvor. »Wer Dämonen und Geister sehen will, der wird sie finden. Aber es sind nur die eigenen Dämonen, die uns jagen. Und die finden uns überall, sogar in einer Kirche.«

»Ich weiß«, flüsterte Lena. »Das ist der Grund, warum die Menschen zu mir kommen. Damit ich ihnen helfe, ihre inneren Dämonen zu bannen.«

»Was seht Ihr hier, Frau Helena? Dämonen oder Engel?«

»Ich sehe einen Mann, der alles tut, um gegen seinen Schmerz anzukämpfen.«

Philip seufzte. »Ganz die Heilerin, die es nicht lassen kann, in den Seelen der Menschen zu lesen.«

»Ist Euch das so unangenehm?«

»In der Tat, das ist es.«

»Vielleicht könnte ich Euch helfen.«

»Ich brauche keine Hilfe.« Seine Stimme klang fast barsch.

»Das mag sein. Aber ich würde mich gern erkenntlich zeigen. Ihr habt mir das Leben gerettet. Da wäre es doch nur billig, wenn Ihr mich versuchen lasst, Eure Seelenflamme zurück ins Gleichgewicht zu bringen.«

»Wenn das mit irgendeinem schnellen, magischen Ritual zu bewerkstelligen ist, könnt Ihr es gern versuchen.«

»Ihr wisst genau, dass es so nicht möglich ist. Was hat Euch so aus dem Gleichgewicht geworfen?«

Er schwieg.

»Es hat mit dem Tod Eures Vaters zu tun, nicht wahr?«

»Wir müssen wieder nach oben, bevor Said sich Sorgen macht.«

»Im Ausweichen seid Ihr geschickt.«

»Und Ihr seid beharrlich.«

»Das bin ich«, antwortete Lena, ehe sie den Rückweg in die obere Höhle antraten.

»Vielleicht ist es besser, wir harren hier bis zum Morgengrauen aus«, schlug Said vor. »Hier sucht uns niemand mehr, aber wenn die Verfolger noch die Gegend durchstreifen, könnten wir ihnen in die Arme laufen.«

»Was meint Ihr, Frau Helena?«, fragte Philip. »Es geht um Eure Sicherheit, also sollt Ihr die Entscheidung treffen.«

Lena zögerte. Bevor sie mit Philip in die große Höhle gestiegen war, hätte sie sich nichts sehnlicher gewünscht, als möglichst schnell nach Sankt Michaelis zu kommen, der Mutter Oberin die Wahrheit zu erzählen und sie zu bitten, Schwester Ludovika rasch zurückzuholen. Doch inzwischen schweiften ihre Gedanken immer wieder zu Philip und seinem Geheimnis. Je mehr Zeit sie mit ihm verbringen konnte, umso eher konnte sie ihm vielleicht helfen. Wenn er denn bereit war, sich ihr zu öffnen.

»Said hat recht«, sagte sie. »Ich würde mich zudem gern ein wenig ausruhen.«

Philip trat zu seinem Pferd und zog eine dicke Wolldecke aus der Satteltasche.

»Ich glaube, die könnt Ihr heute Nacht gut gebrauchen.«

»Und Ihr?«

»Ich habe noch eine zweite.« Da war es wieder, dieses Lächeln, das in seinen Augen begann, noch ehe es den Mund erreichte. Auf einmal wurde ihr bewusst, dass er auch Martins Neffe war. Sie verglich ihn mit ihrem toten Bräutigam, suchte nach Ähnlichkeiten, als könnten die erklären, weshalb sie sich trotz aller Gefahren so geborgen fühlte. Doch sie fand nichts dergleichen. Wo Martin sie in seine Seele hatte blicken lassen, blieb Philip verschlossen.

Nein, ich mache mir etwas vor, dachte sie. Martin war niemals offen zu mir. Sein Herz schlug für Elise, die ganze Zeit. Sofort versuchte Lena den unangenehmen Gedanken niederzukämpfen. Martin war tot, es war nicht mehr von Belang, was er getan hatte. Vergebens. Die Bitterkeit blieb. Wenigstens vertrieb sie das schlechte Gewissen, das Lena Elise gegenüber seit der Flucht plagte.

Sie wickelte sich in Philips Decke ein. Ein leichter Geruch nach Tannennadeln haftete an der Wolle sowie der Hauch eines Dufts, den sie nicht zuordnen konnte. Fremdländisch, irgendwie verlockend.

»Mögt Ihr mir von Eurem Heim in Alexandria erzählen?«

Philip hatte sich ein Stück weiter neben Said niedergelegt und in die zweite Decke eingehüllt.

»Ich dachte, Ihr wolltet Euch ausruhen.« Die Überraschung war ihm deutlich anzuhören.

»Glaubt Ihr, ich könnte sofort einschlafen?«

Eine Weile herrschte Schweigen. Schon glaubte sie, er werde nichts mehr sagen, doch dann antwortete er.

»Mein Heim in Alexandria ... Eigentlich ist es das Haus meines Großvaters.« Seine Stimme klang anders als bei den Erzählungen, die er an der Tafel des Grafen zum Besten gegeben hatte. Leiser, viel gefühlvoller. Offenbarte sich hier der wahre Philip?

»Mein Großvater erzählte mir oft die Geschichte unseres Hauses. Seine Fundamente stammen noch aus römischer Zeit. Es soll damals einem sehr einflussreichen Römer gehört haben. Angeblich war er einer unserer unmittelbaren Vorfahren. Es gibt sogar noch eine alte Gruft, in der sieben römische Steinsarkophage stehen. Als Kinder stiegen Said und ich oft heimlich in den Keller hinunter, weil es hieß, die Geister der Toten würden dort wachen.«

»Habt Ihr sie jemals getroffen?«

»Nein. Aber später habe ich meine ersten Lateinkenntnisse an den alten Inschriften auf den Steinsärgen erprobt. Und irgendwie war mir danach, als gehörten die Toten tatsächlich zur Familie, denn nun kannte ich ihre Namen und einen Teil ihrer Geschichte.« Er hielt für einen Moment inne, als betrachte er die alten Bilder erneut vor seinem inneren Auge. »Über die Jahrhunderte hinweg veränderte das Haus immer wieder sein Gesicht, aber geblieben ist ein altes Mosaik im Garten, das einstmals den Grund eines Wasserbeckens schmückte. Fische und Seesterne, die ein Wesen umringen, das den Oberkörper eines Mannes und den Unterleib einer Seeschlange hat. In der Hand hält dieser Seezentaur einen Dreizack. Die Vorstellung, dass die Menschen, deren Gebeine in den Särgen ruhen, vor Jahrhunderten genau dasselbe sahen wie ich, versetzt mich immer wieder in höchstes Erstaunen. Auch die Fundamente des Badehauses stammen noch aus dieser Zeit, aber im Laufe der Jahre wurden die Badebecken immer wieder erneuert und verbessert. Sie würden einem Sultan zur Ehre gereichen. Sie sind in nichts zu vergleichen mit den Badehäusern, die Ihr kennt. Keine hölzernen Zuber, sondern gemauerte Becken mit blau glasierten Fliesen, in denen duftendes Wasser zum Verweilen einlädt.«

Lena spürte die Sehnsucht in Philips Worten.

»Nebenan, zu ebener Erde, liegen die großen Säle, in denen mein Großvater wichtige Gäste empfängt. Im oberen Stockwerk befinden sich unsere Wohnräume. Meine Mutter und meine Schwester haben die schönsten Zimmer, lichtdurchflutet und mit geschütztem Blick in den Innenhof. Hinter dem Haus gibt es Stallungen und eine großzügige Reitbahn.« Bei den letzten Worten war Philips Stimme immer leiser geworden.

»Das klingt wunderschön, ganz so, als sei es ein Palast.«

»Ich habe mir nie etwas anderes gewünscht, als dort zu leben.«

Seine Stimme erstarb so jäh, als hätte er diese Welt für immer verloren. Wie gern hätte sie ihm weiter gelauscht, doch stattdessen hörte sie, wie er sich umdrehte und mit einem leisen Seufzen fester in seine Decke einwickelte.

Es war eine äußerst unbequeme Nacht. Lena fror trotz der Decke, und der harte Boden tat ein Übriges, ihr die Ruhe zu rauben.

Das erste Morgenrot zeichnete sich schon schwach am Horizont ab, als sie erwachte, weil sie sich erleichtern musste. In der Höhle war es noch immer dunkel, sie hörte das Schnauben eines der Pferde, den gleichmäßigen Atem der beiden Männer. Leise erhob sie sich und kletterte aus dem Höhleneingang hinaus. Der aufziehende Morgen spendete ihr genügend Licht, um ein passendes Strauchwerk für ihre Verrichtung zu finden. Als sie fertig war, kehrte sie zur Höhle zurück. Philip erwartete sie neben dem Eingang.

»Wie leichtsinnig von Euch, allein bei Dunkelheit nach draußen zu gehen!«

»Leider war es unumgänglich.«

Er sagte kein Wort. Sie versuchte in seinem Gesicht zu lesen, doch es war noch zu dunkel, um mehr als seine Umrisse zu erkennen.

»Warum macht Ihr Euch so große Sorgen um mich, Herr Philip?«

»Ich habe Euch versprochen, Euch sicher nach Sankt Michaelis zu bringen.«

»Ist das der einzige Grund?«

»Ich möchte nicht, dass Euch ein weiteres Leid geschieht. Ihr habt genug verloren.«

»Also Mitleid?«

Trotz der Dunkelheit sah sie, dass er den Kopf schüttelte. »Mitleid hilft niemandem.«

»Das sind harte Worte. Barmherzigkeit und Mitgefühl sind die Pflichten eines guten Christenmenschen.«

»Mitgefühl ist etwas anderes als Mitleid. Wisst Ihr, was Mitleid ist, Frau Helena? Eine widerwärtige Geißel. Eine aufgesetzte Miene, um falsches Beileid zu bekunden. Mitleid ist der Deckmantel der Häme. Habt Ihr es nicht selbst erlebt? Wenn die Menschen Euch bedauern, aber in Wahrheit nur darauf lauern, sich an Eurem Leid zu ergötzen? Es mit wohligem Schauer und bösartiger Tuschelei zu begleiten? Euch immer wieder nötigen, darüber zu reden, damit sie sich an dem Grusel erfreuen können? Und wenn Ihr schweigt, erfinden sie dann nicht selbst Geschichten, die sie Euch in den Mund legen?«

Fast wäre sie einen Schritt vor ihm zurückgewichen, so viel Verbitterung lag in seiner Stimme.

»Was ist Euch widerfahren?«, fragte sie leise.

»Das ist nicht wichtig. Aber Ihr wisst, dass ich recht habe. Ihr habt es auch gespürt, nicht wahr? Warum hättet Ihr Euch sonst in ein Kloster zurückgezogen? Ihr wart das Opfer, Ihr tragt keine Schuld an dem, was Euch angetan wurde, aber trotzdem versteckt Ihr Euch.«

»Wie kommt Ihr darauf, dass ich mich verstecke?« Sie stellte die Frage, obwohl sie genau wusste, dass er die Wahrheit sprach.

»Weil Euch nichts anderes übrig blieb. Ihr musstet Euch verstecken, damit die Menschen Euch nicht immer wieder mit ihrem falschen Mitleid belästigen, aber in Wirklichkeit nur hören wollen, wie es denn war, als alle niedergemetzelt wurden. Weil Ihr auf anderem Wege niemals mehr die Herrschaft über Eure schlimmsten Erinnerungen behalten könnt. Weil Ihr sonst jedes Mal fürchten müsst, irgendeiner dieser mitleidigen Menschen zwingt Euch mit geheuchelter Anteilnahme, Euch abermals der Vergangenheit zu stellen.«

Es lag so viel Leidenschaft in seiner Stimme. Leidenschaft und Schmerz. Er sprach nicht von ihr, sondern von sich selbst.

»Ich werde Euch niemals wieder fragen, was Euch widerfahren ist, Herr Philip.«

Für einen Moment nahm sie trotz der Dunkelheit das überraschte Blitzen seiner Augen wahr, doch sie wich seinem Blick aus und drängte sich an ihm vorbei zurück in die Höhle.

Als die Sonne vollends aufgegangen war, brachen sie auf. Es gab nur eine Veränderung im Gegensatz zur vergangenen Nacht. Philip ließ sie nicht mehr vor sich im Sattel sitzen, sondern hinter sich. Sie musste ihn nicht nach dem Grund fragen. Im Notfall wollte er das Schwert rascher zur Hand haben, und das fiel ihm mit ihr im Rücken leichter, als wenn sie vor ihm saß.

»Haltet Euch gut fest«, forderte er sie auf. Zaghaft schlang sie ihm die Arme um den Oberkörper.

»Ich sagte, Ihr solltet Euch *gut* festhalten. Ich will nicht, dass Ihr stürzt.«

»Besser, ich stürze allein, als dass ich Euch mit hinunterreiße.«

Philip lachte. »Das wird nicht geschehen. Ich bin mit meinem Pferd verwachsen.«

Was hätte die Mutter Oberin wohl gedacht? Oder Tante Margarita? Schicklich war es nicht, doch blieb ihr etwas anderes übrig? Zumal es ihr nicht unangenehm war, sich derart nahe an ihn zu pressen und festzustellen, dass es sein Duft war, den sie letzte Nacht in der dicken Decke so anziehend gefunden hatte.

Philip schlug einen leichten Galopp an, bei dem sie weich und sicher hinter ihm sitzen konnte. Said lenkte seinen Fuchs wie gewöhnlich neben Philip, doch waren beide Männer erstaunlich still. Lag es an ihrer Gegenwart? Oder witterten sie eine Gefahr, die ihr verborgen blieb? Lauschten sie auf Verfolger?

Sie waren etwa eine Stunde lang geritten, als Philip plötzlich sein Pferd zügelte. Sofort hielt auch Saids Fuchs an.

»Was ist?«, fragte Lena.

Philip zischte leise, um sie zum Schweigen zu bringen. Unwillkürlich schlang sie ihm die Arme fester um den Oberkörper.

»Zwei oder drei?«, flüsterte Said.

Philip antwortete nicht, sondern zog sein Schwert. Lena schlug das Herz bis zum Hals. Wollte er wirklich kämpfen? Mit ihr im Rücken?

»Fünf«, flüsterte er zurück. »Drei vorn, zwei hinter uns. Halt mir den Rücken frei!«

Seine Linke streichelte kurz über ihre schweißnassen Hände, die sie vor seinem Leib ineinander verkrallt hatte.

»Haltet Euch gut fest«, flüsterte er. »Es wird alles gut.«

Selbst wenn er eine Antwort erwartet hätte, sie hätte keinen Ton herausbekommen.

Das Strauchwerk knackte. Dumpfe Hufschläge. Kamen sie von vorn oder von hinten? Lena wusste es nicht. Sie spürte, wie Philips Rückenmuskeln sich anspannten, obwohl er äußerlich ruhig blieb. Drei Reiter brachen zwischen den Sträuchern hervor. Der mittlere schien der Anführer zu sein, schwarzbärtig, mit einem zerrissenen Kettenpanzer, der Lena an ein Hemd erinnerte, an dem sich das Garn auflöste. Seine beiden Begleiter sahen völlig nichtssagend aus, wie Tagelöhner. Nur die Schwerter in ihren Händen passten nicht dazu.

Saids Fuchs schnaubte, tänzelte unruhig einige Schritte zurück. Lena verstand genug von Pferden, um zu wissen, dass ein Pferd nicht freiwillig rückwärts ging. Ob Said sich gerade darauf vorbereitete, Philip den Rücken frei zu halten? Sie zu schützen? Waren da wirklich zwei weitere Männer hinter ihnen?

»Schau an, Theas liebster Bettgefährte hat sich ein neues Weib gesucht.« Der Schwarzbärtige lachte dreckig. »Das wird ihr nicht gefallen.«

»Das lass meine Sorge sein. Und nun geh mir aus dem Weg.«

»Das hättest du wohl gern. Ich werde Gundula zwei Hühner bringen, damit sie die ihren alten Göttern opfert, zum Dank dafür, dass ich dich heute auszahlen kann.«

»Dann pass nur auf, dass du dir nicht wieder wehtust.«

Ohne Vorwarnung trieb Philip seinen Wallach an und galoppierte den drei Reitern entgegen, das Schwert in der Rechten. Der Ruck hätte Lena fast vom Pferd geworfen, wenn sie sich nicht mit aller Kraft an Philip festgeklammert hätte. Sie schloss die Augen, verbarg ihr Gesicht an seinem Rücken.

Heilige Jungfrau, unter deinen Schutz und Schirm fliehen wir, o heilige Gottesgebärerin, betete sie stumm, während Metall auf Metall schlug, sie jede einzelne Bewegung von Philips Körper spürte, die Kraft seines Armes, das Beben der Schultermuskeln. Ein kurzes Zusammenzucken. War er getroffen oder nur ausgewichen? Sie mochte nicht hinsehen, hielt sich einfach nur fest. Nein, er verlor nicht an Stärke, er war wohl nicht verletzt. Dann ein Schrei, der dumpfe Aufschlag eines Körpers auf den Boden. Ein zweiter Schrei, hinter ihr. Said kämpfte wohl ebenso gut wie sein Freund. Ein Pferd wieherte, Gebrüll, Flüche. Ein Mann riss sein Tier herum, sie hörte, wie er versuchte, durch das Dickicht zu entkommen. Ein letzter Schrei. Dann herrschte Stille. Nur langsam entspannten sich Philips Muskeln, und noch langsamer wagte sie vorsichtig die Augen zu öffnen und hinter ihm hervorzublicken.

Seine Hand strich erneut über ihre Hände.

»Es ist vorbei«, sagte er. »Drei sind tot, Hinnerk ist mit dem letzten Spießgesellen geflohen.«

»Hinnerk?«, wiederholte sie. Weniger um nachzufragen, sondern eher weil sie hören wollte, ob ihr die Stimme wieder gehorchte.

»Der Schwarzbart mit dem zerfetzten Kettenhemd.« Philip schob sein Schwert in die Scheide zurück. »Davongelaufene Bauernlümmel, die glauben, sie könnten kämpfen, wenn sie ein Schwert erbeuten. Zum Morden mag es reichen, aber nicht gegen uns.«

»Sie haben wohl nicht geglaubt, dass Ihr ein Ritter seid.« Gott sei Dank, ihre Stimme gehorchte ihr ohne jedes Zittern.

»Ich würde Euch gern eine Rast gönnen, Frau Helena, doch ist es besser, wir reiten unverzüglich weiter.«

»Ich lege keinen Wert auf eine Rast«, antwortete sie, froh, dass er nicht weiter über das blutige Gefecht sprach, sie nicht zwang, an das Töten zu denken und damit jene Bilder hervorzurufen, die sie immer noch quälten.

»Ihr seid eine tapfere Frau.«

»Es gehört keine Tapferkeit dazu, sich hinter einem breiten Rücken zu verstecken.«

Said hatte sein Pferd neben Philips Rappen gelenkt.

»Ist alles in Ordnung?«, fragte er.

Philip nickte.

»Und was ist das?« Der Araber deutete auf Philips rechten Oberarm. Da erst entdeckte Lena das Blut.

»Ihr seid verwundet!«, rief sie.

»Nur ein Kratzer. Ist bloß ärgerlich um das Hemd.«

»Deinen Ärger um Hemden kenne ich«, sagte Said und stieg vom Pferd. »Los, zeig her!«

»Wir sollten schleunigst von hier verschwinden.«

»Erst wenn ich weiß, dass es wirklich harmlos ist.«

»Du bist schlimmer als meine Mutter.« Widerwillig stieg Philip aus dem Sattel. Lena blieb auf dem Pferd sitzen und beobachtete, wie er sein Hemd auszog.

»Ein bisschen tief für einen Kratzer«, murmelte Said. »Wird aber glatt verheilen.«

Während Said die Wunde versorgte, konnte Lena nicht umhin, Philips nackten Oberkörper zu bewundern. War es in Ägypten üblich, sich die Brustbehaarung zu entfernen? Je länger sie ihn betrachtete, umso mehr gefiel ihr diese Sitte. Betonte sie doch seine wohlgeformten Muskeln, seinen makellosen Körper. Nein, nicht ganz makellos. Oberhalb seines Herzens entdeckte sie eine alte Narbe, an fast der gleichen Stelle, wo auch sie gezeichnet war. Vermutlich ein Schwerthieb wie bei ihr.

Philip zog sich wieder an, ohne ihre Blicke wahrzunehmen. Und wenn er sie wirklich bemerkt hätte, was hätte es schon ausgemacht? Dass er den Frauen zugetan war, hatte er nie zu verbergen versucht. So waren die Männer eben. Sogar ihr Bräutigam Martin. Lena seufzte.

»Ist Euch nicht wohl?«, fragte Philip, während er sich in den Sattel schwang.

»Es ist alles in Ordnung.«

Wie gut, dass er keine Gedanken lesen konnte.

»Dann haltet Euch fest.«

Philip trieb sein Pferd an, und Said schloss zu ihm auf.

Am frühen Nachmittag erreichten sie das Kloster. Natürlich war Schwester Margarita eine der Ersten, die ihre Ankunft bemerkte. Mit fliegenden Schleiern und wenig würdevoll lief sie Philips Pferd entgegen. Der war unterdessen aus dem Sattel gesprungen und half Lena beim Absteigen.

»Helena, Kind! Was ist geschehen?« Sie riss Lena in die Arme, erdrückte sie fast. »Wo ist Ludovika? Und wer sind diese Männer? Wie kommt es, dass du mit ihnen allein …«

»Ehrwürdige Schwester, verzeiht unser Eindringen und die

etwas ungebührliche Art der Reise, die wir Frau Helena zugemutet haben. Doch es geschah zu ihrer eigenen Sicherheit.«

Sofort lockerte sich Margaritas überfürsorglicher Griff, und Lena atmete auf.

»Wer seid Ihr?«

Philip deutete eine leichte Verbeugung an. »Mein Name ist Philip, und dies ist mein Freund Said al-Musawar. Wir sind Reisende aus Alexandria und begegneten Frau Helena auf Burg Birkenfeld.«

»Was ist dort geschehen?«

Lena sah das Blitzen in Margaritas Augen. Für eine gute Geschichte, die sich umso besser weitererzählen ließ, hätte ihre Tante sogar Frösche gefressen.

»Bitte, Tante, lass die beiden Herren erst einmal zu Atem kommen. Zudem glaube ich, dass es das Vorrecht der ehrwürdigen Mutter ist, ihren Bericht zu hören. Außerdem haben wir heute noch nichts gegessen. Wäre es nicht ein Zeichen christlicher Nächstenliebe, meine Retter zunächst zu bewirten?«

»Deine Retter?« Die neugierige Flamme in Margaritas Augen verwandelte sich in eine Feuersbrunst.

Lena lächelte. »Später, Tante. Bitte, sag Mutter Clara Bescheid, dass wir mit ihr sprechen müssen.«

Mit einem unwilligen Nicken rief Margarita nach zwei Mägden, die die Gäste in den Besucherraum führen und ihnen etwas zu essen bringen sollten. Dann hakte sie sich bei Lena unter, um deutlich zu machen, dass sie sie selbstverständlich persönlich zur Mutter Oberin geleiten werde.

14. Kapitel

Was tun wir jetzt?«, fragte Said Philip auf Arabisch, damit die Mägde ihn nicht verstehen konnten, die ihnen in der Gaststube des Klosters eine Mahlzeit aus Brot und Käse servierten. Es war ein kahler, schlichter Raum. Ein schmuckloses Holzkreuz hing an einer geweißten Wand, und außer zwei Bänken und einem langen Tisch aus Eichenholz gab es kein weiteres Mobiliar.

»Wir warten, dass die Mutter Oberin uns empfängt«, antwortete Philip in der gleichen Sprache.

»Und dann?«

»Dann sehen wir weiter.«

Said runzelte die Stirn, sagte aber nichts. Philip lehnte sich auf der Bank zurück, bis er die Wand hinter sich spürte. Er war gespannt auf die Bekanntschaft mit der Äbtissin. Theas Mutter … Ob sie wohl wusste, was aus ihrer Tochter geworden war?

Das Knarren der Tür riss ihn aus seinen Betrachtungen. Im Türrahmen stand eine Nonne. Auch ohne die kostbare Borte an ihrem Habit und ohne die Juwelen, mit denen das Kreuz am Gürtel besetzt war, hätte er sie sofort an ihrer würdevollen Haltung erkannt. Die Tochter des Herzogs von Sachsen war zum Herrschen geboren, selbst als demütige Dienerin Gottes.

Er erhob sich, Said tat es ihm nach. Einen Moment lang überlegte er, welche Begrüßung für eine Äbtissin angemessen war. Er hatte keine Erfahrung im Umgang mit Klosterfrauen.

»Ehrwürdige Mutter.« Er deutete eine leichte Verbeugung an.

»Dominus, mein Sohn«, antwortete sie.

Bei dem Wort Sohn rieselte ihm ein Schauer über den Rücken. Sie war nicht nur Theas Mutter, einst war sie seinem eignen Vater versprochen gewesen.

Im Hintergrund entdeckte er den Schatten einer dicken

Nonne. Zweifellos Helenas Tante Margarita. Folgte sie der Äbtissin der Schicklichkeit wegen oder aus schierer Neugier?

»Helena hat mir einiges erzählt.« Die Augen der Äbtissin waren von einem leuchtenden Grün. Theas Augen.

Er hielt ihrem Blick stand.

»Es war meine Pflicht, sie wohlbehalten zurückzubringen.«

»Das habt Ihr getan. Doch ich fürchte, sie ist hier nicht sicher. Ich muss Euch unter vier Augen sprechen, Herr Philip.«

Sie warf der hinter ihr stehenden Margarita einen kurzen Blick zu, und der Schatten verschwand. Auch Philip und Said tauschten einen kurzen Blick, dann verließ der Araber den Raum.

Die Äbtissin nahm an dem schlichten Tisch Platz und gab Philip durch eine Handbewegung zu verstehen, dass auch er sich wieder setzen solle.

»Helena hat mir alles erzählt. Ich weiß, wer Ihr seid, aber Ihr müsst Euch keine Sorgen machen. Ich werde Euer Geheimnis wahren, Philip von Birkenfeld.«

Er schluckte. »Der Titel hätte nur meinem Vater zugestanden, nicht mir.«

»Ich habe Euren Vater gekannt. Er war ein stolzer, edler Mann. Ich bin froh, dass ihm noch ein glückliches Leben beschieden war, als alle hier seinen Tod betrauerten.«

Obwohl die ehrwürdige Mutter in beiläufigem Ton sprach, war die eigentliche Frage unüberhörbar. Warum war er nicht zurückgekehrt?

Philip atmete tief durch.

»Hat Frau Helena Euch auch von den Machenschaften Graf Dietmars erzählt?«

Die Oberin nickte. »Das hat sie. Und deshalb schwebt sie nach wie vor in Gefahr. Ihr habt klug gehandelt, indem Ihr eine Entführung vorgetäuscht habt, doch wenn ich Lena richtig verstanden habe, sind zwei der Räuber entkommen, die Euch auf dem Weg hierher überfallen haben.«

Philip nickte.

»Dann wird Graf Dietmar bald wissen, wo Helena zu finden

ist«, fuhr Mutter Clara fort. »Und nach allem, was ich weiß, ist sie hier nicht sicher genug.«

»Warum? Die Mauern des Klosters sind dick, und der Graf kann es sich nicht erlauben, Euch anzugreifen.«

»Er wird sich doch die Hände nicht persönlich schmutzig machen. Habt Ihr nicht selbst berichtet, dass Barbarossa sein Mann fürs Grobe ist?«

»Ihr befürchtet, die Räuberbande könnte das Kloster angreifen?«

Die Äbtissin schüttelte den Kopf. »Das haben sie nicht nötig. Hohe Mauern haben Theodrich nie abgeschreckt, sich das zu holen, was er wollte.«

»Theodrich?«

»Barbarossas wirklicher Name. Theodrich von Limbach.« Sie senkte kurz die Lider, als müsse sie eine Erinnerung fortblinzeln. »Lasst uns ganz offen sein, Herr Philip. Ich glaube, Ihr wisst mehr als die meisten Männer, sonst hättet Ihr den Grafen nicht durchschauen und Lena retten können. Lena erzählte mir, dass Ihr über die Tochter an den Vater herangekommen seid.«

Philip stieg die Röte ins Gesicht. Das Gespräch nahm eine Wendung, die ihm nicht gefiel.

»Ihr wollt von Thea hören?«

»Könnt Ihr mir das verdenken?« Sie musterte ihn offen, mit einer Selbstverständlichkeit, in der keine falsche Scham lag. »Ihr wisst, dass sie meine Tochter ist, nicht wahr?«

Er nickte.

»Und da Euch anscheinend die Worte fehlen, glaubt Ihr, ich sei entsetzt, wenn Ihr mir von meinem Kind erzählt?«

»Nein, ehrwürdige Mutter. Ihr ruht so sehr in Euch, dass Euch überhaupt nichts entsetzen könnte.«

Ein feines Lächeln umspielte Claras Mund.

»Ihr seid wortgewandt wie Euer Vater.«

»Und Thea hat das Temperament ihres Vaters. Sie hat mir mehr als einmal das Schwert an die Brust gehalten.«

»Werdet Ihr sie wiedersehen?«

»Vermutlich nicht.«

Die Oberin griff nach ihrem wertvollen Kreuz. Mit einer schnellen Bewegung trennte sie es vom Gürtel und reichte es Philip.

»Solltet Ihr sie wiedersehen, so gebt ihr das von mir.« Sie hielt einen Moment lang inne. »Ihr wisst selbst, dass es Eure Pflicht ist, Fürst Leopold von Halberstadt zu benachrichtigen. Graf Dietmar hat sich schwerer Verbrechen schuldig gemacht, und es liegt bei Euch, ihn anzuklagen. Ich möchte, dass Ihr Lena zu Fürst Leopold bringt, damit sie Eure Worte bezeugen kann. Nur dort ist sie wirklich sicher.«

»Es ist eine Sache, eine Frau allein aus Gefahr zu retten, aber glaubt Ihr, es sei angemessen, sie …«

Die Äbtissin ließ ihn nicht ausreden. »Schwester Margarita wird Euch begleiten, damit ist der Schicklichkeit Genüge getan.«

Auch das hatte Thea von ihrer Mutter geerbt. Kurze Anweisungen, denen man besser nicht widersprach.

»Werdet Ihr Schwester Ludovika nach Sankt Michaelis zurückrufen?«, fragte er, um nicht länger bei dem Gedanken an Thea zu verweilen.

»Das kann ich nicht. Offiziell weiß ich nicht, dass Lena Burg Birkenfeld verlassen hat. Beeilt Euch, nach Halberstadt zu kommen. Schickt mir einen Boten, sobald Ihr dort seid, dann werde ich den Grafen bitten, Lena und Ludovika zu uns zurückzuschicken. Erst dann wird er Farbe bekennen und mir gestehen müssen, dass Lena von Euch entführt wurde. Da Ludovika es bezeugen kann, wird er sie gewiss unversehrt zu uns zurückbringen.«

»Warum wollt Ihr warten, bis ich in Halberstadt bin?«

»Damit Euer Ruf gewahrt bleibt, Herr Philip. Oder wollt Ihr als Frauenräuber gejagt werden?«

Die Äbtissin erhob sich.

»Ich möchte, dass Ihr noch heute nach Halberstadt aufbrecht. Lena und Margarita wissen beide ein Pferd zu führen. Sie werden Euch kaum aufhalten. Wenn Ihr Euch beeilt, könnt Ihr vor Einbruch der Nacht dort sein.«

Auf einmal wusste er, von wem Thea ihr Temperament hatte. Es war nicht die Wildheit ihres Vaters. Es war die Entschlossenheit ihrer Mutter.

»Ihr seid eine bemerkenswerte Frau, ehrwürdige Mutter.«

»Und Ihr ein bemerkenswerter Mann, Philip. Ich vertraue Euch. Enttäuscht mich nicht.«

»Das werde ich nicht.«

Die Äbtissin hatte nicht übertrieben. Helena machte sich gut im Sattel ihres Zelters, und auch Schwester Margarita hielt sich wacker, wenngleich die stattliche Nonne es nicht mit Lenas Anmut aufnehmen konnte. Lena … Er hatte die Abkürzung ihres Namens erstmals aus Mutter Claras Mund gehört, und plötzlich konnte er nicht mehr anders von ihr denken. Die kühle, schöne Helena, der er vorwiegend aus Pflichtbewusstsein und Mitgefühl geholfen hatte, zog ihn auf merkwürdige Art und Weise in ihren Bann. Gewiss, sie hatte ihm von Anfang an gefallen, doch sie war eine der Frauen, die sich niemals auf ein leichtfertiges Spiel einließen. Anders als Thea, und schon gar nicht zu vergleichen mit den übrigen Frauen, die er gekannt hatte.

Je länger er über Lena nachdachte, umso vielschichtiger kam sie ihm vor. Hilfsbedürftig und aufopferungsvoll, aber zugleich neckisch und keck. Sie war mutig und doch vorsichtig. Vom Leben gezeichnet, war es ihr gelungen, den Schmerz zu überwinden und neue Stärke aus ihrem Schicksal zu ziehen. Darum beneidete er sie. Gern hätte er sie gefragt, wie sie zu ihrer Stärke zurückgefunden hatte, doch zugleich befürchtete er, dass sie ihm dann ihrerseits Fragen gestellt hätte. So ritt er schweigend an ihrer Seite und hatte das Gefühl, sein Rücken werde von Margaritas Blicken durchbohrt. Auch Said schwieg. Seit seiner ersten Begegnung mit Schwester Ludovika war der Araber den heiligen Jungfrauen gegenüber vorsichtig, und dass Schwester Margarita sie begleitete, gefiel ihm gar nicht.

Lenas Stimme riss Philip aus seinen Grübeleien.

»Glaubt Ihr, uns droht wieder Gefahr?«

»Wie kommt Ihr darauf?«

»Ihr seid so still. Lauscht Ihr auf Verfolger?«

»Nein.«

»Gut.«

Nur dieses eine Wort, keine weitere Frage, was ihm sonst durch den Kopf ging. Hatte er sie gekränkt? Oder fühlte sie sich durch die Gegenwart ihrer Tante gehemmt? Er wandte sich um. Schwester Margarita war anscheinend mehr mit ihrem Pferd als mit der Umgebung beschäftigt.

»Darf ich Euch eine Frage stellen, Frau Helena?«

»Gern.« Ihre Stimme klang aufrichtig und einladend. Gekränkt war sie also nicht.

»Auch eine persönliche?«

»Wenn Ihr mögt. Ich muss ja nicht darauf antworten, wenn sie zu persönlich ist.«

»Nach allem, was Euch widerfahren ist, wie habt Ihr Euch die Reinheit Eurer Seele bewahrt? Anstatt vor Hass auf die Mörder verbittert zu sein, helft Ihr den Menschen.«

»Ich musste eine Entscheidung treffen«, antwortete sie. »Ohne das zu leben, was mir genommen wurde, oder mit dem zu leben, was mir geschenkt wurde. Ich habe mich für das Geschenk entschieden.«

»Eure Fähigkeit, die Seelenflamme zu sehen?«

»Nein, den Menschen dabei zu helfen, ihre eigene Stärke wiederzufinden, wenn das Licht fast erstickt ist.«

»Daraus zieht Ihr Eure Kraft?«

»Ich weiß es nicht. Zumindest zeigt es mir, dass nichts in Gottes Reich zufällig geschieht. Alles hat einen tieferen Sinn, auch wenn wir ihn nicht sofort erkennen.«

»Auch der unnötige Tod all derer, die Ihr geliebt habt?« Kaum hatte er die Worte ausgesprochen, da bereute er sie schon. Doch Lena blieb erstaunlich ruhig.

»Anfangs fragte ich mich, warum ich allein überlebt hatte. Warum ich nicht mit ihnen gestorben war. Glaubt mir, ich wäre gern gestorben, nichts war schlimmer als die Einsamkeit. Dann fand ich meine Befriedigung darin, anderen zu helfen, und ich lernte, den Schmerz in mir zu verschließen. Doch ich hatte ihn nicht überwunden. Das erfuhr ich, als ich mich Elises Geschichte zu stellen hatte. Ich liebte einen Mann, der weder zu mir noch zu meinen Eltern ehrlich war. Sein Herz gehörte einer anderen, aber da sie vergeben war, erschien ich ihm als gute Wahl. Mein Vater glaubte an Martins Aufrichtigkeit. Wer weiß, wie es mir in meiner Ehe mit einer steten Nebenbuhlerin ergangen wäre.«

»Warum seid Ihr Euch so sicher, dass er sich nicht geändert hätte?«

»Ich bezweifle, dass er mich liebte. Ich beobachtete immer wieder, wie Martin den Mägden schöne Augen machte. Damals konnte meine Mutter mich noch trösten, meinte, die Ehe werde ihn verändern. Inzwischen weiß ich, dass das Unsinn ist.«

»Ihr sprecht ein hartes Urteil.«

»Ist es etwa falsch?«

»Vielleicht tut Ihr Martin unrecht. Er ist tot. Er hat keine Möglichkeit mehr, sich zu ändern.«

Lena schwieg. Philip schaute nach hinten. Schwester Margarita und Said waren einige Pferdelängen zurückgefallen.

»Vielleicht hatte Eure Mutter doch recht, Frau Helena. Allerdings ist es nicht die Ehe, die den Mann ändert, sondern die Bereitschaft, sich zu binden. Mein Vater war gewiss kein Kind von Traurigkeit, aber er war meiner Mutter treu bis in den Tod.«

Verdammt, warum war ihm das jetzt herausgerutscht?

»Dann ist er der Liebe wegen in Ägypten geblieben?« Sie fragte völlig arglos, hätte sich vermutlich auch mit einem einfachen Ja oder Nein zufriedengegeben. Er sah die alten Bilder, Geschichten, die sein Vater ihm so oft erzählt hatte, bis er selbst das Gefühl gehabt hatte, dabei gewesen zu sein. Auf Sizilien war es geschehen. Die Erinnerungen kamen mit Macht. Nicht die schlimmen, sondern die fröhlichen, die bunten, die er liebte, aber so lange nicht mehr betrachtet hatte, aus Furcht, dann in die Finsternis zurückzufallen.

Noch ehe er recht begriff, was er tat, hörte er sich die Frage stellen. »Wollt Ihr die Geschichte hören?«

»Natürlich erführe ich sie für mein Leben gern, aber ich möchte nicht, dass Ihr Euch meiner Neugier verpflichtet fühlt.«

Sie blitzte ihn voller Mutwillen an, ein beinahe unsichtbares Lächeln umspielte ihre Lippen. Nie zuvor hatte er sie so anziehend gefunden.

»Es begann auf Sizilien, am Vorabend des Tages, da die Flotte der Kreuzfahrer um Bonifatius von Montferrat sich nach Byzanz einschiffen wollte.« Noch während er die Worte formte, sah er die Bilder vor sich, die sein Vater schon früh in ihm geweckt hatte, sein Vater, der jeden mit seiner Redekunst zu fesseln vermochte. Und zum ersten Mal seit einem Jahr konnte er sich voller Liebe und Zuneigung an ihn erinnern, konnte den Schmerz ausblenden.

»Im Kreuzfahrerheer herrschte eine ausgelassene Stimmung, die Männer waren fröhlich, es wurde getrunken und gefeiert. Auch mein Vater hatte schon den einen oder anderen Becher Wein geleert. Vielleicht war das der Grund, warum er der Einladung Heinrichs von Regensteins und seines Bruders Dietrich nachkam, den alten Zwist endlich ruhen zu lassen, wenn man doch nun gemeinsam für die Sache der Christenheit kämpfen wolle. Der Wein sorgte dafür, dass sie sich immer besser verstanden, und mein Vater dachte sich nichts dabei, den beiden Regensteinern in eine der Hafentavernen zu folgen, um das Bündnis der neuen Waffenbruderschaft zu besiegeln.«

Etwas knackte im Geäst. Philips Hand glitt zum Schwert, doch es war nur ein Wildschwein, das durch seine Stimme aufgeschreckt worden war. Lena war seinem Blick gefolgt. Eine verräterische Blässe überzog ihr Gesicht, aber sie ließ sich sonst nichts weiter anmerken.

»Bitte, erzählt doch weiter, Herr Philip.«

Seine Hand löste sich vom Schwertknauf.

»Der Argwohn, der mir innewohnt, fehlte meinem Vater damals noch.« Philip lächelte Lena an, und sie lächelte sogar zurück.

»Weder ahnte er, wie verderbt die Regensteiner Grafensöhne waren, noch dass sie alles genau geplant hatten. Der Abend zog sich in die Länge, der Wein floss immer reichlicher, und vermutlich enthielten die Becher nicht nur Wein. Jedenfalls der Becher meines Vaters. Am nächsten Morgen fand er sich mit schmerzendem Schädel und nur mit seinem Hemd bekleidet in einer schmutzigen Gasse wieder, völlig ausgeplündert. Als einziger Besitz war ihm der Siegelring seines Vaters geblieben, der sich nicht vom Finger hatte lösen lassen. Mein Vater versuchte zum Kreuzfahrerlager am Hafen zurückzukommen, sein Knappe musste doch auf ihn gewartet haben, aber dort war niemand mehr. Die Schiffe waren längst ausgelaufen. Und er stand völlig mittellos in einem Land, dessen Sprache er kaum verstand.«

»Wo steckte sein Knappe?«

Philip hob die Schultern. »Vielleicht hatten die Regensteiner ihn getötet. Vielleicht auch einfach überredet, die Kleider meines Vaters anzulegen, um selbst Heldentaten zu vollbringen. Es ist bis heute ungeklärt, denn wenig später geriet das Schiff, auf dem sich die Regensteiner befanden und auf dem sich auch mein Vater hatte einschiffen wollen, in einen Sturm und sank. Doch das erfuhr er erst viel später. Er verlor durch die Tücke der Regensteiner seine Ehre, aber er behielt sein Leben.«

»Ist er deshalb niemals nach Birkenfeld zurückgekehrt?«

»Nun, zunächst hatte er keine Möglichkeit. Ausgeplündert wie er war, unterschied er sich bis auf seinen Siegelring in nichts von den Bettlern, die am Hafen herumlungerten. Ja, ihm erging es noch schlimmer, weil er kaum ein Wort verstand. Und dann war da noch sein Stolz. Ein Ritter, und wenn er noch so gedemütigt am Boden liegt, wird doch nicht für eine Mahlzeit zum Lastenträger.«

Er hielt kurz inne, um zu sehen, wie seine Erzählung auf Lena wirkte.

»Eine schreckliche Lage«, murmelte sie. »Wie ging es weiter?«

»Die ersten beiden Tage müssen furchtbar gewesen sein. Zwischen Bettlern und Gesindel fristete er sein Dasein, immer in der Nähe des Hafens, in der Hoffnung, doch noch ein bekanntes Gesicht zu sehen oder einen Reisenden zu treffen, der seine Sprache verstand. Seine Ehre verbot ihm zu betteln. Stehlen wäre ohnehin nicht in Frage gekommen, aber die Arbeit eines Knechtes wollte er nicht tun.

Am dritten Tag kam plötzlich Leben in die Menge. Er sah, wie die Menschen zur Mole liefen. Die vornehm Gekleideten ebenso wie die Bettler und die arbeitsuchenden Lastenträger. Neugierig folgte er ihnen und vergaß für kurze Zeit sogar seinen nagenden Hunger. Ein großes Schiff aus dem fernen Alexandria hatte soeben festgemacht. Alle wollten sehen, welche erlesenen Waren es geladen hatte. Man wusste, dass der kaiserliche Hof sich gern aus Alexandria beliefern ließ, und die Menschen waren begierig darauf, einen Blick auf die Kostbarkeiten zu werfen. Diesmal waren es edle Pferde. Zierliche Araber, Stuten und Hengste von so grazilem Wuchs, wie mein Vater sie nie zuvor gesehen hatte. Plötzlich gab es einen Tumult. Irgendetwas hatte die Tiere erschreckt, und ein unvorsichtiger Pferdeknecht verlor die Zügel eines prächtigen Schimmels. Der junge Hengst wieherte und scheute, dann galoppierte er mitten durch die Menge, die schreiend auseinanderstob. Bis auf meinen Vater, der geistesgegenwärtig nach den fliegenden Zügeln des Pferdes griff, es aufhielt und beruhigte. Sofort waren die Pferdeknechte da und wollten ihm das Tier entreißen, als würde er es besudeln, anstatt sich für seine Hilfe zu bedanken. Doch der Besitzer der edlen Rosse hatte gesehen, was geschehen war. Und er hatte nicht nur einen Blick für gute Pferde. Er erkannte in meinem Vater mehr als den heruntergekommenen Hungerleider, der er zu sein schien, auch fiel ihm Vaters Siegelring auf. Ein Schmuckstück, das ein gewöhnlicher Bettler längst versetzt hätte. Mikhail von Alexandria war ein weit gereister Mann, der auch die Sprache meines Vaters verstand. So kamen sie ins Gespräch und fanden schnell Gefallen aneinander. Mikhail bot meinem Vater an, ihn nach Alexandria zu begleiten und in seine Dienste zu treten, er könne jemanden mit seinem Pferdeverstand gebrauchen. Nach kurzem Zögern sagte mein Vater zu. Mikhail war zwar ein Ägypter, doch er war Christ und pflegte gute Beziehungen zu den Rittern, die sich nach den vorangegangenen Kreuzzügen in Ägypten angesiedelt hatten. Von ihnen erhoffte mein Vater sich Hilfe bei der Rückkehr. Doch als er in Alexandria ankam, fiel sein Auge auf Mikhails einziges Kind, seine Tochter Meret. Und von da an war es für ihn nicht mehr wichtig, in die Heimat zurückzukehren, wo er sich ohnehin nur der Schande hätte stellen müssen, den Regensteinern derart aufgesessen zu sein. Mikhail war mit ihm mehr als zufrieden und freute sich, einen tüchtigen Schwiegersohn zu bekommen.«

»Eine wunderschöne Geschichte«, sagte Lena.

»Eine wahre Geschichte«, erwiderte Philip, »auch wenn sie in Euren Ohren wie ein Märchen klingen mag.«

»So hat Euer Vater gerade wegen des Verrats der Regensteiner sein Glück gefunden. Ihr seht, die Wege des Herrn führen auf die eine oder andere Weise immer zum Ziel.«

»So mag es scheinen«, antwortete er leise. »Aber seit ich in dieses Land kam, frage ich mich, ob er damals die richtige Entscheidung traf. Wäre sein jüngerer Bruder auch zu einem Mörder geworden, wenn mein Vater seinen angestammten Platz eingenommen hätte?«

»Das kann niemand wissen. Sicher war es schmerzhaft für seine Familie, ihn für tot zu halten. Aber er gab seinem jüngeren Bruder damit auch Rang und Namen. Euer Vater trägt nicht die Verantwortung dafür, dass Dietmar mit seinem Erbe so schändlich umging.«

»Oder dass sein Jugendfreund Theodrich von Limbach zum gefürchteten Räuber Barbarossa wurde?«

»Auch das ist nicht die Schuld Eures Vaters. Manche Männer achten ihre Ehre. So wie es Euer Vater auf Sizilien tat. Er hungerte lieber, anstatt zu betteln oder zu stehlen. Dafür hat Gott ihn belohnt. Andere tun dies nicht. Irgendwann werden sie dafür gerichtet.«

Ein kalter Schauer rieselte Philip über den Rücken.

Irgendwann werden sie dafür gerichtet.

Das Splittern einer Lanze, ein grauenvoller Schrei …

»Was ist mit Euch?« Lenas Stimme holte ihn zurück, ehe die Erinnerungen ihn erneut in den Abgrund der Schmerzen reißen konnten.

»Nichts, ich … ich habe nur an etwas Bestimmtes gedacht.«

»Für einen Augenblick glaubte ich, Eure Seelenflamme werde verlöschen.«

Er zwang sich zu einem Lächeln. »Ihr wisst doch, dass sie manchmal flackert.«

Sie sagte nichts. Stellte keine Frage. Anscheinend meinte sie es ernst mit ihrem Versprechen beim Geistertor, ihn niemals mehr zu fragen, was ihm widerfahren war.

Kurz nach Einbruch der Nacht erreichten sie die Stadttore von Halberstadt. Philip zahlte dem Torwächter einige Kupfermünzen, damit er sie einließ.

Schwester Margarita lenkte ihr Pferd neben seinen Rappen.

»Die Mutter Oberin hat mir ein Schreiben mitgegeben, damit der Bischof uns heute Nacht bei sich aufnimmt.«

»Der Bischof? Ich dachte, Fürst Leopold solle unser Gastgeber sein.«

»Er residiert auf seiner Burg Schlanstedt außerhalb der Stadt.«

»Und warum sind wir dann nicht geradewegs dorthin geritten?«

»Hättet Ihr den Weg gefunden?«, fragte Schwester Margarita zurück. »Die Straße nach Halberstadt findet jeder auch bei Dunkelheit, aber Schlanstedt liegt eine gute Reitstunde entfernt.«

»Warum hat die Mutter Oberin mir das nicht gesagt?«

»Ihre Zeit ist knapp bemessen. Es genügt doch, wenn ich es weiß, nicht wahr?«

Philip nickte. Welchen Zweck hatte es, mit der Nonne zu streiten?

»Zudem«, fuhr Margarita fort, »ist es immer gut, den Bischof an seiner Seite zu haben. Friedrich von Kirchberg ist ein äußerst gebildeter, durchsetzungsfähiger Mann. Der Onkel der ehrwürdigen Mutter.«

»Und wo residiert er?«

»In der Domburg, in seiner Residenz Petershof.«

Selbstbewusst lenkte Schwester Margarita ihren Zelter an die Spitze und übernahm die Führung. Philip tauschte einen Blick mit Said, der nur ein gleichmütiges Achselzucken andeutete. Lena sah müde aus. Die unruhige Nacht in der kalten Höhle und der jetzige Ritt hatten an ihren Kräften gezehrt, doch sie versuchte, sich nichts anmerken zu lassen. Ihr toter Bräutigam war ein Narr gewesen. Wie konnte er überhaupt einen Blick für die Gräfin haben, wenn ihm ein Schatz wie Lena versprochen war? Sie war schön, klug und stark. Aber das Wichtigste war etwas anderes. Sie vermittelte Geborgenheit. Nur ihre Gegenwart hatte ihn dazu ermutigt, von seinem Vater zu sprechen. Das war nicht einmal Said gelungen, obwohl er ihm vertraute wie keinem anderen Menschen.

Das Klappern der Hufe hallte durch die Dunkelheit. Viel konnte Philip nicht erkennen. Fachwerkbauten schmiegten sich aneinander und säumten die Hauptstraße. In einigen Fenstern brannte noch Licht, als sie auf das Tor zur Domburg zuhielten. Die Domburg erschien ihm wie eine Stadt innerhalb der Stadt, hinter deren Mauer sich mehrere Kirchtürme wie dunkle Schatten abzeichneten. Noch einmal galt es, einen Torwächter zu bestechen, um Einlass in den innersten Bezirk zu finden.

Schwester Margarita kannte sich gut aus. Sie hielt geradewegs auf ein großes Gebäude zu, das in einiger Entfernung vom Dom lag. Die Residenz des Bischofs wirkte nicht ganz so prächtig wie die Sitze der Kirchenfürsten in Italien, die Philip auf seiner Reise gesehen hatte. Der Petershof war weniger auf Prunk als auf Verteidigung ausgerichtet. Philip erinnerte sich an die alten Erzählungen, dass Heinrich der Löwe die Stadt vor mehr als einem halben Jahrhundert fast zerstört hatte. Kein Wunder, dass der Bischof sich gut zu schützen wusste.

Ein verschlafener Mönch öffnete auf ihr Klopfen hin eine schmale Klappe im Tor und nahm stumm das Schreiben von Schwester Margarita entgegen. Sie stiegen von den Pferden und warteten. Es dauerte eine Weile, bis er ihnen ganz öffnete.

»Benedicte, ehrwürdige Schwester«, begrüßte er die Nonne.

»Dominus, Bruder«, antwortete sie.

Der Mönch machte eine einladende Handbewegung und hieß sie eintreten.

»Seine Exzellenz ruht schon, es besteht kein Anlass, seinen Schlaf zu stören.«

»Wir bitten nur um ein Quartier für die Nacht, damit wir morgen nach Burg Schlanstedt weiterreisen können. Wir bringen wichtige Kunde für Fürst Leopold.«

Philip fand es seltsam, dass der Mönch nur mit Schwester Margarita sprach und ihre Begleiter kaum eines Blickes würdigte. War es hier üblich, dass die Schwestern sich derart weltlich bewegten, anstatt abgeschlossen hinter Klostermauern fromme Werke zu verrichten? Aber was hatte er auch von Klöstern zu erwarten, denen Äbtissinnen wie Theas Mutter vorstanden?

Der Mönch rief einen Knecht herbei, der ihnen die Pferde abnahm, dann wies er ihnen die Quartiere zu. Selbstverständlich wurden Lena und Schwester Margarita am anderen Ende des weitläufigen Gebäudes untergebracht.

Die Kammer, die der Mönch Philip und Said zuteilte, war klein und die schmale Schlafstatt eine einfache Strohschütte, aber immerhin war sie sauber und das Stroh frisch.

»Wir wurden schon besser beherbergt«, stellte Said fest, nachdem er sein Abendgebet verrichtet hatte und die Decken über dem Stroh ausbreitete.

»Mag sein.« Philip zog sein Hemd aus und begutachtete den blutverkrusteten Riss im Stoff. »Die Wäscherinnen werden einiges zu tun haben.«

»Wenn du keine anderen Sorgen hast …« Said streckte sich auf der Strohschütte aus. »Verrat mir lieber, worüber du so lange mit Frau Helena gesprochen hast.«

»Du bist ziemlich neugierig.« Philip schüttelte das Hemd aus und faltete es sorgsam zusammen.

Said grinste. »Das weißt du doch.«

»Ich habe ihr die Geschichte erzählt, wie mein Vater meinen Großvater kennenlernte.«

»Ihre Gegenwart tut dir gut. Ich habe es ja gleich gewusst.«

Philip legte sich neben Said auf die schmale Bettstatt. Kein Vergleich zu ihrer Kammer auf Burg Birkenfeld, aber immer noch besser als in der kalten Geisterhöhle. Ob Lena wohl eine behaglichere Stube zugeteilt bekommen hatte?

»Was ich dich schon lange fragen wollte, Said …«

»Ja?« Said richtete sich halb auf und stützte den Kopf auf den angewinkelten Arm.

»Wieso bist du so selbstbeherrscht? Ich meine, seit wir Alexandria verlassen haben, hast du keinem schönen Mädchen nachgeschaut, geschweige denn, dich mit ihm vergnügt.«

»Warum sollte ich?«

»Ach, tu doch nicht so! Du warst zwar immer etwas zurückhaltender als ich, aber beileibe kein Eunuch.«

Said grinste nur.

»Nun sag schon«, drängte Philip. »Was ist mit dir?«

»Gar nichts. Nur dass die anderen Frauen mich nicht mehr reizen können, seit ich mein Herz verschenkt habe.«

Philip fuhr hoch. »Seit wann?«

»Schon lange.«

»Kenne ich sie?«

»Ja.«

»Da bin ich neugierig. Welche Blume aus den Gärten Alexandrias konnte dich betören?«

Said schwieg.

»Hast du Angst, ich könnte lachen, weil sie ein Hinkebein hat und schielt?«

»Nein.« Der Araber zupfte einige Strohhalme unter der Decke hervor und drehte sie zwischen Daumen und Zeigefinger, ohne Philip anzusehen.

»Warum machst du dann so ein Geheimnis daraus? Bin ich dein bester Freund oder nicht?«

Said holte tief Luft, setzte an, etwas zu sagen, dann atmete er aber wieder aus, ohne ein Wort zu sagen. Stattdessen schnippte er die Strohhalme fort. Draußen pfiff der Wind am Fenster vorbei.

»Ist es so schwer?«, fragte Philip.

Er rechnete schon mit keiner Erwiderung mehr, als Said einen Namen nannte. »Sophia.«

Philip schluckte. Er hätte jede Antwort erwartet, nur diese nicht.

»Meine Schwester?«

Kein Wunder, dass Said ein solches Geheimnis daraus gemacht hatte.

Der Araber nickte.

Philips Gedanken flogen zurück in die Vergangenheit. Die kleine Sophia, mit Haaren, schwarz wie Rabenflügel, und dunkelblauen Engelsaugen, die so unschuldig blicken konnten, selbst wenn sie ihm gerade eine Eidechse ins Bett gesetzt hatte. Nie hatte er in ihr etwas anderes als ein Kind gesehen, auch wenn sie inzwischen schon siebzehn war und ihm längst kein Krabbelgetier mehr unter die Decke steckte.

»Weiß mein Großvater Bescheid?«

»Natürlich nicht. Niemand außer Sophia wusste es bislang.«

»Und Sophia? Erwidert sie deine Gefühle?«

Said zog das schlichte Medaillon hervor, das er stets unter seiner Kleidung trug, und öffnete es. Eine glänzende schwarze Haarlocke hob sich von dem goldenen Hintergrund ab.

»Sie hat sie mir gegeben, bevor wir aufgebrochen sind.« Said klappte das Medaillon wieder zu.

Es war Sophia also ernst. Philip wurde der Hals eng. Er liebte seine Schwester, er liebte auch seinen Freund Said, aber …

»Warum hast du es mir nicht längst erzählt?«

»Weil ich weiß, wie aussichtslos diese Liebe ist.« Said seufzte. »Uns trennen Welten. Sie ist Christin, ich bin Muslim. Mein

Vater und ich stehen in Diensten deines Großvaters. Weshalb sollte er sie mir zur Frau geben?«

Philip nickte. Er konnte Saids Bedenken verstehen. Sophia würde ihren Glauben behalten dürfen, aber Saids Religion gebot, dass seine Kinder islamisch erzogen werden mussten. Wie würde die christliche Gemeinde Alexandrias damit umgehen? Würde Sophia ihre Achtung verlieren? Nun, vermutlich war Sophia stark genug, mit allen Anfeindungen umzugehen. Für das Geschäft seines Großvaters war es von Vorteil, einen Muslim als Schwiegerenkel zu haben, schließlich regierte der Sultan von Kairo auch über Alexandria. Es mochte Wege geben. Trotzdem … es wäre kein einfaches Leben für Sophia. Nicht wegen Said. Said würde sie auf Händen tragen, da war Philip sich ganz sicher. Doch was wäre, wenn Sophia ausgestoßen würde? Eine Frau ohne den Schutz ihrer eigenen Gemeinde?

»Du weißt, was es für Sophia bedeuten würde, nicht wahr?«, fragte Philip.

»Deshalb habe ich geschwiegen. Wir lieben uns, aber ich weiß nicht, ob meine Liebe ihr nicht mehr schadet als nutzt.«

»Würdest du deshalb auf sie verzichten?« Die Enge in Philips Hals wurde noch beklemmender.

Said senkte den Blick. »Will wahre Liebe nicht immer das Beste für die Geliebte? Aber was ist das Beste für Sophia?«

Philip legte Said die Hand auf die Schulter. »Wenn sie dich ebenso will wie du sie, dann werde ich schon dafür sorgen, dass du sie bekommst.«

»Ich … ich hatte Furcht, du könntest enttäuscht von mir sein«, stieß Said ohne aufzublicken hervor.

Die Schwere, die über ihnen lag, war beinahe unerträglich. Philip atmete tief durch.

»Verdammt, ich würde für dich sterben. Warum sollte ich dann was dagegen haben, wenn du meine Schwester zum Weib nimmst?« Er verpasste Said einen freundschaftlichen Knuff.

»Weil du genau weißt, welchen Schwierigkeiten wir uns zu stellen hätten.«

»Was ist das Leben ohne Schwierigkeiten?« Philip zwang sich zu einem Grinsen. »Du weißt, dass ich dir immer zur Seite stehe. Dir und Sophia.«

»Ist das dein Ernst? Du hältst wirklich zu uns?«

»Natürlich. Und wenn du nicht endlich aufhörst, weiterhin meine Freundschaft in Frage zu stellen, dann werde ich deinen ersten Sohn, sobald er alt genug ist, in die nächstbeste Taverne schleppen und ihm zeigen, wie der Enkel von Otto von Birkenfeld trinken sollte.«

»Das wagst du nicht.«

»O doch. Und dazu gibt es eine saftige Schweinshaxe.«

Endlich lachte Said.

»Wann kehren wir zurück nach Alexandria?«, fragte er dann.

»Du kannst es wohl kaum noch erwarten, wie? Wenn wir die Angelegenheiten hier geregelt haben.«

Das Läuten der Glocke weckte sie am nächsten Morgen in aller Frühe. Während Said sein Morgengebet verrichtete, verließ Philip die Kammer und schlenderte im ersten Tageslicht in der bischöflichen Residenz umher. Insgeheim hoffte er, Lena zu treffen, doch als er einen der Knechte nach ihr fragte, erfuhr er, dass sie mit Schwester Margarita zur Morgenandacht in die benachbarte Liebfrauenkirche gegangen war. Bei dem Gedanken daran fühlte er einen Stich. So als hätte sie einen Ort aufgesucht, an den er ihr niemals zu folgen vermochte. Gewiss, er konnte die Kirche betreten, das Knie beugen und so tun, als würde er beten, doch all das wäre nur ein leeres Ritual. Er hatte die heilige Ehrfurcht, die ihn einst erfüllte, längst verloren. Gott hatte ihn in der Stunde seiner größten Not allein gelassen, ihm weder Trost noch Hilfe gespendet. Keines seiner Gelübde angenommen, die er ihm in seiner Verzweiflung als Gegenleistung angeboten hatte.

»Du kannst mit Gott nicht feilschen wie auf dem Pferdemarkt«, hatte Said damals gesagt. Er hatte Said angeschrien, ihn aufs Übelste beschimpft, hätte ihn sogar geschlagen, wenn der

Araber nicht zurückgewichen wäre. Saids mitfühlender Blick war schmerzhafter gewesen als jeder Vorwurf, ganz so, als hätte er all die schrecklichen Dinge, die Philip ihm gesagt hatte, gar nicht gehört. Said hätte ihn schlagen, ihm für immer die Freundschaft kündigen sollen, er hätte es verdient gehabt. Doch Said erhob nicht einmal die Stimme. Da war immer nur dieser verständnisvolle Blick. Doch er wollte nicht verstanden werden. Er wollte, dass ihn alle so sehr hassten, wie er sich selbst verabscheute.

Voller Zorn und Verzweiflung war er in den Stall gerannt, hatte sich das erstbeste Pferd gegriffen und war ohne einen Tropfen Wasser in die Wüste geprescht. Nächtelang war er nicht zurückgekehrt, hatte gehofft, dort zu sterben, inmitten der endlosen Sanddünen. Am dritten Tag war sein Pferd verendet, aber er lebte noch immer. Über ihm kreisten Geier. Es gab keine Worte mehr, nur noch Finsternis und unerträglichen Schmerz. Warum stießen die Todesvögel nicht endlich auf ihn herab, um ihn zu zerreißen? Ihm das zu geben, was er verdiente?

Als Said ihn schließlich fand, war er zu schwach, sich zu wehren, zu schwach, den Wasserschlauch fortzuschlagen, den Said ihm an die Lippen setzte. Widerstandslos ließ er sich nach Hause zurückbringen, ohne ein einziges Wort zu sprechen. Wochenlang blieb er in diesem Zustand, in dem alles sinnlos und der Tod wie eine unerreichbare Erlösung schien. Er, der früher alle mit seinen Erzählungen verzaubert hatte, sprach nicht mehr. Weil es keine Worte mehr gab. Er sah und hörte, was um ihn herum geschah, erkannte den Schmerz in den Augen seiner Mutter und Schwester, die tiefen Sorgenfalten seines Großvaters und Saids aschfahle Miene. Doch obwohl er all das sah und hörte, fühlte er nichts. Keine Trauer, keine Freude, kein Leid. Nur Leere. Seine Schwester war rührend um ihn besorgt, brachte ihm die köstlichsten Speisen, redete ihm gut zu, als wäre er ein Kind. Er aß immer nur ein paar Bissen, damit sie Ruhe gab und ging. Es war, als lebe nur sein Körper, seine Seele war gestorben. So blieb er in seiner eigenen Hölle gefangen, die qualvoller war als jedes Fegefeuer. Bis zu jener Nacht, da er von seinem Vater träumte. Sein Vater in seiner jugendlichen Stärke, so wie er ihn als Knabe in Erinnerung hatte. Ein starker Mann, den niemand werfen konnte und der ihn mahnte, endlich das Versprechen einzulösen, das er ihm am Sterbebett gegeben hatte.

Am folgenden Morgen sprach Philip zum ersten Mal nach langer Zeit wieder. Die eigene Stimme war ihm fremd geworden, doch es war, als würde der Lebensfunke in ihn zurückkehren. Er hatte eine Aufgabe. Es war nicht mehr alles sinnlos.

Drei Monate später waren Said und er aufgebrochen. Als sie Italien erreichten, schien er wieder ganz der Alte. Er hatte Freude am Leben, konnte lachen, scherzen und Geschichten erzählen. Nur Said wusste, dass die Schatten ihn noch immer jagten.

Ohne dass er es bemerkte, hatten seine Schritte ihn zur Liebfrauenkirche geführt. Vor dem Portal zögerte er. Sollte er eintreten? Was, wenn er dort wieder nur Leere verspürte? Die Unbarmherzigkeit Gottes, der sich von ihm abgewandt hatte, weil er eine unverzeihliche Sünde begangen hatte?

Bevor er eine Entscheidung treffen konnte, öffnete sich die Tür, und die Gläubigen strömten nach draußen. Lenas Augen leuchteten, als sie ihn entdeckte.

»Wart Ihr auch bei der Andacht? Wir hätten gemeinsam gehen können.«

Wie sehr er sie um ihren festen Glauben beneidete. Genau wie Said, der niemals den Sinn seiner Gebete infrage stellte.

»Ich habe Euch gesucht«, sagte er, ohne auf ihre Frage zu antworten. »Wann wollen wir nach Burg Schlanstedt aufbrechen?«

»Aber, aber«, mischte sich Schwester Margarita ein. »In der Ruhe liegt die Kraft. Lasst uns zünftig frühstücken, dann werden wir seiner Exzellenz, dem Bischof, Bericht erstatten und erst danach zu Fürst Leopold reiten.«

Philip hatte sich vorgenommen, sich über nichts mehr zu wundern, aber als sie den großen Saal betraten, in dem der Bischof seine Gäste zu empfangen pflegte, war er doch erstaunt. Er hatte eine üppige Ausstattung erwartet, so wie er es von den Kirchenfürsten Italiens kannte, deren Paläste schon von außen das reiche Gepränge verrieten, das im Innern herrschte.

Der Empfangssaal des Halberstädter Bischofs war von bestechender Schlichtheit. Gemauerte Wände ohne jeden Putz. Hinter dem ausladenden Lehnstuhl, auf dem der Bischof saß, hing ein großes Holzkreuz an der Wand. Einzig die Fenster zeugten vom Reichtum der Bischofsstadt, denn sie waren mit bunter Glasmalerei ausgestattet, die biblische Szenen darstellten.

Der Boden war ebenso kalt und kahl, wie es die Wände waren, die Steine hatte man so blank gescheuert, dass man sich fast darin spiegeln konnte.

Trotz dieser äußeren Bescheidenheit erschien Friedrich von Kirchberg als ein Mann, der den Genüssen des Lebens nicht abgeneigt war. Sein rundes Gesicht war gerötet und verriet den Weinliebhaber, sein Leib war von stattlicher Fülle, die seine Liebe zu guter und reichhaltiger Speise bezeugte, und seine Hände waren von der Gicht gezeichnet. Die roten Knötchen über den Fingergelenken mussten ihm manch schwere Nacht bescheren. Doch in seinen Augen lebte ein wacher Geist. In seiner Rechten hielt er das Schreiben der Mutter Oberin. Schwester Margarita schritt sofort auf ihn zu, um die bischöfliche Hand zu küssen, doch seine Exzellenz wehrte ab. Vermutlich weniger, weil er keinen Wert darauf legte, sondern vielmehr weil er Schmerzen bei der Berührung befürchtete. Philip war froh darüber. Er hasste derartige Demutsbezeugungen.

Der Bischof ließ den Blick über die kleine Gruppe wandern. Von Schwester Margarita zu Lena, dann zu Said, den er besonders lang musterte, vermutlich wegen dessen fremdländischer Kleidung. Schließlich sah er Philip unverwandt an.

»Die ehrwürdige Mutter Clara schreibt, Ihr hättet wichtige Kunde für Fürst Leopold von Halberstadt?«

»So ist es, Exzellenz. Hat die ehrwürdige Mutter meinen Bericht in ihrem Schreiben vorweggenommen?«

»Würde ich Euch dann fragen?«

»Das vermag ich nicht zu beurteilen, Exzellenz. Manche Menschen vergleichen gern Berichte, um sich ein vollständiges Bild zu machen.«

»Ihr seid um keine Antwort verlegen, Philip Aegypticus. Ich erwarte Euren Bericht.«

Die Tatsache, dass Friedrich von Kirchberg ihn nicht als einen von Birkenfeld ansprach, beruhigte Philip. Die ehrwürdige Mutter hatte sein Geheimnis wie versprochen gewahrt. In kurzen, knappen Worten kam er der Aufforderung des Bischofs nach und erzählte, was er über Dietmar von Birkenfeld und dessen Pakt mit Barbarossas Räuberbande wusste. Dabei vermied er es jedoch, die rote Thea zu erwähnen.

Friedrich von Kirchberg hörte aufmerksam zu.

»Ihr erhebt schwere Anschuldigungen gegen den Grafen. Nun, Mutter Clara scheint Euch zu glauben, und so bin ich gewillt, Euch gleichfalls zu vertrauen. Auch wenn Ihr mit einem Ungläubigen verkehrt.« Bei den letzten Worten funkelte er Said an. Der Araber hielt dem Blick des Bischofs wortlos stand.

»Bestellt Fürst Leopold meine Grüße, Philip Aegypticus. Gott wird auf der Seite des Rechtes stehen. Ich werde Mutter Clara den gewünschten Boten schicken und ihr mitteilen, dass Ihr wohlbehalten in Halberstadt eingetroffen seid.« Der Bischof machte eine Handbewegung und gab ihnen damit zu verstehen, dass sie entlassen waren.

Auf dem Weg nach Burg Schlanstedt dachte Philip immer wieder über das kurze Gespräch mit dem Bischof nach. Warum hatte die Mutter Oberin tatsächlich auf diesem Umweg bestanden? Gewiss nicht deshalb, weil sie ihm nicht zugetraut hätte, Burg Schlanstedt bei Dunkelheit zu finden.

Ihre letzten Worte vor dem Abschied kamen ihm in den Sinn. *Damit Euer Ruf gewahrt bleibt, Herr Philip. Oder wollt Ihr als Frauenräuber gejagt werden?*

War das der Grund? Ihn dem Bischof vorzustellen, damit er,

der rechtlose Fremde, einen weiteren Fürsprecher hatte, wenn es hart auf hart kam?

Er ritt wieder neben Lena her, während Said bei Schwester Margarita blieb, die es schwer hatte, bei dem zügigen Trab den Anschluss zu halten.

Ob es wohl Said zu verdanken war, dass der Abstand zwischen ihnen immer größer wurde? Wollte er ihm die Gelegenheit geben, ungestört mit Lena zu sprechen? Glaubte Said wirklich, dass Lena ihm helfen konnte, die Schatten für immer zu vertreiben?

Wenn es so war, so nutzten sie ihre Zeit nicht. Meist ritten sie schweigend nebeneinander her. Philip hielt stets einen wachsamen Blick auf den Waldrand. Rings um Halberstadt lagen zahlreiche Felder. Das Land zwischen den beiden Armen des Flusses Holtemme war fruchtbar.

»Ihr seid sehr in Euch gekehrt«, begann Lena zaghaft ein Gespräch. »Gibt es Grund zur Besorgnis?«

»Nein«, antwortete er. Er wunderte sich, wie viele Menschen an diesem Tage unterwegs waren. Bislang hatten sie drei Ochsenkarren überholt, die anscheinend ebenfalls auf dem Weg nach Schlanstedt waren. Erst als sie die Burg vor sich aufragen sahen, begriff er den Zusammenhang. Auch Lena hatte es sofort bemerkt.

»Oh, seht nur, man bereitet ein Turnier vor!« Sie zeigte auf die freie Fläche vor der Burg, wo Menschen damit beschäftigt waren, Zelte und Stände aufzubauen. Einige Ritter hatten ihre Zelte schon errichtet und führten mit Stolz ihre Farben und Banner vor. Der eigentliche Turnierplatz war jedoch noch nicht abgesteckt. Vermutlich würde es noch einige Tage dauern, bis das Spektakel begann.

Schwester Margarita trieb ihr Pferd an und ritt an Lenas Seite. Die Aussicht auf ein Spektakulum ließ sie alle Anstrengung vergessen.

»Ein Turnier!« Die alte Nonne klatschte in die Hände. »Ich hoffe, wir bleiben lang genug, um zuzuschauen. Lange ist es her.

Und wenn wir Glück haben, gibt es dazu auch einen ordentlichen Markt. Das hätte uns der Bischof doch wirklich sagen können!«

»Vermutlich hatte er Wichtigeres zu tun, liebe Tante.«

»Ist ein derartiges Vergnügen mit Eurem Stand in Einklang zu bringen, ehrwürdige Schwester?«, fragte Philip.

»Gottgefällige Werke sind immer mit meinem Stand in Einklang zu bringen. Und ist es nicht gottgefällig, wenn die jungen Männer ihre Stärke zum Wohl der Christenheit erproben und den Damen gefallen?«

Sie lenkte ihren Zelter dichter an Philip heran. »Sagt, Herr Philip, Ihr seid doch ein stattlicher junger Mann. Habt Ihr Euch etwa nie an einem derartigen Spektakel beteiligt? Oder gibt es das in Ägypten nicht?«

»Nein«, antwortete er hastig. Doch die Bilder in seinem Kopf waren schneller.

Das Schnauben der Pferde, das sich mit dem Klirren der Kettenhemden und dem Knarren des Sattelleders mischt. Donnernde Hufe, die jeden in dichte Staubwolken hüllen. Das Gewicht der Lanze. Der Geruch nach Pferden, Leder und geöltem Eisen.

»Wie schade. Ihr würdet Euch gewiss gut in der Rüstung machen.«

»Ich fürchte, da irrt Ihr Euch, Schwester Margarita.«

Er trieb seinen Rappen an und setzte sich wieder an die Spitze. Lena schloss sofort zu ihm auf.

Schweigend ritten sie über das große Feld, auf dem alles für das kommende Spektakulum vorbereitet wurde. Philip bemühte sich, nur auf die Burg vor sich zu schauen. Nicht nach rechts und nicht nach links, wo sich Knappen im Kampf mit stumpfen Waffen übten oder die Ausrüstung ihrer Ritter polierten.

Lena berührte ihn sacht am Arm, so unauffällig, dass es weder Schwester Margarita noch Said wahrnehmen konnten.

Er sah sie an.

»Ich weiß nicht, was mit Euch ist, Herr Philip, aber Ihr scheint eine Abneigung gegen Turniere zu haben.«

»Ist mir das so sehr anzumerken?«

»Es steht in scharlachroten Buchstaben auf Eurer Stirn geschrieben.«

Als er nichts sagte, sprach sie weiter. »Herr Ewald erzählte mir, dass Euer Vater bei jedem Turnier ein gefürchteter Gegner war und die Zuschauer mit seinem unvergleichlichen Können beeindruckte.«

Verdammt, warum musste sie jetzt mit seinem Vater anfangen? Er war froh, die Erinnerungen einigermaßen zu beherrschen. Was, wenn er außer sich geriet?

Sie betrachtete ihn aufmerksam. Versuchte sie schon wieder in seinen Augen zu lesen? Er wandte den Blick ab. Immerhin war sie feinfühlig genug, nicht weiter in ihn zu dringen. Niemand sagte mehr ein Wort, bis sie den Burghügel hinaufgeritten waren und man ihnen Einlass in die Festung gewährte.

»Wir bringen eine wichtige Botschaft für Fürst Leopold«, sprach Philip einen der Waffenknechte am Tor an. »Mein Name ist Philip Aegypticus, der Fürst übergab mir vor einiger Zeit auf Burg Königshof ein Empfehlungsschreiben.« Er zog das Pergament hervor, das ihm schon Einlass auf Burg Birkenfeld verschafft hatte. Der Waffenknecht beäugte nur das Siegel, dann nickte er und ließ sie passieren.

Ein Junge wurde in die Burg geschickt, um sie dem Fürsten zu melden.

Im Burghof herrschte allerlei Trubel. Frauen hasteten mit frischer Wäsche hin und her, Kinder tollten zwischen aufgestapelten Fässern umher, und Männer entluden einen Ochsenkarren. Philip stieg vom Pferd und bot Lena die Hand, um ihr beim Absteigen behilflich zu sein.

»Es wird gewiss ein großes Fest vorbereitet«, hörte er Schwester Margarita hinter sich sagen. »Was mag es wohl sein?« Sie ging auf eine der Frauen mit den Wäschekörben zu und verwickelte sie in ein Gespräch. Philip hatte dafür keinen weiteren Blick, denn soeben kehrte der Junge zurück. Der Fürst sei bereit, sie zu empfangen.

Schwester Margarita riss sich von ihrem Schwatz mit der Wäscherin los und eilte ihnen mit fliegenden Schleiern hinterher.

Man führte sie über eine schmale Stiege hinauf in den Rittersaal. Fürst Leopold war nicht allein. Rings um einen Tisch saßen mehrere vornehm gekleidete Männer und schienen über wichtige Angelegenheiten zu sprechen. Einige von ihnen trugen Wappen auf den Waffenröcken, die Philip schon auf den Zeltbannern vor der Burg gesehen hatte.

»Seid mir willkommen, Philip Aegypticus.« Der Fürst stand auf und trat ihm entgegen, als wäre er ein Gleichgestellter. »Habt Ihr von unserem Spektakulum gehört und wollt Euch beteiligen? Ich habe mich ja von Anfang an gefragt, wie Ihr Euer edles Pferd wohl in einem Turnier zu beherrschen wisst.«

»Nein, mein Fürst«, antwortete er. Mit Blick auf die Männer, die gleichzeitig mit dem Fürsten aufgestanden waren, sprach er weiter. »Nicht das Vergnügen führt mich in Eure Stammburg, sondern beunruhigende Neuigkeiten. Darf ich Euch allein sprechen?«

»Ich habe keine Geheimnisse vor meinen treuesten Vasallen.«

»Auch dann nicht, wenn es um den Treuebruch eines anderen Vasallen geht, der nicht zu den hier Anwesenden gehört?«

»Von wem sprecht Ihr?« Leopolds Lippen wurden schmal.

Philip zögerte. Es gefiel ihm nicht, dass acht weitere Augenpaare auf ihn gerichtet waren. Wie mochten diese Männer zu Dietmar von Birkenfeld stehen?

»Ich weiß, wer hinter den Überfällen auf Eure Eisenerzfuhren steckt. Wie ich schon bei unserer ersten Begegnung vermutete, ist Barbarossas Bande nicht von selbst darauf gekommen. Es gibt einen Auftraggeber. Doch wäre es mir lieb, wenn zunächst nur Ihr seinen Namen erführet.«

Es war so still geworden, dass er Lenas Herz hinter sich schlagen zu hören glaubte. Fürst Leopold zögerte für einen Moment, dann nickte er und gab seinen Männern durch ein Zeichen zu verstehen, dass sie den Saal verlassen sollten. Alle bis auf einen fügten sich sofort.

»Mein Fürst, seid Ihr sicher, dass wir Euch mit diesem Fremden allein lassen können? Noch dazu, nachdem sich offenkundig ein Heide in seiner Begleitung befindet?« Er wies auf Said. Das Wappen auf der Brust des Mannes zeigte ein stilisiertes Hirschgeweih. Irgendwo hatte Philip schon einmal von einer Hirschstange als Wappen gehört, doch fiel ihm nicht ein, zu welcher Familie es gehörte, bis Leopold antwortete. »Eure Sorge ehrt Euch, Ulf von Regenstein, doch sie ist unbegründet. Ich kenne diesen Mann.«

Ulf von Regenstein! Der jüngste Bruder der Männer, die seinen Vater einst verraten hatten.

Der Regensteiner nickte, dann ging auch er zur Tür, allerdings nicht ohne Said kräftig anzurempeln. Philips Hand glitt zum Schwert, doch er hielt inne, ehe er den Griff berührte. Dieser Regensteiner war es nicht wert, den Fürsten zu verärgern.

»Nun, dann erwarte ich Euren Bericht, Herr Philip.«

Philip atmete tief durch. Auf dem Weg nach Schlanstedt hatte er sich wiederholt überlegt, welche Worte er wählen sollte, denn es widerstrebte ihm zutiefst, Thea zu erwähnen. Zuerst hatte er gedacht, aus Scham, doch Lena wusste um Thea, und Schwester Margarita konnte vermutlich trotz ihrer frommen Tracht nichts erschüttern. Je länger er darüber nachsann, umso sicherer erkannte er den wahren Grund. Er wollte nur Barbarossa und seine Mörderbande ihren Richtern zuführen. Nicht Thea, der das Schicksal niemals eine Wahl gelassen hatte. Und so erfand er eine unbekannte Magd, eines der Weiber, die er in Barbarossas Lager gesehen hatte und die nun Theas Rolle übernahm. Seine Erzählkunst machte die kleine Lüge zur Wahrheit, an der niemand zweifelte. Einmal blickte er zu Lena hinüber, hoffte, dass sie seine Unaufrichtigkeit nicht durch ihr Mienenspiel verriet, doch Lena unterstützte ihn, indem sie an manchen Stellen zustimmend nickte, insbesondere als er von Graf Dietmars doppeltem Spiel sprach.

Die Lippen des Fürsten wurden immer schmaler, je mehr er hörte.

»Ihr wisst also, wo sich das Lager der Räuber befindet?«, fragte er, nachdem Philip seinen Bericht abgeschlossen hatte.

»Wie ich es schon sagte. Ich brauche etwa dreißig Waffenknechte, dann könnte ich das Dorf der Halunken einnehmen und Euch Barbarossa bringen, tot oder lebendig.«

Der Fürst zögerte. Misstraute er seiner Aufrichtigkeit? Sah er in ihm vielleicht doch die Gefahr, die Ulf von Regenstein heraufbeschworen hatte?

»Die Zeit ist nicht günstig, Euch eine derart hohe Zahl meiner Waffenknechte anzuvertrauen. In einer Woche beginnt das Turnier, und wir erwarten in den nächsten Tagen zahlreiche Ritter, Händler und Fahrende. Von den Schaulustigen aus den umliegenden Dörfern ganz zu schweigen. Ich brauche jeden einzelnen Mann, um die Ordnung aufrechtzuerhalten und Streitigkeiten zu schlichen.«

»Und Eure Vasallen?«

Leopold schüttelte den Kopf. »Ihr habt schon ganz recht daran getan, mir allein die Wahrheit über Dietmar von Birkenfeld mitzuteilen. Wer weiß schon, was in den Köpfen der Männer vorgeht? Zumal etliche Heißsporne darunter sind, denen es nur um den eigenen Ruhm geht. Nein, Herr Philip, in diesem Falle vertraue ich Euch weitaus mehr, als Ihr glaubt.«

»Was werdet Ihr dann entscheiden?«

»Ihr bleibt allesamt hier als meine Gäste, bis das Turnier vorüber ist. Dann gebe ich Euch die Männer, um die Räuber zu fassen. Nach all den Jahren mag es auf zwei Wochen mehr oder weniger auch nicht mehr ankommen. Und eine überhastete Tat könnte alles verderben.«

Philip nickte.

»Sagt, Herr Philip, wollt Ihr Euch nicht auch beteiligen? Mein ältester Sohn sucht noch nach guten Männern für den Buhurt. Und wir alle sehen gern geschickten Reitern beim Tjost zu.«

»Ich habe weder Rüstung noch Lanze oder gar einen Knappen.«

»Aber Ihr bestreitet nicht mehr, dass Ihr ein Ritter seid?« Leopolds Augen funkelten.

»Habt Ihr schon einmal von einem Ritter ohne die Zeichen seines Standes gehört?«

»Ihr ahnt nicht, was ich schon alles gehört habe. Ihr könnt es Euch ja noch einmal überlegen.« Wieder dieser seltsame Glanz in den Augen des Fürsten, als wüsste er ganz genau, wer Philip wirklich war. Doch das war unmöglich. Nur Lena und die Äbtissin kannten seine wahre Abkunft.

15. Kapitel

»Wartet einen Moment, Frau Helena!« Philip griff sacht nach ihrer Hand, um sie zurückzuhalten, während Schwester Margarita und Said schon an ihnen vorbei zu den Kammern gegangen waren, die der Fürst seinen Gästen zugewiesen hatte.

»Was wünscht Ihr, Herr Philip?«

»Ich wollte Euch danken.«

»Wofür?«

»Für Euer Schweigen und Euer Nicken an den rechten Stellen.«

»Habt Ihr geglaubt, ich würde Euch bloßstellen, wenn Ihr Mutter Claras Tochter zu schützen versucht?«

»Nicht mit Worten, allenfalls mit unbewussten Gesten. Ich habe Euch einmal mehr unterschätzt. Vergebt mir.« Er deutete eine leichte Verbeugung an. In seinen Augen sah Lena wieder das leuchtende Feuer, bunt und strahlend. Jenes Feuer, das sie auch gesehen hatte, als er ihr die Geschichte seines Vaters erzählt hatte, und das beinahe verloschen war, als er Zeuge der Turniervorbereitungen geworden war. Wie gern hätte sie sein Geheimnis erfahren. War sein Vater bei einem Turnier ums Leben gekommen? Aber hatte er nicht erwähnt, in Ägypten gebe es keine Turniere? Noch wurde sie nicht klug aus ihm. Nur eines war sicher. Sein Schmerz hing mit dem Tod seines Vaters zusammen, und es war ein größerer Schmerz, als er gewöhnlicher Trauer angemessen war.

»Was glaubt Ihr, wie lange werden wir auf Burg Schlanstedt verweilen?«

»Sehnt Ihr Euch zurück in Euer Kloster?«

Es lag kein Spott in seiner Stimme, und doch fühlte sie einen Stich im Herzen. Gewiss, sie sehnte sich nach Frieden und Geborgenheit. Seit dem Überfall hatte sie diesen Zustand nur in Sankt Michaelis zu finden geglaubt, doch seit sie mit Philip von Burg Birkenfeld geflohen war, hatte sich alles verändert. Trotz aller Gefahr hatte sie das Leben wieder gekostet, seine Schönheit, die Freiheit. An seiner Seite hatte sie sich sicher und geborgen gefühlt. Selbst als er mit gezogenem Schwert gegen die Räuber galoppiert war. Vor allem da, denn seitdem waren die Mörder von einst nicht länger gesichtslose Dämonen, sondern dahergelaufenes Gesindel, das man besiegen konnte. An Philips Seite fürchtete sie sich nicht länger vor jedem Knacken im Gesträuch. Konnte sie danach jemals wieder in Sankt Michaelis glücklich werden?

»Würdet Ihr mir eine Gefälligkeit erweisen, Herr Philip?«

»Wenn ich es vermag.«

»Es bedeutet keinen großen Aufwand. Gar nicht weit von hier liegt das Gut meiner Eltern. Ich habe es seit ihrem Tod nicht mehr betreten. Würdet Ihr mich dorthin begleiten?«

»Sehr gern.« Seine Augen leuchteten. »Und vergesst nicht, mir die beiden Kirschbäume zu zeigen, deren Zweige sich ineinander verschlingen.«

»Ihr erinnert Euch daran?«

»Ich habe selten einen schöneren Vergleich der ewigen Liebe gehört.«

Heißes Blut stieg ihr in die Wangen, und in ihrem Bauch kribbelte es. Fühlte er sich in ihrer Nähe etwa genauso wohl wie sie sich bei ihm? Sie senkte die Lider.

»Morgen früh?«, fragte sie leise.

»Wann immer Ihr wollt, Frau Helena.«

In dieser Nacht wurde sie von seltsamen Träumen heimgesucht. Immer wieder sah sie Philips Gesicht vor sich, schlang ihm die Arme um den Nacken, zog ihn an sich, spürte seine Lippen und seine Hände auf ihrem Leib. Wollüstige Träume, die ihr Beichtvater gewiss als vom Teufel geschickt verurteilt hätte. Doch diese Träume gehörten ihr ganz allein. Niemals würde sie sie mit irgendeinem Menschen teilen. Außer vielleicht mit dem, dem sie galten …

Das kühle Wasser der Waschschüssel brachte ihre Selbstbeherrschung zurück. Hastig wusch sie den Schweiß der Nacht ab und kleidete sich an. Nach dem Frühgebet wollten sie aufbrechen. Schwester Margarita war hocherfreut gewesen, dass es nach Gut Eversbrück gehen sollte.

»Wer hätte gedacht, dass ein Mann, der einen Heiden seinen Freund nennt, von derart edler Gesinnung ist wie Herr Philip?«, raunte sie Lena nach der Morgenandacht zu. »Und selbst der Heide macht einen ehrbaren Eindruck.«

»Du hättest Schwester Ludovika hören sollen«, antwortete Lena. »Die hatte eine ganz andere Meinung von den beiden.«

»Ich sage doch immer, sie ist ein unerfahrenes Küken. Versteckt sich hinter Gebeten, glaubt, sie sei fromm, dabei läuft sie nur vor den Männern davon, weil sie nicht weiß, wie sie die anzupacken hat.«

Lena verkniff sich ein Schmunzeln. Sie kannte die alten Geschichten über ihre Großtante, die sämtliche Bewerber um ihre Hand durch ihr allzu bestimmendes Wesen in die Flucht geschlagen hatte, bevor sie Nonne geworden war.

Der Morgen war kühl und frisch, doch die ersten Strahlen der Sonne, die den Hochnebel durchbrachen, versprachen einen warmen Frühlingstag.

»Wir müssen nur der Straße nach Quedlinburg folgen, dann reiten wir geradewegs auf Gut Eversbrück zu«, sagte Lena zu Philip, als sie die Pferde aus dem Burghof führten. Er nickte und half ihr in den Sattel. Schwester Margarita warf Said auffordernde Blicke zu. Sie erwartete die gleiche Aufmerksamkeit. Said fügte sich mit unbewegter Miene, und Lena fragte sich, was er wohl dachte.

»Gut Eversbrück liegt also zwischen Halberstadt und Quedlinburg?«, fragte Philip, als sie die Burg schon eine ganze Weile hinter sich gelassen hatten.

»Ja, beinahe auf halbem Wege, aber etwas näher bei Quedlinburg«, bestätigte Lena. Die ersten Vögel stimmten ihr Morgenlied an, und mit ihrem Gesang kehrten die Erinnerungen zurück. Erinnerungen an Spielleute und Glockenläuten. Die Hochzeit in Quedlinburg, wo Martins Haus stand. Hätten ihre Eltern nicht darauf gepocht, die Hochzeitsfeier auf Gut Eversbrück auszurichten, hätten sie noch leben können. Auch wenn das Todesurteil über Martin längst gesprochen war …

Um die Mittagsstunde erreichten sie ihr Ziel. Der hohe Erdwall mit den Palisaden aus dunkler Eiche war schon von Weitem zu erkennen. Eversbrück war eine kleine Niederburg, doch hätten die Palisaden keinem ernsthaften Angriff getrotzt, sondern hielten nur herumlungerndes Raubgesindel und wilde Tiere fern.

Das Tor war weit geöffnet, ganz so, wie Lena es in Erinnerung hatte. Gut Eversbrück hatte Reisenden immer offen gestanden, von Sonnenaufgang bis Sonnenuntergang, und auch des Nachts war müden Wanderern Einlass gewährt worden. Ihr Vater hatte das Gastrecht hochgehalten, und sie war sich sicher, dass Lothar, einst sein erster Waffenknecht und nach seinem Tod der Pächter, es ebenso hielt.

Schwester Margarita trieb ihr Pferd an und gesellte sich zu Lena.

»Hier hat sich nichts verändert. Sieh nur, sogar die Wäsche wird noch an gleicher Stelle auf der Wiese gebleicht.« Die Nonne zeigte auf eine Reihe leinerner Bettlaken, die in der Nähe des kleinen Baches ausgebreitet lagen. Lena nickte. Nicht nur der Waschplatz war derselbe geblieben. Auch die Lieder der Wäscherinnen, die sich mit dem Gesang der Vögel mischten, gaben ihr das Gefühl, niemals fort gewesen zu sein. Und doch war alles anders. Niemals wieder würde ihr Vater mit ihr über die abgeernteten Felder galoppieren, niemals wieder würde ihre Mutter sie nach dem wilden Ritt mit Kuchen und Milch erwarten …

Sie spürte das Brennen aufsteigender Tränen. Hastig schluckte sie sie hinunter. Nur keine Schwäche zeigen.

Als sie das Tor passierten, blickten ihnen die Tagelöhner und Mägde nach, vor allem Said wurde begafft, doch dann erkannten einige Mägde Lena, und ehe sie sich versah, hatte sich eine dichte Menschentraube um sie gebildet.

»Frau Helena ist zurück!«, rief ein junges Mädchen mit hellblonden Zöpfen und rannte barfüßig über den Sandweg zum Gutshaus hinüber. War das etwa die kleine Marie, Lothars Tochter? Konnte sie in dem einen Jahr wirklich so gewachsen sein?

Lena glitt aus dem Sattel, noch ehe Philip ihr zu Hilfe kommen konnte. Für die meisten Menschen in Quedlinburg und Halberstadt war sie tot, nur ein weiteres Opfer des Schlächters Barbarossa. Mutter Clara hatte nichts unternommen, die Gerüchte über ihren Tod zu zerstreuen. Die Äbtissin wollte, dass Lena sich fernab vom Mitleid der Menschen erholte, das sich oft genug nur aus der Freude am Grusel speiste. Lena hatte es selbst unter den Nonnen erlebt. Mehr als eine Schwester hatte ihre Nähe gesucht, um ihr Einzelheiten über die grausige Bluttat zu entlocken.

Hier auf Eversbrück war es anders. Natürlich wussten alle, dass sie noch am Leben war. Lothar hatte sie sogar im Kloster besucht, als er den Pachtvertrag abgeschlossen hatte. Sie kannte Lothar, so lange sie zurückdenken konnte. Er hatte ihr das Reiten beigebracht, er war für sie fast wie ein großer Bruder. Doch als sie ihn im Kloster wiedergesehen hatte, noch immer geschwächt von ihrer kaum verheilten Wunde, da war er ihr wie ein Fremder vorgekommen, der sich hastig die Kappe vom Kopf gerissen, sie mit den Händen zerknüllt und den Blick zu Boden gerichtet hatte, unfähig, auch nur ein Wort hervorzubringen.

Sie war so gefangen von ihren Erinnerungen, dass sie kaum die Begrüßungen und Fragen hörte, mit denen sie bestürmt wurde. Wie im Traum schüttelte sie Hände, nickte und lächelte pflichtschuldig, um niemanden zu enttäuschen.

Aus dem Gutshaus näherte sich ein dunkelblonder Mann. Seit wann trug Lothar einen Vollbart? Aber er stand ihm nicht schlecht. Seine Schritte beschleunigten sich, als er Lena erkannte. Dann hatte er sie erreicht und riss sie, ganz gegen die Sitte, in die Arme, als wäre sie noch immer das kleine Mädchen.

»Lena!« Er lachte. »Ich meine natürlich Frau Helena!«

»Lothar! Du erdrückst mich gleich!« Gott sei Dank, er war nicht mehr der bestürzt dreinschauende Mann, der sie kaum anzuschauen wagte und nicht wusste, was er sagen sollte.

Er ließ sie los. Seine Augen strahlten noch immer. So wie früher. »Hattet Ihr Sehnsucht nach daheim?«

»Nach daheim und nach euch allen. Ich sehe, hier hat sich kaum etwas verändert. Gibt es Vaters Studierstube noch?«

»Selbstverständlich. Niemand hätte es gewagt, seine Bücher anzurühren. Wollt Ihr sie sehen?«

»Später. Jetzt möchte ich dir erst einmal meine Begleiter vorstellen. Tante Margarita kennst du bereits. Und dies ist Philip Aegypticus, ein Reisender aus Alexandria, der mir wiederholt behilflich war und uns seinen Schutz anbot, um Gut Eversbrück zu besuchen. Und das ist sein Freund Said al-Musawar.«

Lothar schüttelte beiden Männern die Hände, als wären sie alte Bekannte.

»Ihr habt gewiss noch nichts gegessen. Ich sage Gisela Bescheid, dass sie vier zusätzliche Mahlzeiten richten soll«, sagte er dann. »Karl, Robert, kümmert euch um die Pferde unserer Gäste!«

Die beiden Angesprochenen nahmen den Ankömmlingen die Pferde ab, um sie zu versorgen.

»Wenn Ihr etwas braucht, wird Marie sich darum kümmern«, sagte er noch. »Aber ich glaube, am liebsten wollt Ihr Euch erst einmal ganz allein hier umsehen, nicht wahr?«

Lena nickte dankbar.

Lothar schickte die neugierige Menge an die Arbeit zurück und entschuldigte auch sich selbst mit seinen Pflichten.

Nur die alte Magd Lies stand noch bei Margarita und schwelgte mit ihr in gemeinsamen Jugenderinnerungen. Vielleicht eine gute Gelegenheit, den wachsamen Augen der Nonne zu entgehen und Philip das Gut zu zeigen.

»Wolltet Ihr nicht die Kirschbäume sehen?«

»Sehr gern.«

»Begleitet Ihr uns, Said al-Musawar?«, fragte sie der Höflichkeit halber. Doch der Araber war feinfühlig genug, um abzulehnen. Ob er wohl noch immer hoffte, sie könne Philip helfen, wenn sie nur genügend Zeit mit ihm allein verbrachte?

Schon von Weitem roch Lena den Duft der Blüten. Wie oft hatte sie hier im Schatten der verschlungenen Zweige im Gras gelegen und geträumt. Als kleines Mädchen von märchenhaften Abenteuern, später von ihrer Hochzeit mit Martin.

Was war nur aus ihren Träumen geworden?

Hastig blinzelte sie die aufsteigenden Tränen fort und wandte sich Philip zu. »Gefallen sie Euch?«

»Sie sind so, wie Ihr sie beschrieben habt, Frau Helena.«

»Stark und unveränderlich, findet Ihr nicht auch?« Sie stellte sich zwischen die Bäume, sodass sie mit den ausgestreckten Armen jeden Stamm berühren konnte.

»Stark, aber nicht unveränderlich.« Philip bog einen kleinen Zweig zu sich herunter und strich zärtlich über die rosigen Blüten. »Heute sind sie so wie Ihr, Helena. In der schönsten Blüte. Voller Kraft, trotz all der Stürme, die sie überstanden haben.«

Trotz all der Stürme … Hatte er etwa das verdächtige Glitzern in ihren Augen gesehen?

»Wenn ich der Kirschbaum bin, was seid Ihr dann, Herr Philip?«

»Vielleicht der Wind, der ruhelos in den Ästen spielt?«

Er ließ den Zweig los, der wie eine Gerte zurückschnellte. War das wirklich ein herausforderndes Blitzen in seinen Augen?

»Ihr seid nicht der Wind«, widersprach sie. »Ihr seid eher ein wildes Pferd, das mit dem Wind um die Wette galoppiert.«

Er zog die Augenbrauen hoch. »Dann seid Ihr die Beständigkeit, und ich bin die Rastlosigkeit?«

Für einen Moment erinnerte er sie tatsächlich an ein edles Ross, das noch nicht weiß, ob es sich gehorsam satteln lassen oder doch lieber davonlaufen soll.

»Auch das wildeste Pferd sehnt sich irgendwann nach seiner Weide. Ich habe die Sehnsucht in Eurer Stimme gehört, als Ihr mir Euer Haus in Alexandria beschrieben habt. Ihr würdet gern dorthin zurückkehren.«

»Das werde ich auch tun.«

»Und doch wird es nicht so sein, wie Ihr es in Erinnerung habt, nicht wahr? Auch wenn alles so erscheint wie früher, etwas ist anders. Jedenfalls ergeht es mir heute so.« Sie ließ den Blick über die Umfriedung hinweg bis über die Felder schweifen. »Hier bin ich geboren, hier kenne ich jeden Winkel. Und doch bin ich heute eine Fremde im eigenen Haus.«

»Ihr wurdet liebevoll begrüßt.«

»Ja, und ich bin auch willkommen. Aber ich bin hier nicht mehr zu Hause.«

Lena brach einen dünnen Kirschblütenzweig ab.

»Ich bin wie dieser Zweig, der mit dem nächsten Wind davongetragen wird.« Sie schnippte ihn fort, doch Philip war schneller und fing ihn auf.

»Jetzt habe ich ein Teil Eurer Seele gefangen.« Sein Mund blieb ernst, aber seine Augen lachten auf die ihm unnachahmliche Weise, und seine Seelenflamme sprühte bunte Funken. In ihrem Bauch kribbelte es. Nie zuvor war sie einem Mann begegnet, der solche Gefühle in ihr ausgelöst hatte. Wie gern hätte sie ihn umarmt und an sich gezogen, wie sie es in ihrem verbotenen Traum getan hatte.

»Bekomme ich dafür auch etwas von Eurer Seele?« Sie trat einen Schritt näher auf ihn zu.

»Ich glaube, die würde Euch nicht viel Freude bereiten.«

»Warum nicht?«

»Ihr seid so rein und voller Leben, Lena. Trotz allem, was Ihr erdulden musstet. Wenn Ihr wüsstet, wie ich wirklich bin, würdet Ihr mich verachten.«

Hatte er sie wirklich Lena genannt? Das Herz schlug ihr bis zum Hals.

»Ich weiß, wie Ihr wirklich seid. Und es gibt keinen Grund, Euch zu verachten.«

Er senkte den Blick. »Ihr habt Euch ein Bild von mir gemacht, das vermutlich nicht viel mit der Wirklichkeit gemein hat.«

»Ein Bild, das Ihr selbst gezeichnet habt.« Sie berührte ihn am Unterarm. »Ihr seid ein Mann von aufrechter Gesinnung und steht treu zu Euren Freunden. Ich sehe es in Saids Augen. Ihr würdet füreinander sterben. Ihr wart auch bereit, Euer Leben für mich zu wagen. Das tut niemand, der verachtenswert ist.«

Er drehte den Kirschzweig zwischen den Fingern. Dann hob er den Blick und sah ihr unverwandt in die Augen.

»Ihr wollt es wissen, nicht wahr?«

»Darum geht es nicht. Es geht um Euch. Irgendwann ist die Zeit reif, Worte für etwas zu finden, für das es zuvor keine Worte gab.«

»Für das es zuvor keine Worte gab«, wiederholte er. Alle Farbe war aus seinem Gesicht gewichen und das bunte Funkeln seiner Seelenflamme verloschen, das sie eben noch so entzückt hatte.

»Ihr müsst nichts sagen.« Sie legte ihm sanft den Zeigefinger auf die Lippen. »Ganz gleich, was Euch quält, wer einen solchen Schmerz mit sich herumträgt, wer so sehr bereut, dem ist längst vergeben.«

Er ergriff ihre Hand und zog sie von seinem Mund.

»Ich kann mir selbst nicht vergeben.«

»Ist das Eure Sünde, Philip? Der Hochmut? Genügen Euch Gottes Gnade und seine Vergebung nicht?«

»Hochmut. Vermutlich ist es das. Wäre es anders, dann« – er schluckte – »wäre mein Vater noch am Leben.«

»Ihr gebt Euch die Schuld an seinem Tod?«

Ihre Hand lag noch immer in der seinen. Das Licht in seinen Augen war nichts als ein schwaches Glimmen.

»Ich gebe mir nicht die Schuld. Ich trage sie.« Er wich ihrem Blick aus. »Ich … ich habe ihn getötet.«

Seine Hand war ganz kalt geworden, fast wie die eines Toten. Sie hielt sie noch fester umklammert, bevor er auf den Gedanken kommen konnte, sie ihr zu entziehen.

»Ihr habt Euren Vater geliebt. Ich habe es aus jedem Eurer Worte gehört. Es war ein Unfall, nicht wahr?«

Er wagte sie kaum anzusehen. »Ihr zeigt Euch nicht entsetzt?«

»Nein. Ihr seid kein Mörder. Sonst würdet Ihr nicht so leiden. Wie ist es geschehen?«

Er atmete tief durch, setzte mehrfach an, doch jedes Mal presste er die Lippen wieder aufeinander, bevor er die rechten Worte fand. Sie dachte an seine Abneigung gegen Fürst Leopolds Turniervorbereitungen.

»Geschah es während eines Turniers?«

»Kein Turnier«, antwortete er leise. »Jedenfalls kein echtes. So etwas gibt es in Ägypten nicht. Aber wenn sich mehrere Ritter trafen, dann maßen sie gelegentlich ihre Kräfte. Die Reitbahn hinter dem Haus meines Großvaters war beliebt.«

Er lehnte sich mit dem Rücken gegen den Stamm des Kirschbaums, der ihm am nächsten stand, ohne Lenas Hand loszulassen.

»Ihr wisst, dass mein Vater ein gefürchteter Gegner in jedem Turnier war, ehe er seine Heimat verließ. Er liebte den ritterlichen Zweikampf und das Spiel mit der Lanze. Er lehrte mich schon als kleinen Knaben, wie man eine Lanze hält, auch wenn es anfangs nur ein Besenstiel war und mein Schlachtross ein britannisches Pony.« Ein wehmütiges Lächeln huschte über Philips Züge. »In Alexandria nehmen wir vieles nicht so wichtig wie in diesem Land. Während die Jungen hier schon mit sieben Jahren als Pagen auf fremde Burgen geschickt werden, blieben wir Söhne aus den christlichen ritterlichen Familien Alexandrias im Hause unserer Väter. Mein Vater legte Wert darauf, dass ich die Zeit besser nutzte als er seine Jugendjahre, denn er hatte nie Lesen und Schreiben gelernt. Also holte er einen Mönch ins Haus, der mich in Latein unterrichtete, und später auch einen Juden, bei dem ich die arabische Schrift erlernte. Said nahm ebenfalls am Unterricht teil, er hielt mich auch davon ab, die

Stunden zu versäumen, hätte ich mich doch viel lieber bei den Pferden oder in der Waffenkammer herumgetrieben. Damals glaubte ich noch, es komme einzig auf die Kampfstärke eines Mannes an. Den Wert der Wissenschaften lernte ich erst viel später zu schätzen.« Er atmete tief durch, bevor er weitersprach.

»Mein Vater hatte einen guten Freund, Ritter Heinrich, dessen Sohn so alt war wie ich. Als wir vierzehn waren, einigten sich unsere Väter darauf, dass Heinrichs Sohn Guntram der Knappe meines Vaters wurde und ich in Heinrichs Dienste trat, damit wir alle Bedingungen für die spätere Schwertleite erfüllten und sieben Jahre später in den Ritterstand aufgenommen werden konnten. Dennoch lernte ich das meiste von meinem Vater. Ich war ein geschickter Schüler, aber niemals gelang es mir, ihn zu besiegen. Er war eine Legende, keiner kam ihm gleich.«

Philips Seelenflamme leuchtete wieder etwas heller.

»Es war vor ungefähr einem Jahr. Heinrich, sein Sohn Guntram und etliche andere Männer waren zu Gast in unserem Haus. Einer schlug vor, einen kleinen Waffengang zu wagen. Wir waren alle begeistert von dem Gedanken. Damals gab es für mich kein größeres Vergnügen.«

Seine Rechte verkrampfte sich in Lenas Hand, doch sie ließ ihn nicht los.

»Mein Vater und ich haben alle aus dem Sattel gestoßen. Niemandem ist etwas passiert, abgesehen von Guntrams verstauchter Hand. Wir haben immer darauf geachtet, mit stumpfen Lanzen und voller Panzerung gegeneinander zu reiten. Am Schluss waren nur mein Vater und ich unbesiegt. Da rief Heinrich: ›Lasst uns sehen, ob der alte Wolf endlich einen würdigen Nachfolger gefunden hat!‹

Mein Vater lachte und meinte, wenn es einen Nachfolger gebe, dann sei ich es wohl, der beste Schüler, den er jemals hatte. Dann sind wir gegeneinander geritten.«

Lena sah das Glitzern in Philips Augen, die gleiche hastige Bewegung, mit der sie selbst vorhin ihre Tränen fortgeblinzelt hatte.

»Es hätte nicht geschehen dürfen. Ich hätte nicht gegen meinen Vater reiten dürfen. Aber ich wollte siegen. Ich wusste, dass ich schon seit einiger Zeit besser war. Er war beinahe fünfzig, ich vierundzwanzig. Er hatte zwar mehr Erfahrung, aber ich mehr Kraft und die Beweglichkeit der Jugend, die er allmählich verlor.«

»Was ist dann geschehen?«

»Wir ritten gegeneinander. Ich traf ihn sehr gut. Meine Lanze splitterte an seinem Schild. Er machte eine Abwehrbewegung, dabei glitt die Lanze ab, und die gesplitterte Spitze drang durch die Sehschlitze seines Visiers. Ich spürte, dass er gestürzt war, aber erst als ich mein Pferd herumriss, erkannte ich das Unheil. Er lag am Boden, stöhnte, versuchte, den Helm abzunehmen. Ich rannte zu ihm, zog ihm vorsichtig den Helm vom Kopf. Alles war voller Blut. Der Lanzensplitter hatte sein rechtes Auge durchbohrt. Ich habe geschrien, wollte die Blutung aufhalten, doch ich wusste nicht wie. Sah den schmerzvollen Blick in seinem gesunden Auge. Die anderen rannten auf uns zu, wollten Vater helfen. Irgendwer rief nach einem Arzt. Und in all der Verzweiflung spürte ich plötzlich ein sanftes Streicheln auf meiner Wange. Als wären seine Schmerzen nichts, strich mein Vater mir übers Gesicht und flüsterte: ›Du warst der Bessere. Ich liebe dich, mein Sohn.‹«

Philip riss sich von Lenas Hand los, wandte ihr den Rücken zu und verbarg das Gesicht am Stamm des Baumes. Sie sah, dass er am ganzen Leib bebte und sich mit einer verdächtigen Handbewegung über die Augen fuhr. Da spürte auch sie das Brennen aufsteigender Tränen.

»Er hat Euch sehr geliebt, denn seine letzte Sorge galt Euch.«

»Er starb nicht sofort«, hörte sie Philips Stimme. Er kämpfte mit den Tränen, aber er sprach weiter. »Der Todeskampf dauerte vier Tage. Der Splitter hatte nicht nur sein Auge durchbohrt, sondern war ihm tief in den Schädel gedrungen. Ich habe an seinem Lager gewacht, habe Gott um Hilfe angefleht, habe die unsinnigsten Gelübde abgelegt, wenn er nur wieder gesund würde. Aber nichts half. Kein Arzt, kein Gebet. Nichts. Zwischendurch phantasierte er, erkannte niemanden mehr. Dann gab es wieder einen Moment, in dem er ganz klar war. Er hatte gesehen, dass ich meine Lanze, noch bevor man ihn ins Haus trug, zerbrochen hatte, dass ich nichts mehr von all dem wissen wollte, was wir beide immer so geliebt hatten. In der letzten klaren Stunde seines Lebens ließ er mich schwören, niemals seine Wurzeln zu vergessen und wenigstens einmal in seine alte Heimat zu reisen, damit ich mir immer bewusst bleibe, dass ich zwei Vermächtnisse in mir trage. Noch während ich es ihm versprach, verlosch sein Lebensfunke für alle Zeiten, und ich blieb zurück – mit einer Schuld, die ich niemals abtragen kann. Ich hätte niemals gegen ihn reiten dürfen. Er war schon ein alter Mann. Ich hätte es wissen müssen. Ich hätte es verdient zu sterben, nicht er.«

Lena griff nach seiner Hand.

»Bitte, seht mich an!«, flüsterte sie.

Er wandte sich tatsächlich zu ihr um. Langsam, zögernd, mit geröteten Augen, in denen tiefster Schmerz lag. Er hatte sich ihr vollkommen ausgeliefert. Sie konnte nicht anders, Schicklichkeit hin oder her, als ihn in die Arme zu nehmen.

»Es wäre Eurem Vater nicht recht gewesen, wenn Ihr gestorben wärt«, flüsterte sie, während sie ihn an sich drückte und spürte, wie er ihre Umarmung erwiderte, nicht leidenschaftlich wie in ihrem Traum, sondern vorsichtig und zurückhaltend. »Habt Ihr nie darüber nachgedacht, dass es auch sein Hochmut war, nicht nur der Eure?«

Er antwortete nicht, und so sprach sie weiter.

»Euer Vater war eine Legende. Und er bewies am selben Tag, dass er es mit gleichaltrigen wie mit jüngeren Männern aufnehmen konnte. Wie hättet Ihr das Unglück vorausahnen sollen?«

Philip atmete schwer, aber er sagte noch immer kein Wort.

»Habt Ihr Euch jemals gefragt, was wohl geschehen wäre, wenn Gott Euch Euren Wunsch erfüllt hätte und Ihr am Boden gelegen hättet, durchbohrt von Eures Vaters Lanze?«

»Er hätte gelitten wie ich«, flüsterte Philip.

»Ja, das hätte er. Und vielleicht mehr als Ihr jetzt, denn wenn Ihr gestorben wärt, dann wäre auch seine Zukunft gestorben, und zurückgeblieben wäre ein abgestorbener Baum, dessen lebendigster Trieb zu früh abgeschnitten worden wäre. Hätte Euer Vater die Wahl gehabt, wer von Euch beiden hätte sterben sollen, auf wen wäre sie wohl gefallen?«

»Bitte, hört auf damit!«

»Nein, das tue ich nicht. Ihr habt die Schuld lange genug nur bei Euch gesucht. Was geschah, war ein tragischer Unfall. Euch trifft keine größere Schuld als Euren Vater. Er war der Erfahrenere. Er wusste, worauf er sich einließ. Er wusste es besser als Ihr, denn Ihr saht in ihm keinen alten Mann. Ihr tratet gegen Euren bewunderten, unbesiegbaren Vater an, den strahlenden Helden Eurer Kindheit. Denn wäre es anders gewesen, hättet Ihr Euch nicht auf den Kampf eingelassen, zu dem Euer Vater Euch aufforderte.«

»Wollt Ihr damit sagen, er hätte selbst Schuld gehabt?«

»Nein. Ich will damit sagen, dass es keinen Schuldigen gibt. Es war ein schrecklicher Unfall, den niemand wollte. Euer Vater starb, Ihr bliebt am Leben. Das ist der einzige Trost, den Euer Vater mit ins Jenseits nehmen konnte. Er durfte sterben und musste nicht mit der Schuld leben. Und er wollte auch nicht, dass Ihr mit der Schuld lebt. Wie sonst hätte er schon auf dem Turnierplatz die Kraft gefunden, Euch zu trösten? Euer Wohl war ihm wichtiger als sein eigenes. Er wäre immer für Euch gestorben, wenn er die Wahl gehabt hätte. Weil das Sterben für einen anderen einfacher ist, als ohne ihn weiterzuleben. Und weil Ihr Euer Leben noch vor Euch habt. Weil Ihr seine Zukunft tragt. Philip, auch mein Vater starb für mich, um mir einen kleinen Vorsprung zu verschaffen. Er stellte sich bei dem Überfall auf unseren Hochzeitszug dem Räuberhauptmann entgegen, obwohl er längst nicht mehr die Kraft der Jugend besaß. Er wusste, dass er sterben würde, ebenso wie Martin, aber er wollte, dass ich entkam. Sein letztes Wort war ›Lauf!‹, bevor Barbarossas Klinge ihm in den Leib fuhr. Das mag edler klingen als der Tod Eures Vaters. Und ich habe den Trost, jemand anderen für seinen Tod verantwortlich machen zu können. Ihr hasst Euch selbst, aber Ihr solltet es nicht länger tun, denn damit schmäht Ihr das Vermächtnis Eures Vaters, der das niemals gewollt hätte. Ebenso gut könntet Ihr ihn hassen, weil er vergaß, dass er kein junger Mann mehr war.«

Philip atmete tief durch.

»Ich habe nie darüber nachgedacht, was es für meinen Vater bedeutet hätte, wenn ich an jenem Tag gestorben wäre«, sagte er leise und hob den Blick. Dann sah er Lena in die Augen. Seine Seelenflamme flackerte noch immer, aber in ihrer Tiefe erkannte Lena einen hellen Funken. Nicht so bunt und strahlend wie bei ihrem ersten Wortgeplänkel unter den Kirschbäumen, aber immerhin ein Anfang.

»Da gab es einmal eine ähnliche Situation«, fuhr er fort. »Ich war siebzehn, ein bisschen großspurig und wollte unbedingt gegen Vater antreten. Natürlich landete ich im Staub und brach mir das Schlüsselbein. Ihr hättet meine Mutter schimpfen hören sollen. Sie schrie meinen Vater an, wenn er so weitermache, werde er mich noch umbringen. Er schaute sie an wie ein geprügelter Hund, und dann war ich es, der ihn gegen sie verteidigte.« Bei der Erinnerung an die alte Begebenheit huschte tatsächlich ein zaghaftes Lächeln über sein Gesicht.

»Was sagte Eure Mutter zu Euch, als ihre Prophezeiung sich ganz anders erfüllte?«

Philip schluckte. »Sie hat mir nie einen Vorwurf gemacht. Keiner hat das getan. Vielleicht wäre es einfacher gewesen, wenn sie mich angeschrien und beschimpft hätte. Aber sie war genau wie Vater. Sie wollte mich trösten, obwohl ich gerade unsere Familie zerstört hatte.« In seinen Augen schimmerte es wieder feucht.

»Und dann sagst du mir, du seist verachtenswert, während alle um dich herum dich lieben, weil sie wissen, wie du bist, und dass es niemanden gibt, der ihre Liebe mehr verdient!«, brach es aus ihr heraus.

Der Schmerz in seinen Augen wich einer tiefen Verwirrung. »Wieso ich?«

»Weil du voller Güte bist, voller Treue, und weil nur gute Menschen so sehr leiden können. Menschen, die wirklich lieben. Menschen, die es wert sind, geliebt zu werden. Solche wie du!«

Ehe sie noch begriff, was sie tat, fanden ihre Lippen die seinen, die sich viel weicher und zarter anfühlten, als sie erwartet hatte. Er zuckte kurz zurück, überrascht von ihrem Ungestüm, doch dann war er nur allzu gern bereit, der Verlockung nachzugeben.

Nie zuvor hatte sie jemanden mit so viel Leidenschaft geküsst, sich so sehr fallen lassen. Es war ihr gleich, ob man sie vom Gutshaus aus beobachtete, was Tante Margarita sagen würde oder ob Philip sie für leichtfertig hielt. Aber nein, das würde er nicht, dessen war sie sich sicher. Philip nahm sie so fest in die Arme, wie sie es sich erträumt hatte, nicht länger verletzlich und schwach, sondern stark und beschützend, fordernd und zärtlich zugleich. Und als sie sich wieder voneinander lösten, da strahlte seine Seelenflamme so hell, als wäre sie niemals dem Verlöschen nahe gewesen.

Vom Haus her hörten sie Marie rufen, das Essen sei fertig.

»Ob sie uns gesehen hat?«, flüsterte Lena, doch Philip schüttelte den Kopf. »Niemand hat uns gesehen.«

»Und wenn doch?«

»Dann bleibt mir wohl nichts anderes übrig, als dich zu heiraten, um deinen Ruf zu wahren.« Das Feuer in seinen Augen sprühte helle Funken. War es ein Scherz? Und wenn nicht?

Marie rief zum zweiten Mal. Wie von selbst rieben Lenas Hände über den Stoff ihres Kleides, bevor sie der Aufforderung des Mädchens folgte.

Eine derart fröhliche Tischgesellschaft hatte Lena lange nicht mehr erlebt. Vor dem Haus war eine lange Tafel aufgebaut worden, an der jedes Mitglied des Haushaltes, einschließlich des Gesindes, Platz fand. Eine alte Tradition, die ihr Vater vor langer Zeit begründet hatte. Wer gemeinsam lebte, sollte auch gemeinsam essen, unabhängig vom Stand. Dass Lothar diesen Brauch fortführte, gab Lena das Gefühl, der Geist ihres Vaters sei auf Eversbrück noch zu Hause.

Es wurde viel geredet und gelacht, Schwester Margarita war sich nicht zu fein, alte Anekdoten aus ihrer Jugend zu erzählen, wenngleich sie taktvoll genug war, nicht über ihre Freier zu sprechen, die sie stets so gekonnt vergrault hatte.

Nur Philip war ungewöhnlich still. Immer wenn Lena zu ihm hinübersah, waren seine Blicke auf sie gerichtet, und seine Seelenflamme leuchtete so hell und rein, dass ihr ganz warm ums Herz wurde. Sie hatte gedacht, Martin zu lieben, aber plötzlich wusste sie, dass ihre Gefühle für Martin gar nichts gewesen waren. Nichts im Vergleich zu dem Empfinden, das Philips Gegenwart in ihr auslöste. Ob es ihm wohl genauso erging? Oder war es nur Dankbarkeit, weil sie ihm zugehört und Trost gespendet hatte?

Als die Tafel aufgehoben wurde, nutzte Lena die Gelegenheit, Philip die Studierstube ihres Vaters zu zeigen. Tante Margarita plauschte noch immer mit alten Bekannten, und Said hielt sich weiterhin taktvoll im Hintergrund.

Lothar hatte nicht gelogen, Vaters Zimmer war noch immer so, wie sie es in Erinnerung hatte. Ein Wand voller kostbarer Bücher, ein seltener Schatz für einen Ritter. Die Federn und Tintenfässchen auf dem Schreibpult waren geordnet, als könnte er jederzeit zur Tür hereinkommen und wieder seinen Studien nachgehen.

Das Einzige, was neu hinzugekommen war, war der Rüstungsständer in der hintersten Ecke. Wie eine stumme Mahnung an Vaters einstige Gegenwart hingen Kettenhemd, Waffenrock, Helm und Schwertgurt über dem Holzgerüst, das früher in der Waffenkammer gestanden hatte. Lange war es her, dass ihr Vater die Rüstung getragen hatte. In den letzten Jahren war er um die Leibesmitte herum stärker geworden und hätte sich wohl nicht mehr hineinzwängen können.

Philip war ihr nachgegangen.

»Die Rüstung ist noch immer gut gepflegt«, sagte er, während er vorsichtig über das geölte Kettenhemd strich. »Dein Vater hat sie gewiss mit Ruhm belegt.«

»Vielleicht in jungen Jahren, aber er war nie ein großer Turnierstreiter. Seine Liebe gehörte den Büchern. Die Rüstung legte er an, weil er der einzige Sohn seines Vaters war und das Familienerbe weitertragen musste. Mit seinem Tod ist unsere Linie erloschen.«

»Sie ist nicht erloschen. Du bist noch am Leben.«

»Aber niemand wird mehr unter dem Wappen des springenden Hirsches reiten.«

»Mein Vater erzählte mir, manche Ritter nähmen das Wappen ihres Weibes in ihr eigenes auf, wenn es keinen männlichen Erben mehr gibt.«

»Vielleicht wenn es sich um eine vornehme Familie handelt, deren Wappen den eigenen Ruhm mehrt. Doch dazu sind wir zu unbedeutend.« Lena seufzte. »Es ist auch nicht so wichtig. Das wahre Vermächtnis meines Vaters liegt in diesen Büchern. Kein Ritter dieser Gegend hat jemals einen größeren Wissensschatz um sich versammelt. Die meisten können nicht einmal lesen.«

»Darf ich sie mir ansehen?«

Lena nickte.

Vorsichtig zog Philip eines der Bücher aus dem Regal. Einen schönen alten Band, eingeschlagen in reich verziertes Rindsleder und bebildert mit reichhaltigen Buchmalereien.

»Die Legende von Parzival. Ich habe sie bislang nie als Niederschrift gesehen, ich hörte davon immer nur in den Erzählungen reisender Barden.«

»Mein Vater hat uns oft daraus vorgelesen«, sagte Lena. »Er mochte Parzival, der trotz all seiner Fehler vom Unwissenden zum Gralskönig aufstieg. Mir gefiel Ritter Gawan allerdings besser.«

Philip lächelte. »Der strahlende Held, der seine Stärke aus dem Minnedienst zog und stets in den Farben der von ihm verehrten Dame kämpfte?«

Lena nickte. »Ja, denn ohne die Minne war er nichts, er brauchte immer eine Frau, für die er edle Taten vollbringen konnte.«

»Und genau deshalb habe auch ich immer Gawan den Vorzug vor Parzival gegeben.« Er schaute ihr tief in die Augen, ganz so, als wäre sie die Einzige, die er jemals angesehen hatte. Lena senkte die Lider.

»Ich hoffe, du hältst mich nicht für leichtfertig, Philip.«

»Ich bin nie einer Frau begegnet, die so tiefsinnig und feinfühlig ist wie du, Lena. Ich …«

»Lena! Es wird Zeit!« Tante Margarita stürmte wie ein Wirbelwind in das Studierzimmer. »Wir müssen uns auf den Weg machen, wenn wir vor Anbruch der Dunkelheit zurück auf Burg Schlanstedt sein wollen. Said hat schon die Pferde satteln lassen.«

Sie trat dicht hinter Philip.

»Ah, Ihr lest den Parzival. Eine wunderbare Geschichte, nicht wahr? Hach, ich freue mich so auf das Turnier! Wenn sich rotes Blut mit heißem Männerschweiß vermischt …«

Philip starrte die Nonne mit großen Augen an. Lena verbiss sich ein Schmunzeln. Ihre Tante konnte noch immer jeden Mann in Verlegenheit bringen, ohne es zu merken.

16. Kapitel

»Du hast sie die ganze Zeit angestrahlt, als wäre sie ein kostbares Juwel.« Said schüttelte seine Decke auf. Die Kammer, die der Fürst ihnen auf seiner Burg zugewiesen hatte, war beinahe so behaglich wie die auf Burg Birkenfeld, wenngleich das Licht nicht von teuren Wachskerzen, sondern von stark räuchernden Talglichtern gespendet wurde.

»Sie *ist* ein Juwel.« Philip zog die Stiefel aus.

»Oha.«

»Du hast doch die ganze Zeit gesagt, sie tue mir gut.«

»Du bist verliebt.«

»Ach was, ich finde sie einfach … nett.«

»Nett.« Said zog die Brauen hoch. »Du findest doch jede Frau nett.«

»Ich meine, ich finde sie ganz besonders nett.«

»Ach so, na dann. Findest du auch Schwester Margarita ganz besonders nett? Immerhin hat sie *dich* wie ein Juwel betrachtet.«

»Said, du bist blöd.«

»Weil ich die Wahrheit sage? Weil du Frau Helena anschaust wie ein Hund eine saftige Hammelkeule? Weil deine Augen, sobald ich ihren Namen ausspreche, so sehr strahlen, dass wir keine von diesen räuchernden Kerzen mehr bräuchten, um die Stube zu erleuchten?«

»Glaubst du, sie nähme jemanden wie mich?«

»Du hast bislang doch jede Frau bekommen, die du wolltest.«

»So meine ich es nicht. Ich meine, ob sie jemanden nähme, für den sie alles aufgeben müsste, was ihr lieb und teuer ist. Glaubst du, sie würde mich nach Alexandria begleiten?«

»Hat sie dir denn zu verstehen gegeben, dass sie dich mag?«

»Sie hat mich geküsst.«

»Wenn dir jede Frau, die dich jemals geküsst hat, folgen würde, hätten wir eine ganze Karawane im Schlepp.«

Philip griff nach seinem Stiefel und schleuderte ihn in Saids Richtung. Der Araber war schneller, duckte sich, und der Stiefel flog über ihn hinweg durch das geöffnete Fenster in den Burghof hinab. Dort unten schimpfte irgendwer laut los.

Said lachte laut. »Ich glaube, du hast dir gerade einen Feind gemacht.«

»Du bist wirklich saublöd!«, rief Philip und rannte aus der Kammer, um den Stiefel zurückzuholen.

Als er unten im Hof ankam, hatte sich schon eine Traube lachender Mägde um einen schimpfenden Alten geschart.

»Wenn ich den erwische! Dem Hundsfott zieh ich's Fell über die Ohren und stopf ihn aus.«

»Entschuldigung, das ist meiner.« Philip war blitzschnell neben den zeternden Graukopf getreten und hatte ihm den Stiefel aus den Fingern gezogen.

»Den werd ich ausweiden wie einen Kapaun«, plusterte der Alte sich weiter vor den Mägden auf, ohne Philip richtig wahrzunehmen. Die Mägde kicherten. Erst jetzt bemerkte er, dass er den Stiefel gar nicht mehr in der Hand hielt.

»Mistkerl, dreckiger! Feiges Aas! Komm und kämpf mit mir wie ein Mann!«

»Vergebt mir, aber ich erhebe nicht die Hand gegen einen ehrwürdigen Greis.«

»Ehrwürdiger Greis? Dir geb ich gleich den Greis!« Irgendetwas schepperte hinter Philip her. Er war heute anscheinend nicht der Einzige, dessen Treffsicherheit zu wünschen übrig ließ.

»Na, hast du deinen Stiefel wieder?« Said lachte noch immer, als Philip in die Kammer zurückkam.

»Das ist alles deine Schuld. Du hättest nur nicht den Kopf wegzuziehen brauchen.«

»Dich hat es ja schlimm erwischt.« Said grinste. »Was hat sie getan, um dein Herz so sehr in Brand zu setzen?«

»Wie wäre es, wenn du für den Rest der Nacht einfach den Mund hieltest?«

»Oha. Das klingt nach einer baldigen Hochzeit und mindestens fünf Kindern.«

Philip wog den Stiefel in der Hand.

»Denk dran, das Fenster steht noch offen«, warnte Said. Lachend ließ Philip den Stiefel zu Boden fallen.

Am nächsten Morgen überredete Lena ihn, sie und Schwester Margarita zusammen mit Said vor die Tore der Burg zu begleiten, um die Marktstände zu besuchen, die in immer größerer Zahl um den abgesteckten Turnierplatz herum errichtet wurden. Said verzog das Gesicht, denn aus unerfindlichen Gründen hatte Schwester Margarita einen Narren an ihm gefressen und erzählte ihm ständig irgendwelche Begebenheiten aus ihrem Leben.

»Sei froh, dass sie dich nicht bekehren will«, flüsterte Philip ihm auf Arabisch zu.

»Sei du froh, dass ich keinen Stiefel in der Hand habe.«

»Was hat er gesagt?«, fragte Lena.

»Er freut sich, dass Schwester Margarita ihm Gesellschaft leisten will.« Saids Tritt nahm er hin, ohne mit der Wimper zu zucken.

An diesem Tag waren noch längst nicht alle Händler eingetroffen. Aber die Putzmacher, Tuchhändler und Gürtler nutzten schon die Tage bis zum Beginn des Turniers, um Stoffe zu verkaufen und Bestellungen für Maßanfertigungen entgegenzunehmen.

Bei einem der Tuchhändler blieb Lena besonders lange stehen. Ein feiner hellgrüner Seidenstoff hatte ihre Aufmerksamkeit erregt.

»Er stünde dir sehr gut«, sagte Philip. »Du solltest überhaupt viel hellere Farben tragen.«

»Das musst du gerade sagen. Obwohl das Schwarz dich trefflich kleidet.« Sie zwinkerte ihm neckisch zu, während sie die Stoffbahn um ihren Oberkörper drapierte, als wäre sie schon ein Kleid.

»Der Stoff ist wie für Euch gemacht, edle Dame. Er lässt Eure Augen strahlen wie Saphire. Und geradezu vollkommen wäre er, wenn Ihr diese Borte dazu wählen würdet.« Der Tuchhändler zeigte ihr einen königsblauen Besatz, der mit goldenen Mäandern bestickt war.

Auf einmal fühlte Philip sich fast wie daheim. Die einheimischen Händler verstanden das Schmeicheln offenbar ebenso gut wie die Könige der Basare.

»Ich weiß nicht recht, der Stoff ist doch sicher sehr teuer«, sagte Lena zögernd und zückte ihren Geldbeutel, um ihre Barschaft zu zählen.

»Wie viel?«, fragte Philip.

»Dieser Stoff ist von trefflicher Beschaffenheit, edler Herr, gewebt von der Hand reiner Jungfrauen jenseits der Alpen in den sonnigen Gefilden Italiens.«

»Wie viel?«, wiederholte Philip.

»Die Elle einen Silberdenar.«

Lena ließ ihren Geldbeutel sinken. Ein Blick in ihr Gesicht verriet Philip, dass dieser Preis alle ihre Mittel überstieg.

»Einen Silberdenar für eine Elle?«, fuhr er den Händler an. »Hat ihn etwa die Muttergottes persönlich gewebt, aus dem Haar der himmlischen Engel? Warum ist er dann nicht viel leuchtender und fein wie Daunen? Für einen Silberdenar gibst du mir fünf Ellen und noch zwei von der Borte dort.«

»Mein Herr, bei einem Silberdenar für die Elle mache ich schon Verlust.«

»Willst du mir Märchen erzählen? In meiner Heimat glänzen die Stoffe, als wären sie aus reinem Gold, in das man das Funkeln der Sterne gesponnen hat. Stoffe, die aus jeder Frau eine Königin machen, aus jeder Sklavin eine Sultanin. Aber niemand käme auf den Gedanken, derart unverschämte Preise zu verlangen.«

»Meine Kinder müssten hungern, wenn ich auf Euer Anerbieten einginge.«

»Vermutlich mästest du deine Kinder mit Honigkuchen und Spezereien – bei den Preisen, die du hier verlangst. Einen Silberdenar für vier Ellen und die Borte dort.«

»Drei Denare für drei Ellen und die Borte.«

»Glaubst du, ich hüte einen Strauch vom Baum des Reichtums in meinem Garten, an dem Denare wachsen, damit ich sie einem Gierschlund wie dir in den Rachen schleudere? Weißt du nicht, dass der Satan persönlich am Tor der Hölle auf die unlauteren Händler wartet, die ehrbare Männer um ihr Geld betrügen wollen?«

Der Händler starrte ihn mit offenem Mund an. Lena kicherte.

Am Schluss schlug Philip bei sechs Ellen Seidenstoff und zwei Ellen Borte für zwei Silberdenare ein. Mit finsterer Miene schnürte der Händler den Stoff zu einem handlichen Bündel zusammen und reichte es Lena, während Philip ihm die Silberstücke auf den Verkaufstisch legte.

»Ich weiß nicht, ob ich das einfach so annehmen kann«, sagte Lena so leise, dass der Händler sie nicht hören konnte. »Das ist ein sehr wertvolles Geschenk.«

»Es ist nichts im Vergleich zu dem, was du mir gegeben hast.«

»Trotzdem ...« Sie senkte den Blick.

»Ich wollte dich nicht in Verlegenheit bringen. Mein Temperament ist einfach mit mir durchgegangen. Meine Schwester hat mich immer gebeten, sie auf den Basar zu begleiten, weil sie zu schüchtern zum Feilschen ist. Das hat sie von unserem Vater. Der hat auch immer gleich gezahlt, was man von ihm verlangte.«

»Während du verhandelst wie ein orientalischer Rosshändler.«

»Ich bin ein orientalischer Rosshändler.« Philip grinste.

Etwas weiter entfernt hatte ein Schildmaler sein Zelt aufgeschlagen. Einige Ritter hatten ihre Schilde bei ihm abgegeben, damit er die Farben auffrischte und den Wappen vor dem Turnier neuen Glanz verlieh.

»Lass uns eine Weile zusehen«, bat Lena Philip und beobachtete, wie der Handwerker einen kunstvollen Greif mit einem kräftigen Rot ausmalte.

»Ich glaube, das ist das Wappen der Grafen von Hohnstein. Tante Margarita hat mir erzählt, dass das Turnier anlässlich der Verlobung von Fürst Leopolds Tochter mit dem ältesten Sohn des Hohnsteiner Grafen ausgerichtet wird.«

»Er muss ein wichtiger Bündnispartner sein, wenn ein Herzog seine Tochter einem Grafensohn gibt«, sagte Philip.

»Manche Menschen heiraten auch aus Liebe.« Die fremde Stimme riss Philip und Lena aus ihrer Betrachtung. Der Mann mochte ungefähr in Philips Alter sein, hatte dunkelbraune Haare und ein offenes Gesicht. Auf seinem Waffenrock prangte der gleiche rote Greif wie auf dem Schild.

»Gestattet, Johann von Hohnstein.«

»Philip Aegypticus«, stellte Philip sich vor. »Und das ist Helena von Eversbrück.«

Hohnstein nickte Lena kurz zu und wandte sich an Philip. »Ihr seid also der Ägypter. Ich dachte es mir fast.«

»Ihr habt von mir gehört?«

»Wer hat das nicht? Alle rätseln darüber, welche Mitteilung Ihr dem Fürsten wohl gemacht habt und wer der Verräter ist, von dem Ihr spracht. Mittlerweile verdächtigen die Männer sich schon gegenseitig, aber der Fürst lässt nichts verlauten.«

»Er wird seine Gründe haben.«

Johann von Hohnstein lachte. »Mein künftiger Schwiegervater ist ein gewiefter Fuchs, dem macht keiner etwas vor. Aus irgendeinem Grunde gefallt Ihr ihm.«

»Und das missfällt den Männern?«

»Mir nicht. Ich wüsste nur gern, ob ich Euch im Turnier begegnen werde. Ich habe Euer Pferd im Stall gesehen. Ein stattlicher Rappe.«

»Ein gutes Pferd macht noch keinen Ritter.«

»Stimmt, aber Ihr scheint mir einer zu sein. Der Fürst ist jedenfalls überzeugt von Euch. Und sein Sohn gäbe einiges darum, wenn Ihr Euch seiner Mannschaft beim Buhurt anschließen würdet.«

»Warum?«

»Weil es …« Johanns Worte gingen im plötzlichen Tumult am anderen Ende des Marktes unter. Zwischen den Händlern entdeckte Philip mehrere Reiter mit Lanzen. Schreie, Töpfe schepperten, Tonkrüge zerbrachen. Ein Turban blitzte zwischen den Pferden auf.

»Said!«, rief er und rannte los.

Er sah, wie sein Freund hinter dem erstbesten Verkaufstisch Schutz vor den Reitern suchte. Die Angreifer waren noch jung, vermutlich Knappen. Ihre Lanzen stachen rücksichtslos in die Luft, immer auf der Suche nach ihrer Beute.

»Spießt den Heiden auf!«, grölte einer. Said warf sich unter den Stand, gerade noch rechtzeitig. Das Pferd bäumte sich auf, sein Huf zertrümmerte den Tresen, Holzsplitter flogen. War Said getroffen? Nein, er rollte sich gerade wieder auf der anderen Seite unter den Trümmern hervor.

»Gleich hab ich ihn!«, schrie der Knappe. Ein weiterer Stoß mit der Lanze. Saids Schrei zerriss Philip schier das Herz.

Mit einem schnellen Satz sprang er Saids Angreifer an, riss ihn vom Pferd und verpasste ihm einen Faustschlag. Dann spähte er zu Said hinüber. Gott sei Dank, er lebte. Die Lanzenspitze hatte nur seine linke Schulter getroffen.

»Kannst du dich bewegen?«

Said nickte. »Achtung, hinter dir!«

Der Bursche war höchstens sechzehn, die Lanze in seiner Hand indes eine tödliche Waffe. Er legte auf Philip an und galoppierte los. Philip blieb ruhig stehen, behielt den jungen Mann im Auge. Wartete auf den rechten Moment. Dann sprang er zur Seite, die Lanze des Gegners mit beiden Händen packend. Der unerwartete Ruck riss den Jüngling vom Pferd. Philip zog ihn am Kragen hoch und verpasste ihm einen so heftigen Faustschlag, dass er bewusstlos liegen blieb. Ohne nachzudenken, griff er die am Boden liegende Lanze und sprang auf das ledige Pferd.

»Los, dann zeigt, was ihr könnt!«, schrie er und drückte dem Pferd die Fersen in die Flanken.

Doch es kam nicht mehr zum Kampf. Von der einen Seite eilte Johann von Hohnstein auf die Reiter zu, vom anderen Ende des Marktplatzes her erkannte Philip den wehenden Schleier von Schwester Margarita und in ihrer Begleitung ein halbes Dutzend fürstlicher Waffenknechte.

Die beiden Burschen wendeten ihre Pferde und galoppierten davon.

Philip warf die Lanze fort und stieg aus dem Sattel.

»Ist es schlimm?« Ohne Saids Antwort abzuwarten, riss er ihm den Ärmel auf. Die Lanze hatte seinen Freund nicht voll getroffen. Es war nur eine Fleischwunde, die vermutlich glatt verheilen würde. Mit geübter Hand fertigte Philip aus Saids Ärmel einen Notverband, der die Blutung fürs Erste stillte.

»Was ist geschehen?«

»Ich weiß es nicht.« Said atmete schwer. »Schwester Margarita und ich standen ganz friedlich dort vorn, da stürmten die vier plötzlich auf mich los.«

»Die gehören zu Ulf von Regenstein«, mischte sich der Besitzer des zertrümmerten Standes ein. »Die glauben, sie können sich alles erlauben, aber vor dem Zahlen drücken sie sich.« Er bückte sich und sammelte ein, was von seinen Waren noch nicht zerbrochen war.

»Ein gutes Pferd mag noch keinen Ritter machen, aber ein guter Ritter bleibt immer einer, auch ohne Pferd.« Johann von Hohnstein schlug Philip anerkennend auf die Schulter. »Ihr wart so überzeugend, dass Ihr mich in die Rolle des Zuschauers gezwungen habt.«

»Hättet Ihr denn eingegriffen, wenn es erforderlich gewesen wäre?« Philip war immer noch zornig.

»Bezweifelt Ihr es?«

Die Waffenknechte und Schwester Margarita erreichten den

Kampfplatz und enthoben Philip einer Antwort. Der erste Bursche kam gerade wieder zu sich und rappelte sich stöhnend auf.

»Verfluchter Heidenfreund!« Er zog den Rotz hoch und spie ihn Philip vor die Füße. Einer der Waffenknechte wollte ihn packen, doch ein weiterer hielt ihn zurück. »Das ist Ulf von Regensteins Sohn. Sein Vater wird's uns verargen, wenn wir Hand an ihn legen.«

»Sein Vater sollte lieber für den Schaden aufkommen«, knurrte Philip.

Der Jüngling stieß die Waffenknechte von sich. »Ha, soll doch der Heide zahlen, der ist doch feige hinter den Stand gesprungen. Und dir … dir wird mein Vater auch noch das Fell über die Ohren ziehen!« Er funkelte Philip böse an.

Philip packte ihn beim Kragen. »Du hast meinen Freund verletzt! Wenn er tot wäre, dann würde ich dir jetzt die Kehle durchschneiden. Ganz langsam. Von links nach rechts, und dich dann ausbluten lassen wie ein Schwein.«

»Wag es doch! Mein Vater würde dir die Haut bei lebendigem Leib abziehen und deine Gedärme in der Sonne trocknen lassen. Und jetzt lass mich los!«

Philip wandte sich zu den Waffenknechten um. Keiner machte Anstalten, den Regensteiner Sohn in Gewahrsam zu nehmen. Fragend blickte Philip Johann von Hohnstein an.

»Ihr lasst ihn einfach so gehen?«

»Natürlich lassen sie mich gehen, du dreckiger Bastard! Niemand vergreift sich an einem Regensteiner.« Er riss sich los und spuckte Philip noch einmal vor die Füße.

Der Hohnsteiner zuckte die Schultern. »Sein Vater wird für den Schaden aufkommen. Was wollt Ihr mehr?«

»Was ich mehr will? Dieser Bursche hat gerade meinen besten Freund angegriffen und verwundet!«

»Und Ihr habt ihn und seine Freunde dafür gehörig in die Schranken gewiesen. Lasst es gut sein. Wir können keine Fehden gebrauchen. Schon gar nicht mit den Regensteinern.«

Lena war an Philips Seite getreten. Ihre Nähe besänftigte ihn ein wenig. Nicht aber Schwester Margarita, die ihre ganze Wut an den Waffenknechten ausließ, die den Regensteiner Spross einfach hatten ziehen lassen und auch keine Anstalten machten, den zweiten Jungen zurückzuhalten, der gerade wieder zu sich kam.

»Ist das christlich?«, schrie sie. »Wenn harmlose Menschen von wild gewordenen Halbwüchsigen angegriffen werden? Wenn sie sich nicht einmal von meiner frommen Tracht zurückhalten lassen, ja sogar auf mich die Lanzen anlegen? Sodom und Gomorrha! Und ihr Feiglinge kuscht vor dem Namen Regenstein? Da möchte ich doch selbst zum Mann werden und es dem Pack heimzahlen.«

»Das hat Herr Philip doch schon trefflich erledigt«, sagte Johann von Hohnstein. »Lasst uns die Sache damit beschließen. Ulf von Regenstein wird für den Schaden zahlen, und damit ist's aus der Welt geschafft. Seht, da kommt er schon.«

Tatsächlich, es war Ulf von Regenstein, der auf seinem Goldfuchs herangaloppierte und ihn erst kurz vor Philip und Johann von Hohnstein zügelte.

»Mein Sohn berichtete mir, Ihr hättet ihn angegriffen?« Er schaute von oben auf Philip herab.

»Er und seine Bande haben meinen Freund verwundet!«, zischte Philip.

»Euren Freund? Ihr meint doch nicht etwa diesen Ungläubigen? Wisst Ihr nicht, dass es die Pflicht eines jeden Christen ist, die Ungläubigen zu bekämpfen, wo immer man ihrer ansichtig wird? Die tapferen Knappen verdienen dafür Belohnung und keinen Tadel.«

Philips Hand glitt zum Schwert, doch bevor er es ziehen konnte, war Schwester Margarita dicht vor den Regensteiner getreten, die Augen zornblitzend und die Hände in die Hüften gestemmt. »Ach ja? Zählt dazu auch der Kampf gegen Frauen? Noch dazu gegen jene, die sich dem Dienst des Herrn verschrieben haben? Euer verlauster Bengel und seine missratenen Kumpane, die wohl allesamt nie so etwas wie eine Erziehung genossen haben, haben auch mich mit ihren Lanzen bedroht! Mich, eine Schwester des Ordens der Benediktinerinnen! Und wer weiß, was geschehen wäre, wenn der tapfere Mann, den Ihr einen Heiden nennt, nicht dazwischengegangen wäre.«

»Eine Nonne gehört ins Kloster. Ihr seid selbst schuld, was treibt Ihr Euch mit einem Heiden herum?«

»Was? Ihr schmäht eine Braut Christi? Ihr seid ja noch schlimmer als Euer rotznäsiger Ableger. Man sollte Euch ächten, bannen, aus der Kirche ausschließen und in Mist ertränken!«

»Bringt jemand dieses verrückte Weib zur Ruhe, damit die Männer reden können?«, fragte der Regensteiner mit aufgesetzter Gelassenheit.

»Warum? Sie hat doch vollkommen recht«, entgegnete Philip.

»Von dir war nicht die Rede, Ägypter. Du bist doch selbst ein halber Heide. Sprecht Ihr, Ritter von Hohnstein. Was ist wirklich geschehen?«

»Das wisst Ihr ganz genau.« Johann von Hohnstein verschränkte die Arme vor der Brust. »Ich erwarte, dass Ihr die Verantwortung für die Taten Eures Sohnes übernehmt und den Schaden begleicht.«

»So? Es war doch der Heide, der den Stand umgeworfen hat.«

»Weil Euer Sohn ihn mit seiner Lanze verletzt hat!«, schrie Philip. Am liebsten hätte er Ulf von Regenstein das Schwert einmal quer durchs Gesicht gezogen, damit dem Kerl endlich dieses überhebliche Grinsen verging.

»Ich habe dir schon einmal gesagt, dass ich von dir nichts hören will, Heidenfreund.«

Philips Rechte zuckte erneut zum Schwertgriff. Lena legte ihm begütigend die Hand auf den Arm.

Ulf zog seinen Geldbeutel und schüttete die Münzen in den Straßenstaub.

»Hier, damit ist die Schuld wohl beglichen. Ich will keinen Streit mit Euch, Johann von Hohnstein.«

Er wendete sein Pferd und galoppierte davon.

»Ach, wäre ich doch ein Mann!«, rief Schwester Margarita. »Diesen Haderlumpen stieße ich gern aus dem Sattel.«

»Ulf von Regenstein führt die sicherste Lanze«, bemerkte Johann von Hohnstein. »Die Wetten stehen für ihn. Im Tjost auf jeden Fall, aber vermutlich wird seine Mannschaft auch im Buhurt siegen.«

»Und zu welcher Mannschaft gehört Ihr? Zu seiner?«, fragte Philip.

Hohnstein schüttelte den Kopf. »Als künftiger Schwiegersohn des Fürsten reite ich für Halberstadt. Es wäre an der Zeit, dass die Halberstädter wieder einmal gegen die Regensteiner und Blankenburger siegen. Wie ich schon sagte, der Sohn des Fürsten gäbe viel darum, Euch in unserer Mannschaft zu wissen, Herr Philip. Und nachdem ich gesehen habe, wie Ihr mit diesen Burschen umgesprungen seid, verstehe ich ihn nur allzu gut.«

»Ich habe keinen Helm und keine Lanze«, wich Philip aus. Sein Zorn auf Ulf von Regenstein war groß genug, sich zu einer unbedachten Tat hinreißen zu lassen. Aber seit seines Vaters Tod hatte er sich geschworen, niemals wieder eine Lanze anzufassen. »Komm, Said, ich bringe dich zurück in die Burg.«

»Wartet, ich begleite Euch!«, rief Lena, und auch Schwester Margarita schloss sich ihnen an.

»Sagt, Herr Philip, Ihr seid doch ein Ritter, nicht wahr?« Die Nonne schob sich mit ihrer ganzen Masse zwischen ihn und Lena. »Warum wollt Ihr nicht am Turnier teilnehmen? Ein kräftiger junger Mann wie Ihr, der hat es doch nicht nötig, sich und seine Freunde beleidigen zu lassen. Warum zahlt Ihr's dem Regensteiner nicht heim? Stoßt ihn in den Dreck, in den er gehört.«

Philip seufzte. »Ich habe schon seit Längerem kein Turnier mehr besucht. Und wie ich schon sagte – mir fehlt das passende Rüstzeug, angefangen beim Helm.«

»Hach, das wird sich doch irgendwo auftreiben lassen. Vielleicht leiht Euch jemand seine Rüstung.«

»Das glaubt Ihr doch selbst nicht, ehrwürdige Schwester. Wer würde schon auf die fragwürdigen Künste eines Fremden setzen, wenn die Rüstung des Verlierers stets dem Sieger zufällt?«

»Ich habe es ja nur von ferne gesehen, doch erschienen mir Eure Künste keineswegs fragwürdig. Und Ritter Hohnstein hat doch regelrecht um Eure Teilnahme gebuhlt.«

»Weil er schwach ist«, entfuhr es Philip. »Er war meiner Meinung, aber zu feige, sie deutlicher vor dem Regensteiner zu vertreten.«

Zurück in ihrer Kammer, versorgte Philip sorgfältig Saids Wunde.

»Ich dachte anfangs, es sei schlimmer«, sagte er.

»Dann hättest du also darauf verzichten können, mir das Hemd zu zerreißen.«

Philip lachte. »Warum sollst du besser davonkommen als ich?«

Said ging auf das Angebot zum Wortgeplänkel nicht ein. Mit ernster Miene sah er aus dem geöffneten Fenster in den blauen Himmel.

»Du hast heute zum ersten Mal seit damals wieder mit einer Lanze im Sattel gesessen.«

»Und ich hätte sie auch geführt, wenn die Burschen nicht davongeritten wären.«

»Es war eine scharfe Waffe. Du hättest sie getötet.«

»Die Verantwortung hätten sie getragen.«

»Wirst du am Turnier teilnehmen?«

Philip schüttelte den Kopf. »Ich habe Lena alles über meinen Vater erzählt. Auch über seinen Tod. Seither kann ich wieder ohne Schuldgefühle an ihn denken. Aber ich werde nie mehr einen Tjost reiten.«

»Warum nicht?«

»Ich kann es nicht mehr. Heute war es anders, da habe ich nicht nachgedacht. Ich sah dich blutend am Boden liegen, mein Körper handelte von selbst.« Philip atmete tief durch. »Aber bei dem Gedanken, mich darauf vorzubereiten, die Rüstung anzulegen, die Lanze zu nehmen, die Zügel zu binden, auf das Signal zum Waffengang zu achten … Ich weiß nicht, ob ich mein Pferd überhaupt noch antreiben könnte oder aber zur Salzsäule erstarren würde.«

»Auch dann, wenn dein Gegner Ulf von Regenstein hieße?«

»Ich habe mich nie vom Zorn leiten lassen. Ein Ritter, der die Beherrschung einbüßt, hat schon verloren. Das brachte mir Vater als Erstes bei, und deshalb war er so siegreich. Tritt nie mit Hass im Herzen in die Schranken, denn dann wirst du unterliegen. Erinnerst du dich an seine Worte? Deshalb sind jene Ritter am erfolgreichsten, die der Minne zugetan sind. Liebe ist die größte Macht. Wie in der Geschichte von Parzival und Gawan.«

»Dann dürfte dir doch nichts widerfahren. Die Dame für den Minnedienst hast du ja schon. He, lass den Stiefel liegen, denk daran, das Fenster steht offen!«

In dieser Nacht suchten Philip wirre Träume heim.

Wieder sitzt er im Sattel, spürt das Gewicht der Lanze in der Hand, die Hitze seines Atems, der dumpf und stoßweise unter dem Helm rasselt. Ein Ruck geht durch sein Pferd. Seine Lanze trifft den Schild des Gegners. Zerbricht das Wappen der Regensteiner. Auf der Tribüne reißt sein Vater die Arme hoch und jubelt. Wie damals, als er auf seinem Pony den ersten Sieg gegen eine Strohpuppe erringt.

Plötzlich ist er wieder vier Jahre alt. Sein Vater hebt ihn aus dem Sattel, schleudert ihn lachend in die Luft. »Du wirst sie alle besiegen!« In der Tür zum Hof erscheint seine Mutter. Sie lächelt, als sie ihn mit seinem Vater sieht.

»Siehst du unseren Sohn, Meret? Er ist der Größte!«

»Dann soll unser stolzer Ritter jetzt auch tüchtig essen.« Sie reicht ihm ein Stück Honigmelone und streicht ihm über den Kopf.

Als er aufwachte, fühlten sich seine Augen an, als hätte er im Schlaf geweint. Langsam stand er auf, sorgsam darauf bedacht, Said nicht zu wecken. Am Horizont erhob sich schon der rote

Schein des neuen Tages. Er schüttete eine halbe Kanne Wasser in die Waschschüssel und spülte sich die verräterischen Spuren aus dem Gesicht. Auf einmal wusste er, warum sein Vater ihn wirklich in die alte Heimat geschickt hatte. Hier konnte er nicht mehr davonlaufen. Er musste sich entscheiden, wer er sein wollte. Ein dahergelaufener Fremder, den jeder Halbwüchsige als dreckigen Bastard beschimpfen durfte, oder aber der Sohn von Otto von Birkenfeld.

Es klopfte an der Tür. Er fuhr zusammen. Wer wagte es, ihn und Said um diese frühe Stunde zu stören?

Noch ehe er den unerwarteten Besucher hereinbitten konnte, wurde die Tür aufgerissen, und Schwester Margarita stand vor ihm.

»Oh, verzeiht, ich komme wohl unpassend.« Sie senkte die Lider, aber ihre Blicke huschten verstohlen über seinen nackten Oberkörper.

»Haltet Ihr es für schicklich, zu dieser frühen Stunde in die Kammer zweier Männer zu stürzen, ehrwürdige Schwester?«

Said war wach geworden und starrte die Nonne vom Bett aus mit großen Augen an.

»Ihr habt gestern doch beklagt, keinen Helm zu besitzen. Nun, hier habt Ihr einen.«

Hinter dem Rücken zog sie einen Sack hervor und hob ihn auf den Tisch neben der Waschschüssel.

Philip starrte auf den Sack, dann auf Schwester Margarita, dann wieder auf den Sack.

»Nun öffnet ihn schon!« Die Nonne trippelte ungeduldig von einem Fuß auf den anderen. »Ich habe gestern noch einen Boten nach Eversbrück geschickt. Er kam erst sehr spät zurück, da wollte ich Euch nicht mehr stören. Aber ich dachte mir, beim ersten Morgengebet seid Ihr schon wach.«

Philip öffnete den Sack. »Das ist doch der Helm von Lenas Vater.«

»Ihr könnt die ganze Rüstung haben, wenn Ihr wollt.«

»Was sagt Lena dazu?«

»Sie weiß es nicht. Aber ich glaube, sie würde sich freuen, Euch darin zu sehen.«

»Tut mir leid, das kann ich nicht annehmen.«

»Ach was! Ich hab den grünen Stoff gesehen.« Sie hob den Zeigefinger, wie man kleinen Kindern droht. »Sie lässt sich gerade ein Kleid davon nähen. Höchste Zeit, dass sie wieder ins Leben zurückkehrt. Da solltet Ihr doch auch für einen angemessenen Auftritt sorgen, nicht wahr, Herr Philip?«

»Aber ...«

»So ein kräftiger junger Mann wie Ihr! Das wäre doch gelacht, wenn Ihr dem Regensteiner seine Frechheiten nicht heimzahlt. Obwohl, ein paar Haare mehr auf der Brust könntet Ihr wirklich vertragen.«

»Was ...«

Said fing an zu lachen.

»Musste einmal gesagt werden.« Schwester Margarita atmete tief durch, dann rauschte sie mit wehenden Schleiern aus der Kammer.

»Said, hör endlich mit dem albernen Gelächter auf!«

Said biss sich auf die Lippen, konnte aber nicht alle glucksenden Geräusche unterdrücken.

»Und was nun? Jetzt hast du doch einen Helm und eine ganze Rüstung dazu.«

Plötzlich wusste Philip, was der Traum von heute Nacht zu bedeuten hatte.

»Ich werde mir einen passenden Schild anfertigen lassen.«

»Was für einen Schild?«

»Einen, der einem Ritter Gawan würdig wäre.« Er streifte seine Kleider über und verließ die Kammer.

»Was für ein Land«, hörte er Said hinter sich sagen.

17. Kapitel

»Du hast ihm Vaters Helm gegeben?« Lena starrte ihre Tante entgeistert an. »Und was ist, wenn er gar nicht am Turnier teilnehmen will? Womöglich hast du ihn in große Verlegenheit gebracht.«

»Ach was!« Margarita machte eine wegwerfende Handbewegung. »Du hast doch gesehen, wie er mit der Regensteiner Bande umgesprungen ist. Sogar Hohnstein war beeindruckt.«

»Aber wenn er nun einen Grund hat, nicht mehr zur Lanze zu greifen?«

All sein Schmerz kam Lena in den Sinn, all die Qualen, die er nach seines Vaters Tod gelitten hatte.

»Der Mann ist jung, kräftig, geschickt, gut gebaut.« Schwester Margaritas Stimme wurde immer schwärmerischer. »Welchen Grund sollte er haben, nicht für die Ehre zu streiten?«

Lena seufzte. Es hatte keinen Sinn, mit ihrer Tante weiter darüber zu reden. Sie griff nach ihrem Umhang.

»Wohin willst du denn, Lena?«

»Ich muss mit Philip sprechen.«

»Aber du kannst doch nicht allein zu ihm gehen.«

»Wieso? Du konntest es doch auch.«

Tante Margarita rief ihr etwas hinterher, aber Lena hörte nicht darauf. Eilig rannte sie die Stiegen hinunter. Sie musste ihm unbedingt sagen, dass sie Verständnis dafür hatte, wenn er nicht an dem Turnier teilnahm. Ihr brauchte er nichts zu beweisen. Sie wusste um seine Stärke.

Said öffnete auf ihr Klopfen. »Frau Helena?«

Falls er überrascht war, ließ er sich nichts anmerken.

»Ich muss mit Philip sprechen«, sagte sie.

»Er ist nicht hier.«

»Wo finde ich ihn?«

»Er erzählte etwas von einem Schild, den er sich machen lassen wollte. Einen Schild, der einem Ritter Gawan würdig sei.«

»Dann will er am Turnier teilnehmen?«

»Es sieht so aus.«

»O Said, sagt ihm, er muss es nicht tun. Ganz gleich, was meine Tante ihm einredete, er braucht mir nichts zu beweisen.«

»Er hat Euch seine Geschichte erzählt?«

Lena nickte. »Vom Tod seines Vaters und wie schuldig er sich fühlte. Ich kann ihn so gut verstehen. Niemals würde ich von ihm verlangen, wieder zur Lanze zu greifen.«

»Ihr vielleicht nicht. Ich schon.«

»Warum? Um Genugtuung für das gestrige Unrecht zu erhalten?«

Said schüttelte den Kopf. »Nein. Er hat Euch also vom Tod seines Vaters erzählt. Hat er Euch auch erzählt, was danach geschah? Von den Monaten, da er mehr tot als lebendig war? Als er nicht sprach, nicht lachte, nicht weinte, kein Mensch mehr war, nur noch ein wandelnder Leichnam? Der verhungert und verdurstet wäre, wenn seine Schwester ihm nicht täglich stundenlang gut zugeredet hätte, wenigstens einen Bissen Brot oder einen Schluck Wasser zu sich zu nehmen? Der so fern von uns allen war, dass ihn niemand mehr erreichen konnte?«

»Nein.« Lena schüttelte entsetzt den Kopf. Das also passierte, wenn eine Seelenflamme verlosch.

»Wie fand er ins Leben zurück?«

»Eines Morgens sprach er wieder. In der Nacht zuvor hatte er von seinem Vater geträumt, der ihn mahnte, sein Versprechen zu erfüllen. Ihr glaubt ihn zu kennen, aber das, was Ihr seht, ist nur ein winziger Abglanz dessen, was ihn früher auszeichnete. Philip war mit ganzer Seele ein Ritter, auch wenn er die Geschäfte seines Großvaters abwickelte und sich nicht zu schade war, auf dem Pferdemarkt zu feilschen wie ein syrischer Händler. Er sah darin keinen Widerspruch. Wäre das, was gestern geschehen ist, vor Ottos Tod passiert, dann hätte er Ulf von Regenstein sofort vor die Lanze gefordert. Und er hätte ihn besiegt. Redet es ihm nicht aus, Frau Helena! Er muss sich seiner Vergangenheit stellen. Ich danke Allah, dass er in seiner Güte Schwester Margarita schickte, um Philip zu zwingen, endlich das zu tun, was notwendig ist.«

»Notwendig? Was, wenn er unterliegt? Wäre dann nicht alles noch viel schlimmer?«

»Es ist nicht wichtig, ob er siegt oder unterliegt. Es ist wichtig, dass er in voller Rüstung in die Schranken reitet. Nur dann kann ich hoffen, dass der wunderbare Mann, der er einmal war, nicht an jenem Tag starb, als er seinen Vater verlor.«

»Er ist immer noch ein wunderbarer Mann«, widersprach Lena. »Besser als die meisten anderen.«

Said nickte. »Das ist er. Aber die Schatten jagen ihn weiter. Ich habe Angst, dass er in die Dunkelheit zurückfällt. Ihr habt ihn nicht erlebt, als seine Seele tot war. Ich würde sterben, um sein Leben zu retten, aber in jenen Monaten dachte ich, es wäre eine Erlösung, wenn Allah ihn zu sich riefe.« Said atmete tief durch. »Es geht nicht um Ulf von Regenstein. Philip muss die Stärke finden, wieder ein Turnier zu reiten. Genau das hätte sein Vater gewollt. Nur dann wird er den Schatten endgültig besiegen.«

Lenas Herz krampfte sich zusammen. Alles, was Said sagte, klang schlüssig. Aber welch eine Qual für Philip, sich all dem noch einmal stellen zu müssen!

»Sagt mir, wo ich ihn finde. Ist er beim Schildmaler?«

»Ich weiß es nicht. Bitte, Frau Helena, redet es ihm nicht aus!«

»Ich glaube nicht, dass ich ihm irgendetwas ausreden könnte, selbst wenn ich es wollte. Aber wenn er sich einen Schild machen lässt, der eines Ritters Gawan würdig ist, dann braucht er auch eine Dame, für deren Ehre er streiten kann. Eine, die ihm die Kraft gibt zu siegen.«

Sie versuchte ein Lächeln, und es gelang.

»Er könnte keine Würdigere finden.« Said lächelte nicht, aber in seinen Augen leuchtete aufrechte Anerkennung.

Sie fand Philip weder beim Schildmaler noch in der Burg. Auch nicht auf dem Markt. Niemand hatte ihn gesehen. War er ausgeritten? Sie ging in den Stall. Nein, sein Wallach stand neben Saids Fuchs und steckte zufrieden die Nase in den Hafer.

Um sich abzulenken, suchte sie die Näherinnen auf, denen sie den grünen Seidenstoff anvertraut hatte. Ihr Kleid nahm schon Form an. Nicht so übertrieben wie die Roben, die Gräfin Elise getragen hatte, sondern vom gleichen Schnitt wie die Gewänder, die die Damen auf den Buchmalereien im *Parzival* getragen hatten. Ob es wohl zu gewagt wäre, wenn sie ihr Gebände für den großen Tag gegen einen dünnen Schleier vertauschte, unter dem ihr Haar zu erahnen war?

Sie fragte Tante Margarita.

»Sehr gut«, sagte die Nonne. »Aber dazu brauchst du noch ein passendes Schapel. Komm, ich habe einen Putzmacher auf dem Markt gesehen, der wird dir alle Ehre machen.«

Schwester Margaritas Tatkraft war einzigartig. Flinker als ein Wiesel huschte sie zwischen den Marktständen umher, feilschte beinahe so gut wie Philip und ließ nicht eher Gnade walten, bis sie ein außergewöhnliches Schapel aus versilberten Blütenranken und goldfarbenen Rosen erstanden hatte, das einer Königin angemessen gewesen wäre. Dazu suchte sie einen hauchzarten hellgrünen Schleier aus, unter dem Lenas langes blondes Haar auf schickliche Weise zur Geltung kam.

»Du bist zwar Witwe«, sagte sie, »aber eigentlich auch nicht, schließlich starb dein Bräutigam, ehe er die Ehe vollziehen konnte. Da kannst du ruhig noch etwas von der Verspieltheit einer Jungfer zeigen.«

Lena errötete. Konnte Tante Margarita sich nicht einfach nur ihren Teil denken, anstatt es in Gegenwart des Tuchhändlers auszuplaudern?

Lenas Blick flog zum Zelt des Schildmalers hinüber. Ob Philip dort tatsächlich etwas in Auftrag gegeben hatte? Während der Tuchhändler noch die Ware einpackte und Tante Margarita ihm das Geld auf den Tresen zählte, schlenderte Lena um das Zelt herum und betrachtete die verschiedenen Wappen, die dort ausgestellt waren. Die drei Birken suchte sie vergebens. Natürlich nicht, Philip würde seine Abkunft bestimmt nicht ohne guten Grund verraten, schon gar nicht, da seine Anklage gegen Dietmar noch ausstand.

»Sucht Ihr etwas Bestimmtes, edle Dame?«

Die Frage des Schildmachers brachte Lena in Verlegenheit.

»Nein, ich … ähm …« Sie schluckte und ärgerte sich über sich selbst. Warum stammelte sie so, als hätte er sie bei etwas Verbotenem ertappt?

»Sagt, hat Philip Aegypticus einen Schild bei Euch in Auftrag gegeben?«

»Nicht alle meine Kunden wünschen mit Namen genannt zu werden.«

»Er hat Euch also einen Auftrag gegeben?«

Der Maler schwieg.

»Ihr habt doch gesehen, dass ich gestern mit ihm gemeinsam Eure Kunst bewunderte. Darf ich seinen Schild sehen?«

»Ich sagte doch, nicht alle meine Kunden wünschen, dass ich ihre Schilde offen zeige.« Der Mann verschränkte die Arme vor der Brust. Lena seufzte. Vermutlich brachten sie weiteres Bitten und Schmeicheln nicht weiter. Hätte sie doch nur gewusst, wo Philip steckte! Dann hätte sie ihn selbst fragen können.

Sie sah ihn auch am nächsten Tag nicht. Diesmal fehlte sogar sein Pferd im Stall, und Said wusste angeblich von nichts. Ebenso war es am dritten Tag. Hatten die Schatten ihn ergriffen? Nein, dann wäre Said nicht so guter Dinge gewesen. Vermutlich bereitete Philip sich nur auf das Turnier vor und wollte ungestört sein. Dennoch konnte sie nicht anders, als bei jedem Hufgeklapper, jedem Schritt, der über den Hof hallte, aus dem Fenster zu spähen, ob er es war.

»Du solltest ihm nicht zu sehr nachlaufen«, warnte Tante Margarita. »Er wird schon zu dir kommen, wenn es an der Zeit ist.«

»Morgen früh beginnt das Turnier. Und ich habe ihn seither kein einziges Mal zu Gesicht bekommen.«

»Dann wird er sich umso mehr freuen, dich zu sehen. Vor allem in deinem neuen Kleid. Du wirst alle Frauen beschämen. Keine ist so schön wie du, Lena. Nicht einmal die Tochter des Herzogs.«

»Was du nur redest!«

Tante Margarita lächelte. »Er ist ein stattliches Mannsbild. Ihr gäbt ein schönes Paar ab.«

»Wie kannst du so etwas sagen? Er wird nach Ägypten zurückkehren, sobald seine Aufgabe hier erfüllt ist.« Ihre eigenen Worte versetzten Lena einen Stich.

»Wer kann das schon wissen? War sein Vater nicht ein Kreuzritter, der der Liebe wegen in Ägypten blieb? Warum sollte sein Sohn nicht ebenso wie der Vater auf sein Herz hören? Zudem brächtest du einiges mit in die Ehe. Gut Eversbrück, dazu die Besitzungen, die einst Martin gehörten.«

»Das klingt, als wäre ich ein Handelsgut.«

»Oh, ich glaube nicht, dass ihm dein Besitz wichtig ist, Lena. *Du* bist es. Ich habe doch gesehen, wie er dich anhimmelte.«

»Und warum hat er sich dann in den letzten drei Tagen nicht blicken lassen? Ja, nicht einmal eine Nachricht für mich hinterlassen?«

»Du maulst herum, als wärst du tatsächlich ein unerfahrenes junges Ding. Nun hör schon auf! Morgen wirst du ihn sehen. Ich habe seinen Namen auf der Turnierliste entdeckt. Er wird für Halberstadt reiten.«

Lena nickte. Sie hatte die Listen auch gesehen.

In der letzten Nacht vor Beginn des Turniers hatten die Knechte die Tribüne, die vor dem abgegrenzten Kampfplatz errichtet worden war, mit bunten Fahnen und Stoffbahnen geschmückt.

»Ist das nicht herrlich?« Schwester Margarita klatschte in die Hände. »Lass uns sehen, dass wir möglichst gute Plätze bekommen! Und pass auf, dass du dein Kleid nicht zerdrückst.«

Lena nickte und richtete noch einmal ihr Schapel. Tante Margarita hatte ihr am frühen Morgen stundenlang das Haar geflochten und es so geschickt mit dem durchscheinenden Schleier verhüllt, dass seine Fülle reizvoller zur Geltung kam, als wäre es unbedeckt gewesen.

»Und hier, nimm dies! Verlier es nur nicht.« Ihre Tante drückte ihr ein Band aus grünem Stoff in die Hand. Lena erkannte sofort, dass es aus dem Verschnitt ihres Kleides gefertigt war. Fragend sah sie ihre Tante an, doch die lächelte nur.

Sie stiegen die Holzstufen zur Tribüne hinauf. Überall lagen Kissen und Decken auf den hölzernen Bänken. Schwester Margarita drängte ganz nach vorn. Lena zögerte. Die erste Reihe war der herzoglichen Familie vorbehalten. Noch war der Fürst nicht eingetroffen, aber ringsum saßen schon einige der älteren Männer, die sich nicht mehr am Spektakel beteiligten, sowie viele Damen. Lena kannte kaum jemanden und wollte sich eben in die dritte Reihe setzen, als sie von einer blütenbekränzten Jungfer mit herrlichem braunem Haar angesprochen wurde.

»Wie schön Euer Kleid ist, Frau Helena.« Lenas Wangen wurden heiß. Es war Mechthild, die Tochter des Fürsten.

»Mein Verlobter hat mich gebeten, Euch einen Platz an meiner Seite frei zu halten.«

»Ich danke Euch, Fräulein Mechthild. Für die Ehre und das Kompliment. Doch nichts vermag Eure Schönheit zu überstrahlen.«

Mechthild senkte verlegen die Lider und strich über den burgunderroten Stoff ihrer Robe.

»Womit habe ich die Ehre verdient, an Eurer Seite sitzen zu dürfen?«, fragte Lena weiter.

Mechthild zwinkerte. »Jemand, der Euch geneigt ist, hat Johann darum gebeten.«

Jemand, der ihr geneigt war. Philip! Ihr Herz klopfte. Wann würde sie ihn endlich sehen?

Rings um das Kampffeld drängten sich schon ungezählte Menschen. Eine Masse aus braunen und grauen Kleidern, der eine oder andere Tupfer Gelb und Rot war auch zu sehen. Es war die einfache Bevölkerung, der ein Platz auf der Ehrentribüne versagt blieb, die sich aber um nichts in der Welt das Spektakulum entgehen lassen wollte.

Unmittelbar neben der Kampfbahn standen einige Marktstände, in denen Bier ausgeschenkt und Naschwerk verkauft wurde. Lena sah die Waffenknechte, die sorgsam darauf achteten, Betrunkene gleich fortzuschaffen, ehe sie Ärger machen konnten. Hinter den Schankzelten entdeckte sie die Zelte der Ritter mit ihren Bannern.

Ein Fanfarenstoß. Der Fürst und die Fürstin betraten die Tribüne. Alle erhoben sich, bis der Herzog seinen Platz eingenommen hatte.

Wieder ertönten die Fanfaren. Ein Herold trat in die Mitte des Kampfplatzes.

»Zu Ehren unseres erlauchten Lehnsherrn, des Fürsten Leopold, des Herzogs zu Halberstadt, haben sich heute zahlreiche tapfere Ritter versammelt, um die Verlobung seiner Tochter, der liebreizenden Jungfer Mechthild, mit dem edlen Ritter Johann von Hohnstein zu feiern. Am ersten Tag werden wir Wettkämpfe in Geschicklichkeit und Reiterkunst bewundern. Am zweiten Tag werden sich die tapfersten Ritter im Tjost messen, und am dritten Tag, als Höhepunkt, findet der Buhurt statt, bei dem die edlen Ritter von Halberstadt der Tradition gemäß gegen die kühnen Recken von Blankenburg und Regenstein ziehen, auf dass wir den Besten von allen küren. Begrüßen wir nun die edlen Recken und mutigen Männer!«

Der Jubel des Volkes war so laut, dass er beinahe die Fanfarenstöße übertönte, die den Einzug der Kämpen verkündeten.

Die Ritter, beim feierlichen Einritt noch ohne Helm, trugen ihre Lanzen hoch erhoben, geschmückt mit ihren Bannern.

Lena schlug das Herz bis zum Hals. Unter welchem Banner würde Philip einziehen?

Die Ehre des ersten Auftrittes gebührte dem Bräutigam,

Johann von Hohnstein, ganz in Rot, mit seinem Greifenbanner. Auch sein Ross trug eine rote Schabracke. Er galoppierte einmal durch das Turniergeviert, dann hielt er geradewegs auf die Tribüne zu und senkte die Lanze erst vor Fürst Leopold und dann vor dessen Tochter. Mechthilds Wangen färbten sich rosig, als sie einen Stoffstreifen in der Farbe ihres Kleides um die Spitze seiner Lanze band. Lena betrachtete das grüne Band in ihrer Hand. Tante Margarita dachte an alles.

Als Nächsten kündigten Fanfaren und Herold Ritter Leopold den Jüngeren an, Sohn des Fürsten. Der junge Leopold trug natürlich das rot-weiße Banner der Halberstädter. Sein Pferd trabte mit gewölbtem Hals einmal durch das Geviert, so anmutig, als würde es tanzen. Jubelschreie. Der junge Leopold war beliebt beim Volk. Auch er senkte seine Lanze zunächst vor dem Vater, dann vor einer jungen Frau, die in der ersten Reihe neben der Herzogin saß. Auch sie befestigte ein Band mit ihren Farben an seiner Lanze.

So ging es weiter. Die meisten Namen und Banner konnte Lena sich nicht merken. Jedes Mal, wenn die Fanfaren erklangen und der Herold einen neuen Namen aufrief, hoffte sie, es sei der, auf den sie so sehnlich wartete. Doch zunächst hielten die Regensteiner Einzug. Ulf von Regenstein ließ seinen Goldfuchs so wild über die Turnierbahn galoppieren, dass einzelne Grassoden aufgerissen wurden. Unmittelbar vor der Ehrentribüne bäumte sein Pferd sich auf, sodass es aussah, als würde er seine Lanze nicht senken, sondern schon siegreich erheben. Auch Ulf von Regenstein erntete viel Jubel, doch Lena fiel auf, dass der Beifall fast ausschließlich von der anderen Seite des Turnierplatzes kam, wo die Regensteiner ihre Zelte errichtet hatten.

»Euer Bruder ist recht ungestüm«, hörte Lena den Fürsten zu einem grauhaarigen Mann zu seiner Linken sagen. Neugierig schob sie den Kopf vor. War das etwa Graf Ulrich von Regenstein? Ludovikas Vater?

»Er weiß um seinen Wert«, antwortete Graf von Regenstein. »Er wird auch diesmal den Sieg davontragen. So leid es mir für Euren Sohn und Euren künftigen Schwiegersohn auch tut.«

Leopold lehnte sich zurück.

»Wir werden sehen«, antwortete er. »Es stimmt, es ist lange her, dass ein Regensteiner im Tjost geschlagen wurde. Wart Ihr nicht der Letzte, Graf Ulrich?«

»Ihr habt ein gutes Gedächtnis.« Der Regensteiner lächelte.

»Otto von Birkenfeld hat Euch damals aus dem Sattel gestoßen, nicht wahr?« Es lag etwas Lauerndes in der Stimme des Fürsten.

»Otto von Birkenfeld war ein außergewöhnlicher Ritter«, antwortete Graf Ulrich gleichmütig. »Sein Verlust war tragisch. Warum ist Graf Dietmar eigentlich nicht anwesend?«

»Er ließ sich entschuldigen. Sein Weib ist seit der Geburt seines Sohnes leidend. Sagt, Herr Ulrich, was haltet Ihr von einer kleinen Wette?«

»Eine Wette? Sehr gern.«

»Ich setze zehn Goldstücke auf Halberstadt beim Buhurt. Und noch einmal fünf, dass Euer Bruder dieses Jahr im Tjost geschlagen wird.«

Ulrich lachte. »Ich schlage ein. Ich habe unter Euren Männern keinen gesehen, dem ich einen Sieg über meinen Bruder zutrauen würde. Oder habt …«

Was der Graf noch sagte, ging im Stoß der nächsten Fanfare unter.

»Aus dem fernen Ägypten kommt zu uns der edle Ritter Philip und reitet für Halberstadt«, donnerte die Stimme des Herolds. Fast wäre Lena aufgesprungen. Philip. An seiner Lanze hing kein Banner, aber sie sah den prächtigen Schild an seinem Arm. Und sie sah das Wappen. Drei Birken über einem springenden Hirsch. Sein Familienwappen vereint mit dem ihren!

Mein Vater erzählte mir, manche Ritter würden das Wappen ihres Weibes in ihr eigenes aufnehmen, wenn es keinen männlichen Erben mehr gibt. Das waren seine Worte gewesen.

Fast wäre ihr das grüne Band aus der Hand geglitten. Stolz ritt er über den Turnierplatz. Nicht in wildem Galopp wie die meisten Ritter, sondern ebenso wie der junge Leopold ließ er seinen Rappen tanzen. Nie hätte Lena gedacht, dass dieses kräftige große Pferd seine Hufe so anmutig heben könne, federnd wie ein Zelter. Philip war noch immer in Schwarz gekleidet, doch auf seinem Waffenrock prangte dasselbe Wappen wie auf seinem Schild. Es war ein Versprechen. Ihr Herz schien ihre Brust zu sprengen, so sehr pochte es, schlug ihr bis zum Hals. Kein Ritter war schöner, edler, stolzer, niemand. Und er hatte ihr Wappen in das seine aufgenommen. Wussten die Menschen, wer er wirklich war? Dass es zwei Wappen waren und nicht nur eines? Und wenn schon, er war bereit, allen zu zeigen, wie sehr er sie verehrte. Wie sehr er sie liebte. So sehr wie sie ihn.

Philip ritt auf die Tribüne zu. Wie alle vor ihm senkte er zunächst die Lanze vor Fürst Leopold, dann hielt er geradewegs auf Lena zu und neigte seine Waffe auch vor ihr. Sie schlang das Band mit ihrer Farbe um die Spitze seiner Lanze. Legte all ihre Liebe und Kraft hinein, auf dass er geschützt und beschirmt sein sollte wie Ritter Gawan im *Parzival*.

Philips Augen leuchteten. Da war kein Schatten, kein Leid. Das waren die bunten Funken, die sie so sehr liebte. Er neigte noch einmal das Haupt vor ihr, dann wendete er sein Pferd, um das Geviert für den nächsten Ritter zu räumen.

Lena hatte keine Augen für den nächsten Kämpen. Ihre Blicke blieben bei Philip, der seinen Rappen neben die Pferde der anderen Ritter lenkte, deren Vorstellung schon erfolgt war.

Nachdem auch der letzte Ritter durch das Geviert geritten war, dem Fürsten und der Dame seines Herzens die Aufwartung gemacht hatte, liefen zahlreiche Knechte in die Mitte des Kampfplatzes und bereiteten das Feld für den ersten Wettkampf vor.

Hier galt es vor allem, das Geschick der Ritter zu zeigen, mit der Lanze Blütenkränze oder Ringe zu treffen, wirbelnden Schwingpuppen auszuweichen und auf verschiedene Weise das reiterliche Können zu beweisen.

Die ersten Prüfungen waren noch leicht. Jeder der Ritter

errang einen der Blütenkränze, die auf den Gestellen hingen, um sie seiner Dame zu überreichen. Dennoch jubelte Mechthild, als hätte Johann allein einen ganzen Krieg gewonnen, als er ihr mit der Lanze seine Beute überreichte.

Lena gab sich taktvoller und belohnte Philip lieber mit einem strahlenden Lächeln, das er auf seine unnachahmliche Weise erwiderte. Wie sehr sie ihn liebte!

»Dieser Ägypter führt ein auffälliges Wappen«, hörte sie Ulrich von Regensteins Stimme, nachdem Philip sein Pferd gewendet hatte.

»Drei Birken über einem springenden Hirsch.«

»Kommt es Euch bekannt vor?« Wieder dieses Lauern in Leopolds Stimme. Wusste der Fürst, wer Philip wirklich war? Aber woher? Hatte Philip sich ihm anvertraut?

»Graf Dietmar führt ein Wappen mit drei Birken, aber keinen Hirsch«, antwortete Regenstein. »Das einzige Wappen, zu dem ein springender Hirsch gehörte, ist erloschen.«

Er sah den Fürsten fragend an, doch Leopold lächelte nur.

Die Ritter hatten sich unterdessen zur nächsten Prüfung versammelt. Diesmal galt es, zwölf Ringe, deren Durchmesser nur knapp die Dicke der Lanze übertraf, in vollem Galopp mit der Lanze zu durchbohren. Die Aufgabe wurde dadurch erschwert, dass die Ringe nahe beieinander in verschiedenen Höhen aufgehängt waren.

Johann von Hohnstein ritt als Erster und kehrte mit neun Ringen zurück. Der junge Leopold von Halberstadt brachte es unter dem Jubel der Volksmasse auf elf Ringe. Dann folgten etliche Ritter mit sechs oder sieben Treffern. Lena schaute zu Philip hinüber, der leicht vornübergebeugt im Sattel saß und seine Konkurrenten beobachtete. Jetzt war Ulf von Regenstein an der Reihe. Er trieb sein Pferd an und ließ seine Lanze durch die Luft tanzen. Ein Ring, zwei Ringe, drei, vier. Lena hörte auf zu zählen. Der Regensteiner war so geschickt und treffsicher, dass er schneller als alle anderen das Ende der Bahn erreichte und sämtliche Ringe auf seiner Lanze präsentierte. Er ließ es sich nicht nehmen, einmal um das Turniergeviert zu galoppieren, überall seine Beute zu zeigen und sie ganz am Schluss auch Johann von Hohnstein und dem jungen Leopold von Halberstadt triumphierend vor die Nase zu halten.

»In drei Tagen bin ich um fünfzehn Goldstücke reicher«, sagte Ulrich von Regenstein.

Fürst Leopold lehnte sich zurück. »Warten wir es ab.«

Zwei weitere Ritter stellten mittelmäßige Leistungen zur Schau. Dann war Philip an der Reihe.

Er ließ sein Pferd bis zum Ausgangspunkt traben, dann versammelte er es und legte die Lanze an.

Zeig's ihm!, dachte Lena. Du bist der Beste, zeig's dem Regensteiner!

Aus dem Stand heraus galoppierte Philips Rappe an. Ein Ring, zwei Ringe, drei, vier, fünf … Schneller als der Regensteiner ließ Philip seine Lanze durch die Luft gleiten und pflückte einen Ring nach dem anderen. Beim zwölften musste Lena an sich halten, nicht laut jubelnd aufzuspringen. Doch selbst wenn sie es getan hätte, ihr Jubel wäre von dem Beifall übertönt worden, der von der anderen Seite des Turnierplatzes herüberscholl. Waren es eben noch die Anhänger der Regensteiner gewesen, so gehörte Philip der Applaus des Volkes, und auch auf der Ehrentribüne klatschten die Menschen, am lautesten Schwester Margarita.

Anders als Ulf von Regenstein galoppierte Philip nicht um das Turnierfeld herum, sondern kehrte wie alle anderen Ritter zu seinem Ausgangsplatz zurück. Er hob nicht einmal triumphierend die Lanze, als er an Ulf von Regenstein vorüberritt. Das Pferd des Regensteiners scharrte mit den Hufen, warf den Kopf hoch. Philip beachtete ihn nicht.

»Dieser Ägypter ist bemerkenswert«, sagte Ulrich von Regenstein. »Sagt, mein Fürst, wie habt Ihr ihn kennengelernt?«

»Ich glaube, das wisst Ihr längst, Herr Ulrich. Ihr habt Eure Augen und Ohren doch überall.«

Die weiteren Prüfungen wurden immer mehr zu einem Zweikampf zwischen Ulf von Regenstein und Philip Aegypticus. Ganz gleich, wie herausragend die Leistungen des Regensteiners waren, Philip tat es ihm ohne Zögern gleich, zeigte dabei aber eine Gelassenheit, die dem Regensteiner die Zornesröte ins Gesicht trieb.

Als die letzte Prüfung abgelegt war, ritt Ulf von Regenstein unmittelbar auf Philip zu und berührte dessen Schild mit seiner Lanze.

»Morgen küsst du den Staub!«, schrie er.

»Oh, Ihr fordert mich zum Tjost? Welche Ehre. Ich nehme an.« Auch Philip berührte den Schild des Regensteiners mit seiner Lanze.

Die Menge jubelte.

Lena sah, dass Philip noch irgendetwas zu Regenstein sagte, aber der Lärm verhinderte, dass sie es verstand. Es musste etwas Unterhaltsames sein, denn der junge Leopold und Johann von Hohnstein brachen in Gelächter aus, während Ulf von Regenstein wutschnaubend sein Pferd antrieb und davonstob.

»Darf ich die edle Dame um die Gunst ihrer Begleitung bitten?«

Wie war Philip nur so schnell hinter die Tribüne gekommen, um sie rechtzeitig abzupassen?

»Sehr gern, Herr Ritter.« Sie legte ihre Hand auf seinen ausgestreckten Arm. Er trug noch immer den schwarzen Waffenrock.

»Herr Ritter, Ihr tragt ein außergewöhnliches Wappen.«

»Gefällt es der edlen Dame?« Seine Augen blitzten.

Sie nickte. »Ein Wappen, an das sich alle lange erinnern werden. Und an den Mann, der es trug.«

Er ergriff ihre Hand. »Ich würde es gern für immer tragen. Doch ich kann dir hier nichts bieten. Mein Besitz liegt in Alexandria, und ich weiß nicht, ob ich dir zumuten kann, mich dorthin zu begleiten.«

Frag mich. Frag mich, ob ich dein Weib werden, dich lieben und dir überallhin folgen will.

Aber er fragte nicht. Stattdessen führte er sie von der Tribüne fort, dorthin, wo der Markt begann. An den Ständen wurde noch immer ausgeschenkt und Naschwerk feilgeboten. Irgendwo wurde zum Tanz aufgespielt. Ein schneller, fröhlicher Reigen.

»Lass uns zu den Musikanten gehen«, bat sie.

Je näher sie der Musik kamen, umso dichter wurde das Gedränge. Ritter mit ihren Damen waren hier kaum anzutreffen. Dieser Teil des Festes gehörte dem Volk. Lena hörte das Raunen, als die Menschen Philip erkannten. Achtungsvoll machten sie ihm Platz, ihm, dem Mann, der dem hochmütigen Ulf von Regenstein so gekonnt die Stirn geboten hatte.

»Herr Ritter, lasst mich mit Euch trinken!«, rief ein Mann mittleren Alters, der Kleidung nach ein wohlhabender Bauer. »Es wäre zu schön, wenn Ihr den Regensteiner morgen in den Dreck stoßen würdet.« Er reichte Philip einen Humpen mit Bier.

Philip lächelte ihm zu, nahm den Krug und trank einen Schluck. Die Menge jubelte, und auf einmal bemerkte Lena, dass Philip sich verändert hatte. Er trug keine Maske mehr. Er war der Ritter, in den sie ihre Hoffnungen setzten, freundlich, würdevoll und stark. Sie schaute in seine Augen. Seine Seelenflamme leuchtete so hell wie bei allen Menschen, die mit sich im Reinen waren.

»Du wirst morgen siegen, nicht wahr?«

»Wie Ritter Gawan, der stets unbesiegbar war, wenn ihm die Dame seines Herzens hold war.« Er schob sie aus der Menge, hinter einen der Stände, der sie vor den neugierigen Blicken abschirmen sollte. Dann zog er sie sanft in die Arme. Die Musik spielte noch immer, Menschen lachten, klatschten im Takt.

Doch sie hatte nur Augen und Ohren für ihn. Alles andere war gleichgültig geworden, als sie den Schlag seines Herzens an ihrer Brust fühlte.

»Lena, ich liebe dich«, flüsterte er. »Nie zuvor habe ich eine

Frau wie dich gekannt, und glaub mir, ich kannte viele. Aber nie, nie habe ich so empfunden. Zu wissen, dass du ein Teil von mir bist und es für alle Zeiten sein wirst, ganz gleich, wohin das Schicksal uns führt.«

Sie schlang ihm die Arme um den Nacken, vergaß alle Schicklichkeit, alles um sich herum. Er liebte sie! Sie hatte es gewusst, die ganze Zeit, sein Schild war Beweis genug. Und doch war es etwas ganz anderes, es aus seinem Mund zu hören. Sie küsste ihn so leidenschaftlich wie beim ersten Mal unter den Kirschbäumen. Schmiegte sich in seine Arme, die sie trotz des Kettenhemdes, das er noch immer unter dem Waffenrock trug, so zärtlich und beschützend hielten, als wäre sie eine zerbrechliche Kostbarkeit.

Erst als die Musik verklang und der schnelle Reigen seinen Schlussakkord gefunden hatte, ließ er sie los.

In seinen Augen las sie die Frage, nach der sie sich so sehr sehnte, doch noch immer sprach er sie nicht aus.

Der zweite Tag des Turniers stand ganz im Zeichen des Tjosts. Schon in den frühen Morgenstunden hingen die Listen mit den Paarungen aus. Auf der linken Seite das Wappen des Geforderten, auf der rechten das des Herausforderers. Philip hatte neben der Herausforderung Regensteins noch zwei weitere erhalten. Lena sah die fremden Wappen neben dem seinen. Doch sie konnte sich nicht daran erinnern, zu welchen Rittern sie gehörten. Keiner von beiden hatte sich am Tag zuvor durch besondere Leistungen hervorgetan.

Ulf von Regenstein hatte neben Philip auch Johann von Hohnstein und den jungen Leopold herausgefordert. Inzwischen wusste Lena, warum. Nachdem er gestern Philip gefordert hatte, hatte dieser gesagt, er freue sich schon, morgen um dieselbe Stunde die schöne Rüstung des Regensteiners zu besitzen. Halberstadt und Hohnstein waren in Gelächter ausgebrochen. Ulf von Regenstein kannte darauf nur eine Antwort und forderte beide vor die Lanze.

Der Tjost begann langsam. Jene Ritter mit den geringsten Wertungen des Vortages traten zuerst gegeneinander an. Lanzen splitterten, Pferde scheuten, zwei Männer wurden mit Knochenbrüchen vom Platz getragen, aber die meisten Begegnungen verliefen glimpflich.

Dann kam Philip das erste Mal an die Reihe. Sein Gegner war ein junger Ritter, ganz in Grün, der einen Hahn im Wappen führte. Ein Heißsporn, der sich beweisen wollte, indem er den Mann forderte, der gestern so unerwartet zum Liebling des Publikums aufgestiegen war.

Lena saß wieder neben Mechthild in der Nähe des Fürsten. Der Herzog lehnte sich gelassen zurück. Ulrich von Regenstein wirkte nicht ganz so überlegen wie tags zuvor.

»Nun, Herr Ulrich, auf wen setzt Ihr? Auf den jungen Chlodwig oder auf den Ägypter?«

»Chlodwig kann dankbar sein, dass der Ägypter angenommen hat. Mein Bruder hätte die Herausforderung eines Edelknappen als Beleidigung abgelehnt.«

»Ach ja, ich vergaß. Der Stolz der Regensteiner.«

Die erste Fanfare, die die Kontrahenten auf ihre Plätze rief. Lena sah, dass Said die Rolle des Knappen übernommen hatte und Philip die Lanze reichte.

Wie eigenartig, den Mann, den sie liebte, mit dem Helm ihres Vaters zu sehen. Lena konnte sich nicht daran erinnern, dass ihr Vater ihn jemals getragen hatte. Sie kannte seine Rüstung nur aus der Waffenkammer. Ob er wohl stolz auf seinen jetzigen Träger gewesen wäre? Der ihr Familienwappen wieder mit Ehre belegte?

Der zweite Fanfarenstoß, das Signal zum Beginn. Chlodwig trieb sein Pferd sofort an, Philip zögerte. Saids Bedenken kamen ihr in den Sinn. Was, wenn er jetzt versagte? Nicht wagte, sein Pferd anzutreiben? Neben sich hörte sie ein Raunen. Alle hatten das Zögern bemerkt. *Du darfst nicht innehalten. Du kannst es.* Wie gern hätte sie es ihm zugerufen, doch die Anspannung verschloss ihr die Lippen. Plötzlich stürmte Philips Rappe aus dem

Stand heraus los. Chlodwigs Lanze streifte Philips Schild, ohne ihn wirklich zu treffen. Philip traf den Edelknappen am Helm, jedoch nicht so schwungvoll, dass dieser aus dem Sattel gestürzt wäre. Es war mehr eine Berührung, ganz so, als müsse Philip sich erst der Kraft seiner Lanze vergewissern.

»Ich hätte mir mehr von dem Ägypter versprochen«, höhnte Ulrich.

»Er hat einen guten Treffer gesetzt«, widersprach Leopold. »Der Sieg gehört ihm.«

»Ach ja, ich vergaß, Ihr habt ja eine Schwäche für das harmlose Geplänkel, nach dem jener siegt, dessen Lanze den Gegner höher trifft.« Ulrich schnaubte verächtlich und erinnerte Lena plötzlich sehr an Schwester Ludovika. »Ein Sieg, bei dem der Gegner im Sattel bleibt, ist nichts wert. Aber seht, jetzt kommt mein Bruder. Ich hoffe, Euer künftiger Schwiegersohn hält schon die Münzen bereit, um seine Rüstung auszulösen.«

»Warten wir es ab.« Äußerlich blieb Leopold gelassen, doch Lena sah, wie sich seine Finger ineinander verschlangen.

Ulf von Regensteins Pferd schnaubte und scharrte ungeduldig mit den Hufen, während sein Herr die Lanze entgegennahm. Auf der anderen Seite Johann von Hohnstein. Sein Pferd blieb ruhig, fast wie eine Statue. Mechthild faltete die Hände und schickte ein Stoßgebet für ihren Liebsten in den Himmel. Dann der zweite Fanfarenstoß. Ulf von Regenstein trieb sein Pferd so heftig an, dass wieder Grassoden aus dem Boden gerissen wurden. Beide Ritter trafen jeweils den Schild des Gegners. Das Holz der Lanzen splitterte.

»Nun, wie mir scheint, wird Euer Bruder auch schon milde.« Leopold lachte. »Oder wann hat er zuletzt ein Unentschieden erzielt?«

»Warten wir auf den zweiten Gang«, entgegnete der Graf von Regenstein.

Die beiden Ritter erhielten neue Lanzen. Wieder ertönte die Fanfare. Diesmal zielte der Regensteiner auf den Helm des Hohnsteiners. Johann von Hohnstein riss den Schild hoch, doch im nächsten Moment zog Ulf seine Lanze nach unten und traf ihn am unteren Ende des Schildes. Mechthild schrie auf, als ihr Bräutigam das Gleichgewicht verlor und zu Boden ging. Mehrere Waffenknechte rannten auf das Turnierfeld, um Hohnstein zu Hilfe zu eilen, doch der hatte sich schon wieder aufgerappelt, allem Anschein nach nur in seiner Ehre verletzt.

»Wie ich schon sagte« – Ulrich von Regenstein lehnte sich genüsslich zurück –, »ein wahrer Sieg wird nur errungen, wenn der Gegner am Boden liegt.«

Es folgten zwei andere Paarungen, die ebenso unspektakulär wie Philips erster Kampf verliefen, dann war Philip wieder an der Reihe. Sein Gegner war diesmal etwas älter.

»Wenn der Ägypter gegen Hademut genauso schwach reitet wie gegen Chlodwig, dann wird mein Bruder heute vermutlich nicht mehr in den Genuss kommen, ihn in den Staub zu stoßen.« Der Graf von Regenstein lachte.

Lenas Herz schlug schneller. *Zeig's ihm. Zeig ihnen allen, was du kannst! Du bist der Beste!*

Diesmal zögerte Philip nicht. Noch während der Ton der Fanfare in der Luft verhallte, galoppierte sein Rappe an. Beide Ritter trafen, doch Philip konnte den Stoß mit seinem Schild geschickt abwehren, während er seine eigene Lanze mit solcher Härte führte, dass sein Gegner in hohem Bogen aus dem Sattel gehoben wurde.

Jubelschreie im Publikum. Auch Fürst Leopold applaudierte.

»Nun, Herr Ulrich, war das mehr nach Eurem Geschmack?«

Der Graf zog ein Gesicht, als hätte er in eine bittere Frucht gebissen.

»Schon besser. Aber warten wir ab, wie sich Euer Sohn schlagen wird.«

Der junge Leopold ließ sein Pferd wie tags zuvor bis zur Startlinie traben, mit anmutig gewölbtem Hals und federnden Bewegungen. Er hatte an diesem Tag schon zwei Siege errungen, allerdings ohne seine Gegner aus dem Sattel zu stoßen, sondern nur durch den besseren Treffer.

Wieder ertönten die Fanfaren. Beide Ritter galoppierten los. Ulf von Regenstein hielt seine Lanze diesmal erstaunlich tief. Vermutlich rechnete der junge Leopold damit, dass der Regensteiner sie im letzten Moment hochreißen würde, und hielt seinen Schild locker. Alles Weitere ging sehr schnell. Holz splitterte, als beide Ritter trafen, doch Ulfs Lanze war so tief angesetzt, dass sie vom Schild des Halberstädters abrutschte und ihre Splitter die Schabracke und die Flanke von Leopolds Pferd durchbohrten. Das Tier wieherte vor Schmerzen und ging durch. Nur mit Mühe konnte der junge Leopold sich im Sattel halten und sein verwundetes Tier beruhigen, ehe er abstieg.

»Das ist gegen die Regel!« Der Fürst war von seinem Lehnstuhl aufgesprungen. »Die Pferde sind unantastbar!«

»Es war ein bedauerlicher Unfall«, versuchte Ulrich von Regenstein seinen Lehnsherrn zu beruhigen. »Mein Bruder traf den Schild Eures Sohnes. Was kann er dafür, wenn die Abwehrbewegung die Lanzenspitze in die Flanke des Pferdes trieb?«

Lena sah dem Fürsten deutlich an, dass er Ulrich von Regenstein kein Wort glaubte, und auch sie selbst hatte den Eindruck, Ulf von Regenstein habe es absichtlich darauf angelegt, das Pferd des Fürstensohnes zu treffen. Vor allem als sie beobachtete, wie besorgt der junge Leopold um sein Streitross war. Die Verletzung musste schlimm sein, denn der weiße Stoff der Schabracke verfärbte sich immer schneller rot. Das Pferd sank in die Knie, roter Schaum trat aus seinen Nüstern. Verzweifelt versuchte der junge Mann, sein Pferd wieder auf die Beine zu bekommen. Vergebens. Unterdessen war auch Ulf von Regenstein abgestiegen.

»Tut mir leid um Euer Ross. Aber Ihr habt ja noch weitere Pferde. Wie wäre es mit einem zweiten Gang, damit wir feststellen, wer der Bessere ist?«

Leopold fuhr hoch. »Ihr verdient keinen zweiten Gang.«

»Da habt Ihr eine gute Ausrede, um nicht das Los Eures künftigen Schwagers zu teilen. Dann flennt lieber um Euer Pferd.«

Ein Beben lief durch den Leib des Fürstensohnes, doch er beherrschte sich.

Ulf von Regenstein lachte schallend, dann kehrte er zu seinem Pferd zurück und stieg in den Sattel, um sich seinem letzten Gegner zu stellen.

Der erste Fanfarenstoß rief Philip auf seinen Platz. Was hätte Lena darum gegeben, sein Gesicht sehen zu können. Er saß wie ein Standbild auf seinem Rappen, ließ sich von Said die Lanze geben und erwartete den entscheidenden Fanfarenstoß. Es war still geworden. Die eben noch murrende, schreiende Menge schien den Atem anzuhalten.

Du wirst siegen! Du musst siegen!

Dann das Signal. Beide Ritter galoppierten aus dem Stand heraus an, noch ehe der Schall verklungen war. Eine Urgewalt aus Kraft und Verachtung brach gegeneinander los. Philips Lanze traf den Schild des Regensteiners und splitterte. Doch gleichzeitig flog sein eigener Schild getroffen von der gegnerischen Lanze davon. Die Menge schrie auf.

»Erst Euer Wappen, und im nächsten Gang liegt Ihr im Staub!«, schrie Ulf von Regenstein.

Philip warf die zerbrochene Lanze fort. Dann wendete er sein Pferd und galoppierte auf den am Boden liegenden Schild zu. Trotz des schweren Kettenhemdes beugte er sich erstaunlich geschickt aus dem Sattel und hob seinen Schild im vollen Galopp auf.

Triumphierend hielt er ihn in die Höhe. Die Menschen um den Turnierplatz brachen in lauten Jubel aus, als wäre der Kampf schon gewonnen.

»Erinnert Euch das an etwas?« Fürst Leopold schien seine gute Laune nach dem unlauteren Angriff auf das Pferd seines Sohnes zurückgewonnen zu haben. Ulrich von Regenstein knirschte mit den Zähnen.

»Nicht?« Der Fürst lachte. »Wie viele Jahre ist es her? Achtundzwanzig? Oder doch schon dreißig?«

»Siebenundzwanzig«, zischte der Graf.

»Ah, Ihr erinnert Euch doch.«

»Woran, Vater?«, mischte Mechthild sich ein.

»An ein Turnier vor langer Zeit, ich war noch ein Knappe, Herr Ulrich ein stolzer Ritter, dem niemand gleichkam. Bis er seinen Meister fand.«

»Erspart uns die alten Geschichten, mein Fürst.«

»Aber, aber, Herr Ulrich. Meine Tochter möchte es gern wissen.«

Jetzt lehnte sich auch Lena neugierig vor.

»Es war ein Zweikampf, an den wir uns lange erinnerten. Ein vielversprechender junger Ritter trat gegen Ulrich von Regenstein an. Der erste Waffengang endete genau wie dieser. Der Schild des jungen Ritters flog davon. Aber nicht aus Unachtsamkeit, sondern wohlbedacht, um den Schwung aus dem Angriff zu nehmen. Und danach hob er ihn genauso auf, wie es jetzt der Ägypter tat. Aus vollem Galopp heraus, halb am Sattel hängend. Man könnte meinen, er sei derselbe Mann.«

Der Graf von Regenstein ballte die Hände zu Fäusten.

»Es kam zum zweiten Gang«, fuhr der Fürst fort. »So wie jetzt auch.«

»Und wer siegte?«, fragte Mechthild.

Ihr Vater lachte. »Sieh Herrn Ulrich ins Gesicht, dann weißt du es.«

Philip ließ sich von Said eine neue Lanze reichen.

Du wirst gewinnen wie damals dein Vater. Lena merkte kaum, wie sich ihre Hände in den Stoff ihres Kleides gruben.

Die Fanfare. Erneut stürmten die Pferde aufeinander los. Beide Ritter trafen, Regensteins Lanze splitterte an Philips Schild, doch Philips Lanze glitt über den Schild des Regensteiners hinweg, traf dessen schwach geschützte Schulter und riss ihn aus dem Sattel. Ohne sich umzusehen, galoppierte Philip unter dem donnernden Beifall der Zuschauer mit hocherhobener Lanze über das Turnierfeld. Sah den Bauern, mit dem er gestern getrunken hatte, und senkte grüßend die Lanze. Noch mehr Beifall. Er war ihr Held, der Mann, der den hochmütigen Regensteiner in den Staub gestoßen hatte.

Ulf von Regenstein lag noch immer stöhnend am Boden. Mehrere Waffenknechte rannten zu ihm, zwei hatten eine Trage dabei. Regensteins rechter Arm war seltsam abgewinkelt, und Blut sickerte durch das Kettenhemd.

»Wie sagtet Ihr doch, Herr Ulrich?« Überlegen musterte Fürst Leopold seinen mächtigsten Vasallen. »Ein Sieg ist nur dann vollständig, wenn der Gegner am Boden liegt. Was sagt Ihr zu einem Sieg, bei dem der Gegner sich nicht einmal mehr selbst erheben kann? Ich habe fünf Goldstücke gewonnen.«

Der Graf biss sich auf die Unterlippe und zahlte dem Herzog schweigend die Münzen aus.

»Aber ob Eure Männer auch den Buhurt gewinnen, ist fraglich«, zischte er.

Lena hörte, was die Männer neben ihr sprachen, aber ihre Aufmerksamkeit gehörte Philip, der noch einmal um den Turnierplatz galoppierte, immer noch die Lanze reckte und nicht nur den Triumph über den Regensteiner feierte, sondern vor allem seinen Sieg über die Schatten, die ihn nie mehr verfolgen würden.

18. Kapitel

Eine ausgerenkte Schulter, ein zerschlagenes Schlüsselbein und drei gebrochene Rippen.« Said pfiff anerkennend durch die Zähne. »Es wird lange dauern, bis Ulf von Regenstein wieder eine Lanze führen kann.«

Philip grinste. »Die Schulter war für dich, das Schlüsselbein für Leopolds Pferd, und die Rippen nehmen wir als Zugabe.«

»Morgen noch der Buhurt, und dann bekommst du von Fürst Leopold die Männer, damit wir das Räuberlager ausheben können.«

»Ich werde es ausheben. Du wirst hier auf mich warten.«

»Warum?«

»Deine Schulter braucht noch mindestens zwei Wochen, um zu heilen.«

»Für ein paar Räuber reicht die Kraft schon aus.«

Philip schüttelte den Kopf. »Bleib hier und pass auf Lena auf.«

»Hast du sie eigentlich schon gefragt?«

»Ob sie meine Frau werden will?« Philip schluckte. »Nein, noch nicht.«

»Warum nicht? Merkst du nicht, dass sie geradezu auf diese Frage wartet? Ich dachte, du kennst die Frauen.«

»Was ist, wenn sie Nein sagt? Ich kann ihr in diesem Land nichts bieten, aber ich kann auch nicht von ihr verlangen, mich nach Alexandria zu begleiten.«

»Wenn du sie nicht fragst, wirst du nie erfahren, ob sie nicht doch Ja sagt.«

Philip senkte den Blick. »Du hast recht. Ich frage sie morgen nach dem Buhurt.«

Said griff nach den Zügeln von Philips Pferd. »Ich bringe ihn in den Stall. Sieh nur, da kommen deine Kampfgefährten, um dich zu beglückwünschen.« Er wies auf den jungen Leopold und Johann von Hohnstein, die sich dem Rand des Turnierfeldes näherten.

»Ein großartiger Auftritt, Herr Philip.« Johann von Hohnstein schlug ihm anerkennend auf die Schulter.

»Ihr wisst nicht nur die Lanze gut zu führen, Ihr seid auch ein ausgezeichneter Reiter«, bestätigte Leopold. »Wie Ihr den Schild trotz Eurer Rüstung in vollem Galopp wieder aufgenommen habt – ich bin beeindruckt.«

»Und Regenstein liegt für die nächsten Wochen krank danieder. Ich hörte ihn schreien, als der Knochenbrecher ihm die Schulter einzurenken versuchte.« Hohnstein grinste. »Ich konnte es mir einfach nicht versagen, ihm die Auslösung für meine Rüstung schon vorbeizubringen, noch während man ihn behandelte.«

»Kommt, Herr Philip, macht uns die Ehre, mit uns zu trinken!«, forderte Leopold ihn auf.

»Und lasst uns den Buhurt planen«, ergänzte Johann. »Mit Euch an unserer Seite und ohne Ulf von Regenstein unter unseren Gegnern können wir gar nicht unterliegen.«

Philip warf einen unschlüssigen Blick zur Tribüne hinüber.

»Frau Helena wird Verständnis haben.« Der junge Leopold lachte. »So wie die unsrigen Damen. Wir haben morgen noch einen harten Kampf vor uns.«

Philip nickte, mehr aus Höflichkeit denn aus Überzeugung, und folgte den beiden Männern in das Zelt des Hohnsteiners, in dem mehrere mit Lammfellen belegte Stühle einen runden kleinen Tisch umstanden.

»Ich habe einen ausgezeichneten Wein aus Italien, den ich für eine besondere Gelegenheit aufgehoben habe«, sagte Hohnstein. »Einen Tag wie heute, da Ulf von Regenstein seinen Meister fand.«

Ein Knecht brachte den Krug und drei tönerne Becher, in die das Greifenwappen eingeritzt war.

»Die Regensteiner kämpfen nicht ritterlich«, begann Leopold. Philip kostete den Wein. Der Hohnsteiner hatte nicht zu viel versprochen. Ein ausgezeichneter Tropfen.

»Früher kämpften immer gleich starke Gegner im Buhurt gegeneinander, doch seit Ulf von Regenstein sie führt, stürzen sich zunächst alle auf unseren stärksten Kämpfer, um ihn zu Fall zu bringen.«

»Und nach dem heutigen Tag werdet Ihr derjenige sein, über den sie als Ersten herfallen werden, Herr Philip«, ergänzte Johann. »Sie wollen Euch die Schmach heimzahlen.«

»Wird der Kampf mit stumpfen Streitkolben oder Sandsäcken ausgefochten?«, fragte Philip.

»Mit Sandsäcken«, antwortete Leopold.

»Sehr gut.« Philip lächelte. »Dann hört mir zu, ich habe einen Plan, wie wir die Regensteiner und Blankenburger mit ihrer eigenen Taktik schlagen können.«

Gebannt lauschten die beiden Männer Philips Worten.

»Das ist großartig, aber auch sehr gewagt«, sagte Johann von Hohnstein, nachdem Philip geendet hatte. »Glaubt Ihr wirklich, dass Eure Reitkunst dazu ausreicht?«

»Ich schlüge es Euch nicht vor, wenn ich nicht davon überzeugt wäre.«

»Wenn es gelingt, dann seid Ihr zweifelsfrei der Held des Turniers.« Leopold leerte seinen Becher.

»Das ist er schon heute«, widersprach Johann. »Wer Ulf von Regenstein auf diese Weise aus dem Sattel stößt, ist eine Legende. Ich hätte nicht gedacht, dass man in Ägypten so ausgezeichnet die Lanze zu führen vermag.«

»Das habt Ihr von Eurem Vater, nicht wahr?« Leopold fragte so beiläufig, als wisse er genau, wer Philips Vater war.

»Wie kommt Ihr auf meinen Vater?«

»Ihr könnt es ruhig zugeben. Mein Vater weiß es längst. Seit er Euch damals auf Burg Königshof das Empfehlungsschreiben überreichte.«

»Was weiß Euer Vater längst?« Philip erinnerte sich an seinen Verdacht. Hatte der Fürst damals tatsächlich seine Taschen durchsuchen lassen, um sich ein Bild von dem fremden Gast zu verschaffen? Und dabei Siegelring und Wappenrolle gefunden?

»Er hat meine Taschen durchsuchen lassen, nicht wahr?«

Leopold errötete. »Versteht, er wollte Euch nicht kränken, er wollte nur …«

»… Gewissheit darüber haben, mit wem er es zu tun hat, ich verstehe.«

»Und wer ist nun Euer Vater?« Johann von Hohnstein fragte so arglos, dass Philips Zorn verrauchte. Vielleicht war es gut, wenn er endlich wieder zu dem wurde, der er war.

»Otto von Birkenfeld.«

»Holla, der legendäre Ritter, den alle heute noch bewundern! Der Meister der Lanze.« Hohnstein zog anerkennend die Brauen hoch. »Deshalb die drei Birken auf Eurem Wappen. Aber was bedeutet der Hirsch?«

»Johann, denk doch nach!« Leopold schenkte sich von dem Wein nach. »Das ist der springende Hirsch von Eversbrück.«

»Oho, die schöne Dame, deren Farben Ihr tragt. Das klingt nach einem Eheversprechen.«

»Haben wir alles für den morgigen Buhurt besprochen?«, fragte Philip, ohne auf die Anspielung einzugehen.

»Du bringst Herrn Philip in Verlegenheit, Johann.« Leopold grinste.

»Nein, überhaupt nicht«, entgegnete Philip so gelassen wie möglich. »Ja, es ist ein Versprechen. Und ja, ehe Ihr noch lange fragt, ich werde ihr morgen einen Antrag machen.«

»Ich gratuliere!« Hohnstein schenkte Philip nach. »Ich habe eine Schwäche für derartige Galanterien. Ich hielt es ähnlich bei Mechthild. Und wie ich meine Braut kenne, wird sie entzückt sein. Was haltet Ihr von einer Doppelhochzeit im nächsten Monat?«

Philip atmete tief durch. Ungefähr so musste sich ein junges Pferd fühlen, dem zum ersten Mal das Halfter angelegt wurde. Er trank einen Schluck Wein, um seine Unsicherheit zu überspielen.

»Warum nicht?«, sagte er dann. »Sofern Lena einverstanden ist.«

»Ich kenne keine Frau, die sich ein solches Fest entgehen ließe.« Johann rief nach dem Knecht. »Hol uns noch einen Krug von diesem Wein!«, befahl er. »Der heutige Abend bietet mehr als einen Grund zum Feiern.«

Zum letzten Mal riefen die Fanfaren an diesem Morgen die Ritter auf das Feld der Ehre. Acht Kämpfer auf jeder Seite. Nur die besten sollten sich im Buhurt messen. Anders als beim Tjost gab es keine echten Waffen, sondern nur schwere Sandsäcke, die ähnlich wie Morgensterne geschleudert wurden.

Philip zog sich die Lederschlaufe, an der sein Sack hing, fest um das Handgelenk und wog die stumpfe Waffe aus. Gefährliche Verletzungen waren selten im Buhurt, aber wenn er nicht aufpasste und vom Pferd geschleudert wurde, konnte er von den Hufen getroffen werden. Und er war sich sicher, dass die Regensteiner keinerlei Rücksicht auf einen am Boden liegenden Gegner nehmen würden. Schon gar nicht auf ihn.

Die gegnerischen Kämpfer stellten sich einander gegenüber auf. Ulf von Regenstein hatte es sich nicht nehmen lassen, trotz seiner Verletzungen am Rand des Turnierfeldes zu stehen. Mit Genugtuung betrachtete Philip die Verbände, die Regensteins Schulter und Schlüsselbein in die rechte Form zurückdrückten. Er hatte gewiss keine angenehme Nacht hinter sich.

Philip lenkte sein Pferd zwischen Leopold und Johann. Beide Ritter ließen ihre Pferde zwei Schritte vorgehen, sodass Philip um eine Pferdehalslänge hinter ihnen stand. Auch die übrigen Halberstädter Kämpfer stellten sich leicht versetzt auf, damit die kleine Ungenauigkeit den Regensteinern nicht sofort auffiel. Philip warf einen letzten Blick zu Lena hinüber, die wie schon in den Tagen zuvor neben Mechthild saß. Der Gedanke, sie im Anschluss an das Turnier um ihre Hand zu bitten, bereitete ihm mehr Unbehagen als alle Regensteiner und Blankenburger zusammen. Was, wenn sie ihn zurückwies, weil sie ihre Heimat nicht verlassen wollte? Oder von ihm verlangte, bei ihr zu bleiben und den Wundern Alexandrias für immer zu entsagen? Nein, das würde sie nicht fordern. Sie wusste um seine Sehnsucht. Aber was war mit *ihrer* Sehnsucht? War es nicht selbstsüchtig von ihm, sie zu bitten, sein Weib zu werden? Er atmete tief durch. Nun konnte er nicht mehr zurück. Nicht nach dem letzten Abend im Zelt des Hohnsteiners.

Das Signal ertönte. Wie es Hohnstein vorausgesagt hatte, trieben die Ritter von Regenstein und Blankenburg ihre Pferde allesamt auf Philip zu. Doch plötzlich entstand Verwirrung in ihren Reihen, denn während Hohnstein und Leopold mit wirbelnden Sandsäcken nach vorn galoppierten, riss Philip sein Pferd herum und trieb es hinter den Linien seiner eigenen Leute am Ende des Turnierfeldes entlang, überholte sie dann und gelangte hinter die Reihen der Gegner. Ulf von Regenstein schrie seinen Männern irgendwelche Befehle zu und gestikulierte wild mit dem gesunden Arm. Einige Regensteiner lösten sich aus dem ersten Angriff und versuchten sich Philip in den Weg zu stellen. Ihre Sandsäcke kreisten in der Luft, doch Philip war schneller. Er nutzte den Schwung seines Pferdes, hielt geradewegs auf zwei der Ritter zu, presste sich eng an den Hals seines Rappen und duckte sich unter ihren schwingenden Sandsäcken weg. Dann riss er seinen Wallach herum und schleuderte seinen eigenen Sack. Ein Mann fiel sofort vom Pferd, der zweite geriet ins Schwanken.

Links von sich sah er Johann von Hohnstein, der dem Mann mit einem Stoß den Rest gab.

»Hinter Euch!«, rief Hohnstein. Philip duckte sich, und der Hieb des Angreifers ging ins Leere. Noch während Philip sich wieder im Sattel aufrichtete, hatte ein anderer Halberstädter den Ritter aus dem Sattel geschlagen, fiel aber selbst durch eine Attacke von hinten in den Staub.

Längst war jede Schlachtordnung verloren gegangen. Ein wilder Reiterhaufen schlug von allen Seiten mit Sandsäcken aufeinander ein. Immer wieder versuchte Philip, durch geschicktes

Lenken seines Pferdes etwas Ordnung in die Reihen zu bekommen. Hohnstein erhielt einen heftigen Schlag gegen den Rücken. Er schwankte, verlor seinen Sandsack, blieb aber im Sattel.

»Nehmt meinen!«, rief Philip, löste den Gurt vom Handgelenk und warf Johann seine Waffe zu. Der fing den Sack auf und nickte Philip anerkennend zu. Philip hielt auf Hohnsteins am Boden liegenden Sandsack zu und hob ihn auf dieselbe Weise auf wie tags zuvor seinen Schild. Den Jubel der Zuschauer hörte er kaum. Ein Regensteiner war dicht hinter ihm. Philip spürte den harten Schlag in den Rippen, doch er hielt sich aufrecht, riss sein Pferd herum und schlug dem Gegner seinen eigenen Sack mit voller Wucht gegen den Helm. Noch drei Regensteiner saßen im Sattel gegen vier Halberstädter. Ulf von Regenstein brüllte und schrie. Philip verstand nur das Wort »Sammeln!«

Sammeln, gut, gleich würden die Regensteiner ihre Gebeine aufsammeln. Lachend trieb er sein Pferd auf die Gegner zu und ließ den Sandsack durch ihre Reihen tanzen. An seiner Seite erkannte er Leopold. Ein weiterer Gegner fiel, dann der vorletzte. Der letzte versuchte zu fliehen, doch Johann von Hohnstein stellte sich ihm in den Weg und schlug ihm den Sack gegen den Kopf.

»Was für eine schöne Rauferei!«, rief der junge Leopold. »Und Johann schlägt den letzten Regensteiner nieder.«

»Wolltest du ihn etwa haben?«, rief Johann zurück.

»Gemach, gemach. Mechthild wünscht sich doch einen Helden zum Mann.«

Philip hatte indes nur Augen für Lena, die auf der Tribüne gemeinsam mit Mechthild aufgesprungen war und ihnen zujubelte.

Leopold und Johann lenkten ihre Pferde heran, um sich neben ihm und dem letzten anderen Halberstädter Ritter aufzureihen.

Der Herold trat in die Mitte des Kampffeldes.

»Die Schlacht ist gefochten, der Sieg errungen. Der Jubel gehört Halberstadt.«

Donnernder Beifall, Hochrufe. Nur auf Seiten der Regensteiner war es seltsam still.

»Gedenken wir noch einmal der Taten unserer tapferen Recken und edlen Ritter, die uns in den vergangenen drei Tagen so treffliche Proben ihrer Geschicklichkeit, Tapferkeit und Stärke boten. Vier von ihnen sind auf den Pferden geblieben. An vierter Stelle steht Gottfried von Arnach, der uns heute im Buhurt zeigte, dass er es durchaus mit den besten Kämpfern aufzunehmen weiß.«

Der Genannte trieb sein Pferd an und galoppierte unter dem Beifall der Menge einmal durchs Turniergeviert.

»Johann von Hohnstein, der künftige Eidam unseres Lehnsherrn, des Fürsten Leopold, des Herzogs zu Halberstadt, zeigte uns, dass er stets in der Lage sein wird, die Ehre der liebreizenden Jungfer Mechthild gegen alle Unbill zu verteidigen.«

Jubelschreie, Mechthild winkte ihrem Liebsten zu, die gesamte Ehrentribüne applaudierte.

Johann trieb sein Pferd an und galoppierte wie vor ihm Gottfried von Arnach einmal um das Turniergeviert.

»Obgleich unbesiegt, leider nur an zweiter Stelle, der edle Leopold von Halberstadt, Sohn unseres Lehnsherrn. Ein unbesiegbarer Kämpfer, vor dem sich jedermann, der Übles im Schilde führt, zu hüten hat.«

Als Leopold sein Pferd durch das Geviert galoppieren ließ, brauste der Jubel auf wie bei keinem der Ritter vor ihm. Der Sohn des Fürsten war allseits beliebt. Selbst die Regensteiner spendeten ihm Applaus, und sei es nur, weil er irgendwann ihr Lehnsherr würde.

»Doch der Beste von allen, ein Ritter, der uns durch seine Geschicklichkeit beeindruckte, sei es mit der Lanze, auf dem Rücken seines Pferdes oder soeben im Buhurt, ist Ritter Philip aus Ägypten.«

Konnte es sein, dass der Jubel, der ihm entgegenbrandete, tatsächlich größer war als jener, mit dem Leopold gefeiert worden war? Philip schlug das Herz bis zum Hals, als er seinen Rappen antrieb und die Ehrenrunde abritt. Einstmals, als kleiner Junge, da hatte er von Augenblicken wie diesem geträumt. Wenn er seinen Vater von den glanzvollen Turnieren erzählen hörte, die er in der alten Heimat bestritten hatte. Es wäre Vaters größter Triumph gewesen, ihn heute hier zu sehen. Plötzlich war sein Vater ihm ganz nahe, umhüllte ihn mit seiner Liebe und Zuneigung, als säße er leibhaftig auf der Tribüne. Da endlich wusste Philip, dass sein Vater in ihm weiterlebte und niemals ganz sterben würde, solange er sein Vermächtnis bewahrte.

Er vollendete die Runde und hielt auf die Tribüne zu. Fürst Leopold hatte sich von seinem Lehnstuhl erhoben.

»Philip Aegypticus, einem Streiter wie Euch begegnet man selten. Nur einmal in der Vergangenheit sah ich einen Mann, der Euch gleichgekommen wäre.«

»Ich danke Euch, mein Fürst«, antwortete Philip.

»So kommt denn herauf zu uns, auf dass Ihr, wie es der Sitte gebührt, aus der Hand Eurer Dame, für deren Ehre Ihr gestritten habt, den Siegerkranz erhaltet.«

Philip stieg vom Pferd und nahm den Helm ab. Noch während er die Stufen zur Tribüne emporstieg, sah er, wie ein Herold Lena ein kleines rotes Kissen reichte, auf dem ein gewundener Kranz aus vergoldeten Lorbeerblättern lag.

Er atmete tief durch, hörte kaum die Fanfaren, die ihm zu Ehren erklangen, nicht den Jubel, nicht den Beifall. Was, wenn sie Nein sagen würde? Oder schlimmer, einfach nur Ja, weil sie sich so bedrängt fühlte?

Johann von Hohnstein stand nahe der Treppe. Philip konnte überdeutlich sehen, wie sehr der Hohnsteiner darauf wartete. Der Mann hatte eine größere Schwäche für galante Gesten als manches Weib. Warum hatte er bloß am Tag zuvor im Zelt des Hohnsteiners nicht den Mund gehalten? Er hätte sich nicht darauf einlassen sollen. Hätte Lena ganz allein und heimlich fragen sollen. So heimlich, dass ihn ein Nein nicht vernichten würde. So heimlich, dass sie sich nicht verpflichtet fühlen würde. Er seufzte. Vermutlich weil er dann nie den Mut aufbringen würde.

Zweimal war er kurz davor gewesen, an jenem ersten Abend des Turniers. Hatte ihre Blicke gesehen, die ihn aufzufordern schienen, und dennoch geschwiegen. Was war er doch für ein Feigling.

Sie lächelte ihn an, lieblicher, als ihn jemals eine Frau angelächelt hatte. Voller Stolz hielt sie den Siegeskranz in den Händen. Er kniete vor ihr nieder. Ihre Hand war kaum zu spüren, als sie ihm den Kranz aufs Haupt setzte. Er hob den Kopf. Fand ihren Blick. Jetzt oder nie. Er atmete noch einmal tief durch, dann ergriff er ihre Hand.

»Helena von Eversbrück, in den letzten drei Tagen trug ich nicht nur mein Wappen, sondern kämpfte auch in deinem Zeichen. Wirst du mir erlauben, dein Wappen für alle Ewigkeit dem meinen hinzuzufügen? Auf dass wir eine neue Linie begründen? Wirst du mir erlauben, dich dorthin zu führen, wo in allen Zeiten Wunder geschahen und auch heute noch geschehen, wenn der Mond den Nil küsst? Helena von Eversbrück, willst du meine Frau werden?«

Endlich war es heraus!

Ihre Augen weiteten sich, als könne sie es kaum fassen.

Gott im Himmel, sie wird Nein sagen!

»Ja!«, rief sie so laut, dass es über das ganze Turnierfeld hallte. »Ja, ich will!«

Sofort stand er wieder auf den Beinen und nahm sie in die Arme. Hinter sich hörte er Johann wie zuvor schon von der Doppelhochzeit sprechen, und Mechthild schluchzte gerührt. »Endlich!«, rief Schwester Margarita.

Seine Worte wurden von Mund zu Mund weitergetragen, und das Volk jubelte, als könne ihm die Stimme niemals versagen.

»Du willst mir wirklich nach Alexandria folgen, sobald all jene ihrer Strafe zugeführt sind, die so viel Unglück über dich und die Gegend brachten?«, flüsterte Philip, noch während er Lena im Arm hielt.

»Ja«, hauchte sie. »Ich folge dir ans Ende der Welt.«

Was war er für ein Narr gewesen! Er hätte gleich den unausgesprochenen Worten ihrer Augen vertrauen sollen.

»Ich wusste es.« Said grinste breit, als sie spätabends wieder in ihrer Kammer waren.

»Dass sie Ja sagen würde?« Während des ganzen Abends hatte Philip seine Augen nicht mehr von Lena abwenden können, hatte bei dem großen Bankett, das im Anschluss an das Turnier im Rittersaal abgehalten worden war, kaum einen Blick für die Vorstellungen der Gaukler und Tänzer gehabt. Lena hatte ihn erhört. Sie wollte sein Weib werden. Sie würde mit ihm nach Alexandria kommen.

»Nein, dass du irgendwann wie ein Fisch auf dem Trockenen umgarnt im Netz liegen wirst. Nach Luft schnappend in den Fängen eines Weibes, das dich nie mehr loslassen wird.«

»Ich hoffe doch sehr, dass sie mich nie mehr loslassen wird. Außerdem wird sie mich nicht im Netz ersticken lassen.«

»Nein, sie wird dich behutsam in ihren kleinen Fischteich setzen, auf dass sie sich daran erfreuen kann, wie du für sie im Kreis schwimmst.«

»So, so. Nun, zum Glück werde ich nicht lange allein in diesem Teich umherpaddeln. Sophia wird dich gewiss bald hinzusetzen, und dann können wir zusammen unsere Kreise drehen und uns mit unseren kleinen Flossen gegenseitig nass spritzen.« Er machte eine passende Handbewegung.

»Du bist ein Kindskopf.« Said seufzte.

Philip lachte.

Am folgenden Tag reisten die meisten Ritter und Händler ab. Schon in aller Frühe hörte man die Stimmen und Rufe beim Abbruch des Lagers und des Marktes.

Doch die wichtigsten Vasallen blieben noch. Fürst Leopold hatte sie im Rittersaal zusammengerufen und auch Philip eingeladen, der neben Johann von Hohnstein Platz genommen hatte. Mittlerweile hatte Philip seine Meinung über den künftigen

Schwiegersohn des Fürsten geändert. Johann war keinesfalls so schwach, wie er ihm nach ihrer ersten Begegnung vorgekommen war, sondern ein kluger Taktiker.

Graf Ulrich von Regenstein war schon abgereist und hatte seinem jüngeren Bruder das Feld überlassen. So nahm Ulf von Regenstein an der Versammlung teil, wenngleich ihm seine Schmerzen deutlich anzusehen waren.

»Er hat gestern vermutlich zu heftig am Rand des Turnierfeldes herumgefuchtelt, um seine Bande doch noch zum Sieg zu führen«, flüsterte Johann Philip schadenfroh zu.

»Warum gestattet man den Regensteinern so viele Freiheiten, wenn sie offenbar keiner ausstehen kann?«, flüsterte Philip zurück.

»Sie sind eine mächtige Familie, durch Heirat mit vielen wichtigen Fürstenhäusern verschwägert, und zudem ist ihre Burg Regenstein nahezu uneinnehmbar. Wenn sie sich lossagen würden, geriete Fürst Leopold in ernste Schwierigkeiten.«

Der Fürst klopfte ungeduldig mit den Fingern auf den Eichentisch, und sofort trat Ruhe ein.

»Ich habe Euch zusammengerufen, nachdem Herr Philip mir vor Beginn des Turniers einige wichtige Mitteilungen machte. Über eine davon möchte ich Euch in Kenntnis setzen. Wir alle kennen die Schandtaten des Räubers, der sich selbst Barbarossa nennt. Seit mehr als fünf Jahren machen er und seine Bande die Gegend unsicher, verschonen keinen. Lange Zeit konnte niemand ihr Lager ausfindig machen, und die, denen es vielleicht gelang, kehrten nie zurück. Herrn Philip ist das geglückt, was so viele vor ihm vergeblich versuchten. Er weiß, wo sich Barbarossas Lager befindet.«

Anerkennendes Stimmgemurmel. Nur Ulf von Regenstein verzog missmutig das Gesicht.

»Ihr habt das Lager entdeckt, Herr Philip. Wie viele Männer braucht Ihr, um es gefahrlos einnehmen zu können?«, fuhr der Fürst fort.

»Ich schätze, dreißig bis vierzig gut bewaffnete Männer würden ausreichen, um die Räuber aufzureiben und uns ihren Anführer lebend zu bringen«, antwortete Philip. »Wir dürfen Barbarossa nicht unterschätzen. Seine Bande mag aus dahergelaufenen Bauerntölpeln bestehen, aber er selbst verfügt über die Kampfkraft eines Ritters. Ich weiß inzwischen, dass sein echter Name Theodrich von Limbach ist.«

»Theodrich von Limbach!« Ein Raunen lief durch die Reihen der Männer. Einige der Älteren schüttelten die Köpfe.

»Er war schon immer eine Schande für den Ritterstand«, zischte Wilfred von Arnach, Gottfrieds Vater. »Schon bevor er sich's mit den Askaniern verscherzte.«

»Bringt uns den Halunken lebend, damit er für seine Missetaten zahlt!«, rief ein zweiter Mann, dessen Namen Philip nicht kannte.

»Ich werde Euch dreißig Mann zur Verfügung stellen, Herr Philip«, sagte Fürst Leopold. »Meine Herren, wie viele Eurer Waffenknechte seid Ihr bereit, Herrn Philip zu unterstellen?«

»Ich werde Herrn Philip persönlich begleiten«, sagte Johann von Hohnstein.

»Ich auch«, antwortete der junge Leopold.

Nach und nach meldeten sich alle waffenfähigen jungen Männer der Runde freiwillig. Ulf von Regenstein verzog noch immer das Gesicht.

»Ich vertraue Euch meinen Sohn Eberhard an«, knurrte er schließlich.

»Ihr meint doch hoffentlich nicht den jungen Knappen?«, fragte Johann von Hohnstein.

Ulf lächelte. »Doch, genau den meine ich. Ein Regensteiner ist mehr wert als drei Hohnsteiner. Ganz gleich, wie alt er ist.«

»Erstaunlich nur, dass ein Hohnsteiner zu den Siegern des Turniers gehörte, während die Regensteiner sich allesamt im Dreck suhlten«, entgegnete Philip. »Ich kann Euren Sohn nicht gebrauchen.«

»Ihr weist die Unterstützung der Regensteiner ab? Ihr, ein

dahergelaufener Fremder aus dem Reich der Ungläubigen?« Ulf von Regenstein sprang auf. »Das ist eine unverschämte Beleidigung, die ich nicht hinnehmen muss.«

»Wollt Ihr mich dafür vor die Lanze fordern? Ich stehe Euch jederzeit zur Verfügung, sobald Ihr Euch von unserer letzten Begegnung erholt habt.«

Ulf beachtete Philip nicht weiter, sondern wandte sich an Fürst Leopold.

»Mein Fürst, ich erwarte, dass Ihr zu Eurem treuen Vasallen steht, der Euch das Kostbarste bietet, was er besitzt. Mein Lehnseid bindet mich an Euch, doch verlangt er auch von Euch Unterstützung.«

»Oh, oh«, flüsterte Johann Philip zu. »Da werden wir den Bengel doch mitnehmen müssen.«

»Es wird dem jungen Eberhard gewiss nicht schaden, wenn er lernt, sich unter dem Kommando erfahrener Ritter zu bewegen«, entgegnete der Fürst so gelassen, als hätte er die unterschwellige Drohung nicht wahrgenommen.

Nachdem die letzten Einzelheiten des Zugs gegen die Räuberbande besprochen waren, löste sich die Runde auf.

»Bilde dir nicht zu viel ein, Heidenfreund«, zischte Ulf Philip beim Hinausgehen zu. »Beim Turnier magst du die glücklichere Lanze geführt haben, aber ganz gleich, wie sehr du den Fürsten mit deinen Possen erfreust, im Zweifelsfall wird er doch das tun, was ich von ihm verlange.«

Philip zwang sich zu einem Lächeln. »Vielen Dank für den Rat. Dann wollen wir nur hoffen, dass der gute Eberhard nicht sauweich von seiner ersten Bewährungsprobe zurückkommt.«

Ulf von Regenstein starrte Philip verdutzt an, während Johann von Hohnstein laut losprustete. »Verschwendet nicht Eure Gaben, Herr Philip. Die Regensteiner verstehen keine Wortspiele«, gluckste er.

Ulf schnaubte verächtlich, dann drängte er sich an den beiden vorbei.

Lange vor Sonnenaufgang trafen sich die Ritter und Waffenknechte vor Burg Schlanstedt. Philip hoffte, das Lager mit dem ersten Morgenlicht zu erreichen und die Räuber möglichst noch im Schlaf zu überraschen.

Obgleich der junge Leopold unter ihnen war, überließen die Männer sich bereitwillig Philips Führung. Er hatte seine Kampfkraft im Turnier bewiesen und kannte als Einziger den Weg zum Räuberlager.

Sogar der junge Eberhard von Regenstein hielt sich zurück, dennoch war Philip sich sicher, dass der Bursche ihm noch Ärger machen würde.

Leopold rief den jungen Regensteiner zu sich und verlangte von ihm, sich überwiegend in seiner Nähe aufzuhalten. Philip war ihm dankbar dafür, denn in Gegenwart des Fürstensohnes nahm sich der Bengel keine Frechheiten heraus.

Als sich der erste rote Streif am Horizont abzeichnete, verließen sie die befestigte Straße. Ganz in der Nähe lag die Holzfällerhütte, in der Philip Thea so oft getroffen hatte. Thea … Bei dem Gedanken an sie spürte er einen schmerzhaften Stich. Sie würde es als Verrat empfinden. Zu Recht, doch hatte er eine Wahl? Handelte er nicht ähnlich wie sie an jenem Tag, da sie Alwin den Kopf abgeschlagen hatte? Seine Hand tastete nach dem edelsteinbesetzten Kreuz in seinem Beutel. Die Gabe ihrer Mutter. Er würde alles tun, um Thea unbemerkt zur Flucht zu verhelfen, aber ob sie dazu bereit war? Oder würde sie wie eine rote Furie zu ihrem Schwert greifen und gegen die Übermacht ankämpfen? Versuchen, ihn zu töten? Vermutlich ja. Und er war sich nicht einmal sicher, ob er es nicht verdient hätte.

»Ihr seid so schweigsam, Herr Philip.« Johann von Hohnstein lenkte sein Pferd neben Philip.

»Der Wald trägt die Laute weit in der Nacht hinaus. Ich will nicht, dass die Bande vorzeitig gewarnt wird.«

»So sind wir also bald da?«

Philip nickte. »Bei dem großen Baum dort vorn sollten wir die Fackeln löschen, damit ihr Schein uns nicht verrät. Dahinter beginnt die Lichtung, auf der die Räuber ihre Burg errichtet haben.«

Auch Leopold lenkte sein Pferd näher heran.

»Ist es so weit?«

»Gleich, Herr Leopold. Wir werden uns trennen. Ihr werdet mit den Männern in Sichtweite des Tores warten. Ich werde mit Johann von Hohnstein um das Lager herumreiten, über den großen Felsrücken klettern und versuchen, das Tor von innen zu öffnen.«

»Ich will den Fels erklimmen!« Eberhard hatte sich vorgedrängt. Er ritt den prächtigen Goldfuchs seines Vaters, der wild schnaubte und mit den Hufen scharrte.

»Dafür brauche ich einen erfahrenen Mann«, widersprach Philip. »Du bleibst bei Herrn Leopold.«

»Ich bin erfahren!«, brauste der Junge auf.

»Du tust, was ich dir sage!«

»Eberhard wird auf unsere Pferde aufpassen«, griff Leopold beschwichtigend ein.

»Ich kann kämpfen!«

»Du wirst bei den Pferden bleiben.« Leopolds Stimme duldete keinen Widerspruch. Eberhard murrte noch ein wenig, gab aber Ruhe, als Philip und Johann ihre Fackeln löschten und davonritten.

»Alle Achtung, ein stolzes Lager!«, flüsterte Johann. »Ist das dort vorn der Felsrücken?«

»Das ist er«, bestätigte Philip. »Und ganz in der Nähe befindet sich geeignetes Strauchwerk, um unsere Pferde zu verbergen.«

Das Räuberdorf lag in tiefstem Schlaf. Sogar der Wächter auf der Aussichtsplattform schien zu dösen. Vermutlich hatten die Männer wieder bis spät in die Nacht gefeiert und sich dem Trunke ergeben. Umso besser.

Philip lenkte seinen Rappen bis zu dem erwähnten Gebüsch. Johann folgte ihm, dann stiegen sie ab und versteckten ihre Pferde.

»Jetzt gilt es, Eure Kletterkünste zu erproben, Herr Johann. Und gebt acht auf die scharfen Dornenranken.«

»Keine Sorge, ich klettere wie ein Eichhörnchen. Soll ich Euch auch ein paar Nüsse bringen?«

Philip grinste. Er mochte den Humor des Hohnsteiners.

Im Kettenhemd kletterte es sich nicht so leicht wie bei seinem ersten heimlichen Besuch. Immerhin hatte es in den vergangenen Tagen nicht geregnet, und so fand er mit Händen und Füßen diesmal leichter Halt.

»Bemerkenswert«, raunte Johann ihm zu, als sie den obersten Grat erreicht hatten und bäuchlings nebeneinanderlagen. »Hat der alte Schurke sich doch eine rechte Räuberburg erbaut. Sogar eine Schmiede.«

Die Feuer im Lager waren allesamt verloschen. Nur ein paar niedergebrannte Scheite glühten noch schwach neben umgestürzten Bierkrügen und abgenagten Knochen.

Unmittelbar unter ihrem Beobachtungsposten lag Barbarossas Hütte. An der Außenwand hingen einige Töpfe, die sich im Wind bewegten und leise klapperten. Vorsichtig rutschte Philip auf das Dach und hoffte, das Spiel des Windes werde seine vorsichtigen Schritte übertönen. Dann ließ er sich auf den Waldboden gleiten. Kurz darauf stand Johann neben ihm. Der Hohnsteiner bewegte sich geschmeidig wie eine Wildkatze.

Philip blickte sich um. Nirgends war ein Mensch zu sehen. Sie schliefen wohl tatsächlich alle in ihren Hütten.

»Passt auf«, flüsterte er Johann zu. »Dies ist Barbarossas Hütte. Wir kümmern uns zunächst um das Tor, dann kehre ich hierher zurück. Vielleicht kann ich den Räuberhauptmann im Schlaf überraschen.«

»Wollt Ihr es nicht gleich versuchen? Ich kann das Tor auch allein öffnen.«

Philip schüttelte den Kopf. »Zu gefährlich. Wenn meine Überraschung misslingt und das Tor noch nicht geöffnet ist, ist alles verloren. Vergesst nicht den Wächter.«

Sie liefen los. Der weiche Boden dämpfte ihre Schritte, und

das Rasseln ihrer Kettenhemden ging im Rauschen des Windes unter.

Die Aussichtsplattform über dem Tor war mit einer Leiter zu erreichen. Philip griff nach den Sprossen.

»Ich nehme mir den Wächter vor«, raunte er Johann zu. »Seid vorsichtig mit den Riegeln und stoßt das Tor auf keinen Fall auf, bevor ich wieder da bin. Es knarrt sehr laut.«

Der Hohnsteiner nickte, und Philip kletterte nach oben.

Der Wächter döste nicht, sondern schlief tief und fest, den Kopf auf das Geländer der Aussichtsplattform gestützt. Neben ihm stand ein halb voller Krug mit abgestandenem Bier. Was für ein leichtsinniger Narr! Philip zog seinen Dolch. Er hatte noch nie einen Wehrlosen getötet, aber der hier war ein Mörder und Halsabschneider, der schon hundertfach das Blut Unschuldiger vergossen hatte. Und der es wieder tun würde, wenn er ihm nicht Einhalt gebot. Mitleidlos packte er den Haarschopf des Mannes, riss den Kopf hoch und durchtrennte ihm mit einem schnellen Schnitt die Kehle. Dann wischte er den blutigen Dolch am Hemd des Toten ab, steckte ihn zurück in den Waffengurt und kletterte wieder nach unten. Johann hatte unterdessen die Riegel aufgeschoben.

»Jetzt?«, fragte er Philip.

»Erst wenn ich bei Barbarossas Hütte bin.«

Johann nickte, und Philip rannte im Zwielicht des beginnenden Tages zurück zur Hütte des Räuberhauptmanns. Hinter ihm knarrte das Tor. Ob es überhaupt jemand außer ihm hörte?

Er hatte die Hütte gerade betreten, da sah er, dass jemand hinter dem großen Wandteppich, der als Vorhang zu den Schlafräumen diente, ein Licht entzündet hatte. Der Schein fiel hell unter dem Vorhang hindurch, berührte beinahe Philips Füße. Hastig drückte er sich in eine dunkle Ecke.

Ein kurzes Rascheln, der Teppich wurde zurückgeschlagen. Philips Hand glitt zum Schwert.

Und dann sah er sie in ihrer ganzen Schönheit, so wie er sie in Erinnerung hatte. Thea. Das lange rote Haar fiel ihr weit über den Rücken, doch statt der Männerkleidung trug sie ein einfaches Nachthemd, in dem sie seltsam verletzlich aussah. Sie war völlig unbewaffnet, trug nur ein Handlicht. Seine Rechte löste sich vom Schwert. Würde sie schreien, wenn sie ihn sah? Er durfte es nicht riskieren, wenn er sie retten wollte. Mit einem schnellen Schritt trat er vor, packte sie und verschloss ihr mit der Hand den Mund.

»Thea, bleib ganz ruhig. Ich bin's, Philip.«

Sie zuckte zusammen, doch sie rührte sich nicht. Ahnte sie, was er gerade getan hatte? Oder hoffte sie auf ein weiteres Beisammensein?

»Hör mir zu«, flüsterte er. »Du musst hier verschwinden. Die Männer des Herzogs werden das Lager einnehmen, ich will nicht, dass du ihnen in die Hände fällst.«

Er hatte Widerstand erwartet, Schlagen, Kratzen, Beißen – wie auch immer sie sich ohne Waffen hätte wehren können. Aber sie blieb ruhig.

»Ich habe einen Beutel mit Gold dabei. Das ist alles, was ich dir geben kann. Nimm ihn, Thea, und dann verschwinde von hier, ehe der Tanz losgeht und ich dich nicht länger beschützen kann.«

Er löste den Beutel mit der Linken von seinem Gürtel und ließ ihn zu Boden fallen, während er ihr mit der Rechten noch immer den Mund verschloss. In diesem Moment rammte sie ihm den Ellbogen in den Magen. Sein Kettenhemd milderte den Stoß ab, aber er kam so unerwartet, dass er sie losließ.

»Du Schwein!«, schrie sie. »Du widerwärtiger Verräter! Dafür werde ich dich töten!« Sie griff nach einem Kerzenleuchter und wollte damit auf ihn losgehen, doch er packte sie sofort wieder.

»Hör auf, du schadest dir nur selbst! Ich will, dass du unbemerkt verschwinden kannst. Wenn du dich rächen willst, dann tu es. Aber nicht jetzt. Nimm das Geld und geh!«

Sie versuchte erneut, ihm ihre Ellbogen in den Leib zu rammen und ihn zu treten, doch ihren bloßen Füßen fehlte die Härte, ihn ernsthaft zu treffen.

»Ah, die Hure hat ihre Pflicht getan und soll ausgezahlt werden!«, schrie sie.

»Wenn es danach ginge, müsstest du wohl eher mich bezahlen.«

»Du Mistkerl!« Wieder versuchte sie, nach ihm zu treten.

»Hör auf, Thea. Du weißt, dass ich stärker bin. Ich will nicht, dass dir etwas geschieht. Nimm das Gold. Der Beutel enthält auch ein juwelenbesetztes Kreuz, das schickt dir deine Mutter. Du wirst immer Hilfe bei ihr finden. Wenn du mich wirklich töten willst, dann verschwinde und räche dich, wenn sich die Gelegenheit einmal ergibt. Heute bekommst du sie nicht, denn ich will, dass du lebst.«

Der Vorhang wurde abermals zur Seite gerissen. Barbarossa stand vor ihm, mit bloßem Oberkörper, das Gesicht noch verquollen von der letzten Nacht, aber das Schwert in seiner Hand war unübersehbar. Philip stieß Thea so heftig von sich, dass sie zu Boden fiel, dann zog er seine eigene Waffe.

»Verschwinde!«, rief Barbarossa seiner Tochter zu. Thea klaubte den Beutel mit den Goldstücken auf, dann rannte sie barfüßig und nur mit ihrem Hemd bekleidet aus der Tür hinaus.

»Ich habe es gewusst!«, schrie der Räuberhauptmann. »Du hast es die ganze Zeit darauf angelegt, uns zu verraten!«

Eisen schlug auf Eisen. Barbarossa mochte beinahe doppelt so alt sein wie Philip, aber die Jahre schienen ihm nichts auszumachen. Er überragte seinen Gegner um Haupteslänge, seine Schultern waren breiter als die der meisten Männer und seine Oberarme stark wie Baumstämme. Bei jedem einzelnen Schwerthieb taumelte Philip einen Schritt zurück, ganz gleich, wie geschickt er ihn parierte. Der Rotbart glühte vor Hass, trieb ihn vor sich her. Kein Wunder, dass dieser Mann seinen Lebensunterhalt früher mit Turnieren bestritten hatte. Dagegen war Ulf von Regenstein sanft wie eine blumenpflückende Jungfer.

Philip wich immer weiter zurück. *Denk an all die Grausamkeiten, die er schon begangen hat. Zahl es ihm heim. Denk an Lena. An ihren Vater. An ihre ganze Familie, die er abschlachten ließ.*

»Hast du wirklich geglaubt, ich wäre ein Halsabschneider wie du?«, rief er, während er der nächsten Attacke auswich. Irgendwann musste der rasende Hüne doch ermüden. »Du behauptest, Otto von Birkenfeld sei dein bester Freund gewesen. Das ist eine Lüge. Mein Vater hätte niemals einen Halunken wie dich Freund genannt.«

»Bist du also Ottos Bankert?« Ein weiterer Hieb, Funken sprühten. »Dummkopf, sie werden dich niemals als einen der Ihren aufnehmen. Aber wie auch immer, du stirbst sowieso!«

Philip stieß gegen die Tür. Eine schnelle Drehung, dann war er aus der Hütte. Er hatte kühle Morgenluft erwartet, doch um ihn herum gab es nur Rauch und Feuer. Überall hörte er Schreie, Weiber rannten kreischend davon, Schwerter schlugen aufeinander. Da traf ihn ein heftiger Schmerz an der Schulter, und um ein Haar hätte er die Waffe fallen gelassen. Für einen Moment nur war er unaufmerksam gewesen, und den hatte Barbarossa genutzt, seine Deckung zu durchdringen. Hätte Philip kein Kettenhemd getragen, hätte der Hieb ihm die rechte Schulter durchbohrt. Dennoch war er übel getroffen. Auch wenn kein Blut floss, so hatte er doch kein Gefühl mehr in den Fingern.

Barbarossa lachte. »Das hast du wohl nicht erwartet, Bürschchen, was? Otto war immer nur ein Meister mit der Lanze. Vom Schwert verstand er nichts.«

»Das werden wir ja sehen!«, schrie Philip und wechselte die Schwerthand. Saids Vater Harun war ein ausgezeichneter Fechter, konnte mit zwei krummen Säbeln gleichzeitig furchtbares Unheil anrichten. Er hatte Said und ihm alles beigebracht. Aber es war etwas anderes, in jeder Hand einen Säbel zu führen, als die starke Führhand zu wechseln.

»Das nutzt dir gar nichts!«, brüllte Barbarossa.

Philip fing den nächsten Hieb mit seinem schwächeren linken Arm ab, doch das brachte ihn fast aus dem Gleichgewicht.

Auf einmal geriet Barbarossa aus dem Tritt und schwankte. Johann von Hohnstein hatte dem Räuberhauptmann aus beachtlicher Entfernung einen Krug an den Kopf geworfen. Philip nutzte seinen kurzen Vorteil und durchbohrte die ungeschützte rechte Schulter seines Gegners mit beinahe demselben Hieb, den er selbst kurz zuvor hatte einstecken müssen.

Dann verpasste er ihm einen Tritt in den Unterleib. Barbarossa sank in die Knie, und Philip setzte ihm sein Schwert an die Kehle.

»Feiger Hund!«, schrie Barbarossa und presste stöhnend seine Linke auf die Wunde. Doch er leistete keinen Widerstand mehr gegen die Waffenknechte, die von allen Seiten auf ihn zustürzten und ihn in Fesseln legten. Johann von Hohnstein kam langsam näher. In der Hand hielt er einen zweiten Krug und grinste.

»Verzeiht, dass ich mich eingemischt habe, aber ich dachte, Ihr könntet ein bisschen Hilfe gebrauchen.«

»Ich danke Euch.«

»Ein guter Kampf.«

Jetzt kam auch Leopold hinzu.

»Wir haben fast alle erwischt. Nur ein paar Weiber sind entkommen.«

»Lass die Weiber, die sind zwar verworfen, aber nicht gefährlich. Werden sich wohl künftig wieder als Huren in den billigen Schenken herumtreiben«, antwortete Johann von Hohnstein gelassen. Philip atmete tief durch. Hohnstein kannte Thea nicht.

»Ihr habt Barbarossa lebend gefasst?« Leopold zog anerkennend die Brauen hoch. »Ihr seid ein Kämpfer, wie man selten einen trifft, Herr Philip.«

»Die Ehre gebührt wohl eher Herrn Johann«, antwortete Philip und rieb sich die taube Schulter. Das Gefühl kehrte nur langsam in die Finger zurück.

»Ach was, ich wollte nur nachsehen, ob noch etwas Bier da ist. Und dabei ist mir wohl ein Krug aus der Hand gefallen.« Er zwinkerte Philip zu.

Die Beute im Räuberlager war enttäuschend. Die Männer hatten mit Gold und Geschmeide gerechnet, aber alles, was sie fanden, waren Waffen, Pferde, Lebensmittelvorräte, Bier, Wein und einige wenige Kostbarkeiten wie Seidenstoffe und Rosenöl.

Die Waffenknechte durchwühlten das gesamte Lager, untersuchten sogar den Fußboden in Barbarossas Hütte auf Hohlräume. Vergebens. Es gab kein geheimes Goldversteck.

Die Sonne stand schon hoch am Himmel, als die letzten Gebäude des Räuberlagers in Flammen aufgingen und der große Palisadenwall geschleift wurde. Während Leopold befahl, die Gefangenen auf die erbeuteten Pferde zu binden, holten Johann und Philip ihre eigenen Tiere aus dem Versteck beim Felsen.

Es hätte ein Triumph sein können. Ein großer Sieg. Von nun an würden die Wälder wieder sicher sein. Dennoch blieb ein schaler Nachgeschmack. Er hatte Thea verraten. Was war schon ein Beutel Gold gegen den Verlust all dessen, was ihr vertraut war? Wohin sollte sie sich wenden? Schutzlos, ohne Waffen? Ob sie in der Holzfällerhütte Zuflucht gesucht hatte?

»Was ist mit Euch?«, fragte Johann, während er in den Sattel stieg. »Es scheint, als könntet Ihr Euch gar nicht an unserem Sieg erfreuen.«

»Wahrscheinlich ist nur mein Stolz angeschlagen, weil ich Barbarossa unterschätzt habe.« Wie gut er doch lügen konnte. Was scherte ihn schon sein Kampf gegen Barbarossa, wenn er daran dachte, dass er eine Frau verraten hatte, die ihm vertraut hatte?

»Ihr habt gut gekämpft. Ihr hättet auch ohne mein Eingreifen gesiegt, aber vielleicht hätten wir den Räuber dann nicht lebend gefasst.«

»Ihr seid ein guter Freund, Johann.«

Schon bevor sie den Treffpunkt erreichten, an dem Leopold und seine Männer ihre Pferde unter Eberhards Aufsicht zurückgelassen hatten, hörten sie lautes Geschrei.

»Holt mich herunter, verdammt!« Das war Eberhards Stimme.

Philip trieb sein Pferd an.

Eberhard hing gefesselt und splitterfasernackt kopfüber am breitesten Ast eines großen Baumes.

»Was ist denn hier passiert?« Johann von Hohnstein konnte sich kaum das Lachen verbeißen.

»Das war dieses rothaarige Weib!«, schrie Eberhard. »Sie sagte, sie sei von den Räubern verschleppt worden und Ihr hättet sie befreit, ich solle mich um sie kümmern, bis alles vorüber sei. Ich wollte ihr eine Decke geben, weil sie doch nur ein Hemd trug, und dann ... Verdammt, holt mich endlich herunter!«

»... und was dann?«, fragte Hohnstein ungerührt weiter.

»Ich will hier herunter!«

»Du hast nicht auf die Pferde aufgepasst. Du wirst uns jetzt erst Rede und Antwort stehen.« Hohnstein wusste genau, wie er mit dem verzogenen Bengel zu sprechen hatte.

»... sie hat mich einfach niedergeschlagen, und als ich wieder zu mir kam, hing ich hier, und sie trug meine Kleider und saß lachend auf dem Pferd meines Vaters.«

Philip grinste. Thea, du Teufelsweib. Wie hatte er sich jemals um sie Sorgen machen können?

»Nun, mir scheint, da fehlt nicht nur das Pferd deines Vaters. Das kannst du Herrn Leopold gleich noch einmal erzählen.«

»Holt mich hier herunter!«

»Du kannst von Glück reden, dass du noch lebst«, sagte Philip. »Herr Leopold soll ruhig sehen, wie gut du seinen Auftrag ausgeführt hast.«

»Vermutlich hat sie dich absichtlich in dieser Weise aufgehängt«, erklärte Johann mit todernster Miene. »Ich habe gehört, dass es manch heidnischen Zauber gibt, der jungen Männern für alle Zeiten die Manneskraft raubt. Wenn wir dich herunterholen, ohne uns sicher zu sein, könnte das schlimme Folgen haben.«

Eberhard wurde blass. »Was für Folgen?«

»Nun, manche dieser Zauber wirken erst, wenn jemand von den Banden befreit wird. Sagt, Herr Philip, Ihr habt doch schon einiges auf Euren Reisen darüber gehört, nicht wahr?«

Johann zwinkerte Philip zu.

»O ja, das habe ich«, ging Philip auf das Spiel ein. »Es erfordert einige Reinigungsrituale, um den bösen Zauber zu brechen. Lasst mich überlegen …«

»Ich will hier endlich herunter!«

»Na gut, dann schneiden wir dich los«, sagte Philip. »Bei der Umtriebigkeit der Regensteiner wird es nicht schaden, wenn wenigstens einer keine Nachkommen zeugen kann.«

Er zog seinen Dolch und schickte sich an, die Fesseln des Jungen zu durchtrennen.

»Halt, wartet!«, brüllte Eberhard. »Stimmt das mit dem Heidenfluch?«

»Glaubst du, ich lüge?« Johann von Hohnstein legte mit großer Geste die Hand aufs Herz. An ihm war ein Pferdehändler verloren gegangen.

Das Geräusch sich nähernder Schritte verhinderte, dass Eberhard antworten konnte.

»Was gibt es denn hier?« Leopold war zu ihnen getreten. Hinter ihm standen seine Männer, die ihre Pferde holen wollten. Irgendjemand brach in schallendes Gelächter aus, und plötzlich war der ganze Wald davon erfüllt. Eberhard wand sich in seinen Fesseln, das Gesicht glühend rot wie eine reife Erdbeere.

»Los, erzähl's schon!«, forderte Johann den Jungen auf. Stockend wiederholte Eberhard seine Schande und erwähnte auch den vermeintlichen Fluch auf seine Manneskraft. Leopold warf einen prüfenden Blick auf die Pferde.

»Meines fehlt auch!«, brüllte er. »Das ist schon das zweite Ross in zwei Tagen, das ich durch einen Regensteiner verliere.« Er zog sein Schwert und durchtrennte das Seil, an dem der junge Eberhard hing. Der fiel wie ein Sack zu Boden, nur dass Säcke für gewöhnlich nicht in lautes Geschrei ausbrechen.

»Halt, nicht!«, wimmerte Eberhard, als Leopold seine Fesseln löste. »Da ist doch der Fluch!«

»Fluch!« Leopold spie verächtlich aus. »Wird nicht schaden, wenn Dummköpfe wie du sich nicht weiter vermehren.«

»Oh, oh«, flüsterte Johann Philip zu. »Leopold ist wirklich wütend.«

Philip grinste.

Beim Nachzählen stellten sie fest, dass insgesamt sechs Pferde fehlten. Wer war noch mit Thea geflohen? Die Weiber, die man nicht weiter beachtet hatte? Oder auch Männer? Philip fiel auf, dass der schwarze Hinnerk nicht unter den Gefangenen war.

Leopold ließ seinen ganzen Zorn an Eberhard aus. Obwohl es in der Beute einige gute Kleidungsstücke gab, gestand Leopold dem Jungen nur einen einfachen Kittel zu und verdonnerte ihn dazu, dem Tross barfüßig zu folgen.

»Nehmt es gelassen, Junker Eberhard!«, rief Hohnstein ihm zu. »Ein Fußmarsch im Büßergewand ist durchaus geeignet, Euch von jedem Heidenfluch zu befreien.«

Kurz bevor der Tross mit den Gefangenen die Straße nach Halberstadt erreichte, sahen sie eine Rauchsäule. Philip zügelte seinen Rappen. Genau dort stand die Holzfällerhütte, in der er sich so oft mit Thea getroffen hatte.

»Gefahr?«, fragte Johann, der Philips Blick gefolgt war.

»Ich glaube nicht, aber ich sehe nach.« Und schon trieb er sein Pferd in die Richtung des Rauches. Johann folgte ihm.

Sein Verdacht bestätigte sich. Die Hütte war bis auf wenige verkohlte Balken völlig abgebrannt.

»Wer hat das getan?«, fragte Johann.

Philip antwortete nicht. Er hatte Theas Drohung verstanden.

19. Kapitel

»Sie sind zurück!« Tante Margarita stürmte in Mechthilds Kemenate, wo Lena gerade die Aussteuer der Fürstentochter bewunderte. »Siegreich! Und sie haben den rotbärtigen Teufel gefasst. Kommt mit, dann könnt ihr ihn im Hof sehen.«

Mechthild ließ ein besticktes Leinenhemd fallen und sprang zum Fenster. Lena fing das Hemd auf, bevor es zu Boden fiel, und legte es lächelnd über einen Stuhl. Wie schnell Mechthild doch alles ringsum vergaß, sobald sie Johann in ihrer Nähe wusste.

»Seht, da ist Johann!« Mechthild trat einen Schritt zur Seite, um Lena am Fenster Platz zu machen.

Johann ritt neben Philip. Die beiden Männer schienen sich angeregt zu unterhalten. Johann sagte etwas, Philip lachte. Nur Leopold schaute missmutig drein.

»Was reitet mein Bruder denn da für einen alten Gaul?« Mechthild beugte sich aus dem Fenster.

Leopolds Pferd kümmerte Lena wenig. Sie starrte auf die gefangenen Räuber, die gerade auf den Hof geführt wurden. Der rotbärtige Teufel war nicht zu übersehen, größer als die übrigen Männer, muskelbepackt und trotz der Fesseln noch immer furchterregend. Ein blutiger Verband versorgte notdürftig eine Schulterwunde.

Sie hatte immer geglaubt, tiefe Genugtuung zu empfinden, wenn sie den Mörder ihrer Familie endlich in Ketten gelegt sähe. Stattdessen wurde ihr übel. Martins Kopf lag wieder vor ihr auf dem Boden, sein Blut benetzte ihre Haut. Die Augen des Räubers. Ein Schmerz in ihrer Brust. Eine blutrote Seelenflamme. Augen, aus denen schon die Hölle loderte.

Ihre alte Narbe glühte. Es war nicht vorbei, noch längst nicht.

»Kind, was ist mit dir?«

Da merkte Lena, dass sie beinahe gestürzt wäre, wenn Tante Margarita sie nicht aufgefangen hätte.

»Ich muss hinunter«, sagte sie. »Ich muss ihm in die Augen sehen.«

»Wem?«

»Dem rotbärtigen Mörder.«

Sie befreite sich aus der Umarmung ihrer Tante, rannte zur Tür und hastete die Stiegen hinunter.

Die Reiter waren gerade abgestiegen, als Lena den Hof betrat. Ihr erster Blick galt Philip, nur um sich gleich darauf dem gefangenen Räuberhauptmann zuzuwenden, der von zwei Waffenknechten vom Pferd gezerrt wurde.

Sie fühlte kaum Philips Hand auf ihrer Schulter, als sie dem Rotbart entgegentrat. Die Niederlage hatte ihn nicht gebrochen. Herausfordernd erwiderte er ihren Blick, und die Flamme in seinen Augen loderte so blutrot, wie sie ihr im Gedächtnis geblieben war.

»Ich erinnere mich an dich«, sagte er. »Du warst die Braut von diesem Hohlkopf. Ich hätte dich damals mitnehmen sollen. Wir hätten viel Freude miteinander gehabt.« Er lachte dreckig.

»Noch ein Wort, und ich ziehe dir die Haut vom Leib!« Philip stellte sich schützend vor Lena.

»Oh, hast dich inzwischen für sie entschieden? Und hast du ihr auch erzählt, dass du meine Tochter davor häufiger bestiegen hast als ein Hengst eine rossige Stute?«

Lena sah, wie Philips Rechte zum Schwert glitt. Sofort legte sie ihre Hand über die seine.

»Ja, ich weiß es«, sagte sie und wunderte sich, wie ruhig sie blieb. »Im Übrigen ist es mir ganz recht, denn so weiß ich, dass mein Bräutigam nicht an demselben Makel leidet wie Euer hochwohlgeborener Auftraggeber.«

Das überhebliche Grinsen verschwand aus Barbarossas Miene. Endlich verspürte Lena den Triumph, auf den sie so lange gewartet hatte. Barbarossa stand nicht nur in Fesseln vor ihr, nein, er hatte jede Macht verloren, traf sie nicht einmal mehr mit seinen vergifteten Worten.

»Schafft ihn weg!«, befahl Philip. »Wir befassen uns später näher mit ihm.«

Noch während die Räuber ins Burgverlies gebracht wurden, hatten sich zahlreiche Menschen um den siegreichen Trupp versammelt. Eine junge Magd ließ ihren Wäschekorb fallen und rannte einem der Waffenknechte entgegen, der sie auffing und durch die Luft wirbelte. Auch Mechthild wäre Johann offenbar am liebsten um den Hals gefallen, besann sich aber noch rechtzeitig ihrer Würde als Tochter des Herzogs.

Alle lachten, nur Philip war auf einmal sonderbar still.

»Was ist mit dir?«, fragte Lena leise. »Du grämst dich doch nicht etwa über die Worte des Räubers?«

Er zog sie sanft in die Arme. »Wohl kaum, wenn ich eine Frau wie dich an der Seite habe, die mich besser verteidigt, als ich es jemals könnte.«

»Dann hast du an seine Tochter gedacht.«

Er nickte. Ein winziger Stachel bohrte sich in Lenas Herz.

»Nicht so, wie du denkst«, sagte er sofort. Lagen ihre Gefühle so offen zutage?

»Lena, seit ich dir mein Herz geschenkt habe, gibt es keine anderen Frauen mehr in meinem Leben. Und es wird auch nie mehr welche geben. Ich dachte nur daran, dass ich Thea verraten habe.«

»Du musstest es tun.«

»Ja.« Seine Stimme war leise geworden. »Aber das macht es nicht viel besser. Sie hat mir vertraut, mich auf ihre Art vielleicht sogar geliebt. Ich habe die Männer des Herzogs in ihr Heim geführt. Und dann versucht, mich von meiner Schuld loszukaufen, indem ich ihr einen Beutel mit Gold gab und sie zur Flucht aufforderte.«

»Du hast getan, was du konntest. Du bist ihr nichts schuldig.«

»Nein, das bin ich nicht. Trotzdem komme ich mir erbärmlich vor.« Philip atmete tief durch.

Lena schwieg. Wie gern hätte sie die rechten Worte gefunden, ihm seine unangebrachten Schuldgefühle zu nehmen.

»Kommt, Herr Philip, mein Vater verlangt nach uns.« Der junge Leopold war zu ihnen getreten. Philip ließ Lena los und wollte dem Fürstensohn folgen, doch der wies mit einer Handbewegung auf Lena. »Frau Helena, er möchte auch Euch sehen.«

»Mich? Warum?«

»Das werdet Ihr gleich erfahren.«

Fürst Leopold erwartete sie im Rittersaal.

Lena fühlte sich seltsam fehl am Platze, als einzige Frau zwischen all den Rittern, die noch immer ihre Kettenhemden trugen und deren Waffenröcke zum Teil mit Blut besudelt waren. Warum wollte der Fürst, dass sie der Besprechung beiwohnte? Mechthild war doch auch nicht anwesend.

Sie war froh, zwischen Johann und Philip Platz nehmen und sich so ein wenig verstecken zu können.

»Ich bin stolz auf Euch, Ihr Herren«, begann Fürst Leopold. »Gemeinsam habt Ihr das Lager der Räuber vernichtet, ohne einen einzigen Mann zu verlieren. Die Straßen werden von nun an wieder sicher sein.«

Dann wandte der Fürst sich an Philip.

»Es ist gut, dass Ihr Barbarossa lebend gefasst habt, denn während Ihr fort wart, erhielt ich Nachricht, dass Graf Dietmar von Birkenfeld beim Bischof Klage gegen Euch erhoben hat, Herr Philip.«

Johann fuhr überrascht herum, und auch die anderen Männer starrten Philip an. Lena griff unter dem Tisch nach seiner Hand.

»Er hat Klage gegen mich erhoben? Weswegen?«

»Nichts von ernst zu nehmender Bedeutung.« Fürst Leopold lächelte. »Graf Dietmar beschuldigt Euch und den Ungläubigen Said al-Musawar des Frauenraubs. Ihr hättet Frau Helena entführt und würdet mit den Räubern paktieren.«

»Das ist Unsinn!«, rief Lena. »Ich folgte ihm freiwillig. Ihr kennt die Gründe.«

»Ja, ich kenne sie. Und der Bischof kennt sie ebenso. Herr Philip hat bewiesen, dass er ein rechtschaffener Mann ist. Ganz im Gegensatz zu Graf Dietmar von Birkenfeld.«

»Was ist mit dem Grafen?«, fragte Johann von Hohnstein.

Fürst Leopold nickte Philip auffordernd zu. »Nun, Herr Philip, wäre jetzt nicht der rechte Zeitpunkt gekommen, dass Ihr selbst Klage gegen den Grafen erhebt? Ich werde ihn nach Halberstadt beordern, damit er sich zu Euren Vorwürfen äußert.«

»Glaubt Ihr wirklich, er wird kommen?«, fragte Philip. »Nachdem er inzwischen gewiss erfahren hat, dass wir das Räuberlager vernichtet haben?«

»Was hat der Graf denn eigentlich getrieben?« Johann klopfte ungeduldig mit den Fingern auf den Tisch.

»Erzählt es uns, Herr Philip!«, verlangte der Herzog erneut.

Lena sah, wie Philip tief Luft holte. Dann berichtete er vor der versammelten Schar, was ihm alles über Graf Dietmar und dessen Bündnis mit den Räubern bekannt geworden war. Er erzählte auch von den Mordplänen, die der Graf gegen Lena ausgeheckt hatte, von Dietmars Anteil am Überfall auf ihren Hochzeitszug, den Eisenerzdiebstählen und den vielen anderen Gräueltaten. Nur eines verschwieg er. Dass Barbarossa eine Tochter hatte.

»Ihr habt es gehört, meine Herren«, sagte Fürst Leopold, nachdem Philip geendet hatte. »Graf Dietmar von Birkenfeld hat sich zahlreicher Verbrechen schuldig gemacht. Er soll sich hier vor uns allen verantworten. Ich habe schon dem Bischof eine Nachricht geschickt, damit er den Grafen nach Halberstadt bestellt, um seine Klage gegen Herrn Philip noch einmal vorzutragen. Dort soll er dann erfahren, was wir ihm vorwerfen.«

»Der Fürst ist ein Fuchs«, flüsterte Johann Lena zu. »Damit wird der Graf kaum rechnen.«

Philip hatte Johanns Worte gehört.

»Unterschätzt ihn nicht. Ich gehe jede Wette ein, dass er nicht kommen wird.«

»Er kann es sich nicht erlauben, dem Ruf des Lehnsherrn

nicht zu folgen«, widersprach Johann. »Burg Birkenfeld ist nicht so gut befestigt wie Regenstein. Einer ernsthaften Belagerung hätte er nichts entgegenzusetzen.«

»Ich an seiner Stelle nähme das billigend in Kauf, statt freiwillig zur Schlachtbank zu ziehen«, erwiderte Philip.

»Aber wenn er immer noch glaubt, Euch die ganze Angelegenheit in die Schuhe schieben zu können?«

»Er weiß, dass wir Barbarossa gefasst haben. Und welchen Grund sollte der Räuber haben, Dietmar zu schützen?«

»Vielleicht den, Euch zu schaden?«, warf Johann ein.

»Herr Johann, wenn Ihr etwas zu sagen habt, so sprecht bitte laut, damit wir alle daran teilhaben können.«

»Mein Fürst, wir erörterten gerade, welche Möglichkeiten Graf Dietmar bleiben. Ob er tatsächlich kommt oder sich auf Burg Birkenfeld verschanzen wird.«

»Er wird es nicht wagen, sich meinem Befehl zu widersetzen. Birkenfeld würde keiner Belagerung standhalten.«

»Das ist auch meine Meinung, aber Herr Philip sieht es anders.«

»So ist es«, antwortete Philip. »Graf Dietmar hat eine bemerkenswerte Schlauheit an den Tag gelegt, als er sich mit den Halsabschneidern einließ und die Lehnsabgaben immer nach der Übergabe rauben ließ. Glaubt Ihr wirklich, ein solcher Mann sei so arglos, sich aus seiner Deckung zu wagen, mein Fürst? Um Zeit zu schinden, wird er versuchen, eine glaubhafte Ausrede für sein Fernbleiben zu finden.«

»Nun, warten wir es ab.« Der Fürst wählte die gleichen Worte wie während des Turniers, als er mit Ulrich von Regenstein auf Ulfs Niederlage gewettet hatte, und lehnte sich zurück.

»Was wird mit Barbarossa geschehen?«, fragte Lena, als sie an Philips und Johanns Seite den Rittersaal verließ. »Ist es wichtig, dass er gegen Graf Dietmar aussagt?«

»Das würde Herrn Philips Beweisführung erheblich unterstützen«, antwortete Johann.

»Und wenn der Räuber schweigt?«

»Warum sollte er das tun?«, fragte Johann zurück. »Er hat nichts davon, den Grafen zu schützen. Es sei denn, er will dem Eisenmeister die Möglichkeit geben, einige Werkzeuge an ihm zu erproben. Das könnte den alten Schurken doch noch zum Reden bringen, bevor die Axt spricht.«

»Sein Hass wird ihn schweigen lassen«, sagte Philip. »Ganz gleich, was man ihm antut.«

»Oh, da kennt Ihr unseren Meister Hans aber schlecht.« Johann verzog das Gesicht. »Ich würde vermutlich schon reden, wenn er mir nur sein Handwerkszeug zeigt.«

»Wie kommt es nur, dass ich Euch das nicht glaube, Herr Johann?« Philip grinste, und Lena erkannte, wie sehr er den Hohnsteiner inzwischen schätzte.

»Wird man den Räuberhauptmann wirklich foltern?«, fragte sie.

»Wenn er nicht aussagt, gewiss«, beantwortete Johann ihre Frage. »Und nach allem, was er auf sein Haupt geladen hat, hoffen wohl die meisten auf sein Schweigen und eine anschließende hochnotpeinliche Befragung.«

Lena fröstelte. Dieser Mann hatte ihr alles genommen, ihre Familie vor ihren Augen abgeschlachtet und sie selbst beinahe getötet. Sie wünschte sich, Rache zu üben und ihm alles zurückzuzahlen, ihn winseln und schreien zu hören. Doch insgeheim wusste sie, dass ihr dies keine echte Genugtuung verschaffen würde. Im Gegenteil – sollte der Räuber stark genug sein, alle Qualen höhnisch lachend zu erdulden, wäre sie erneut gedemütigt.

Als Said den Hof betrat, um Philip zu begrüßen, zog Lena sich zurück. Sie schätzte Saids unaufdringliche Art, sich stets im Hintergrund zu halten, wenn Philip und sie zusammenstanden. Daher gönnte sie ihm nun das ungestörte Wiedersehen mit seinem Freund von ganzem Herzen. Tante Margarita würde ohnedies schon begierig auf die Neuigkeiten warten.

Die Nonne saß an dem kleinen Tisch und las einen Brief, als Lena die Stube betrat. Beim Klappern der Tür fuhr Margarita herum und faltete das Schriftstück rasch zusammen.

»Lena, ich habe dich nicht so früh erwartet. Findest du es passend, deinen Bräutigam so bald nach seiner Rückkehr schon wieder allein zu lassen?«

»Ich dachte, du freust dich über Neuigkeiten. Aber wie mir scheint, hast du eine Nachricht erhalten, die du mit niemandem teilen willst.« Lena wies auf das Pergament.

»Ach das …« Margarita schaute betreten zu Boden.

»Wer hat dir geschrieben, Tante?«

Margarita holte tief Atem, schien eine Weile zu überlegen und reichte Lena dann den Brief.

Er kam von Mutter Clara. Sie hatte wie vereinbart nach Ludovika geschickt, doch der Graf hatte antworten lassen, Schwester Ludovika erbitte sich noch etwas Zeit auf Burg Birkenfeld, da sie sich nach Lenas schändlicher Entführung durch den ruchlosen Ägypter der kranken Gräfin angenommen habe.

»Mutter Clara befürchtet, er könne Ludovika als Geisel behalten«, erklärte Margarita, noch ehe Lena den Brief ganz gelesen hatte. »Ich kann mir aber auch vorstellen, dass es tatsächlich Ludovikas Wunsch war, länger bei der Gräfin zu verweilen und gemeinsam mit dem Grafen über die schändliche Tat des Ägypters zu lamentieren.«

»Du glaubst, Ludovika verweigert einen unmissverständlichen Befehl der Mutter Oberin?«, fragte Lena.

»Sie hat ihn ja nicht verweigert, sondern nur eine Bitte ausgesprochen«, antwortete Tante Margarita. »Sie hat keinerlei Kenntnis über die wirklichen Geschehnisse, und die Mutter Oberin kann sie nicht darüber aufklären, ohne sie in Gefahr zu bringen und Graf Dietmar zu früh in Kenntnis zu setzen.«

»Graf Dietmar hat Klage gegen Philip beim Bischof erhoben«, sagte Lena.

»Hat der Fürst dich deshalb mit in den Rittersaal gerufen? Mechthild hat es mir erzählt.«

Lena nickte.

»Kind, das war zu erwarten. Dietmar hätte niemals bei Leopold Klage erhoben, sondern sich immer an den Bischof gewandt. Deshalb wollte die Mutter Oberin, dass ich euch zuerst nach Halberstadt bringe.«

»Aber warum ausgerechnet an den Bischof?«

»Ist das nicht verständlich? Philip hatte ein Empfehlungsschreiben von Fürst Leopold dabei. Er ist ein Fremder. Wenn er Hilfe sucht, dann beim Lehnsherrn, kaum beim Bischof. Weißt du nichts von den Zwistigkeiten zwischen dem Herzog und dem Bischof?«

Lena schüttelte den Kopf. Sie hatte sich nie um die Ränke der hohen Politik gekümmert.

»Das Bistum Halberstadt pocht schon seit Langem auf die Lehnshoheit Halberstadts. Es gab in der Vergangenheit etliche Zwistigkeiten. Friedrich von Kirchberg ist ein friedliebender Mann und Fürst Leopold ein zurückhaltender Taktiker. Sie halten den Frieden, auch wenn der Konflikt im Untergrund brodelt. Ganz anders als Leopolds Vater und der frühere Bischof von Halberstadt, die sich manch schwere Auseinandersetzung geliefert haben. Wäre Dietmars Plan aufgegangen, hätte das unabsehbare Folgen gehabt, und die Aufmerksamkeit hätte nicht mehr Graf Dietmar und seinen Taten gegolten, sondern nur noch den Unstimmigkeiten zwischen Bischof und Fürst.«

»Aber inzwischen weiß der Bischof, dass Philip kein Unrecht begangen hat.«

»Ja, und deshalb wird Dietmars Klage ins Leere laufen. Hat der Fürst Philip ermuntert, Gegenklage zu erheben?«

»Das hat er.«

»Dann lass uns beten, dass Dietmar in gutem Glauben erscheinen wird, denn sonst müssen wir für Ludovika das Schlimmste befürchten.« Margarita bekreuzigte sich. Lena fröstelte. Würde der Graf Schwester Ludovika tatsächlich als Geisel missbrauchen? Und wäre das dann nicht ihre Schuld? Hätte sie wirklich ohne Ludovika fliehen dürfen?

Am folgenden Morgen fühlte Lena sich wie zerschlagen. Grässliche Träume von Mord und Folter hatten sie heimgesucht. Zuerst Barbarossa, aber der hatte sich dann in Ludovika verwandelt, die in Todesqualen schrie.

Es ging ihr erst besser, als sie nach der Morgenandacht Philip sah. Er lächelte sie liebevoll an, keine Spur von Sorge lag in seiner Miene. Dachte er nicht mehr an die junge Nonne, die sie auf Burg Birkenfeld zurückgelassen hatten?

Sie sprach ihn darauf an und berichtete ihm zugleich, was Tante Margarita ihr tags zuvor erzählt hatte.

»Er wird ihr nichts antun«, antwortete Philip gelassen. »Sie ist seine wichtigste Zeugin, keine Geisel. Wenn deine Tante recht hat, sucht Dietmar die Hilfe der Kirche. Wer könnte ihm da besser zur Seite stehen als eine fromme Jungfrau?«

»Und wenn er erfahrt, was tatsächlich geschehen ist? Dass niemand ihm glauben wird?«

Bevor Philip antworten konnte, kam der junge Leopold auf sie zu.

»Guten Morgen, Herr Leopold«, begrüßte Philip den Sohn des Fürsten. »Ihr seht aus, als wärt Ihr in Eile.«

»Guten Morgen. Ja, das bin ich. Meister Hans hat sich des Rotbarts angenommen, der verstockt ist wie kaum ein anderer. Wisst Ihr, was geschah, als man ihm die Werkzeuge zeigte, die eigentlich jeden Christenmenschen das Grausen lehren sollten?«

»Ihr werdet es mir gewiss gleich sagen.«

»Er lachte nur und fragte Meister Hans, ob er ihm die Dinger verkaufen wolle, so wie er sie anpreise. Zum Angstmachen gehöre mehr.«

»Er wird nicht reden, was immer man mit ihm anstellen mag«, sagte Philip. »Das ist sein letzter Triumph, den wird er sich nicht nehmen lassen.«

»Es sei denn, wir nehmen ihm den Triumph«, entgegnete Lena und wunderte sich über sich selbst. Woher nahm sie den Mut, sich in dieses Gespräch einzumischen? In dem es um Angelegenheiten ging, mit denen sie nichts zu tun haben wollte?

Beide Männer sahen sie überrascht an.

»Und wie?«, fragte Leopold.

»Darf ich den Räuber sehen?«

»Das ist kein Ort für eine Frau«, wehrte Philip ab.

»Das mag sein, aber wenn er aussagen soll, dann lass mich mit ihm sprechen.«

»Glaubst du wirklich, du kannst ihn mit deiner Freundlichkeit erweichen?«

»Wer sagt denn, dass ich freundlich sein werde?«

»Wenn Ihr es wirklich wünscht, Frau Helena, dann bringe ich Euch zu ihm.«

»Ich danke Euch, Herr Leopold.«

Philip runzelte die Stirn. Lena wich seinem Blick aus.

Der Fürstensohn ging voran, Lena folgte ihm. Philip blieb an ihrer Seite. Trotz seiner Missbilligung reichte er ihr seinen Arm. Dankbar nahm sie die Geste an, mit der er sie seines Schutzes und seiner Unterstützung versicherte.

Nie zuvor hatte Lena ein Verlies betreten, nie den gedämpften Schein der rußigen Talglichter gesehen, den Gestank aus Moder, verfaultem Stroh und Angst gerochen. Dennoch blieb ihr Schritt fest, als sie an Philips Seite die steinernen Stufen hinabschritt. Für wie viele Menschen mochten es Treppen in die Verzweiflung gewesen sein? Was mochte Barbarossa gedacht haben, als man ihn hier hinunterführte? Schützte seine heiße Wut ihn vor der Angst?

Der Geruch brennender Holzscheite mischte sich in den Moder, je tiefer sie nach unten stiegen. Ob Meister Hans schon begonnen hatte? Bei dem Gedanken daran zogen sich ihre Eingeweide schmerzhaft zusammen. Vielleicht hätte sie doch auf Philip hören sollen.

Es hatte noch nicht begonnen, jedenfalls nicht mit aller Härte. Barbarossa war mit dem Rücken zur Wand angekettet, die Arme hoch über dem Kopf. Allein diese Art der Fesselung musste schmerzhaft sein, noch dazu mit seiner Schulterwunde. Der alte

Räuber ließ sich jedoch nichts anmerken. Im Gegenteil, er lachte, als sie eintraten.

»Oho, hoher Besuch! Willst deinem Liebchen zeigen, was aus dem Mann wird, der beinahe dein Schwiegervater geworden wäre?«

Philip schwieg, doch Lena spürte, wie sich die Muskeln seines Arms unter ihrer Hand anspannten.

»Nein, das will er nicht.« Lena ließ Philip los und trat so nahe vor den Räuber, dass sie seinen Schweiß roch.

»Also wolltest *du* es?« Er grinste sie höhnisch an. »Hast wohl Sehnsucht gehabt, was? Hast dich die ganze Zeit gefragt, wie es gewesen wäre, wenn ich dich damals mitgenommen hätte.«

Sie hielt seinem Blick stand. In ihren Albträumen hatte sie dieses Gesicht immer wieder gesehen. Die blutrote Seelenflamme, aus der schon die Hölle zu leuchten schien. Ein Mann bar jeder Menschlichkeit.

»Hat dich geil gemacht, wie?« Er lachte. »Ich hab gesehen, wie deine Brustwarzen sich an den blutigen Stoff schmiegten. Du hättest es gern gehabt, wenn ich dich genommen hätte, nicht wahr?«

Noch ehe Lena antworten konnte, war Philip an ihrer Seite und schlug dem Mörder mit aller Kraft ins Gesicht.

»Komm, Lena, das musst du dir nicht länger anhören!« Er griff nach ihrer Hand.

Barbarossa lachte trotz des harten Schlags.

»Bitte, Philip, tritt ein Stück zurück. Ich will mit ihm allein sprechen.«

»Mit diesem Abschaum? Wozu? Damit er dich weiter beleidigt?«

In Philips Augen sah sie all den Schmerz, den sie selbst empfunden hatte. Barbarossa war der Mörder ihres Bräutigams. Der Mörder ihres Vaters. Ihrer ganzen Familie.

»Bitte, Philip.«

Er zögerte kurz, dann nickte er und gesellte sich zu Leopold und Meister Hans in den Hintergrund.

»Was für ein gehorsamer, braver Ritter. Na, und liegt er auch vor dir auf den Knien und betet dich an? So wie es nur Schwächlinge tun?« Barbarossas Augen funkelten bösartig.

»Ich wollte Euch noch einmal sehen, Theodrich von Limbach«, sagte sie, ohne auf seine Bemerkung einzugehen.

Zum ersten Mal schwieg er. Berührte es ihn, dass sie seinen wahren Namen kannte?

»Ja, jetzt könnt Ihr Euch nicht mehr hinter dem Namen Barbarossa verstecken«, fuhr sie fort. »Der Mörder Barbarossa ist schon tot. Gestorben, als seine Bande ausgeräuchert wurde. Ich wollte mir Theodrich von Limbach ansehen.«

Sie sah ihm unverwandt in die Augen. Hielt der blutroten Seelenflamme stand, die Wutfunken sprühte.

»Ich kenne Euch besser, als Ihr ahnt, Herr Theodrich.«

Seine Hände ballten sich zu Fäusten, doch er sagte weiterhin kein Wort.

Lena trat noch weiter vor.

»Viel besser, als Ihr denkt«, flüsterte sie so leise, dass nur er es hören konnte. »Ich weiß von dem jungen Ritter, der seine Liebe Clara von Askanien schenkte. Der alles gegeben hätte, um sie als sein Weib heimzuführen. Der ihr Gedichte schreiben ließ und ihre Schönheit besang. Erinnert Ihr Euch auch, Herr Theodrich?«

»Schweig!«, brüllte er.

»Ich soll schweigen? Aber warum denn? Soll das Beste an Euch verloren gehen? Oder war es nur eine sentimentale Schwäche? So wie in jener Nacht, als Ihr zu ihr ins Kloster kamt, um sie zu holen?«

»Halt's Maul!« Er riss an den Ketten. Sofort war Philip neben ihr, doch Lena schob ihn zurück.

»Lass, das geht nur uns beide an.«

Irgendetwas war in ihrem Blick, das Philip zurückweichen ließ. War es dasselbe, was Barbarossa sah?

»Ich werde nicht schweigen«, flüsterte sie dem Räuber zu. »Du sollst es immer und immer wieder hören. Weißt du noch, wie es war, als du vor ihr auf die Knie fielst und sie anflehtest, mit dir zu kommen? Erst den Saum ihres Habits küsstest, weil du ihr niemals anders als ehrfürchtig entgegentreten konntest? Und schließlich ihre Füße, doch sie blieb hart und schickte dich fort. Ließ sich nicht einmal mit dem Gedanken an euer gemeinsames Kind erweichen, dem du so viel mehr Zuneigung schenktest, als es die eigene Mutter tat.«

Ein unmenschlicher Schrei drang aus Barbarossas Kehle. Wie ein wildes Tier riss er an den Ketten, und da wusste Lena, dass sie gewonnen hatte.

»Du redest vor Herrn Philip über Thea, doch in Wahrheit bist du ihm dankbar, dass er von ihr schweigt, nicht wahr? Denn so ist wenigstens *sie* entkommen.«

»Du bist die Schlange, die Eva verführte!«, zischte er.

»Nein, ich bin nur diejenige, die die Wahrheit sagt. Du selbst warst der Schwächling, der vor einem Weib auf den Knien lag. Glaubst du, die Menschen werden noch Angst vor dir haben? Wenn sie erfahren, wer du wirklich bist? Wer Theodrich von Limbach wirklich war? Nicht der starke Ritter, der jeden im Turnier werfen konnte. Nicht der Mann, der Rache schwor und sich dem Satan verschrieb. Nicht das blutrünstige Ungeheuer, das alle Menschen fürchten. Sondern nur ein armer, schwacher Mann, der liebte. Ein gefühlvoller Ritter, der alles für eine Frau opferte, ihr zu Füßen lag und doch verstoßen wurde. Weil sie das Kloster dem Leben vorzog, das er ihr bieten konnte.«

Barbarossas Augen sprühten noch immer Wutfunken. »Halt endlich dein Maul!«

»Glaubst du wirklich, du könntest mir das Reden verbieten? Jetzt musst du dich meinen Worten stellen, du hast kein Schwert, nur deinen Mund, um mir entgegenzutreten. Warum hast du Clara nicht ergriffen und fortgeführt? Weil du es nicht konntest. Weil du sie zu sehr geliebt hast, um ihr wehzutun.«

»Du dreckiges Miststück! Ich bring dich um!«

Sofort war Philip wieder an ihrer Seite, doch ebenso sanft wie zuvor schob sie ihn zurück.

»Lass uns, Philip. Wir sind alte Bekannte und teilen viele Erinnerungen.«

Philip trat zurück. Die blutrote Flamme in Barbarossas Augen war nur noch ein schwaches Glimmen. Lena lächelte. All die Bilder, die er niemals mehr ansehen wollte, hatte sie ihm wieder vor Augen geführt. All die Erinnerungen an Clara. Gewiss, Lena hatte der Mutter Oberin geschworen, nicht darüber zu sprechen, doch in diesem Fall hätte die Äbtissin ihr Handeln gewiss gutgeheißen.

»Wenn ich es recht bedenke, bist du bemitleidenswerter als alle deine Opfer. Ich verzeihe dir, Theodrich von Limbach.«

»Glaubst du, ich will deine Vergebung?« Er spie es heraus.

»Das ist mir gleich. Du bekommst sie. Und ich werde Mutter Clara bitten, dass Messen für dein Seelenheil gelesen werden. Die Menschen sollen erfahren, dass du im Innersten deiner Seele nur ein armer, schwacher Sünder warst. Sie sollen dir ihr Mitleid schenken und für deine baldige Läuterung durch das Fegefeuer beten. Immerhin hast du mich selbst um Vergebung gebeten.«

Er brüllte und riss an den Ketten. »Um gar nichts habe ich dich gebeten, du Dreckstück!«

»Wie dem auch sei – das ist nicht länger wichtig. Wenn Meister Hans mit dir fertig ist, wirst du ohnehin nicht mehr viel sagen können. Die Menschen freuen sich schon, dich leiden zu sehen und dich geschunden und gefoltert zum Richtplatz zu begleiten. Aber ich lasse Messen für dein Seelenheil lesen und erzähle, wie du mich in der letzten Stunde angefleht hast, dir zu vergeben. Ist das nicht ein schöner Gedanke?«

»Ich bring dich um!«, schrie er. Doch seiner Drohung fehlte inzwischen jede Kraft. Seine Seelenflamme war fast verloschen, und alles, was sie sah, war nur noch ein letztes Aufbäumen.

»Das hast du schon einmal vergeblich versucht, als du die Möglichkeit dazu hattest.«

Er schrie und riss an den Ketten. Lena spürte förmlich, wie Philip sich im Hintergrund zwingen musste, nicht wieder dazwischenzugehen.

»Aber weißt du, Theodrich«, fuhr sie fort, »ich könnte auch schweigen. Und du gestehst ganz einfach, wer dich gedungen hat. Dein Tod ist gewiss, aber wenigstens dein Mythos würde überleben. Und Thea. Als letzte Hinterbliebene deines Blutes.«

Plötzlich straffte er sich, starrte sie von oben herab an, als hätte er den wahren Kampf gerade erst aufgenommen.

»Ich werde sterben, was du über mich erzählst, ist mir gleichgültig.«

»Dann schweigst du eben«, antwortete Lena und wunderte sich, wie ruhig sie blieb. »Vielleicht ist es besser so, denn damit raube ich dir nicht das letzte bisschen Menschlichkeit. Du musst einmal ein guter Mensch gewesen sein, sonst hätte Mutter Clara dir nie ihr Herz geschenkt.«

In seinen Augen flackerte es. Alle anderen Schläge, die sie ihm versetzt hatte, hatten ihn nicht so schwer getroffen wie diese eine Bemerkung. Auf einmal kam sie sich schäbig vor für ihren Versuch, ihm zu drohen, ihn ebenso zu erpressen, wie er es als Räuber stets getan hatte. Sie atmete tief durch, dann senkte sie den Blick. »Ich vergebe dir, Theodrich von Limbach. Vergiss meine lächerlichen Drohungen, ich werde nichts dergleichen tun, ganz gleich, wie du dich entscheidest. Geh so in den Tod, wie du es für richtig hältst. Ich nehme dir nicht die letzte Würde.«

Sie wandte sich um und wollte auf Philip zugehen. Da hörte sie Barbarossas Stimme. »Warte!«

Sie hielt in der Bewegung inne.

»Es war Dietmar von Birkenfeld, der uns gedungen hat«, sagte er so laut, dass es alle Anwesenden hörten. »Und er hatte weniger Ehre im Leib als der geringste meiner Männer. Lasst einen Schreiber kommen, dann werde ich aussagen, welche Freveltaten er auf sein Haupt geladen hat.«

Lena sah den Räuber erstaunt an.

»Es gibt nur wenige Frauen, die wie Diamanten sind. Strahlend und hart zugleich«, sagte er. Der blutrote Schein in seinen Augen war verschwunden. »Clara ist eine solche Frau.

Genau wie du.« Dann warf er Philip einen gnadenlosen Blick zu. »Du!«, brüllte er. »Denk daran, du bist Thea noch etwas schuldig.«

»Ich weiß«, antwortete Philip leise. »Sie ist auch ein Diamant.«

20. Kapitel

Zu schade, dass er nur einen Kopf hat. Er hätte es verdient, hundert Tode zu sterben. Für jeden, den er umgebracht hat, einen.« Mit einem lauten Seufzer ließ Schwester Margarita sich auf der schlichten Tribüne nieder, die man für den Adel an der Richtstätte aufgestellt hatte.

Lena wurde bei den Worten ihrer Tante blass. Am liebsten hätte Philip sie tröstend in die Arme genommen, aber das schickte sich nicht. Nicht hier, wo die Blicke aller auf sie gerichtet waren. Neben ihnen saßen Johann und Mechthild. Die Fürstentochter schien die bevorstehende Hinrichtung mit der gleichen gespannten Anteilnahme zu verfolgen wie wenige Tage zuvor das Turnier.

»Du musst dir das nicht ansehen«, flüsterte Philip Lena zu.

»Doch«, sagte sie. »Ich muss.«

»Wir könnten einfach aufstehen und gehen. Ich …«

»Nein, Philip.« Sie ergriff seine Hand. »Hier geht es zu Ende, und ich muss dabei sein.«

»Ich bin so aufgeregt!«, rief Mechthild. »Dies ist meine erste Hinrichtung mit dem Beil. Wird es grauenvoll sein, Johann?«

»Nein, der Henker versteht sein Geschäft. Ein schneller Schlag, dann ist alles vorbei. Nicht schlimmer als beim Schlachtfest.«

Lena atmete tief durch und umfasste Philips Hand noch fester. Er kämpfte gegen das Bedürfnis an, einfach aufzustehen und mit ihr fortzugehen, fort von diesem Ort, wo sie nur wieder Tod und Schrecken erleben musste. Doch zugleich wusste er, dass Lena ihm das nie verziehen hätte. Warum wollte sie unbedingt der Hinrichtung beiwohnen? Ging es ihr nur darum, sich den Geistern der Vergangenheit zu stellen, oder fürchtete sie, vor Mechthild das Gesicht zu verlieren? Die Fürstentochter jedenfalls schien dem bevorstehenden grausigen Ereignis mit Fassung entgegenzusehen. Es kam Philip sogar so vor, als suche sie nur einen Vorwand, sich schutzsuchend an ihren Verlobten zu schmiegen.

Der Platz um die Richtstätte füllte sich schnell. Zu Hunderten waren die Menschen herbeigeeilt, um Barbarossas Tod beizuwohnen. Die Zuschauer in der vordersten Reihe hatten sich schon in der Nacht eingefunden, um die besten Plätze zu ergattern. Niemand wollte sich das Spektakel entgehen lassen.

Bis auf einen. Said hatte sich geweigert, Philip und Lena zu begleiten.

»Für mich ist da kein Platz«, hatte der Araber gesagt. Philip war sich nicht sicher, ob Said damit die Hinrichtung oder die Ehrentribüne meinte, aber er hatte nicht nachgefragt. Lena war dringender auf seinen Beistand angewiesen.

»Wie sind die Hinrichtungen in Ägypten?«, fragte Mechthild Philip auf ihre arglose Art. »So wie hier?«

»Am Schluss ist der Delinquent tot«, antwortete Philip knapp.

Die Fürstentochter musterte ihn verwirrt. »Ja, das dachte ich mir. Ich meinte nur, wie ...« Sie brach ab, als sie seinen Gesichtsausdruck wahrnahm. »Verzeiht, es war wohl ungebührlich, Euch zu fragen, oder?«

»Unsere Damen halten sich für gewöhnlich von solchen Orten fern«, bestätigte Philip.

»Ich dachte, das seien nur die Muselmanen, die ihre Weiber einschließen«, mischte sich Johann ein. »Hier hat jeder das Recht, dabei zu sein, wenn Gottes Ordnung wiederhergestellt wird, gleichgültig, ob Mann oder Weib.«

»Und wenn ein elender Schurke wie dieser sein Leben aushaucht, ist es auch die Pflicht eines jeden Weibes, dabei zu sein!«, rief Schwester Margarita. Lena zuckte zusammen. Ihre Hände waren eiskalt geworden. War es die Schuld der Nonne, dass sie sich dieser Tortur aussetzte?

»Für eine ehrwürdige Nonne sprecht Ihr sehr unversöhnlich, Schwester Margarita.«

»Der Sünder soll gereinigt werden, indem er selbst erleide, was er anderen antat. Auge um Auge, Zahn um Zahn.« Die Nonne bekreuzigte sich »Vergeben können wir ihm danach immer noch.«

Plötzlich kam Unruhe auf. Die Menschen rings um den Richtplatz reckten die Köpfe, das Gemurmel wurde immer lauter.

»Dort kommt der Schinderkarren!«, rief Margarita. »Endlich! Lange genug hat er uns warten lassen.«

Mechthild stieß einen kleinen Schrei aus, den Philip nicht deuten konnte. War es Angst oder Begeisterung? Lena hingegen blieb ganz still, und während alle anderen die Hälse verrenkten, um einen Blick auf den Todgeweihten zu werfen, machte sie sich ein Stück kleiner. Schicklichkeit hin oder her, jetzt legte Philip doch den Arm um sie. Sollten die Leute ruhig reden, sie war seine Braut, es war sein gutes Recht, ihr in dieser Stunde beizustehen.

Stolz war er, der alte Rotbart. Hocherhobenen Hauptes stieg er vom Wagen und erklomm das Blutgerüst. Würdigte die Menge keines Blickes, die johlend und grölend seinen Tod herbeischrie. Er wehrte sich nicht, als der Henker ihn hieß, den Kopf auf den Richtblock zu legen. Man konnte über ihn sagen, was man wollte, doch seine Würde bewahrte er bis zum Schluss.

Als der Henker das Beil hob, ertappte Philip sich dabei, wie er in der geifernden Menge nach Thea Ausschau hielt. Erleichtert stellte er fest, dass er ihren leuchtenden Haarschopf nirgends entdecken konnte. Da erst wurde ihm bewusst, dass er bis zuletzt befürchtet hatte, Thea könne eine Waghalsigkeit planen, um ihren Vater zu retten.

Der Hieb des Beils durchtrennte Barbarossas Hals und schlug dann ins Holz ein. Lena fuhr zusammen und vergrub das Gesicht an Philips Brust, sah nicht, wie der Henker das blutige Haupt hochhob und den jubelnden Menschen entgegenhielt.

»Es ist vorbei«, flüsterte Philip und streichelte ihr über den Rücken. »Du kannst die Augen wieder öffnen.«

Sie sagte kein Wort, drückte das Gesicht weiterhin an sein Hemd. Wäre das alles auch geschehen, wenn sein eigener Vater nach Birkenfeld zurückgekehrt wäre?, fragte sich Philip. Immer wieder stellte er sich diese Frage. Hätte Otto seinen Jugendfreund Theodrich von Limbach vor dem Weg in die Ehrlosigkeit bewahren können? Wie viel Schuld lud ein Mann allein dadurch auf sich, dass er nicht da war, wenn er gebraucht wurde?

»Das war's für heute. Und nun auf nach Birkenfeld!« Als Philip die höhnische Stimme hörte, fuhr er herum. Ulf von Regenstein. Natürlich, er hatte ebenso ein Anrecht, auf der Ehrentribüne zu sitzen, wie die anderen Edlen.

»Ah, Herr Ulf.« Auch Johann von Hohnstein hatte sich umgewandt. »Ich habe Euch gar nicht bemerkt. Seid Ihr schon lange hier?«

»Lange genug, Herr Johann. Ihr scheint verwirrt. Hat Euer künftiger Schwiegervater Euch nicht erzählt, dass er seine Vasallen zusammengerufen hat, um gegen Birkenfeld zu ziehen?«

»Doch, das hat er. Ich bin nur überrascht, dass Ihr Euch dem Zug anschließen wollt. Der Fürst braucht kampferprobte Männer, keine Verletzten. Oder wollt Ihr wieder Euren Sohn schicken? Vielleicht könnte er uns nützlich sein, wenn er sich auf Burg Birkenfeld als Torwächter verdingt.«

»Ihr habt in letzter Zeit ein loses Mundwerk, Hohnstein. Der Ägypter ist ein schlechter Umgang für Euch. Aber das hat sich ja bald erledigt.«

Der Regensteiner erhob sich und verließ die Tribüne. Lena hatte sich inzwischen aus Philips Armen gelöst.

»Birkenfeld soll belagert werden?«, fragte sie.

»Ja«, antwortete Johann. »Es wurde gestern beschlossen, nachdem Graf Dietmar sich zum zweiten Mal weigerte, dem Ruf des Fürsten Folge zu leisten. Deshalb ist der Regensteiner so guter Dinge. Wäre er kein solcher Hohlkopf, wüsste er, dass Herr Philip der nächste Anwärter auf das Lehen ist.«

»Ich?« Philip starrte Johann an. »Ihr wisst, dass ich nach Ägypten zurückkehren werde, wenn dies alles hier vorbei ist.«

»Und das Erbe Eures Vaters wollt Ihr Ulf von Regenstein in den Rachen werfen? Nein, das tut Ihr doch niemals.«

»Gewiss nicht«, mischte sich Schwester Margarita ein. Konnte die Nonne nicht wenigstens einmal den Mund halten? »Herr Philip kann es gar nicht zulassen, dass die armen Bauern von Alvelingeroth dem Regensteiner unterstehen. Es genügt schon, dass sein Bruder in Blankenburg wütet.«

»Schwester Margarita, ich …«, setzte Philip an, doch sofort fuhr die Nonne ihm über den Mund.

»Ihr seid der Richtige, denn Ihr habt das Herz auf dem rechten Fleck und den Mut, diesem Regensteiner Pack die Stirn zu bieten. Vermutlich wäre es gar nicht so weit gekommen, wenn Euer Vater nicht in Ägypten geblieben wäre, aber das lässt sich nicht mehr ändern. Ihr habt geradezu die Pflicht, sein Erbe anzutreten.«

»Auf meine Unterstützung könnt Ihr dabei zählen«, versicherte Johann sogleich. »Und Fürst Leopold wird sich freuen, wenn Ihr Euch der Verantwortung stellt.«

Philip schluckte. Am liebsten wäre er aufgestanden und gegangen, aber Schwester Margarita hatte seinen alten Schuldgefühlen neue Nahrung gegeben.

Konnte er wirklich so ohne Weiteres nach Alexandria zurückkehren? Sein Vater hatte sich damals der Verantwortung entzogen und sich für die Liebe entschieden. Hatte Gott ihn deshalb durch die Hand seines Sohnes sterben lassen? Was wäre geschehen, wenn sein Vater vor einem Jahr nicht gestorben wäre? Said hätte vermutlich um Sophia geworben und er selbst sein Leben weiterhin mit leichtfertiger Tändelei verschwendet. Lena wäre längst tot, und er hätte nie von ihr gewusst. Hätte niemals diese unvergleichliche Liebe empfunden, die es seiner früheren Meinung nach nur in erfundenen Geschichten gab. Barbarossas Bande hätte weiter gemordet und der Regensteiner auf neue Gelegenheiten gelauert, sich der Burg Birkenfeld zu bemächtigen. Aber wenn er Birkenfeld erst einmal hätte, wie ginge er wohl mit den Menschen um, die dann seiner Willkür ausgeliefert wären? Vermutlich so wie mit den Händlern auf dem Markt vor dem Turnier. Nein, das konnte er nicht zulassen.

»Ihr hattet recht, Johann«, sagte er zu Hohnstein. »Ich werde die Burg meiner Väter niemals den Regensteinern überlassen.«

Nun war es ausgesprochen. Wie damals, als er ihm verraten hatte, dass er um Lenas Hand anhalten wollte. Es gab kein Zurück mehr.

»Du hast vor, das Erbe deines Vaters anzutreten?« Said schrie es regelrecht heraus. Rastlos rannte der Araber in der Kammer auf und ab. »Du willst nicht nach Alexandria zurückkehren?«

»Doch, wenn alles vorüber ist, im nächsten Frühjahr. Ich habe dir versprochen, dass du Sophia zur Frau bekommst, und ich werde mein Wort halten. Aber danach werde ich in dieses Land zurückkehren.«

»Nein!« Alle Farbe war aus Saids Gesicht gewichen. »Das ist nicht dein Ernst. Das kann nicht dein Ernst sein!« Er packte Philip bei den Oberarmen, schüttelte ihn. »Du gehörst nicht hierher. Du bist wie ich, du gehörst dorthin, wo die Sonne im Nil badet, dorthin, wo die Menschen voller Feuer und Leidenschaft sind, nicht so kühl wie hier. Außerdem kannst du deinem Großvater so etwas nicht antun. Und schon gar nicht deiner Mutter. Was soll aus ihnen werden, wenn du fort bist?«

»Du wirst bei ihnen sein, Said.«

»Das ist nicht dasselbe! Sie brauchen dich, Philip. Nur dich.«

»Ohne dich wäre ich mehr als einmal gestorben, Said. Ich habe dir versprochen, nie mehr in die Finsternis zu fallen, aber alles hat seinen Preis. Ich kann mich nicht länger meiner Verantwortung entziehen. Mein Vater hat es lange genug getan. Ich habe die Pflicht, sein Erbe anzutreten.«

»Du hast die Pflicht, für deine Familie zu sorgen!«, schrie Said. »Jetzt mehr denn je!«

Philip nickte. »Das tue ich. Meine Schwester wird den besten Mann bekommen, meine Mutter den besten Schwiegersohn. Für meine ägyptische Familie ist gesorgt.«

»Und was ist mit mir? Willst du das Band für immer zerreißen, das wir vor so vielen Jahren geknüpft haben?«

»Nichts wird unsere Freundschaft jemals zerstören.« Philips Stimme war leise geworden. Er hatte das feuchte Schimmern in Saids Augen gesehen und spürte selbst ein unangenehmes Brennen hinter den Lidern. Er blinzelte es fort.

»Bitte, lass uns damit aufhören, Said. Noch liegt der Zeitpunkt fern.«

Der Araber atmete tief durch. Nur langsam lösten sich seine Hände von Philips Armen.

»Wann will der Fürst gegen Birkenfeld ziehen?«, fragte er dann.

»Er will nicht allzu lange warten«, antwortete Philip, dankbar, dass Said so schnell einlenkte. »Wenn die Vasallen ihre Männer zusammengerufen haben, soll es losgehen. Zunächst will er einfach nur seine Stärke unter Beweis stellen. Vielleicht gibt Dietmar nach. Und wenn nicht ... Johann meinte, die letzte Belagerung, von der er hörte, habe sieben Monate gedauert.«

Auf einmal lachte Said.

»Was ist so komisch?«

»Vielleicht wäre es am besten, sie belagern die Burg jahrelang und lassen am Ende nur noch Schutt und Asche übrig. Dann bleibt nichts mehr, das dich noch hier hält.«

Philip antwortete nicht. Im tiefsten Winkel seines Herzens ertappte er sich dabei, wie er Said recht gab.

In den nächsten Tagen beobachtete Philip erstaunt, welche Betriebsamkeit die geplante Belagerung Birkenfelds auf Burg Schlanstedt auslöste. Vor allem unter den Frauen. Fast schien es ihm, als hielten sie die Belagerung für eine Fortsetzung des Turniers. Ein großes Volksfest. Mechthild überlegte schon, welche Kleider sie mitnehmen sollte, und hatte Lena und Schwester Margarita eingeladen, das Zelt mit ihr zu teilen. Dass die Nonne begeistert war, verwunderte Philip nicht. Aber Lena? Er wollte sie nicht auf dem Schlachtfeld haben, doch als er es ihr sagte, stieß er auf heftigen Widerstand. Natürlich würde sie den Tross begleiten und Mechthilds Gastfreundschaft genießen. Auf keinen Fall könne er erwarten, dass sie allein zurückbleibe und sich monatelang in Sorge um ihn verzehre. Als Schwester Margarita sich auch noch einmischte, trat er den Rückzug an. War es wirklich eine Ungeheuerlichkeit, von einer Frau zu verlangen, in vertrauter Sicherheit zu warten? Er erkannte, wie wenig er der Denkart der hiesigen Menschen zu folgen vermochte.

Am deutlichsten wurde ihm das, wenn er mit Johann zusammen war. Der Hohnsteiner sah keinen Widerspruch darin, mit Philip über Kampf und Tod zu sprechen und im nächsten Moment drei verschiedenfarbige Stoffstücke hervorzuziehen und ihn zu fragen, welche Farbe er für das Hochzeitsgewand bevorzugen würde, denn Mechthild wolle ihren Schneider mit ins Feldlager nehmen. Auf den Gedanken, Mechthild samt Schneider in der sicheren Burg zurückzulassen, kam Johann gar nicht. Und als Philip ihn danach fragte, musterte der Hohnsteiner ihn genauso verdutzt wie damals, als Philip ihm erzählt hatte, dass er selbst die Pferde seines Großvaters auf den Pferdemärkten in Alexandria und Kairo verkaufe. War es tatsächlich verachtenswerter, mit Pferden zu handeln, als die Frau, die man liebte, den Gefahren einer Belagerung auszusetzen? Dass ein Ritter hier einfach nur ein Ritter war und es als entehrend galt, mit Pferden zu handeln, konnte er kaum nachvollziehen. Er liebte die Welt der Basare und Märkte mit all ihren Wundern, schätzte es, mit den Händlern um den besten Preis zu feilschen.

Nie zuvor hatte Philip sich so sehr als Fremder gefühlt. Hatte sein Vater deshalb stets jeden geforderten Preis gezahlt, und mochte er noch so überteuert sein? Weil er die alten Ehrbegriffe niemals ganz ablegen konnte? Nach und nach begriff Philip, wie es seinem Vater in den ersten Jahren in Ägypten ergangen sein musste. Es waren zwei vollkommen verschiedene Welten, und auch wenn er bislang geglaubt hatte, in beiden zu Hause zu sein, so erkannte er inzwischen, dass er sich etwas vorgemacht hatte. Man nannte ihn nicht umsonst den Ägypter.

Otto von Birkenfelds Erbe anzutreten, war mehr, als ein Turnier zu gewinnen. Es bedeutete vor allem Verzicht. Auf seine Familie, seinen besten Freund und lieb gewonnene Gewohnheiten, die hierzulande unerwünscht waren. Konnte er hier wirklich glücklich werden?

Die Zeit der schweren Gedanken endete erst an dem Morgen, als sich der Tross in Bewegung setzte. Ganz neue Eindrücke fesselten Philips Aufmerksamkeit. Ein Zug aus Hunderten bewaffneter Männer, zahlreichen Ochsenwagen, die schweres Gerät, Waffen, Zelte und Vorräte geladen hatten, Knechten, Mägden, Handwerkern und selbstverständlich den hochgestellten Damen auf ihren schlanken Zeltern.

In den frühen Morgenstunden waren sie aufgebrochen, kurz vor Sonnenuntergang erreichten sie den Hügel, auf dem Burg Birkenfeld das Bodetal überwachte. Sofort wurden die strategisch günstigsten Punkte besetzt, Zelte errichtet und die Wagen entladen. Philip stand am Rand und schaute zu. Johann hatte ihn und Said eingeladen, in seinem eigenen Zelt Quartier zu nehmen, und Philip hatte dankbar angenommen, zumal Johann Said die gleiche Wertschätzung entgegenbrachte wie ihm selbst. Während das Zelt des Hohnsteiners noch errichtet wurde, schaute Philip sich suchend nach Lena um. Zuletzt war sie am Morgen an Mechthilds Seite geritten. Er hätte sie lieber begleitet, aber in diesem Tross hatte jeder seinen Platz, und er gehörte zu den Rittern. Da entdeckte er sie im hinteren Bereich des langsam erstehenden Lagers, der als der sicherste galt. Sie stand neben Schwester Margarita, die sich schwer atmend auf einem Stuhl inmitten der Wiese niedergelassen hatte. Das Zelt der Fürstentochter stand schon, aber noch waren die Möbel nicht an ihren Plätzen. Philip konnte sich ein Grinsen nicht verkneifen, als er sah, wie Mechthild die Knechte hin und her scheuchte, um das Zelt nach ihren Wünschen einzurichten. Truhen aus Wurzelholz, ein auseinandergebautes Himmelbett, das erst noch an seinem Platz im Zelt zusammengebaut werden musste, fein gedrechselte Stühle, ein zierliches Tischchen. Welch unnötiger Prunk in dieser Umgebung! Er schüttelte den Kopf und ging auf Lena zu.

»Edle Dame, ist es erlaubt, Euch meine Gesellschaft aufzudrängen?«

Sie lachte, wie er es sich erhofft hatte.

»Gern, Herr Ritter.«

Philip bot Lena den Arm. »Wollen wir ein wenig spazieren gehen?«

Lena warf einen kurzen Blick auf Schwester Margarita, die die Augen geschlossen hielt, und nickte.

Sie folgten einem Pfad in Richtung der Bode, ohne der Burg allzu nahe zu kommen. Dennoch fiel Philip auf, dass die Zugbrücke inzwischen hochgezogen war. Graf Dietmar bereitete sich auf die Belagerung vor.

Lena war seinem Blick gefolgt.

»Ich mache mir Sorgen um Ludovika«, flüsterte sie.

»Er wird ihr nichts antun.« Er legte seine Hand über die ihre. »Er braucht immer noch eine Leumundszeugin.«

»Und wenn er merkt, dass das nicht ausreicht? Wir hätten Ludovika nicht zurücklassen dürfen.«

»Was befürchtest du? Dass er sie töten lässt? Was hätte er davon?«

Lena atmete tief durch. »Du hast recht, nichts. Aber nach allem, was ich inzwischen weiß, traue ich ihm jede Gemeinheit zu.«

»Und doch war er stets ein berechnender, kühler Kopf. Er hat sich nie von seiner Wut treiben lassen. Eine tote Ludovika schadet ihm mehr, als sie ihm nützt.«

Eine Weile schwiegen sie beide. Philip sah, wie Lenas Blicke über das Bodetal schweiften.

»Bist du dir sicher, dass du das Erbe von Birkenfeld antreten willst?«, fragte sie ihn schließlich.

»Zweifelst du an meinem Wort?«

»Nein, aber danach habe ich dich auch nicht gefragt. Möchtest du wirklich hierbleiben?«

»Ich weiß es nicht«, antwortete er. »Aber das ändert nichts daran, dass ich es tun werde. Ich habe keine Wahl.«

»Du hast immer eine Wahl. Ich würde dir nach Alexandria folgen.«

»Das weiß ich. Aber hast du mir nicht selbst gesagt, Gottes Wege verfolgen immer ein Ziel? Ich habe in den vergangenen Tagen viel darüber nachgedacht. Ich darf mich meiner Verantwortung nicht länger entziehen. Ich habe gesehen, was geschehen ist, weil mein Vater es tat.«

»Es ist nicht nötig, dass du dir die Schuld der ganzen Welt auf die Schultern lädst.«

»Das tue ich nicht«, entgegnete er, erstaunt darüber, dass sie nicht versuchte, ihn in seinem Beschluss zu bestärken. »Hier geht es nur um mich und meine Verantwortung. In den letzten Tagen ist mir so vieles klar geworden. Ich habe nie ernsthaft Verantwortung für irgendetwas übernommen. Ich habe mein Leben gelebt, es genossen, aber nichts Bleibendes geschaffen.«

»Du bist mehr als die meisten Männer, die ich kenne«, widersprach Lena. »Du vereinst in dir so viel Wissen, so viel Kraft und Können.«

»Aber was nutzt es, wenn ich es nicht zum Wohl der Menschen nutze? Sondern nur zu meinem eigenen?«

Sie streichelte ihm sanft über das Gesicht.

»Dafür liebe ich dich, Philip. Weil du dir selbst treu bleibst, auch wenn ich es dir so leicht wie möglich gemacht hätte, nach Alexandria zurückzukehren.«

»Dir ist es recht, wenn ich bleibe, nicht wahr?«

Sie nickte. »Ich habe dieses Land immer geliebt, die Hügel, die Wälder, alles. Bis zu dem Tag, als Barbarossa mir alles nahm. Aber Barbarossa ist tot, und ich habe aufgehört, ihn in meinen Albträumen zu sehen.«

»Was hast du ihm neulich im Kerker gesagt?«

»Ich habe ihm mein Wort gegeben, es niemandem zu verraten.«

»Nicht einmal mir?«

»Nicht einmal dir.« Sie lächelte ihn an. »Nur so viel, Philip. Jeder Mensch hat einen wunden Punkt. Indem ich ihm seine Menschlichkeit zurückgab, war er nicht länger ein Ungeheuer und hatte nicht länger die Kraft, all dem, was ihm bevorstand, lachend zu trotzen.«

»Hast du von Thea gesprochen?«

»Du sollst mich nicht ausfragen, nachdem ich Schweigen gelobt habe.« Sie schlug ihm scherzhaft auf die Brust. Da nahm er sie in die Arme.

»Wenn du etwas kannst, dann schweigen«, flüsterte er. Sie schlang ihm die Arme um den Nacken, sah ihn erwartungsvoll an. Schon wollte er der Verlockung ihres Mundes nachgeben, als er Schritte hörte. Sofort ließ er sie los und fuhr herum.

»Welch reizender Anblick!« Ulf von Regenstein lachte dreckig. »Andere Männer bereiten sich auf den Kampf vor, aber der Ägypter turtelt mit seinem künftigen Weib.«

»Sucht Ihr Streit, Regenstein?«

»Gemach, Herr Philip.« Der Regensteiner hob beschwichtigend die gesunde Hand. »Ich wollte mit Euch sprechen. Mit Euch allein.«

»Ich habe keine Geheimnisse vor meiner Braut.«

»Wenn Ihr meint.«

»Nun sagt schon, was wollt Ihr von mir, Regenstein?«

»Ein hübsches Fleckchen Erde, nicht wahr? Und eine hübsche kleine Burg. Ich habe gehört, Ihr hättet ein Auge darauf geworfen, Herr Philip.«

»Oh, jetzt so höflich? Für gewöhnlich nennt Ihr mich doch Heidenfreund.«

»Aber doch nicht in Anwesenheit einer Dame.« Ulf deutete eine spöttische Verbeugung in Lenas Richtung an. Lena strafte ihn mit so herablassenden Blicken, dass Philip sie dafür am liebsten geküsst hätte.

»Ihr wollt Euch also mit mir über hübsche kleine Burgen unterhalten?«

»Ganz recht, Herr Philip. Das Gerücht Eurer Abkunft ist mittlerweile sogar bis zu mir vorgedrungen. Ihr seid also der Bastard von Otto von Birkenfeld.«

Philip verschränkte die Arme vor der Brust. »Ich bin sein rechtmäßiger Sohn, falls Ihr das meint.«

»So, so. Ich wusste gar nicht, dass die Bastarde, die christliche Ritter unter den Muselmanenweibern verstreuen, erbberechtigt sind.«

Philip atmete tief durch, dann zwang er sich zu einem Lächeln. Nein, er gönnte Ulf von Regenstein nicht das Vergnügen, ihm seine Wut zu zeigen.

»Ich bin Euch keinerlei Rechenschaft schuldig, Herr Ulf, aber lasst Euch zweierlei gesagt sein. Zum Ersten dankt dem Herrn auf Knien, dass ich mich nicht an Verwundeten vergreife, auch wenn sie noch so unverschämt sind. Und zum Zweiten ist meine Wappenrolle so gut wie die eines jeden anderen Ritters. Sie ist von Kaiser Friedrich beglaubigt. Versucht ruhig, mich zum Bastard zu erklären, es wird Euch nicht gelingen.«

»Nichts liegt mir ferner, als Euch zu beleidigen. Mir geht es um etwas ganz anderes.«

»Ach so?«

»Ihr glaubt, Ihr hättet ein Anrecht auf Burg Birkenfeld. Aber seid ehrlich, was wollt Ihr mit dieser nutzlosen kleinen Burg? Ihr werdet sehen, dass sie uns kaum zu trotzen vermag. Sie wird Euch nicht dienlich sein. Wir könnten uns auf andere Weise einigen.«

»Wie kommt Ihr darauf, dass ich mich mit Euch einigen will?«

»Hört mir gut zu, Herr Philip, denn ich mache dieses Angebot nur einmal. Wenn dies hier vorbei ist, verzichtet Ihr auf Euren Erbanspruch und kehrt zurück nach Ägypten. Dafür zahle ich Euch bar auf die Hand die Summe, die die Burg mit ihren Eisenerzminen in einem vollen Jahr erwirtschaftet. Nun, wäre das nicht ein schönes Sümmchen, um als reicher Mann zurückzukehren?«

»Das wäre es«, bestätigte Philip.

»Dann schlagt Ihr ein?« Ulf hielt ihm die gesunde Linke entgegen.

Philip lächelte. Er streckte die Hand ein Stück vor, doch dann zog er sie wieder zurück. »Da ist nur eine Sache, Herr Ulf. Eine Kleinigkeit nur.«

»Ja?« Der Regensteiner sah ihn erwartungsvoll an.

»Ihr glaubt doch nicht im Ernst, ich reiche einem Mann die Hand, der es guthieß, dass sein Sohn meinen besten Freund töten wollte. Schert Euch zum Teufel, Ulf von Regenstein!«

»Das wirst du noch bereuen!«, schrie der Regensteiner. »Das wirst du noch bitter bereuen, Ägypter!« Er wandte sich um und ging. Mit hastigen, weitausladenden Schritten, die von seiner Wut zeugten.

»Ja, drohen konntet Ihr Regensteiner schon immer gut!«, rief Philip ihm hinterher. »Nur leider fürchte ich Eure Drohungen nicht.«

Lena legte ihm die Hand auf den Arm.

»Graf Dietmar hat die Regensteiner so sehr gefürchtet, dass er zum Mörder wurde«, flüsterte sie.

»Ich bin nicht Graf Dietmar«, antwortete Philip. »Wenn Regenstein glaubt, er müsse mein Feind sein, dann soll er sich ebenso hüten.«

An diesem ersten Abend im Lager ging es lustig zu. Überall brannten Feuer, über denen Fleisch gebraten wurde. Bier und Wein wurden ausgeschenkt. Ein wenig fühlte sich Philip an die Stimmung im Räuberlager erinnert, auch wenn die Frauen hier stets Damen blieben. Dennoch – oder vielleicht gerade deshalb – forderte ihre Anwesenheit viele der Ritter dazu heraus, ihre Geschicklichkeit in kurzen Scheinkämpfen unter Beweis zu stellen. Die meisten Männer konnten sich dem Drang, vor ihren Damen zu glänzen, nicht entziehen, und so wurde in der Mitte des Lagers durch Seile ein kleines Geviert abgeteilt, in dem die Gegner mit Schild und Schwert gegeneinander antraten.

»Nun weißt du, warum sie ihre Weiber mitnehmen«, flüsterte Said Philip zu. »Damit sie balzen können wie die Pfauen.«

»Wie geht es eigentlich deiner Schulter?«

»Fast wie neu.«

»Gut genug, um hier mitzumachen?« Philip grinste.

»Ich? Das kommt überhaupt nicht infrage.«

»Du missverstehst mich. Nicht so, wie die anderen hier. Das ist doch langweilig, immer nur mit Schwert und Schild. Lass uns zeigen, wie es bei uns Sitte ist. Wie es uns dein Vater gelehrt hat. Mit einem Säbel in jeder Hand.«

»Dann wirst du verlieren.« Jetzt grinste auch Said.

»Du machst also mit?«

Der Araber nickte und stand auf, um die kurzen Säbel aus ihrem gemeinsamen Reisegut zu holen. Philip stand unterdessen auf und wartete, bis das Kampffeld frei wurde. Dann trat er in die Mitte.

»Wir haben einiges an tapferen Darbietungen gesehen«, hob er mit lauter Stimme an. »Aber jedes Mal waren es Kämpfe, wie sie hierzulande üblich sind, mit Schwert und Schild oder Axt und Schild. Mein Freund Said und ich werden euch zeigen, wie es die Sarazenen halten. Jeder Mann hat zwei Säbel, aber keinen Schild. Wollt ihr es sehen?«

Johlender Beifall. Said trat ins Geviert und warf Philip zwei Säbel zu, die dieser geschickt im Flug auffing. Er warf einen kurzen Blick zu Lena hinüber, die am anderen Ende bei den Damen neben Mechthild saß. Sie strahlte ihn an.

»Du bist auch so ein Pfau!«, rief Said ihm auf Arabisch zu. »Aber keine Sorge, ich stutze dir schon das Rad.«

»Dann fang an!«, rief Philip in derselben Sprache zurück. »Ich warte auf dich.«

Er wog die beiden Klingen in der Hand aus. Lange war es her, dass Said und er sich auf diese Weise gemessen hatten. Und fast immer hatte Said gewonnen, der die Meisterschaft seines Vaters Harun geerbt zu haben schien.

Wie immer umkreiste ihn der Araber vorsichtig. Lauernd und

geschmeidig wie ein Panther. Philip achtete kaum auf Saids Säbel, sondern nur auf die Augen seines Freundes, auf das Blitzen, das den Angriff noch vor der Hand verriet.

Da war es! Ein schneller Sprung nach vorn, Eisen schlug auf Eisen. Wie ungezählte Male zuvor fing er Saids Angriff ab. Er hörte kaum die anerkennenden Rufe der Männer, den Applaus der Damen, die alle noch keinen derartigen Kampf gesehen hatten. Seine Aufmerksamkeit gehörte nur seinem Gegner. Es war schwierig, gegen Said zu kämpfen, nicht nur weil er ein Meister war, sondern weil es vor allem ständiger Selbstbeherrschung bedurfte, die Waffe nicht so hart zu führen wie im echten Kampf. Auch Said hielt sich daran, um notfalls die Klinge zurückzuhalten, wenn die gegnerische Deckung brach.

Wieder umkreisten sie sich, den anderen stets im Blick. Jetzt wagte Philip einen Angriff, setzte vor, versuchte die Klinge in der Führhand seines Freundes abzudrängen. Said parierte mühelos.

»Hast du die Damen genügend beeindruckt?«, rief er Philip auf Arabisch zu. »Dann sollten wir zum Ende kommen!«

Im nächsten Augenblick stieß er vor und schlug Philip mit derselben Attacke, die er gerade abgewehrt hatte, den Säbel aus der Führhand. Die Menge schrie auf, dann folgte Applaus für den geschickten Angriff. Philip handelte sofort, sprang ein Stück zurück und wechselte den verbliebenen Säbel von der Linken in die Rechte.

»Wir sind noch nicht am Ende!« Dabei wirbelte er den Säbel eindrucksvoll in der Hand herum.

»Du bist ein Angeber, Philip.« Said lachte. Dann griff er erneut an. Doch diesmal war Philip schneller. Geschickt wehrte er die Attacke beider Säbel mit zwei schnellen Paraden ab und erntete dafür ebenso viel Applaus wie Said zuvor.

»Willst du dich noch ein bisschen aufplustern, oder soll ich dir den Rest geben?«, fragte Said.

»Versuch es doch!«

Wieder belauerten sie sich. Philip sah die Attacke schon, bevor sie begann, dennoch war er zu langsam. Ein schneller Vorstoß von Said, eine missglückte Parade, und sein Säbel war gefangen zwischen Saids beiden Klingen. In einem echten Kampf hätte er jetzt das Einzige getan, was er noch vermocht hätte. Einen schnellen Tritt gegen den Unterleib des Gegners. Aber dies war kein echter Kampf, und so gab er sich bereitwillig geschlagen, als Saids Angriff ihm den Säbel aus der Hand riss. Und obwohl der tosende Beifall Said galt, genoss Philip ihn fast noch mehr, als wäre er selbst der Sieger. Die Menschen fingen an, Said ungeachtet seines Glaubens aufgrund seines Könnens zu achten.

»Was für ein Schauspiel!«, rief Johann. »Euch möchte man wahrlich nicht zum Feind haben, Said al-Musawar.«

Auf einmal stand eine Traube von Männern um Said, die alle wissen wollten, wie man auf diese Weise kämpfte. Philip schob sich unauffällig aus ihrer Mitte und ging auf Lena zu.

»Tröstest du einen glücklosen Verlierer, der es nicht vermochte, würdig in deinem Namen zu streiten?«

»So unglücklich siehst du gar nicht aus.« Sie erhob sich von der Bank, die man für die Damen aufgestellt hatte. »Wollen wir ein Stück gehen?«

Er nickte und reichte ihr den Arm.

»Was wird Said tun, wenn du hierbleibst?«, fragte sie. »Für ihn wird es gewiss noch schwerer als für dich.«

»Er wird nicht bleiben«, antwortete Philip. »Ich habe ihm versprochen, dass wir gemeinsam nach Ägypten zurückkehren, um dort einige wichtige Angelegenheiten zu regeln und dich meiner Familie vorzustellen. Dann wird er dort bleiben, und wir kehren allein zurück.«

»Was war die längste Zeit, die du jemals in deinem Leben von Said getrennt warst?«, fragte sie, ohne auf die geplante Reise nach Ägypten einzugehen.

»Ich glaube, zwei Wochen, so genau weiß ich es nicht mehr«, antwortete er. »Das war, als ich Heinrichs Knappe wurde.«

»Zwei Wochen«, wiederholte sie. »Und seither wart ihr immer zusammen.«

Er nickte. Warum musste Lena damit anfangen? Wusste sie nicht, dass es ihm auch so schon schwer genug fiel, über die Trennung von Said nachzudenken?

»Philip, bist du dir sicher, dass du die richtige Entscheidung getroffen hast? Du musst nicht bleiben. Nicht meinetwegen.«

»Das weiß ich.«

»Und auch nicht wegen deiner Schuldgefühle. Was geschehen ist, ist geschehen. Dein Vater hat damals eine Entscheidung getroffen. Du bist nicht hier, um seine Fehler wiedergutzumachen.«

»Dann soll ich Ulf von Regenstein Burg Birkenfeld überlassen?«

»Was ist mit Elises Kind? Niemand außer uns weiß, dass Dietmar nicht sein Vater ist. Elise könnte auf seinen Erbanspruch pochen. Wer sollte sie für die Taten ihres Gatten zur Verantwortung ziehen?«

»Elise ist eine kranke Frau«, widersprach Philip. »Allein kann sie dem Regensteiner nicht widerstehen. Er wird Mittel und Wege finden, sich in den Besitz der Burg zu bringen. Du hast doch selbst gesehen, wie er es bei mir versuchte.«

Lena nickte. »Du hast recht. Und auch wieder nicht. Ich wollte dir nur zeigen, dass es mehrere Möglichkeiten gibt. Du musst nur bereit sein, sie zu sehen.«

»Ich dachte, du willst, dass ich bleibe.«

»Philip, ich will, dass du glücklich bist.«

»Du machst mich glücklich, Lena.«

»Genügend, um den Verlust deiner Heimat auszugleichen? Deines besten Freundes?«

»Ja«, sagte er und nahm sie in die Arme. Diesmal störte sie niemand, als sich ihre Lippen fanden.

Am nächsten Morgen regte sich etwas auf Burg Birkenfeld. Ein einzelner Reiter kam aus dem Tor und näherte sich dem Heer der Belagerer.

Philip stand neben Johann von Hohnstein, als der Mann langsam herankam. Es war Albrecht, der erste Waffenknecht des Grafen. Nur zu gut erinnerte Philip sich daran, wie Albrecht vor dem Geistertor über seine und Lenas Ermordung gesprochen hatte.

Fürst Leopold war aus seinem Zelt getreten und wartete auf den Ankömmling.

Sobald Albrecht die Lagergrenze erreicht hatte, stieg er vom Pferd. Zwei von Leopolds Männern geleiteten ihn zum Fürsten.

»Edler Fürst, mein Name ist Albrecht von Schewe. Ich entsende Euch die untertänigsten Grüße meines Herrn Graf Dietmar. Er lässt fragen, warum Ihr mit so großer Gefolgschaft vor seine Burg gezogen seid. Er verweigerte sich Eurem Ruf nicht aus Ungehorsam, sondern einzig aus Sorge um sein Weib. Seit Tagen fürchtet er um das Leben der Gräfin.«

»Warum kommt er dann nicht selbst, mir das zu sagen?«

»Mein Fürst, Ihr müsst verstehen, sein Weib bedeutet ihm viel. Er ist seit Tagen nicht von ihrer Seite gewichen.«

»Sagt ihm, ich erwarte ihn umgehend hier zu sehen. Sollte er sich abermals verweigern, werden wir angreifen.«

Albrecht blieb unschlüssig vor dem Fürsten stehen. Man konnte sehen, wie er um die rechten Worte rang, um seinem Herrn den Hals zu retten. Da fiel sein Blick auf Philip.

»Mein Fürst, Ihr habt einen Mann unter Euren Rittern, vor dem Ihr Euch hüten solltet. Mein Herr hat Klage gegen diesen Fremden erhoben, denn er scheute sich nicht, ein hilfloses Weib aus seiner Burg zu rauben.«

Ein Lächeln huschte über das Gesicht des Fürsten.

»Ihr versucht es wirklich bis zuletzt, Albrecht von Schewe. Richtet Eurem Herrn aus, dass Herr Philip Frau Helena nicht gegen ihren Willen von Burg Birkenfeld entführte, sondern dass sie freiwillig mit ihm ging, um sein Weib zu werden.«

Albrechts Mundwinkel zuckten kurz, doch er sagte kein Wort.

»Und richtet Eurem Herrn Dietmar weiter aus, dass ich mich für die Abkunft dieses Ritters verbürge, der durch Brief und

Siegel beweisen kann, dass er der legitime Sohn Ottos von Birkenfeld ist und damit der rechtmäßige Erbe der Grafschaft.«

»Das ist eine Lüge!«, schrie Albrecht. »Herr Otto ertrank auf dem Weg ins Heilige Land.«

»Wenn dem so ist, dann steht es Herrn Dietmar frei, eine weitere Klage gegen Herrn Philip zu erheben. Doch soll er dies persönlich tun. Ich gebe ihm bis Sonnenuntergang Zeit, vor mir zu erscheinen. Sollte er sich verweigern, werden wir Burg Birkenfeld mit Gewalt einnehmen, und das Lehen wird neu vergeben.«

Einen Moment lang zögerte Albrecht, dann nickte er und kehrte zu seinem Pferd zurück.

Der Tag verstrich, doch auf Burg Birkenfeld rührte sich nichts mehr. Philip hatte mit nichts anderem gerechnet. Graf Dietmar würde sich hüten, den letzten Schutz preiszugeben, den er noch hatte.

Kurz nach Sonnenuntergang, als die letzte Frist verstrichen war, rief der Fürst die Vasallen in sein Zelt. Er hielt nur eine kurze Ansprache. Beim Morgengrauen würden sie angreifen.

21. Kapitel

Der Geruch der Kohlebecken, die Mechthilds Zelt beheizten, weckte alte Erinnerungen in Lena. Ihr Vater, der ihr Geschichten erzählt, während sie sich, knapp vier Jahre alt, in seinen Mantel schmiegt, dem noch der Duft weiter Reisen anhaftet. Auch damals hatte ihr der Wind, der in den Zeltbahnen spielte, ein Lied der Geborgenheit gesungen. Lange war es her, dass sie sich so frei und glücklich gefühlt hatte. Gewiss lag es auch daran, dass sie bis spät in die Nacht mit Mechthild getuschelt hatte, so wie es junge Bräute zu tun pflegten. Leise mussten sie sein, damit Tante Margarita nichts mitbekam, denn was sie sich erzählten, war nicht halb so sittsam, wie man es von jungen Damen erwartete. Aber vermutlich nicht einmal halb so anzüglich, wie Tante Margarita es gern gehört hätte, wäre sie wach gewesen.

Mechthild machte sich keine Sorgen wegen des morgigen Kampfes. Sie vertraute auf Johanns Stärke und darauf, dass Gott immer mit den Gerechten war. Es war verführerisch, ebenso wie Mechthild zu denken, sich beschützt zu wissen und der Liebe eines Mannes gewiss zu sein, den kein anderer werfen konnte.

Am folgenden Morgen standen sie früh auf, gerade rechtzeitig, um von Weitem der ersten Angriffswelle auf die Burg beizuwohnen. Die Knechte stellten einen Tisch und zwei Bänke vor das Zelt, damit sie einen guten Blick auf die Burg und den Angriff hatten, während die Mägde frisches Brot, Eier, Würste, Honig und Milch auftrugen. Das Brot war noch warm. Hatten sie es aus Alvelingeroth herbeigeschafft? Ein wenig seltsam kam es Lena schon vor, hier gemütlich zu tafeln, während vor Burg Birkenfeld gekämpft und womöglich bald gestorben wurde. Waren sich Mechthild und Tante Margarita eigentlich der Gefahren bewusst, denen sich die Männer aussetzten?

»Seht, dort ist Johann!«, rief Mechthild und verschüttete vor Aufregung fast ihre Milch. Es war der gleiche begeisterte Blick, den sie ihrem Verlobten im Turnier geschenkt hatte, bar jeder Sorge.

Der rote Waffenrock des Hohnsteiners leuchtete schon von ferne. Er saß auf seinem Pferd hinter einem Trupp Fußvolk. Sofort suchte Lena nach Philip. Er war in seinem schwarzen Waffenrock nicht so leicht auszumachen, doch dann sah sie ihn am anderen Ende der Schlachtreihe neben dem jungen Leopold.

»Edles Fräulein, ist es gestattet?« Ein älterer Ritter verbeugte sich leicht vor Mechthild. Conrad, erinnerte Lena sich an seinen Namen. Er befehligte die Waffenknechte, die zum Schutz der Frauen im Lager geblieben waren.

»Gern, Herr Conrad.« Mechthild bot ihm einen Platz an. »Bitte bedient Euch!« Sie winkte eine Magd herbei, damit sie dem alten Ritter auftrug.

»Was werden unsere Männer tun, Herr Conrad? Mit Sturmleitern angreifen?«

»Nein, Fräulein Mechthild, dazu ist es noch zu früh.« Er griff nach einer Wurst. »Die erste Attacke gehört den Bogenschützen. Brandpfeile können furchtbare Waffen sein.«

»Mit Feuer und Schwert muss man das Böse ausrotten«, bestätigte Tante Margarita und schob sich ein Stück Brot in den Mund.

Brandpfeile! Lena dachte an die kleinen Fachwerkhäuser in der Vorburg. Die strohgedeckten Dächer boten dem Feuer gute Nahrung. Sie kannte die Menschen dort, die Mägde und Handwerker, Mattes den Schmied.

»Seht Ihr, Fräulein Mechthild? Dort kommen die Bogenschützen.«

Conrad zeigte auf eine lange Reihe von Männern, die sich vor dem Burggraben in Stellung brachten. Aber auch auf der Burg regte sich etwas. Ein Lichtreflex spiegelte sich zwischen den Zinnen. Womöglich der Helm oder das Kettenhemd eines Verteidigers.

»Sie werden zurückschießen, nicht wahr?«, fragte Lena und legte ihren Brotkanten zurück. Der Appetit war ihr vergangen. »Und unsere Männer sind ungeschützt.«

»Verluste gibt es immer.« Conrad trank ungerührt einen Schluck Milch. »Aber meist treffen sie lausig schlecht. Es ist leichter, ein Dach in Brand zu setzen, als einen Mann tödlich zu verwunden.«

Lena schaute zu Mechthild hinüber. Zum ersten Mal nahm sie so etwas wie Sorge im Gesicht der Fürstentochter wahr. Begriff sie allmählich, dass dies kein Spiel war?

Sie waren zu weit entfernt, um etwas anderes als ein sinnloses Stimmengewirr aus Schreien und Gemurmel zu hören. In Wirklichkeit waren es vermutlich klare Anweisungen. Lena sah, wie Philip sich von Leopold trennte und auf Johann zugaloppierte. Dann gab jemand das Signal für die Schützen.

Die brennenden Pfeile zogen Rauchspuren über den Himmel. Ein Teil verlosch augenblicklich im Burggraben, doch die meisten erreichten ihr Ziel hinter der Mauer. Sofort flog ein neuer Schwarm von Pfeilen hinterher. Vermutlich schossen die Verteidiger zurück, denn die Schreie wurden lauter, und einige Männer stürzten zu Boden, aber genau konnte Lena es nicht erkennen.

Bald darauf stieg eine Rauchsäule hinter der Burgmauer auf. Wessen Hütte mochten die Pfeile wohl in Brand gesetzt haben? Die große mit dem weit ausladenden Dach, die gleich neben dem Tor stand?

»Sie haben gut getroffen«, sagte Conrad. »Nun werden sie sich zurückziehen und das Feuer für sich arbeiten lassen.«

»Und dann?«, fragte Lena.

»Wenn wir Glück haben, reicht ihnen das, und sie verhandeln. Ansonsten geht es weiter.«

Es ging weiter. Während des ganzen Tages kam es zu immer neuen Angriffen mit brennenden Pfeilen. Und es gab die ersten Verluste. Erst jetzt schenkte Lena dem großen Zelt Beachtung, das man am Abend zuvor am Rand des Lagers errichtet hatte.

Dort ging der Wundarzt seiner Arbeit nach. Sie hörten Männer schreien und so qualvoll stöhnen, dass es selbst Mechthild und Tante Margarita den Appetit raubte. Das große Fest war vorüber. Die Schlacht hatte begonnen.

Philip machte ein ernstes Gesicht, als er Lena am späten Nachmittag traf.

»Wir haben schon elf Mann verloren«, sagte er, als sie ihn fragte. »Und siebenundzwanzig Verwundete, neun davon schwer.«

Ihr fiel auf, dass Said nicht an seiner Seite war.

»Was ist mit Said?«

»Er hat dem Wundarzt seine Hilfe angeboten. Für die Verwundeten ist es ein Segen, denn die Knochenbrecher hierzulande taugen nicht viel.« Philip stieß verächtlich die Luft aus. »Glauben sie doch allen Ernstes, ein Mann, der schon eine Menge Blut verloren hat, könne durch einen Aderlass neue Kraft gewinnen.«

»Vielleicht sollte ich auch fragen, ob ich mich dort nützlich machen kann.«

»Es ist kein schöner Ort«, entgegnete Philip. »Dort herrschen Blut und Gestank, Leid und Tod.«

»Glaubst du, das schreckt mich?«

»Nein. Du bist eine der mutigsten Frauen, der ich jemals begegnet bin.«

»Begleitest du mich?«

Er nickte und bot ihr seinen Arm.

Philip hatte vollkommen recht. Es war ein schrecklicher Ort voller Blut und Gestank. Die Männer lagen auf dem Boden, der mit Stroh bedeckt war. Kaum zu glauben, dass dieses Stroh am Morgen noch frisch gewesen war. Blut und Schweiß durchtränkten die Decken, und dem Geruch nach zu urteilen, hatten einige der Männer ihre Exkremente nicht mehr bei sich behalten können.

In der Mitte stand ein großer Holztisch, auf dem der Wundarzt sich um die schwersten Wunden kümmerte. Mehrere Männer hielten einen Verwundeten fest. Der Mann brüllte, als würde er zu Tode geschunden.

Lena wollte einen Schritt näher treten, da spürte sie, wie Philips Hand sich fest um die ihre schloss und sie zurückhielt.

»Dort kannst du nicht helfen.«

Sie sah Philip an. Für einen Moment schien es ihr, als trage er wieder die Maske, hinter der er seine Gefühle verbarg.

»Verbrenn das!«, befahl der Wundarzt. Ein junger Mann löste sich aus der Gruppe um den Tisch. In seinen blutigen Händen trug er einen abgesägten Arm.

Lena würgte. Sie hatte immer gewusst, was hier geschah, aber es von so nahe zu sehen, brachte sie fast um ihre Selbstbeherrschung.

»Willst du immer noch helfen?«, fragte Philip.

Sie schluckte. »Ja«, antwortete sie dann. Schlimmer als das, was sie schon erlebt hatte, konnte es nicht mehr sein.

Philip brachte sie zu Said, der am anderen Ende des Zeltes Blutungen stillte und Verbände anlegte. Der Araber sagte nicht viel, als er sie sah. Im Gegensatz zu Philip hielt er es offenbar für selbstverständlich, dass Lena ihre Hilfe anbot. Mit kurzen Worten wies er sie an, wie sie ihm am besten helfen konnte. Philip verabschiedete sich, da der Fürst die Ritter in seinem Zelt erwartete. Lena nickte nur. An Saids Seite kamen ihr Blut und Leid nicht mehr so schrecklich vor, denn der Araber hatte eine ganz besondere Art, die Verletzten mit sanfter Stimme zu beruhigen und ihnen zu erklären, was er tat. Sie hatte schon davon gehört, dass es Heiler gab, die offene Wundränder vernähten wie andere ein Kleidungsstück, aber sie hatte es noch nie zuvor gesehen. Said unterwies sie im Gebrauch der gebogenen Nadel, während sie die Hand der Verletzten hielt und ihnen Trost spendete. Im Hintergrund hörte sie wieder das Geschrei eines Mannes und das unbarmherzige Knirschen der Säge, die Knochen durchtrennte.

Es war schon dunkel, als sie das Zelt verließ. Wie am Abend zuvor brannten zahlreiche Feuer, an denen Wildbret gebraten wurde, doch Lena hatte keinen Hunger. Der Blutgeruch haftete ihr noch immer in der Nase. Dies war der erste Tag. Wie sollte das Feldlager erst in einer Woche aussehen?

In dieser Nacht tuschelte sie nicht mit Mechthild, denn sie war todmüde. Aber auch die Fürstentochter war schweigsam geworden. Mechthild hatte endlich begriffen, dass die Burgbelagerung kein großes Volksfest war.

Hinter den Mauern der Burg brannte es nun ständig. Dichter schwarzer Qualm verdunkelte den Himmel, aber nichts konnte Graf Dietmar dazu bewegen, um Waffenstillstand zu bitten. Lena verbrachte täglich viele Stunden an Saids Seite, um die Verwundeten zu versorgen. Die Arbeit half ihr, sich von ihren Sorgen um Philip abzulenken. Schon bald war sie selbst in der Lage, Wunden genauso gut zu nähen, wie es der Araber vermochte. Mechthild hielt sich meist in ihrem Zelt auf, blass und unsicher. Seit sie die ersten Verwundeten gesehen hatte, fürchtete sie ständig um Johann. Allerdings lehnte sie Lenas Vorschlag ab, sich ebenfalls um die Verletzten zu kümmern.

»Ich kann das Sterben nicht ertragen«, sagte sie. »Wie haltet Ihr das nur aus, Helena?«

Lena blieb ihr die Antwort schuldig. Zu sehr war ihr Mechthilds freudige Erregung bei Barbarossas Hinrichtung im Gedächtnis geblieben. War es wirklich das Sterben, das die Fürstentochter schreckte? Oder vielmehr der Gestank und das Blut?

Doch nicht alle waren derart betroffen. Viele der älteren Kämpen betrachteten die Belagerung noch immer als großen Spaß. Einige prahlten sogar mit ihren Wunden. Auch das Kampfgeviert in der Mitte des Lagers wurde noch genutzt, um sich vor den Damen zu präsentieren, und immer öfter fand sich die eine oder andere Magd, die sich nicht scheute, ihre Reize wie eine Hure darzubieten. Zwar bemühten sich alle, derlei vor den Augen der edlen Damen zu verbergen, aber wo gestorben wurde, verlor die Schicklichkeit an Bedeutung.

Am fünften Tag der Belagerung kamen erstmals Katapulte zum Einsatz, die man in den Tagen zuvor vor Ort zusammengebaut hatte. Lena hatte kaum Augen für diese Waffen. Sie sammelte alle ihre Kräfte, um sich gemeinsam mit Said um die Verwundeten zu kümmern. Von der Burg her hörten sie den Kampflärm, den der neue Angriff mit sich brachte. Plötzlich zerriss ein Donnerschlag die Luft. Dann ein zweiter. Lena zuckte zusammen.

»Was war das?«

»Ihr habt es schon einmal gehört«, antwortete Said. »Damals am Geistertor. Philip hat dem Fürsten die Kraft des schwarzen Pulvers gezeigt und ihm geraten, es einzusetzen.«

»Aber wie?«

»Sie schießen mit den Katapulten versiegelte Tonkrüge über die Mauern, die mit schwarzem Pulver und Steinen gefüllt sind. An den Krügen befindet sich so etwas wie ein Kerzendocht, der langsam abbrennt und das Pulver erst entzündet, wenn das Wurfgeschoss über der Mauer ist. Dann zerbirst der Krug, und die Steine fliegen als tödlicher Regen über die Reihen der Verteidiger.«

»Das ist grauenvoll!«, rief Lena.

»So ist der Krieg«, antwortete Said.

Ein Mann stürmte ins Zelt.

»Said al-Musawar, wir brauchen Euch! Herr Johann ist schwer verwundet!«

Sofort sprang Said auf. »Was ist mit ihm?«

»Ein Pfeil traf ihn in der Brust. Sie bringen ihn soeben in sein Zelt.«

Said rannte los, Lena folgte ihm.

Vor dem Zelt des Hohnsteiners hatten sich etliche Männer versammelt. Said drängte sich an ihnen vorbei, Lena blieb unmittelbar hinter ihm. Man hatte Johann auf sein Lager gelegt, Philip war an seiner Seite. Der Hohnsteiner trug noch immer das schwere Kettenhemd. Ein Pfeil hatte die metallenen Ringe oberhalb des Herzens durchschlagen. Der Schaft war abgebrochen, aber niemand hatte gewagt, die Spitze zu entfernen.

Johann stöhnte. Er war kaum mehr bei sich.

»Kannst du ihn entfernen?«, fragte Philip.

»Ich weiß noch nicht«, antwortete Said. »Wir müssen das Kettenhemd aufschneiden.«

Jemand reichte ihm eine Zange. Geschickt bog Said die einzelnen Ringe auf und schnitt auch das gesteppte Wams darunter auf. Der helle Stoff hatte sich dunkelrot verfärbt.

»Wie lang war der abgebrochene Schaft?«

Philip zeigte ihm den Rest des Pfeiles.

»Dann ist er nicht allzu tief eingedrungen«, erklärte Said. »Das Herz ist nicht getroffen, aber vielleicht die Lunge. Hilf mir, ihn auszuziehen!«

Es war nicht leicht, dem fast Bewusstlosen das schwere Kettenhemd abzustreifen. Die Kleidung schnitt Said ihm einfach vom Leib. Dann betrachtete er die Atmung des Mannes. Lena sah, dass sich der Brustkorb des Hohnsteiners gleichmäßig hob und senkte.

»Die Lunge ist vermutlich unverletzt geblieben. Ich hoffe, die Widerhaken sind nicht zu stark.« Said packte den Schaft des Pfeils knapp über der Wunde, dann führte er eine schnelle Drehung durch und zog den Pfeil mit einem Ruck heraus. Johann schrie auf, Blut quoll aus der Wunde. Hastig drückte der Araber einen weißen Leinenstreifen auf die Blutung. Lena konnte sehen, wie schnell sich der Stoff vollsaugte.

»Ich brauche ein Brandeisen.«

Ein Mann verschwand.

»Wird er es schaffen?«, fragte Lena leise.

»Das hängt davon ab, ob ich die Blutung schnell genug versiegeln kann«, entgegnete Said und presste einen zweiten Stoffstreifen auf die Wunde, der sich fast ebenso schnell rot verfärbte wie der erste.

Der Mann kehrte mit dem Brandeisen zurück. Said ließ es im Kohlebecken durchglühen. Noch während das Eisen erhitzt wurde, hörte Lena Mechthild draußen schreien.

»Johann! Was ist mit Johann?« Sie stürzte ins Zelt.

»Kümmert Euch um sie, Frau Helena. Sie soll mir nicht im Weg stehen«, verlangte Said. Lena nickte und lief der Fürstentochter entgegen.

»Es ist alles gut, Mechthild, Said behandelt Johann, er wird wieder gesund.«

»Lasst mich zu ihm!«

»Gleich, wenn Said fertig ist.« Sie nahm Mechthild in die Arme, als wolle sie sie trösten, doch gleichzeitig hielt sie sie von Johanns Krankenlager fern.

»Er darf nicht sterben!« Tränen liefen Mechthild über die Wangen. Lena drückte sie noch fester an sich.

»Er wird nicht sterben.«

Aus den Augenwinkeln sah Lena, wie Said das Brandeisen aus dem Kohlebecken hob. Ein hässliches Zischen, Johann schrie, obwohl er kaum bei Bewusstsein war. Die Luft roch nach verbranntem Fleisch. Mechthilds Tränen sickerten in Lenas Kleid.

Ein weiteres Zischen. Diesmal schrie Johann nicht mehr. Lena schluckte.

Said atmete tief durch, dann legte er das Eisen fort und ließ sich sauberen Verbandstoff geben. Mechthild hob vorsichtig den Kopf.

»Ist er …«, sie wagte nicht weiterzusprechen.

»Er ist nur bewusstlos«, antwortete Philip. »Said hat die Blutung gestillt. Jetzt heißt es abwarten, ob er nicht zu viel Blut verloren hat.«

Mechthild fing erneut an zu weinen.

»Er ist stark«, versuchte Philip sie zu beruhigen. »Er wird es überstehen. Said wird alles für ihn tun.«

»Wie ist es geschehen?«, fragte Lena.

»Wie es so geschieht. Einer der Verteidiger traf«, antwortete Philip knapp. »Ich habe es gesehen und ihn sofort aus dem Schussfeld geholt.«

Erst als Said Johann fertig verbunden hatte, ließ er Mechthild an das Krankenlager. Die Fürstentochter sank neben Johanns Lager auf die Knie und ergriff seine schlaffe Hand.

»Ich werde an seiner Seite bleiben, bis es ihm besser geht«, verkündete sie. Niemand widersprach ihr.

An diesem Abend war es seltsam still in Mechthilds Zelt. Die beiden Mägde waren mit der Fürstentochter in Johanns Zelt gezogen. Nur Tante Margarita und Lena waren zurückgeblieben. Die alte Nonne zeigte sich so schweigsam wie selten. Die schwere Verwundung des Hohnsteiners ging ihr näher, als Lena erwartet hatte.

Es dauerte lange, bis Lena in dieser Nacht Schlaf fand, obwohl es ruhiger war als in den Nächten zuvor. Fürst Leopold hatte den Männern anlässlich der schweren Verwundung seines künftigen Schwiegersohnes untersagt, bis spät in die Nacht zu feiern und zu singen.

Der Wind rauschte in den Wipfeln der Bäume, und die Zeltbahn flatterte. Tante Margarita schnarchte leise. Lena wälzte sich unruhig von einer Seite auf die andere. Immer wieder hallten die schrecklichen Schreie der Verwundeten in ihrem Kopfe nach, am schlimmsten war Johanns Schrei, als Said ihm das Brandeisen zum ersten Mal in die Wunde gedrückt hatte.

Ein leises Rascheln schreckte sie auf. War Tante Margarita wach geworden? Nein, sie schnarchte noch immer. Draußen war es dunkel. Die meisten Männer hatten sich inzwischen zur Ruhe begeben. Sie lauschte noch eine Weile, dann legte sie sich wieder hin.

Wieder dieses Rascheln und das Tappen leiser Schritte. Ob Mechthild eine ihrer Mägde geschickt hatte, um etwas zu holen? Aber die hätte doch ein Handlicht dabeigehabt, oder?

»Wer ist da?«, fragte sie. Keine Antwort. Die Schritte waren verstummt. Hatte sie sich die Geräusche nur eingebildet? Sie horchte in die Dunkelheit, doch alles blieb ruhig.

Da! Wieder Schritte! Sie fuhr hoch. Gleichzeitig erkannte sie einen Schatten vor ihrem Gesicht, und eine Hand legte sich hart über ihren Mund. Sie wehrte sich, wollte schreien, schlug um sich, da wurde sie von weiteren Händen gepackt und aus dem

Bett gezerrt. Mit den Füßen stieß sie gegen einen Krug, der scheppernd zu Boden fiel.

»Was ist los?«, hörte sie Tante Margarita fragen.

»Bring die Alte zum Schweigen«, flüsterte einer der Männer. Lena strampelte und wehrte sich gegen den festen Griff, versuchte, in die Hand zu beißen, die ihr den Mund verschloss. Der Mann stieß sie mit dem Hinterkopf hart gegen den Pfosten des Bettes. Sterne tanzten ihr vor den Augen, die Luft blieb ihr weg. Tante Margaritas heiserer Schrei verstummte zu einem röchelnden Gurgeln. Dann ein dumpfer Laut, als wenn ein Körper auf den Boden gefallen wäre. Was hatte er mit ihrer Tante gemacht?

»Bring das Weibsbild endlich zur Ruhe, ich kann ihr nicht auch noch die Kehle durchschneiden.«

Die Kehle durchschneiden? War das das Gurgeln gewesen, das Tante Margaritas letzten Schrei erstickt hatte? Nein! Die Sterne wurden zu roten Flammen, als Lena sich gegen den Griff des Mörders zur Wehr setzte, ihn mit aller Kraft trat und schlug. Es gelang ihr, in seine Hand zu beißen, sein Blut zu schmecken. Mit einem Fluch zog er seine Hand zurück. Sie wollte schreien, doch noch ehe sie Luft geholt hatte, schlug er ihr mit der Faust hart ins Gesicht. Sie hörte das Knacken ihres Nasenbeins, Blut lief ihr über das Gesicht und in den Rachen hinunter, doch sie wehrte sich noch immer. Ein weiterer Schlag, diesmal gegen das Kinn, dann wurde alles still um sie.

Ihr war übel. Alles schwankte. Nur langsam begriff sie, wo sie war. Sie steckte in einem alten Sack, ihr Kopf hing nach unten, das Blut tropfte noch immer aus der Nase. Anscheinend hatte sie einer ihrer Entführer wie einen Mehlsack über die Schulter geworfen. Die Hände hatte man ihr auf den Rücken gebunden, und auch die Fußknöchel waren zusammengeschnürt. Ihr Schädel pochte. Das Atmen fiel ihr schwer, raubte ihr die Kraft zum Schreien. Wohin brachte man sie? Dann fiel ihr wieder Tante Margarita ein. Hatten die Kerle die Nonne wirklich umgebracht? Nein, das konnte nicht sein, das durfte nicht sein.

Bestimmt war alles nur ein grausamer Albtraum. Allein der Schmerz in ihrem Schädel und ihrem zerschlagenen Gesicht bewies ihr das Gegenteil. Sie wartete darauf, dass die Angst sie ergriff. So wie damals, als Barbarossas Männer alle abgeschlachtet hatten. Doch sie fühlte nur Übelkeit und Hass. Und einen Zorn, so gewaltig, dass sie am liebsten mit den gefesselten Füßen nach ihrem Entführer getreten hätte, einen Zorn, der ihr die Kraft verlieh, an ihren Fesseln zu zerren, bis ihre Handgelenke wund gescheuert waren. Einen Zorn, der sie vor jeder Angst beschützte.

In der Welt der Dunkelheit, die sie umgab, lauschte sie auf jedes Geräusch. Die Tritte der Männer, zunächst über den weichen Waldboden, dann hielten sie inne. Ein Knarren wie von einer schweren Tür. Wohin brachten sie sie? Nun war es ein steinerner Boden, auf dem die Tritte der Stiefel widerhallten. Ein seltsamer Hall, so wie in einem Gewölbe. Wie lange war sie bewusstlos gewesen? Hatte man sie weit fortgebracht? Stufen. Der Mann, der sie trug, schnaufte, während er mit seiner Last die Treppen hinaufstieg. Wer hatte sie entführt? Und warum? Es fiel ihr schwer, einen klaren Gedanken zu fassen, während ihr Schädel noch immer pochte und die Übelkeit sie fast ersticken ließ. Sie schnaubte, um das Blut aus der Nase zu kriegen, doch der Schmerz ließ sie innehalten.

Eine weitere Tür wurde geöffnet. Der Mann warf sie wie einen Sack Gerümpel zu Boden.

»Habt ihr sie?«

Graf Dietmar! Das war Graf Dietmars Stimme! Hatte man sie etwa in seine Burg verschleppt? Aber wie? Gab es einen Geheimgang? War das jenes geheimnisvolle Gewölbe gewesen? Aber warum hatte man sie geraubt? Was wollte der Graf von ihr?

Man riss ihr den Sack herunter. Sie brauchte einen Moment, bis sie erkannte, wo sie war. War dies nicht eines der Zimmer über Elises Kemenate?

»Das ist nicht Mechthild!«, schrie Graf Dietmar. »Verdammt, ihr habt die Falsche gebracht!«

»Aber sie schlief im Zelt der Fürstentochter, in ihrem Bett. Woher sollten wir wissen, dass …«

Graf Dietmar schlug dem Mann ins Gesicht. »Verschon mich mit deinen dummen Ausflüchten.« Dann sah er Lena an. In seinen Augen leuchtete es blutrot. Eine Seelenflamme, aus der schon die Hölle loderte. Wie einst bei Barbarossa, bevor er ihr das Schwert in die Brust gerammt hatte.

»Aber wer weiß, vielleicht bist du mir ebenso nützlich.« Er zerrte sie hoch. »Schafft mir die Gräfin herbei!«

Die beiden Männer verschwanden. Lena fröstelte. Erst jetzt wurde sie sich bewusst, dass sie nur im Nachthemd vor ihm stand.

»So, der Ägypter hat dich angeblich entführt. Dabei bist du ihm vermutlich nachgelaufen wie eine rollige Katze. So wie ihr Weiber alle seid!«

Lena schwieg.

Vor der Tür hörte sie Schritte und wandte den Kopf. Elise betrat die Kammer. Als sie Lena sah, zuckte sie zusammen.

»Was hat das zu bedeuten?«

Graf Dietmar ließ Lena los und packte stattdessen seine Frau. »Wie viel hast du ihr erzählt?«

»Lass mich los!« Elise wollte seine Hände abschütteln, doch er stieß sie rücksichtslos zu Boden.

»Du bist schuld an allem, weil du dein verdammtes Maul nicht halten konntest!«

Elise wollte wieder aufstehen. Dietmar schlug ihr so hart ins Gesicht, dass ihre Lippe aufplatzte.

»Du bist nichts als eine dreckige Hure!«

Wortlos wischte sie sich das Blut vom Mund. In ihren Augen funkelte es böse. Er packte sie so brutal, dass ihr Kleid zerriss.

»Du warst immer nur eine Hure, nie mein Weib! Aber das werde ich dir austreiben!«

»Hört auf!«, schrie Lena und riss an ihren Fesseln. Dietmar beachtete sie nicht. Immer wieder schlug er auf Elise ein. Sie versuchte sich zu wehren, doch gegen den Zorn ihres Gatten kam sie nicht an. Wie ein Tobsüchtiger zerriss er ihr Kleid und Untergewand. Dann schleuderte er sie abermals zu Boden und löste seinen Gürtel. Lena zerrte an ihren Fesseln, doch sie konnte nichts tun, musste aufpassen, dass sie stehen blieb, so eng waren ihre Knöchel aneinandergeschnürt. Wie eine Peitsche zischte der Gurt über Elises nackten Rücken.

»Dir werde ich das Herumhuren austreiben!«, brüllte Dietmar immer wieder.

»Ja, etwas anderes kannst du nicht!«, schrie sie zurück. »Ein Ochse ist gegen dich ein Stier!«

Der Graf hatte jede Mäßigung verloren. Anfangs beschimpfte Elise ihn noch, doch je länger er auf sie einprügelte, umso mehr verwandelten sich ihre Worte in zusammenhanglose Schreie, bis sie nur noch wimmernd am Boden lag.

»Hört auf!«, rief Lena immer wieder. »Wollt Ihr sie etwa umbringen? Glaubt Ihr, das rettet Eure Burg?«

»Meine Burg?« Der Graf wandte sich zu Lena um. Elise rührte sich nicht mehr. Rücken und Gesäß waren mit blutigen Striemen bedeckt.

Dietmars Gesicht war so verzerrt, dass Lena sich fragte, wie sie diesen Menschen einmal gemocht haben konnte. Seine Seelenflamme war nicht mehr blutrot, sondern so dunkel wie glühende Kohlen. Barbarossa hatte recht, Dietmar war schlimmer als der geringste seiner Räuber.

»Du hast Mitleid mit dieser Hure?« Er packte Lena an den Oberarmen. »Das solltest du nicht. Hat sie dir nicht gesagt, dass sie schuld ist am Tod deines Bräutigams?«

»Ihr wart es, nicht sie! Ihr habt Barbarossa gedungen, alle zu töten!«

»Weil sie mich gezwungen hat. Sie war die Teufelshure, die das Unglück über meine Burg brachte. Sie allein! Willst du wissen, was sie von mir verlangte?«

Er kam mit dem Gesicht so nahe, dass sie seinen heißen Atem spürte.

»Was?«, fragte Lena. In ihrem Schädel begann es zu pochen. Was hatte er mit ihr vor? Wollte er sie umbringen? Oder als Geisel behalten? Elise stöhnte. Langsam kam sie wieder zu sich.

»Sie wollte, dass ich unsere Ehe auflösen lasse. Damit sie das Weib ihres Buhlen werden konnte. Wollte mich vor aller Welt als zeugungsunfähig brandmarken. Nur um ihrer eigenen Lust willen. Und ihr Buhle hat ihr zugeredet.«

»Und da habt Ihr alle töten lassen.« Lena würgte. Das war es also. Der einzige Wunsch, den Graf Dietmar seinem Weib jemals verwehrt hatte. Kein Wunder, dass die Gräfin ihn ihr nicht verraten hatte.

»Alle bis auf dich. Zu schade, dass der alte Räuber den Kopf schon verloren hat. Für seine Schlamperei hätte ich ihn mir gern selbst vorgeknöpft.« Beinahe zärtlich streifte er ihr das Nachthemd von der Schulter, entblößte ihre linke Brust und die Narbe darunter. Fuhr mit dem Zeigefinger über das verheilte Wundmal. Sie ballte die Fäuste, hätte ihm am liebsten ins Gesicht gespuckt, doch ihr Mund war trocken. Erst jetzt ergriff die Angst sie mit scharfen Krallen, zerschmolz allen Zorn und Hass, der sie zuvor geschützt hatte.

»Du schreist gar nicht?«

»Ich habe auch nicht geschrien, als Euer Handlanger mir diese Wunde zufügte.« Sie wunderte sich, wie ruhig sie blieb.

»Zu schade, dass dein Martin sich nicht mit dir begnügte, sondern euch lieber alle zum Tode verurteilte.«

Graf Dietmar schob das Nachthemd wieder über die Brust. Dann drehte er sie herum und durchtrennte ihre Fesseln.

»Ich glaube, du hast noch einiges mit der Hure zu besprechen, die sich meine Frau nennt.«

Er lachte böse, ehe er die Stube verließ und die Tür von außen verriegelte.

Die Gräfin richtete sich stöhnend auf und versuchte, ihre Kleider zu ordnen.

»Wartet, ich helfe Euch«, sagte Lena und beugte sich hinunter. Zugleich verfluchte sie den pochenden Schmerz in ihrem zerschlagenen Gesicht und die Übelkeit, die jede Bewegung verursachte.

Elise griff nach Lenas Hand und stand auf.

»Ihr seht furchtbar aus, Frau Helena.«

Lena tastete vorsichtig nach ihrer Nase. Die kleinste Berührung schmerzte.

»Das Kompliment kann ich Euch zurückgeben, Frau Elise.« Sie zwang sich zu einem Lächeln.

Mit schwankenden Schritten trat die Gräfin zu der kleinen Waschschüssel, die am Fenster stand, und feuchtete ein Tuch an.

»Hier, legt Euch das übers Gesicht«, sagte sie zu Lena.

Das kalte Wasser tat unendlich gut.

»Jetzt wisst Ihr es.« Elises Stimme war leise geworden. »Martin könnte noch leben, wenn ich nicht versucht hätte, Dietmar zu verlassen.«

»Wusstet Ihr, dass Euer Gatte seinen Tod befohlen hatte?«

»Anfangs nicht. Erst nach Rudolfs Geburt. Ich trauerte um Martin, da hat er es mir wie eine Waffe entgegengeschleudert und mich zum ersten Mal geschlagen.«

»Er hat Euch wiederholt geschlagen?«

Elise nickte. »Anfangs habe ich es hingenommen. Als Strafe für meine Sünden, als Sühne für Martins Tod. Irgendwann verlor er die Lust daran, zog sich immer mehr zurück, weil ich mich nicht widersetzte. Es fing erst wieder an, seit die Burg belagert wird.«

»Er ist ein Scheusal!«

»Das war er nicht immer. Er war einmal ein guter Mensch.«

»Warum nehmt Ihr ihn in Schutz, Elise? Er nahm Euch Martin, er misshandelt Euch. Er schickt seine Männer wissentlich in den Tod.«

»Ich weiß«, flüsterte die Gräfin. »Ihr habt recht, jetzt ist er ein Scheusal. Aber ich kenne noch seine andere Seite. Den jungen Ritter, der wegen seiner Unvollkommenheit einfach Angst hatte.«

Eine Weile herrschte Schweigen.

»Wo ist Schwester Ludovika?«, fragte Lena dann. »Hat er ihr auch etwas angetan?«

Elise schüttelte den Kopf. »Herr Ewald hat sie zu Beginn der Belagerung unter seinen Schutz gestellt und sich mit ihr in der Kapelle verschanzt. Nicht einmal Dietmar würde die Kapelle schänden.«

Lena atmete auf. Wenigstens eine Sorge war ihr genommen.

»Was wird er Eurer Meinung nach mit mir anstellen?«

»Ich weiß es nicht. Er wollte eigentlich Mechthild haben, in der Hoffnung, der Fürst werde die Belagerung aufgeben, wenn wir seine Tochter als Geisel hätten. Vielleicht versucht er mit Euch dasselbe.«

Elise senkte den Blick. Ganz so, als wisse sie, dass sie sich soeben ungeschickt an einer barmherzigen Lüge versucht hatte. Lena wurde kalt, als die Furcht sie erneut ergriff.

22. Kapitel

»Herr Philip?« Irgendetwas stimmte nicht, als der junge Leopold in Johanns Zelt trat, doch Philip konnte es nicht sofort benennen. Es war nicht die frühe Stunde. Er und Said waren schon eine ganze Weile wach, im Gegensatz zu Mechthild, die in den frühen Morgenstunden neben Johanns Lager eingeschlafen war, ihre Hand noch immer in der seinen. Es war die Art, wie Leopold fragte. Die Sorge des Fürstensohnes galt nicht dem schwer verletzten Freund und auch nicht seiner Schwester.

»Was wünscht Ihr, Herr Leopold?«

»Kommt bitte mit!« Wieder dieser Blick, der das Unheil wie eine Fahne vor sich hertrug.

»Was ist geschehen?«

»Kommt und seht selbst.«

Verdammt, warum musste er so geheimnisvoll tun? Konnte er nicht einfach sagen, was geschehen war?

Leopolds Schritte führten geradewegs zu den Zelten der Damen. Zu Mechthilds Zelt. Philip zählte elf Waffenknechte. Drei davon waren unbewaffnet und knieten mit gesenkten Häuptern am Boden, als wären sie Gefangene.

»Kommt!«

Schon wieder dieses eine Wort statt einer vernünftigen Erklärung. Obwohl er Leopold mochte, hätte er ihn am liebsten geschüttelt.

Der Fürstensohn betrat das Zelt seiner Schwester. Philip folgte ihm. Das Mobiliar war zum Teil umgestürzt, auf dem Boden lagen Scherben. Dann sah er den großen Blutfleck. So groß, als hätte man ein Schwein abgestochen.

»Lena!«, entfuhr es ihm. Leopold legte ihm die Hand auf die Schulter. »Das Blut stammt nicht von ihr.«

Philip riss sich los. »Wo ist sie?«

»Wir wissen es nicht.«

»Was heißt das – ihr wisst es nicht? Von wem ist das Blut?«

Leopold wies auf die kleine Lagerstatt in der hinteren Ecke des Zeltes. Unter der Wolldecke zeichneten sich die Umrisse eines Körpers ab. Philip näherte sich und schlug die Decke zurück. Schwester Margaritas totes Antlitz leuchtete ihm bleich entgegen. Ein tiefer Schnitt hatte ihr die Kehle durchtrennt.

Philip schluckte. Er hatte schon manchen Toten gesehen, grässlich verstümmelte Leiber. Aber selten hatte ihn ein Anblick so berührt wie dieser. Schwester Margarita, Lenas Tante, die vor Leben gesprüht hatte wie keine Zweite. Eine Frau, die sich trotz ihrer frommen Tracht nie gescheut hatte, ihre Meinung zu vertreten. Schwester Margarita, der er so viel verdankte und die sein Herz auf eine Weise für sich erobert hatte, wie es nur eine starke Persönlichkeit vermochte. Er hatte sie gerngehabt, Lenas letzte lebende Verwandte. Nein, es war mehr als das gewesen. Er hatte sie geliebt, in ihrer ganzen Art, so als gehöre sie zu seiner Familie. Seine Hände ballten sich zu Fäusten.

»Wer war das? Die Männer, die dort draußen knien?«

»Nein, sie hatten die Wache, aber sie haben lieber gesoffen, statt ihre Aufgabe zu erfüllen.« Leopold presste die Lippen fest aufeinander. Auch ihm fiel es schwer, die Fassung zu bewahren.

»Was ist mit Lena?«

Leopold schüttelte den Kopf. »Wir haben alles durchsucht, sie ist fort. Die Mörder von Schwester Margarita müssen sie entführt haben.«

»Gibt es einen Verdacht?«

Erneutes Kopfschütteln.

»Das kann doch nicht wahr sein!« Philip schrie es heraus. »Ihr könnt mir nicht erzählen, dass unsere Wachtposten sich besaufen und unterdessen eine Frau getötet und eine andere entführt wird? Es hätte Eure Schwester sein können, wenn sie diese Nacht nicht an Johanns Seite gewacht hätte.«

Leopold sagte kein Wort.

Von draußen hörten sie Stimmengemurmel. »Was hat das hier

zu bedeuten?«, rief ein Mann. »Wer hat meine Männer unter Arrest gestellt?«

Philip zuckte zusammen. Ulf von Regenstein.

»Die Wächter gehören zu den Regensteinern?« Philip starrte Leopold fassungslos an. Der nickte stumm.

Philip hastete an ihm vorbei aus dem Zelt.

»Das sind Eure Männer, Ulf von Regenstein?«

Irgendetwas in Philips Blick trieb den Regensteiner zwei Schritte zurück.

»Sind das Eure Männer?«, herrschte Philip ihn an.

»Ja, das sind sie.«

»Und sie hatten die Wache?«

Ulf nickte. Die Großspurigkeit war aus seinem Gesicht gewichen.

»Dann sagt mir, wo Helena von Eversbrück abgeblieben ist und wer die ehrwürdige Schwester Margarita ermordet hat!« Rote Wutfunken tanzten vor Philips Augen. Nur mit Mühe konnte er sich beherrschen, Ulf von Regenstein nicht auf der Stelle an die Kehle zu gehen.

Der Regensteiner wich einen weiteren Schritt zurück. Flackerte da wirklich Furcht in seinem Blick?

»Ihr glaubt doch nicht etwa, ich hätte etwas damit zu tun!«

Bevor Philip antworten konnte, hörte er laute Rufe.

»Seht zur Burg!«, schrie einer der Männer. Oben auf der Mauer war ein hölzerner Pfahl errichtet worden. Trotz der Entfernung erkannte Philip, dass zwei Männer eine zierliche Gestalt mit langen blonden Haaren, die nichts als ein weißes Hemd trug, daran festbanden.

»Lena!«, schrie er. Sein Blick jagte zwischen ihrer hellen Gestalt und dem Lager hin und her. Schließlich trat Leopold auf ihn zu. Der Fürstensohn war blass geworden. Er hatte die Gefesselte auch erkannt.

»Wer hat sie dorthin verschleppt?« Philip wandte sich wieder zu Ulf von Regenstein. »Haben Eure Männer nicht einmal den Kampfplatz bewacht?«

»Das ist unmöglich!«, widersprach der Regensteiner. Philip glaubte ein leichtes Zittern in seinen Worten wahrzunehmen. Die ganze Angelegenheit war dem Regensteiner unangenehmer, als Philip gedacht hatte.

»Vielleicht bietet sich noch eine andere Möglichkeit«, warf Leopold ein. »Möglicherweise gibt es einen Geheimgang, den wir nicht kennen. Wenn wir ihn fänden, könnten wir die Burg im Handstreich nehmen und Frau Helena befreien.«

»Ich habe zwei hervorragende Spürhunde«, mischte sich Ulf von Regenstein ein. »Wenn Ihr wollt, stelle ich sie Euch zur Verfügung.«

»Ach ja?« Philip verschränkte die Arme vor der Brust. »Wenn die genauso hervorragend sind wie Euer Sohn oder Eure Wächter, dann führen sie uns vermutlich eher zum nächsten Metzger.«

»Er hat wirklich gute Hunde«, bestätigte Leopold. »Ich nehme Euer Angebot an, Herr Ulf.«

Philip schwieg und starrte weiter auf die Burg. Es war ein kühler Morgen, Lena trug nur ein dünnes Nachthemd. Er bemerkte, dass er die Fäuste nicht mehr geöffnet hatte, seit er in Schwester Margaritas totes Antlitz geblickt hatte.

Das kleine Tor neben der Zugbrücke öffnete sich, und eine weiße Fahne schob sich hervor.

»Er will verhandeln«, erklärte der junge Leopold. »Kommt, Herr Philip, hören wir uns die Forderungen an.«

Sie eilten zum Zelt des Fürsten.

Herzog Leopold stand unter dem Baldachin, der den Eingang zierte, und spähte mit zusammengekniffenen Augen zur Burg hinauf. Von Birkenfeld her näherte sich ein Reiter. Der Mann ließ sich Zeit, vielleicht um zu prüfen, ob man ihn tatsächlich unbehelligt durch die Reihen der Bogenschützen ließ. Kurz bevor er das Lager erreicht hatte, stieg er vom Pferd und wurde von zwei Männern in Empfang genommen, die ihn zu Herzog Leopold führten.

»Albrecht von Schewe«, begrüßte der Fürst ihn. »Welche Nachricht bringt Ihr mir diesmal von Eurem Herrn?«

»Ich bin gekommen, Euch ein Angebot zu unterbreiten. Zieht Eure Männer zurück, mein Fürst. Lasst ab von der Belagerung, die ohnehin ein schweres Unrecht ist.«

»Und wenn ich mich weigere?«

»Nun …« Albrecht lächelte so genüsslich, dass Philips Faust zuckte. »Leider wird es uns nicht möglich sein, die junge Dame, die sich derzeit zu Gast auf Burg Birkenfeld befindet, angemessen unterzubringen. Eure Angriffe haben die Häuser des Gesindes schwer geschädigt, sodass mein großherziger Herr ihnen Kammern in der Burg zuwies. Für Frau Helena wird sich leider kein Platz in einer warmen Stube finden.«

»Was soll das heißen?«

»Dass sie dort bleiben wird, wo sie jetzt ist.« Albrecht schaute in den Himmel. Dunkle Wolken zogen sich über ihnen zusammen. »Ich weiß nicht, wie lange sie es bei guter Gesundheit aushalten wird.

Besser, Ihr kommt dem Wunsch meines Herrn sofort nach, denn dann kann er die Hütten seines Gesindes wieder richten lassen und Frau Helena angemessen unterbringen.«

Philips Hand wollte zum Schwert gleiten, doch er beherrschte sich. Albrecht von Schewe war ein Unterhändler. Unantastbar, ganz gleich, wie er sich auch benahm.

»Welche Antwort darf ich meinem Herrn überbringen?«

»Sagt ihm, niemals hat er uns seine Schuld deutlicher bewiesen als durch diese Tat. Wer sich hinter einem schwachen Weib verbirgt, ist kein Mann, sondern ein feiger Hund, den man mit einem Knüppel erschlägt.«

»Alles liegt bei Euch, mein Fürst.« Albrecht deutete eine spöttische Verbeugung an. »Nicht wir werden unsere Hände mit dem Blut einer schwachen Frau besudeln. Ihr seid es, der über ihr Leben oder ihren Tod bestimmt.«

Philip spürte einen Regentropfen auf der Haut. Dann einen zweiten.

Auch Albrecht hatte den feinen Niesel bemerkt.

»Es liegt bei Euch, doch ich würde raten, Euch bald zu entscheiden. Wer weiß, ob das Weib stark genug ist, länger als einen Tag und eine Nacht dort oben zu überleben.«

Philip verschränkte die Hände hinter dem Rücken, krallte die Finger ineinander, um Albrecht nicht doch noch das Schwert durchs Gesicht zu ziehen, Unterhändler hin oder her. Jeder einzelne Regentropfen schnitt ihm in die Haut, offenbarte ihm das Leid, das Lena in ihrem dünnen Hemd ertragen musste, und er konnte nichts dagegen unternehmen.

Erst als der Waffenknecht des Grafen davongeritten war, lösten sich Philips Finger wieder voneinander.

»Wir werden den Geheimgang finden«, sagte der junge Leopold leise.

»Mit Regensteins Kötern? Das glaubt Ihr doch selbst nicht.« Philip wusste, dass er ungerecht war, aber er konnte nicht anders.

»Nicht mit Regensteins Kötern«, bemerkte eine vertraute Stimme.

»Said!« Philip fuhr herum. Seit wann stand der Araber schon hinter ihm? »Du hast alles mit angehört?«

Said nickte. »Die Entführer waren unvorsichtig. Hinter dem Zelt haben sie eine Spur hinterlassen. Komm!«

Der junge Leopold begleitete sie.

»Siehst du hier?« Said wies auf einen Schnitt an der Rückseite des Zeltes. »Hier sind die Männer eingedrungen. Und hier kamen sie wieder heraus.« Er zeigte auf zwei Eindrücke im Boden. »Einer der Männer trug eine Last, deshalb sind seine Stiefel tiefer in die Erde eingesunken als zuvor.«

»Er trug Lena?«

»Ja. Und man kann den Spuren folgen. Sieh her!« Said verfolgte die Fährten der Männer bis in den angrenzenden Wald. »Der Mann, der die Last trug, hatte seine Hände nicht frei und war nicht in der Lage, die Zweige und kleinen Äste beiseitezuschieben. Sie sind zum Teil gebrochen.«

»Ihr könnt die Spuren am Boden und in der Luft lesen, Said al-Musawar?« Der junge Leopold zog anerkennend die Brauen hoch. »Ihr überrascht mich jeden Tag aufs Neue mit Euren Fähigkeiten.«

»Er hat mir einst auf diese Weise das Leben gerettet«, sagte Philip leise. »Als er mich an einem Ort fand, an dem mich sonst niemand gefunden hätte.«

»Und heute finden wir Lena«, versprach Said. »Ich werde nicht zulassen, dass noch einmal etwas geschieht, das dich der Dunkelheit anheimfallen lassen könnte.« Er legte Philip beide Hände auf die Schultern. »Hol deine Waffen!«

»Und du?«

Said schlug seinen Umhang zurück. Philip sah den Dolch und die beiden scharfen Säbel in seinem Gürtel.

»Ich begleite Euch ebenfalls, Herr Philip.«

»Es ist gefährlich, Herr Leopold. Wenn Ihr dem Grafen in die Hände fallt, hat er ein noch wertvolleres Faustpfand.«

»Nein. Wie Ihr schon sagtet, es hätte auch Mechthild sein können. Ich bin es Frau Helena ebenso schuldig wie meiner eigenen Schwester.«

Philip nickte. Dann kehrte er zurück ins Zelt des Hohnsteiners, um seine Waffen zu holen. Nicht nur Schwert und Dolch, sondern auch einen Beutel mit schwarzem Pulver.

Wenig später traf er sich mit Said und Leopold an der Stelle, bis zu der sie der Fährte der Entführer gefolgt waren. Der Fürstensohn hatte eine stattliche Anzahl von Waffenknechten bei sich.

»Mit so vielen Männern könnten wir leicht entdeckt werden«, gab Said zu bedenken.

»Sie folgen uns in gebührendem Abstand, um uns bei Schwierigkeiten zur Seite zu stehen«, beruhigte ihn Leopold.

Said deutete ein Nicken an, dann nahm er erneut die Spur auf und führte sie durch den Wald zum Fuß des Berges auf der Rückseite der Burg. Philip bewunderte das Geschick seines Freundes. Schon in den klaren Wüstennächten hatte der Araber ihn mit seinen scharfen Augen überrascht, denen keine Einzelheit entging, und seiner Art, Schlussfolgerungen daraus zu ziehen. Ob er es wohl so ähnlich hielt, wenn er sich um Kranke und Verletzte kümmerte? Auf Feinheiten achtete, für die sonst niemand ein Auge hatte, um den Ursachen des Leidens auf die Spur zu kommen?

»Seht!« Said zeigte auf das Felsmassiv, auf dem die Burg thronte. »Hier ist eine Spalte, die ins Innere des Berges führt.«

Philip ließ die Hände über das graue Gestein gleiten, spürte die Unebenheiten unter seinen Fingern. Hinter sich hörte er das Ratschen von Zündzeug. Said hatte einen Kienspan entzündet und reichte ihn weiter. Der Araber dachte wirklich an alles.

»Der Gang scheint natürlichen Ursprungs zu sein«, stellte Philip fest, als er hineinleuchtete.

»Die Spuren enden hier, also muss es der Zugang sein«, entgegnete Said. Er zog seine beiden Säbel. »Lass uns nachschauen!«

Auch Leopold zog sein Schwert. Philip ging voraus, das Schwert noch immer in der Scheide, aber die Rechte um den Griff gelegt. Der Kienspan in seiner Linken beleuchtete den dunklen Gang nur unzureichend. Die Luft war feucht und kühl, fast so wie hinter dem Geistertor. Von den Wänden rann Wasser auf den Boden und mischte sich mit der Erde, die Wind und Wetter im Lauf der Jahre in den Eingang getragen hatten.

»Warte!« Said stieß ihn an. »Leuchte dorthin!«

Der Abdruck eines Stiefels. Sie waren auf dem rechten Weg.

»Ob der Gang wohl bewacht wird?«, flüsterte Leopold.

»Ich glaube kaum, sonst hätte man uns schon bemerkt«, antwortete Philip. Seine Schritte beschleunigten sich, hallten durch den Höhlentunnel. Hinter sich hörte er Saids Atem.

Irgendwann veränderte sich der Gang. Die Wände, die zuvor aus rauem Felsgestein bestanden hatten, wurden glatter, so als hätten Menschen sie bearbeitet. Und dann war der freie Weg zu Ende. Eine schwere Eisentür verschloss den Gang. Kein Wunder, dass sie keine Wächter gesehen hatten.

»Soll ich die Männer rufen?« Leopold schaute fragend in die Runde.

Philip antwortete nicht, sondern leuchtete die Tür ab. Sie sah äußerst widerstandsfähig aus, es hatte vermutlich keinen Sinn, sie eintreten zu wollen. Sein Blick fiel auf die Türangeln. Er fuhr mit den Fingern über die Scharniere.

»Glaubst du, wir könnten sie aus den Angeln heben?«, fragte Said.

»Nein, wir nicht. Aber die Macht des schwarzen Pulvers. Herr Leopold, haltet doch einmal das Licht für mich!«

Er reichte dem Fürstensohn den Kienspan und zog seinen Pulverbeutel hervor. Dann schüttete er vorsichtig Pulver in die Angeln, drückte es fest, verstopfte es und zog zwei von den Dochten hervor, mit denen sie die steingefüllten Tonkrüge entzündet hatten. Als er fertig war, nahm er Leopold den brennenden Kienspan wieder aus der Hand.

»Schnell zurück hinter die letzte Biegung!«, rief er den Gefährten zu.

Erst als sie verschwunden waren, entzündete Philip die beiden Lunten und rannte los.

Ein Donner, als ginge die Welt unter. Nachdem der Knall verhallt war, hatte er das Gefühl, seine Gehörgänge wären mit Wachs verstopft.

Leopold schien es ähnlich zu gehen, denn er schüttelte den Kopf hin und her, als hätte er Wasser in die Ohren bekommen. Nur Said ließ sich nichts anmerken. »Das haben sie gewiss in der Burg gehört«, sagte er.

»Man könnte es auch für einen fernen Donner halten«, antwortete Philip.

»Ich staune immer wieder über Euch.« Leopold bohrte mit dem kleinen Finger im rechten Ohr. »Lässt dieses taube Gefühl irgendwann wieder nach?«

»Ja«, beruhigte Philip ihn. »Nun kommt schon!«

Die Wucht der Explosion hatte die Türangeln aus der Felswand gerissen, und die Tür war zu Boden gestürzt. Dahinter wurden steinerne Stufen sichtbar, die nach oben führten und unter einer Falltür endeten.

»Und jetzt?«, fragte Leopold.

Philip reichte ihm wortlos das Licht und stemmte sich gegen die Luke. Sie gab tatsächlich nach. Vorsichtig schob er den Kopf hindurch und ließ sich von Leopold den Kienspan zurückgeben. Linker Hand entdeckte er Weinfässer, rechts hingen Würste und Schinken. Menschen sah er nicht.

»Einen hübschen Vorratskeller hat der Graf.« Er kletterte ganz hinauf und schaute sich weiter um, während Leopold und Said ihm nachkamen.

Gegenüber den Weinfässern erkannte Philip weitere Stufen. Er zog sein Schwert.

»Herr Leopold, jetzt wäre es wohl an der Zeit, dass Ihr Eure Männer ruft. Said und ich versuchen, Lena zu befreien, Ihr solltet uns den Rücken freihalten.«

Die Mundwinkel des Fürstensohnes zuckten kurz, ganz so, als wolle er widersprechen, doch dann nickte er und kletterte wieder in den Geheimgang hinunter.

»Du willst ihn außer Gefahr wissen, nicht wahr?«, flüsterte Said, kaum dass Leopold fort war.

Philip nickte. »Das hier erledigen wir besser allein.«

Als sie die Stufen hinaufstiegen, merkten sie, dass sie sich im Wohnturm befanden. Philip erkannte den Aufgang, der zum Prunkgemach des Hausherrn führte. Er tauschte einen kurzen Blick mit Said.

»So wie in der Nacht, als wir mit Lena geflohen sind?«

»Soll ich vorausgehen?«, fragte der Araber. Philip nickte und löschte den Kienspan. Said huschte geschmeidig wie eine Katze an ihm vorüber. Er hatte einen seiner beiden Säbel zurück in den Gürtel gesteckt, um eine Hand frei zu haben.

Der Brandgeruch hatte sich bis ins Innerste der Burg gefressen. Wie viele der kleinen Gesindehäuser mochten noch stehen?

Schritte! Hastig drückten sich die beiden Eindringlinge an die Wand, um mit der Dunkelheit zu verschmelzen. Es war eine der Mägde. Sie kam so nahe an Philip vorüber, dass er den regennassen Stoff ihres Kleides roch, doch sie hatte es eilig und hastete die Treppe hinauf, ohne die Schemen zu bemerken.

Erst als ihre Schritte verhallt waren, schlichen sie weiter. Die Tür zum Hof war nur angelehnt. Vorsichtig schob Philip sie auf. Es regnete. Stärker, als er es hierzulande bislang erlebt hatte. Er konnte keine einzelnen Tropfen mehr unterscheiden, sah nur noch graue Streifen und verschwommene Umrisse. In der Mitte des Hofes sammelte sich das Wasser bereits in großen Pfützen. Die Menschen hatten sich offenbar alle in die Gebäude zurückgezogen. Philip spähte zum Durchlass hinüber, der in die Vorburg führte. Er war unbewacht. Dann fiel sein Blick auf die äußerste Mauer. Dort war die Spitze des Pfahles zu erkennen, an dem man Lena festgebunden hatte, ein Schimmer ihres blonden Haares, doch nicht mehr. Er wandte sich ab. Er durfte sich nicht von Zorn und Schmerz überwältigen lassen, wenn er sie retten wollte.

»Sie werden uns sehen«, flüsterte Said.

»Ja, aber sie werden mich nicht unbedingt erkennen. Warte hier auf Leopold! Ich gehe allein vor.« Philip steckte sein Schwert zurück in den Gürtel und zog die Kapuze seines dunklen Umhanges tief ins Gesicht.

Said nickte stumm und legte ihm beide Hände auf die Schultern. Für einen Augenblick umfasste Philip die Arme seines Freundes, dann trat er in den Regen hinaus, die Rechte fest um den Griff seines Schwertes gelegt. Er zählte die Schritte bis zum kleinen Tor. Vierzehn, fünfzehn, sechzehn. Noch nie war ihm der Weg so lang vorgekommen. Sein Umhang wurde schwer von der Nässe, die sich in den Wollstoff saugte. Keiner schien ihn zu beachten. Auch nicht, als er die Vorburg betrat.

Er hatte immer gewusst, dass die kleinen Häuser Feuer gefangen hatten, hatte geahnt, dass nur noch rauchende Trümmer übrig wären. Umso mehr wunderte er sich, dass es ihn berührte. Die Schmiede war ausgebrannt, das große Haus beim Tor bestand nur noch aus verkohlten Balken. Ob wohl Unschuldige in den rauchenden Trümmern ums Leben gekommen waren? Du bist ein Narr, schalt er sich. Was kümmerst du dich um das, was war? Denk an Lena. Und doch konnte er seine Betroffenheit nicht vollständig abschütteln.

»Bist du es, Arndt? Wird Zeit, dass du kommst.«

Philip fuhr herum. Einer der Waffenknechte winkte ihm zu. Der Mann stand allein unter einem schmalen Mauervorsprung, der ihn nur unzureichend vor dem Regen schützte. Philips Hand glitt unter dem Mantel zum Dolch, als er nickte und auf den Mann zuging.

»Du bist es ja gar ni…« Ein schneller Stoß in den Kehlkopf, und der Mann schwieg für immer. Als Philip den Leichnam des Mannes näher an die Mauer heranzog, damit er nicht sofort bemerkt wurde, sah er eine frische Wunde an dessen rechter Hand. Der Abdruck menschlicher Zähne. Hatte er hier einen von Lenas Entführern oder gar Margaritas Mörder vor sich? Wie dem auch sein mochte, der Mann war tot.

Neben dem Mauervorsprung lehnte eine Leiter. Er griff nach dem feuchten Holz und kletterte auf den Wehrgang hinauf. Jetzt sah er Lena deutlich. Trotz der Kälte stand sie immer noch aufrecht, die Augen starr auf das Lager am Fuß der Burg gerichtet. Das dünne Hemd war vollständig durchnässt, haftete ihr am Leib, ebenso wie das lange Haar, das einen Teil ihres Körpers mit seinen nassen Strähnen bedeckte.

»Halt! Wer da?« Ein Mann löste sich aus dem Schatten der Zinnen. Philip zog sein Schwert. Doch diesmal war er nicht schnell genug. Der Mann hatte ebenso rasch seine Waffe gezogen und rief um Hilfe, während er Philips Attacke mühsam abwehrte. Es brachte nicht viel, dass Philip den Kampf sehr schnell für sich entschied. Von allen Seiten drangen die Verteidiger auf ihn ein. Lena war aufmerksam geworden, wandte ihm den Kopf zu. Er hastete auf den Pfahl zu, durchtrennte die Stricke, die sie hielten, mit seinem Schwert. Sie taumelte, er fing sie auf, löste seinen Mantel und warf ihn ihr über. Der erste Verteidiger erreichte ihn. Eisen schlug auf Eisen. Der Mann war kein Gegner für ihn, aber er war nur einer von vielen.

»Kannst du gehen?«, fragte er. Lena zog sich den Mantel fester um die Schultern und nickte. Da erst entdeckte er die Verletzungen in ihrem Gesicht. Vermutlich hätte sie immer genickt, gleichgültig, wie schlecht es ihr ging. Seine Wut auf ihre Entführer durchströmte ihn wie eine heiße Welle, ließ ihn den Regen nicht mehr spüren.

»Bleib immer hinter mir!« Sein Schwert fing abermals einen tödlichen Angriff ab, schlug eine Schneise in die Reihen der Angreifer. Geschrei vom anderen Ende der Burg. Jemand schlug Alarm in der Hauptburg. Die Männer zögerten. Sollten sie weiter gegen Philip kämpfen oder sich dort sammeln, wo sie augenscheinlich gebraucht wurden?

Philip griff nach Lenas Hand, zog sie über den Wehrgang hinter sich her, in der Rechten immer noch das blutige Schwert. Die Gegner wichen vor ihm zurück. Philip hörte Lenas keuchenden Atem, doch unbarmherzig zog er sie weiter, konnte ihr keine Rast gönnen oder sie tragen, wie er es so gern getan hätte. Noch immer brauchte er die freie Schwerthand. Sie erreichten die schmale Stiege, die vom Wehrgang in den Hof hinunterführte. Durch den Vorhang aus dichten Regentropfen blitzte ein heller Turban. Said! Dahinter ein rot-weißer Waffenrock. Leopold!

Der Kampflärm im inneren Burghof wurde immer lauter. Die Waffenknechte des Grafen rannten hin und her, unschlüssig, welchem Feind sie sich stellen sollten. War niemand da, der ihnen Befehle erteilte? Niemand von denen, die Philip gern vor sein Schwert gefordert hätte? Wo war Albrecht? Und wo der Graf?

»Philip!« Said lief ihm entgegen, beide Säbel in der Hand. Der Regen mischte sich mit dem Blut auf den Klingen. »Bring Lena in die Burg! Unsere Männer haben den Turm in ihrer Gewalt.«

»Wo ist der Graf?«

»Ich weiß es nicht. Nun komm schon, ich halte dir den Rücken frei.«

Philip schob sein Schwert zurück in die Scheide, dann hob er Lena kurzerhand auf die Arme, presste sie an sich und lief mit ihr auf Leopold und dessen Männer zu. Sie zitterte, ihre Zähne schlugen heftig aufeinander, aber sie lebte. Alles andere war unwichtig.

Im Prunkgemach des Grafen brannte ein warmes Feuer im Kamin. Philip setzte Lena auf den mit Lammfell belegten Stuhl vor das Feuer und durchsuchte den Saal nach warmen Decken. In einer Truhe wurde er fündig.

Leopolds Männer, die das Zimmer bewacht hatten, zogen sich taktvoll zurück, als Philip die Decken brachte. Seit er Lena befreit hatte, hatte sie noch kein Wort gesprochen, nur genickt. Sie legte seinen nassen Umhang ab, der sie vermutlich weniger vor der Kälte als vor den Blicken geschützt hatte, und hüllte sich mit einem erleichterten Seufzer in eine warme Decke ein.

Er kniete vor ihr nieder, strich ihr die nassen Haarsträhnen aus dem Gesicht und begutachtete die Wunden, die man ihr geschlagen hatte. Ihre Nase war geschwollen, eine Blutkruste zog sich bis zur Oberlippe hinunter. Am Kinn zeichnete sich ein hässlicher blauer Fleck ab. Die Grausamkeit, mit der man sie behandelt hatte, erschreckte ihn.

»Es ist alles gut«, sagte sie. Ihre Stimme klang seltsam rau und näselnd »Mir ist nichts weiter geschehen.« Sie strich ihm über das feuchte Haar, als müsse sie ihn trösten und nicht umgekehrt. Er ergriff ihre Hand und drückte sie an die Lippen.

Irgendwo knarrte eine Tür. Philip wandte sich um. Die Tür zum Treppenaufgang hatte sich nicht bewegt.

»Hinter dir!«, schrie Lena. Philip sprang auf. Graf Dietmar! Wie war er hereingekommen? Gab es noch weitere Geheimgänge? Das Schwert in Dietmars Händen ließ ihm keine Zeit, darüber nachzusinnen. Philip zog seine Waffe.

»Du verdammter Bastard!«, schrie der Graf. »Glaubst, du könntest dich als Ottos Sohn ausgeben und mich um mein Eigentum bringen?« Giftig wie seine Stimme schnitt die Klinge durch die Luft, prallte gegen Philips Waffe.

»Ich bin Ottos Sohn«, entgegnete Philip. »Aber ich hatte nie die Absicht, Euch um Euren Besitz zu bringen. Das habt Ihr ganz allein geschafft.«

»Ein dreister Lügner bis zuletzt!« Eisen schlug auf Eisen. Graf Dietmar war ein guter Kämpfer. Ottos Bruder. Sein Onkel. Jeder seiner Schläge war wohlgesetzt, jeder Angriff von tödlicher Genauigkeit und voller Hass. Es kostete Philip alle Kraft, den Hieben auszuweichen. Dietmars Ähnlichkeit mit seinem Vater war unverkennbar. Es waren nicht nur die gleichen Gesichtszüge, die gleichen blauen Augen, das gleiche helle Haar. Es war die Art, wie Dietmar kämpfte. Er hatte Ottos Fähigkeiten. Und obwohl Philip jeden Hieb parieren konnte, obwohl er wusste, dass er mittlerweile besser war als sein Vater, war es ihm, als wäre er wieder der Sohn, der vergebens versucht, sich gegen einen Mythos zu behaupten.

Ein staubiger Geschmack lag auf seiner Zunge. *Wüstensand …* Nein! Nicht dieses Bild! *Sattelleder knarrt, ein Ruck geht durch sein Pferd.* Mit aller Kraft schlug er auf Dietmar ein, versuchte, die grausamen Bilder zu erschlagen, die sich mit Macht in seine Seele drängten. *Ein grauenhafter Schrei …* Niemand schreit. Er ist nicht mein Vater! Ein heftiger Schmerz! Und diesmal war er echt. Fassungslos starrte Philip auf die blutige Klinge seines Gegners, brauchte eine Weile, um zu erfassen, wo er getroffen war. Spürte nach und nach den brennenden Schmerz in der Seite, das warme Blut, das in der Regenfeuchte seiner Kleidung unterging.

»Du willst Ottos Sohn sein?« Dietmar lachte. »Nichts als ein Regensteiner Bastard! Und jetzt stirbst du.«

Ein neuer Angriff. Philip fing ihn ab, konnte Dietmar sogar um einige Fußlängen zurücktreiben, doch nun spürte er die Wunde in seiner Flanke bei jedem Schritt. Nur keine Schwäche zeigen! Du hast ihn, du kannst ihn kriegen! Er ist nicht dein Vater. Er ist eine Schande für alle Birkenfelder! Zoll um Zoll drängte er Dietmar zurück, immer näher zur Wand hinüber. Entdeckte die Öffnung des Geheimganges, durch den der Graf in den Saal gelangt war. Der Hass in Dietmars Augen loderte heller als zuvor. Zum ersten Mal konnte Philip erahnen, was Lena mit der Seelenflamme meinte, glaubte, sie selbst zu sehen. Blutrot, ohne jede Gnade.

Dietmars Attacken wurden wieder heftiger. Oder lag es nur daran, dass Philip an Kraft verlor? Mit jedem Tropfen seines Blutes, das sein Hemd durchtränkte, schwächer wurde?

Ein weiterer Hieb, so stark, dass Philip in die Knie brach. Schwarze Funken tanzten ihm vor den Augen, als er sich mühsam wieder erhob. Er sah die tödliche Klinge vor sich, wollte sein Schwert hochreißen, doch er war zu langsam. Mitleidlos fuhr Dietmars Waffe nieder, um dann plötzlich an Kraft zu verlieren. Im selben Moment stieß Philip zu. Durchbohrte die Brust des Grafen und erkannte erst jetzt, warum sein Feind gezögert hatte. Hinter Dietmar stand die Gräfin. In ihrer Hand ein blutiger Dolch.

Er starrte sie an, sah, wie sie die Waffe hob und gegen sich selbst richtete. Augenblicklich ließ er sein Schwert fallen und packte ihre Hand.

»Nein, Frau Elise! Das dürft Ihr nicht tun.«

»Ich habe ihn getötet. Ich habe meinen Mann getötet. Wie soll ich mit der Schuld leben?«

Er drückte sie an sich. »Ihr wart es nicht. Er starb durch mein Schwert.«

Ihre Tränen sickerten in sein Hemd. »Ihr kennt nicht die Dunkelheit«, flüsterte sie.

»Doch, ich kenne sie«, sagte er leise. »Den Ort, an dem alle Gefühle verlöschen, Freude wie Trauer, und nur der Tod als Erlösung erscheint. Wenn die Stimmen all derer, die man liebt, in einem selbst verstummen, ganz gleich, was sie uns sagen. Ich kenne sie, die Hölle der Dunkelheit.«

Sie hob den Blick und sah ihn erstaunt an.

»Aber man kann zurückkehren, Frau Elise. Man muss nicht ewig in der Dunkelheit verharren.«

Der Schmerz in seiner Wunde wurde fast unerträglich.

»Versprecht mir, nicht mehr Hand an Euch zu legen, Elise! Versprecht es mir!«

»Ich verspreche es Euch«, hauchte sie, die Augen immer noch voller Tränen. Aber das war gut. Tränen waren gut. Wer in die Dunkelheit fiel, hatte keine Tränen mehr. Er ließ Elise los.

Lena war an seine Seite getreten, und auf einmal war sie es, die ihn stützte, als die Kräfte ihn endgültig verließen, ihm half, sich zu setzen.

»Es ist vorbei«, flüsterte sie. »Du hast gesiegt.«

Er sagte kein Wort, zog sie an sich, küsste sie. Dann schloss er die Augen und hoffte, dass Said bald auftauchte, um endlich etwas gegen den Schmerz zu unternehmen.

23. Kapitel

»Pass auf, der Kleine zerdrückt dir noch dein schönes Kleid!« Schwester Ludovika nahm Lena den Säugling ab. »Hättest du ihn nicht bei seiner Amme lassen können? Zumindest bis die Hochzeit vorüber ist?«

Lena lächelte. »Ich habe Elise versprochen, für ihn zu sorgen, als wäre er mein eigenes Kind. Und sei ehrlich, ist Rudolf nicht allerliebst?«

»Aber deshalb musst du ihn nicht ständig herzen und drücken.«

»Nein, deshalb nicht. Das tue ich, weil er so unwiderstehlich ist, der kleine Mann.«

Unwiderstehlich …

Lenas Gedanken schweiften zurück. Zurück zu jenem letzten Gespräch mit Elise. Es war in den Tagen nach der erfolgreichen Eroberung Birkenfelds gewesen.

Die Gräfin hatte sich unmittelbar nach Dietmars Tod in ihre Kemenate zurückgezogen und wollte niemanden sehen. Die meisten glaubten, sie wolle abwarten, wie über die Burg entschieden wurde. Wer nach Dietmars Tod das Lehen und den Grafentitel erbte. Manch einer munkelte sogar, dass sie für ihren Sohn um das Erbe streiten werde. Nur Lena wusste, dass all dies Elise nicht kümmerte. Die Gräfin kämpfte mit der Dunkelheit. Ob sie ihr wohl schon anheimgefallen war? Der Gedanke daran ließ Lena keine Ruhe, und so klopfte sie am dritten Tag nach dem Tod des Grafen an Elises Tür. Nichts regte sich. Vorsichtig öffnete sie.

Elise saß auf ihrem Stuhl, den Blick starr aus dem Fenster gerichtet, ganz so wie beim allerersten Mal, als Lena ihre Stube betreten hatte.

»Frau Elise?«

Die Gräfin rührte sich nicht. Lena atmete tief durch, dann nahm sie mit einer Selbstsicherheit, die sie eigentlich gar nicht besaß, Elise gegenüber Platz.

»Ich glaube, wir sollten noch einmal miteinander sprechen.«

Nur langsam wandte die Gräfin ihr das Gesicht zu. Elises Seelenflamme war nicht zu erkennen. Da war nur das klare Grün ihrer Augen. Eine Frau, die sich vor aller Welt verschlossen hatte, die niemanden teilhaben ließ und nichts mehr von sich preisgab. Nicht einmal jenen, die ihr helfen wollten. Eine Kunst, die sie besser noch beherrschte, als Philip es vermocht hatte. Philip hatte Heilung von seinem Schmerz gefunden. Würde auch Elise Vergebung finden?

»Was seht Ihr, wenn Ihr aus dem Fenster schaut?«, fragte die Gräfin. Ein Schauer lief Lena über den Rücken. Die gleiche Frage wie beim ersten Mal. Und diesmal gab es trotz des strahlenden Frühlingstages tatsächlich nur eine Antwort. Die prophezeite Düsternis war Wirklichkeit geworden. Unwillkürlich berührte sie ihr angeknackstes Nasenbein, das Said inzwischen gerichtet hatte. Der Schmerz erinnerte sie noch immer an die schrecklichen Stunden hoch über den Zinnen der Burg.

»Den Tod, Frau Elise.«

»So ist es«, bestätigte die Gräfin ohne jede Regung. »Das Blut der Männer tränkt den Boden. So war es, so wird es sein. Niemals entkommen wir dem Kreis, auch wenn Wind und Regen das Blut irgendwann fortspülen. Es ist so einfach, neues Blut zu vergießen.«

»Das muss nicht sein«, widersprach Lena. »Wir können den Kreis durchbrechen, wenn wir daran glauben.«

»Wie sollten wir? Ihr habt gesehen, was ich getan habe. Ich habe meinen Gatten getötet, ganz gleich, was Herr Philip behauptet. Ohne meinen Stoß hätte er Dietmar nicht überwinden können.«

Lena wusste, dass die Gräfin die Wahrheit sprach. Philip hatte ihr erzählt, was er in den letzten Augenblicken des Kampfes durchgemacht hatte. Zwar war seine Verwundung nicht so schwer, wie sie anfangs befürchtet hatte, aber ohne Elises Eingreifen wäre er dennoch tot gewesen und hätte sich nicht schon wieder mit Said darüber streiten können, endlich aufstehen zu dürfen.

»Somit habt Ihr ihm und mir das Leben gerettet.«

»Ein Leben für zwei Leben. Ist das ein guter Tausch, Frau Helena?«

Lena senkte den Blick. »Ihr habt getan, was Ihr tun musstet. Dietmar war schon allzu weit auf dem Pfad der Verdammnis vorangeschritten. Gott hat Euch zu seinem Werkzeug gemacht, um ihn heimzuholen, damit er irgendwann geläutert werde und Vergebung im Himmelreich finde.«

»Wie das klingt … Ich ein Werkzeug Gottes, indem ich meinen Gatten morde.« Die Gräfin lachte bitter auf. »Bin ich nicht eher eine Verfluchte? Was werden die Menschen über mich sagen?«

»Sie werden nichts sagen. In den Augen der Menschen hat Philip Dietmar im ehrenvollen Kampf getötet. Ihr seid frei von jeder Schuld.«

»Frei! Wie das klingt.«

»Habt Ihr Euch niemals gefragt, warum Gott Euch in den letzten Tagen nicht erneut mit den schweren Anfällen heimsuchte, die Euch über Monate quälten?«

Zum ersten Mal blitzte Überraschung in Elises Augen auf. »Ihr meint, der Tod meines Gatten habe mich geheilt?«

»Nein, Frau Elise. Ich glaube, Eure Reue rief die Anfälle auf Euch herab, auf dass sie Euch für Eure Sünde und Martins Tod straften. Weil Ihr Euch selbst schuldig fühltet. Doch vor drei Tagen, da gabt Ihr die Schuld dem zurück, der sie wirklich trug. Ihr wart Gottes Werkzeug, damit Dietmar erntete, was er gesät hatte.«

»Ich habe es nicht gewollt«, flüsterte Elise. »Ich habe es nicht gewollt. Ich wäre ihm treu geblieben, wenn er mich nicht gezwungen hätte, seine Unvollkommenheit zu erkennen. Ich glaubte ihn zu lieben. Bis ich Martin traf.«

»Ich weiß«, sagte Lena leise. Auch sie hatte geglaubt, Martin zu lieben, bis sie Philip traf.

»Sagt, Frau Helena, was meinte Philip damit – man könne auch zurückkehren aus der Dunkelheit?«

»Er kennt sie. Er hat sie selbst durchschritten. Er hat erlebt, wie es ist, wenn die Seelenflamme verlischt und der Leib nur noch ein lebender Leichnam ist.«

»Wie konnte er zurückkehren?«

»Indem er etwas fand, wofür es sich zu leben lohnt. Er hatte seinem Vater ein Versprechen gegeben, das es einzulösen galt.«

»Etwas, wofür es sich zu leben lohnt? Er ist ein glücklicher Mann, dass er so etwas fand.«

»Auch Ihr habt etwas, Frau Elise. Euren Sohn.«

Auf einmal wurde das Gesicht der Gräfin kreidebleich. »Nein, nicht Rudolf! Er darf nicht bei mir bleiben.«

Mit einer derart heftigen Antwort hatte Lena nicht gerechnet. »Warum nicht?«

»Wie soll ein Kind Liebe erfahren bei einer Mutter wie mir? Was soll aus ihm werden, wenn er erleben muss, wie ich hin und her gerissen werde zwischen Schwermut und törichtem Überschwang? So wie es immer war, schon vor meiner Ehe. So wie es der Fluch meiner Familie ist. Nein, das kann ich keinem Kind zumuten.« Sie atmete tief durch. »Frau Helena, darf ich Euch um eine letzte Gunst bitten?«

Lena spürte, wie ihr bei den Worten der Gräfin eine Gänsehaut über den Rücken kroch. Wollte sie sich gar das Leben nehmen? Aber wenn es so wäre, dann hätte sie es doch längst getan, oder?

»Eine letzte Gunst?«

»Nehmt Ihr Euch seiner an? Ich weiß, dass Ihr einem Kind Liebe schenken könnt. Damit ihm das Schicksal seiner Mutter für alle Ewigkeiten erspart bleibt.«

»Aber Frau Elise, es ist Euer Kind, ihr …«

»Nein, Lena«, unterbrach die Gräfin sie. Es war das erste Mal, dass sie sie Lena nannte. »Vielleicht werdet Ihr es nie verstehen, aber das ist der größte Liebesbeweis, den ich meinem Kind erbringen kann. Denkt daran, er ist auch Martins Sohn. Es hätte Euer Sohn sein können, hätte Dietmar die Stärke besessen, sich seinem Schicksal zu stellen.«

»Aber …«

»Werdet Ihr mir den Liebesdienst erweisen, Lena? Für Rudolf sorgen, als wäre er Euer eigenes Kind?«

»Und Ihr?«

Die Gräfin atmete schwer. »Ihr sagtet, ich sei Gottes Werkzeug gewesen, um Dietmar heimzuholen. Vielleicht finde ich dort Frieden, wo auch Ihr ihn gefunden habt. Schwester Ludovika meinte, ich sei in Sankt Michaelis willkommen. Vor allem nach dem tragischen Heimgang der Schwester Margarita.«

Tante Margarita! Ein heftiger Schmerz durchfuhr Lenas Brust. Sie schloss die Augen, versuchte die Erinnerung an die durchschnittene Kehle und das blutleere, tote Gesicht fortzublinzeln. Philip hatte nicht gewollt, dass sie ihre Tante so sah, aber sie hatte darauf bestanden. Sie war es Margarita schuldig gewesen. Es war die richtige Entscheidung gewesen, auch wenn der Anblick sie immer noch verfolgte und ihr den Schlaf raubte.

Ich darf nicht weinen. Nicht vor Elise!, beschwor sie sich. Und doch konnte sie die Tränen nicht mehr zurückhalten. Zu schwer wog der Verlust. Sie hatte Tante Margarita geliebt, die letzte Verbindung zu ihrer Vergangenheit. Tante Margarita, die alles getan hatte, sie und Philip zu einem Paar zu machen. Tante Margarita mit all ihrer Lebenskraft, die ihren eigenen Anteil daran trug, Philip zu helfen, die Schatten für immer zu vertreiben. Wie gern hätte sie ihre Tante bei ihrer Hochzeit zur Seite gehabt. Wie gern hätte sie gesehen, dass ihre Tante später ihr erstes Kind auf den Knien schaukelte. Wie gern …

Auf einmal war alle Stärke wie verflogen. Die Tränen übermannten sie, ließen sie alle Würde vergessen. Und da war es plötzlich Elise, die sie tröstend in die Arme nahm. »Könnte ich Euch doch nur den Schmerz abnehmen, den Ihr durch meine Schuld erleiden musstet«, flüsterte die Gräfin. »Aber ich kann es nicht. So wenig, wie ich meinem Kind eine fürsorgliche Mutter sein könnte. Es würde mich immer an meine Sünde und an meinen Verlust erinnern.«

In diesem Moment begriff Lena, was die Gräfin meinte. Ihre Gefühle waren noch immer erstarrt. Sie konnte einem Kind keine Wärme schenken.

»Ich verspreche es Euch, Elise. Ich werde mich um Rudolf kümmern, als wäre er mein eigenes Kind.«

Als wäre er mein eigenes Kind …

»Was sagt eigentlich dein Bräutigam dazu, dass du ihm schon vor der Hochzeit ein Kind ins Haus bringst?« Ludovikas gutmütiges Necken holte Lena in die Gegenwart zurück. Hastig schüttelte sie die Erinnerung an das letzte Gespräch mit Elise ab.

»Es war in seinem Sinne«, antwortete sie. Jedenfalls mehr, als Fürst Leopold den Lehnseid abzulegen. Aber das sprach sie nicht aus. Zu gut erinnerte sie sich daran, wie Philip dem Herzog feierlich die Treue schwor und dafür mit dem Grafentitel und Burg Birkenfeld belohnt wurde. Es hätte ein Triumph sein können, wäre da nicht Saids Gesicht gewesen, der mit unbewegter Miene die Zeremonie verfolgt hatte, die für ihn nur das Vorspiel des Verlustes seines besten Freundes gewesen war. Dennoch hatte er Philips Entscheidung mit keinem Wort in Frage gestellt. Genauso wenig, wie Philip jemals etwas gegen ihren Entschluss eingewandt hatte, Rudolf an Kindes statt anzunehmen.

Ludovika wiegte den kleinen Rudolf sanft in ihren Armen.

»Ist das Leben nicht seltsam?«, fragte sie. »Manchmal glaubt man zu wissen, wer der Engel ist und wer der Teufel. Und dabei war es von Anfang an genau andersherum.«

»Graf Dietmar war kein Teufel«, sagte Lena leise. »Er war ein Mann voller Ängste. Darüber vergaß er seine eigene Menschlichkeit. Gott wird seiner Seele vergeben und ihm Frieden schenken.«

»Du hast ihm vergeben?«

Lena nickte. »Ich hoffe, Elise wird ihm auch vergeben. Immerhin hatte sie seit seinem Tod keinen einzigen Anfall mehr.«

»Gott hat durch dich gewirkt. Ich wusste es von Anfang an.«

»Wenn er gänzlich durch mich gewirkt hätte, hätte Elise dann ihr Kind fortgeben können?« Lena strich über Rudolfs blondes Köpfchen.

Ludovika senkte den Blick. »Ich bringe ihn zu seiner Amme. Und du solltest dich sputen, oder willst du zu spät zu deiner eigenen Hochzeit kommen?«

»Das wäre einmal etwas anderes.«

Die junge Nonne runzelte die Stirn, dann verließ sie das kleine Zimmer.

Lena atmete tief durch. Nur noch wenige Stunden, dann wäre sie endlich Philips Frau. Sie sehnte sich nach dem Ende des Trubels, der schon seit Tagen in jeder noch so kleinen Gasse Halberstadts tobte. Die ganze Stadt bereitete sich auf die große Doppelhochzeit vor. Lena dachte an die vielen Empfänge, die hinter ihnen lagen. Für Johann war es am schwersten gewesen. Man sah ihm an, dass er noch immer unter den Folgen seiner Verwundung litt, aber den Vorschlag des Fürsten, die Hochzeit zu verschieben, hatte er abgelehnt. Für die Hochzeitsnacht werde es reichen, hatte er gesagt, sofern Mechthild nur behutsam mit ihm umginge. Alle außer Mechthild hatten über den Scherz gelacht.

Ludovika war kaum mit dem kleinen Rudolf aus der Tür, da klopfte es erneut. Wer mochte sie schon wieder stören?

»Philip!« Sie strahlte ihn an. Der goldbestickte königsblaue Bliaut stand ihm gut. Viel besser als das Schwarz, das er früher getragen hatte.

»Ich musste dich unbedingt noch einmal vor unserer Hochzeit sehen«, sagte er feierlich. »Dreh dich um und schließ die Augen.«

War das wieder so eine ägyptische Sitte?

Sie tat, was er verlangte. Er legte ihr etwas um den Hals, sie spürte das kühle Metall auf der Haut.

»Jetzt kannst du die Augen wieder öffnen.«

Es war eine goldene Kette mit einem Anhänger, der eine kniende Frau darstellte, deren Arme in geöffneten Flügeln endeten. Die goldene Figur war mit blauen Edelsteinen geschmückt, feinen Einlegearbeiten, die Flügel und Gewand zierten.

»Was ist das? Ein Engel?«

»Etwas Ähnliches. Meine Mutter gab mir das Schmuckstück mit auf die Reise, damit es mich beschütze. Jetzt soll es dir gehören.«

»Es ist wunderschön.« Lenas Finger glitten über die blauen Edelsteine an den Flügeln.

»Das ist Lapislazuli«, erklärte Philip. »Der Stein der Könige. Ein Erbe aus der fernen Zeit Djeseru-Sutechs.«

»Wer ist dieser Djeser … Sudings?«

»Nicht wer, sondern was.« Seine Augen funkelten. Da war keine Spur mehr von Dunkelheit. Seit jenem Tag, da er sie gerettet hatte, sprühte seine Seelenflamme bunte Funken, so wie sie es nur bei ganz wenigen Menschen jemals wahrgenommen hatte. Bei denen, die Geschichten erzählen konnten.

»Djeseru-Sutech ist ein Mythos. Eine Stadt in der Wüste, die seit Jahrhunderten keines Reisenden Auge mehr sah. Aber meine Mutter ist fest davon überzeugt, dass unsere Vorfahren einst dort lebten.«

»Und diese Figur?«

»Das ist Isis, die göttliche Mutter, die die Liebenden und die Kinder schützt.«

»Eine heidnische Göttin?« Was würde Ludovika wohl dazu sagen?

»Stell dir einfach vor, sie sei ein Engel. Sie beschützte die Menschen, lange bevor der Herr die Welt betrat.« Philip nahm Lena behutsam in die Arme, um ihr Kleid nicht zu zerdrücken. »Glaubst du, etwas könne schlecht sein, das seit Jahrhunderten als Liebesunterpfand in meiner Familie weitergegeben wird?«

Seit Jahrhunderten … Lena ließ ihre Hand über das kalte Gold des Anhängers gleiten. Auf einmal stellte sie sich vor, was wohl wäre, wenn Philips Geschenk seine Geschichte erzählen, den Weg durch die Jahrhunderte beschreiben könnte.

»Wie viele Geheimnisse hütest du noch, Philip Aegypticus?« Sie schlang ihm die Arme um den Nacken.

»Nicht so viele, wie ich mir wünsche.« Er zog sie noch fester an sich. »Als ich ein Junge war, habe ich mir immer vorgenommen, eines Tages das Geheimnis von Djeseru-Sutech zu lüften und den Ort zu finden, von dem die Vorfahren meiner Mutter stammten.«

»Doch dann kamst du hierher, um die Vergangenheit deines Vaters zu ergründen«, flüsterte Lena und lehnte sich an seine Brust. »Wer weiß, vielleicht finden wir deine Stadt, wenn wir im nächsten Frühling nach Ägypten reisen.«

»Wer weiß.« Er drückte ihr einen Kuss auf die Stirn. »Fürs Erste genügt es mir, dich gefunden zu haben. Du bist das größte aller Geheimnisse und Wunder, Helena von Eversbrück. Eine Frau, die in den Seelen der Menschen liest und sie von ihren Sünden heilt. Ich liebe dich.«

Es war Lenas zweite Hochzeit, und doch die erste. Als sie Martin vor über einem Jahr ihr Jawort gegeben hatte, hatte sie geglaubt, der Himmel werde sich öffnen. Inzwischen wusste sie, dass jenes Gefühl nur ein schwacher Abglanz dessen gewesen war, was Liebe bedeutete. Gewiss, sie hatte Martin geliebt. So wie ein Mädchen einen Mann liebt, der ihr Geborgenheit verspricht. Aber niemals hatte sie ihn voll verzehrender Leidenschaft begehrt, ihn so sehr geliebt, dass ihr sein Leben mehr als das ihre bedeutete. Niemals war sie sich sicher gewesen, dass er alles wagen würde, so wie es Philip für sie getan hatte. Endlich konnte sie Martin vergeben, denn Martin hatte immer nur Elise gehört.

Ruhe in Frieden, Martin! Wir waren nie füreinander bestimmt, dachte sie.

Ihr Blick fiel auf Philip, der neben ihr an der Brautpforte stand, würdevoll und ernst auf den Bischof schaute, der sich zu ihnen umwandte, nachdem die Trauung von Mechthild und Johann soeben unter dem Jubel aller vollzogen worden war. Philip in all seiner männlichen Schönheit und Kraft. Er gehörte ihr. Für alle Zeiten. So wie sie ihm. Niemals würde sie ihn loslassen.

Die Worte des Bischofs gingen in ihren Betrachtungen beinahe unter, und fast hätte sie versäumt, an der rechten Stelle Ja zu sagen. Aber nur fast. Natürlich sagte sie Ja. So laut, dass jeder es hören konnte. Und als Philip sie auf den Stufen des Domes küsste, da war es, als wären sie ganz allein wie damals unter den Kirschbäumen und als gäbe es keine Jubelschreie. Denn dieser Moment gehörte nur ihr allein. Und ihrem Mann, Philip von Birkenfeld, genannt Aegypticus. Der Einzige, der ihr jemals bestimmt war …

Epilog

Regungslos verharrte die Reiterin zwischen den Bäumen. Nicht einmal ihr Pferd schnaubte. Sie beherrschte den Hengst, wie sie bislang alle Männer beherrscht hatte. Von der nahen Straße trug der Wind den Klang zahlreicher Glöckchen herüber. Sie hörte das fröhliche Gelächter, die Hochrufe auf das Brautpaar.

Es war ein prächtiger Hochzeitszug, an der Spitze die Musikanten, dahinter hoch zu Ross die Frischvermählten. Der Bräutigam auf einem edlen Rappen, seine junge Frau auf einem zierlichen Schimmel. Der Bräutigam strahlte, sein schwarzes Haar leuchtete fast so sehr in der Sonne wie das glänzende Fell seines Pferdes.

Ohne dass sie es wollte, stieg eine alte Sehnsucht in ihr auf. Sie erinnerte sich an seine Lippen auf ihrem Leib, an seine Hände, zärtlich und doch zupackend. An seinen Körper, der so gekonnt Lust zu schenken vermochte.

Die Braut lachte. Ein fröhliches, unbeschwertes Lachen, das sich mit dem Klang der Glöckchen mischte. Was mochte er nur an ihr finden? Glaubte er wirklich, dieses zierliche Püppchen könne ihm eine starke Gefährtin sein? Eine Frau, die er verdiente? Heißer Zorn wallte in ihrer Brust auf. Ihre Hand glitt zum Schwert, schnell und zielsicher.

»Greifen wir an?« Ein schwarzbärtiger Mann in zerrissenem Kettenhemd lenkte sein Pferd neben das ihre.

Ihre Hand löste sich vom Schwert.

»Er würde dich mit einem einzigen Hieb seines Schwertes töten.«

»Du liebst ihn noch immer.«

»Noch ein Wort, Hinnerk, und dein Kopf liegt zwischen den Hufen deines Pferdes.«

»Dann greifen wir an?«

»Bist du närrisch?« Sie ließ den Blick über die Reihen ihrer Gefährten wandern. Fünf Männer waren ihr geblieben. Bauernpack, keine Kämpfer.

Soeben bogen die Musikanten in das kleine Waldstück ein. Ihr Pferd warf unruhig den Kopf hoch. Sie könnte es zu Ende bringen. Den Tod ihres Vaters rächen. Wenn sie schnell genug war, könnte sie Philip töten. Und sein Weib. Ihre Hand glitt wieder zum Schwertgriff. Das Metall wurde warm unter ihrer Hand. Hinnerk sagte kein Wort mehr, schaute sie nur lauernd an, wartete auf das Zeichen.

Gerade ritten die Brautleute an ihrer Deckung vorüber. Sie sah den Blick, mit dem Philip seine Frau liebkoste. Voller Fürsorge und Hingabe. Warum hatte er sie niemals so angesehen?

Gundulas Worte kamen ihr in den Sinn, an jenem letzten Abend am heiligen Stein, damals, als sie noch geglaubt hatte, er werde für immer an ihrer Seite bleiben.

Du wirst finden, was du suchst, wenn du den Ursprung durchschreitest. Der Tag wird kommen, an dem du das Erbe des Löwen antrittst, aber es wird anders aussehen, als du es dir jemals erträumt hast.

Und sie erinnerte sich daran, was Gundula zu ihm gesagt hatte.

Du wirst an ihrer Seite kämpfen, wenn sie findet, was ihr bestimmt ist, aber du wirst nicht bei ihr bleiben.

Ihre Hand löste sich vom Griff des Schwertes. Sie riss ihr Pferd herum und galoppierte in den Wald hinein, nur weg von diesem Hochzeitszug, dessen Fröhlichkeit sie nicht mehr ertrug, weg von jedem, der das verdächtige Brennen in ihren Augen hätte sehen können. Niemand sollte sich rühmen, die rote Thea jemals weinen gesehen zu haben.

Nachwort

Wie in jeder fiktiven Geschichte vermischen sich auch im vorliegenden Roman Dichtung und Wirklichkeit. So war es an einigen Stellen notwendig, historische Details abzuändern, um sie der Romanhandlung anzupassen.

Die Burg Birkenfeld gibt es wirklich. Ihre Ruine steht im Harzer Rübeland bei Elbingerode. Die Vergangenheit der Burg liegt weitestgehend im Dunkel der Geschichte. Ein Grafengeschlecht von Birkenfeld ist nicht überliefert, vermutlich war Birkenfeld eine Wehrburg zum Schutz der reichhaltigen Eisenerzminen. Sie unterstand der Lehnshoheit von Halberstadt, jedoch keinem Fürsten, wie im vorliegenden Roman behauptet, sondern dem Hochstift Halberstadt und damit dem Bischof. Der erwähnte Bischof Friedrich von Kirchberg ist historisch belegt.

Am jenseitigen Ufer der Bode, gegenüber von Burg Birkenfeld, liegt die Baumannshöhle, die älteste deutsche Schauhöhle, die im 16. Jahrhundert vom Bergmann Baumann wiederentdeckt wurde. Allerdings war der Eingang zu dieser großen Naturhöhle schon im Altertum unter dem Namen *Geistertor* bekannt, auch wenn sich damals niemand in die dunklen, weit verzweigten Gänge hineinwagte. Heute gehört die Baumannshöhle zu den größten Touristenattraktionen des Ortes und ist bekannt für ihre Höhlenfestspiele, die in der größten natürlichen Höhle des Höhlenlabyrinths, dem *Goethesaal*, regelmäßig stattfinden.

Die Teilnahme von Halberstädtern am 4. Kreuzzug unter Bonifatius von Montferrat ist ebenfalls historisch belegt. Der bekannteste Teilnehmer war der damalige Halberstädter Bischof Konrad von Krosigk. Er brachte vom Kreuzzug wertvolle Reliquien und Beutestücke mit nach Halberstadt, die heute noch im Domschatz zu bewundern sind.

Die Burg Schlanstedt, die ich als Wohnsitz des fiktiven Fürsten Leopold wählte, wurde ursprünglich von den Regensteiner Grafen erbaut und liegt in der Nähe von Halberstadt. Sie wird heute noch bewohnt und touristisch genutzt. Um das Geschlecht der Regensteiner Grafen, deren Stammburg Regenstein bei Blankenburg im Harz liegt, ranken sich viele Legenden. In den meisten dieser Erzählungen werden sie als skrupellose Raubritter dargestellt, auch wenn dies nicht unbedingt der Realität entspricht.

Das Buch des Wissens, das Philip besitzt, hat reale historische Vorbilder. Es beinhaltet das *Liber ignum ad comburendos hostes (Das Buch vom Feuer, um Feinde zu verbrennen)* von Marcus Graecus, das vermutlich um 800 n. Chr. verfasst wurde, und das *Buch des Wissens* des arabischen Gelehrten al-Dschazari, in dem schon um 1180 zahlreiche mechanische Erfindungen verzeichnet waren.

Das Krankheitsbild der Elise von Birkenfeld ist in unserer Zeit unter dem Begriff der affektiven bipolaren Störung bekannt, die durch wechselnde depressive und manische Phasen gekennzeichnet ist. Oft sind mehrere Familienmitglieder betroffen. Mit Hilfe moderner Psychopharmaka kann diese Erkrankung heute erfolgreich behandelt werden. In Elises Fall kam aufgrund ihrer massiven Schuldgefühle ein psychogenes Anfallsleiden hinzu. Dieses Leiden würde man heute mittels einer Psychotherapie behandeln.